역사 따라 배우는

중국문학사

다락원

▎머리말

　　저자는 일찍부터 전공자를 비롯한 일반 독자들까지 쉽고 흥미롭게 읽을 수 있는 「중국문학사」를 저술하고자 했다. 그리고 흥미롭게 문학사를 이해하기 위해서는 역사의 흐름 속에서 문학을 파악하지 않으면 안 되며, 많은 시각자료를 제공해야 한다고 생각하였다. 본서는 미흡하나마 이러한 기획에 맞춰 집필되었다.

　　중국역사문화의 변화과정은 4단계로 나누어 설명할 수 있다.

　　첫째는 상고 · 선진 시기이다. 고고학 연구에 의하면 지구상의 인류의 출현은 몇백만 년 전의 일이며, 이 때로부터 인류의 역사는 시작되었다고 할 수 있다. 하지만 문자가 발명된 이후부터 인류의 활동을 기재할 수 있었기 때문에, '사전시대'의 생활은 오직 그들이 남겨놓은 유물 또는 유적을 통하여 대략의 상황을 이해하고 있을 뿐이다. 전설에 의하면 본래 신농씨神農氏가 여러 부락의 추대를 받아 통치를 하여왔으나 세력이 점차로 약화되어 통치 능력을 상실함으로 자연적으로 혼란하게 되었고, 그 때 한부락의 영수였던 황제黃帝가 치우蚩尤와의 싸움에서 승리함으로 모든 부락의 추대를 받아 천하를 다스리게 되었다. 이 때에 이미 집을 지어 살고, 음악을 즐겨 듣고, 비단 옷을 짜 만들어 입을 수 있을 만큼 문화적으로 발달하였다. 그 뒤를 이어 요堯, 순舜의 애민愛民통치가 중화문화의 기반을 마련하였고, 3대(하夏, 상商, 주周)

에는 언어, 습관, 복식 등 생활방법이 다른 주변의 부족들과의 융합을 이루어냄으로 한걸음 발전하였다. 한편 건축기술, 천문, 역법, 갑골문, 예, 음악의 정비가 이루어지고 나아가 천명天命사상이 발달하였으며, 따라서 인문정신이 날로 발전하기 시작하였다. 공자보다 좀 일렀던 자산子産은 "천도는 멀고, 인도는 가깝다.(天道遠, 人道近.)"라고 하였고, 좀더 일렀던 계량季梁은 "모든 백성은 신의 주인이다.(夫民, 神之主也.)"라고 하여 인간의 존엄성을 높이 평가하였다. 이와 같은 문화의 전통을 바탕으로 공자는 중국문화발전의 실제적, 정신적 방향을 설정하였으니, 그것이 바로 '인仁'이다. '인'은 내재적인 정신의 깨달음이며, 이 깨달음의 인격적인 형상화가 바로 군자君子이다. '인'은 가장 이상적인 인격으로 당시 사회변화의 사상적 기초가 되었으며, 동시에 5천년 중국문학의 물줄기를 텄다.

둘째는 진·한·위진남북조 시기이다. 이 시기는 역사상 가장 혼란하였으나, 한화(漢化)정책의 성공으로 이민족과의 또 한 번의 대융합을 이루게 된다. 이는 특히 문학의 발전적 측면에서 의미가 크다.

셋째, 수·당·원대이다. 이 시기는 무엇보다도 동서문화의 교류가 활발하게 이루어졌으며, 종교, 과학기술의 유입으로 사회생활의 큰 변화를 가져왔다. 이와 함께 앞 시대의 지나친 형식주의의 폐단으로부터 벗어나고자 고문운동이 거세게 일어나게 되었고, 반대로 문학의 아름다운 가치가 무시당하였다.

넷째는 명·청 시기이다. 명·청대는 대외교류가 활발하였던 시기로, 특기할 것은 유럽선교사들이 동쪽으로 건너오기 시작했다는 점이다. 그들은 '상제上帝'와 '하느님天主'을 동일시하였다. 동서양의 '하느님'은 같다고 하는 신앙심을 바탕삼아 과학기술을 도입하여 활동함으로 실학의 반성을 촉구하게 되었고, 실용의 사상이 보편화됨으로 문학은 사실주의의 길을 걸었다.

본서는 모두 10장으로 나누어 서술되었다. 본래는 현대문학의 장을 넣으려고 하였으나 이미 단행본으로 출간된 것들이 많고, 1개 장으로는 서술이 부족할 것 같아 부득이 제외하기로 하였다.

끝으로 본서를 흔쾌히 출판하여 주신 다락원 정효섭 사장님, 그리고 편집, 교정의 실무를 맡아 정성을 다한 편집부 여러분들께 감사의 뜻을 표하며, 회사의 무궁한 발전을 빈다.

2001. 8. 1.

懷敬樓에서 晩鼎이 적다.

CONTENTS

1. 序論

제1절 中國民族과 文化

중국은 중국中國, 중화中華, 화하華夏, 신주神州, 적현赤縣 등으로 불린다.『상서
尙書』「재재梓材」에는 "하느님이 이미 '중국'의 백성과 강토를 선왕들에게 내리셨으
니, 왕들은 오직 덕으로써 다스리셨다.(皇天旣付中國民越厥疆土于先王, 肆王惟德
用.)"라고 하여 중국이라는 명칭을 처음으로 사용하였다. 중국을 적현赤縣이라고 부
르는 이유는 황하 유역의 흙이 붉은색을 띠고 있기 때문이다. 중국인들의 일상적인 생
활에서 붉은색을 숭상하는 이유 역시 모든 자연 산물을 잉태하고 양육하는 삶의 모태
라고 하는 황토에 대한 애착에서 비롯된 것으로 문화 사상의 기초를 형성하고 있다.
그리고 갑골문 및『상서』에 '사방'이라는 말이 자주 쓰이는데 이것은 상족商族의 왕
실이 이미 가운데(中) 자리잡고 있다고 하는 중심의 관념이 강했음을 나타낸다. 또한
모든 이민족들은 변두리의 오랑캐라고 하는 인식을 가지고 있었다. 이 때부터 '가운
데'라고 하는 민족적 자존심이 싹트기 시작하였다. 전설에 의하면, 한족이 삶의 터로
자리잡기 시작한 지역은 화산華山과 하수夏水인데, 화산은 숭산嵩山, 하수는 한수
漢水로 여겨지며, 여기에서 화하華夏, 중화中華라는 이름이 비롯되었다.

중국은 56개 민족으로 구성되어 있으며, 이 가운데서 대표적인 민족으로 한족, 몽골
족, 만주족, 회족, 장족, 묘족, 여진, 거란 등을 꼽을 수 있으나 한족이 93% 이상을 차지
하고 있다. 체질적으로 한족은 주로 몽골리안에 속하지만 언어는 크게 한-장 어족
(Sino-Tibetan)과 알타이 어족(Altaic Family)으로 나뉜다. 문화적으로 여러 민족들이
독특한 특징을 가지고 있으면서도 하나로 표현되는 것은 무엇보다도 지리적인 환경에

서 그 요인을 찾아볼 수 있다.

상고 시대의 한족은 풍습, 언어, 복식 등이 전혀 다른 소위 오랑캐(夷)들과 잡거하여 오다가 주周나라 때에 융족戎族과 적인狄人의 침략을 받아 부족을 거느리고 기산岐山 남쪽으로 이주하게 되었다. 중원은 토지가 비옥하여 농경 생활에 적당하였으며 상 문화의 영향을 받아 융·적인의 생활 풍속에서 탈퇴하여 독자적인 문화권을 형성하였을 뿐더러 동서로 영토를 넓히고 나라의 기초를 튼튼히 하였다. 그러나 서쪽의 강성해진 견융犬戎에 의하여 주 유왕幽王이 피살되고, 외침이 빈번함으로 한족의 평화로운 생활은 위협받게 되었다. 따라서 중원의 여러 국가들은 연합하여 안보를 도모하고 특히 제나라의 환공桓公의 패업霸業으로 이른바 '화하華夏' 문화를 보존할 수 있었다. 그래서 화하 문화는 만蠻, 이夷, 융戎, 적狄 등과의 충돌과 문화적인 교류를 통한 융합으로 자연스럽게 문화적 중심지 (中國)로서의 자리를 확고히 하게 되었다.

'문화文化'의 '문文'의 의미는 바로 인간 사회에 있어서의 가장 적합한 규범이며, 삶과 생활의 모범이다. '화化'란 '문文'을 모든 이들에게 보급하고 그것을 통하여 인간의 삶을 올바르게 변화시킴을 뜻한다. 다시 말하면 '문치교화文治敎化'의 준말이며, 모범적 행위로서 예禮를 내세우고 있다. 문文이 다름 아닌 예禮이며 문화, 학술, 사회, 정치 등은 그 공통적 가치의 변화와 실천이 이루어지지 않으면 안 된다는 것이다. 공자는 서주 이래의 유구한 역사 문화 전통의 계승과 창조로 새로운 문화 발전에 기본 방향을 설정하였으니 그것이 바로 '인仁'이다. '인仁'이라고 하는 것은 사람에 내재하고 있는 정신적인 자각이라고 할 수 있으며, 항상 이 새로운 자각을 통하여 이상적인 인간형(君子)을 창조하고자 하였다.

이러한 자각은 인문 정신의 중요한 기초가

공자

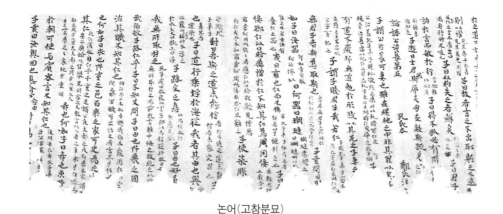

논어(고창분묘)

되었으며, '사람은 어질고 착하다'라고 하는 밝고 낙관적인 인성론을 발전시켰다. 이에 더해 자연의 질서와 인류의 질서는 서로 대립적이지 않고 조화를 이루어가며 형성, 발전된다고 인식하였으며, 이러한 인식을 통해 '천인합일天人合一'의 도덕적인 규범을 만들어 냈다.

중국에 있어서 '문학文學'이란 용어는『논어論語』에서 처음 쓰였다. 문학은 문자로 표현된 학술의 총칭으로 이해되어 왔으며, 시대와 사상의 변화에 따라서 문학에 대한 관념 역시 변화하고 발전해 왔다. 선진先秦 때의 문학관은『논어』와 크게 다를 바가 없는데, 양한兩漢에 이르러 비로소 변화를 보이기 시작하였다. 문학의 효용과 예술적인 가치를 높이 평가하였고, 위·진·남북조 시대에는 내용은 물론 형식을 갖추지 않으면 안 된다고 하는 새로운 자각이 일어나게 되었다. 그러다가 지나친 형식주의의 폐단으로 "글은 '도'를 실어야 한다(文以載道)"라고 하는 고문 운동이 당·송 때에 거세게 일어나게 되어 문학의 미적인 가치가 무시당하였다. 주자朱子는 "글은 '도'로부터 흘러 나온다(文從道流出)"라고 기본적인 입장을 밝혔으며, '도'는 문학의 근본이며 '문'은 그 지엽이라고 부연 설명을 하였다. 이 말은 문학의 예술적인 아름다움의 가치를 전혀 인식하지 못하고 있는 것처럼 보이지만 자세히 살펴보면 내용주의에 치우쳐 있는 것은 사실이나, 형식주의를 무시하지는 않았음을 뜻한다. 이와 같이 중국 문학은 한 마디로 '진眞'과 '미美'의 조화에 대한 물음과 대답으로 이어져 왔으니, 결국 문학은 정감의 표현(美)으로 진실(道)에 부합되지 않으면 안 된다는 것이다. 이는 대립과 갈등의 조화를 의미하는 것으로, 중국 문학을 이해함에 있어 매우 중요한 관건이다.

제2절 中國文化와 文字의 發展

중국 문화의 기원에 대하여 과거에는 학자들 사이에 이견이 있었다. 즉 일부 학자들은 중국 문화는 동·서가 이원적으로 대립하여 발전하였다고 생각하였으며, 일부는 중원의 문화를 핵심으로 해서 사방으로 확산, 발전해 나갔다고 생각하기도 했다. 그러나 현재에 와서는, 대체적으로 중국 초기의 문화는 지역적으로 발전해 왔다는 데에 모두 동의하고 있다. 구석기 시대의 문화 유적들은 거의 남북 각 지역에 분포하고 있으나, 신석기 시대는 중원 지역 외에도 장강 하류, 태호太湖 연안, 동북, 감숙, 청해 등지에 분포하고 있다. 이 곳들은 각각 지방 문화의 특색을 갖추면서 발전하였다.

중국 농업 문명은 이른바 황토黃土 구역과 강한江漢 유역의 기후와 지리적 차이 때문에 밀과 벼를 생산하는 서로 다른 문화를 만들어 내었다. 황토 구역은 식물이 잘 자라지 못하는 건조한 기후인데도 황토 질이 비옥하여 경작이 쉬운 까닭에, 비가 집중적으로 내리는 여름철을 이용하여 밀을 경작하였고, 반대로 강한 유역은 강우량이 비교적 많았기 때문에 열대 기후에 적당한 벼를 경작하였다.

지금부터 6,000~7,000년 전 황하 중상류에 사람들이 정착하여 농경 생활을 하였는데, 이른바 '앙소문화仰韶文化' 가 그것이다. 섬서성陝西省 서안시西安市 반파촌半坡村의 앙소문화의 한 유적은 이미 큰 촌락을 형성하여 생활하고 있었음을 보여준다. 여기서 여러 종류의 생산 도구가 출토되었는데, 돌도끼, 돌낫, 절구, 맷돌 등을 비롯한 골기骨器들로 그 제작이 상당히 정교하다. 또, 채소를 심고 개, 돼지 등을 사육하였으며, 짐승의 가죽으로 옷을 만들어 입는 것 이외에 마직옷을 입기도 하였다. 도기는 일상 생활에 필요한 것으로 홍색, 홍갈색이 위주였는데, 거기에는 흑색, 홍색, 또는 백색으로 된 동·식물의 형상과 도안이 그려져 있어서 앙소문화를 '채도문화彩陶文化' 라고 하기도 한다.

그 뒤를 이어서 약 4,500년 전 황하 중하류에 '용산문화龍山文化' 가 출현하였다.

흑도

이 때에는 전보다 한 걸음 더 발전하여 보편적으로 마제 석기를 사용하였고, 나무 자루로 된 돌낫을 비롯하여 땅을 파는 공구도 새로이 사용하게 되었다. 가축의 양육도 좀더 발전하여 돼지, 개 이외에 소, 양, 닭, 말 등을 길렀다. 게다가 우물을 파서 사용할 줄 알게 되었고, 하안으로부터 비교적 먼 곳에 거주함으로써 주거의 범위가 점차 확대되었다. 도기 제조의 기술도 발달하여 회도灰陶, 흑도黑陶 등을 주로 사용하여 용산문화를 '흑도문화黑陶文化'라고 일컫기도 한다. 이렇게 문화의 발전이 끊임없이 이어지고 촌락이 형성되어 사회 생활이 발전하게 됨에 따라 자연적으로 필요하게 된 것이 언어와 문자였다.

그러면 중국 문자는 언제, 어떻게 발생하였으며, 발전되어 왔는가? 이 문제에 대한 해답은 간단하지 않지만 전혀 해결의 실마리가 없는 것은 아니다. 우선 문헌에서 전

채도(반파)

하는 전설을 살펴보면 결승結繩과 팔괘설八卦說이 있다. 결승의 방법은 사안이 클 경우에는 매듭을 크게 하고 사안이 작은 경우에는 매듭을 작게 한다. 결승은 아마도 수렵 문화에서 농업 문화로 전이되는 초기 문화 단계의 현상으로 이해할 수 있을 것이다. 팔괘八卦의 경우, 그 형성이 문자 이전인지 또는 문자 이후인지에 대한 확실한 기록이 없으나 자연 사물을 관찰하여 팔괘를 만들었다고 여겨진다. 그러나 팔괘를 보면 새, 짐승, 자연의 모습은 찾아볼 수 없고 단지 두 가닥의 평행선에 불과한 기호라고 볼 수 있다. 그러므로 팔괘를 통해 우주 질서와 의미를 이해한다는 역학적인 접근은, 문자의 발전이라는 과학적 현상과는 구분해야 할 것이다.

또 창힐倉頡이 문자를 독창적으로 창조했다는 설도 많이 알려져 있지만, 이는 신빙성이 없다. 다만 당시에 많은 사람들이 문자를 다루었으나 창힐의 것이 당시 사회에 보편적으로 받아들여졌음을 짐작할 수 있을 뿐이다. 그러면 중국 문자의 시원은 무엇일까? 그것은 아

중국 석기 시대의 문화 분포

마도 도화圖畫일 것이다. 그러나 여기서의 도화의 의미는 고대 이집트 문화, 인디언 또는 에스키모 문화 속에 나타나고 있는 것과는 다르다. 즉 도화 문자와 도화는 구별되어야 한다. 도화 문자는 민족 언어와 연계성을 지닌 도안이며, 도화는 단순히 사물의 형상을 통한 객관적 사물의 인지 작업에 불과한 것이다.

　중국 신석기 시대의 앙소문화의 도기 위에는 그림에 가까운 동물 문양들이 많다. 단순한 필체로 표현된 이 도화들은 언뜻 보기에 다른 원시 문화권의 그림과 유사해 보이지만 이들은 모두 중국 문자의 원시, 즉 갑골문자의 전신으로 이해되고 있다.

　앙소문화 이후 산동 일대의 구릉과 평원 지역에는 대문구大汶口문화가 발전하였다. 이 때는 원시적이나마 한자의 구성 법칙을 엿볼 수 있는 문자 형태를 찾아볼 수 있다. 뒤 그림에 보이는 것처럼 대문구 문화 후기 유적에서 출토된 회색 토기 위에 문자가 기록되어 있는데, 상형문象形文과 회의會意에 가까운 문자들이다.

　이들 문자들은 중국 문자의 일원화된 궤도를 따라 발전되고 있는 원시 문자들로, 상대商代의 갑골문과 금문에서 동일한 구조를 가진 유사 형태들을 어렵지 않게 발견할 수 있다. 특히, 이들 문자들은 회화성이 두드러지며, 부족을 상징하는 방명方名(상대의 지역 명칭)들과 더욱 밀접한 관계를 보여 주고 있다.

　상대의 갑골문과 금문에는 다량의 상형문을 포함하고 있을 뿐만 아니라 중국 문자 발전의 병목 현상을 효과적으로 해결했던 회의와 형성 문자도 다수 존재하고 있다. 전체 갑골문을 100%로 보았을 때 상형象形은 약 23%, 지사指事는 약 1.7%, 회의會意는 약 33%, 형성形聲은 약 28%, 가차假借는 약 11%, 전주轉注는 0%의 비율을 보이고 있다.

당시의 상황을 대문구大汶口문화의 도문陶文과 비교해 보면, 더욱 분명하게 갑골문이 문자의 초급 단계를 훨씬 넘어섰음을 확인할 수 있다. 즉, 당시 사람들은 중국 문자의 대량 생산에 필요한 방법을 이미 갖추었으며, 한어漢語에 필요한 기본적인 어휘도 만족시키는 등 당시의 언어를 자유롭게 기록하였다. 하지만 갑골문은 문자로서의 기본 조건을 구비하기는 했으나, 여전히 도화적인 성격을 완전히 벗어나지 못하였다. 특히, 이러한 현상들은 동물들의 상형문에서 두드러지게 나타나고 있으며, 어떠한 경우에는 대문구大汶口의 도화들과 구별하기 힘들 정도로 원시적인 형태를 간직하고 있다. 그러나 갑골문이나 금문이 의미와 음을 나타내는 부호라는 측면에서 도기의 문양과는 본질적으로 다르다. 도화가 인간의 시각적인 측면에서 각각 독립된 물상을 반영하고 있는 것은 사실이지만, 갑골문과 금문은 대문구의 도형과는 달리 상대 사회가 공인하는 일정한 의미와 통용되는 음을 대표하고 있다.

이들 상형문들은 상대 문자 속에서 큰 비중을 차지하고 있으며, 자연계의 구체적인 형태의 특징을 도형으로 그려 낼 수 있는 것들을 모두 상형의 대상으로 하였다. 예를 들면 동·식물은 물론 인체의 기관과 지체 등이 모두 상형의 대상이 되었으며, 생활 용구 등 거의 모든 사물들이 상형의 방법으로 문자화되어 갔다. 또, 회의會意의 범주에 드는 문자들 중에는 구성상 상형성을 강하게 지니고 있는 것들이 많았다. 그 후 사회

'단旦'으로 상형과 회의의 중간 단계인 합체 상형이다.

원시 형태의 '단旦' 즉 '참旦'으로 보고 있다.

그림 역시 갑골문의 '근斤', 즉 도끼의 상형문이다.

당시에 사용하던 기물의 상형으로 보이며, 유사한 갑골 문자의 결구로 보아 '월' 즉 월鉞의 초문初文으로 보인다.

가 발전하면서 문자의 사용 범위와 이용률이 증가함에 따라, 중국 문자는 차차 도화적 성격을 벗어나 보다 간단한 부호로 발전해 갔다.

제3절 中國文字와 文學의 意義

중국인은 56개 민족으로 구성되어 있으며, 그 중 한족은 전체 인구의 93% 이상을 차지하고 있다. 중국 문자는 바로 이들 한족들이 만들고 발전시켜 온 한자漢字이다. 중국 문자는 도화문을 시작으로, 갑골문, 금문, 전문篆文, 예서隸書, 해서楷書의 단계로 발전해 왔다. 중국 문자를 이렇듯 각 단계로 나누는 가장 큰 이유는 문자의 결구가 지니는 특징이 서로 다르기 때문이다. 갑골문의 경우는 아직 원시 문자의 단계여서 문자의 자형이 고정되지 않고 회화적 성격을 지니며, 많은 이체자異體字들을 지니는 단계에 머물러 있었다. 상대 금문은 갑골문과 기본적으로 동일하다고 볼 수 있다. 서주西周 금문은 갑골문의 도화성을 어느 정도 지니고 있고 이체자도 다수 지니고 있지만, 보다 부호화된 단계로 발전해 감을 보여 주고 있다. 동주東周 금문은 보다 발전된 전서의 기초 단계를 완성한 문자로, 다양하고 세련된 문자 꼴을 짙게 나타내고 있다. 전서는 소전小篆이 대표적 문자인데, 상형성을 거의 상실하고 완전한 부호화로 가는 마지막 단계에 이르고 있다. 특히 소전은 상형성을 거의 상실하여, 문자의 외형으로는 문자의 본의를 추적할 수 없을 만큼 부호화되어 있다. 예서와 해서의 경우는 상형성은 거의 찾아보기 힘든 부호화의 완성 단계 문자이다.

중국 문자 구성의 방식은 좌·우의 배열로 된 '리理', '논論' 자 등과 같은 것이 있고, 상·하의 배열로 된 것으로 '간簡', '번繁' 자 등과 같은 것이 있다. 또 내·외의 배열로 된 것은 '고固', '국國' 자 등과 같은 것이 있다. 어쨌든 어떠한 방식으로 글자가 만들어졌는지를 막론하고 한자는 완전한 네모꼴의 글자 형태를 갖추고 있으며, 반드시 형形, 음音, 의義 3요소를 구비하고 있다. 이 세 가지 조건에서 어느 하나

갑골(상)

도 결여되어서는 안 된다. 표음 문자는 글자의 형태로 음을 표시하지만, 중국 문자는 글자의 형태로 음을 나타내고 그 뜻도 표현하고 있다. 이러한 특징이 있기에 대련對聯, 율시律詩, 변문駢文 등과 같은 대칭의 아름다운 문학을 창작할 수 있다.

한자는 그림으로부터 발전한 문자이므로 문자마다 미술적 의미가 풍부하다. 또한 음이 일자일음一字一音을 갖고 있을 뿐만 아니라, 평측의 구별이 있어서 일자 대 일자一字對一字, 일평 대 일측一平對一仄으로 가지런하게 대구對句를 만들 수 있다. 그야말로 변문駢文, 부賦, 사詞, 곡曲 및 5언 · 7언시는 모두 평측平仄, 대장對仗, 용운用韻의 엄격한 규칙을 따랐다. 또, 한자는 그 형태에 뜻이 들어 있기 때문에 소리를 내지 않아도 그 뜻을 알 수 있어서 '인언위신人言爲信(사람의 말은 곧 믿음이다)' 등과 같이 매우 심오한 철학적 의상意象의 미美를 잘 표현할 수 있다.

사장반(西周):그릇 안 바닥에 명문 284자가 새겨져 있음

2. 先秦文學

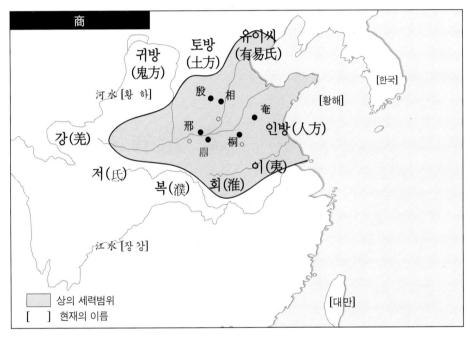

商

귀방
(鬼方)

토방
(土方)

유이씨
(有易氏)

河水 [황 하]

殷　相

奄

[한국]

[황해]

邢

인방(人方)

강(羌)

昌　桐

저(氏)

복(濮)　회(淮)

이(夷)

江水 [장 강]

[대만]

상의 세력범위
[　]　현재의 이름

　대략 50만 년 전에 중국의 북방에는 원시인류가 거주하였고 이들은 자연적인 생산공구를 사용할 줄 알았다. 오랫동안의 진화과정을 거쳐 1만 년 전에는 이미 신석기 시대로 접어들어 사회의 중대한 변화를 가져왔다. 점차 수렵에서 농업생활로 바뀜으로 취락이 형성되어 취락 사이의 내왕이 잦았고, 또는 전쟁이 벌어졌다. 따라서 집단의식이 강해지고 집단간의 이해관계, 전쟁으로부터 부족의 보호를 위한 국가조직이 발생하였다.

한때 학자들은 하夏의 역사를 믿지 않으려 하였으나『시경詩經』,『상서尚書』등의 하의 기록과 이리두二里頭 문화유적의 발굴은 큰 의의를 갖게 되었다. 하남에서 발견된 두 고성은 바로 하에 위치해있고 도성의 출현은 곧 국가의 기원을 상징하고 있기 때문이다. 궁전의 건축 규모로 보아 이미 당시 사회의 조직력과 통치력이 상당하였음을 상상할 수 있는데 하, 상, 주 3대의 융합을 거쳐 한민족 공동체가 형성되기 시작하였고, 또다시 춘추전국을 거치면서 그 역사의 기초를 확고히 하였다.

우禹가 즉위한 뒤 국호를 하夏라고 하였다. 선양禪讓의 관례에 따라 그의 조수였던 익益이 계위를 하였으나 우의 아들 계啓가 어질고 총명하여 부락영수의 옹호를 받아 우의 왕위를 계승하게 됨으로 하는 중국 역사에 있어서 첫번째 왕조가 되었다.

하의 말에 황하 하류의 상商이란 오래된 부락이 점차적으로 강성하여 B.C1600년경에 하를 멸망시키고 상을 건립하였다. 전설에 의하면 상의 시조는 계契로 본래 우禹를 도와 치수治水의 공이 큼으로 순舜은 그를 백성을 교화하는 일을 맡도록 하고 상(현 하남성 상구현商邱縣)에 봉하였음으로 상이란 이름을 얻게 되었다.

탕湯은 개국공신 이윤伊尹을 우상으로 삼았다. 그의 뛰어난 정치적인 능력의 발휘로 세력이 날로 강성해짐으로 주위 부락들은 모두 그에게 귀의하여 왔다. 그러나 하의 걸桀은 백성의 고통은 돌보지 않고 황음무도한 폭정을 자행하였다. 그리하여 탕은 무력으로 하를 정복하고 즉위, 국호를 상商이라고 하고 도읍을 박亳(현 산동 조현曹縣)으로 정하였다. 그러나 황하의 범람이 잦아 5차례나 천도하였으며 반경盤庚때에 황하 북쪽의 은殷(현 하남 안양현安陽縣)으로 옮겨옴으로 상을 은 또는 은상이라고도 한다.

그러나 30대 주紂왕은 하의 걸과 마찬가지로 잔악한 군주로 정사는 돌보지 않고 주지육림에서 낮과 밤이 없이 환락만을 추구함으로 민심이 이반하였다. 그때 주周는 희姬성의 오래된 부락으로 위수渭水지역에서 생활해 왔고 강姜성의 부락과의 통혼을 통하여 부락연맹을 이루었다. 주족은 오랫동안 융적戎狄과 어울려 살았으나 뒤에 빈豳으로 이주하였다. 점차적으로 농업이 발달하고 사회가 안정되었으나 고공단보古公亶父(뒤에 태왕太王으로 추존)에 이르러 융적의 침략을 받게 되자 부족을 이끌고 기산岐山(현 섬서 기산북쪽)으로 옮겨왔다. 토지가 비옥하여 농경이 적당함으로 주족은 이곳에 정착하여 비로소 주인周人이라고 하였으며 아울러 부락의 조직을 정비하고 성곽을 쌓고, 가옥을 짓고 관리를 두었다. 이렇게 주는 국가의 형태를 갖추어 갔을 뿐만이 아니라 이미 강한 세력을 형성하였다. 주는 주위의 여러 부족들과 연합하여 상

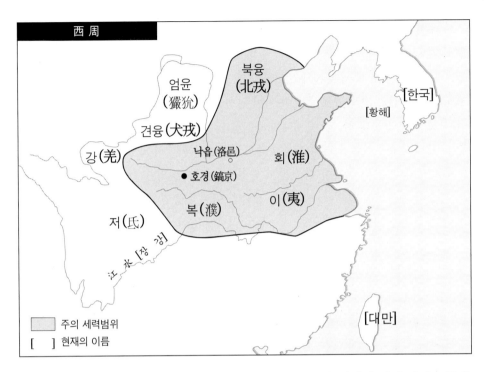

西周

엄윤(玁狁)

북융(北戎)

견융(犬戎)

강(羌)

낙읍(洛邑)

호경(鎬京)

회(淮)

이(夷)

복(濮)

저(氐)

江水[장 강]

[한국]

[황해]

[대만]

주의 세력범위

[ ] 현재의 이름

을 공략하였다. 주왕은 군대를 급히 편성하여 응전하였으나 패할 수밖에 없었고 주왕이 분신함으로 상은 멸망하였다.

주 무왕은 상을 멸망시킨 뒤 도읍을 호鎬(현 섬서 서안)에 정하고 국호를 주라고 하였는데, 역사상 '서주西周'라고 일컫는다. 상은 예속하였던 제후를 정복하고 그 통치지역을 장악하였으나 잔여 세력을 일시에 완전히 소멸하기는 어려웠고 피정복자 사이와의 모순을 완화하기 위하여 주紂왕의 아들 무경武庚을 상의 도읍에 머무르게 하고 그로 하여금 그 유민을 다스리도록 하였다. 또 상의 근기近畿 지역을 3지역으로 나누어 아우인 관숙管叔, 채숙蔡叔, 곽숙霍叔을 봉하여 무경을 감시하도록 하였는데 역사에서는 이것을 '三監'이라고 한다.

무왕이 죽자 아들 성왕成王이 뒤를 이었으나 나이가 어림으로 무왕의 동생 주공周公 단旦으로 하여금 섭정하도록 하였다. 3감 관숙, 채숙, 곽숙은 이에 불만을 품고 주공이 왕위를 찬탈하려 한다고 유언비어를 퍼뜨렸다. 한편 무경을 선동하여 동쪽의 여러 부족과 연합하여 반란을 일으켰다. 이것을 '3감의 난'이라고 하는데 주공이 친히 군사를 이끌고 동정東征, 3년간의 고전 끝에 반란을 평정하였다. 그 뒤 주공은 몇 가지의 중대한 조치를 실시함으로 주의 통치기반을 공고히 하였다.

즉, 다시 토지를 제후들에게 분봉함으로 주의 세력을 확대하였고, 낙읍洛邑(현 하남 낙양)에 별도로 동도東都를 건립하여 무경의 반란에 참가하였던 '은완민殷頑民'을 이곳으로 이주시켜 생업에 충실하게 하고 주 왕조에 순종하도록 하였다. 군사를 주둔시켜 감시하도록 하였으며 만일 반항하는 자가 있으면 엄한 벌로 다스렸고 예악禮樂을 제정하여 통치질서를 꾀하였다.

주공이 섭정한지 7년, 성왕이 장성하자 정권을 그에게 넘겨주었다. 성왕과 그의 아들 강왕康王이 재위하였던 60여 년 간은 서주의 전성시기로 40여 년 간 형벌이 없었다고 할 만큼 평화로웠는데 '성강지치成康之治' 라고 일컫는다. 그러나 여왕厲王 때부터 국력이 쇠퇴하기 시작하였고 폭정으로 백성들의 불만을 초래하여 무력폭동으로 여왕은 황급히 도망하였고 주공周公, 소공召公으로 하여금 왕권을 대행하도록 하였는데 이를 '공화행정共和行政' 이라고 한다.

유왕幽王이 재위한지 2년만에 호경鎬京에서는 대지진이 발생하고 한발이 극심하여 백성들은 살아갈 수가 없어 유리걸식하였다. 그런데 유왕은 아첨배를 대신으로 기용하고, 포사褒姒를 왕후로 삼고 신후申后 및 태자 의구宜臼를 폐한 뒤 포사의 아들 백복伯服을 태자로 삼으려 하였다. 그러자 신후의 부친 신후申侯는 견융과 연합하여 호경을 공략, 여산 아래서 유왕을 죽이니 마침내 서주는 멸망하였다.

유왕이 죽은 뒤 제후들이 태자 의구를 옹립하여 왕으로 삼았는데 바로 주평왕周平王이다. 당시 호경은 전화로 인한 파괴와 견융의 소요가 잦자 즉위 2년 도읍을 낙읍洛邑으로 옮겼는데 동주東周라고 한다. 동주 전반기의 200여 년 간은 제후들의 패권다툼의 역사인데 '춘추시대春秋時代' 라고 한다.

평왕의 동천으로 주의 고토를 대부분 상실하고 겨우 600여 리의 땅을 차지함으로 소국의 형세를 면하지 못하였을 뿐더러 그 위세는 쇠퇴하였다. 반면 제후가 강대해지고 주위 소수민족의 세력이 확대됨으로 중원은 편할 날이 없이 전란에 시달렸다. 이 시기를 틈타 강대한 제후들은 이르는 바 '존왕양이尊王攘夷(천자를 끼고 제후들은 호령하고 오랑캐를 물리쳐 영토를 확대함)' 의 구호를 내세워 대제후국들은 쟁패의 국면에 접어들었다. 결과적으로 쟁패에 성공한 것은 모두 6나라로 제환공齊桓公, 진문공晉文公, 초장왕楚莊王, 오왕부차吳王夫差 및 월왕구천越王勾踐 등인데 '춘추오패春秋五霸' 라고 한다.

춘추 초기에는 무려 200여 개의 국가들이 있었으나 오랫동안의 겸병을 거쳐 춘추 말기에는 대부분 소멸되고 몇 개의 대국과 몇 개의 작은 나라들만 존재하였는데 200

여 년 동안 혼전의 국면으로 접어들었다. 이것을 '전국시대戰國時代'라고 일컫는다. '전국칠웅戰國七雄'은 제齊, 초楚, 연燕, 진秦의 4개국과 진晉의 분열로 이루어진 한韓, 위魏, 조趙를 지칭한다. 전국칠웅은 한결같이 주천자周天子의 지위를 존중하지 않았다. 다만 천하를 병탄하려는 야망으로 전쟁이 끊이지 않았고 그들 세력의 흥망으로 형세가 늘 변화하였다.

위나라는 지리적으로 좋은 조건을 갖추고 있었고 위문후魏文侯가 영명하여 인재를 잘 기용하였다. 공자의 제자인 자하子夏를 스승으로 삼고 법가인 이극李克과 군사가인 오기吳起로 하여금 부국강병의 군국주의를 실천하게 함으로 전국 초기의 가장 강력한 국가로 등장하였다. 그러나 제위왕齊威王때 손빈孫臏을 장수로 위를 공벌하고, 진효공秦孝公은 상앙商鞅의 변법을 실천하여 두 나라는 날로 부강함으로 마침내 제·진의 양대 세력으로 나뉘었다.

진나라가 변법 이후에 동진정책을 채택하자, 산동의 6나라에게 진나라는 두려움의 대상이 되었다. 그리하여 소진蘇秦이 소위 '합종정책合縱政策'을 제창하였으나 진나라 장의張儀의 '연횡정책連橫政策'의 계책에 의하여 6국의 단결은 깨어져 합종정책은 지속할 수 없었다.

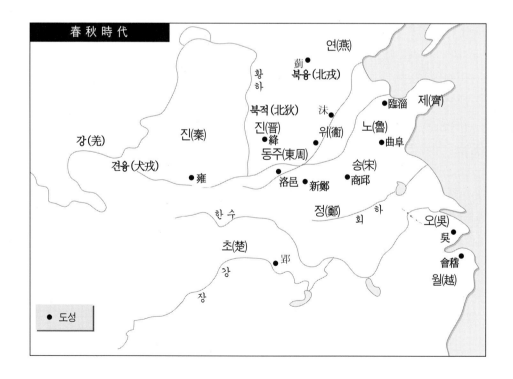

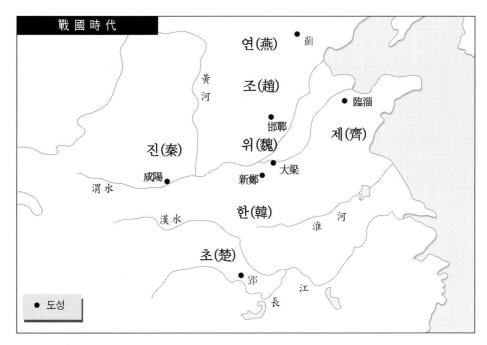

戰國時代

연(燕)
薊

黃河

조(趙)

臨淄

邯鄲

제(齊)

진(秦)

위(魏)

咸陽

大梁

渭水

新鄭

한(韓)

漢水

河

淮

초(楚)

郢

江

長

● 도성

한편 범수范雎의 원교근공遠交近攻 정책의 책략, 6국 사이의 이해상충으로 인한 상호전쟁으로 반진反秦 세력의 힘은 자연히 약해지게 되었고, 그 결과 진은 매우 쉽게 6국을 각개 격파할 수 있었다. 진왕 정政17년(기원전230)에 제일 먼저 한이 멸망당하였고 나머지 다섯나라도 이어서 멸망당함으로 오랫동안 이어졌다. '춘추전국'의 시기는 끝이 났고 진은 비로소 통일을 달성하였다.

하의 정치조직에 대해서는 문헌의 부족으로 잘 알 수 없으나 상은 고도로 발달한 계급사회였던 것을 알 수 있다. 위로는 왕실, 제후, 백관 등의 통치계급이었고 아래로는 농민, 노예 등이 있었다. 주왕조가 건립된 뒤로는 '천명天命' 사상이 발달하였는데 바로 인문정신이 발양하기 시작한 시대였다. 그러나 서주 말기 이후부터는 주 천자를 중심으로 한 봉건체제가 쇠

합종연횡(合縱連橫)

진(秦)과 위(魏)는 잦은 전쟁을 벌여 왔다. 그 결과 위는 쇠퇴한 반면 진은 점차로 강성해져서 한, 조, 위, 초, 연, 제 등 6국의 두려움의 대상이 되었다. 그리하여 연(燕)에서부터 초(楚)에 이르기까지 연합하여 진에 대항하자는 '합종'이 일어나게 되었으며, 이에 반하여 진은 산동의 강대국들과 연합하여 '합종'을 파괴하자는 '연횡'을 주장하였다. '합종', '연횡'의 논쟁은 전국 후기에 성행하였다.

퇴하기 시작, 천자의 권위가 상실되고 귀족간의 이권의 쟁탈이 끊이지 않았다.

고대 정치사회의 질서를 유지함에 있어서 예제禮制의 역할은 지대하였고, 특히 주대에 천자로부터 서인에 이르기까지 엄격한 등급의 구별이 있어 제사, 장례, 음식 등 생활의 여러방면에 표현되었고 이것은 빈부귀천의 사회가치관념의 변화를 가져왔다.

즉 공자보다 좀 일렀던 자산子産은 "천도는 멀고, 인도는 가깝다. (天道遠, 人道邇.)"라고 하였는가 하면 좀 더 일렀던 계량季梁은 "백성은 신의 주이다. (夫民, 神之主也.)"라고 한 것과 같이 사람의 가치에 대하여 긍정적이었다. 이와 같은 사상은 춘추전국시대의 중요한 배경이 되었고 마침내 제자, 백가쟁명의 새로운 국면을 맞이하게 되었다.

제1절 神話와 원시 宗敎文學

1. 신화神話와 전설傳說

모든 민족은 나름대로 그들 민족의 신화를 가지고 있다. 그 중에서도 중국을 비롯한 인도, 그리스, 이집트 등 몇몇 고대 문명 국가들은 매우 풍부한 옛 신화를 가지고 있다. 하지만 인도, 그리스 등의 신화는 완벽하게 보존되어 전해 오고 있는 반면에 중국의 신화는 체계 없이 산만하게 전해져 오고 있다. 중국 신화는 『산해경山海經』, 『회남자淮南子』, 『초사楚辭』 등에 가장 많이 실려 있고, 그 외에 『목천자전穆天子傳』, 『장자莊子』, 『국어國語』, 『좌전左傳』 등에 단편적으로 실려 있을 뿐이다.

신들의 사랑, 음모, 투쟁이 신화의 중심적인 주제이며, 은밀한 신의 계획이 숨겨져 있다. 즉 한 문제에 대한 올바른 답을 얻어내기 위한 끊임없는 삶의 투쟁인 것이다. 신화야말로 생명을 지배할 만큼 강한 힘을 가지고 있는 '살아있는 현실'이다. 따라서 신화는 옛 사람들의 사상은 물론 생활의 관념 등을 터득할 수 있는 중요한 가치를 지니고 있다. 그것은 신화가 당시 사람들의 자연 현상에 대한 해석, 투쟁, 극복의 진솔한 삶의 모습을 잘 반영하고 있기 때문이다. 그들의 일상적인 생활을 통하여 얻어진 경험적 진실을 바탕으로 하고 있어서 유치한 듯한 모티브를 지니고 있지만, 더없는 매력과 친근감을 준다. 친근감이란 현실적인 고통, 역경, 공포 등을 이겨낸 결과에서 오는 애틋한 맛이다. 로고스는 '맛', '신성함', '초월성'을 담을 장소가 없지만, 신화는 이러한 것들을 담고 있는 그릇이다. 이러한 것들에 대한 초월적 감

여와와 복희

각의 발로가 신화 문학의 연원이며, 그 문학에 대한 연구는 '항상 현재성'의 성질을 지니고 있다. 신을 자신의 영혼 속의 힘이라고 한다면, 중국 신화들을 통하여 우리는 그 사람들의 심연의 원시적 사유, 문학을 더욱 깊이 이해할 수 있다.

그렇다면 천지, 인류 창조에 대한 중국인의 생각은 반고盤古와 여와女媧의 신화를 통하여 해답을 얻을 수 있다. 반고는 거대한 달걀과 같은 암흑과 혼돈의 도가니 속에서 태어났는데, 1만8천 년 동안 천지가 개벽하였다. 양陽의 맑음(淸)은 하늘이 되고, 음陰의 혼탁함(濁)은 땅이 되었다. 하늘과 땅이 매일 일장一丈씩 높아지고 두터워졌으며, 반고 역시 일장 씩 키가 자랐다. 이렇게 1만8천 년이 지나니 하늘과 땅이 지극히 높아지고 깊어졌으며, 반고의 키도 엄청나게 커졌다. 하늘은 땅에서 9만 리나 떨어지게 되었다.

반고는 죽음에 임박하여 몸에 커다란 변화가 일어났다. 입김은 바람과 구름이 되었고, 목소리는 천둥이 되었다. 왼쪽 눈은 태양이, 오른쪽 눈은 달이 되었으며, 몸은 울퉁불퉁한 산과 구릉이 되었고, 머리털은 초목 등이 되어 세상이 아름답게 변화하였다. 그런데 하늘과 땅이 열린 후 황량한 대지를 거닐고 있던 여와는 고독을 견딜 수 없었다. 무엇인가가 있어야만 생기가 돌 것 같아 황토를 한 움큼 파서 물과 반죽을 해서 어떤 형체를 만들어 땅에 내려놓았다. 살아서 움직였다. 이상한 소리를 내면서 이리저리 뛰어 다녔다. 이것이 곧 '사람'으로 신이 직접 창조했기 때문에 새나 짐승과는 달리 신의 모습을 닮았다. 여와는 계속하여 '남자'와 '여자'를 빚어 냈는데 그들은 아무것도 걸치지 않은 채 여와를 둘러싸고 춤을 추며 노래하였다. 여와는 더 이상 고독하지 않았지만, 그 지혜로운 창조물을 세상에 가득하게 만들어 놓고 싶었다. 만들기를 계속

하다 지친 여와가 새끼줄을 진흙탕 속에 넣고 휘젓다가 꺼내어 한 바퀴 휘두르자 흙탕
물이 땅에 뚝뚝 떨어졌다. 그것들은 곧 환희에 겨워 춤을 추는 사람으로 변하였다. 사
람들 가운데 귀하고 어진 자는 여와가 직접 황토로 빚어 만든 사람(黃土人)이며, 천
하고 가난한 자는 새끼줄을 휘둘러 만든 사람들(引組人)이라고 했다. 이렇게 인류는
생존하기 시작하였으나 아직도 해결 못한 한 가지 문제가 남아 있었다. 사람은 죽을
수 밖에 없기 때문에 어떻게 하면 생존을 오래 지속시켜 나갈 수 있을까 하는 것이었
다. 그리하여 남자와 여자를 결합시켜 주었다. 그들 스스로 자손을 생육함으로 인류는
영원히 이어질 것이며, 그 수가 늘어나 번창할 것이기 때문이었다.

이와 같은 신화를 바탕으로 전설은 발전하여 왔다. 곧 신화 가운데 신神은 차츰 사
람으로 변하였으며, 그 사람의 발자취를 서술한 것이 전설이 되었다. 「우禹의 홍수를
다스림」, 「황제黃帝와 치우蚩尤의 전쟁」, 「후예后羿가 활로 태양을 쏘다」 등의 전설
이 대표적이다.

즉 상제의 어명을 받은 천신이 칼(吳刀)로 곤의 배를 가르자 두 뿔이 달린 용이 튀
어 나왔다. 그가 바로 우였다. 우는 곧 용트림을 하면서 승천하였다. 그리고 아버지 곤
의 뜻을 받들어 치수의 위업을 하나하나 이루어 갔다. 이에 상제는 인류의 결연한 의
지에 대한 새로운 인식과 함께 홍수의 벌을 뉘우치게 되었으며, 우를 지상으로 내려보

황제릉

내 홍수를 다스리도록 하였
으나 그것은 순탄하지만은
않았다. 물의 신인 공공共工
의 권위를 자극함으로써, 분
노한 그가 온 천지를 물바다
로 만들어 버렸기 때문이다.
이에 우는 설득보다는 무력
으로 공공을 몰아냄으로써
본격적으로 치수 사업에 착
수할 수 있었다. 그는 거대한
거북이에게 식양(息壤, 생장
을 멈추지 않는 토양)을 지
고 뒤따르게 함으로써 홍수
를 막기 시작하였다. 그리고

꼬리로 금을 그으니 강이 되어 동쪽의 바다로 흘러 들어갔다. 그것이 지금의 양자강과 황하가 되었다고 한다.

황제와 치우의 전쟁에 대한 전설은 여러 곳에 기록되어 있다.『용어하도龍魚河圖』에 의하면 치우의 형제는 모두 81명으로, 구리 머리, 쇠 이마, 짐승의 몸으로 사람의 말을 하였는데 그들의 무위가 천하에 떨쳤다고 한다.

전하는 바로는 치우는 고대 여족黎族의 우두머리였다. 당시 여족이 참으로 많아서 구려九黎라고 하였는데 '구九'는

대단히 많음을 의미한다. 치우는 강대한 부족 연맹의 대표였을 것으로 여겨진다. 그는 초인간적인 신력神力을 지니고 있었으며 권력욕이 강하여 황제의 보좌를 탈취하고자 하였다. 그리하여 묘족苗族(황제의 후손)을 위협하여 탁록涿鹿(현 하북 탁록현 동남)에서 황제, 염제炎帝의 연합군과 대접전을 벌였다. 황제는 응룡應龍과 발魃(황제의 딸로 늘 푸른 옷을 입음)의 도움을 받아서, 치우의 군대와 구려족을 섬멸하고 치우를 사로잡아 탁록에서 살해하였다. 뒤에 염제와 황제의 연맹이 결렬되어 판천阪泉(현 산서성)에서 몇 차례 대전을 벌인 끝에 웅雄, 비羆, 비貔, 휴貅, 추貙, 호虎의 합세로 결국 황제가 승리함으로써 황하 중하류의 부락 연맹의 수령이 되었다. 따라서 황제족은 황하 유역에서 최강의 부락 연맹이 되었고, 권력의 강화로 사회 경제적으로 안정을 이루어 나갔다. 요堯, 순舜, 우禹의 등극과 함께 더욱 공고한 사회적인 안정을 기반으로 생산력은 물론 문화 예술도 상당히 발달하였다.

예羿가 태양을 쏘아 떨어뜨린 전설은『산해경』과『회남자淮南子』의「본경훈本經訓」에 비교적 구체적으로 기술되어 있다. 요 때에 열 개의 태양이 떠올라 벼, 나무, 풀이 모두 타 죽게 되자 예는 10개 중 9개의 태양을 활로 쏘아 떨어뜨렸다. 이와 같은 예의 인류를 위한 영웅적인 활약은 당연히 존경을 받게 되었고, 공덕을 칭송하는 노래가 드높았으나 오히려 상제의 분노를 샀다. 왜냐하면 자신의 아들인 10개의 태양 가운데 한꺼번에 9개를 쏘아 떨어뜨렸기 때문이다. 상제는 그 죄값으로 예와 아내인 항아姮娥를 다시는 천상에 오르지 못하게 하고 신적神籍마저 박탈했다. 이로부터 예와 항아

의 애정은 금이 가기 시작하였다. 그도 그럴 것이 예의 잘못으로 항아는 천국의 행복을 누릴 수 없게 되었기 때문이다. 아내의 원망과 질책으로 인한 고통을 견디기 어려웠던 예는 유랑하다가 우연히 낙수洛水의 여신인 복비宓妃를 만났다. 그녀는 여러 선녀들과 함께 물놀이를 즐겨 하였는데, 수심에 겨운 듯한 모습이 오히려 아름답기가 그지없었다. 위魏의 조식曹植(192~232)은 「낙신부洛神賦」에서 다음과 같이 묘사하였다.

> 엷은 구름에 가리운 달인 듯 하고,
> 가벼운 바람에 날리는 흰 눈인 듯하네.
> 멀리서 바라보면,
> 태양이 아침 노을에 떠오르는 듯하고,
> 가까이 가서 보면,
> 연꽃이 푸른 물 위로 솟아 오른 듯하네.

> 髣髴兮若輕雲之蔽月,
> 飄颻兮若流風之回雪.
> 遠而望之, 皎若太陽升朝霞,
> 迫而察之, 灼若芙蓉出綠波.

복비의 남편인 하백河伯은 황하의 신이다. 그런데 굴원이 「구가九歌 하백河伯」에서 "그대와 함께 구하에 노니는데, 세찬 바람에 굽이치는 큰 물결!(與女遊兮九河, 衝風起兮橫波!)"이라고 한 것을 보면 하백이 얼마나 방탕했는가를 알 수가 있다. 따라서 하백과 복비宓妃(낙빈 雒嬪) 사이에 갈등과 고통이 있었으나 예와의 애정은 깊어만 갔다. 예와 하백이 낙빈을 두고 처절한 싸움을 벌이자 아내인 항아는 질투와 분노를 참을 수가 없었다. 마침내 불사약을 훔쳐 먹고 달로 달아났으나 두꺼비로 변하였다. 예는 그 이후 실망과 비애를

항아(상아)

절감하고 세상살이의 무상함을 터득하여 갔다. 그러나 끝내 전법箭法을 전수해 준 봉몽逢蒙에게 살해되었다. 봉몽이 스승을 제치고 일인자가 되기를 원했기 때문이다.

위에서 보았듯이 중국의 신화와 전설은 질박하고 솔직하며 생동감이 있는 삶의 요소를 지니고 있다. "여와가 황토로 사람을 만들었다"는 것은 황토 고원의 토기 제작 문화와 여성의 활동 상황을, "예가 태양을 활로 쏘아 떨어뜨렸다"고 하는 것은 당시의 수렵 생활을, "우왕이 치수를 했다"는 이야기는 당시의 농업과 관개의 중요성을 빗대어 설명하고 있는 것이다.

중국을 남·북으로 갈라 놓고 볼 때, 북방은 유교 문화권의 문자 문학으로서의 올바른 수용을 이루지 못하여 아름다운 정서의 문학 창작의 길을 열지 못하였다. 그러나 남방은 북방과 사정이 좀 달라서 비교적 온전하게 신화 전설이 입에서 입으로 전해져 내려왔으며, 굴원은 비로소 이들 신화를 소재로 삼아 「이소離騷」, 「천문天問」, 「구가九歌」, 「초혼招魂」 등을 창작하였다. 그리하여 북방의 사실주의 문학에 상반하는 새로운 낭만주의의 길을 개척하였다. 한대漢代에 이르러 가의賈誼를 비롯한 많은 문인들이 그의 시정신을 본받아 글을 지음으로써 부賦 문학의 전성 시대를 이루었는가 하면 그 이후로 현대에 이르기까지 잡가, 가무, 희곡, 소설 등에 지대한 영향을 끼쳤다.

2. 갑골문학甲骨文學

갑골문甲骨文의 발견은 중국 문화사에 있어서 대단히 큰 사건이었다. 청淸 광서光緖 25년(1899)에 하남河南 안양현安陽縣 소둔촌小屯村의 한 농민에 의해 우연히 발견된 갑골문은 학술계의 큰 반향을 불러 일으켰다. 갑골문의 갑甲은 거북이의 등뼈나 배뼈, 골骨은 소, 말, 사슴 등 포유 동물의 뼈로, 은대(기원전 1384~기원전 1111) 사람들이 당시의 문화와 역사를 기록했던 문헌으로 볼 수 있다. 내용의 대부분이 점복占卜을 위한 것이었기 때문에 복사卜辭라고 불렸는가 하면, 은의 옛 도읍지에서 발견되었다 하여 은허殷墟 갑골문甲骨文이라는 명칭을 갖기도 하였다. 갑골문의 기록은 전쟁, 수렵, 농업, 제사, 천문 등 다양하며 모두 사실적인 기록들이다. 사실 기록이라는 자료의 특성 때문에 당시 역사 문화의 연구에는 더없이 필요한 문헌이지만 또한 문학적으로도 간과할 수 없다. 갑골문자는 210,000여 조각에 5,000여 상용 문자로 새겨진 방대한 양으로 지금도 계속 발굴되고 있는 실정이다. 이 갑골문을 자세히 살펴보면 각刻을 전문적으로 하는 정인貞人에 따라 서풍書風이 다른 것을 찾아볼 수 있다. 초기에는 필획이 거칠고 문자의 배치 역시 자유스러운 느낌을 주고 있는 반면에, 후기로 접어들면서 글자가 작아지고 세련됨은 물론 문장의 배열이 매우 가지런하게 짜여 있다. 이 시기의 사회는 여러 씨족 단위로 대부분 형성되었고, 복사卜辭 가운데 왕王은 이들 집단의 영수로 일컬어졌다. 경제적으로는 이미 말, 소, 양, 닭, 개, 돼지 등을 가축으로 사육했던 점으로 보아 유목으로부터 농업으로 넘어가는 과도기였던 것을 알 수 있다. 신앙적으로 상商은 다신多神 숭배의 무술巫術의 시대로 대·소사를 막론하고 모두 점을 쳐서 결정하였다.

갑골(상)

이 시기에는 무속 문화가 크게 성행하였으며, 갖가지 제사를 지내고 노래와 춤으로 강신降神을 빌었다. 그래서 이미 음악, 무도의 발달과 함께 형식을 갖춘 시가들이 노래로 불려졌을 것으로 여겨지고 있다. 요·순 때의 「격양가擊壤歌」, 「경운가卿雲歌」를 비롯하여, 은 말의 「맥수가麥秀歌」, 「채미가採薇歌」 등

상대은허출토동기
(문자가 새겨져 있음)

은 뒷사람들의 기록이라고 하더라도 나름대로 시가 형식의 양상을 짐작해 볼 수가 있다. 『시경』 「상송商頌 장발長發」을 예로 든다.

> 유융씨의 나라 비로소 강대해지고,
> 간적(簡狄)은 상왕을 낳으셨네.

> 有娀方將, 帝立子生商.

이 시의 신화적 내용은 오랜 연원을 가지고 있어, 갑골문에 나타나고 있는 상족들과는 매우 친근한 내용이다. 또 갑골문의 바람신에 관한 사방풍四方風이 아직도 학계의

관심을 끌고 있는 까닭은, 다른 것들과 달리 글꼴이 의문문이 아니고 당시의 신화를 기술하고 있어서, 신화 연구에도 더없이 중요한 자료이기 때문이다.

> 동방신의 이름은 석이며, 바람신의 이름은 협이다. 남방신의 이름은 인이며, 바
> 람신은 개이다. 서방신의 이름은 봉이며, 바람신은 이이다. 북방신의 이름은 포
> 이며 바람신의 이름은 열이다.

> 東方曰析, 風曰協, 南方曰因, 風曰凱, 西方曰丰, 風曰彝, 北方曰勹, 風曰役.

이 글은 사방의 방향신과 거기에 존재하는 바람신들을 소개하고 있는데, 그들 나름의 신위神威를 지니고 있어 제사의 대상이 되었다. 4자 3자의 문장 짜임새와 운율감은 다른 갑골문에서 찾아보기 어려운 것으로, 후대의 시경, 초사체의 초기 형태인 것으로 이해할 수 있다. 『시경』「소아小雅 어려魚麗」를 예로 든다.

사방풍명(四方風名)

> 통발에 걸린 것은,
> 자가사리 모래무지.
> 내오는 술은 많고,
> 향기롭고 맛이 있어라.

> 魚麗于罶, 鱨鯊.
> 君子有酒, 旨且多.

『시경』은 대부분 4·4체로 구성되어 있으나, 이 작품은 4·3체의 형식으로 구성되어 있는 것이 특색이다. 무질서하지만 많은 시 가운데 4·3체를 꺼리지 않고 사용하였으며 이것을 통하여 이미 정형화된 운율 형식의 시가가 존재하였다는 것을 가늠해 볼 수 있다.

갑골문의 내용은 전쟁, 수렵, 농업, 제사, 천문 등에 관한 것에서부터 개인의 질병, 임신, 분만 등에 이르기까지 다양하게 구성되어 있다. 흔히 갑골문을 단순한 점괘의 나열로만 이해하기 쉬우나 실상은 대단히 복잡하고 심도 있는 의미를 내포하고 있다. 갑골

문은 상 민족들이 일의 결정을 신에게 묻는 신탁神託 행위들이 기록된 변조되지 않은 원시 기록이다. 이러한 갑골문에 대하여 흔히 갑골에 새기거나 쓰여 있는 문자는 점을 치기 위한 것으로 오해되고 있는데, 사실은 점괘의 기억을 돕기 위해 기록한 것이다.

따라서 그것은 단순한 일과성의 행위가 아닌 당시 삶의 기록 자체이며, 마치 일기와도 같은 모든 사고와 행위의 종합적 기록이다. 또 갑골문의 내용 중에 험사驗辭는 점괘에 대해 판단하는 것으로, 특히 주관적인 내용이 상당 부분 가미될 수 있어서 문학적인 의미가 더욱 풍부하게 나타나는 부분이기도 하다. 갑골문의 기록은 때로는 생략, 반복되는 경우도 있는데, 이러한 현상들에서 상당한 수준의 문학적 영향 축적을 거쳐 이루어진 한층 정련된 문장임을 알 수 있다.

> 왕이 (점괘를 보고) 말씀하시기를 "좋지 않은 일이 있을 것이다"라고 하였다.
> 팔일 후인 경술일에 과연 구름이 동쪽으로부터 이르렀다. 하늘이 어두웠다. 저녁 무렵에는 또한 북쪽으로부터 무지개가 나타나서는 황하의 물을 들이마셨다.

> 王占曰 : 有祟. 八日庚戌有各雲自東, 宦母. 昃亦有出虹自北, 飮于河.

위의 갑골문은 구름과 무지개를 살아 있는 것으로, 매우 두려운 존재로 이해했던 한 기록이다. 당시로서는 절박한 현실적인 묘사이지만, 지금 우리가 볼 때는 신화적인 한 편의 동화처럼 보인다.

어쨌든 위의 글들을 살펴보면 때로는 허사虛詞도 사용하고 있다. 당시의 어휘의 한계로 인해 다양한 수식은 되어 있지 않으나 다분히 사실적으로 구성된 원시 산문임을 알 수 있다.

3. 무술문학巫術文學

『역易』은 복서卜筮(길흉의 점을 침)의 책일 뿐, 문학적인 사료史料는 아니다.『역』은 본래『주역周易』이전에『연산역連山易』(하夏),『귀장역歸藏易』(상商)이 있던 것으로 전해지고 있다. 『주역』은 상말 주초에 이루어졌으나 작자는 알 수 없다. 다만 복희가 괘괘卦를, 문왕文王이 괘사卦辭를, 주공周公이 효사爻辭를, 공자를 비롯한 제자들이 십익十翼을 지었다고 전해지고 있으나 믿을 수가 없다.

『역易』은 '간역簡易', '변역變易', '불역不易'의 세 가지 의미를 내포하고 있다. '간역'은 우주 만물을 포함하고 있으니 간단하고 평이하며, '변역'은 천지 만물은 정체하고 있는 것 같으나 음양의 조화로 변화하여 바뀌고, '불역'은 만물 순환의 법칙에 따라서 생성 변화하여 영원토록 바뀌지 않는다는 것이다.

사실 『주역』은 체례體例와 내용에 있어서 복사와 크게 다를 바가 없지만, 표현 내용과 양식이 한 걸음 발전하였다. 『주역』이 만들어진 시대는 무술 점복이 가장 주요한 문화적 행사로 치러졌기 때문에, 복사보다도 당시 사회의 현실들이 잘 반영되어 있다. 「둔屯」육이六二와 「귀매歸妹」상육上六, 「중부中孚」구이九二를 예로 든다.

주저주저하며,
말을 타고 갈까 말까 망설인다.
도둑이 아니라, 청혼하러 오는 사람.

屯如邅如,
乘馬班如,
匪寇, 婚媾.

아내의 광주리, 비어 있구나,
남편은 양을 도살하나, 피가 없으니,
이로움이 없을 걸.

女承匡, 無實,
士刲羊, 無血, 無攸利.

학이 숲(그늘)속에서 우니,
새끼가 화답하네.
내게 좋은 술 있으니,

잔 잡아 비우시구려.

鳴鶴在陰,
其子和之.
吾有好爵,
吾與爾靡之.

위에서 예로 든 세 수는 가족 제도가 형성된 이후의 보편적인 약탈 혼인의 사실과, 목양牧羊의 목가적인 풍경을 비롯한 남녀의 애정을 잘 반영하고 있다. 「소남召南 야유사균野有死麕」과 「패풍邶風 웅치雄雉」를 예로 든다.

들에 죽은 노루,
흰 띠풀로 싸.
아리따운 그 아가씨,
멋쟁이가 수작 거네.

野有死麕,
白茅包之.
有女懷春,
吉士誘之.

장끼가 날아가네,
끼룩 끼룩 울음 소리.
참으로 임께서야,
가진 애를 다 태우네.

雄雉于飛,
下上其音.
展矣君子,
實勞我心.

위에서 예로 들고 있는『시경』과 비교하여 보면 내용, 표현에 있어서 큰 손색이 없다. 여기에서 특기할 것은『주역』은 복사와는 달리 이미 중간에 운韻, 대우對偶, 첩어疊語를 사용하고 있다는 점이다. 비록 괘사는 운문이 없다고 하더라도 효사는 거의 운문을 사용하고 있음을 알 수 있다.「건乾」구오九五,「동인同人」구삼九三을 예로 든다.

용이 밭에 나타나니,
훌륭한 사람을 보면 이로우리라.

見龍在田, 利見大人.

군사를 풀밭이 우거진 곳에 매복시키고,
높은 언덕에 올라가 본다.
그러나 삼 년이 되도 일으키지 못한다.

伏戎于莽, 升其高陵, 三歲不興.

위의 글에서 전田, 인人, 능陵, 흥興이 운으로 사용되고 있다.

뼈가 있는 말린 고기를 씹다가 화살촉을 얻는다.(噬乾胏, 得金矢)「筮嗑」九四
말린 고기를 씹다가 황금을 얻는다.(噬乾肉, 得黃金)「筮嗑」六五

송아지가 외양간에 있다.(童牛之牿)　「大畜」六四
돼지의 이빨이 났다.(豶豕之牙)　　「大畜」六五

아버지의 잘못을 바로 잡는다.(幹父之蠱)　「蠱」初六
어머니의 잘못을 바로 잡는다.(幹母之蠱)　「蠱」九二

글의 대우는 자연의 대칭에서 연원하고 있다.『주역』의 첫 괘인 건乾, 곤坤에서 볼 수 있듯, 음양과 상하의 관념을 바탕으로 대우의 문장을 발전시켜 나갔다.

나아가는 듯하고 좌절하는 듯하다.(晉如摧如)　「晉」初六

나아가는 듯하고 수심하는 듯하다.(晉如愁如)　「晉」六二

　　이렇듯 운, 대우, 첩어 등을 사용함으로써 뜻을 강조하고 있을 뿐만 아니라, 쉽게 암송할 수 있는 수사기법 또한 상당한 발전을 가져왔다. 『주역』은 시가의 발전에 있어 복사에서 시경에 이르는 교량적인 역할을 한 것이다.

제2절 『詩經』과 『楚辭』

　　위의 갑골문과 『주역』을 통해서 살펴볼 수 있듯이, 중국의 원시 가요는 풍부하고 다양하다. 현실 생활의 경험과 정감 등이 저절로 밖으로 표현되는 자연스러운 소리이며 리듬이다.

　　시가이기에 앞서 진솔한 삶의 표현이다. 하지만 전해 내려오는 것은 그렇게 많지가 않다. 『열자列子』「강구요康衢謠」와 『제왕세기帝王世紀』「격양가擊壤歌」를 예로 든다.

　　　우리 백성들이 살아감은
　　　당신의 법도 덕택일세.
　　　깨닫지도 알지도 못하는 사이에
　　　임금의 법칙 따르네.

　　　立我烝民, 莫匪爾極.
　　　不識不知, 順帝之則.

　　　해뜨면 일을 하고,
　　　해지면 쉬어.

우물 파 물을 마시고,

밭 갈아 밥을 먹는다.

임금의 힘이 나에게 무슨 소용 있으리요?

日出而作, 日入而息.

鑿井而飮, 耕田而食.

帝力於我何有哉?

　이 고가古歌는 요제堯帝 때에 천하가 태평하고 평안하여, 한 노인이 지팡이로 흙을 치며 안락한 날을 보낼 수 있음을 즐거이 소리 높여 부른 것이다. 『상서尙書』「경운가卿雲歌」와 『공자가어孔子家語』「남풍가南風歌」를 예로 든다.

상서로운 구름이 찬란하고,

서서히 흘러가는구나.

해와 달이 빛나고,

뜨고 또 뜬다.

卿雲爛兮, 糺縵縵兮.

日月光華, 旦復旦兮.

남풍이 훈훈하나니,

백성들의 원망을 풀 수 있고.

남풍이 불어 올 때엔,

백성들은 재산이 불어나네.

南風之薰兮, 可以解吾民之慍兮.

南風之時兮, 可以阜吾民之財兮.

　이와 같이 고시가의 많은 기록들을 찾아보면 중국의 시가가 매우 일찍부터 발생하여, 하·은·주 이전에 이미 어느 정도 체제를 구비한 노래가 불려졌음을 알 수 있다.

1. 『시경詩經』

(1) 시경詩經의 성립成立

『시경詩經』은 중국 최초의 시가집이다. 서주西周 때에 채시관採詩官을 두어 민간의 시가를 수집하기 시작하였는데, 서주로부터 동주東周 초기에 이르기까지 수집한 가요가 가장 많다. 주남周南, 소남召南(옹주雍州), 패邶, 용鄘, 위衛(기주冀州), 회檜, 정鄭(예주豫州), 위魏(기주冀州), 당唐(기주冀州), 제齊(청주靑州), 진秦(옹주雍州), 진陳(예주豫州), 조曹(연주兗州), 빈豳(옹주雍州), 왕王(예주豫州) 등 15개 국가에서 수집하였다.

『시경』이 만들어진 연대는, 서주 초기(기원전1122)로부터 주周 정왕定王 8년(기원전 599)까지 약 500년 동안으로, 그 분포는 황하 유역이 중심이다. 다만, 남방의 시가가 조금 들어 있기는 하지만, 시경은 북방 문학을 대표한다. 모두 305편이 실려 있는데, 풍風(15국풍國風), 아雅(소아小雅, 대아大雅), 송頌(주송周頌, 상송商頌, 노송魯頌)의 세 부분으로 크게 나뉜다. 『모시毛詩』에는 가사가 없어지고 그 제목만 남아 있는 여섯 편이 있는데, 이것을 합치면 311편이 된다. 본래 3,000여 편이었으나 「공자세가孔子世家」에 "공자가 중복되는 것은 버리고 예의를 가르칠 수 있는 것을 취하였다.(孔子去其重, 取可施於禮義.)"라고 한 것을 보면 당시 유행했던 많은 시가 빠져 있음을 알 수 있다. 그리고 반고班固는 『한서漢書』「예문지藝文志」에서 "공자는 순수히 주나라 시를 취하였다. 위로는 은, 아래로는 노에서 채취했는데 모두 305편이었다.(孔子純取周詩, 上采殷, 下取魯, 凡三百五篇.)"라고 하였다. 하지만 공자가 시경을 편집했다고 하는 것은 단정적으로 믿기는 어려울 것 같다. 공자는 『논어論語』의 「위정편爲政篇」에서 "시 3백 편의 뜻을 한 마디로 말하면 생각에 사악함이 없다.(詩三百, 一言以蔽之, 曰, 思無邪.)"라고 하였는데, '온유돈후溫柔敦厚' 한 인성의 도야에 시경을 중시하였기 때문에 제자들을 가르치는 교재로 삼았던 것으로 여겨진다.

시경은 악가樂歌로, 『묵자墨子』「공맹편孔孟篇」에 "시 3백을 송하고, 시 3백을 타고, 시 3백을 노래하고, 시 3백을 춤춘다.(誦詩三百, 弦詩三百, 歌詩三百, 舞詩三

百.)"라고 한 것과 같이 시詩, 악樂, 무舞가 용해되어 있다. 당시의 악관樂官은 시가, 음악, 무도를 관장했으므로 시경은 주周의 악관에 의하여 편성되었다고 보고 있다.

오공 계찰을 초청하여 주악을 보여 주었다. 악공으로 하여금 주남, 소남, 패, 용, 위, 왕, 정, 제, 빈, 조, 진, 위, 당, 진, 회, 소아, 대아, 송을 부르도록 하였다.

吳公季札來聘, 請觀於周樂. 使工爲之歌周南, 召南, 邶, 鄘, 衛, 王, 鄭, 齊, 豳, 曹, 秦, 魏, 唐, 陳, 檜, 小雅, 大雅, 頌.　　　　『左傳』「襄公二十九」

비록 노송魯頌, 상송商頌을 언급하지 않았으나, 오늘날의 시경 체제와 거의 같다. 또 노魯 양공襄公 29년은 공자의 나이 겨우 8세에 불과하였다. 시경의 정본定本이 이미 있었던 것으로 미루어, 시경은 바로 주악周樂임을 알 수 있고, 악관의 손에 의하여 편집되었던 것을 알 수 있다. 따라서 공자의 산시설刪詩說은 성립되기가 어렵다고 본다. 앞에서 말한 것처럼 공자는 시경을 제자들의 교과서로 사용하였고, 음악의 편장을 정리하였다. 그러므로 『논어論語』「자한편子罕篇」에서 "내가 위나라로부터 노나라

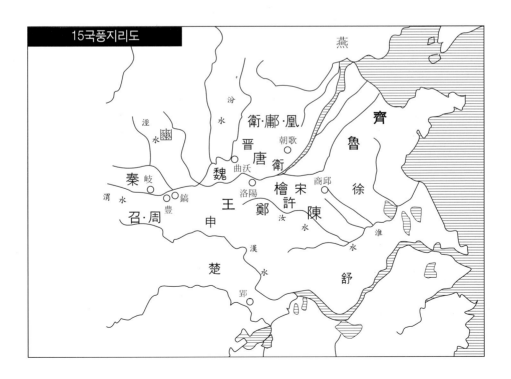

분서갱유(焚書坑儒)

진시황 34년(기원전213)에 열린 주연에서 복야(僕射), 주청신(周靑臣) 등은 군현제에 대한 진시황의 공덕을 찬양하였다. 그러나 박사 순우월(淳于越)은 군현제가 은주의 분봉제보다 못할 뿐더러 주청신은 아부꾼이지 충신이 아니라고 비판하였다. 이에 승상 이사(李斯)가 시대의 변화에 따라 정책도 바뀌는 것이 옳다고 주장, 유생들을 반박하고 책을 불태워 버릴 것을 건의하였다. 진시황이 이 건의를 받아들여 전국적으로 대규모 분서를 단행하였고, 이 사건을 두고 유생들이 진시황을 비판하자 분노한 진시황은 백성을 현혹시킨다는 이유로 유생 460여 명을 체포, 생매장하였다. 이 사건을 '분서갱유'라고 한다. <秦>

로 돌아온 뒤에 음악의 편장을 정리하였다. 아는 아로, 송은 송으로 각각 적당히 안배하였다.(吾自衛反魯, 然後樂正, 雅頌各得其所.)"라고 하는데 이 때가 『좌전左傳』에 근거하면 노魯 애공哀公 31년 겨울이다.

공자는 시를 자하子夏에게 전수하였는데, 뒤를 이어 증신曾申, 이장李長, 순경荀卿에게 전해졌다. 순경으로부터 노魯 모형毛亨에게 전해지고, 다시 조趙 모장毛萇에게 전해졌다. 그러나 진시황秦始皇(기원전 221~기원전 208)의 분서갱유焚書坑儒로 말미암아 모든 전적典籍이 불타 없어졌다. 그 뒤 서한西漢 때에 이르러 학술 사상의 통제 정책이 시대적인 요구에 따라 완전히 해제되고 자유로워져 시詩, 서書, 예禮, 역易, 춘추春秋 등 오경五經을 정부에서 박사博士를 두어 가르치게 하였다.

서한 말 민간에서 고서古書를 찾아냈는데, 옛 주문籀文으로 쓰여진 것을 고문경古文經이라고 하였고, 보편적으로 사용하였던 예서隸書로 쓰여진 것을 금문경今文經이라고 하였다. 당시 네 사람에 의하여 시경이 전해졌는데, 제齊 원고생轅固生의 제시齊詩, 노魯 신배공申培公의 노시魯詩, 연燕 한영韓嬰의 한시韓詩, 노魯 모형毛亨의 모시毛詩로 제시는 조위趙魏 때, 노시는 동진東晉 때, 한시는 남송南宋 때에 없어지고, 오늘날에 전해지고 있는 시경은 바로 모형의 모시이다.

(2) 시경詩經의 내용內容

「시대서詩大序」에 "시에는 육의가 있다. 첫째는 풍, 둘째는 부, 셋째는 비, 넷째는 흥, 다섯째는 아, 여섯째는 송이다.(詩有六義焉. 一曰風, 二曰賦, 三曰比, 四曰興, 五曰雅, 六曰頌.)"라고 하였다. 『시경』의 '육의六義'는 풍風, 아雅, 송頌의 내용과 부賦, 비比, 흥興의 작법作法을 일컫고 있다.

1) 풍風 :『시경』에 수록된 305편 가운데 국풍은 160편, 아는 105편(大雅三十一篇, 小雅七十四篇), 송은 39편(周頌三十篇, 商頌五篇, 魯頌四篇)이다.

『시경』의 '국풍'은 주남周南, 소남召南, 패邶, 용鄘, 위衛, 왕王, 정鄭, 제齊, 위魏, 당唐, 진秦, 진陳, 회檜, 조曹, 빈豳 등 15개 국의 민요로 모두 160편이 수록되어 있으며, 『시경』 중에서 국풍이 가장 중요한 위치를 차지하고 있다. 국풍은 각국의 민요를 채집한 것으로서 '풍'은 바로 민가, 민요를 말하며, 또한 곡조曲調의 통칭이기도 하다. 이들 평민 가요는 당시 평민들의 현실 생활과 정감을 적나라하게 표현한 것으로 사실주의 문학 정신을 반영하고 있다. 내용은 주로 부세, 노역, 전쟁, 피난, 사냥, 연정, 출가 등 다양하다.「주남周南 부이芣苢」를 예로 든다.

『시경』 '빈풍도' 일부

뜯세 뜯세 질경이, 어서 어서 뜯어 보세.
뜯세 뜯세 질경이, 어서 나도 뜯어 보세.
뜯세 뜯세 질경이, 어서 어서 캐 보세.
뜯세 뜯세 질경이, 어서 나도 따 보세.
뜯세 뜯세 질경이, 옷섶 안에 담아 보세.
뜯세 뜯세 질경이, 옷섶으로 싸 보세.

采采芣苢, 薄言采之.
采采芣苢, 薄言有之.
采采芣苢, 薄言掇之.
采采芣苢, 薄言捋之.
采采芣苢, 薄言袺之.
采采芣苢, 薄言襭之.

이 시는 부녀자들의 합창 노동요이다. 리듬이 경쾌하면서 활발하고, 되풀이하여 노래함으로써 일의 능률을 촉진시키고자 했던 것이다. 그러나 이 시는 단순히 질경이를 뜯는 노동요가 아닌 일종의 연가라는 생각이 든다. 이 시의 묘미는 단순히 질경이를 뜯는 것에 있는 것이 아니라 리듬에 있다. 이와 같은 돌림 노래를 통하여 젊은 남녀가 사랑을 하나의 화폭에 담는 공감각적 효과를 나타내고 있다.

2) 아雅 : ①소아小雅 : 아雅는 소아小雅와 대아大雅로 분류된다. 소아는 모두 74편으로, 서주 일대의 시가이다. 아雅와 하夏는 통용되었으며, 궁정의 악가로서 연회와 전례 때에 불려졌다. 이들 시의 내용은 연회, 전쟁, 폭정, 연정 등 다양하다.

②대아大雅 : 대아는 모두 31편이다. 역시 궁정의 악가로서 융숭한 연회, 전례 때에 사용하였다. 국풍의 반 이상이 서정시인 반면에, 대아의 반 이상은 서사시이다. 그 가운데 하나는 주나라의 개국을 칭송하는 역사시와 또 하나는 주周 선왕宣王을 영송詠頌하는 시이다. 개국을 칭송하는 사시史詩로는 「생민生民」, 「공유公劉」, 「면緜」, 「황의皇矣」, 「대명大明」 등을 들 수 있고, 주 선왕을 칭송하는 시는 「상무常武」 등을 들 수 있다. 「생민」은 후직后稷의 사적을, 「공유」는 공유를 칭송하는 시이다. 공유는 주周의 원조遠祖로서, 그 부족을 인솔하고 빈豳으로 천거한 개황벽토開荒闢土의 과정을 묘사한 것이다. 그리고 「면緜」은 문왕의 조부인 고공단보古公亶父가 빈으로부터 기산岐山으로 옮겨와 농사를 지으면서 사직을 지킨 업적을 칭송한 것이다. 「황의」는 태왕太王, 태백太伯, 왕계王季로부터 문왕文王에 이르기까지의 사실을 칭송한 것이며, 「대명」은 문왕의 출생과 무왕에 이르러 주紂를 토벌한 사실史實을 노래하고 있다. 「상무」는 바로 주 선왕이 친히 군사를 거느리고 서융을 징벌한 내용이다.

3) 송頌 : 송頌은 주송周頌, 노송魯頌, 상송商頌으로 나뉘는데, 모두 사람과 사물을 칭송하는 시이다.

①주송周頌 : 주송은 모두 31편으로 서주 초기의 작품이며, 대부분이 소왕, 목왕 이전의 작품이다. 그 내용은 선조를 제사하는 시가 가장 많고, 다음으로 사직, 천지, 하악河嶽, 백신百神 등을 제사하는 시들이다.

②노송魯頌 : 노송은 모두 4편이다. 노나라는 산동성 동남부에 위치하고 있었으며, 주 성왕은 주공의 아들 백금伯禽을 이 곳에 봉하였다. 노송 4편은 희공僖公, 문공文公 때의 것으로 동주 시기의 작품이다. 서序에 의하면 사극史克이 희공을 칭송하여

지었다 하나 아무런 근거가 없다. 다만, 주송이 종묘의 악가인데 비하여 노송은 모두 군왕에 대한 찬양의 노래이다.

③상송商頌 : 상송은 모두 5편이다. 그러나 상송은 상商의 노래가 아니다. 상의 후예를 송宋에 봉하였는데, 송나라 사람이 정리해 낸 상조의 송가頌歌로, 사실은 송의 제례가이다. 송나라는 지금의 하동군 및 강소 서북 일대를 차지하였으며, 상송 중에 「현조玄鳥」 등은 조상에 대한 제례 송가이다.

(3) 시경詩經의 작법作法

1) **부賦** : 부, 비, 흥의 작법은 단독 또는 혼합하여 사용할 수 있다. 부賦는 부敷 또는 포舖의 뜻으로, 직접적인 묘사 방법, 즉 어떤 일을 직접적으로 서술하고 비유 방법을 사용하지 않는 것을 말한다.

2) **비比** : 비比의 작법은 상징적인 기교를 중요시한다. 비유 혹은 상징법이라고 말할 수 있다. 즉 작가가 A를 말하고자 하면 B를 인용하여 묘사하는 것이다. 메뚜기 떼를 빌려 왕실 자손의 번창함을 비유하고 있는 「주남周南 종사螽斯」를 예로 든다.

메뚜기 수없이 많네.
당연히 네 자손도 대대로 번성하리라.
메뚜기 표롱표롱 날고
당연히 네 자손 끝없이 이어지리라.
메뚜기 모여드네.
당연히 네 자손도 사이좋게.

螽斯羽, 詵詵兮.
宜爾子孫, 振振兮.
螽斯羽, 薨薨兮.
宜爾子孫, 繩繩兮.
螽斯羽, 揖揖兮.
宜爾子孫, 蟄蟄兮.

3) 흥興 : 흥興의 작법은 거듭 암시함에 있다. 바로 암시법으로 어떤 사물을 의탁하여 흥을 일으키는 것이다. "흥은 먼저 다른 사물을 말하고, 읊고자 하는 말을 이끌어 낸다."라고 하였듯이, 먼저 경물을 묘사하고 다음에 정감, 사물을 말하는 것이다. 「도요桃夭」를 예로 든다.

> 복숭아나무 어린 가지에 복사꽃이 활짝 피었네.
> 시집가는 저 아가씨 그 집안의 복덩이.
> 복숭아나무 어린 가지에 복숭아가 주렁주렁 열렸네.
> 시집가는 저 아가씨 그 집안의 복덩이.
> 복숭아나무 어린 가지에 푸른 잎사귀 무성하네.
> 시집가는 저 아가씨 그 집안의 복덩이.

> 桃之夭夭, 灼灼其華.
> 之子于歸, 宜其室家.
> 桃之夭夭, 有蕡其實.
> 之子于歸, 宜其家室.
> 逃之夭夭, 其葉蓁蓁.
> 之子于歸, 宜其家人.

이 시는 붉은 복사꽃을 이끌어 내면서 시집가는 색시의 젊고 아름다운 모습을 암시하고 있다. 경景과 정情이 연관 작용을 하여 시가의 내용과 시취를 더욱 북돋는다. 경 가운데 정이 있고, 정 가운데 경이 있는 '정경교융情景交融' 의 경지를 나타내고 있다.

2. 『초사楚辭』

(1) 작가作家와 작품作品

『초사楚辭』는 전국 시대 초楚나라에서 유행하였던 시가 모음집으로, 남방 시가를 대표한다. 『초사』는 『시경』의 영향을 받았지만, 새로운 생명의 남방 토속적인 가요로 일찍부터 형식을 구비한 노래였다. 특히 민간의 무가巫歌가 신을 제사하는 가곡으로 성행하였는데, 이와 같은 당시의 노래, 음악, 춤으로 엮어진 무속의 구체적인 표현이 굴원屈原의 작품에 직접적인 영향을 끼쳤고, 마침내 초사라고 하는 문학 양식으로 발전하게 되었다.

『초사』의 주요한 작가로는 굴원이 있으며, 그의 영향을 받아 초사의 작가들이 등장하는데, 『사기』에 의하면 송옥宋玉, 당륵唐勒, 경차景差 등을 꼽을 수 있다. 그러나 현존하는 『초사』에는 굴원, 송옥의 작품만이 전해지고 있을 뿐이다. 현존하는 왕일王逸의 『초사장구楚辭章句』 가운데 가의賈誼, 회남소산淮南小山, 동방삭東方朔, 왕포王褒, 유향劉向 등의 작품이 남아 있다.

굴원屈原(기원전 340~기원전 277) : 이름이 평平이고 일명 정칙正則이라고 하며 자는 영균靈均이다. 굴원은 초의 귀족 출신으로, 전국 시대 초의 중요한 정치가였고, 특히 외교에 뛰어난 솜씨를 가지고 있었다. 그는 칠웅七雄이 격렬히 할거하던 시기에 초楚 회왕懷王(기원전 328~299)을 보좌하였으며, 왕은 그를 매우 신임하여 나라의 대내외적인 일을 상의하였다. 당시 밖으로는 진나라와 첨예한 대립을 하고 있었으며, 안으로는 보수파와 개혁파의 투쟁이 계속되었다. 친진파親秦派와 친제파親齊派의 대

굴원

립이 심하였던 것이다. 전자는 초의 왕족들로 대표되고, 후자는 굴원이 대표였으나 마침내 정치적인 모함으로 조정에서 쫓겨났다. 이와 같은 내정의 불안을 틈타 진나라에서는 장의張儀를 파견하여, 제나라와 단교한다면 600여리의 땅을 초나라에 할양하겠다고 제안하였다. 그러나 뒤에 장의는 600여리가 아닌 6리였을 뿐이라고 말을 바꾸자, 초는 속았음을 알고 전쟁을 하였으나 오히려 대패하여 한중漢中을 빼앗기고 말았다. 이에 초 회왕은 굴원을 제나라에 보내어 다시 수교를 회복하게 하였다. 그러자 299년 진 소왕昭王은 진·초 두 나라의 혼인을 제의하며 무관武關에서 만날 것을 약속하였다. 굴원은 "믿을 수가 없으니 가서는 안 된다"고 간절히 진언했으나, 회왕은 아들 자란子蘭의 친진책을 받아들였다. 결국 기만당하여 회왕은 진에 억류되어 3년 동안의 포로 생활 끝에 진나라에서 사망하였다. 회왕을 이어 장자인 경양왕頃襄王(기원전 298~기원전 263)이 즉위하였으나, 친진 세력이 더욱 득세하여 굴원에 대한 박

해는 더욱 심해졌으며, 결국 그는 강남으로 추방을 당하였다. 그 후 굴원은 9년 동안 상강湘江 일대를 떠돌아 다니다가, 초영楚郢의 함락을 목격하고 비분을 금하지 못해 멱라강汨羅江에 투신하였다. 그의 대표작들은 그가 추방당한 뒤 강호를 떠돌아다닐 때 지은 것이다. 『한서』「예문지藝文志」와 왕일王逸의 『초사장구楚辭章句』에 의하면 굴원의 작품은 「이소離騷」1편, 「천문天問」1편, 「구가九歌」1편, 「구장九章」19편, 「원유遠游」1편, 「복거卜居」1편, 「어부漁父」1편 등 모두 25편이다. 그러나 이 가운데 「어부」는 『사기』의 「굴가열전屈賈列傳」 가운데에 나오는 굴원의 이야기를 인용하여 서술하고 있는 것으로 미루어 보아 굴원의 작품이 아닌 것을 알 수 있다. 뿐만 아니라 「원유」는 한대에 유행하였던 도가 사상을 바탕으로 하고 있고, 문체 또한 산문부체의 형식을 갖추고 있으므로 한인漢人의 모작으로 여겨진다. 이 밖에 「구장」 중에 「석왕일惜往日」, 「비회풍悲回風」, 「복거卜居」 등도 후대 사람들의 모작인 듯하며, 믿을 수 있는 굴원의 작품으로는 「이소」, 「구가」, 「천문」, 「구장」 뿐이다.

　　1) 「이소離騷」: 「이소」는 굴원이 추방당한 후 유랑 중에 쓴 대표적인 작품으로, 천고에 빛나는 낭만주의의 걸작이라고 할 수 있다. 모두 373행 2,490자로, 그의 이상과 행적을 서술하고 있다. 「이소離騷」의 뜻은 동한 반고班固의 『이소찬서離騷贊序』에 "이는 어려움을 만나는 것이고, 소는 근심이다.(離, 遭也, 騷, 憂也.)"라고 한 것으로 보아 불행을 만나 지었다는 뜻으로 이해할 수 있다. 이 시의 발전 과정은 크게 3단계로 구분할 수 있는데, 첫째, 먼저 자신의 세계世系, 경력, 정치적인 포부, 추방 과정 등을 서술하고 있다.

　　　　나는 고양씨의 후예이며,
　　　　백용의 아들로서,
　　　　인의 해인 그 정월,
　　　　경인의 날 이 몸 태어났네.

　　　　帝高陽之苗裔兮,
　　　　朕皇考曰伯庸,
　　　　攝提貞于孟陬兮,
　　　　惟庚寅吾以降.

둘째, 굴원은 본인의 이상 추구와 실망을 신화를 소재로 한 초현실적 세계를 통해 묘사함으로써, 무도한 세상을 통탄하고 있다. 하夏의 계왕啓王, 걸주桀紂, 우탕禹湯, 문왕文王에 이르기까지의 폭군과 성왕의 예를 들어 흥망의 원인을 말하는가 하면, 어진 임금을 사모하여 자신의 불우함을 탄식하며 눈물을 흘리기도 하였다.

> 날이 새면 저 맑은 백수를 건너,
> 낭풍산에 올라 말 매고 쉬랬더니,
> 가다가 돌아보며 흐르는 눈물,
> 아! 이 산에도 미녀는 없네.

> 朝吾將濟於白水兮,
> 登閬風而緤馬.
> 忽反顧以流涕兮,
> 哀高丘之無女.

셋째, 天門은 열리지 않고 친지나 미녀도 만나지 못하는 절망적인 상황을 설명하고 있다. 자신의 뜻을 개진할 길이 없게 되자, 복사卜師인 영분靈氛을 불러 앞날을 물어 보고 있다.

> 경모풀 대나무로 점 가지 만들고,
> 영분을 불러 점쳐 보랬더니,
> 둘이 좋다면야 저절로 합하련만,
> 뉘 그대를 믿고 좋아하겠는가?

> 索藑茅以筵篿兮
> 命靈氛爲余占之,
> 曰兩美其必合兮,
> 孰信脩而慕之.

위의 점괘는 초나라에만 미녀가 있는 것이 아니니, 주저하지 말고 빨리 떠나라고 하고 있다. 즉, 다른 나라로 가면 분명히 어진 임금을 만나게 될 것이라는 것이다. 그러나 굴원은 영분의 그 점괘로도 마음을 정리하지 못하고, 다시 무함巫咸에게 물어 보지 않을 수 없었다. 무함은 영분의 점이 길하다는 것을 여러 가지 예를 들어 설명하고, 서둘러 초나라를 버리고 떠날 것을 간곡히 부탁하지만 굴원은 차마 임금을 버리고 초나라를 멀리 떠날 수 없었다.

다 끝났다!
이 나라에는 나를 알아주는 이 없는데,
나라를 생각해서 무엇하겠나?
바른 정치 위하여 손잡을 이 없으니,
나는 은나라 때 팽함(굴원이 숭배하는 현인)을 따라 죽으리.

亂曰 : 已矣哉!
國無人莫我知兮,
又何懷乎故都,
旣莫足與爲美政兮,
吾將從彭咸之所居.

이것은 「이소」의 마지막 장으로 굴원의 바람은 어두운 임금을 깨우쳐 나라를 바로 잡는데 있음을 보여 준다. 하지만 그에게는 충정을 알아주는 임금도, 지기도 없었다. 그렇다고 초나라를 버리고 가자니 임금과 신하 사이의 의가 어긋나는 일이었다. 그래서 그는 기울어져 가는 나라의 운명을 보고만 있을 수가 없어서 할 수 없이 모든 것을 버리고 마음 속 깊이 사모하던 팽함을 따라 죽고자 결심한 것이다.

2) 「구가九歌」 : 「구가九歌」는 본디 초나라 민간의 제사 노래이며 음악, 가사, 무도가 혼합되어 이루어진 것이다. 굴원은 추방당한 뒤에 강호를 떠돌아다니는 동안 이지방 사람들의 제사 의식과 가무를 정할 수 있었다. 옛 초나라 남영 고을인 완수, 상수 사이에 사는 사람들은 영혼(귀신)이 있다고 믿었으며 제사 지내기를 좋아하는 풍속이 있었다. 제사 때는 반드시 악가를 지어 노래하고 춤을 춤으로써 모든 신을 즐겁게 하였다. 그러나 가사가 너무 비루한 것이어서 구가의 곡을 짓게 되었다고 전해지고 있으며, 충군애국忠君愛國의 정情을 담아 노래하였다. 「천신天神」을 예로 든

다.

너울너울 춤추는 무녀의 고운 옷,
꽃같은 향기 당 안에 그윽한데,
곱고 장엄한 주악 소리에,
천신은 마냥 즐겁고 기뻐하네.

靈偓蹇兮姣服,
芳菲菲兮滿堂,
五音紛兮繁會,
君欣欣兮樂康.

　　3) 「천문天問」: 「천문天問」은 굴원의 작품 가운데 매우 특이한 문화식問話式의 장시長詩로, 우주의 형성, 천지의 개벽, 해와 달의 운행, 신화 전설, 역사의 흥망을 비롯한 자연 현상에 대하여 묻고 있다. 172문제, 370여 구에, 1,500여 자나 된다. 왕일은 제목 '천문'에 관하여 "하늘은 지존하여 물어볼 수 없으므로 '천문'이라고 하였다.(天尊不可問, 故曰天問.)"라고 하였으니, 실제로는 '문천問天'이라고 볼 수 있다. 그러나 근대에 와서는 '자연계의 모든 문제'로 해석하기도 한다.

천제가 이예를 보낸 것은,
하나라 백성의 재앙을 없애란 것인데,
왜 황하의 하백을 쏘아,
낙수의 여신을 아내로 삼았나?

帝降夷羿,
革孽夏民,
胡射夫河伯
而妻彼雒嬪?

　　굴원은 추방당한 뒤 우울한 마음을 달랠 길 없어 강남을 두루 방황하였다. 이때 그는 본래 가지고 있던 모든 믿음이 깨졌으며, 따라서 자연 현상, 역사, 신앙, 인생에 이르기까지 모든 것에 회의를 가지게 되었다. 왕일이 "하늘을 우러러 탄식하였다.(仰天歎息.)"라고 하였듯이, 굴원은 절망에 처하여 이것저것 많은 의문을 가지게 된 것으로 여겨진다.

4)『구장九章』:「구장九章」이 지어진 시대는 확실하지는 않으나, 대체적으로「귤송橘頌」,「석송惜誦」,「추사抽思」,「애영哀郢」,「섭강涉江」,「사미인思美人」,「비회풍悲回風」,「석왕일惜往日」,「회사懷沙」의 순으로 여겨지고 있다. 굴원이 강남으로 추방당한 뒤 군왕을 생각하고 나라를 근심하며, 시름에 겨운 충정을 노래한 것이다.

「추사」는 초 회왕 24년(기원전 305)에 굴원이 합진 정책의 그릇됨을 간하였으나, 왕이 듣지 않고 귀양을 보냈을 때의 일을 노래한 것이다.

> 저 남쪽 영도郢都에 한 마리 새가 있어,
> 한수의 북쪽으로 날아왔네.
> 그 얼굴, 그 맵시 그리도 고운 것이,
> 외로이 떨어져 낯선 이역 땅에 왔네.
> 고고한 성품이라 남들과 어울리지 않고,
> 그 곁엔 알아 줄 친한 벗 하나 없네.
> 이 먼 데서 갈수록 남에게 잊혀지고,
> 제 속을 말하려 해도 말할 길이 없어.
> 북산을 바라보고 눈물을 흘리며,
> 흐르는 물가에서 한숨만 내쉬네.

> 有鳥自南兮, 來集漢北.
> 好姱佳麗兮, 胖獨處此異域.
> 旣惸獨而不群兮, 又無良媒在其側.
> 道卓遠而日忘兮, 願自申而不得.
> 望北山而流涕兮, 臨流水而太息.

송옥宋玉(기원전 290~222) : 굴원 이후 중요한 초사의 작가는 송옥을 비롯한 당륵, 경차 등으로, 모두 굴원의 직접적인 영향을 받아 활동한 작가들이다.

송옥의 가계家系나 생애에 대하여 알려진 바는 거의 없다. 다만 그의 작품에는 실직한 가난한 선비로서, 조정의 간신배들의 배척을 받아 고독하고 비참한 떠돌이 생활을 하였던 것으로 표현되고 있다. 그의 작품은 『한서』「예문지」에 부 16편, 『수지隋志』, 『송옥집宋玉集』 3권 등에 기재되어 있으나 편명조차 알 수 없다. 『초사장구楚辭章句』의 「초혼招魂」과 「구변九辯」이 있으나 「초혼」은 송옥의 작품이 아님이 밝혀졌으며, 송옥의 작품으로 믿을 수 있는 것은 「구변」 한 편 뿐이다. 참소를 당하여 충정을 다하지 못하고 쫓겨난 스승 굴원을 애석하게 여긴 나머지 「구변」을 지어 스승의 뜻을 대변하고 있다. 또 자신의 불운한 처지를 빌어 당시의 모순된 정국을 비평하고 있다. 「구변」의 일 절을 예로 든다.

> 슬픔과 시름에 아픈 마음 부여안고,
> 아무도 의지할 이 없는 빈 집에 혼자 사는
> 오직 한 사람 미인이 있어,
> 언제까지고 서러운 마음 못 풀더니
> 고향을 버리고 그리운 집을 떠나,
> 머나먼 남쪽의 길손이 되어
> 정처없이 이리저리 떠돌아다니다가,
> 지금은 어느 곳에 발길을 멈추셨나.
> 오로지 그 임금을 지성으로 생각해도
> 끝내 그 마음은 돌이킬 수 없는 마음,
> 눈물겨운 진정을 임금이 모르는 것을,
> 아! 그 일을 어떻게도 못 하리.
> 가슴에 뭉친 원한, 쌓이고 쌓인 울분,
> 임금을 생각하는 답답한 마음에
> 만사에 뜻을 잃어 먹을 것도 다 잊네.

> 悲憂窮戚兮, 獨處廓.
> 有美一人兮, 心不繹.
> 去鄉離家兮, 徠遠客.
> 超逍遙兮, 今焉薄.
> 專思君兮, 不可化.

君不知兮, 可奈何.

蓄怨兮積思, 心煩憺兮, 忘食事.

(2) 초사楚辭의 특징特徵

1) 낭만의 시풍: 『초사』가 비록 『시경』의 영향을 받았다고 하지만 내용과 풍격에 있어서 매우 강렬한 대비를 이룬다. 『시경』은 황하 유역에서 생산된 북방 문학이다. 북방의 기후는 건조 한랭하고 토지가 척박하기 때문에 백성들의 성격은 소박하고 실제를 중요시하였다. 따라서 『시경』은 현실적인 사회 생활에서 소재를 찾아 풍격이 담백하고 사실적이다. 그러나 『초사』는 장강 유역에서 생성된 남방 문학이다. 남방의 기후는 따뜻하고 토지가 비옥하기 때문에 물산이 풍부하며, 인정이 온후하고 상상력이 풍부하여, 그들의 작품도 자연히 낭만적인 것이 많다.

2) 신화의 색채: 중국은 은상殷商으로부터 서주西周에 이르기까지 귀신의 개념이 매우 발전하였다. 춘추 전국 시대 이후 유가와 도가 사상의 영향으로 귀신 신앙이 희박해지긴 했으나, 문화적으로 비교적 낙후되었던 초나라에서는 무술 신앙이 크게 유행하였다. 그런데 굴원은 이 신화와 전설을 잘 운용하고 풍부한 상상력을 동원하여, 신화적 색채가 뛰어난 작품을 창작하였다.

3) 남방의 음악: 무술 신앙 이외에 또 특기特記할 것은 남방의 음악이다. 「이소」의 말미에 '난왈亂曰' 이라 하고, 「구장」의 「추사抽思」 편에 '소가왈少歌曰', '창왈倡曰' 이라 하는데, 여기의 난亂, 소가少歌, 창倡 등은 모두 악절을 지칭하고 있다.

> 창랑의 물이 맑을진데, 나의 갓끈을 빨 수 있고,
> 창랑의 물이 흐릴진데, 나의 발을 씻을 수 있다.

> 滄浪之水淸兮, 可以濯我纓.
> 滄浪之水濁兮, 可以濯我足.

이 노래는 『맹자孟子』의 「이루편離婁篇」에 있는 것으로, 공자가 초나라가 유력할 때에 들었던 한 어린아이의 노래라고 하여 「유자가孺子歌」라고 했다고 한다. 어쨌든 이와 같은 사실을 두고 보더라도 남북의 음악이 서로 교류하였음을 알 수 있을 뿐만 아니라, 초나라의 노래들은 『초사』의 근원이 되고 있음을 알 수 있다.

　4) **초나라의 언어** : 초나라는 장강의 남쪽 일대에 자리잡고 있어 자연 환경이 북방과
는 아주 달랐다. 풀, 나무, 새, 짐승들까지도 달랐으며, 특히 이 일대의 언어는 더 말할
것이 없었다. 더욱이 교통이 발달하지 않았던 당시로서는 남북의 음이 잘 통할 수 없
었던 것은 당연하다고 하겠다. 그런데 『초사』에서는 초나라의 구어口語를 그대로 사
용하고 있다. 이소離騷란 두 글자도 초나라의 구어이듯이, 구어의 적절한 운용를 통
해서 초사 문학의 독특한 언어 예술의 풍격을 형성하고 있다.

제3절 散文

1. 역사산문歷史散文

　중국의 고대 문학은 크게 운문과 산문으로 나눌 수 있다. 『시경詩經』, 『초사楚辭』
가 운문 문학의 길을 열었다고 하면, 산문 문학은 바로 선진 때의 역사산문歷史散文
과 제자산문諸子散文이 그 발단이 되었다고 할 수 있다. 역사 산문은 『상서尙書』,
『춘추春秋』, 『국어國語』, 『좌전左傳』, 『전국책戰國策』등을 들 수 있다. 『상서尙書』
는 『서書』 또는 『서경書經』이라고도 하며, 중국에 있어서 최초의 산문이다. 이 책은
상고上古의 사적을 서술한 것으로서 주로 상商, 주周, 특히 서주西周 초기의 정치
문헌이다. 이 가운데에는 「요전堯典」, 「고도모皐陶謨」, 「우공禹貢」, 「홍범洪範」등이
수록되어 있으며, 갑골문甲骨文, 종정문鍾鼎文 이외에는 가장 오래 된 산문이다. 뒤
의 『춘추春秋』는 공자가 수정한 편년체의 노魯나라의 사서史書로, 그 서술이 지극히
간략하나 그 뒤를 이어 전국 시대에 『국어國語』, 『좌전左傳』, 『전국책戰國策』등이
출현하였는데, 풍부한 역사의 기록일 뿐만 아니라 뛰어난 산문 작품으로 후세 산문의
한 전범典範이 되었다.

(1) 『좌전左傳』

『좌전左傳』은 『춘추春秋』를 해석하여 지은 것으로, 작자에 대하여 많은 의견들이 있으나 노나라의 좌구명左丘明으로 전해지고 있다. 『좌전左傳』은 모두 30권의 약 20만 자로, 노의 은공隱公 원년(기원전 722)으로부터 노의 애공哀公 27년(기원전 468)에 이르는 254년 동안의 춘추열국春秋列國의 역사를 기록하고 있다. 비교적 당시의 사회 현실을 진실하게 반영하고 있다. 『좌전左傳』내용의 특징은 인물의 활동과 사건의 구체적인 묘사를 통하여 역사적인 동향을 지적하고 작자의 관점을 표현하고 있다. 뿐만 아니라 민간의 많은 전설을 취하여 작자 자신의 느낌과 상상을 주입시키고 있다. 그래서 더욱 더 문학성이 농후하며, 그 문학적인 특징을 몇 가지로 나누어 설명하면 다음과 같다.

첫째, 전쟁에 대한 묘사가 뛰어나다. 작자는 허다한 전쟁을 서술함에 있어서 공통적인 특징을 가지고 있는데, 모두 분명하게 전쟁의 원인, 성격, 승패의 결과에 대하여 서술하고 있다. 전쟁중의 구체적인 상황의 묘사는 대부분이 이것들을 중심으로 하고 있으며, 그리하여 더욱 깊은 인상을 부각시켜 주고 있다.

둘째, 간결한 언어로 인물의 특징을 표현하고 있다. 인물의 언어와 행동의 묘사를 통하여 그 인물의 성격을 표현하고 있는데, 몇 마디 안 되는 매우 간결한 용어로 인물의 형상을 선명하게 부각시키고 있다. 예를 들면 「효지전殽之戰」에서 진晉 양공襄公은 포로가 된 진 삼수(秦三帥)를 석방하였다. 진 원수(秦元帥)인 선진先軫은 대단히 불만이었다. 작자는 간단한 필치로 그의 충직하고 거친 성격을 선명하게 묘사하고 있다.

셋째, 역사적 사실을 기술함과 동시에 고사성故事性과 희극성戱劇性이 풍부한 사실을 서술할 뿐만 아니라, 구성이 복잡한 내용의 전개로 독자를 긴장하게 하고 감동하게 한다. 예를 들면, 희공僖公23년, 희공24년은 진晉의 공자 중이重耳의 출망出亡 및 반국返國의 과정을 쓰고 있는데, 그 시간이 길고 내용의 구성이 복잡하지만 문장의 상호 유기적인 관련을 갖고 있다. 「중이반국重耳返國」의 일단을 예로 든다.

> 봄, 진秦 목공穆公은 공자 중이를 드리우고 진晉으로 돌아갔다. 강가에 이르러 자범은 벽옥을 공자에게 주며 말하기를 "나는 말 안장을 지고 공자를 따라서 천하를 순유하겠습니다. 신의 죄가 대단히 많습니다. 자신까지도 알고 있습니다. 하물며 임금께서야? 원컨대 여기에서 죽기를 바랍니다."라고 했다. 공자가 말하

기를 "나는 별다른 마음이 없소. 나는 구씨舅氏와 같은 마음이 아니오. 이 강의 맑은 물이 증명할 것이오."라고 했다. 그리고 벽옥을 강물에 던졌다. 강물을 건너 곡옥曲沃으로 들어가 무공武公의 묘를 참배하였다. 그 때 회공懷公은 이미 도망을 쳤으나 공자는 사람을 보내 고량으로 쫓아가 회공을 죽였다.

春, 秦伯納之. 及河, 子犯以璧授公子曰 : "臣負羈絏從君巡於天下. 臣之罪甚多矣. 臣猶知之, 而況君乎? 請由此亡." 公子曰 : "所不與舅氏同心者, 有如白水." 投其璧於河. 濟河入於曲沃, 朝於武宮, 使殺懷公於高梁.

(2) 『국어國語』

『좌전左傳』은 편년체의 역사인데, 『국어國語』는 국별사國別史로, 주周 목왕穆王(기원전 990)으로부터 노魯 도공悼公(기원전 454)에 이르기까지의 왕조의 일과 제후 여러 나라의 일을 기록하였다. 주어周語, 노어魯語, 제어齊語, 진어晉語, 정어鄭語, 초어楚語, 오어吳語, 월어越語등의 성패의 역사로, 모두 21권으로 되어 있다. 좌구명左丘明의 작으로 전해지고 있으나 이론이 없지 않다. 내용은 여러 나라의 중요한 역사 및 역사 인물의 언행, 전설을 서술하고 있다. 그러나 처음부터 끝까지 체계적으로 기술하고 있는 것이 아니라, 어떤 사건에 대해서만 중점적으로 기술하고 있다.

(3) 『전국책戰國策』

『전국책戰國策』은 주周 정정왕貞定王 57년(기원전 454)으로부터 진시황 37년(기원전 210)에 이르기까지 약 240년 동안의 정치, 사회와 책사언행策士言行을 기록한 역사책이다. 그 작자는 알 수 없으나, 서주西周, 동주東周를 비롯하여 진秦, 초楚, 제齊, 위魏, 연燕, 한韓, 송宋, 위衛, 중산中山등의 12국책十二國策으로 나누어 모두 33권이다. 책명을 『국책國策』, 『국사國事』, 『단장短長』, 『사어事語』, 『장서長書』라고 하기도 하는데, 기본적으로 전국 시기의 여러 제후국 사이의 격렬한 정치 투쟁과 종횡가縱橫家의 유세의 이야기를 서술하고 있으며, 시대의 특징을 모두 잘 반영하고 있다. 이 문학적인 특징을 몇 가지로 나누어 설명한다.

첫째, 문필이 유창하다. 산문의 예술적인 가치로 보면 『좌전左傳』에 비교하여 한 걸음 발전하였다. 두드러진 특징은 명확한 주제를 중심으로 한 인물의 언어, 행동을 통하여 개성을 비교적 집중적으로 부각시키고 있어서 살아 있는 듯 생동감을 가지게 한다.『사기史記』 이전에 있어 가장 예술성이 높은 역사 산문 저작으로, 후세의『사기史記』,『한서漢書』 등 전기문학傳記文學 및 사부辭賦, 소설小說, 희극戱劇 등에 모두 깊은 영향을 주고 있다.

성후 추기가 제나라의 재상이 되고 전기가 장군이었을 때 서로 사이가 좋지 않았다.
이를 보고 공손한이 추기에게 물었다.
"그대는 왜 왕에게 위魏를 치자고 주장하지 않습니까? 이기면 당신의 계획에 의한 것이기 때문에 당신이 유공자가 될 것이요, 지면 전기가 싸움에 나가지 않거나 나가 죽지 않았다 하더라도 그 책임을 물어 주살誅殺시킬 수 있지 않습니까?"
추기는 그 말대로 왕에게 상책上策해서 전기로 하여금 위를 치게 했다. 그런데 전기가 삼전삼승三戰三勝을 하자 추기는 공손한에게 물었다. 공손한은 사람을 시켜 십금十金을 가지고 거리에 나가 점쟁이에게 이렇게 물어보라고 보냈다.
"나는 전기의 부하다. 우리 전기 장군이 삼전 삼승을 해서 천하에 그 위세를 날리고 있다. 장차 큰일逆謀을 벌이려 하는데. 길흉吉凶을 점쳐 달라." 점쟁이가 그 말을 듣자 사람을 시켜 점치러 온 자를 당장 붙들어 그가 한 말을 증거로 왕에게 보고했다.
전기는 이 사실을 듣자 도망가고 말았다.

成侯鄒忌爲齊相, 田忌爲將, 不相說. 公孫閈謂鄒忌曰："公何不爲王謀伐魏? 勝則是君之謀也, 君可以有功；戰不勝, 田忌不進戰而不死, 曲撓而誅." 鄒忌以爲然, 乃說王而使田忌伐魏. 田忌三戰三勝, 鄒忌以告公孫閈. 公孫閈乃使人操十金而往卜於市曰："我田忌之人也, 吾三戰而三勝, 聲威天下, 欲爲大事, 亦吉否?" 卜者出, 因令人捕爲人卜者, 驗其辭於王前. 田忌遂走.

둘째, 책사 언행에 대한 기술이 뛰어나다.『전국책戰國策』의 문장은 간결하고 생동적이며 특히 설리說理에 뛰어나 역대의 문인들이 문장의 아름다움을 찬양하였다.
셋째,『전국책戰國策』 가운데의 책사 유세변론은 비유와 우언을 참으로 많이 사용하고 있으며, 대단히 강력한 설득력을 가지고 있다.

2. 제자산문諸子散文

  선진 제자산문의 발전은 3단계로 나눌 수 있다. 제1단계는 춘추말년春秋末年과 전국초기戰國初期로, 이 시기의 주요한 작품으로는 『논어論語』, 『노자老子』등이다. 제2단계는 전국 중엽으로 주요한 작품으로는 『맹자孟子』, 『장자莊子』등이다. 『맹자孟子』가 기본적으로 어록체語錄體이고, 『장자莊子』는 대화체對話體이나, 철리哲理에 중점을 둔 의론문議論文으로 발전하였다. 제3단계는 전국 말엽으로, 이 시기의 주요한 작품으로 『순자荀子』, 『한비자韓非子』등을 들 수 있다. 이 시기의 대표적인 문장들은 모두 논리, 구성, 문장 등에서 큰 성과를 거두고 있어서 문학적인 가치를 갖추고 있다. 제자의 산문은 비록 철리에 중점을 두고 있는 글이라고 하지만, 그 가운데에는 높은 문학적 가치의 유형을 몇 가지로 나누어 생각해 볼 수 있다.
  첫째는, 『논어論語』, 『맹자孟子』등과 같이 그들의 사상과 생활을 기술하는 가운데 인물의 구체적인 행동과 성격을 묘사함으로써 독자로 하여금 그들의 생동적인 형상을 볼 수 있도록 한다.
  둘째는, 『장자莊子』에서 볼 수 있는 것처럼 우언고사寓言故事를 써서 어떤 철리를 천명하고 있는데, 이것은 철학 작품 속의 한 문학 작품이다. 제자諸子의 저작著作 가운데에는 우언고사가 상당히 많으나, 이 방면에 가장 뛰어난 성과를 거두고 있는 것은 『장자莊子』이다.
  셋째는, 『순자荀子』, 『한비자韓非子』등과 같이 추상적

> ### 백가쟁명(百家爭鳴)
>
> 춘추전국 시기는 사회적으로 큰 변혁의 시기였으며, 7웅이 서로 패권을 다투는 형국이었기 때문에 어느 한 세력도 통치의 지위를 굳건하게 확립하지 못했던 시기이기도 하다.
> 따라서 각국은 인재를 모집, 부국강병을 꾀하였고, 이에 따라 학식있는 자를 우대하는 분위기가 형성되었다. 그리하여 정치, 경제는 물론 학술사상의 우위를 쟁취하기 위하여 경쟁적으로 저술활동을 하는 한편, 후진 양성에도 많은 노력을 기울였다. 이에 각종 학파가 수립되어 변론과 쟁론을 격렬히 전개함으로써 이른바 '백가쟁명'의 시대가 열렸다. 대표적인 학파로 음양가, 유가, 도가, 묵가, 명가, 법가, 종횡가, 잡가, 농가, 소설가 등이 있다. <전국시대>

인 논리 전개에 중점을 두고 있으나, 그 밖에도 문학적인 문채가 짙다. 『순자荀子』 「권학편勸學篇」의 일단을 예로 들어본다.

나는 일찍이 하루종일 생각만 해 본일이 있었으나, 잠깐 동안 배운 것만도 못하였다. 나는 일찍이 발돋움을 하고 바라본 일이 있었으나, 높은 곳에 올라가서 손짓을 하면 팔이 더 길어지지 않더라도 멀리서도 보게 되며, 바람을 따라 소리치면 소리가 더 커지지 않더라도 분명히 들리게 되며, 수레와 말을 이용하는 사람은 발이 빨라지는 것은 아니지만 천리 길을 가게 되며, 배와 노를 이용하는 사람은 물에 익숙하지 않더라도 강물을 걷는다. 군자는 나면서부터 남과 달랐던 것이 아니라 사물을 잘 이용한 것이다.

吾嘗終日而思矣, 不如須臾之所學也. 吾嘗跂而望矣, 不如登高之博見也. 登高而招, 臂非加長也, 而見者遠, 順風而呼, 聲非加疾也, 而聞者彰, 假輿馬者, 非利足也, 而致千里, 假舟?者, 非能水也, 而絶江河. 君子生非異也, 善假於物也.

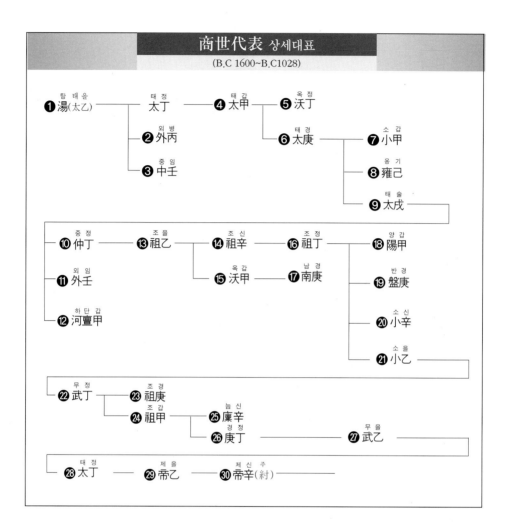

商世代表 상세대표
(B,C 1600~B,C1028)

```
탕 태을                태 정              태 감        옥 정
❶湯(太乙)──────────太丁──────────❹太甲──────❺沃丁
          │          외 병                            태 경                    소 갑
          ├─────────❷外丙                          ❻太庚──────────❼小甲
          │          중 임                                                      옹 기
          └─────────❸中壬                                      ├─────────❽雍己
                                                                                태 술
                                                              └─────────❾太戊

   중 정              조 을              조 신              조 정              양 갑
├─❿仲丁──────────⓭祖乙──────────⓮祖辛──────────⓰祖丁──────────⓲陽甲
│  외 임                            옥 갑              남 경                    반 경
├─⓫外壬                          ⓯沃甲──────────⓱南庚          ├─────────⓳盤庚
│  하 단 갑                                                                    소 신
└─⓬河亶甲                                                      ├─────────⓴小辛
                                                                                소 을
                                                              └─────────㉑小乙

   무 정              조 경
└─㉒武丁──────────㉓祖庚
          │          조 갑              능 신
          └─────────㉔祖甲──────────㉕廩辛
                                        경 정                                  무 을
                                      ㉖庚丁──────────────────────㉗武乙

   태 정              제 을              제 신 주
└─㉘太丁────────㉙帝乙────────㉚帝辛(紂)──────────
```

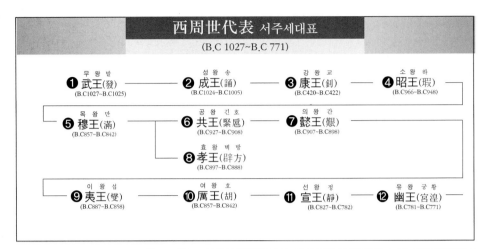

西周世代表 서주세대표
(B.C 1027~B.C 771)

무왕 발
❶ 武王(發)
(B.C1027~B.C1025)
—
성왕 송
❷ 成王(誦)
(B.C1024~B.C1005)
—
강왕 교
❸ 康王(釗)
(B.C420~B.C422)
—
소왕 하
❹ 昭王(瑕)
(B.C966~B.C948)

목왕 만
❺ 穆王(滿)
(B.C857~B.C842)
—
공왕 긴호
❻ 共王(緊扈)
(B.C927~B.C908)
—
의왕 간
❼ 懿王(艱)
(B.C907~B.C898)

효왕 벽방
❽ 孝王(辟方)
(B.C897~B.C888)

이왕 섭
❾ 夷王(燮)
(B.C887~B.C858)
—
여왕 호
❿ 厲王(胡)
(B.C857~B.C842)
—
선왕 정
⓫ 宣王(靜)
(B.C827~B.C782)
—
유왕 궁황
⓬ 幽王(宮湟)
(B.C781~B.C771)

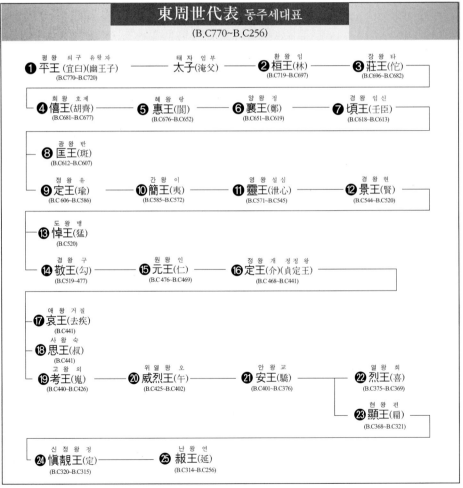

東周世代表 동주세대표
(B.C770~B.C256)

평왕 의구 유왕자
❶ 平王(宜臼)(幽王子)
(B.C770~B.C720)
—
태자 업부
太子(淹父)
—
환왕 임
❷ 桓王(林)
(B.C719~B.C697)
—
장왕 타
❸ 莊王(佗)
(B.C696~B.C682)

희왕 호제
❹ 僖王(胡齊)
(B.C681~B.C677)
—
혜왕 랑
❺ 惠王(閬)
(B.C676~B.C652)
—
양왕 정
❻ 襄王(鄭)
(B.C651~B.C619)
—
경왕 임신
❼ 頃王(壬臣)
(B.C618~B.C613)

광왕 반
❽ 匡王(班)
(B.C612~B.C607)

정왕 유
❾ 定王(瑜)
(B.C 606~B.C586)
—
간왕 이
❿ 簡王(夷)
(B.C585~B.C572)
—
영왕 설심
⓫ 靈王(泄心)
(B.C571~B.C545)
—
경왕 현
⓬ 景王(貴)
(B.C544~B.C520)

도왕 맹
⓭ 悼王(猛)
(B.C520)

경왕 구
⓮ 敬王(勾)
(B.C519~477)
—
원왕 인
⓯ 元王(仁)
(B.C 476~B.C469)
—
정왕 개 정정왕
⓰ 定王(介)(貞定王)
(B.C 468~B.C441)

애왕 거질
⓱ 哀王(去疾)
(B.C441)

사왕 숙
⓲ 思王(叔)
(B.C441)

고왕 외
⓳ 考王(嵬)
(B.C440~B.C426)
—
위열왕 오
⓴ 威烈王(午)
(B.C425~B.C402)
—
안왕 교
㉑ 安王(驕)
(B.C401~B.C376)
—
열왕 희
㉒ 烈王(喜)
(B.C375~B.C369)

현왕 편
㉓ 顯王(扁)
(B.C368~B.C321)

신정왕 정
㉔ 愼靚王(定)
(B.C320~B.C315)
—
난왕 연
㉕ 赧王(延)
(B.C314~B.C256)

3. 漢代文學

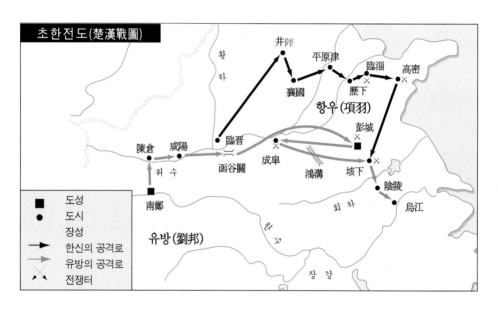

초한전도(楚漢戰圖)

井陘
平原津
臨淄　高密
襄國　歷下
항우(項羽)
彭城
陳倉　咸陽　臨晋
成皐　鴻溝　垓下
函谷關
陰陵
위 수
烏江
南鄭
회 하
유방(劉邦)
황 하
장 강

■ 도성
● 도시
　　장성
→ 한신의 공격로
⤳ 유방의 공격로
✕ 전쟁터

　진秦이 멸망한 뒤에 군웅들의 쟁패는 마침내 양대 세력으로 대립하게 되었다. 하나는 서초패왕 西楚霸王 항우項羽이고 하나는 한왕漢王 유방劉邦으로 초한楚漢의 대치 국면으로 접어들었다. 몇 년 동안의 전쟁 끝에 유방은 해하垓下에서 초군을 격파하였는데, 항우가 오강烏江에서 자살함으로 최후의 승리를 거두었다.

　유방은 장안長安에 도읍을 정하고 국호를 한漢이라고 하였는데 역사에서 서한西漢 또는 전한前漢이라고 한다.

　한고조漢高祖 유방은 주의 봉건제도와 진의 군현제도의 장점을 채택하여 공신은 분봉, 유씨 종실은 제후로 삼았다. 한편 군현을 설치하여 중앙에서 관장하였다. 한 고조가 사망한 뒤 태자 혜제惠帝가 즉위하였으나 성격이 나약하여 대권은 모후 여呂씨의 수중으로 넘어가 유씨의 세력이 약화되었다. 여씨가 죽은 뒤 대신과 유씨 종실이 연합하여 여씨의 세력을 제거하고 고조의 아들이 왕위를 이었는데 한문제漢文帝이며 그의 아들 경제景帝의 재위기간에 황노술(黃帝와 老子)을 채택, 도가의 무위정치를 실천하였다. 근검절약하고 백성을 위한 정치를 함으로 사회생활이 안정되었는데 '문경지치文景之治' 라고 일컫는다.

홍문연(鴻門宴)

기원전 210년에 진시황제가 죽자 각지에서 반란이 일어났다. 그 중에 항우와 유방의 세력이 컸는데, 항우는 남방으로부터 진나라 땅을 침략해가며 함곡관(函谷關)에 이르렀고, 유방은 무관(武關)으로부터 관중(關中)으로 들어가 함양을 점령하였다. 항우는 10만의 군사를 홍문에 집결시키고, 유방을 초대하였다. 당시 유방의 군사는 그 4분의 1에 불과하였고, 유방은 겨우 1백여 기를 거느리고 홍문연에 참가하였다. 항우의 신하 범증(范增)의 지시를 받은 항장(項莊)이 유방을 죽이려고 하였으나, 번쾌(樊噲)의 방해로 이루지 못하였다. 위험을 느낀 유방은 장량(張良)의 계략으로 탈출하였다. 그 뒤 항우는 진왕을 죽이고 함양을 불사르고 팽성(彭城)에 도읍을 정하고 초패왕(楚霸王)이라고 하였다. 그러나 결국은 해하(垓下)의 싸움에서 유방에게 살해되었다.

그러나 한 초에 분봉한 나이가 어렸던 유劉씨의 제왕들은 나이가 들어 중앙에 대항, 독자적인 정권을 세우려 하였다.이에 중앙에서 제왕의 봉토를 박탈하자 마침내 오吳, 초楚 7국의 반란이 일어났으나 곧 반란은 평정되었고 중앙의 권력이 강화되어 중앙집권의 길로 들어섰다.

경제의 아들인 한무제漢武帝는 지략이 뛰어난 군주로 처음으로 건원建元이란 연호를 사용하기 시작하였고 내정의 개혁과 함께 변방의 개척, 대외 관계의 발전 등으로 성세를 구가하였다. 한은 한 초 이래로 유행하여 온 무위의 황노술과 백가학설을 물리치고 오로지 유가만을 존중하였다. 그리하여 유가사상은 당시 학술사상의 주류를 이루었다.

한 무제는 대내외적으로 정치적 업적이 뛰어났으나 오랜 전쟁 등으로 국력이 점차적으로 쇠퇴하기 시작하였고, 무제가 죽은 뒤에는 정권이 외척과 환관에게로 넘어가 끝내는 태후의 조카인 왕망王莽이 나라를 세우고 국호를 신新이라고 하였다. 왕망은 제도를 개혁하였으나 백성들의 고통이 가중되었다. 그 위 가뭄, 메뚜기떼의 재해로 백성은 유리걸식을 하게 되었고 폭동이 각지에서 일어났다. 유명한 것은 '적미병赤眉

동한말군웅할거도 (東漢末群雄割據圖)

공손찬(公孫瓚)

원소(袁紹)

한수(韓遂)

靑州

翼州

양추(楊秋)·마등(馬騰)

유비(劉備)

長安

洛陽

조조(曹操)

徐州

여포(呂布)

漢中

장노(張魯)

盆州

荊州

원술(袁術)

유장(劉璋)

유표(劉表)

손책(孫策)

兵'과 '녹림병綠林兵'인데 전국적으로 급속히 확산하였다. 왕망은 장안에서 반란군에게 피살되었는데 나라를 세운 지 15년 만이었다.

이에 한 종실의 유수劉秀는 천하를 통일하고 낙양에 도읍을 정한 뒤 국호를 한漢이라고 하였는데 역사상 동한東漢 또는 후한後漢이라고 일컫는다. 광무제光武帝(유수)는 한 종실의 정권을 회복하였다고 하여 역사에서는 '광무중흥'이라고 한다.

그러나 동한이 몇 차례의 당화黨禍를 거치며 정

황건(黃巾)의 난

동한(東漢) 후기의 정치는 극도로 부패하였다. 장각(張角)은 태평도(太平道)를 창립, 농촌으로 들어가 부수(符水)를 사용하여 백성들의 병을 치료하였고, 제자들을 각지로 내보내어 전도를 하고 농민을 조직, 드디어 서기 184(영제 원년)에 신도들을 이끌고 민변을 일으켰다. 이들은 황색의 두건을 쓰고 있었으므로 '황건'이라고 하였다. 동한은 대군을 동원, 1년이 채 되기 전에 황건의 주력을 진압하였다. 죽은 자가 수십만이었지만 나머지 황건들은 황하 유역을 따라서 20여 년 동안 싸웠다. 황건은 비록 동한 정권을 무너뜨리지는 못하였으나, 동한은 결국 이 난으로 말미암아 붕괴되기 시작하였다. <동한>

치 사회는 불안하게 되었고 마침내는 '황건의 난'이 발생하였다. 1년이 못 되어 반군의 주력은 진압되었으나 잔여 세력은 황하유역에서 20여 년 간 싸움을 벌였다. 황건이 비록 직접적으로 동한 정권을 전복시키지는 못하였으나 그로 인하여 한은 패망의 길을 재촉하였다.

황건의 뒤를 이어 전국적인 군웅들이 혼전을 벌이는 가운데 동탁董卓은 소제少帝를 폐위시키고 헌제獻帝를 옹위, 장안으로 옮겨왔으나, 오래지 않아 여포呂布에게 피살됨으로 장안은 큰 혼란에 빠졌다.

그러므로 헌제는 낙양으로 되돌아갔는데 조조는 허창許昌에서 헌제를 영접하였다. 그로부터 사실상 정권은 조조의 수중으로 들어갔고 조비曹丕 때에 왕위를 찬탈, 국호를 위魏라고 하였다. 이에 동한은 220년 만에 멸망하였다.

진시황의 분서갱유로 학술활동은 공전의 수난을 겪었으나 한 초에 '개인이 책을 가질 수 없다.'는 율령을 폐지하고 학술활동을 장려함으로 옛 전적들이 유통되기 시작하였다. 무제 때 오경박사五經博士를 설립하였고 5경은 선비들의 필독서가 되었으나 금문경학今文經學과 고문경학古文經學의 두 파로 나뉘었다. 금문경은 구전되어 오던 것을 한대에 통용되었던 예서隷書로 기록한 것이며, 고문경은 공자의 집 벽 속에서 발견된 전서篆書로 쓰여진 것이다. 동한 말년에 정현鄭玄은 시詩, 서書, 역易, 예禮, 춘추春秋 5경을 주석해내어 고문경의 모범으로 삼았다.

그리고 한대에는 사학이 공전의 발전을 하였다. 한 무제 때에 사마천司馬遷은 고금의 사료를 종합하여 『사기史記』를 편찬하였고 뒤에 반고班固는 『사기』를 모방하여 『한서漢書』를 지었는데 이는 중국의 첫번째 단대사斷代史이다. 이후로 정사正史는 모두 이것을 모방하여 지었다.

또 이 시기의 문학은 한부漢賦와 오언시五言詩가 발달하였는데 한부는 특히 『초사』의 영향을 받아 발전하

금고문(今古文) 논쟁

진시황의 분서갱유로 경전은 대부분 소실되어 후대에 전수되지 못하였으나, 진이 멸망한 뒤 책의 소지 금지령이 해제되면서 몰래 감추어 두었던 유가 경전이 다시 나타났다. 그런데 스승으로부터 전수받은 것의 문자가 서로 다른 것이 있었기 때문에 경의(經義)에 대한 해석이 달라질 수 밖에 없었고, 이에 금고문 논쟁이 일어났다. 금문경은 한대 예서로 기록된 유가 경전이지 선진의 고문본이 아니었다. 금문경은 구전되어 오던 것을 한대에 필사하여 만든 것이다. 그런데 고문경은 진 이전에 전자(篆字)로 쓰여진 유가 경전으로, 공자의 집 벽에서 나와 유전하던 것이었다. 그리하여 고, 금문 경학자들 사이에 논쟁이 벌어졌다. <한>

여 온 반시반문半詩半文의 새로운 문체이며 5언시는 서한 때에 비롯하여 동한 때에 이르러 완성되었다. 많은 시인들이 배출되었는데 그 가운데 조식曹植은 뛰어난 5언 시인 가운데 한 사람이었다.

제1절 漢 賦

1. 한부漢賦의 기원起源

순황

중국 문학사상에서 가장 일찍이 '부賦'라는 편명으로 글을 지은 것은 굴원보다 조금 뒤인 순황荀況(기원전 298~기원전238)이었다. 『한서漢書』「예문지藝文志」에는 그의 부가 열 편이 있다고 기술되어 있으나, 오늘날 남아 있는 것은 「예부禮賦」, 「지부知賦」, 「운부雲賦」, 「잠부蠶賦」, 「잠부箴賦」 등의 다섯 편 뿐이다. 이 다섯 편의 공통된 표현 방법은 군신(君臣) 사이의 문답체로서 은어적으로 사물을 서술하고 뜻을 설명하고 있는데, 이것이 부체賦體의 시초라고 할 수 있다. 순황의 부는 그 편폭이 짧아 단부短賦라고도 하는데, 내용 역시 간략하고 꾸밈이 없다. 순황의 뒤를 이은 부의 작가로는 송옥宋玉으로 「풍부風賦」, 「고당부高唐賦」, 「신녀부神女賦」, 「등도자호색부登徒子好色賦」 등이 있고, 그 부체가 비교적 방대하고 상상력이 풍부하며, 아름답고 화려하여 한부에 가깝다.

한나라 때에 이르러 중국 문학의 주요한 현상은 차차 문학이 민중과 괴리되고, 귀족적 궁중 문학이 당시 문단의 정통 문학이 되었다는 것이다. 그 궁중 문학의 대표적인 것이 바로 한부漢賦로, 한나라 4백 년 동안의 가장 보편적이고 가장 유행하였던 문학 형식이며, 초사 문학이 쇠퇴하고 변화하여 생성되어진 것이다.

(1) 정치·경제

진시황이 통일을 완성한 뒤 강력한 중앙 집권의 대제국을 건설함에 따라서, 진秦(기원전 221~기원전207)은 이에 부응하는 정치, 경제, 문화의 개혁을 단행하였다. 그러나 가혹한 사상 통제의 통치로 말미암아 학술 문화의 발전은 도리어 위축되

진시황의 병마용

어, 15년의 통치 기간에 어떠한 문학적인 발전도 있을 수 없었다. 그 뒤를 이어 세워진 한나라는 무엇보다도 진의 실정을 회복하는 데 힘을 기울였고, 특히 문文·경景 때에는 대폭적인 조세의 감면과 잔혹한 체형體刑을 폐지함으로써 백성들의 생활에 안정과 함께 정치, 경제의 발전을 이룩할 수 있었다.

동중서董仲舒의 건의를 받아들여 제자백가를 정비하고, 유가를 존중하며, 학술 사상을 통일하는 한편 문예를 장려하였다. 또 대외적으로는 동으로 조선朝鮮, 남으로 남월南越, 서로는 서역의 흉노를 평정하여, 하서주랑河西走廊을 개통함으로써 서역의 여

동중서

러 나라와 페르시아에 이르기까지 교역을 확대하여, 문화 예술의 교류가 활발하였다.

이와 같이 정치적 안정, 경제적 번영의 기초 위에 제왕과 귀족들의 생활은 극도의 향락에 빠지게 되었다. 장락長樂, 미앙未央과 같은 웅장하고 호화로운 궁전을 세우고 매일같이 사냥과 주연을 일삼았다. 매승枚乘, 사마상여司馬相如, 양웅揚雄, 반고班固, 장형張衡 등은 이러한 물질적인 향락을 소재로 하여 화려한 부 문학을 창작하기 시작하였다.

(2) 학술 사상

한나라 초기의 전란이 평정되었다고는 하지만, 전란의 상흔은 쉽게 회복되지 않았고, 백성들은 곤궁하고 불안한 생활로부터 하루 속히 벗어나고 싶었다. 이를 틈타 무위無爲의 도가 사상이 일어나 정치 사상으로 채택되어, 노자를 힐난하는 자는 배척당하기도 하였다. 이와 같은 정치 풍토에서는 자연히 학술 사상도 보조를 같이 할 수밖에 없었으며, 이런 학술적인 환경 속에서는 부가 쉽게 발전할 수는 없었다. 이유는 부의 체제와 묘사 등이 도가 사상이 흥행하던 한나라 초기에는 적합하지 않았기 때문이다. 그러나 무제가 즉위한 뒤 유가 사상을 장려함으로써 사상적 통일을 가져오게 되었고, 따라서 문풍이 성행하여 과거와 같은 부의 낭만적, 서정적인 작품은 사라지고, 현실 송양頌揚의 부 문학이 일어나 문단을 지배하였다.

노자 「기우도」(청)

한 무제

(3) 헌부獻賦와 고부考賦

한나라 초기에는 모든 제왕들이 유가를 경시하고 천대하였으므로, 당시의 많은 문인들이 중앙 정부에 남아 있지 않고 봉군封君을 따라갔다. 경제 때의 사마상여도 병을 핑계로 양梁으로 가서 왕족들과 어울렸다. 하지만 그 뒤에 무제가 문학을 좋아하여 스스로 「이부인가李夫人歌」, 「추풍사秋風辭」를 짓는 등 문인들을 대우하자, 흩어졌던 문인들이 제왕의 주위로 모여들어 부를 지어 바쳤는데, 주로 궁전, 사냥, 봉선封禪 등의 성사를 묘사하여 제왕들의 공덕을 노래하였다. 따라서 한나라 때의 부는 완전히 대중을 떠난 제왕과 귀족들의 오락품이 되었으니, 사마상여의 「자허부子虛賦」는 효왕의 생활을, 「상림부上林賦」는 황제의 사냥 장관을 찬미한 것으로, 모두 아부하기 위해서 지은 것이다. 당시 부의 작가들은 이와 같은 아부, 아첨을 통해 부귀 영화를 꾀하기가 일쑤여서 자연히 헌부가 유행하여 작품이 대량으로 생산되었다. 물론 작가들은 이에 대한 댓가로 많은 관직을 얻을 수 있었다. 무제 때의 사마상여, 동방삭東方朔, 매고枚皐, 선제 때의 왕포王褒, 장자교張子僑, 성제 때의 양웅揚雄, 장제章帝 때의 최인崔駰, 화제和帝 때의 이우李尤 등은 모두 부로 인해서 벼슬길에 올랐다. 한편 과거에 부를 시험하여 인재를 등용하였기 때문에 모든 문인들은 입신 출세를 위하여 온 힘을 기울여 부를 지었고 자연히 부 문학은 성행하게 되었다.

2. 한부漢賦의 발전發展

(1) 형성기

한 고조 때부터 무제 초년에 이르기까지 약 70년 동안은 유가를 경시하고 도가의 사상을 제창하던 시기로, 사부 문학이 주류를 이루었는데, 부의 형식과 내용을 막론하고 『초사』와 순경부荀卿賦의 영향을 받아 창작되었다. 대표적인 작가로는 육가陸賈, 가의賈誼, 매승枚乘, 엄조嚴助, 추양鄒陽, 공손승公孫乘 등이 있다.

가의賈誼(기원전 200~기원전168) : 하남河南 낙양洛陽사람으로, 고조 7년에 태어나서 문제 12년에 죽었는데, 그의 나이 겨우 33세였다. 18세 때에 시서詩書를 잘 하기로 소문이 났으며, 당시 하남 태수 오공증吳公曾이 문하에 두고 사랑하였다. 또, 20세 때 문제가 그를 박사博士로 삼았는데, 나중에 태중대부太中大夫에 이르러 예악禮樂을 일으키고, 법도法度를 제정하고, 복색服色을 바꾸는 등 문제를 잘 보필하는 데 힘썼으나, 뒤에 주발周勃의 모함을 받아 장사왕長沙王 태부太傅로 축출되었다. 그는 모함으로 쫓겨나 끓어오르는 울분을 금할 수 없었지만, 마침 멱라수汨羅水를 건너려 할 때, 자신의 처지가 굴원과 비슷하여 「조굴원부弔屈原賦」를 지어 감개를 표현하였다. 『한서』 「예문지」에 그의 부가 7편이 수록되어 있으며, 가장 뛰어난 것은 「조굴원부」와 「복조부鵩鳥賦」를 꼽을 수 있다. 「복조부」는 작자가 장사왕 태부로 있은 지 3년째 되던 해에 문답체 형식으로 지은 것이다.

> 단알의 해,
> 4월의 무더운 여름.
> 경자일이 저물어 가는데,
> 부엉이 내 집에 날아들어,
> 방 모퉁이에 앉아,

매우 한가로운 모양이구나.

이상한 것이 날아들다니,

그 까닭이 괴상하구나.

책을 꺼내 점을 쳐,

점괘를 헤아리니,

가로되, "들새가 방으로 날아들다니, 주인은 어디로 가나?"

부엉이에게 묻나니, "나는 어디로 갈까? 길한가 말해다오.

그 재앙을 말해 다오. 수壽를 헤아려 나에게 그 시기를 말해다오."

부엉이는 이에 탄식하고,

머리를 들어 날개를 치네.

입으로 말할 수 없어,

청컨대 마주함으로써 뜻을 말하네.

單閼之歲兮, 四月孟夏.

庚子日斜兮, 鵬集予舍.

止于坐隅兮, 貌甚閑暇.

異物來萃兮, 私怪其故.

發書占之兮, 讖言其度.

曰: "野鳥入室兮, 主人將去."

請問于鵬兮: "予去何之? 吉乎告我,

凶言其災, 淹速之度兮, 語予其期."

鵬乃歎息, 擧首奮翼.

口不能言, 請對以臆.

매승枚乘(?~기원전 140): 자字가 숙叔이다. 회음淮陰(현 강소江蘇 청강淸江) 사람으로, 일찍이 오왕吳王 유비劉濞의 문학시종文學侍從이 되었다. 칠국七國의 난이 평정된 뒤에 경제景帝는 그를 홍농도위弘農都尉로 삼았으나, 벼슬을 싫어해 병을 핑계로 받아들이지 않았다. 무제가 즉위한 뒤 매승이 부를 잘 한다는 것을 알고 입조入朝하도록 했으나, 연로한 나머지 도중에서 병사하고 말았다. 『한서漢書』「예문지藝文志」에 부 9편이 수록되어 있었으나 다 없어지고 겨우 3편만이 남아 있을 뿐인데,

그 가운데 유명한 것으로 「칠발七發」을 들 수 있다.

「칠발七發」은 소체騷體(칠간七諫)의 영향을 받아 이루어진 대부大賦의 대표적인 작품으로, 내용은 초나라 태자와 오나라 객客의 문답체이며 모두 8단으로 짜여져 있다. 제 1단은 오나라 사람의 초 태자의 병문안을 서술하고 있는데, 태자의 병은 생활이 방종한 데서 비롯된 것이어서 약물보다는 정신적인 치료만이 치유가 가능할 것으로 여겼다. 그리하여 제 2단 이후부터 제 7단에 이르기까지는 아름다운 음악, 세상에 드문 음식, 신기한 준마駿馬, 궁원宮苑의 웅장한 사냥, 파도 구경 등을 하게 함으로써 치유를 하고자 했으나, 끝내 아무런 차도를 보이지 않았다. 그리하여 마지막으로 오객은 태자를 위하여 「요언묘도要言妙道」의 방술方術을 들려 주었다. 그 후, 태자는 음탕하고 사치스러운 물질적인 향락의 추구를 버리고 오묘하고 고상한 정신 생활을 추구하였으며, 드디어 정신적으로 감동한 나머지, 땀을 흘린 뒤 병이 나았다.

「칠발七發」은 산문화散文化의 3·4·5·7·9언 구를 다양하게 사용하고 있고 은유가 풍부하지만, 이지理志를 말하고 있지 않고 온전히 사물을 서술하고 있다. 이런 점으로 미루어 보아, 「칠발七發」은 소체騷體로부터 완전히 벗어나 새로이 한부漢賦로 들어섰음을 알 수 있게 한다. 매승이 「칠발七發」의 체제를 창조한 이후, 미친 영향이 매우 커서 이 체제를 모방하여 짓는 작가가 많았는데, 부의傅毅의 「칠격七激」, 장형張衡의 「칠변七辯」, 동방삭東方朔의 「칠간七諫」, 최인崔駰의 「칠의七依」, 조식曹植의 「칠계七啓」 등 일일이 열거할 수 없다. 그리하여 이 '칠七' 은 하나의 독립적인 전문 문체로 확립되었다.

(2) 전성기

무제武帝, 원제元帝, 선제宣帝 시대는 한부의 전성 시기로,『한지漢志』에는 60여 작자의 부 900여 편이 실려 있는데, 거의 대부분이 이 시기에 지어졌다. 내용은 궁정의 호화로운 생활, 산수의 아름다운 경치, 제왕들의 존엄, 나라의 면모 등이었는데, 이 시기에 성행하게 된 중요한 원인은 제왕의 애호에 따른 권장 때문이었다. 대표적인 주요 작가로는 사마상여司馬相如, 동방삭東方朔, 매고枚皐, 왕포王褒 등을 들 수 있다.

사마상여司馬相如(기원전 179~기원전117) : 자가 장경長卿이며, 촉군蜀郡 성도成都 (현 사천四川 성도成都) 출신으로 말더듬이였으나 부작賦作이 뛰어났다. 경제景帝 때에는 무기상시武騎常侍가 되었으나, 한 경제가 사부를 좋아하지 않아 그는 병을 핑계로 양왕梁王의 문하가 되어, 「자허부子虛賦」를 지었다. 양왕이 죽은 뒤 사마상여는 촉으로 돌아왔으나 집이 가난하여 할 일이 없었다. 평소에 임공령臨邛令 왕길王吉과 좋은 사이였는데, 그는 부상富商이었던 탁왕손卓王孫을 소개시켜 주었다. 탁왕손은 잔치를 베풀어 사마상여를 초대해 거문고를 타도록 하였다. 그 때, 과부가 된 탁왕손의 딸 탁문군卓文君이 있었는데, 그녀는 음악을 좋아하였으며, 마침내 사마상여를 사랑하게 되어 성도成都로 달아났다. 뒤에 탁왕손의 도움으로 성도에 집, 논밭을 장만하고 노비까지 두게 되었다.

한 무제는 사마상여의 「자허부子虛賦」를 읽고 매우 기뻐하며 그와 함께 있지 못함을 한탄하였다. 그는 뒤에 양득의楊得意의 추천으로 장안長安으로 가 무제를 만나보게 되었고, 「상림부上林賦」를 지어 올렸다. 무제는 읽고 크게 기뻐한 나머지 그를 낭중郎中으로 삼았다. 현존하는 그의 부 가운데 대표적인 작품으로는 「자허부子虛賦」와 「상림부上林賦」를 들 수 있다.

이 외에 「애진이세부哀秦二世賦」, 「대인부大人賦」, 「미인부美人賦」, 「장문부長門賦」 등이 있다. 「자허부子虛賦」는 초나라의 자허子虛와 제나라의 오유烏有가 대화를 통하여, 초와 제의 물산物産, 궁정, 사냥의 성대함 등을 과장하여 묘사하고 있다. 「상림부上林賦」는 상림원上林苑의 웅장하고 화려함과 천자의 사냥의 성대함을 서술하고 있으며, 초와 제에 비교하여 한나라 천자의 절대적인 권위를 표현하였다. 「장문부長門賦」는 무제의 버림을 받은 진황후陳皇后가 밤낮으로 무제를 그리워하며 기다리는 내용이다.

　　　　나는 슬프고 깊은 생각에 잠겨 있는데,
　　　　노도와 같은 질풍이 휘몰아친다.
　　　　난대에 올라 멀리 바라보노라니,
　　　　마음을 가눌 길 없이 교외에 노닌다.
　　　　구름은 온 천지를 뒤덮고,
　　　　아득한 하늘, 햇볕은 가리웠다.
　　　　우렛소리 은은히 들려오나니,
　　　　꼭 임금님의 우렁찬 수레 소리와 같다.
　　　　(후략)

　　　　夫何一佳人兮, 步逍遥以自虞.

廓獨潛而專精兮, 天漂漂而疾風.

登蘭臺而遙望兮, 神怳怳而外淫.

浮雲鬱而四塞兮, 天窈窈而晝陰.

雷殷殷而響起兮, 聲象君之車音. (後略)

동방삭

동방삭東方朔(기원전 161?~기원전86?) : 자는 만천曼倩이며, 평원平原 염차厭次(현 산동성山東省 양신현陽信縣) 사람이다. 무제 때에 태중대부太中大夫, 중랑中郎 등을 지냈으며, 재담과 해학을 잘 하였다. 그리하여 무제는 그를 배우로 대우했다. 그는 궁정의 한 '농신弄臣'이었으나 정치적으로는 정의감이 있었다. 하지만 동방삭은 정치적으로 중용되지 못하였기 때문에 「답객난答客難」이란 산문부를 지어 스스로를 위로했다.

주인과 객의 문답 방식인 이 부는 무제 통일 시대에 비록 재능이 있다고 하더라도 뜻을 펼 곳이 없었을 뿐만 아니라 '어질고 불초함'의 구별이 없었고, "쓰인 즉 호랑이가 되고, 안 쓰인 즉 쥐가 된다"고 불평을 토로하였다.

왕포王褒(? ~기원전 61) : 자가 자연子淵이며, 촉의 자중資中(현 사천四川 자양현資陽縣) 사람으로, 그의 작품 중에서 가장 가치가 있는 것은 「통소부洞簫賦」이다. 「통소부洞簫賦」의 앞부분에서는 소간簫幹(통소대)의 자라남과 죽림의 경치를 쓰고 있고, 뒷부분은 사람의 심금을 울리는 통소 소리를 묘사하고 있다. 이 「통소부洞簫賦」는 후대의 문체에 적지 않은 영향을 끼쳤는데, 변우구형駢偶句形의 독특한 풍격을 갖추고 있어서 위·진·육조의 변려문駢儷文의 발단이 되었다.

매고枚皐(기원전 153~?) : 자가 소유少儒이며, 회음淮陰 사람이다. 매승의 아들로, 해학과 재담을 잘 하고 사부辭賦를 잘 하였으므로, 당시 사람들은 동방삭과 비교하기도 했다. 그러나 현존하는 작품이 없다.

(3) 모방기

서한西漢 성제成帝로부터 동한東漢 장제章帝에 이르는 기간을 일컫는다, 사마상여, 왕포 등을 이어서 한부의 체제는 정형定型이 완성되었다. 뒤의 작가들은 그 정형을 깰 수 없었기 때문에 모방하여 부를 지었다. 이와 같은 기풍은 서한 말년부터 동한 중엽에 이르기까지 유행했으며, 장형張衡을 비롯한 몇 편의 단부短賦가 출현한 이후부터는 조금씩 바뀌기 시작했다. 이 기간에는 양웅揚雄, 풍연馮衍, 반고班固, 최인崔駰, 이우李尤, 부의傅毅 등이 활약했는데, 그 중에서 양웅과 반고가 가장 뛰어났다.

양웅揚雄(기원전53~기원18) : 자가 자운子雲이며, 촉군蜀郡 성도成都(현 사천四川 성도成都) 사람이다. 그는 사마상여처럼 말더듬이였으나 박학다식하였다. 경학經學은 물론 사장辭章에도 뛰어났다. 성제는 양웅의 사부辭賦가 사마상여 못지 않다는 말을 듣고 그를 불러 들였다. 양웅은 성제의 사냥을 내용으로 한 「감천부甘泉

양웅

賦」와 「우렵부羽獵賦」를 지었다. 일생을 곤궁하게 지냈으나 저술에 힘썼고, 정치에는 큰 관심을 갖지 않았다. 『역학易學』을 모방해 『태현경太玄經』을 지었고, 『법언法言』은 『논어論語』를 모방하여 지었다. 이 두 권의 책은 모두 유가의 관점에서 문제를 파악하고 있는 철학과 사회에 관한 자신의 견해였다.

「감천부甘泉賦」, 「우렵부羽獵賦」, 「장양부長楊賦」, 「하동부河東賦」 등은 사마상여의 「자허부子虛賦」, 「상림부上林賦」를 모방했고, 「광소廣騷」, 「반뢰수畔牢愁」 등은 굴원의 「이소離騷」, 「구장九章」을 모방하고 있다. 양웅의 부작賦作 중에는 「우렵부羽獵賦」가 가장 뛰어난데, 전자는 제왕의 사냥의 장대함을 묘사하고 있고, 후자는 한나라 권위의 지극함을 노래하고 있다. 이 밖에도 자신의 감회를 쓴 산문부인 「해조解嘲」, 「해난解難」 및 「축빈부逐貧賦」 등이 있다.

반고班固(32~92) : 자가 맹견孟堅이며, 부풍扶風 안릉安陵(현 섬서陝西 함양현咸陽縣) 사람으로 동한 초년의 문학가이다. 주요한 저서로 『한서漢書』가 있다. 반고의 아버지인 반표班彪 또한 유명한 학자로서 『사기후전史記後傳』65편을 썼는데, 『사기史記』 이후의 서한 역사를 쓴 것이다. 반고는 20여 세 때에 그 『사기후전史記後傳』을 기초로 하여 『한서漢書』를 지었는데, 모두 20여

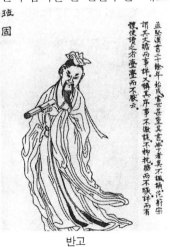

반고

년이 걸렸다.

반고는 서한의 사마상여, 양웅, 동한의 장형 등과 함께 한부4걸漢賦四傑로 꼽히는데, 사학가로서 뿐만 아니라 사부의 작가로도 그만큼 유명하다. 그의 작품으로 가장 가치가 높은 것은 「양도부兩都賦」로, 내용은 서한의 사냥의 성대함이나 궁전의 장엄함 등을 서술하고 있고, 형식은 사마상여와 굴원의 부체를 모방하고 있다. 그 밖에 「이소離騷」를 모방한 「유통부幽通賦」와 동방삭東方朔의 「답객난答客難」을 모방한 「답빈희答賓戲」가 있다.

(4) 전환기

동한의 화제和帝로부터 헌제獻帝의 망국亡國에 이르기까지를 일컫는다. 이 기간에는 환관, 외척들의 정권 쟁탈이 계속되어, 국세는 차차 쇠퇴하기 시작하였다. 이에 대해 제왕, 귀족들의 사치스러운 생활과 횡포로, 백성들은 날이 갈수록 곤궁해지고 사회는 더욱 불안해져 갔다. 그러자 도가 사상이 다시 고개를 들기 시작했으며 문학 사조는 그 영향을 받지 않을 수 없었다. 따라서 현실 비판의 단부가 출현하였으며, 이전의 글을 과장하고 아름답게 묘사하는 것을 능사로 여겨왔던 장편 사부에 차츰 변화를 가져 왔다. 이러한 시세에 영합하여 뛰어난 성과를 거두었던 사부 작가로는 장형張衡, 마융馬融, 왕일王逸, 최인崔駰, 왕연수王延壽, 채옹蔡邕, 조일趙壹, 예형禰衡 등을 들 수 있다.

장형

장형張衡(78~139) : 자가 평자平子이며, 남양南陽 서악西鄂(현 하남河南 남양南陽) 사람으로, 동한 시대의 주요한 문학가일 뿐만 아니라 중국 역사상 뛰어난 과학 사상가였다. 사부의 대표작으로는 「서경부西京賦」, 「동경부東京賦」, 「남도부南都賦」를 꼽을 수 있다.

장형부의 한 가지 특색은 사냥, 궁정, 화려한 제왕 귀족들의 생활을 묘사하는 것 이외에 많은 사회의 풍속을 소재로 하고 있다는 것이다. 장사꾼, 협객, 각저백희角觝百戲, 방상方相, 대나大儺 등이 작품 속에 묘사되고 있고, 이 밖에도 사상을 개진한 「사현부思玄賦」, 「귀전부歸田賦」가 있는데, 「귀전부歸田賦」는 단부로서 전원적인 흥취가 담겨 있다.

채옹蔡邕(132~192) : 자는 백개伯喈이며, 진류陳留(현 하남河南 기현杞縣) 사람이다. 어렸을 때부터 문명文名을 날렸는데, 사장辭章을 잘 했을 뿐만 아니라 음악에도 정통했다. 채옹의 부는 「술행부述行賦」가 가장 유명하다. 내용은 백성들의 빈곤한 생활에 대한 동정과 뜻 있는 사람들의 억압에 대한 분노를 서술하고 있다. "마음 속으로 이 일을 분개(心憤此事)"하여 이 부를 지었다고 한다.

조일趙壹(?~187?) : 자가 원숙元叔이며, 한양漢陽 서현西縣(현 감숙甘肅 천수天水) 사람이다. 『후한서後漢書』 「조일전趙壹傳」에 "자기의 재능만을 믿고 남을 깔보았다(恃才倨傲)"라고 한 것처럼 성품이 방자하고 예법을 멸시하여 사람들로부터 빈축을 사게 되어 「해빈解擯」을 지었다. 그 뒤 여러 차례의 범법 행위로 말미암아 죽음을 당할 뻔했으나 친구들이 구출해 주었다. 그리하여 「궁조부窮鳥賦」를 지어 친구들에게 감사함을 표현했다. 그는 재주가 뛰어나고 명성도 있었으나, 벼슬은 군리郡吏에 지나지 않았다. 그의 대표작으로는 「자세질사부剌世疾邪賦」가 있다. 내용은 당시의 정치 횡포, 관리들의 부패에 대해 서술하고 있다.

한부가 위·진·남북조 때에는 내용, 형식을 막론하고 모두 크게 탈바꿈하였다. 배부俳賦가 유행하였는데, 이는 특히 육조 시대에 유행하였다. 배부는 한부와 마찬가지로 과장, 수식을 중요시하였고, 글의 짝을 맞추었기 때문에 변부騈賦라고도 하였다. 이어 수·당대에는 변려의 영향을 받아 발전한 매우 규격화된 부체로서 과거에 부과하였기 때문에 시부試賦라고 일컫기도 했다.

만당 때에 두목杜牧의 「아방궁부阿房宮賦」가 나온 뒤로부터 운·산문체가 유행했는데 송나라 때에 이르러 더욱 그 체제를 많이 사용하였다. 지나치게 형식적인 구속으로부터 벗어나기 위한 필연적인 추세였다. 구양수歐陽修에 이르러 산문의 필법을 사용한, 감정, 사상의 표현이 매우 자유로운 새로운 부체를 창작하기 시작하였는데 소식에 이르러 더욱 빛을 발하게 되었다.

3. 한부漢賦의 특징特徵

한부는 시와 산문의 특수한 혼합체의 형식을 갖추고 있는 운문의 일종이다. 거슬러 올라가면 시경 이후부터 초사에 이르는 동안 시의 범위와 편폭이 커지고, 글이 화려해짐에 따라서 서정적이고 낭만적인 색채가 다분한 신체시가 탄생하였다. 이와 같은 운문과 산문의 혼합 체제는 무제와 선제 이후부터 문인들이 공을 노래하고 덕을 칭송해 공록을 얻는 도구로 삼았으며 한부의 중요한 특징이 되었다.

한부 전성시기의 작품은 천편일률적으로 정해진 형식에 따라 지어졌으며, 그 구성 형식을 보면 크게 직서체直敍體와 문답체問答體로 나눌 수 있다. 굴원의 작품이 거의 모두가 직서체인데 비해 송옥의 작품은 문답체를 적절하게 사용하고 있다. 이 밖에 가의의 「복조부鵩鳥賦」 등 문답체로 되어 있는 것들이 많고 한 편의 부는 서序, 본문本文, 결어結語의 3단계로 구성되어, 서에서는 작품의 동기를 쓰고 결어에서는 일반적으로 "난왈亂曰", "계왈系曰", "중왈重曰", "가왈歌曰", "신왈訊曰" 등의 허두로 본문의 내용을 함축 요약하고 있으나, 모든 부가 이와 같이 3단의 구성 형식을 갖추고 있는 것은 아니다.

한나라 때 많은 부의 작가들은 어떤 사물에 대해 감정을 솔직 담백하게 표현하는 개성 있는 부를 짓지 않고, 과장되고 아름답게 수식하는 것을 제일로 여겼다. 그 때문에 한부는 진실된 감정이 결핍되고 형식에만 치우치게 된 결과를 초래하였다. 하지만, 이러한 형식주의는 중국 문장의 수사에 있어서 그래도 상당한 공헌을 하였던 것은 사실이다. 한부에는 기문奇文과 괴자怪字를 많이 사용하고 있다. 뿐만 아니라 지나치게 전고典故를 많이 사용하고 지나치게 사실을 과장하여 서술하고 있다. 그것은 작자의 박학함을 드러내 보이기 위한 것이었다. 사마상여의 「상림부上林賦」에는 "교룡적리蛟龍赤螭, 옹용건타鰅鰫鰬䱜, 우우허탑禺禺魼鰨……"이라고 어족의 풍성함을 서술하고 있는데, 이 일단을 보더라도 기문 괴자의 사용을 즐겨하고 있음을 알 수 있다.

제2절 樂府詩와 民間文學

1. 악부樂府의 채시採詩와 분류分類

'악부樂府'라는 말은 본래 한나라 때 무제가 음악을 관장하기 위해 설립한 관서를 가리켰으나 뒤에 와서 민가民歌의 대명사로 사용되었다. 그 이유는 민가를 채집하고 연주한데서 연유한다. 즉 한대에는 이들 민간 가요를 가시歌詩라고 불렀으나 육조에 이르러 악부라고 하였기 때문이다. 한편 많은 문인들이 이들 민가를 모방하여 시를 지었기 때문에 중요한 시체詩體의 하나가 되었다.

당시 악부에서의 민가 채집은 주로 조趙, 대代, 진秦, 초楚를 중심으로 이루어졌으며, 무제 때에 채집한 민가는 모두 138편이다.

그 외 지역은 오吳, 초楚, 여남汝南, 연燕, 대代, 안문雁門, 운중雲中, 농서隴西, 한단邯鄲, 하간河間, 제齊, 정鄭, 회남淮南, 하동河東, 낙양洛陽, 하남河南, 남군南郡 등으로 범위가 상당히 넓었다. 이것을 보면, 악부의 민가 채집은 어떤 특정 지역에만 국한하지 않고 광범위하게 실시되어, 황하를 비롯하여 장강 유역에까지 이르고 있음을 알 수 있다. 이러한 민가들의 가사는 거의 전해 오지 않으나, 당시 이것들은 조정의 아악에까지도 영향을 끼쳤다.

그러나 애제哀帝(기원전 6~1) 때에 속악이 사회 기강을 문란하게 한다고 여겨 악부의 관원들을 절반으로 감면시켰다. 이 때부터 민가의 수집 활동이 정지되었으며 많은 민가가 산실되었다. 그렇다고 해도 악부시는 대중 속 깊이 전해지고 있었기에 쉽게 근절될 수 없었다. 그래서 현존하는 악부시 중에는 애제 이후의 민가가 많이 포함되어 있다. 이 밖에도 외족의 음악이 수입되어 들어왔다. 「파유무곡巴渝舞曲」, 「고취곡鼓吹曲」, 「횡취곡橫吹曲」, 「마하두륵摩訶兜勒」 등은 한문漢文 가사를 써넣어 불려졌기 때문에 한인들의 생활 정서가 잘 반영되어 있다.

악부시의 분류는 앞에서 설명한 바와 같이 채집한 지역에 따라 조趙, 대代, 진秦, 초楚의 시가로 분류하였고 명제明帝 영평永平 4년(기원전 60)에는 내용에 따라 1. 대여악大予樂 : 제의용祭儀用 2.아송악雅頌樂 : 수렵용狩獵用 3.황문고취악黃門鼓吹樂 : 연용宴用 4.단소요가악短簫鐃歌樂 : 군중용軍中用의 네 가지로 분류했다.

그리고 악부시에 관한 편저로는 송의 곽무천郭茂倩(1084 전후)의 『악부시집樂府詩集』100권이 대표적이며, 고대古代로부터 오대五代에 이르는 동안의 악부시가 거의 망라되어 있는데, 1.교묘가사郊廟歌辭(12권)(조정에서 제례 때에 사용한 노래임) 2.연사가사燕射歌辭(3권)(군신간 연회 때에 사용한 노래임) 3.고취곡사鼓吹曲辭(5권)(서역에서 건너온 군악임) 4.횡취곡사橫吹曲辭(5권)(서역에서 건너온 것으로, 역시 군악임) 5.상화가사相和歌辭(18권)(민간의 악부시로서 현악과 관악의 가사임) 6.청상곡사淸商曲辭(8권)(오성가곡吳聲歌曲, 신현가神弦歌 등을 포함하고 있고, 대부분 장편 서사시임) 7.무곡가사舞曲歌辭(5권)(아무雅舞, 잡무雜舞, 산악散樂

등을 포함하고 있는 춤의 노래임) 8.금곡가사琴曲歌辭(4권)(곡조만 있고 가사는 없는 것임) 9.잡곡가사雜曲歌辭(18권)(각지의 민간 가요임) 10.근대곡사近代曲辭(4권)(당나라 때의 새로운 악부시임) 11.잡가요사雜歌謠辭(7권)(가사만 있는 민가임) 12.신악부사新樂府辭(11권)(음악과는 관계가 없는 새로운 형식의 순수한 악부시임)등의 12종류로 분류되어 있다.

2. 악부시樂府詩의 특성特性과 발전發展

첫째, 훌륭한 문학 예술은 민간 문예 가운데에서 많이 찾아 볼 수 있으며, 그 중에서도 가장 뛰어난 것은 다름 아닌 민가이다. 문인들이 민가를 정리하고, 또 모방하여 지음으로써 중국 역대 운문 문학의 주류를 형성하였다. 주나라로부터 청대에 이르기까지 중국의 여러 시가 문학은 모두 민간에서 발생하였으며, 음악과 어우러져 음악을 떠날 수 없었다. 악부도 그 예외는 아니었다. 중국 운문 문학의 특징은 '음악 문학'이라는 데에 있는데 특히, 악부는 '시詩', '악樂', '무舞' 세 가지 예술의 혼합체로서 가장 정통적인 음악 문학이라고 할 수 있다.

둘째, 악부시의 특징은 음악에 있을 뿐만 아니라 당시 생활 습속이 잘 반영되어 있어서, 당시의 문화를 연구함에 있어서도 귀중한 자료가 될 뿐더러 일반 대중의 언어를 사용하였기 때문에 소박하고 생동적이다. 그리고 꾸밈없는 정감, 애증이 표현되고 있으므로 쉽게 공감하게 한다.

셋째, 인물의 언어와 행동을 통하여 그 인물의 성격을 파악할 수 있고 신분, 복식, 가정의 갈등, 습속 등에 대한 구체적인 답을 제공하여 주고 있다.

넷째, 형식이 자유스럽고 다양하다. 본디 한漢의 악부시는 고정된 장법章法, 구법句法 등이 없으며, 길고 짧음도 마음대로였다. 4언의 시경체詩經體를 답습한 것도 없지는 않으나, 절대 다수는 새로이 출현한 신체시라고 할 수 있다. 1자, 2자로부터 8자, 9자, 10자 등으로 구句를 형성하고 있는 잡언체가 있는가 하면, 5언체도 있다. 이와 같이 다양한 형식을 빌어서 사상, 정감 등을 표현함으로써 형식적인 구속으로부터 탈피할 수 있었다. 「고아행孤兒行」을 예로 든다.

고아로 태어나, 고아로 태어나게 되어, 목숨이 홀로 이리도 고달픈가!

부모가 계실 때는 수레를 타고, 말을 달렸다.

부모가 돌아가시자, 형과 형수는 나에게 행상을 시켜,

남쪽으로는 구강까지, 동쪽으로 제나라와 노나라까지 넘나들어.

섣달에야 돌아와서도 감히 고달프다고 말을 못했었네.

머리에는 이 투성이, 얼굴엔 때,

형은 "밥 지어!"라고 호통치고, 형수는 "말 좀 보살펴!"하고 질책이네.

고당으로 올라가 취전을 하고 내려오니, 고아의 눈물 비처럼 쏟아지네.

(후략)

孤兒生, 孤兒遇生, 命獨當苦!

父母在時, 乘堅車, 駕駟馬.

父母已去, 兄嫂令我行賈.

南到九江, 東到齊與魯.

臘月來歸, 不敢自言苦.

頭多蟣虱, 面目多塵,

大兄言 "辨飯!" 大嫂言 "視馬!"

上高堂, 行取殿下堂, 孤兒淚下如雨.

(後略)

　　그러나 한 악부시가 현재까지 전해져 오고 있는 것은 불과 몇십 수에 지나지 않고 내용은 대체적으로 세 가지로 분류할 수 있다.

　　첫째, 제왕帝王과 귀족의 공덕을 찬송하는 작품으로 「교사가郊祀歌」 19수와 당산부인唐山夫人의 「안세방중가安世房中歌」 17수 등이 있다. 둘째, 소수 민족과 민간에 유행하던 고취곡사鼓吹曲辭, 횡취곡사橫吹曲辭인 「요가鐃歌」 18곡 등을 들 수 있다. 셋째, 민간과 문인들에 의하여 지어진 상화가사相和歌辭, 청상곡사淸商曲辭, 잡곡가사雜曲歌辭인 「강남채련江南採蓮」, 「백두음白頭吟」 등을 들 수 있다.

제3절 漢代의 散文

한 고조(劉邦)가 초楚나라 항우項羽와의 전쟁을 통해 국가를 통일한 이후부터 사회의 안정, 경제의 발전을 배경으로 문학 예술도 되풀이되어 발전하였다. 특히 당시의 산문은 큰 성과를 거두어 중국 문학사상 중요한 위치를 차지하였다. 한대의 산문은 전국시대 책사策士들의 상서上書의 유풍을 계승하고 있다. 한비자韓非子는 말더듬이였으나 뛰어난 문장가로 진왕秦王의 마음을 사로잡았고, 이사李斯는 본래 진에서 쫓겨난 인물이지만 뛰어난 문장으로 진시황의 막료가 되었다. 한 고조도 어떻게 국가를 다스리고, 어떻게 정권을 공고히 할 수 있을 것인가 하는 정책의 이론적인 정립을 위하여 진을 비롯한 역대의 역사 경험의 교훈을 얻고자 했다. 따라서 육가陸賈는 『신어新語』를 지어 올림으로 더욱 고조의 총애를 받게 되었다. 이로부터 논설산문論說散文이 유행하여, 가의賈誼의 「치안책治安策」, 「과진론過秦論」, 공손홍公孫弘의 「흥학의興學議」, 조조晁錯의 「논귀속소論貴粟疏」, 「언병사소言兵事疏」, 매승枚乘의 「간오왕서諫吳王書」, 동중서董仲舒의 『춘추번로春秋繁露』, 왕부王符의 「잠부론潛夫論」, 유향劉向의 『신서新序』, 『설원說苑』, 왕충王充의 『논형論衡』 등이 나올 수 있었다.

그러나 이외에 가장 큰 성과를 거둔 한대의 산문은 사전산문史傳散文으로 『사기史記』와 『한서漢書』를 예로 들 수 있으며 당시의 역사적인 사실을 잘 반영하고 있을 뿐만 아니라 문학적인 가치도 매우 높이 평가받고 있다.

1. 논설산문論說散文

논설산문의 뛰어난 작가로는 가의와 조조 등을 들 수 있다.

가의賈誼(기원전 200~기원전168) : 낙양洛陽 사람으로 어렸을 때부터 문장이 뛰어나 20세 때에 한漢 문제文帝에게 발탁, 박사博士가 된 뒤에 중산대부中散大夫가 되었다. 그러나 조정의 권력자들에게 배척을 당하여 장사왕長沙王 태부太傅로 좌천되었다가 33세의 젊은 나이로 양梁에서 요절하였다. 그의 산문 가운데 뛰어난 것은 「과진론過秦論」이다. 「과진론」은 진나라의 정치 득실을 따져 당시의 통치자들을 풍간諷諫한 것으로, 거침없고 날카로운 필치의 명문名文이다. 원래 가의 문집이 있었으나 지금은 전해오지 않는다. 현재 통용되고 있는 『가의집賈誼集』은 『신서新書』10권 속에 포함되어 있으며, 후세 사람이 편집한 것이다. 「과진론」의 일 절을 예로 든다.

> 진나라 효공은 효산殽山과 함곡관函谷關의 험고險固함을 근거로 하여 옹주의 땅을 차지하고 임금과 신하가 굳게 그 곳을 지키면서 주나라 왕실을 엿보며 천하를 석권하고, 이 세상을 다 들어 사해를 자기 주머니에 집어 넣을 뜻과 온 세상을 다 삼켜버릴 마음을 갖고 있었다. 이 때에 상앙이 그를 보좌하여, 안으로 법도를 세우고, 밭 갈고 길쌈하기에 힘쓰면서 적과 싸우고 나라를 지킬 대비를 해 나갔고, 밖으로 연횡책을 써 가며 제후들과 싸워 나갔다. 이에 진나라 사람들은 팔짱을 낀 채 황하 서쪽의 땅을 차지하게 되었다.

> 秦殽公, 據殽函之固, 擁雍州之地, 君臣固守, 以窺周室, 有席卷天下, 包擧宇內, 囊括四海之意, 幷呑八荒之心. 當是時, 商君佐之, 內立法度, 務耕織, 修守戰之備, 外連衡而鬪諸侯, 於是秦人拱手而取西河之外.

조조晁錯(기원전 200~기원전154) : 영천潁川(현 하남성河南省 우현禹縣) 사람으로, 소년 시절에 신불해申不害와 상앙商鞅의 형명학形名學을 배웠고, 한편 『상서尚書』에도 통달하였다. 한 문제 때에 태상장고太常掌故에 임명되었다가 뒤에 태자가령太子家令이 되었다. 한 경제 때에는 어사대부御史大夫가 되어, 나라의 정책, 법령에 대해 많은 개혁을 단행하였으나 무고한 모함으로 마침내 참수당하고 말았다. 그의 문장으로는 「수비변새소守備邊塞疏」, 「모민사새하소募民徙塞下疏」 등이 있다. 이들 문장들은 모두 정치의 득실, 민간의 고통 등을 잘 반영하고 있다. 「논귀속소論貴粟疏」는 중농 정책과 농민 생활의 안정을 역설하면서 생산 의욕을 북돋워야 함을 주장한 글이다.

환관桓寬 : 벼슬이 여강태수廬江太守에까지 이르렀는데, 그의 『염철론鹽鐵論』은 한나라 소제昭帝 때에 조정에서 열렸던 염철鹽鐵에 관한 회의의 기록이 주내용이다. 소금과 철의 문제는 한나라 경제 생활에 있어 매우 중요하였기 때문에 조정에서 쟁론이 벌어지게 되었다. 그러한 회의의 논쟁 내용을 대화체로 생생하게 묘사하였다. 이 밖에 「수한편水旱篇」, 「산부족편散不足篇」, 「취하편取下篇」 등이 있다.

유향劉向(기원전77~6) : 자가 자정子政이다. 한나라 선제 때에 산기간대부散騎諫大夫, 원제 때에는 산기종정散騎宗正에 이르렀으나, 뒤에 면직되어 두 차례나 옥살이를 하였다. 유향은 경사經史에 박통하여 「별록別錄」을 찬술하였는데, 중국 목록학의 시조라고 할 수 있다. 이 밖에 「홍범오행전洪範五行傳」, 『신서新序』, 『설원說苑』, 『열녀전列女傳』 등의 저서가 있다. 『신서』, 『설원』, 『열녀전』 등은 어느 정도 소설의 형태를 갖추고 있어, 이후의 산문에 큰 영향을 주었다.

유향

왕충王充(27~104) : 자가 중임仲任이다. 여러 가지 벼슬을 하였으나, 후에 벼슬을 버리고 오로지 저술에만 전념하였다. 『논형論衡』은 모두 30권 85편인데, 현재 「초치招致」 1편이 결손이지만 왕충 사상의 중요한 저작이다. 내용은 철학, 정치, 종교 등으로, "허망한 것을 버리고 성실한 것을 구한다.(疾虛忘求實誠.)"라고 하는 문학의 실용주의를 주장하였다. 또 문학의 언어는 평이하고 구어口語와 통일되어야 한다고 주장하였다. 이와 같은 그의 문학 예술 사상은 중국 문예이론 발전에 큰 영향을 끼쳤다.

왕충

2. 사전산문 史傳散文

한나라 때의 사전산문은 사마천의 『사기史記』와 반고班固의 『한서漢書』가 가장 대표적이다. 역사의 사실을 진실하게 반영하고 있으며, 인물, 환경의 서술에도 주의를 기울이고 있다. 하나는 통사通史이고, 하나는 단대사斷代史로서 각각 특징과 가치를 지니고 있다. 『사기史記』는 모두 130편으로 십이본기十二本紀, 십표十表, 팔서八書, 삼십세가三十世家, 칠십열전七十列傳으로 구성되어 있다. 52만 6천여 자로, 황제黃帝로부터 한무제漢武帝에 이르는 3천 년 동안의 정치, 경제, 문화, 역사에 대하여 기술하고 있다. 비교적 중국 고대의 사회상을 심도 있게 반영하고 있어서, 후세 사학 및 문학 연구에 깊은 영향을 끼치고 있다.

사마천司馬遷(기원전 145?~기원전86?) : 자가 자장子長이다. 하양夏陽(현 섬서陝西 한성韓城) 사람으로 태사령太史令 사마담司馬談의 아들이다. 어려서 아버지를 따라 장안長安에 왔고, 경학의 대가인 동중서董仲舒, 공안국孔安國에게서 배웠다. 청년 시절에는 중국 각지를 여행하며 고적을 탐방하고 전설을 채집하며, 풍토, 인정을 고찰하는 등 역사 지식을 쌓았다. 아버지 사마담이 죽은 뒤에 태사령이 되어 『사기史記』 저술에 착수하였다. 그런데 한 무제 천한天漢 2년(기원전 99)에 이릉李陵이 적은 병력으로 흉노와 싸우다가 역부족으로 흉노에게 투항하였는데, 사마천은 그를 변호하다가 한 무제의 노여움을 사게 되어 투옥되었다. 마침내는 성기를 잘리는 궁형宮刑을 받게 되었지만, 옥중에서도 『사기史記』 저술에 전념하였다. 삶의 뜻을 여기에서 찾고자 하여 출옥한 뒤에도 이 일에만 몰두하였고, 그리하여 불후의 대작을 완성하게 되었다.

그는 굴욕의 궁형을 받고서도 좌절하지 않았고, 비분강개의 뜻을 문장으로 풀어서 후세에 남겨 놓았다. 이렇게 쓰여진 『사기史記』는 역사서로서 뿐만 아니라 문학서로도 큰 가치가 있어, 후대 문학에 미친 영향이 지대하였다.

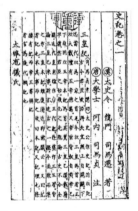

사마천과 「사기」

한나라 이후부터 문학가들은 전기傳記 또는 서사문을 씀에 있어서 문장의 격, 인물의 묘사, 창작 방법 또는 언어의 사용에까지 『사기史記』를 모방하여 창작하였다. 『사기史記』의 문학적인 특성을 몇 가지로 나누어 설명하면 다음과 같다.

첫째, 『사기史記』의 언어가 비록 백화白話가 아니라고 하더라도 당시의 구어口語에 가까우며, 그 구어의 기초 위에 문학 용어를 창조해 사용하고 있음으로 구어의 특징이 그대로 살아 있어서 인물의 특징과 성격이 매우 선명하다.

둘째, 그는 민간에 전해지고 있는 고사성어, 은어, 민간 가요를 잘 인용하여 서술함으로써 사실적이고 친근감을 갖게 한다.

셋째, 『사기史記』는 간단한 대화를 사용하여 인물의 독특한 성격과 정신을 잘 표현하고 있다.

『한서漢書』는 100편, 120권으로 구성된 중국 최초의 단대사斷代史로 반표班彪에 의해 시작되었다가, 그의 아들 반고班固(32~92)에 의해 완성되었다. 『사기史記』를 모방하여 지은 관계로 그것보다는 못하지만 나름의 문학적 가치를 지니고 있다. 『한서漢書』는 정통 유교의 통치 관점에서 쓰여졌기 때문에 역사적 인물에 대해, 때에 따라서는 치우친 평가를 내리기도 했다. 『한서漢書』는 『사기史記』와 달리 언어에 있어서 귀족적인 용어와 전아한 글을 사용하였을 뿐만 아니라 글을 가다듬어 아름답게 꾸몄는데 후대 변려문騈儷文의 시초가 되었다.

제4절 五·七言詩의 起源

1. 오언시五言詩의 형성形成

고체시古體詩는 고시古詩라고도 하는데, 『시경詩經』과 『초사楚辭』의 뒤를 이어 발전하여 온 신체시新體詩 중의 한 가지를 말한다. 고체시는 당唐의 근체시近體詩인 율시律詩나 절구絶句에 대한 상대적인 명칭이다. 그렇지만 한漢나라 때에 일반적으로 4언시, 5언시, 7언시로 일컬었을 뿐, '고시'니 '고체시'니 하는 용어는 남북조南北朝 시대 양조梁朝에 이르러 쓰여졌다.

당시 부 문학의 유행으로 시가가 생명력을 잃어가고 있는 동안 민간에서는 『시경詩經』과 『초사楚辭』의 진정한 계승이 이루어졌다. 민간의 가요는 이들 시가의 정신과 형식을 받아들여 발전시켜 갔는데 바로 5언체의 바탕을 이룩하였다. 『시경』, 속요, 동요 등에서는 이미 5언의 형식은 새로운 것이 아니었고, 『초사楚辭』는 구절에 변화가 많아 5언에 가까운 구형이 많았기 때문에 4언과 합쳐질 때에 5·7언의 새로운 구형을 자연스럽게 만들어 낼 수 있었다. 5언체는 가창을 하기에 쉬웠으며, 복잡한 사물, 감정 등을 간단하게 표현해 낼 수 있는 운문체로, 4언체의 평범하고 단조로운 것과 초사체의 번거로움을 동시에 해결할 수 있었다.

현존하는 가장 오래된 가요는 진秦나라 때의 것으로 5언 고시에 가깝고, 『한서漢書』「오행지五行志」에 수록되어 있는 성제 때의 동요가 더욱 5언 고시에 가까운 것으로 보아 5언시의 기원에 큰 작용을 하였던 것으로 여겨진다.

> 삐뚤어진 길이 양전을 망치고,
> 아첨하는 말이 선인을 해친다.
> 계수의 꽃은 열매를 맺지 않고,
> 꾀꼬리 둥지는 엎어졌네.
> 옛사람이 흠모하던 것이,
> 지금 사람들의 애석해하는 바 되었다.

> 邪徑敗良田, 讒口害善人.
> 桂樹華不實, 黃雀巢其顚.
> 昔爲人所羨, 今爲人所憐.

미루어 보아 이러한 5언 가요는 민간에서 많이 불려져 자연히 5언의 형식이 이루어지고 보편화되었고, 문인들은 5언 악부시에 대한 관심과 영향을 받아 5언 고시를 지었다. 악부「서문행西門行」과 고시「생년불만백生年不滿百」을 비교해 본다.

> 서문을 나서며, 걸음 걸음 생각하노라.

지금 즐거움을 만들지 못하면,
어느 때를 기다린다는 말인가?
(중략)
사람 살기 백년을 못 채우는데,
항상 천년의 근심을 품고 있다네.
낮은 짧고 괴로운 밤은 기나기니,
어찌 밤새워 놀지 않으랴?

出西門, 步念之.
今日不作樂, 當待何時?
(中略)
人生不滿百, 常懷千歲憂.
晝短苦夜長, 何不秉燭遊?

살아 백년을 넘기지 못하거늘,
항상 천년의 근심을 간직하고 있네.
낮은 짧고 괴로운 밤은 기나기니,
어찌 밤새워 놀지 않으랴?
즐거이 놀 때가 되었는데,
어찌 내년을 기다린단 말인가?
어리석은 자는 돈 쓰기를 아까워하나,
후세 사람들의 웃음거리가 될 뿐이네.
선인이 된 왕자 교喬와 같이,
사람이 살기를 기대할 수는 없다네.

生年不滿百, 常懷千歲憂.
晝短苦夜長, 何不秉燭遊?
爲樂當及時, 何能待來茲?
愚者愛惜費, 但爲後世嗤.
仙人王子喬, 難可與等期.

비교해 보면, 뒤의 고시는 앞의 악부를 기초로 완성된 것임을 알 수 있다. 이렇게 문인들에 의한 5언으로 재구성된 것이 고시이며, 민간 가요와 악부의 영향을 받아 형성된 것임을 확인할 수 있다. 민가, 악부의 가벼운 리듬, 산뜻한 맛을 문인들이 받아들여 새롭고 개성적인 시 세계를 열어가기 시작하였다. 그 뒤 환제桓帝, 영제靈帝 때에 이르러서 5언시가 많이 창작되기 시작하였으며, 이를 바탕으로 한 말 이후 조조曹操 3부자를 중심으로 한 문인들에 의한 본격적인 5언시의 새로운 시대를 맞이하게 되었다.

2. 칠언시七言詩의 형성形成

7언시는 초사체의 변형이라는 주장이 있기도 하지만 5언시와 마찬가지로 민가에서 비롯되었다. 선진 시기의 『시경』, 『초사』 가운데에 7언이 있는가 하면, 순자荀子의 「성상편成相篇」도 바로 민가를 모방한 7언을 위주로 한 잡언체의 운문이다. 사마상여의 「범장편凡將篇」, 『한서漢書』 가운데 「누호가樓護歌」, 「상군가上郡歌」 등도 모두 7언의 통속적인 운문이며, 특히 동한 말년에는 7언과 잡언의 생동적인 민간의 작품들이 보편적으로 유행하였다.

그리고 무제 때에 백양체柏梁體(무제가 백양대를 지은 뒤 문인들로 하여금 한 구씩 짓게 한 7언시)가 있었던 것으로 미루어 보아 당시 이미 7언의 시 형식이 있었음을 짐작할 수 있다. 예컨대 무제 때 「교사가십구장郊祀歌十九章」의 「천지天地」, 「경성景星」 등은 대부분이 7언으로 되어 있다. 다만 민가의 유행처럼 보편적인 것이 못 되었기 때문에 독립적으로 자리를 차지하지 못하였다. 원인은 한 초기에는 초사체의 부문학이 성행하였고, 악부에서는 5언보다 7언의 채집 시기가 훨씬 늦었기 때문에 문인들과의 접촉이 그만큼 늦어졌던 것이다. 7언시가 본격적으로 채집된 것은 진晉 이후여서 일찍이 문인들이 광범위하게 접촉할 수 있었던 5언과는 사정이 달랐다. 문인들이 본격적으로 7언을 짓기 시작한 것은 위·진 이후의 일이며, 최초의 가장 완벽한 문인의 7언시는 조비의 「연가행燕歌行」으로 매구 압운하는 백양체를 사용하고 있다.

뒤를 이어 포조鮑照의 「의행로난擬行路難」 18수는 내용뿐만 아니라 종래의 매구 압운의 작법에서 격구 압운, 환운할 수 있는 7언체 발전의 새로운 길을 열었다. 그러나

7언체 시는 양 간문제簡文帝의 「오야제烏夜啼」에서 비롯되어 본격적인 창작 활동이 시작되었다. 「오야제」를 예로 든다.

> 푸른 풀 뜰 가운데서 밝은 달을 바라보고,
> 옥당에 황금의 보료를 깐다.
> 현을 타니 처음부터 이채롭게 울고,
> 거문고를 잡고 뭇 아름다운 노래를 뜯고자 하네.
> 해는 아침 그림자 머금음 의심하지 않고,
> 다만 구자九子가 밤에 서로 부른다 말하네.
> 홀로 자다가 베개를 눈물로 적시고,
> 외로운 성 누각의 까마귀에 비길거나.

> 綠草庭中望明月, 碧玉堂裏對金鋪.
> 鳴弦撥捩發初異, 挑琴欲吹衆曲殊.
> 不疑三足朝含影, 直言九子夜相呼.
> 羞言獨眠枕下淚, 託道單樓城上烏.

칠언시는 진陳의 유신庾信, 강총江總, 수隋의 노사도盧思道, 설도형薛道衡 등에 의해 이어지고 발전하였다.

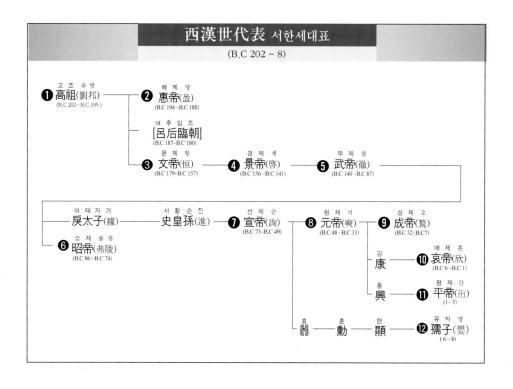

西漢世代表 서한세대표
(B.C 202 ~ 8)

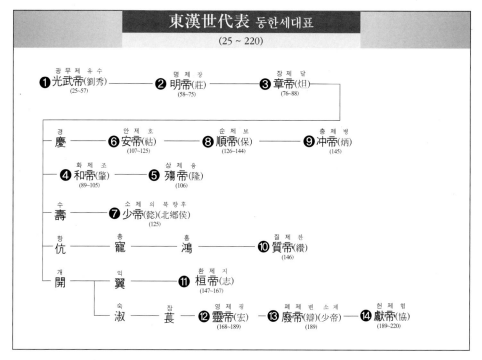

東漢世代表 동한세대표
(25 ~ 220)

4. 魏晉南北朝文學

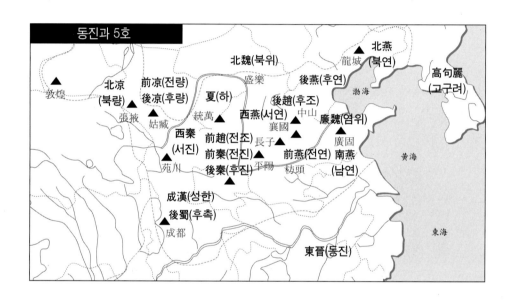

동진과 5호

敦煌
北凉(북량)
張掖
前凉(전량)
後凉(후량)
姑臧
西秦(서진)
苑川
北魏(북위)
盛樂
夏(하)
統萬
前趙(전조)
前秦(전진)
後秦(후진)
平陽
西燕(서연)
長子
後燕(후연)
龍城
北燕(북연)
渤海
後趙(후조)
中山
廉魏(염위)
襄國
廣固
前燕(전연)
南燕(남연)
邲頭
高句麗(고구려)
黃海
成漢(성한)
後蜀(후촉)
成都
東晉(동진)
東海

　위·진·남북조 시대의 역사의 발전은 그야말로 '분합分合'이라는 두 글자로 설명할 수 있다. 조비曹丕가 위를 건국한 뒤 370년 간의 '분합'의 국면으로 접어들었다. 서진西晉이 잠깐동안 통일을 이루었으나 곧이어 '오호화란五胡華亂'으로 진 왕실은 남으로 쫓겨갔고 북방은 '오호십육국五胡十六國'이 할거하였다.

　동진東晉 말년에 유유劉裕가 왕위를 찬탈, 국호를 송조宋으로 고쳤는데 바로 남조南朝의 시작이었다. 그 뒤 제齊, 양梁, 진陳을 거쳐 북방은 분열하였고 뒤에 북위北魏의 통일로 남북조의 대치를 이루게 되었다. 북위 말에 다시 북주北周와 北齊로 분열되었는데 이것이 북조北朝이다.

　최후에는 양견楊堅이 북주의 정제를 폐위시키고 수隋를 건립하니 바로 수 문제이며 비로소 남북은 통일되었다.

　이 시기에는 청담淸談과 현학玄學이 성행하였다. 동한 말년 이후부터 전란이 빈번하고 어두운 사회적 현실로 인하여 이와 같은 학풍이 조성되었다. 이른바 '청담'은 국가의 흥망, 민생고통은 상관하지 않는 공허한 철학의 담론을 일컫는데 그들은 특히 노장老莊을 즐겨 이야기하였다. 어두운 정치적 현실을 피하여 일반 선비들은 모두 철학을 이야기하였다. 따라서 청담은 유행한 반면 생활은 점차적으로 방탕하여 음주에 탐닉하였고, 자아도취에 빠졌다. 왜냐하면 그들이 말하고 있는 철학의 내용은 주로 노자, 장자, 역경을 근거로 한 것으로 이 3책을 '삼현三玄'이라고 하였고, 이 '삼현'을 연구하는 학문을 '현학玄學'이라고 하였는데 바로 무욕의 사상을 바탕으로 세상일을 떠나 자연과 벗하여 살고자 하였기 때문이다.

　이 시기의 대표적인 문학은 4·6 변문騈文으로 형식의 아름다움을 중요시하였다. 육기陸機, 사령운謝靈運 등이 대표적이다. 4·6 변문 이외에 5언시가 참으로 유행하였는데 '전원시인田園詩人' 도연명이 가장 유명하였다.

제1절 詩歌

1. 서진西晉의 시가詩歌

(1) 건안시가建安詩歌

　동한 말기부터 수의 통일까지 약 400여 년에 걸친 위·진·남북조 시기는 역사상 유례없는 혼란과 전쟁으로 점철된 시기였으나, 문학 발전에 있어서는 앞의 것을 이어받아 새로 뒤의 길을 열어나간 참으로 중요한 시대였다.

　특히 위·진·남북조 시가는 『시경』, 『초사』, 한대의 민간 악부를 기초로, 현실적인 삶의 내용을 바탕으로 하는 시의 체제를 사실상 완성하였다. 즉 4언, 초사체로부터 5언·7언으로 발전해 가는 과도기로, 5언은 이미 형식의 완성을 이루었다.

건안建安 연간은 사실상 조조曹操(155~220)가 권력을 잡고 있었을 때로, 그가 문단의 주도적인 역할을 하였다. 뒤를 이어 아들 조비曹丕(문제文帝, 187~226)·조식曹植(192~232) 등을 중심으로 한 문단이 형성되었다. 이른 바 '건안 문학'은 한말 위초로부터 이들 조씨 부자가 문단을 영도하였던 시기의 문학을 말한다. 따라서 이 시기

의 시가를 '건안시가'라고 일컫는다. 이들 조씨 3부자를 중심으로 모여들어 활동한 문인들 가운데 공융孔融, 진림陳琳, 왕찬王粲, 유정劉楨, 서간徐幹, 완우阮瑀, 응창應瑒등 일곱 사람을 '건안칠자建安七子'라고 불렀고, 이 밖에도 많은 문인들이 활동하였다. 이처럼 건안 시기 문학은 시가의 창작이 가장 왕성하였다. 5언시가 위주였으며, 당시 현실 생활이 시의 주요 제재였다. 건안은 정치적인 혼란으로 민생의 피폐함이 극도에 이르렀고, 사상적으로 혼돈의 상태였으며 선진 이후 없어졌던 제자諸子의 학설이 다시 고개를 드는가 하면, 도·법·음양·묵·병·종횡가 등의 사상이 나타남으로 새로운 사회적인 변화를 맞이하게 되었다. 건안의 문인들은 참혹한 전쟁, 사회 혼란의 사상적 체험을, 민가를 바탕으로 한 5언시로 노래하였다. 그러므로 건안 시기의 시가에는 어지러웠던 사회 현실과 백성들의 생활상이 잘 반영되어 있고 문인들의 울분, 격정이 담겨져 있는 나름대로의 시격詩格을 형성하고 있는데, 이를 '건안풍골建安風骨'이라고 한다.

조조曹操(155~220) : 자가 맹덕孟德이며, 패국沛國 초譙(현 안휘성安徽省 호현亳縣) 사람이다. 황건黃巾의 난, 동

조조

탁董卓의 난 등의 토벌전에 참가하였고, 건안 13년에 스스로 승상이 되어 형주荊州를 공략하였다. 그러나 유비劉備, 손권孫權의 연합군에게 적벽赤壁 대전에서 크게 패하였다. 나중에 위왕魏王이 되어 재임하다가, 66세로 낙양에서 타계하였다. 그의 문학 애호는 역대 정치가에게서도 볼 수 없었던 것으로, 자신의 정치적 이상을 시로 표현했고, 자신의 작품을 연회에서 연주하도록 하였다. 그는 청년 시기부터 실의와 격정의 세월을 살아 왔고, 전쟁을 통해 현실의 냉혹함을 누구보다 절실하게 경험했다. 그의 정치 이상은 바로 이러한 현실 체험에서 비롯하고 있다. 따라서, 그의 시 작품들 역시 현실과 이상을 바탕으로 하고 있다. 그의 「호리행蒿里行」은 당시 사회 현실을 적나라하게 반영하고 있으며, 「고한행苦寒行」 등은 전장의 병사들의 고통을 노래하고 있다.

조비曹丕(187~226) : 조조의 둘째 아들로 위나라의 문제가 되었다. 7년 동안 나라를 다스리는 사이, 정치·군사적으로 뚜렷한 업적이 없었지만, 문학 발전에 큰 공헌을 하였다. 그의 작품은 주로 명군名君이 되고자 했던 이상과 비참한 현실, 사랑과 이별의 슬픔 등을 주제로 하고 있다. 그러기에 그의 시풍은 여리고 섬세하다.

조비

조식曹植(192~232) : 조조의 셋째 아들로 10여 세 때 이미 "시론 및 사부 10만 자를 외웠다.(誦讀詩論及辭賦十萬言.)"고 할 만큼 총명하여 아버지의 사랑을 받았다. 또, 민간 시가를 즐기는 등 문장에도 능하여 몇 차례 태자에 오를 기회가 있었지만 교만하고 방탕한 생활로 인해 신임을 잃었다. 그 뒤 형 조비가 왕위에 오른 뒤 조식은 갖은 박해를 받아야만 했다. 조비는 몇 차례 조식의 관직을 깎아 내리고 봉읍封邑을 박탈하기까지 하였다. 명제明帝가 즉위한 뒤에도 사정은 달라지지 않았다. 나중에 진왕陳王에 봉해졌으

조식

나, 수인囚人과 같은 비참한 생활 끝에 41세에 죽었다. 그는 높은 정치적 이상과 포부를 지니고 있었으나 뜻을 이루지 못하였다. 하지만 시재에 있어서는 그들 삼부자 가운데에 가장 뛰어났다. 조식의 생애는 조비의 죽음을 경계로 하여 전·후기로 뚜렷하게 나

넌다. 전기는 높은 정치적 이상과 호화로운 생활을 하였고, 후기는 문제(조비)의 박해로 실의와 울분의 나날을 보냈다. 그의 시 세계도 현저하게 나뉜다. 전기의 시는 밝고 귀족적인 것이 많은 반면, 후기의 시는 실의와 울분에 찬 것들이 많다. 「칠애七哀」를 보기로 든다.

> 밝은 달이 높은 누각을 비추고, 흐르는 빛에 오락가락하네.
> 누각 위에는 수심에 찬 여인 있어, 비탄의 슬픔이 넘치네.
> 묻나니 탄식하는 이 그 누구뇨, 길 떠난 자의 아내라네.
> 그대 떠난 지 10년이 넘어, 외로운 첩은 언제나 홀로 지내네.
> 그대가 길 위에 날리는 먼지라면, 첩은 흙탕물에 잠긴 진흙이라오.
> 먼지와 진흙이 각각 달리 날리고 잠기니, 어느 때 다시 만나 해로할 수 있으리요?
> 이 몸은 서남풍이 되어, 멀리 달려가 임의 품에 안기고 싶으나,
> 임의 품은 잠시도 열리지 않으니, 천첩은 어디에 의지해야 하나요?

> 明月照高樓, 流光正徘徊.
> 上有愁思婦, 悲嘆有餘哀.
> 借問嘆者誰, 言是宕子妻.
> 君行逾十年, 孤妾常獨棲.
> 君若淸路塵, 妾若濁水泥.
> 浮沈各異勢, 會合何時諧?
> 願爲西南風, 長逝入君懷.
> 君懷良不開, 賤妾當何依?

또, 이들 조씨 삼부자 외에, 앞에서 이야기한 공융孔融(153~208), 진림陳琳(?~217), 왕찬王粲(177~217), 유정劉楨(?~217), 서간徐幹(171~217), 완우阮瑀(?~212), 응창應瑒(?~217) 등 이른 바 '건안칠자'도 한대 악부를 모방하여 5언의 새로운 시체詩體를 중국시의 대표적인 시체로 발전시켰다. 그들 '칠자' 중에서는 공융의 나이가 제일 많았

진림의 계부도

으며, 정치적으로 조조를 반대하였기 때문에 '패륜난리悖倫亂理'의 죄명으로 살해되었다. 공융 외에 나머지 여섯 사람은 조씨 부자의 막료 문인들로, 한 말의 사회적인 혼란을 함께 체험하였고, 그 현실이 작품에 반영됨으로써 건안 문학의 공통된 특징을 이루었다.

(2) 정시시가正始詩歌

정시正始(240~249)는 위魏 조방曹芳의 연호로, 이 때는 이미 사실상 사마씨司馬氏가 권세를 잡고 행세한 시기다.

정시 10년(249)에는 조상曹爽 형제를 살해하고, 가평嘉平 6년(254)에는 조방을 내쫓고, 조모曹髦를 임금 자리에 앉혔다가 감로甘露 5년(260)에 공개적으로 조모를 죽인 다음에 마침내 사마담司馬炎이 정권을 찬탈, 진晉을 세웠다. 이 과정에서 정적은 물론 무고한 사대부들까지도 모두 살해하였다. 나라의 "명사들이 반으로 줄었다(名士減半)"고 한 것을 미루어 보아도 얼마나 혹독한 공포 정치가 행해졌는지 알 수 있다. 이와 같은 상황에서 사대부들은 정신적인 고통은 물론 사회적인 신념을 잃어버렸으며, 생명을 보존하기조차 어려워졌다. 따라서 현실 정치에 대한 관심으로부터 벗어나 철학 연구에 몰두하게 되었다. 현세를 초월하여 산림 속에 숨어 살고자 하는 사회적인 정서가 보편적인 가운데, 청담과 현담, 술로 세월을 보낸 죽림칠현竹林七賢이 등장하였다. 이들은 혜강嵇康(223~262), 완적阮籍(210~263), 산도山濤(205~283), 상수向秀(227~272), 완함阮咸(?~?), 왕융王戎(234~305), 유령劉伶(221?~300?) 등 7인을 일컬으며, 대체로 이들이 이 시기의 문학을 대표하였다. 높은 이상의 좌절을 안으로 거두어들이며 갖게 되는 비분강개함이 시 가운데 잘 나타나고 있다. 이들 가운데 완적과 혜강이 가장 뛰어났다.

완적阮籍 : 완적은 진류위자陳留尉氏(현 하남성 개봉)사람으로 혜강보다 13살 위였다. 아버지 완우阮瑀는 건안칠자의 한 사람이었으나, 완적이 세 살 때에 죽어 고아로 자랐다. 재주가 뛰어나고 책읽기를 좋아하였다. 집은 가난하였으나 성격이 호탕하여 무엇에 얽매이지 않고 자유로웠으며, 술을 좋아하고 가야금(琴)을 잘 탔다. 완적은 어려서부터 유학의 가르침을 받아왔고, 전통적 도덕 가치를 중요하게 생각하

완적

였다. 그런데, 노장 사상에 깊이 빠졌던 것은 사회 현실에 대한 실망, 분노에서 비롯된 것으로, 그의 「영회詠懷」 82수가 삶을 통한 그때 그때의 고통, 울분, 감회를 읊고 있다. 직접적이기보다는 함축·은유의 방법으로 표현하고 있어서 뜻을 쉽게 파악하기 어렵다. 「영회」 중 첫번째 시 한 수를 보기로 든다.

밤은 깊은데 잠을 이룰 수 없어,
일어나 앉아 거문고를 탄다.
엷은 휘장에 밝은 달빛 비쳐 들고,
맑은 바람이 옷깃을 스친다.
외로운 기러기 들에서 울고,
북쪽 숲에서는 철새들이 운다.
무엇을 보려고 배회하는가?
근심 걱정으로 홀로 마음 졸인다.

夜中不能寐, 起坐彈鳴琴.
薄帷鑑明月, 淸風吹我襟.
孤鴻號外野, 翔鳥鳴北林.
徘徊將何見, 憂思獨傷心.

혜강嵇康: 혜강은 초국譙國 질銍(현 안휘安徽 숙현宿縣)사람이다. 노장을 숭상하여, "노자, 장자는 나의 스승이다.(老子, 莊周, 吾之師也.)"라고 하였다. 그는 위선적인 예교, 예법을 반대하였으며 정의감, 반항심이 강하여 사마씨의 통치를 통박하다가 결국은 사마소司馬昭에게 죽음을 당하였다.

완적은 5언시를 주로 썼으나 혜강은 도가 색채의 4언시를 위주로 썼다. 현존하는 혜강의 시는 모두 53수로 4언 25수, 5언 11수, 6언 10수, 악부 7수, 초사체 1수 등이며, 그 중 4언 작품이 가장 뛰어나다.

혜강

(3) 태강시가太康詩歌

무제는 오吳를 평정하여 분열된 중국을 통일하고 진晉을 세웠는데, 태강太康이 무제의 연호이다. 진은 천하통일의 기운에 힘입어 생산을 장려하고 사회 안정책을 실시하여, 태강(280~289) 때에는 번영을 이룩하였으며, 따라서 문학에 있어서도 새로운 기풍을 열었다. 당시 낙양을 중심으로 많은 시인들이 활발한 문학 활동을 하였으나 유미주의적인 경향으로 기울어졌다. 아름다운 시어, 가지런한 대구 등 기교에 치우친 것이다. 이 시기의 대표적인 시인으로는 삼장三張(장재張載, 장협張協, 장항張亢 형제), 이육二陸(육기陸機, 육운陸雲 형제), 양반兩潘(반악潘岳, 반니潘尼), 일좌一左(좌사左思) 등을 들 수 있으며, 이들을 '태강 팔대시인'이라고 일컫는다. 이 가운데에 반악, 육기, 좌사가 특히 뛰어났다. 좌사의 「영사詠史·기오其五」를 보기로 든다.

> 맑은 하늘엔 밝은 햇살 펼쳐져,
> 신령스런 햇빛 중원 땅 비추이네.
> 궁전 안에는 많은 집들 늘어서 있어,
> 나는듯한 지붕 추녀는 뜬구름 같고,
> 우뚝 솟은 문 안에는,
> 수많은 사람들 모두가 왕후일세.
> 내 자신 공명을 추구하지도 않으면서,
> 무엇 때문에 갑자기 와서 노니는가?
> 허름한 옷 입고 도성 문 나가,
> 성큼성큼 허유許由 뒤를 쫓네.
> 천 길 높은 언덕에서 옷에 묻은 먼지 떨고,
> 만리 흐르는 강물에 발 씻으리라.

> 皓天舒白日, 靈景耀神州.
> 列宅紫宮裏, 飛宇若雲浮,
> 峨峨高門內, 藹藹皆王侯.
> 自非攀龍客, 何爲欻來游?
> 被褐出閶闔, 高步追許由.

振衣千仞崗, 濯足萬里流.

(4) 영가시가永嘉詩歌

영가永嘉는 진 회제懷帝의 연호이며 오호五胡의 난 등으로 참으로 어지러웠던 시대였다. 영가 5년 흉노 유총劉聰은 낙양을 함락시킨 뒤, 회제를 포로로 잡았다가 2년 뒤에 살해하였다. 민제愍帝가 즉위하였으나 유요劉曜에게 죽임을 당하였다. 뒤를 이어 낭야왕琅琊王 예睿가 건업建業(현 남경)에서 왕위에 올랐으니, 바로 원제元帝로서 동진東晉의 처음 왕이다. 위의 사실로 미루어 보아, 태강 이후의 서진이야말로 정치 사회적으로 얼마나 어지러웠던가를 잘 알 수 있다. 따라서 정시 때에 성행하였던 청담, 현풍이 태강 때에 수그러들었다가 영가에 이르러 다시 유행하였고, 시인들은 허무, 유선遊仙을 노래하였다. 영가 시인들로는 유곤劉琨(270~317), 노심 盧諶(283~350), 곽박郭璞(227~324) 등을 들 수 있다.

유곤劉琨(270~317) : 자는 월석越石이며 중산中山 위창魏昌(현 하북河北 무극현無極縣)사람이다. 유곤은 사족士族 출신으로 어릴 때부터 시를 좋아하였다. 성품이 방탕·호방하고, 노·장 사상에 심취하였다. 영가 원년에 병주자사并州刺史가 되었으나, 당시 황하 이북은 이미 흉노가 점령하고 있어서 혼란스러웠다. 이 와중에 유연劉淵이 진에 반대하여 군사를 일으키자, 유곤이 그와 맞서 싸웠으나 패배하였다. 민제 때에 병并, 기冀, 유幽의 도독都督으로 석륵石勒과 싸웠으나 다시 패망, 유주자사 선비족 단필제段匹磾를 찾아가 진나라를 서로 도와 지킬 것을 약속하였다. 그러나 아들 유군劉群이 단필제에게 죄를 짓자 이에 연루되어 살해당하였다. 유곤의 현존하는 작품은 4언의 「답노심答盧諶」 8수, 5언의 「부풍가扶風歌」 2수, 「중증노심重贈盧諶」 1수가 있다.

곽박郭璞(227~324) : 자가 경순景純이며 하동 문희聞喜(현 산서 문희현)사람이다. 그는 박학 다식하고, 경학·고문에 정통하며, 『이아爾雅』, 『산해경山海經』, 『초사楚辭』 등을 주석하였고, 점성술에도 뛰어났다. 원제 때에 벼슬이 상서시랑尚書侍郎에까지 이르렀으나, 명제 때 왕돈王敦에게 피살되었다. 왕돈이 모반하여 군사를 일으키기 직전에 길흉을 점쳤는데, 곽박이 점괘가 좋지 않음을 핑계로 모반에 찬성하지 않았기 때문이었다. 현존하는 그의 시는 14수로 유선시遊仙詩가 주를 이루는데, 현실에 대한 불만을 토로한 나머지 신선의 세계를 추구하고 있다. 그의 「유선시 2」를 보기로 든다.

청계산 높고 높은 봉우리,

그 가운데 도사 한 분이 있네.

구름은 들보 사이에 피어 오르고,

바람은 창 안에서 분다.

묻건대 어디 사는 누구신가?

이르기를 귀곡자라네.

발꿈치를 들어 영양을 넘겨다 보며,

물가에 이르면 귀 씻을 생각한다.

서북풍이 수면에 불어 와,

바늘처럼 잔잔한 파도가 인다.

영비는 나를 돌아보고 웃나니,

백옥처럼 흰 이가 찬연하다.

건수가 때마침 없으니,

그녀를 취하려면 누구를 보내야 할까?

靑溪千餘仞, 中有一道士.

雲生棟梁間, 風出窗戶裏.

借問此何誰, 云是鬼谷子.

翹迹企潁陽, 臨河思洗耳.

闒闇西南來, 潛波渙鱗起.

靈妃顧我笑, 燦然啓玉齒.

蹇修時不存, 要之將誰使?

2. 동진東晉·남북조南北朝의 시가詩歌

(1) 전원시가田園詩歌

동진東晉(317~420) 시기의 사회는 불안하기 이를 데 없었다. 귀족들은 부패하였고 사치스러운 생활로 밤낮 평온한 날이 없었다. 그들은 국가의 안위에 대하여는 관심이 없었고, 향락만을 추구하였다. 그리고 정치적으로 뜻을 이루지 못하게 되면 현학, 청담, 불교 등에 심취하여 산림에 은둔하고, 고담준론을 이야기하며 스스로 깨끗함을 자부하였다. 이와 같은 시대를 배경으로 한 청담·현풍의 시가 유행하였으나, 동진 말엽에 도연명陶淵明이라고 하는 위대한 시인이 나타나 중국 시의 발전을 한 단계 끌어 올렸다. 위에서 말한 바와 같은 청담·현풍의 고답적인 시풍으로부터 벗어나, 전원 속의 삶과 즐거움을 담담히 노래하는 전원시가 찬연한 문학의 결실을 보게 되었다.

도잠

도연명陶淵明(365~427) : 동진 말에 이름을 잠潛으로 개명한 것으로 전해지며, 심양潯陽(현 강서江西 구강시九江市)의 시상柴桑에서 출생하였다. 이 곳은 바로 양자강의 중류에 위치하며, 남쪽으로는 파양호鄱陽湖에 임하여 있고, 북쪽으로 여산廬山을 바라보고 있어 풍광이 명미한 곳이다. 도연명의 증조부는 진晉나라의 명장인 도간陶侃이며, 외조부는 일대의 풍류 인물이었던 맹가孟嘉로 알려져 있으나, 그의 부친에 대해서는 아무런 기록이 남아 있지 않다.

도연명의 일생은 세 시기로 분류할 수 있는데, 제1기는 출생으로부터 관직에 처음으로 나갔던 29세를 전후로 한 시기이다. 이 때에 지어진 그의 작품을 가려낼 수 없으나, 그의 「명자시命子詩」, 「제정씨매문祭程氏妹文」을 통해서 어릴 때에 아버지가 없었고, 12세 때에 계모마저 여의게 되어 고아로 자랐고, 청년 시절 역시 가난하여 끼니를 제대로 이을 수 없었다는 것을 알 수 있다. 제2기는 29세부터 41세까지로, 적어도 벼슬길을 따라 다섯 차례 이상 집을 떠나야 했다. 이 시기는 정치·사회적으로 복잡하여 안정을 찾을 수 없었고, 41세 되던 가을 팽택령彭澤令이 되었는데, 얼마 후에 정씨매程氏妹가 죽었다. 이 때, 정씨매의 죽음과 장례를 구실로 관직을 버리고

도연명집

전원으로 돌아왔는데, 그 인생의 제 3기로 접어든 시기였다. 그의 「귀거래사歸去來辭」는 당시의 상황과 결심에 대하여 분명히 밝히고 있다. 대부분의 시들이 제 3기에 지어졌고, 가난과 질병으로 고생하면서도 끝까지 다시 벼슬에 나가지 않았으며, 마침내 63세로 어렵고 긴 인생 여정을 마쳤다.

현재 전해지고 있는 도연명의 시는 모두 130여 수로, 4언 9수를 제외하고는 모두 5언시인데 시어가 평이하고 간결하며 내용이 소박하다. 도연명 시의 중요한 주제는 전원 생활이며, 다음으로 적지 않게 철리시哲理詩가 있다. 그의 문집 『도연명집陶淵明集』은 양梁 소통蕭統이 편찬한 것으로, 100여 편의 시들이 실려 있으며, 「귀거래사歸去來辭」, 「도화원기桃花源記」, 「오류선생전五柳先生傳」 등은 시 못지 않게 널리 읽혀지고 있다. 「귀전원거歸田園居」를 보기로 든다.

젊어서부터 속세에 어울리지 못하고

천성은 본시 언덕과 산을 좋아했네,

먼지 같은 속세에 잘못 떨어져,

어언 삼십 년이 지났구려.

갇힌 새는 옛 숲을 그리워하고,

못 속의 물고기는 옛 연못을 그리워하네.

남녘 들가의 거친 땅을 일구어,

졸속함 지키려 전원으로 돌아왔네.

택지 넓이 십여 묘畝에,

초가 팔구 간間 지었네.

느릅나무, 버드나무가 뒤뜰 처마를 덮고,

복숭아나무, 오얏나무는 안채 앞에 늘어섰네.

아득히 마을이 멀리 보이고,

하늘하늘 마을엔 연기가 피어오르네.

개는 깊숙한 골목에서 짖어대고,

닭은 뽕나무 꼭대기에서 울고 있네.

집 안에 먼지, 쓰레기 없으니,

텅 빈 방엔 한가로운 여유 넘치네.

오랫동안 새장 속에 갇혀 있다가,

다시 자연 속으로 돌아온 것일세.

少無適俗韻, 性本愛邱山.

誤落塵網中, 一去三十年.

羈鳥戀舊林, 池魚思故淵.

開荒南野際, 守拙歸園田.

方宅十餘畝, 草屋八九間.

榆柳蔭後簷, 桃李羅堂前.

暖暖遠人村, 依依墟里煙.

狗吠深巷中, 雞鳴桑樹顚.

戶庭無塵雜, 虛室有餘閒

久在樊籠裏, 復得返自然.

　시기적으로 도연명의 시는 위·진 낭만주의 시대에 속하고 있으나, 내용·시풍이 과거 시와 비교할 때 완전히 새로웠다. 육기, 반악, 반니와 같이 시구를 아름답게 다듬고, 화려하게 수식하는 것으로부터 자연스럽고 청아한 새로운 시풍으로 변화를 꾀했다. 그리고 혜강의 현설玄說, 완적, 곽박 등의 유선遊仙에서 벗어나 전원의 삶을 소재로, 새로운 문학을 창작하였다. 도연명은 밭 매고, 글 읽고 하는 전원의 하루 생활을 사실적으로 그려냄으로써 삶의 숨결을 느낄 수 있도록 하였으며, 넓은 도량, 심오한 사상을 노래하여 높은 절개를 자연적으로 드러내고 있다. 그러나 당대에는 그렇게 높은 평가를 받지 못해, 『시품』에서는 중품中品으로 평가하고 있고 『문심조룡』에서는 언급조차 하지 않았다. 당나라 때에 이르러 시의 예술적 가치를 새로이 인정받기 시작하였고, 특히 송대에는 소식을 비롯한 모든 시인들이 그를 새롭게 인식하게 되었으며, 그의 영향을 받았다.

(2) 산수시가山水詩歌

　동진이 멸망한 뒤, 남방에서는 송宋, 제齊, 양梁, 진陳의 4왕조가 잇따라 들어섰는데, 모두 건강建康(현 남경)을 수도로 북조와 대치하고 있었기 때문에 남조南朝(420~589)라고 불린다. 또 '비수지전肥水之戰' 뒤에 혼전을 거듭해 오던 북방은 호족胡族들의 난립과 분열이 거듭되었는데, 선비족 탁발규拓拔珪가 북위를 건립하여 3대에 걸쳐 북방을 통일하였다. 그 뒤 북위는 동위·서위로 분열되었다가, 다시 북제·북주로 바뀌었으며, 마침내 수隋에 이르러서야 통일이 되었다. 이 기간의 역사를 북조北朝(439~581)라고 하는데, 북조는 대체로 남조와 동시에 병존했기 때문에 흔히 '남북조'라고 한다.

남북조는 위진과 마찬가지로 불교가 성행하였다. 사회의 불안함과 생활의 고통으로 사람들은 정신의 안식, 위안을 갈구하게 되었고 불교는 이를 충족시켜 주었다. 한편 남조 때에는 현학玄學을 가르칠 만큼 청담, 현풍이 성행하였다. 어떤 형체나 육신으로부터의 자유 등의 희구는 당시 문학에 비교적 구체적으로 표현되었다. 즉 산수를 소재로 한 유미주의적인 시풍을 이룩해 갔으나, 결과적으로 이것은 현학적인 시풍으로부터 벗어나는 계기가 되었다.『문심조룡』「명시」에서 "노장이 물러가고, 곧이어 산수가 일어났다.(老莊告退, 而山水方滋.)"라고 했듯이, 도연명의 전원시가에 이어 새로운 산수시인山水詩人들이 등장하였다. 당시 시인들은 산수의 아름다운 경치를 집중적으로 묘사하였다. 그들은 아름다운 산수를 있는 그대로 표현해 냄으로써 새로운 시풍을 이룩하였고, 시단의 주요한 위치를 차지하게 되었다.

1) 원가체 : 원가元嘉는 송宋 문제文帝(424~453)의 연호로서 이 시기를 대표하는 시인으로는 사령운謝靈運, 포조鮑照, 안연지顔延之 등 원가元嘉 3시인三詩人이 있다. 이들은 산수를 위주로 쓰고 있으나 대구의 아름다움, 표현의 화려함을 추구하는 공통점을 가지고 있어, 이를 원가체元嘉體라고 하였다.

사령운謝靈運(385~433) : 사령운은 진군陳郡 양하陽夏사람이었으나, 회계會稽(현 절강, 소흥)에서 살았다. 송 소제少帝 때 영가 태수가 되었으나, 곧 사직하고 회계로 돌아와 산수를 노닐며 시를 지었다. 문제 때에 임천내사臨川內史가 되었지만, 원가 10년에 모반을 꾀하다가 체포, 피살되었다.

『시품詩品』에서 "원가의 우두머리(元嘉之雄)"라고 한 것처럼, 원가시인들을 대표하며, 일생을 정치에 관심을 가졌지만 뜻을 이루지 못하자 실의에 빠진 나

사령운

머지 유산완수遊山玩水함으로 마음을 달랬다. 그는 현실 반영의 사회시보다 산수의 경험을 사실적으로 묘사하였다. 그의 「석벽정사환호중작石壁精舍還湖中作」을

보기로 든다.

> 아침저녁으로 변하는 기후,
> 산수는 맑은 햇빛을 머금는다.
> 밝은 햇빛이 사람을 즐겁게 하니,
> 유자는 한가로이 돌아갈 것을 잊는다.
> 골짜기를 나올 때는 해가 아직 이르더니,
> 배에 오르자 태양은 이미 희미해졌네.
> 숲과 골짜기는 어둔 빛을 모으듯 점점 어두워지고,
> 구름과 노을 저녁 빛을 흡수하듯 사라져 간다.
> 마름과 연잎 빽빽이 음영을 드리우고,
> 부들과 피 서로 기대어 있다.
> 숲을 헤치고 남쪽 길을 따라 들어가,
> 기쁨에 넘쳐 동창 아래 눕는다.
> 생각이 맑으면 사물이 절로 경쾌하고,
> 뜻이 화합하니 이치에 어김이 없다.
> 섭생객에게 부탁하나니,
> 이 도를 시험해 보구려.

> 昏旦變氣候, 山水含淸暉.
> 淸暉能娛人, 遊子憺忘歸.
> 出谷日尙早, 入舟陽已微.
> 林壑斂暝色, 雲霞收夕霏.
> 芰荷迭映蔚, 蒲稗相因依.
> 披拂趨南徑, 愉悅偃東扉.
> 慮澹物自輕, 意愜理無違.
> 寄言攝生客, 試用此道推.

안연지顔延之(384~456) : 자가 연년延年이며 낭야琅琊 임기臨沂사람이다. 글읽기를 좋아해서 읽지 않은 책이 없고, 음주를 좋아했다. 그는 사령운과 함께 시명을 나란히 하였기 때문에 '안사顔謝'라고 일컬어졌으나, 실제로는 사령운에게 미치지 못하였다. 시를 지을 때 지나치게 아름답게 가다듬고, 고전을 즐겨 사용함으로써 자연의 운치를 잃어버려, 당시 사람들은 그의 작품에 대하여 진실감이 없다고 지적하였다. 그러나 대표적인「오군영五君詠」5수는 이러한 결점을 극복하였으며 또한 고매한 격조의 작품으로 평가받고 있다.

　　포조鮑照(414?~466) : 자가 명원明遠이며, 동해東海사람으로 경구京口(현 강소江蘇 진강鎭江지역)의 가난한 집에서 출생하였다. 어려서부터 문학에 재질이 뛰어났던 그는 임천왕 유의경劉義慶이 강주자사江州刺史로 있을 때, 시를 지어 올려 간직하고 있던 뜻을 말하였다. 유의경은 포조의 뜻을 높이 평가한 나머지 국시랑國侍郎으로 임명하고, 함께 시문을 즐겼다. 효 무제 때 중서사인中書舍人을 지냈으며, 뒤에 형주자사荊州刺史 유자쇄劉子頊의 참군을 지냈으나, 자쇄가 전란에 휘말림으로 인해 포조도 피살되었다. 그의 나이 50여 세였다.

　　포조는 문학의 재능이 뛰어나 시는 물론 부, 변문 등의 훌륭한 작품이 있으나 시를 능가하지는 못했다. 200여 편의 시가 전해 오고 있으며, 이 가운데에 80여 수가 악부시로서 현실 생활의 경험을 잘 반영하고 있다. 사령운, 안연지의 시에 비하여 매우 서민적이고 사회성이 두드러진 것이 특색이다.

　　2) 영명체永明體 : 사령운, 포조 이후 시가의 창작은 기교를 중시하는 경향으로 흘러 형식의 아름다움을 추구하였다. 특히 언어, 결구 등에 있어서 애써 새롭게 가다듬었다. 즉, 영명永明 이래의 시인들은 사령운, 포조, 안연지 등 앞 시인들의 창작 기교, 내용의 병폐에 대하여 심도있게 연구하였다. 특히 당시 문단의 영수였던 심약沈約(441~513)은 시를 지을 때는 어려운 고전의 사용, 난삽한 수사, 음의 불협을 소홀히 해서는 안 된다고 지적하고 실천하였다. 앞에서 말했듯이 가지런한 대구, 시각적인 미, 화음의 청각적인 미를 중시한 심약은「사성팔병설四聲八病說」을 내놓았다. 한자의 평平, 상上, 거去, 입入의 분별로, 이것은 당시 불경의 번역, 독경과 직접적인 관련이 있다. 역경을 할 때에 산스크리트의 억양미를 그대로 창출唱出하기 위하여 4성을 분별하였고, 이어서 평두平頭, 상미上尾, 봉요蜂腰, 학슬鶴膝, 대운大韻, 소운小韻, 정뉴正紐, 방뉴旁紐의 여덟 가지 주장을 했는데, 이는 시를 지을 때 음률의 조화를 위하여 반드시 피해야 한다고 하는 성운상의 구체적인 규칙이다. 하지만 성운상의 요구가 지나치게 까다로워 이러한 규칙을 지켜 시를 짓기는 어려웠다. 어쨌든 이러한 유미주

의 경향의 새로운 체제의 시는 제나라 무제의 영명(永明, 483~493) 때에 성행하였기 때문에 흔히 '영명체永明體'라고 일컫는다.

영명체 시는 경릉팔우竟陵八友를 중심으로 이루어졌다. 경릉팔우는 왕융王融(468~494), 사조謝朓(464~499), 범운范雲(451~503), 임방任昉(460~508), 심약沈約(441~513), 육수陸倕(470~506), 소침蕭琛(478~525), 소연蕭衍(464~549)의 여덟 명으로, 이들 가운데 사조, 왕융 등이 영명체의 대표적인 시인으로 평가받고 있다.

사조謝朓(464~499) : 자가 현휘玄暉이며 진군陳郡 양하陽夏(현 하남성 태강太康)사람이다. 사조의 아버지는 산기시랑散騎侍郎, 어머니는 송의 장성공주長城公主이다. 귀족의 자제로 태어나 뒤에 선성宣城 태수를 지냈기 때문에 그를 사선성謝宣城이라고 부른다. 그러나 그는 제 왕실의 정치적인 모반에 연루되어 36세에 옥사하였다.

사조는 집안, 생활 환경, 사상, 문학에 이르기까지 사령운과 비슷하였다. 그는 새로 일어난 시작의 성률론을 받아들이는 한편 사령운의 산수시풍을 계승·발전시켰다. 그는 사령운의 자연에 대한 섬세한 관찰, 사실적인 묘사의 기법을 살려, 현풍이 짙고 화려한 산수시풍으로부터 벗어나 수려하고 청신한 새로운 산수시격을 창조하였다. 「왕손유王孫游」를 보기로 든다.

> 푸른 풀의 덩굴은 실처럼,
> 잡목의 꽃봉오리 붉게 핀다오.
> 님이시어 돌아오지 못한다 말하지 마세요,
> 님이 돌아오면 꽃은 이미 시들어 떨어질 것을.

> 綠草蔓如絲, 雜樹紅英發.
> 無論君不歸, 君歸芳已歇.

『초사』「초은사招隱士」 가운데에 "왕손이 돌아오지 않은 새, 봄 풀은 돋아나 쓰러질 듯 우거지고(王孫遊兮不歸, 春草生兮萋萋)"라고 하였는데, 「왕손유」는 여기에서 따온 것으로, 집을 떠나 오랫동안 돌아오지 않는 남편에 대한 젊은 여인의 애틋한 그리움을 노래하고 있다. 이 시는 먼저 아름다운 자연을 그림처럼 묘사하고, 그 아름다운 자연 속으로 그리움의 정을 끌어들여 한 송이 꽃으로 피어나듯 형상화하고 있다.

이후 양梁 무제武帝(소연蕭衍)의 아들 소명태자昭明太子(503~551), 간문제簡文帝(소망蕭網, 503~551), 원제元帝(소역蕭繹, 508~554) 등이 모두 시를 좋아하여 시 발전에 크게 기여하였다. 이들은 주로 염정적인 부녀의 생활을 다루었고, 때로는 서정抒情, 영물詠物의 시작을 하여, 궁체시인宮體詩人으로 불렸다. 이밖에 강엄江淹, 오균吳均, 하손何孫, 유효작劉孝綽, 서리徐摛, 유견오庾肩吾, 음갱陰鏗, 서릉徐陵 등이 참가하여 왕성한 활동을 함으로써 궁체시는 유행을 하였다.

제2절 南北朝의 樂府民歌

남북조 시대에는 한漢·위魏의 악부민가를 이어받은 새로운 민가가 유행하였다. 진晉이 중국을 통일한 지 불과 2, 30년이 지난 뒤에 북방의 흉노, 선비, 갈, 강 등의 세력이 강해지고, 드디어 오호五胡의 난을 시작으로 100여 년 동안의 혼란이 계속되었으나, 북위北魏에 의해 다시 통일을 이룩하였다. 이들이 바로 북조의 중심 세력이었다.

북방의 혼란을 피해 남으로 내려온 진晉은 윤택한 자연 조건하에 경제, 문화의 큰 발전을 이루었다. 중원의 많은 문인, 지식인들이 이민족의 난을 피해 강남으로 따라 내려와 옛 오吳나라의 문화를 기반으로 한 새롭고 독특한 문화를 형성하여, 남·북의 악부민가는 서로 다른 풍격을 지니게 되었다. 남방 민가는 대부분 남녀의 연정을 주제로 한 반면에, 북방의 민가는 현실적인 사회 생활을 반영하고 있다.

1. 남조南朝의 민가民歌

『악부시집』의 분류에 의하면, 남방의 민가는 청상곡사淸商曲辭 속에 포함되어 있으며 다시 오성吳聲과 서곡西曲으로 나뉜다. 오성은 모두 326수로 「자야가子夜歌」,

「자야사시가子夜四時歌」, 「상성가上聲歌」, 「환문가歡聞歌」, 「화산기華山畿」 등
20여 종이며, 모두 장강 하류에서 발생하여 유행한 노래들이다. 서곡은 모두 142수로
「석성악石城樂」, 「막수악莫愁樂」, 「삼주가三洲歌」, 「강릉악江陵樂」 등이며, 장강
중류 및 한수 유역에서 발생하여 유행한 노래들이다.

이 밖에 제사 노래로 「신현가神弦歌」가 있으나, 몇 수 되지 않으며 「구가九歌」와
비슷한 독특한 성격의 민가이다. 오가는 대부분이 5언 4구의 짧은 시로 부녀들의 연
애의 감정, 혼인의 고통 등이 주된 내용이며, 진솔하고 평이한 시어로 꾸밈없이 표현
되고 있다. 오가 가운데는 「자야가子夜歌」와 「화산기華山畿」 등이 있으며, 「자야가」
는 모두 42수가 전해지고 있다.

『구당서舊唐書』 「악지樂志」에서는 "자야가는 진대의 노래이다. 진에 자야라고 하
는 여자가 있어 이 소리를 지었는데, 소리가 지나치게 고통스럽고 애처롭다.(子夜歌
者, 晉曲也. 晉有女子, 名子夜, 造此聲, 聲過哀苦.)"라고 했다. 남조 때에는 많은 시
인들이 이 시를 모방하여 「자야사시가子夜四時歌」, 「대자야가大子夜歌」, 「자야몽가
子夜夢歌」 등을 지었는데, 모두 자연적인 감정을 잘 표현하고 있다. 「자야가子夜歌
기삼其三」을 예로 든다.

> 어젯밤 머리를 빗지 않아,
> 늘어진 머리발 두 어깨를 덮었어라.
> 임의 무릎을 베고 누웠거니,
> 어디 사랑스럽지 않은 데 있으랴?

> 宿昔不梳頭, 絲髮披兩肩.
> 婉伸郎膝上, 何處不可憐?

오가 중 「자야가」의 대부분은 애정의 한을 노래하고 있으나, 이 시는 애정의 환희를
표현하고 있는 것이 특징이다.

위에 예로 든 시에서 볼 수 있듯이, 오가는 부녀자들의 입을 통한 애정, 이별을 노래
하고 있다. 비록 표현이 천박하다고 할지라도 진솔한 정감을 담고 있어서 사실감을 갖
게 하였으며, 당시 시인들의 작시에도 적지 않은 영향을 끼쳤다.

서곡西曲은 제齊, 양梁 때에 주로 유행하였으며, 다만 현존하는 것은 142수로, 34

종의 곡조가 쓰이고 있다. 「삼주가三洲歌」, 「석성악石城樂」, 「막수악莫愁樂」, 「채상도採桑度」, 「청양도靑陽度」, 「심양악尋陽樂」 등이 비교적 유명하다.

서곡은 형荊, 영郢, 번樊, 정鄭 등에서 유행하였으며 장강, 한수 일대의 뱃사람들의 생활과 객상의 아내들이 겪는 이별의 고통을 읊은 것이 많다. 특히 상업이 발달하고 선박 운행이 빈번했던 지역적 특성이 민가에 잘 반영되고 있다. 「채상도採桑度」를 예로 든다.

누에는 춘삼월에 나는데,
마침 봄 뽕이 푸르고 푸르구나.
계집아이 뽕잎 따며,
노래를 부르나니 봄노래이네.

蠶生春三月, 春桑正含綠.
女兒採春桑, 歌吹當春曲.

채상도

2. 북조北朝의 민가民歌

북방은 남방과 지리적 환경은 물론 사회 경제, 문화적 여건도 많이 달랐다. 북방은 황량하고 추운 자연의 환경, 호족胡族들의 잦은 전란으로 인한 문화적인 파괴가 매우 심각하였을 뿐만 아니라 한족에 대한 가혹한 통치로 일반 생활은 매우 고통스러웠다. 그러나 이 과정 속에 호족과 한족의 융합이 이루어졌으며 남조 민가와는 다른 새로운 노래가 불려졌다. 초기에 호어胡語로 불려지던 많은 노래들이 있었으나 문자로 기록되지 않아 현재는 전해지지 않고 있다. 다만 그 가운데 한어漢語로 옮겨 놓은 것도 적지 않은 것 같다. 현존하는 북조의 민가들은 위魏 태무제太武帝 이후 한족과 동화되면서 한자로 옮겨진 것들이며, 「칙륵가敕勒歌」는 선비어鮮卑語의 노래를 한어로 번역한 것이다.

북조의 악부민가는 대부분 『악부시집樂府詩集』 「양고각횡취곡梁鼓角橫吹曲」에 수록되어 있는데 양조 때에 채록된 것이어서 「양고각횡취곡」이라 했다. 현재 23종 66수가 전해지고 있으며, 내용은 전쟁의 참상, 고통, 유목 생활 등 범위가 넓고 다양하다. 남조는 청상악淸商樂이 주된 음악인 반면, 북조는 호성胡聲(북적악北狄樂, 마상악馬上樂이라고도 함)이 주된 음악이며, 당시 노래의 내용은 전가戰歌, 목가牧歌, 정가情歌 등으로 분류될 수 있다. 남조의 민가와 달리 사회 생활에 대한 사실적이고도 대담한 묘사는 북조 노래의 특징이다. 주요한 작품으로는 「기유가企喩歌」, 「자류마가紫騮馬歌」, 「착닉가捉搦歌」, 「절양류지가折楊柳枝歌」, 「유주마객음가사幽州馬客吟歌辭」, 「고양악인가高陽樂人歌」, 「목란시木蘭詩」 등을 들 수 있다. 「착닉가捉搦歌 기이其二」를 예로 든다.

> 저 가는 저 각시 뉘네 집 딸일까?
> 겹저고리 벗으니 속치마 드러나네.
> 남녀는 천생으로 함께 생활하랬더니,
> 원하나니 검은 머리 파뿌리 되도록 살자커니.

> 誰家女子能行步, 反著袂襦后裙露.
> 天生男女共一處, 願得兩個成翁嫗.

이 시는 남녀의 애정을 노래한 것으로, 남조의 노래에 비하여 대담하고 직설적이어서 그들의 강인한 사고와 정서가 그대로 잘 나타나고 있다. 다시 「자류마가紫騮馬歌」를 예로 든다.

> 높고 높은 산의 나무,
> 낙엽일랑 바람에.
> 수천리를 달려가,
> 언제 돌아올 지 기약할 수 없네.

> 高高山頭樹, 風吹葉落去.
> 一去數千里, 何當還故處.

이 노래는 당시 끊임없는 전쟁의 참상을 말한 것이다. 「기유가企喩歌」 가운데에 "시체가 좁은 골짜기마다 쌓이나, 백골을 거두는 이 없네.(屍喪狹谷中, 白骨無人收.)"라고 한 것을 보면, 전쟁의 비극이 얼마나 컸던가를 알 수 있다.

민가의 대부분은 5·7언의 짧은 시이나 「목란시木蘭詩」는 5언 위주의 62구, 334자로 짜여졌는데, 「공작동남비孔雀東南飛」와 함께 중국 5언 서사시의 뛰어난 작품으로 손꼽힌다. 이는 소녀 목란이 늙은 아버지를 대신하여 남자로 변장하여 출정·개선하여 돌아온다는 이야기이다.

제3절 魏晉南北朝의 賦와 散文

1. 부賦

문학은 시대에 따라서 항상 변화하고 발전한다. 위·진·남북조 시대에 이르러 문학의 주류는 부賦에서 고시古詩, 변문騈文, 신체시新體詩로 바뀌어 갔다. 당시의 학술 사상을 보면, 유학은 이미 세력을 상실하고 대신 노장 사상이 성행, 직접적으로 문학 발전에 큰 영향을 주었다. 부는 내용이나 형식에 있어서 새롭게 탈바꿈되어 한부와는 다른 면모를 나타냈다.

첫째, 단부短賦를 주로 지었다. 육기陸機의 「문부文賦」, 반악潘岳의 「서정부西征賦」, 좌사左思의 「삼도부三都賦」, 유신庾信의 「애강부哀江賦」, 곽박郭璞의 「강부江賦」 등을 제외하면 장편을 별로 찾아볼 수 없다. 둘째, 부의 제재가 광범위하였다. 한부는 대체적으로 도읍, 궁전, 산천, 수렵狩獵 등이 위주였으나, 위·진·남북조 때에 이르러서는 서정抒情, 서사敍事, 영물詠物, 설리說理 등 제재가 되지 않는 것이 거의 없었다. 셋째, 한나라 때의 부는 기문, 괴자를 즐겨 사용함으로써 내용보다 형식에 치우쳐 문학의 생명력을 상실하였지만, 이 시기에 이르러서는 간결하고 평이한 글을 사용하여 독자와 더욱 가까워지게 되었다. 넷째, 한부는 형식에 치중함으로써 감정과 개성의 결핍을 면하지 못하였으나, 위·진에 이르러서는 개성이 다시 표현되기 시작하였다. 즉 조식曹植, 왕찬王粲, 완적阮籍, 혜강嵇康, 손작孫綽, 도잠陶潛 등의 작품은 작가의 개성이 선명하게 드러나고 있다. 이 시기의 작가들은 어떤 정신적인 압박을 받지 않고 매우 자유스럽게 자신의 뜻과 감정을 표현하였다.

그리고 남북조 때의 부는 내용이나 형식에 있어서 새롭게 탈바꿈했다. 이른바 배부俳賦가 육조 시대에 성행하였으며, 강엄江淹, 포조鮑照에서 비롯, 유신庾信에 이르러 절정을 이루었다. 배부는 한부와 마찬가지로 전고를 많이 인용하고, 과장, 수식을 중요시하는 한편, 4·6의 대우를 즐겨 사용하였다. 이 때문에 변부駢賦라고도 하였으며, 후일 4·6 변문으로 발전하였다. 유신의 「춘부春賦」 일단을 소개한다.

> 그림자는 못 속에 비추이고,
> 꽃은 옷섶에 떨어진다.
> 이끼가 푸르러지자 고기가 숨고,
> 보리가 겨우 푸르러 꿩이 숨는다.
> 농옥의 누대에서 퉁소를 불고,
> 걸음 걷는 여인의 옥패 소리 울린다.
> 척리로 옮겨 집이 넉넉하고,
> 새 바람이 들어 술이 아름답다.
> 석류 요범聊汎하고
> 포도술은 익었구나.
> 부용꽃의 옥소반이요,
> 연밥의 금술잔이다.
> 새싹의 대나무 순이고,
> 작은 씨의 양매이구나.
> 녹주는 거문고를 가져오고,
> 문군은 술을 보내오다.
> 옥퉁소의 첫 곡,
> 거문고를 어루만진다.

> 影來池裡, 花落衫中.

答始綠而藏魚, 麥纔青而覆雉.

吹簫弄玉之臺, 鳴珮凌波之水.

移戚里而家富, 入新豐而酒美.

石榴聊泛, 蒲桃釀醅.

芙蓉玉盌, 蓮子金盃.

新芽竹筍, 細核楊梅.

綠珠捧琴至, 文君送酒來.

玉管初調, 鳴絃暫撫.

2. 변려문騈儷文

변문의 명칭은 대단히 많아 변체문騈體文, 변려문騈儷文이라고 일컬었다. '변騈' 자는 두 마리의 말이 나란히 수레를 끌며 달리는 것을 뜻한다. 변문체는 일반적으로 대장對仗을 중요시하였는데, 그것이 마치 두 필의 말이 나란히 달리고 있는 것과 같다고 하여 '변문'이라고 하였다.

양한兩漢 시기에는 사부辭賦의 영향으로 산문도 미사여구와 대우對偶를 중요시하여 아름다운 문장을 추구하는 경향이 있었는데, 위魏·진晉 때에 이르러 완전히 형성되었고, 북조 때 유행하여 문인들이 다투어 변려체의 문장을 지었다.

제齊·양梁 시대에 이르러서는 심약沈約의 성률론이 출현하여 당시 문단에 적지 않은 영향을 주었다. 작가들은 아름답고 화려한 문장 창작에 온 힘을 기울였기 때문에 변려문이 발전하게 되었다. 변騈은 문자와 문자의 조화를 의미하며, 려儷는 구句와 구

낙빈왕

왕발

의 대우 및 수식을 의미한다. 한자는 고립어이기 때문에 문자의 대우가 용이하고, 단음절이기 때문에 성률 조화가 쉽다. 문학에 본격적인 성률이 도입된 것은 심약의 『사성보四聲譜』 이후의 일로, 이 때부터 문학에 언어를 통한 음악적 기교가 성행하였으며, 이전의 자연적인 성률의 조화에서 인위적인 성률의 사용이 성행하게 되었다. 변려문은 유미주의 문학 형식으로, 남북조 시대에 매우 유행하였으며, 수·당에 이르러서도 성행하여 '유수사육流水四六'이라고 하였다. 비록 당시 고문 운동이 활발히 전개되었으나 여전히 변려문의 뛰어난 작가들이 많이 배출되었다.

당나라 때의 왕발王勃, 양형楊炯, 노조린盧照隣, 낙빈왕駱賓王 등 이른바 4걸의 문장은 육조의 아름답고 화려한 변려문을 계승하고 있는데, 문장이 단조롭지 않고 자연스러웠다. 성당 때에는 당 현종이 경술經術을 숭상함에 따라 변려문이 미술문으로부터 응용문으로 바뀌었지만, 송·원·명·청에 이르기까지 꾸준히 명맥을 이어 가며 발전하였다. 변려문은 표表, 장章, 뇌誄, 명銘, 서書, 찬贊, 논論 등 각종 문체의 글로 지어졌고, 일상적인 서간문에까지 활용되어 폭넓게 사용되었음을 확인할 수 있다. 도굉경陶宏景의 「답사중서서答謝中書書」의 일단을 보기로 든다.

산천의 아름다움은, 예로부터 이야기 나누었네.
고봉에 구름 들고, 청류는 바닥이 보이고,
양안의 석벽은, 오색으로 빛난다.
푸른 숲 파란 대는, 사계절 변함이 없네.
아침 안개 사라지려니, 원숭이와 새들 어지러이 울부짖고,
저녁 해 지려하니, 물 속 고기 다투어 뛰논다.
실로 욕계의 선도로구나……

山川之美, 古來共談.
高峰入雲, 淸流見底.
兩岸石壁, 五色交輝.
靑林翠竹, 四時具備.
曉霧將歇, 猿鳥亂鳴.
夕日欲頹, 沉鱗競躍.
實是欲界之仙都……

3. 산문散文

양한兩漢의 산문은 한 말에 이르러 아름다운 꾸밈과 형식에 치중함으로써 내용을 소홀히 하는 경향이 있었다. 그러나 당시 조씨부자曹氏父子, 건안칠자들은 수량은 많지 않았으나 심오하고 참신한 글을 지었다. 이 밖에도 제갈량諸葛亮의 「출사표出師表」, 왕희지王羲之의 「난정집서蘭亭集序」, 도연명의 「오류선생전五柳先生傳」, 「도화원기桃花源記」 등은 작자의 사상, 감정이 잘 반영된 글로 지금까지도 널리 읽혀지고 있다.

그리고 남북조 때는 변문이 성행하여 모든 작가들이 변문 창작에 심혈을 기울였기 때문에 자연히 산문 창작에는 소홀히 할 수 밖에 없었다. 그럼에도 불구하고 뛰어난 서사 산문이 출현하였다. 역도원酈道元의 『수경주水經注』, 양현지楊衒之의 『낙양가람기洛陽伽藍記』와 북조 말년 안지추顔之推의 『안씨가훈顔氏家訓』 등은 북조 문학 가운데 가장 가치 있는 작품들이다.

『**수경주水經注**』: 『수경水經』은 동한의 상흠桑欽이 지은 것으로, 내용이 너무 간단하여 역도원이 다시 주注를 단 것이다. 『수경주』는 종합적인 지리학에 관한 저서인데, 아름다운 필치로 중국의 산수, 수리 시설, 도읍, 신화, 전설, 풍속 등을 서술하고 있다. 역도원은 아버지를 따라 청주靑州에서 성장하였으나, 성장한 뒤에는 관중關中, 하북河北 등을 두루 편력하였다. 그는 이 때 경험한 산수 자연을 생동적인 필치로 묘사해 냄으로써 실용적인 서사 산문의 새로운 경지를 개척하였다.

『**낙양가람기洛陽伽藍記**』: 작자 양현지楊衒之의 성은 '양羊' 또는 '양陽'이라고도 한다. 『낙양가람기』는 북위 때 낙양洛陽 불사佛寺의 흥망에 관한 기록이다. 불사뿐만 아니라 정치, 지리, 풍속 등 다방면에 걸쳐 산문체로 서술하였다. 양현지는 서기 547년 행역行役으로 다시 낙양을 지나면서, 전란으로 폐허가 된 낙양의 성곽, 궁궐, 사찰 등의 영고성쇠에 관한 감회를 성내城內, 성동城東, 성남城南, 성서城西, 성북城北의 5권으로 나누어 비교적 큰 사찰을 중심으로 기술하였다. 비록 불사에 대한 기술이라고는 하지만 당시 사회 상황 및 귀족의 부패를 반영하고 있다.

『**안씨가훈顔氏家訓**』: 『안씨가훈』(20편)은 남북조 후기의 유명한 학자였던 안지추顔之推의 작품이다. 안지추는 양梁, 제齊, 주周, 수隋 등의 나라를 떠돌며 살았다. 그리하여 남·북 사회의 풍속, 정치, 학문 등에 관하여 깊은 이해를 갖게 되었으며, 자신이 몸소 겪은 여러 경험을 유가 사상에 바탕을 두고 저술하였는데, 이 작품이 바로 『안씨가훈』이다. 그는 이 책을 통하여 부패한 사회, 귀족의 무능, 본분을 잃은 생활 등에 대한 비평과 함께 자손들의 처세 태도를 기술하고 있다.

4. 소설小說

소설小說이라고 하는 말은 중국에서는 2,000년 전부터 사용하였지만, 그 정의는 현대 문학에 있어서의 소설의 개념과는 전혀 다르다. 장자는 소설을 쓸데없는 자질구레한 이야기 정도로 여기고 있어, 문체의 명칭과는 아무런 관계가 없다.

후세 문인 학자들은 비교적 깊은 내용이 없고 허황되고 웃게 하는 작품을 소설이라고 일컬어 왔고, 그것을 쓰는 사람을 소설가라고 하였다. 동한東漢 때의 반고班固(32~92)도 『한서漢書』「예문지藝文志」의 「제자략諸子略」에서 유儒, 도道, 음양陰陽, 법법, 명명名, 묵묵墨, 종횡縱橫, 잡雜, 농農, 소설小說 등 10가지를 열거하고 있으나, "제자 10가 가운데 볼 만한 것은 9가 뿐이다.(諸子凡十家, 可觀者九家而已.)"라고 하여 소설가를 맨 나중으로 제쳐 놓고 있다. 그러나 반고가 소설가를 10가 중에 넣었다고 하는 사실은 나름대로 소설의 의미를 부여하고 있는 것으로 보아야 할 것이다. 만일 소설이 아무런 가치가 없고 보잘것없는 것이라고 하면 10가 가운데 넣지 않았을 것은 당연한 것이다. 소설은 이른바 대도大道와는 거리가 매우 먼 것이라고는 하더라도, 때로는 인생의 문제를 밝혀 주고, 그것이 지닌 오락적인 가치와 기능 때문에 상당히 각광을 받았을 것으로 여겨진다. 그리하여 시대가 변천하면서 소설에 대한 관념도 차차 발전하였다. "비록 작은 도이나 반드시 볼 만한 것이 있다"라고 하여, 소설의 사회 교화의 기능을 인정하였다. 물론 큰 일을 다스림에 있어서 소도小道를 끌어들이면 일을 그르치게 될 것이라고 하여 소도의 가치를 부정하고 있지만, 때로는 인생의 문제를 밝혀 주고 그것이 지니고 있는 오락성 때문에 상당히 각광을 받았을 것으로 여겨진다.

결국 중국의 소설은 선진으로부터 위·진·남북조에 이르기까지는 가담항어의 형태로 이어져 왔다. 위·진 이후의 문인들은 신선, 변괴한 것을 특히 좋아하여, 지괴소설志怪小說을 많이 지었다. 이 밖에도 사람들의 잡다한 일화를 기록한 지인소설志人小說

이 등장하여 관심을 끌었다.

(1) 지괴소설志怪小說

지괴소설은 바로 『산해경山海經』과 『목천자전穆天子傳』의 계통을 이어 발전하였다. 『산해경』은 상고 시대 중국인들이 자연을 상대로 겪은 많은 경험을 환상과 희망을 섞어 표현한 신화로 구성된 책이다. 하우夏禹 또는 백익伯益이 지은 것이라는 설도 있으나, 아마도 전국 초기부터 한나라 초기에 이르기까지 초楚와 파촉巴蜀 지방의 사람들이 지은 것을 서한 때의 유수劉秀(흠歆)가 교서校書할 때에 함께 합편한 것으로 여기고 있다. 『목천자전』은 진대晋代 함녕咸寧 5년(279)에 급현汲縣의 어떤 사람이 도굴한 전국시대 위魏 양왕襄王(기원전 318~296)의 묘에서 나온 선진죽서先秦竹書에 들어 있다. 『주왕전周王傳』 또는 『주왕유행기周王遊行記』라고도 하는데, 작자 미상이다. 모두 6권으로 앞의 5권은 주 목왕이 팔준마를 타고 서정西征하던 일의 기록이고, 뒤의 1권은 「성희록盛姬錄」으로, 목왕의 미인인 성희가 도중에서 죽어 장사를 지낸 기록이다. 이 책에는 많은 전설들이 수록되어 있는데, 특히 목왕이 곤륜산崑崙山에 올라 서왕모西王母를 만났다는 등의 전설이 기록되어 있다. 서왕모는 본래 '호랑이 이와 표범의 꼬리(虎齒豹尾)'를 지닌 인물이었으나, 육조六朝 때의 「한무고사漢武故事」에서는 아름다운 여신으로 변모하고 있다. 이런 서왕모의 변신 과정은 소설화의 과정을 거쳐 이루어졌으며; 이를 대상으로 대량의 단편 소설들이 만들어졌다.

위·진·남북조 시대에 지괴소설이 대량으로 생산된 데에는 당시 사회 현실에 큰 원인이 있다. 전국 시기의 방사方士, 신선神仙 및 음양가의 학술 사상이 곧바로 이 시대에 영향을 끼쳤다. 진시황, 한 무제 등도 모두 방술을 믿었고, 동한 말년에는 정치의 부패로 말미암아 방사들이 그 틈을 타 일어났으며, 도교의 발전과 함께 불학佛學이 수입되어 전국적으로 풍미하였다. 따라서, 당시의 문사들은 인과응보, 윤회 등 불리佛理의 담론을 즐겼다. 또, 종교적인 내용의 짧은 이야기들이 생산되고, 이어서 귀신과 신선들을 소재로 하는 지괴소설들이 대량으로 생산되었다. 그러나 현재까지 남아 있는 것은 그렇게 많지는 않다. 현존하는 것 중에는 완전한 것도 있지만 완전하지 못한 것도 있는데, 모두 합쳐 30여 종에 지나지 않는다. 위·진·남북조 시기의 지괴소설은 장화張華(232~300)의 『박물지博物志』, 간보干寶(?~416?)의 『수신기搜神記』, 도연명의 작품으로 전해지고 있는 『수신후기搜神後記』 등을 비롯하여, 기타 작품들이

『태평광기太平廣記』등에 실려 있다. 즉 유경숙劉敬叔의 『이원異苑』, 유의경劉義慶(403~444)의 『유명록幽明錄』, 『선험기宣驗記』, 왕염王琰의 『명상기冥祥記』, 안지추의 『원혼기冤魂記』, 오균吳均의 『속제해기續齊諧記』, 왕가王嘉의 『습유기拾遺記』, 위魏 문제文帝 조비의 『열이전列異傳』, 임방任昉의 『술이기述異記』, 후백侯白의 『정이기旌異記』, 왕부王浮의 『신이기神異記』, 동방삭의 『십주기十洲記』 등을 들 수 있다.

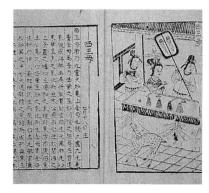

수신기

위의 지괴소설들은 내용에 따라 대체로 세 가지로 분류될 수 있다.

첫째, 지리박물地理博物에 관한 것으로, 『신이기』, 『십주기』, 『박물지』 등이 해당되며, 이것들은 『산해경』의 서술 방식을 계승하여 주로 산천, 이물異物 등을 기술하였다.

둘째, 역사전문歷史傳聞에 관한 것으로, 『습유기拾遺記』를 대표로 들 수 있다. 왕가의 『습유기拾遺記』10권 중에 앞의 9권은 고대의 포희疱羲로부터 동진東晉 사이의 일들을 기술하고 있고, 마지막 10권에서는 곤륜, 봉래, 방장方丈, 영주 등 고대 전설 중 신선神仙의 사물을 서술하고 있다. 특히 『습유기拾遺記』는 괴이한 역사 사물들의 이야기이지만, 다른 지괴소설류와 달리 불교적이거나 도교적인 내용을 담지 않은 채, 비교적 담담한 필체로 사회 생활과 역사 내용들을 기술하고 있는 점이 특이하다.

셋째, 괴기귀신怪奇鬼神에 관한 것으로, 『수신기搜神記』, 『원혼기冤魂記』, 『속제해기續齊諧記』, 『열이전列異傳』, 『수신후기搜神後記』 등을 들 수 있다. 이것들은 모두 귀신의 변괴 등을 기술하고 있는데, 이 가운데 동진의 유명한 사학가이자 문학가인 간보의 『수신기搜神記』를 가장 대표적인 소설로 꼽을 수 있다. 『수신기搜神記』에는 신괴, 영이靈異한 일들이 많이 수록되어 있으나, 보다 중요한 것은 적지 않은 민간 전설이 보존되어 있다는 점이다. 「한빙부부韓憑夫婦」, 「이기참사李寄斬蛇」, 「간장막야干將莫邪」 등을 예로 들 수 있다.

이처럼 위·진·남북조의 소설은 제재가 한정되어 있고 기법 등에서도 원시적이기는 했지만, 나름대로의 소설적 형태를 갖추어 갔다. 그리고 지괴소설은 제재 또는 작법에 있어서 후일 많은 영향을 주었다. 즉 언어, 인물 성격의 묘사, 결구 등 소설 구성의 기초를 마련하여, 포송령蒲松齡의 『요재지이聊齋志異』를 비롯하여 당대 전기소설에까지 영향을 주었다.

한편, 위·진·남북조의 지괴소설이 성행할 당시 『선험기宣驗記』, 『명상기冥祥記』, 『원혼기冤魂記』, 『정이기旌異記』 등과 같이 불교를 포교할 목적으로 만든 소설도 있었다. 그러나 이것들은 종교적으로 선택된 도구였기 때문에, 주로 인과응보 등의 내용을 천편일률적으로 담고 있어 문학성에서는 지괴소설들보다 훨씬 떨어진다.

(2) 지인소설志人小說

위·진·남북조 소설로는, 지괴소설 외에도 인물들의 일화를 기록한 지인소설志人小說이 크게 유행하였다. 배계裵啓의 『어림語林』, 곽징지郭澄之의 『곽자郭子』, 심약의 『속설俗說』 등이 그것이나, 위·진·남북조 시대 지인소설의 대표작은 『세설신어世說新語』이다. 『세설신어世說新語』는 남조 송나라 때 유의경劉義慶(403~444)이 지은 것으로, 서한으로부터 동한, 서진, 동진 등 4조에 걸친 약 200년 동안의 정치가, 문인, 사대부, 서민, 승려에 이르기까지, 무려 500~600명의 인물의 이야기이다.

위·진·남북조 시대에는 인물을 평가하는 기풍이 대단히 성행하였는데 『세설신어世說新語』의 빼놓을 수 없는 중요한 가치는 당시 문인 명사들의 일화를 기술하였다는 점이다. 죽림칠현竹林七賢(완적阮籍, 혜강嵇康, 산도山濤, 상수向秀, 왕융王戎, 완함阮咸, 유령劉伶), 건안칠자建安七子(공융孔融, 왕찬王粲, 유정劉楨, 서간徐幹, 진림陳琳, 응창應瑒, 완우阮瑀), 조씨 삼부자(조조曹操, 조비曹丕, 조식曹植)를 비롯한 정시문인正始文人, 태강문인太康文人, 영가문인永嘉文人 등의 일화가 거의 망라되어 있다. 이 이야기들은 모두 신귀神鬼하고 도선道仙적인 색채를 벗어나, 실존 인물의 언행, 풍모 등을 중심적으로 묘사하고 있어, 사실상 지인소설이라고 하는 독특한 소설 장르를 개척하여 천여 년 동안 지속되었다.

5. 문학평론文學評論

(1) 『전론典論』

위·진·남북조(220~588)는 중국 문학 비평 발전사에 있어서 매우 중요한 시기이다. 이 시기에 불교가 중국에 들어오고 유교 사상이 쇠퇴함에 따라, 문학이 이른바 경학의 속박으로부터 벗어나게 되었다. 이에 문학에 대한 새로운 인식과 자각을 하기 시작하여, 유가의 실용, 윤리 도덕의 관념을 배제하고, 문학의 본질적인 문제에 대하여 생각하게 됨에 따라, 본격적인 문학 이론, 문학 비평이 생겨나게 되었다. 최초의 전문적인 문학 비평서는 위 문제 조비曹丕의 『전론典論』 「논문論文」인데, 『전론典論』은 전해지지 않고 「논문論文」만 『소명문선昭明文選』에 수록되어 전해지고 있다. 「논문論文」은 불과 600여 자에 지나지 않지만, 내용은 상당히 광범위하여 문학불후론文學不朽論, 감상론, 비평론, 문체론, 문기론文氣論 등에 걸쳐 이론을 전개하고 있다.

조비의 『전론典論』 「논문論文」의 중심 사상은 독립적인 문학의 생명과 가치에 대한 확고한 인식에 있다. 그는 유가의 기미를 떨쳐 버리고 문학의 독립적인 가치와 불후의 생명력을 부여하고 있다.

그리고 「논문論文」에서 문인들의 상호 경시함의 폐단을 지적하였다. 서로 반성의 태도를 갖게 될 때만 작품의 장점과 단점을 가려낼 수 있다고 하였다. 왜냐하면, 문학 감상을 하는 데 있어서는 지극히 공평하여야 하기 때문이다. 이 밖에, 옛 것을 귀하게 여기고 지금의 것을 천하게 여기는 태도도 버릴 것을 주장하였다. 「논문論文」에 "무릇 글의 본본은 같으나 말末이 다르다. 주·의는 전아하고, 서·론은 논리적이고, 명·뢰는 사실적이고, 시·부는 아름다워야 한다.(夫文本同而末異, 蓋奏議宜雅, 書論宜理, 銘誄尙實, 詩賦欲麗.)"라고 하였다. 이들 문체 중에 시·부와 명·뢰는 운문이고, 주·의, 서·론은 운이 없는 글이다. 즉 각각 다른 특징들을 설명하고 있으며, 바로 문학 비평의 객관적인 기준을 마련하였다는 데에 중요한 의의가 있다. 그 후, 육기陸機는 10종류, 유협劉勰은 25종류, 소통蕭統은 38종류로 문체를 분석·분류하였는데, 이는 모두 조비의 영향에서 비롯된 것이다.

한편 조비는 「논문論文」에서 역시 글은 기가 위주여야 한다고 하였다. 그는 '기세氣勢'와 '어기語氣'를 중요시하였는데, 이 문기론은 후세 문학 이론에 큰 영향을 끼쳤다. 예를 들면, 유정劉楨의 문기론文氣論, 조식曹植의 문학무용론文學無用論, 응창應場의 문질론文質論 등이 그 영향을 받은 것이다.

(2) 『문부文賦』

그런데 서진에 이르러 문학 창작의 큰 변화와 함께 문학 비평 역시 진일보한 발전을 하였다. 즉, 육기의 『문부文賦』는 중국 문학 비평사에 한 시대의 획을 긋는 대작이다. 그는 문체를 시詩, 부賦, 비碑, 뢰誄, 명銘, 잠箴, 송頌, 논論, 주奏, 설說의 10종류로 나누어 그 문체의 특징들을 설명했다.

선진 시기에는 문학을 '재도載道'의 도구로 여겨 내용을 중요시하고 형식을 소홀히 했으나, 육기는 내용과 형식의 병중론並重論을 주장하면서 어느 한쪽에 치우칠 수 없음을 역설하였다. 그러나 육기는 문장의 '운율'과 '수식'에 대하여 매우 높이 평가하고 형식미를 중요시하고 있는 반면에, 문학은 시간과 공간을 초월하는 불후의 가치가 있는 것임을 강조하였다. 즉, 훌륭한 작품은 영구 불멸한다는 것이다. 또 문학 창작에 있어서,

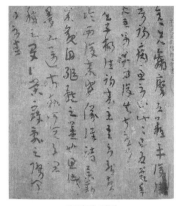

육기의 서법

첫째, 재성才性을 내세웠다. 왜냐하면 천분天分이 뛰어나지 못하면 '갈정다회竭情多悔'의 곤경을 면할 수 없기 때문이다.

둘째, 정감을 내세웠다. 문학 창작의 목적은 정감을 서술함에 있으므로 정감을 떠나 존재할 수 없다고 하는 것이다.

셋째, 상상력을 내세웠다. 문학 창작에 있어서 가장 중요한 것은 상상력의 여하에 달려 있으며, 그에 따라 작품의 예술적 생명력도 지속될 수 있기 때문이다.

이 밖에 지우摯虞는 『문장유별집文章流別集』「문장유별지론文章流別志論」을 통하여 문론文論, 부론賦論, 시론詩論, 송론頌論 등의 문학 이론을 폈고, 갈홍葛洪의 경우, 『포박자抱朴子』는 도교에 관한 저술이나, 그 나머지의 문학론은 유가의 전통적인 문학 관념을 타파하고 문학의 진화론을 전개해 나갔다.

서진西晉으로부터 제齊에 이르기까지 문학은 몇 차례에 걸쳐 비교적 큰 변혁을 하였고, 문학 비평에 있어서도 적지 않은 저작이 나왔다. 유협劉勰의 『문심조룡』과 종영鐘嶸의 『시품』은 중국 문학 비평사에 있어서 기념비적 대작이라고 할 수 있다.

(3) 『문심조룡文心雕龍』

유협劉勰(466?~520?) : 자가 언화彦和이다. 그의 선조는 동관東莞 거莒(현 산동山東 거현)에 살았고, 경구京口(현 강소江蘇 진강鎭江)에 세거世居하였다. 공부하기를 좋아하였지만, 가난하여 장가를 가지 못했다. 그리하여 당시의 유명하였던 중인 승우僧佑의 도움으로 10여 년 동안 정림사定林寺에 거주하였다. 이 사이에 많은 책을 읽었다. 불경에 정통하여 불경을 정리하는 일에도 참가하였다. 양나라 때에는 남강

왕기실南康王記室 겸 태자太子 소통蕭統의
통사사인通事舍人을 하였으며, 이 때 소통의
신임을 얻었다. 늦게 출가하여 중이 되어 이름
을 혜지慧地로 바꾸었으나 곧 사망하였다.

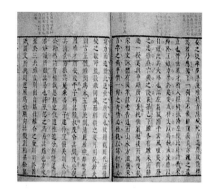

문심조룡

『문심조룡文心雕龍』은 그의 나이 30여 세
때, 5년에 걸쳐 완성하였다. 『문심조룡文心雕
龍』은 총 50편으로 내용을 대략 첫째, 제50편
「서지序志」(총서總序), 둘째, 제1편 「원도原
道」~제5편 「변소辯騷」(문학본원론文學本原
論), 셋째, 제6편 「명시明詩」~제25편 「서기書記」(문학체재론文學體裁論), 넷째,
제26편 「신사神思」~제44편 「총술總術」(문학창작론文學創作論), 다섯째, 제45편
「시서時序」~제49편 「정기程器」(문학비평론文學批評論) 등 다섯 가지로 분류할 수
있다.

1) 문학본원론文學本原論 : 유협은 「원도론 原道論」에서 "사람은 오행의 정화인 것
이요, 천지의 마음인 것이다. 이 천지의 마음이 생김으로써 언어가 나타나고, 언어가
나타나면서 문장의 형태가 분명해진다. 이것이 바로 자연의 도리인 것이다.(爲五行之
秀, 實天地之心. 心生而言立, 言立而文明, 自然之道也.)"라고 하였다.

또, 「명시편明詩篇」에서 "사람은 일곱 가지 감정을 갖고 있어서 외부로부터의 자극
에 반응하고 감응하여 그 뜻을 노래하게 된다. 이것은 모두 자연이 아닌 것이 없다.(人
稟七情, 應物斯感, 感物吟志, 莫非自然.)"라고 하였다. 유협의 '자연'을 사람들은
'道'의 다른 이름이라고 해석하였으나, 그 도리는 모두 자연으로부터 온 것이며, 바로
문학본원론의 기초가 된다.

2) 문학체재론文學體裁論 : 문학의 체재에 대하여 당시에는 '문文'과 '필筆'로 구별
하였다. 운韻이 있는 것을 '문'이라고 하였고, 운이 없는 것을 '필'이라고 하였다. 유
협은 문체를 대략 세 가지 체재로 분류하였는데, 즉 '문필文筆'에 의한 분류, '성질'
에 의한 분류, 분류할 수 없는 것이다. 「서지편序志篇」에 "각 양식의 기원부터 시작해
서 결론을 말하고, 명칭을 해석해서 내용을 분명히 하고, 한 편의 모범을 정하고, 이치
를 부연하여 수미를 정리하였다.(原始以表末, 釋名以章義, 選文以定篇, 敷理以擧
統.)"라고 하였는데, 이 네 가지가 문체 분류의 원칙론이라고 할 수 있다.

3) 문학창작론文學創作論 : 내용을 글보다 우선하는 문질병중文質並重의 문학을 주장하였다. 그는 「정채편情采篇」에서 다음과 같이 문학의 내용과 형식에 대하여 설명하고 있다.

> 대저 분이나 눈썹 그리개는 얼굴을 장식하는 것이나, 참된 미모는 타고난 자질에 달려 있는 것이며, 비록 수사로써 말을 문식한다고는 하나, 실질적인 미는 그 사상과 감정 위에 바탕을 두고 있다. 그러므로 감정이란 문식의 날이 되며, 말이란 논리의 씨가 된다고 볼 수 있다. 날이 바로 잡혀야만 씨가 제자리에 놓여지며, 논리가 정해진 뒤에야 말이 창달하게 된다. 이 도리야말로 문장의 수사에 관한 기본이라고 볼 수 있는 것이다.

> 夫鉛黛所以飾容, 而盼倩生於淑姿, 文采所以飾言, 而辯麗本於情性. 故情者, 文之經, 辭者, 理之緯, 經正而後緯成, 理定而後辭暢, 此立文之本源也.

이것이 그의 기본적인 문학창작론으로서, 당시 유행하던 유미주의 문학 풍조에 대하여 비판을 가하였다.

4) 문학비평론文學批評論 : 「지음편知音篇」에서 문학비평의 올바른 태도에 대하여 다음과 같이 설명하였다.

> 대체로 천 개의 곡조를 다룬 뒤에야 비로소 음악을 알게 되고, 천 자루의 칼을 본 뒤에야 겨우 칼이 잘 드는지를 안다고 한다. 때문에 원만하게 문학을 알기 위해서는 우선 많은 작품을 읽지 않으면 안 된다. 높은 산을 본 일이 있으면 조그만 언덕의 모양을 확실히 알 수가 있고, 큰 바다 물결을 알고 있으면 작은 냇물의 흐름도 짐작할 수 있다. 남의 작품을 평가하는 데 사심을 넣지 말고, 개인의 애증에 편벽되지 말아야 할 것이다. 이렇게 한 뒤에야 저울과 같이 공정한 논리를 펼 수가 있고, 거울처럼 분명하게 표현을 비추어 볼 수가 있는 것이다.

> 凡操千曲而後曉聲, 觀千劍而後識器, 故圓照之象, 務先博觀. 閱喬岳以形培塿, 酌滄波以喩畎澮, 無私於輕重, 不偏於憎愛, 然後能平理若衡, 照辭如鏡矣.

이와 같은 논리를 바탕으로 하여 네 가지의 비평 원리를 내어 놓았다. 즉, 첫째, "옛 것을 귀하에 여기고 지금 것을 천하게 여기지 말라(勿貴古賤今)", 둘째, "자신을 숭상하고 다른 사람을 억제하지 말라(勿崇己抑人)", 셋째, "거짓됨을 믿고 진실됨을 흐리지 말라(勿信僞迷眞)", 넷째, "같은 무리끼리 당을 만들고 다른 사람을 치지 말라 (勿黨同伐異)"라고 하는 것이다.

(4)『시품詩品』

종영鍾嶸(?~552): 자가 중위仲偉이며 영천潁川 장사長社(현 하남河南 장갈長葛)사람으로, 그의 생애에 대해서는 잘 알 수가 없다. 다만 그는 제·양 때에 참군參軍, 기실記室 등의 작은 벼슬을 지낸 적이 있으며,『시품詩品』은 양 무제 천감天監 12년(513) 이후에 쓴 것이다.『시품詩品』은 주로 5언시의 작가와 작품에 대하여 비평하고 있다. 한나라에서 시작하여 양나라에 이르기까지 122명의 시인들을 상·중·하로 등급을 정하였는데, 상품 11명, 중품 39명, 하품 72명이었다. 이렇게 등급을 정함에 있어서는 표준 척도가 있었다. 즉, 5언시에 국한하였고, 자연주의 원칙에 합당하여야 했으며, 내용과 형식이 일치하여야 했다. 형식적 유미주의를 비판하고 인간의 진실한 정감을 근본으로 한 시를 주장하여 새로운 평가를 받았다.

종영은 시에는 부賦, 비比, 흥興의 3의가 있는데, 만약에 비, 흥만을 사용하면 뜻이 깊게 되고, 뜻이 깊으면 문장이 기울어진다. 그렇다고 부만을 사용하면 뜻이 부박해지고, 뜻이 부박해지면 문장이 산만해진다고 하였다. 그러니까 부, 비, 흥이 상호작용하여, 이른바 자연에 일치하여야 함은 물론이다. 다시 말해, 시는 본디 정감에서 비롯되며 형식을 빌어서 표현되기 때문에 문체를 중요시하지 않으면 안 된다고 하는 것이다. 종영은 한결같이 고전의 사용을 반대하였다. 고전의 지나친 사용은 문학의 독창성, 문장의 참된 아름다움을 상실할 염려가 있기 때문이다.

그리고 심약沈約 등이 내세우고 있는 사성 팔병설에 대하여도 반대하였다. 왜냐 하면, 그들의 이러한 시율은 인위적인 제한이 지나치게 엄격하기 때문에 그것을 준수하기가 어렵고, 속박으로 인해 문장의 자연적인 아름다움을 잃어버릴 수 있기 때문이다.

이 밖에 임방任昉(460~508)의『문장연기文章緣起』, 배자야裵子野의『조충론雕蟲論』, 이충李充의『한림론翰林論』, 소통蕭統(501~531)의『문선文選』등을 비롯하여 대량의 문학 비평서들이 쏟아져 나와 과연 비평의 전성기를 이루었다.

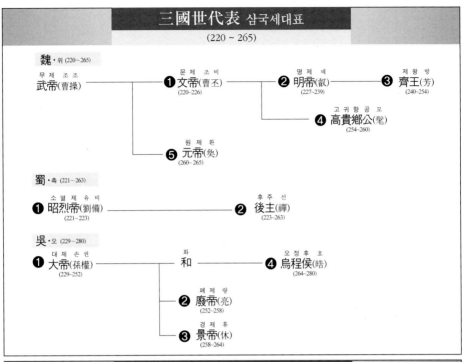

三國世代表 삼국세대표
(220 ~ 265)

魏 · 위 (220~265)

무 제 조 조
武帝(曹操) ─── ❶ 文帝(曹丕) 문제조비 (220~226) ─── ❷ 明帝(叡) 명제예 (227~239) ─── ❸ 齊王(芳) 제왕방 (240~254)

❹ 高貴鄕公(髦) 고귀향공모 (254~260)

❺ 元帝(奐) 원제환 (260~265)

蜀 · 촉 (221~263)

❶ 昭烈帝(劉備) 소열제유비 (221~223) ─── ❷ 後主(禪) 후주선 (223~263)

吳 · 오 (229~280)

❶ 大帝(孫權) 대제손권 (229~252) ─── 和 화 ─── ❹ 烏程侯(皓) 오정후호 (264~280)

❷ 廢帝(亮) 폐제량 (252~258)

❸ 景帝(休) 경제휴 (258~264)

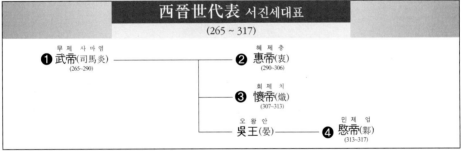

西晉世代表 서진세대표
(265 ~ 317)

❶ 武帝(司馬炎) 무제사마염 (265~290) ─── ❷ 惠帝(衷) 혜제충 (290~306)

❸ 懷帝(熾) 회제치 (307~313)

吳王(晏) 오왕안 ─── ❹ 愍帝(鄴) 민제업 (313~317)

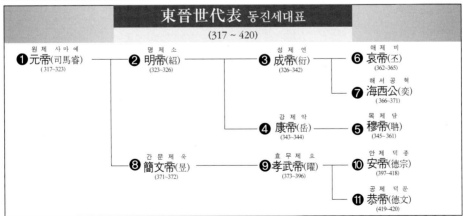

東晉世代表 동진세대표
(317 ~ 420)

❶ 元帝(司馬睿) 원제사마예 (317~323) ─── ❷ 明帝(紹) 명제소 (323~326) ─── ❸ 成帝(衍) 성제연 (326~342) ─── ❻ 哀帝(丕) 애제비 (362~365)

❼ 海西公(奕) 해서공혁 (366~371)

❹ 康帝(岳) 강제악 (343~344) ─── ❺ 穆帝(聃) 목제담 (345~361)

❽ 簡文帝(昱) 간문제욱 (371~372) ─── ❾ 孝武帝(曜) 효무제요 (373~396) ─── ❿ 安帝(德宗) 안제덕종 (397~418)

⓫ 恭帝(德文) 공제덕문 (419~420)

131

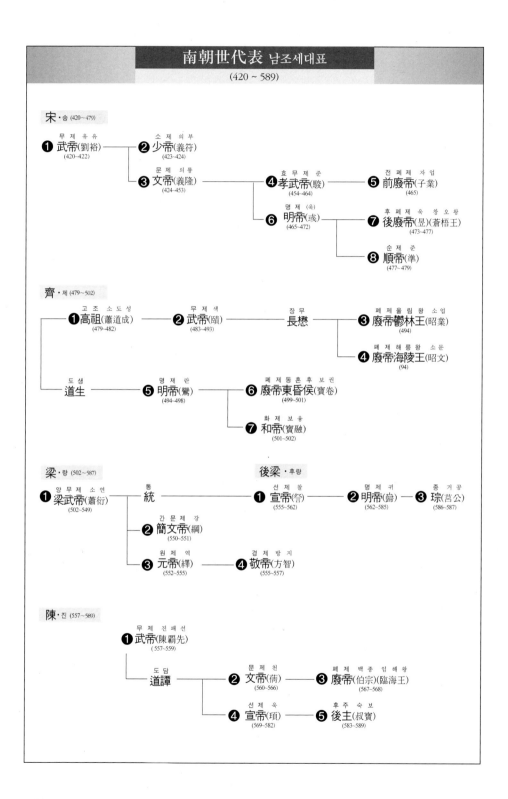

南朝世代表 남조세대표

(420 ~ 589)

宋·송 (420~479)

무제유유
❶ 武帝(劉裕)
(420~422)

소제의부
❷ 少帝(義符)
(423~424)

문제의륭
❸ 文帝(義隆)
(424~453)

효무제준
❹ 孝武帝(駿)
(454~464)

전폐제자업
❺ 前廢帝(子業)
(465)

명제(욱)
❻ 明帝(彧)
(465~472)

후폐제욱 창오왕
❼ 後廢帝(昱)(蒼梧王)
(473~477)

순제준
❽ 順帝(準)
(477~479)

齊·제 (479~502)

고조소도성
❶ 高祖(蕭道成)
(479~482)

무제색
❷ 武帝(賾)
(483~493)

장무
長懋

폐제울림왕소업
❸ 廢帝鬱林王(昭業)
(494)

폐제해릉왕소문
❹ 廢帝海陵王(昭文)
(94)

도생
道生

명제란
❺ 明帝(鸞)
(494~498)

폐제동혼후보권
❻ 廢帝東昏侯(寶卷)
(499~501)

화제보융
❼ 和帝(寶融)
(501~502)

梁·량 (502~587)

양무제소연
❶ 梁武帝(蕭衍)
(502~549)

통
統

간문제강
❷ 簡文帝(綱)
(550~551)

원제역
❸ 元帝(繹)
(552~555)

경제방지
❹ 敬帝(方智)
(555~557)

後梁·후량

선제찰
❶ 宣帝(詧)
(555~562)

명제귀
❷ 明帝(歸)
(562~585)

종거공
❸ 琮(莒公)
(586~587)

陳·진 (557~589)

무제진패선
❶ 武帝(陳霸先)
(557~559)

도담
道譚

문제천
❷ 文帝(蒨)
(560~566)

폐제백종임해왕
❸ 廢帝(伯宗)(臨海王)
(567~568)

선제욱
❹ 宣帝(頊)
(569~582)

후주숙보
❺ 後主(叔寶)
(583~589)

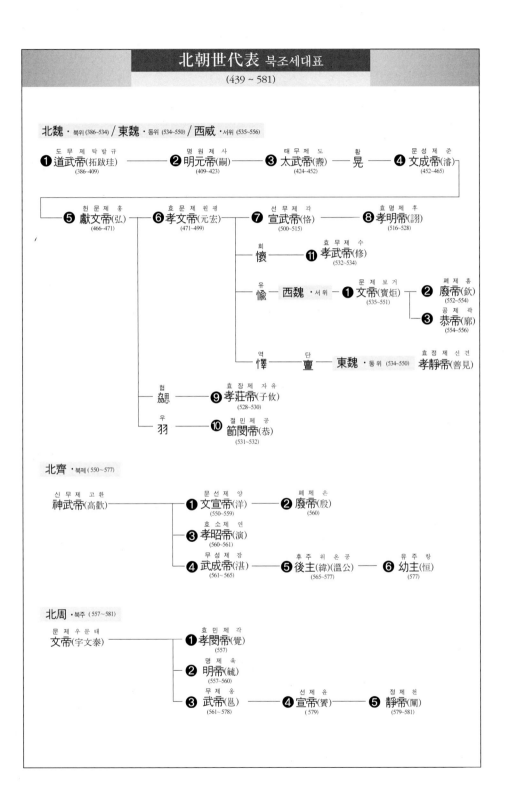

北魏 · 북위 (386~534) / **東魏** · 동위 (534~550) / **西威** · 서위 (535~556)

도무제 탁발규
❶ 道武帝(拓跋珪)
(386~409)

명원제 사
❷ 明元帝(嗣)
(409~423)

태무제 도
❸ 太武帝(燾)

황
晃

문성제 준
❹ 文成帝(濬)
(452~465)

헌문제 홍
❺ 獻文帝(弘)
(466~471)

효문제 원굉
❻ 孝文帝(元宏)
(471~499)

선무제 각
❼ 宣武帝(恪)
(500~515)

효명제 후
❽ 孝明帝(詡)
(516~528)

회
懷

효무제 수
⓫ 孝武帝(修)
(532~534)

유
愉

西魏 · 서위

문제 보거
❶ 文帝(寶炬)
(535~551)

폐제 흠
❷ 廢帝(欽)
(552~554)

공제 곽
❸ 恭帝(廓)
(554~556)

역
懌

단
亶

東魏 · 동위 (534~550)

효정제 선견
孝靜帝(善見)

협
勰思

효장제 자유
❾ 孝莊帝(子攸)
(528~530)

우
羽

절민제 공
❿ 節閔帝(恭)
(531~532)

北齊 · 북제 (550~577)

신무제 고환
神武帝(高歡)

문선제 양
❶ 文宣帝(洋)
(550~559)

폐제 은
❷ 廢帝(殷)
(560)

효소제 연
❸ 孝昭帝(演)
(560~561)

무성제 잠
❹ 武成帝(湛)
(561~565)

후주 위 온공
❺ 後主(緯)(溫公)
(565~577)

유주 항
❻ 幼主(恒)
(577)

北周 · 북주 (557~581)

문제 우문태
文帝(宇文泰)

효민제 각
❶ 孝閔帝(覺)
(557)

명제 육
❷ 明帝(毓)
(557~560)

무제 옹
❸ 武帝(邕)
(561~578)

선제 윤
❹ 宣帝(贇)
(579)

정제 천
❺ 靜帝(闡)
(579~581)

5. 隋唐五代文學

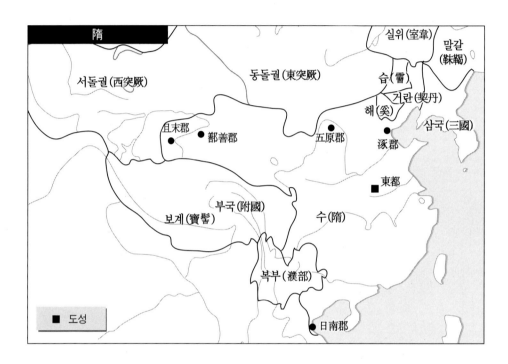

　후한後漢 말 황건의 난이 일어난 이후, 중국은 오랜 동안의 분열을 겪으면서 북방 여러 민족간의 융합이 이루어진다. 따라서 민족 사이의 갈등과 모순이 점차 해소되면서 사회적인 발전을 이룩할 수 있었으며, 결국 수隋가 남북을 통일할 수 있는 여건이 마련되었다.

　서기 581년 양견楊堅은 북주北周의 정제靜帝를 폐위시키고 스스로 황위에 올라 국호를 수隋라고 하고 도읍을 장안長安에 정하였다. 그가 바로 수 문제文帝로 우선 내정을 공고히 하고, 서기 588년에 대군을 출정, 강남의 진陳을 정복하여 오랫동안 분열되었던 중국을 드디어 통일시켰다.

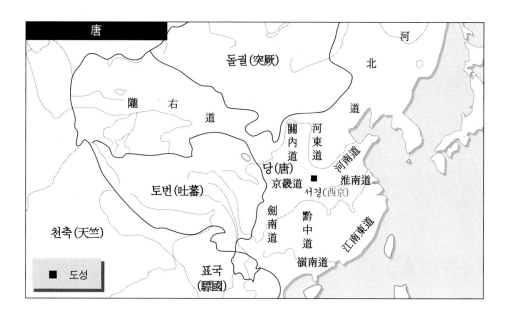

그 후, 중국은 남·북의 융합이 이루어지고, 새로운 문화의 기틀을 마련하여 갔다. 그러나 수는 겨우 30여 년 밖에 정권을 유지하지 못했으며, 서기 618년 이연李淵, 이세민李世民 부자에게 멸망당하였다. 이어서 한 이후 강력한 당唐이 등장하여 서기 906년까지 300년 동안 대제국으로서 위세를 떨쳤다. 이후 당은 양梁 주온朱溫에게 멸망

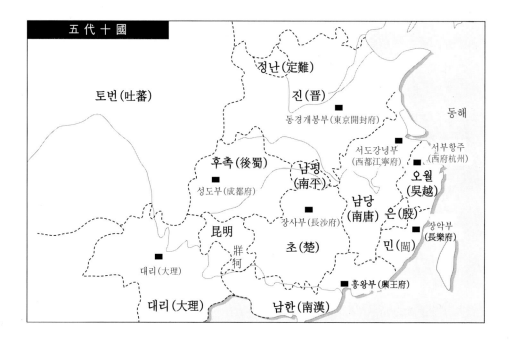

되었고 그 뒤 중국의 화북을 비롯한 남방에 오대십국五代十國의 왕조가 건립되어 50 여 년 동안 대치와 혼전을 거듭하였다. 이와 같은 혼란은 송 태조 조광윤趙匡胤에 의해 중국이 다시 통일을 이룩할 때까지 계속되었다.

제1절 詩歌

1. 수隋 · 초당初唐

수隋의 문학은 사회적인 변동에 따라서 변화를 보이기 시작하였다. 즉 남·북조를 거치면서 민족의 융합이 이루어지고, 남북의 한계가 없어짐으로써 새로운 풍격의 문학이 등장한 것이다. 수의 문학은 남방의 형식미를 중시하는 유미주의가 골간을 이루었다.

수 문제는 남조의 형식적인 화려한 문풍을 배척하고, 참신하고 질박한 문장을 주장하였으나 별다른 성과를 거두지 못하였다. 그런데 뒤의 수 양제는 문제와는 달리 아름답고 화려한 문학을 좋아하였다. 이러한 정치 지도자의 취향은 당시의 문단에 큰 영향을 끼쳐 새로운 실용적인 문학의 기풍을 육성하지 못하였다. 수의 저명한 시인들로는 양뢰楊耒, 설도형薛道衡, 노사도盧思道, 우세기虞世基, 손만수孫萬壽 등을 들 수 있으나, 그 가운데에서 설도형, 우세기를 대표로 꼽을 수 있다.

설도형薛道衡(540~609): 자가 현경玄卿이며, 하동河東 분음汾陰(현 산서성山西省 영하현滎河縣) 사람으로 일찍이 수에서 벼슬을 하였다. 이어서 양주총관襄州總管, 파주자사播州刺史 등을 역임하였다. 그러나 수 양광楊廣과의 사이가 좋지 않아 결국에는 피살되었다. 그의 대표적인 시로는 「석석염昔昔鹽」, 「예장행豫章行」 등을 들 수 있다. 「석석염昔昔鹽」 가운데 "날이 밝기도 전에 거미줄 치고, 빈 대들보에 제비집의 흙이 떨어진다.(暗牖懸蛛網, 空梁落燕泥.)"라는 이구二句가 있는데, 수 양제는 그의 시에 대해 질투한 나머지 설도형이 살해당할 때에 "너는 아직도 빈 대들보의 제비집의 흙이 떨어진다고 할 수 있는가?(你還能空梁落燕泥嗎?)" 하고 물었다고 하는데, 사실이 아닐 것이다. 어쨌든 「석석염석석염昔昔鹽」의 '석석석석昔昔'은 '다다多多'이며, '염염鹽'은 '염염艷'으로 바로 '야야곡夜夜曲'이란 뜻인데, 규원시閨怨詩로 남조의 시풍을 띠고 있다. 「인일사귀人日思歸」를 예로 든다.

> 새해로 접어든 지 겨우 칠 일인데,
> 집을 떠난 지 벌써 2년이 되었구나.
> 사람은 돌아가고 기러기는 내린 뒤,
> 그리움은 꽃 앞에서 피어나는구나.

> 入春纔七日, 離家已二年.
> 入歸落雁後, 思發在花前.

우세기虞世基(?~616) : 자가 무세茂世이며, 회계會稽 여요餘姚 (현 절강浙江 소흥紹興) 사람이다. 아우 우세남虞世南과 함께 문명文名을 날렸는데, 「초도강初渡江」, 「영낙동零落桐」, 「만비조晚飛鳥」 등의 시가 있다. 「입관入關」은 변새의 경치를 보고 읊은 즉흥시이다. 농산隴山은 섬서陝西, 감숙甘肅 변경의 전쟁의 요새인데, 작자가 이곳을 지나며 비장한 심정을 상징적으로 묘사하고 있다.

> 농산隴山의 구름 낮게 드리워 있고,
> 황하는 끊임없이 울어 예놋다.
> 관산의 많은 길 가운데로,
> 새로 이어진 근심 걱정일랑 그 몇 겹이던가!

> 隴雲低不散, 黃河咽復流.
> 關山多道裏, 相接幾重愁.

초당의 시는 대체적으로 두 가지 유형으로 나눌 수 있다. 하나는 율체시 체계의 완성이다. 이른바 18학사를 비롯한 대신들의 궁체시가 유행하였는데, 대표적인 시인으로는 우세남虞世南, 이백약李百藥, 양사도楊師道, 상관의上官儀, 심전기沈佺期, 송지문宋之問 등을 들 수 있다. 또 하나는 아름다운 형식을 반대하고 순순한 성정, 맑고 깨끗한 산수,

사실적인 시풍을 주장하는 왕적王績, 왕범지王梵志, 진자앙陳子昻 등을 꼽을 수 있다.

상관의上官儀(?~ 664) : 섬주陝州(현 하남河南 섬현陝縣)사람으로 자가 유소游韶이다. 당시에 시명詩名이 매우 높아 많은 사람들이 그의 아름답고 화려한 시를 모방하여 시를 지었는데, '상관체上官體'라고 일컬었으며, 율시 창작 체제에 큰 공헌을 세웠다. 또한 심전기, 송지문은 5·7언 율시를 보다 성숙한 단계로 끌어 올렸는데, 이를 '심송체沈宋體'라고 한다. 이들 시율은 3가지 기본적인 조건을 반드시 갖추어야 하는데, 첫째는 대우對偶이고, 둘째는 음률音律이며, 셋째는 여기에 특정한 격식에 맞추어 대우와 음률을 안배하는 것이다. 또 왕적, 왕범지, 진자앙 등은 궁정시풍의 속박으로부터 벗어나 질박, 자연스런 시를 지음으로써 성당시의 발전의 계기를 마련하였다. 특히 왕적은 유·불보다는 도가의 영향을 깊이 받았다. 그는 어디에 있든지 술을 즐겨 마셨고, 거문고를 즐겨 탔다.

왕범지王梵志(590?~660?) : 왕범지는 파주巴州 집양集陽사람으로 그의 시가 세상에 전해 오지 않았으나, 돈황敦煌 막고굴莫高窟의 장서藏書의 발견으로 빛을 보게 되었다. 왕범지는 통속적인 생활의 진술한 모습을 온전히 백화시체로 형상화하고 있어 삶의 숨결을 짙게 느낄 수 있다. 주로 불교의 내용을 시의 소재로 삼고 있음에도 설교적인 데가 없는 것이 특징이라고 할 수 있다. 「아석미생시我昔未生時」를 예로 든다.

> 내가 태어나지 않았을 때,
> 캄캄해 아는 바가 없었더랬는걸.
> 하느님께서 억지로 나를 창생하셨는데,
> 나를 만들어 또 어쩌란 말인가?
> 입을 옷이 없어 추위에 떨고,
> 먹을 밥이 없어 배를 주린다네.
> 다시 하느님께로 돌려보내리니,
> 내가 태어나기 전으로 돌려 보내주오.

> 我昔未生時, 冥冥無所知.
> 天公强生我, 生我復何爲?
> 無衣使我寒, 無食使我饑.
> 還你天公我, 還我未生時.

상술한 궁정시인들과는 다른 독창적인 시작 활동
을 함으로써 당시 발전의 길을 연, 초당을 대표하는
시인들로 초당4걸을 들 수 있다. '초당4걸'은 왕발
王勃, 양형楊炯, 노조린盧照鄰, 낙빈왕駱賓王 등
이다. 이들은 초당 때의 시인들이지만 당에서 태어
나고, 자라나고, 시를 짓고 살다가 요절한 당나라 시
인들이란 공통점을 갖고 있다.

왕발

왕발王勃(650~676) : 자가 자안子安이며 강주絳
州 용문龍門(현 산서山西 직산稷山)사람이다. 6
세 때부터 문장을 쓸 만큼 뛰어난 재주가 있으나,
교지령交趾令으로 좌천해 간 아버지를 찾아 배를
타고 가다가 26세 때에 강물에 빠져 요절하였다. 왕발은 수의 유명한 학자 왕통王通
의 손자이며, 시인 왕적王績의 조카로 시문에 뛰어났다. 특히 그의 「등왕각서滕王閣
序」는 변체騈體 산문으로, 당대 변문의 대표일 뿐만 아니라 백세에 전해질 불후의 가
작이다. 전해 오는 그의 시가 많지 않으나, 5언시 30여 수는 나름대로의 시의 높은 경
지를 개척하고 있다. 다음 「산중山中」은 고종인 이치李治의 아들이 투계鬪鷄를 좋
아하자, 이를 풍자하여 「격영왕계문檄英王鷄文」이란 글을 지었는데, 고종의 미움을
사 관직을 박탈당한 뒤 강가에 노닐 때에 여수를 읊었던 것으로 여겨진다.

슬프다! 장강에서 이렇게 오래 머뭇거리다니,
만리 밖에서 돌아갈 것을 생각한다네.
또다시 가을의 소슬한 바람 불어 오고,
산마다 딘풍잎은 날리는데.

長江悲已滯, 萬里念將歸.
況復高風晚, 山山黃葉飛.

양형楊炯(650~693) : 화주華州 화음華陰(현 섬서陝西 화음華陰)사람으로 일찍이
숭문관崇文館의 학사學士로 영천현령盈川縣令이 되었다. 양형은 어려서 신동으로

알려졌으며, 늘 재주를 과신하여 왕발보다 우수하다고 생각하였으나, 사실은 4걸 가운데 제일 뒤져 독창성이 부족하였다.

노조린盧照鄰(636?~679): 자가 승지昇之이며 유주幽州 범양范陽(현 하북河北 탁현涿縣) 사람이다. 몇 차례 작은 벼슬을 하였을 뿐, 4걸 가운데 가장 기구한 일생을 보냈다. 그는 풍風병으로 말이 어둔하였으며, 끝내는 복약을 잘못하여 팔 다리를 잘 쓸 수가 없게 되었다. 그러나 끓는 열정을 감내할 수 없음으로 해서 영수潁水에 투신하였다. 그러나 노조린은 자신의 비통하고 괴로운 정감을 오히려 맑고 애수 짙은 시로 표현하였다. 현존하는 시는 1백 수에 가까우며 「결객소년장행結客少年場行」, 「실군안失群雁」, 「행로난行路難」, 「장안고의長安古意」 등의 시가 있는데, 「장안고의長安古意」는 모두 68구의 7언고시로 그의 대표작이다. 시는 옛것을 빌어 현실을 풍자하고 있다. 장안의 차마, 궁실, 창녀, 무녀, 협객, 왕후장상에 이르기까지 호화로운 생활을 묘사하고 있다.

낙빈왕駱賓王(640?~684?): 무주婺州 의오義烏(현 절강浙江 의오義烏) 사람이다. 7세 때에 시를 쓸 수 있었던 신동이었다. 장안현주부長安縣主簿, 임해현승臨海縣丞 등의 벼슬을 하였다. 측천무후에게 여러 차례 상서를 하여 정치에 관한 견해를 밝혔는데 도리어 죄를 얻어 투옥되었다가 유배되었다. 뒤에 서경업徐敬業이 반란을 일으키자 그에 가담하여 「토무조격討武曌檄」이란 유명한 격문을 지어 돌렸다. 서경업이 패한 뒤 낙빈왕의 행적은 자세히 알려져 있지 않은데 피살, 자살, 도망했다는 말이 있을 뿐이다. 낙빈왕은 왕발과 함께 변려문에도 능숙하였는데, 시는 호협심의 비장한 정감을 노래한 것들이

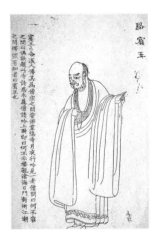

낙빈왕

많다. 노조린처럼 장편 가행시에 뛰어났다. 「재옥영선在獄詠蟬」을 예로 든다.

가을 매미 소리 찌륵 찌륵 찌르륵,
죄인의 객수가 스며드는구나.
까만 두 날개의 매미 그림자,
벌써 백발이 성성함을 어찌할까.
이슬이 많이 내려 날아들기 힘들고,

세찬 바람 소리에 매미 소리 쉬이 잠겨드네.

고결(이슬을 먹고 사는 매미의 고결함)을 믿는 사람 없으니,

누가 이내 마음 알려 주려나.

西陸蟬聲唱, 南冠客思侵.

那堪玄鬢影, 來對白頭吟.

露重飛難進, 風多響易沉.

無人信高潔, 誰爲表余心.

이 시는 고종 의봉儀鳳 3년(678)에 지은 것으로, 당시 낙빈왕은 시어사侍御史로서 상서를 했으나, 측천무후의 미움을 사 하옥되어 옥살이를 하였다. 이 시는 그가 옥중에서 가을에 우는 매미를 자신에 비유하여 정치를 풍자한 영물시이다. 앞에서 언급한 바와 같이 초당의 시가는 두 갈래로 발전하였다. 율체시의 완성과 사실적 시풍의 새로운 시의 길을 연 것이다. 심전기, 송지문, 상관의 등에 의해 율시의 기틀이 잡혀졌고, '초당4걸'에 이르러는 내용이 한층 성숙하였다. 이 때에 이르러 유미주의 시풍을 계승하여 형식과 내용이 성숙한 율체시를 완성하였던 것이다.

한편 왕적, 왕범지, 진자앙에 이르러서는 초당 때에 양·진의 화려한 시풍을 반대하고 '한위풍골漢魏風骨'의 개성적인 시를 지을 것을 주장하였다. 그 때는 별다른 효과를 거두지는 못하였으나 성당의 길을 열었으니, 뒤이은 장구령張九齡, 장열張說, 하지장賀知章 등이 기틀을 마련하였고 이백, 두보, 백거이, 한유 등의 출현으로 꽃을 피웠다.

2. 성당盛唐

성당은 현종 개원 7년(713)으로부터 숙종 보응寶應 말년末年(762)에 이르는 기간으로 당시唐詩의 전성기였다. 국력이 강성하여 동서로 국토를 넓혀 갔으며, 거란, 돌궐, 투루판 등이 귀순하여 왔다. 따라서 문화의 교류, 민족의 융합이 이루어졌다. 특히 서역음악이 대량으로 수입되어 악무樂舞에 영향을 끼쳤을 뿐만 아니라 시가의 형식, 내용의 변화에도 큰 영향을 주었다. 이러한 문화적인 배경, 사조에 힘입어 성당시 발전에 기틀

을 마련한 새로운 시인들이 등장하였다. 장구령張九齡, 장열張說, 소정蘇頲, 왕한王翰을 비롯해 오중사걸吳中四傑로 일컬어지는 하지장賀知章, 장욱張旭, 장약허張若虛, 포융包融 등을 들 수 있다.

(1) 낭만파浪漫派

장구령張九齡(673~740) : 자가 자수字壽이며 소주韶州 곡강曲江(현 광동廣東 소관韶關)사람이다. 시詩·문문文에 뛰어난 정치인이기도 하였다. 안록산安祿山의 모반을 경계하여 현종에게 주청을 올렸으나 재상 이림보李林甫의 질투로 형주로 귀양을 갔다. 뒷날 안록산의 난이 발생하자 현종은 장구령의 충간을 수용하지 못한 것을 몹시 후회하였다. 장구령의 문장은 실용을, 시는 청담淸談을 중요시하였으며, 뒤에 산수시의 개척에 큰 영향을 끼쳤다.

하지장賀知章(659~744) : 자가 계진季眞이며 회계會稽(현 절강浙江 소흥紹興)사람으로 젊어서 문명을 얻었고, 예부시랑禮部侍郎 겸 집현원集賢院 학사學士를 역임하였다. 이백, 장욱張旭 등과 함께 술을 마시고 시를 읊었다. 얽매이기를 싫어하였으며 자유분방한 생활을 즐겼다. 천보天寶 3年(744)에 관직을 사퇴하고 고향 월주越州 영흥永興(현 절강浙江 소산蕭山)으로 돌아왔는데, 그의 나이 86세였다. 50여 년만의 귀향의 정감을 노래한 「회향우서回鄉偶書(기일其一)」를 예로 든다.

> 젊어 집을 떠나 늙어 돌아와 보니,
> 고향의 말씨는 그대로되 머리는 희어졌구려.
> 아이들은 만나도 서로 알아보지 못하는데,
> 웃으며 묻나니 "손님은 어디에서 오셨어요?"
>
> 少小離家老大回, 鄕音無改鬢毛衰.
> 兒童相見不相識, 笑問客從何處來.

장욱張旭(675~750?) : 자가 백고伯高이며 소주蘇州 오吳(현 강소江蘇 소주蘇州)사람으로 기재奇才였다. 술에 크게 취하여 붓을 들어 쓴 초서草書는 신필神筆이었으며, 중국 서법사에 큰 영향을 끼쳤다. 그를 일컬어 「초성草聖」이라고까지 하였다. 이백의 시, 배민裴旻의 검무劍舞, 장욱張旭의 초서를 세칭 '삼절三絶'이라고 부른

다. 장욱의 시는 『전당시全唐詩』가운데에 겨우 6수가 전해
오고 있는데 경물시에 뛰어나다.

이백李白(701~762) : 자가 태백太白이고 호는 청련거사靑
蓮居士이다. 이백의 어머니가 태백성을 태몽으로 꾸어 이백을
낳자 자를 태백이라고 하였다. 청련향靑蓮鄕(사천四川 면주
綿州 창명현彰明縣)에 살았기 때문에 호를 청련거사라고 하
였다. 그는 벗들과 어울려 사천의 아름다운 산천을 두루 편력
하였으며, 이러한 경험은 이백 시의 바탕이 되었다. 26세 때에
는 벼슬을 하기 위하여 사천을 떠나 동정洞庭, 여산廬山, 금
릉金陵, 양주揚州, 낙양洛陽, 용문龍門, 숭산崇山, 태원太原
등지를 돌아다녔다. 이 무렵 운몽雲夢에서 재상을 지낸 허어
사許圉師의 손녀와 결혼하여 다음해 딸을 낳았다. 그 사이 당
의 명장인 곽자의郭子儀와 친교를 맺기도 하였으며, 산동으로
옮겨 임성任城에 거주하였다. 이때 배정裴政, 장숙명張叔明,

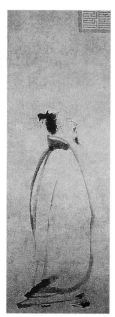

이백

도면분陶沔汾 등과 조래산祖徠山에 모여 종일토록 음주, 작시하며 즐겨 놀았는데, '죽
계육일竹溪六逸'이라고 일컬었다.

이렇게 남북을 편력하는 동안에 이백의 시명詩名은 널리 알려지게 되었다. 한편 절
강에서 알게 되었던 도사道士 오균吳筠의 천거로 이백은 당 현종의 부름을 받아 드
디어 장안으로 갈 수 있었다. 그가 장안으로 가기 위해 문을 나서며 기뻐한 나머지 앙
천대소仰天大笑하였다고 한 것을 보면 당시 그의 심정을 살펴 볼 수 있다. 현종은 이
백에게 한림학사의 벼슬을 주었지만 장안에 머무는 3년 동안 자유분방한 생활은 여전

하였다. 이 때에 태자의 빈객이었던 하
지장賀知章은 이백의 시를 읽어 보고
"하늘에서 귀양 온 신선"이라고 찬탄
하였다.

현종은 이백의 시재를 좋아하여 늘
그를 불러 시를 짓도록 하였으며, 이와
같은 처우에 이백은 불만이 커 날로
광기에 음주가 심하였다. 황제의 총신
인 고력사高力士에게 신발을 벗기도

숭산의 중앙묘

록 하고 양귀비에게 벼루를 받쳐 들게 하였다는 등의 일화도 남겼다. 이처럼 성정이 오만한 이백으로서는 권신들의 비방, 질시 등을 참을 수 없고, 높은 벼슬의 대우도 해 주지 않아 장안을 떠나기로 결심하게 된다. 위와 같은 이유 이외에도 유랑 길을 올라 강남, 강북을 두루 돌아다닌 것은 더 이상 탈속적인 자유분방한 생활을 장안에서는 즐길 수 없었기 때문이었다. 낙양에서 두보를 만난 이백은 고적高適과 함께 양梁에서 노닐기도 하였다.

두보杜甫는 「기이십이백이십운寄李十二白二十韻」에서 "옛 한 미친 손이 있었더니, 귀양 온 신선이라 했네. 붓을 놓으면 비바람이 놀래고, 시가 이루어지면 귀신이 운다.(昔年有狂客, 號爾謫仙人. 筆落驚風雨, 詩成泣鬼

> ## 안록산의 난
>
> 안록산(安祿山)은 서역인이었으나 현종의 총신으로 평로(平盧), 범양(范陽), 하동(河東)의 절도사로 황하 이북의 군권을 장악하였다. 안록산은 현종이 향락에 빠져 있는 사이 재상 양국충(楊國忠)을 징벌한다는 구실로 난을 일으켜 낙양을 점령, 스스로 '대연황제(大燕皇帝)'라고 일컬었다. 현종이 성도로 급히 도망하는 도중, 마외(馬嵬)역에 이르렀을 때 장수들간의 분쟁이 발생, 양국충이 살해되고 양귀비는 목매어 자살하도록 하였다. 안록산은 장안을 점령하고, 현종은 성도에서 태자 이형(李亨)에게 양위하였으니, 그가 바로 숙종이다. 숙종은 곽자의(郭子儀), 이광필(李光弼)을 대장으로 기용, 반군을 공격하였다. 이때 반군의 내부분열로 안록산은 아들 안경서(安慶緖)에게 피살되고, 부장 사사명(史思明)은 당에 투항, 안경서를 살해함으로써 당군은 장안, 낙양을 수복하였다. 뒤에 사사명은 다시 반군을 이끌고 낙양을 점령하였으나 역시 아들 사조의(史朝義)에게 피살됨으로써 당은 낙양을 수복하였고, 사조의가 자살함으로써 전쟁은 끝났다. 이 난은 8년간 지속되었고 '안록산의 난'이라고 한다. <당>

神.)"라고 하였다. 그는 귀신을 울릴 천재적 시인을 만난 기쁨을 감출 수 없었다. 그리하여 "술 취해 춤추며 양원의 밤을 즐기고, 사수의 봄을 노래한다.(醉舞梁園夜, 行歌泗水春.)"고 하였다.

그리고 두보와 헤어진 이백은 다시 유랑 생활을 하였는데, "만리 주인이 없고, 한 몸홀로 객이 되어(萬里無主人, 一身獨爲客)"라고 고적한 심경을 노래하였다. 또한 "어느 해에나 돌아갈 것인가? 비 오듯 눈물이 외로운 배에 떨어진다.(何年是歸日, 雨淚下孤舟.)"라고 향수를 달래었다. 이 무렵부터 더욱 정치에 대한 불만이 커 정치인들을 풍자한 시들을 쓰기도 하였다. 안록산의 난이 일어났을 때 55세(천보天寶14, 755)의 나이로 안부인 宗氏와 함께 피난, 여산廬山에 은거하여 많은 시작을 하였다.

그러나 얼마 되지 않아 부인의 만류를 듣지 않고 이린李璘(영왕永王)의 막료가 되었으나, 이린李璘의 난이 실패로 끝나자 투옥되었다가, 야랑夜郎(현 귀주貴州 동재桐梓)으로의 유배 도중에 사면되었는데, 그의 나이 59세였다. 몸 붙일 곳이 없었던 이백은 당도當塗(현 안휘安徽 당도當塗)의 이양빙李陽冰을 찾아가 얹혀 살았다. 여전히 통음痛飮하는 날들을 보내다가 병을 얻어 사망하였는데 62세였다. 근처 채석기采石磯에서 물 속에 뜬 달을 건지려다가 빠져 죽었다는 이야기는 뒤에 생겨난 전설이다. 이백의 일생은 참으로 평탄하지 않았다.

이백은 정치적 큰 이상을 갖고 있었으나 꿈이었을 뿐 끝내 이룰 수 없었다. 하늘을 우러러 크게 기뻐하며 장안으로 향하였던 그였으나, 실망한 나머지 장안을 떠나 두루 천하를 떠돌아다니며 명산대천을 빠짐없이 찾았다. 그리고 자연을 통하여 체득한 진리를 시로 표현하였다. 「망여산폭포望廬山瀑布」를 예로 든다.

> 햇빛은 향로 비치어 안개 일고 있는데,
> 멀리 폭포를 바라 보니 앞내에 걸려 있구나.
> 날아 흘러 3천 척을 곧장 떨어지나니,
> 은하가 구천에 떨어지는 것 아닌가 의심스럽구나.

> 日照香爐生紫烟, 遙看瀑布掛前川.
> 飛流直下三千尺, 疑是銀河落九天.

이백은 세속으로부터 벗어나고 싶어하여 유선游仙의 생활을 하였다. 그의 구선求仙의 마음은 진실하였으나, 도교를 믿지 않았고 도경을 학습하지도 않았다. 왜냐하면 그는 한 유랑자로서 과거나 미래에 대한 관심을 갖고 있지 않았고, 오로지 현재의 인생의 쾌락을 추구하였기 때문이다. 이백의 천성은 호쾌하여 사람들과 쉽게 사귀었다. 돈 쓰기를 꺼려하지 않고, 술을 좋아하여 가는 곳마다 친교를 맺을 수 있었다. 위로는 왕공, 귀족, 관리, 아래로는 주옹酒翁, 낚시꾼, 승, 도인 등 남녀노소를 막론하고 사귀지 않는 사람이 없었다. 이렇듯이 잡다한 교류를 가져 시의 내용 및 격조가 매우 다양하였다. 특히 유명한 하지장賀知章, 맹호연孟浩然, 두보杜甫, 고적高適, 장욱張旭, 공소문孔巢文, 오균吳筠 등과의 시교詩交가 대단히 깊었다. 이백에게는 술보다 더 좋은 것이 없었다. 두보의 「주중팔선가酒中八仙歌」에서 "이백은 한 말 술이면 시가 백편, 장안의 술집에서 잠을 자네. 천자가 불러도 배에 오르지 않고, 자칭하여 신은 주중선이란다.(李白斗酒詩百篇, 長安城裏酒家眠. 天子呼來不上船, 自稱臣是酒中仙.)"라고 하였듯이, 술이 없으면 시가 없었다.「월하독작月下獨酌(기일其一)」을 예로 든다.

꽃 사이에 한동이 술을 놓고,
홀로 잔 기울이는데 대작할 벗이 없구나.
잔을 높이 들어 밝은 달맞이하니,
달과 나와 그림자가 합하여 셋이 되었네.
달은 원래 술 마실 줄 모르고,
그림자만 나를 따라 마신다.
잠깐이나마 달과 그림자를 벗삼아,
이 즐거움 봄까지 미치리라.
내가 노래하면 달빛도 춤을 추고,
내가 춤을 추면 그림자도 덩실덩실.
깨어서는 함께 어울려 기쁨을 나누지만,
취해서는 제각기 흩어진다.
언제까지나 세속을 떠나 사귐을 맺자고,
서로 기약하자 먼 은하수 다시 만나길.

花間一壺酒, 獨酌無相親.
擧杯邀明月, 對影成三人.
月旣不解飮, 影徒隨我身.
暫伴月將影, 行樂須及春.
我歌月徘徊, 我舞影零亂.
醒時同交歡, 醉後各分散.
永結無情遊, 相期邈雲漢.

이렇게 혼자서도 술을 잘 마신다. 외로워도 외롭지 않게 술을 마신다. 그러나 속으로는 고독의 슬픔이 강물처럼 흐르고 있었을 것이다. 이백은 중국 시사에 있어서 제일의 천재 시인으로, 굴원의 뒤를 이어 낭만주의 시가의 꽃을 활짝 피웠다. 내용을 보면

영회詠懷, 영사詠史, 유선游仙, 철리哲理, 전원田園, 산수山水, 음주飮酒, 회고懷古, 등고登高 등 거의 모든 것을 다 포괄하고 있으며, 시정은 유창하고 거침이 없다. 「자야오가子夜吳歌(추가秋歌)」를 예로 든다.

장안에 조각달이 걸렸는데,
집집마다 다듬이 소리 또닥또닥.
가을 바람 끊임없이 불어 오는 것은,
결국은 옥문관의 정일러니.
어느 날에야 오랑캐 평정할 것인가?
우리 님 전장에서 돌아올 터인데.

長安一片月, 萬戶擣衣聲.
秋風吹不盡, 總是玉關情.
何日平胡虜, 良人罷遠征.

(2) 자연시파自然詩派

자연시는 산수시와 전원시 등을 포괄하여 일컫고 있으며, 그 흥성 원인을 몇 가지로 나누어 설명할 수 있다. 첫째, 호적胡適이 "개원開元 천보天寶는 번영의 태평세太平世였다. 그래서 이 시대의 문학은 오로지 번영을 노래하는 문학으로 낭만적인 과장된 문학의 경지를 이루었다. 8세기 중엽 이후의 사회는 혼란의 사회였다. 그랬기 때문에 이 시대의 문학은 고통을 호소하고 되새김하는 문학으로, 사실적인 리얼리즘 문학의 경지를 이루었다."고 하였듯이, 자연시는 당시 사회적인 특성의 영향을 받아 발전하였다. 천보 14년 이후 10여 년 간은 반대로 전란이 끊이지 않아 혼란이 극심한 시기로 사회성 짙은 문학이 일어났다. 시인들의 새로운 각성과 함께 종래의 낭만적 지언시격으로부터 사회 생활을 통한 절실한 내재의 정신 가치를 반영한 시를 창작하였다. 둘째, 이 시기에는 불佛·도道 사상이 광범위하게 유행하여, 은일 자적의 사회적 기풍이 만들어짐과 함께 시인들은 자연을 사랑하고 자연에 살기를 바랐다. 특히 불교의 여러 종파 가운데 선종禪宗은 '돈오성불頓悟成佛'을 강조하는가 하면, 도교道敎는 '무위자연無爲自然'을 숭상하였는데, 당시 시인들에게 큰 영향을 끼쳤다. 셋째, 당대에는 과거를 통하여 관리를 등용하였기 때문에 문사文士들은 시부詩賦에 힘을 기울였다. 당시 문사들은 자연으로 돌아가 은거하며 그 뜻을 실현하고자 하였으므로 저절로 이와 같은 태도가 작시에 반영되었다. 뛰어난 자연시인으로는 왕적王績, 맹호연孟浩然, 저광희儲光羲, 유장경劉長卿, 상건常建 등을 들 수 있으나, 이들 가운데서도 맹호연, 왕유가 으뜸으로 '왕·맹시파'로 일컬어지기도 하였다.

맹호연孟浩然(689~740) : 이름이 호浩, 자는 호연浩然이며, 호북 양양襄陽(현 양번襄樊)의 소지주 가정에서 태어났다. 그는 스스로 맹자孟子의 후손이라고 하였는데, 어려서부터 전통적인 유교 교육을 받으며 자랐다. 개원 16년(728)에 고향을 떠나 장안으로 와 과거 시험에 응시하였으나 끝내 실패하였다. 그러나 귀향하지 않고 계속 장안에 머물며 벼슬길의 기회를 얻고자 노력하였다. 이 때 맹호연은 왕유와 왕창령王昌齡을 만났으며, 의기 투합하여 죽마고우인 양 가까워졌다. 그러나 벼슬을 하지 못해 실의에 빠진 나머지 그 해 겨울 왕유, 왕창령 등과 이별하고 장안을 떠나 고향으로 돌아왔다. 고향에 잠깐 머물러 있던 그는 삶의 번민을 달랠 길 없어 일엽편주를 타고 오월吳越을 만유하였다. 오월은 지금의 절강 일대로, 산수가 수려하고 풍광이 명미하여 만유 중에 수많은 아름다운 시를 남겼다.

맹호연의 생활 경력이 비교적 간단하고 시의 내용도 풍부하지 않지만, 그의 산수·전원시는 자연스럽고 맑을 뿐만 아니라 시의 정취가 담아하고 곱다. 그는 자연으로부터 터득한 진리를 매우 담담한 필치로 다시 자연으로 되돌려 표현해 내고 있어, 자아와 분별이 없는 일체를 이루어 냄으로써 무한한 시적 정취를 풍긴다. 「춘효春曉」를 예로 든다.

봄 잠에 날 밝는 줄 몰랐더니,
곳곳에 새 소리 들리누나.
간밤엔 비바람 소리 들리더니,
꽃은 얼마나 떨어졌을꼬?

春眠不覺曉, 處處聞啼鳥.
夜來風雨聲, 花落知多少?

왕유王維(701~761) : 자가 마힐摩詰이며, 태원太原 기祁(현 산서성山西省 기현祁縣) 사람이다. 왕유는 비록 사대부 집안에서 성장했지만 어려서부터 불교 사상의 영향을 깊이 받았다. 유마힐維摩詰은 불경 속의 유명한 거사로 이름 유維와 자 마힐摩

왕유의 문인화

詰을 합하면 바로 거사의 이름이 된다. 이후 더욱 불교 신앙이 경건해져 자연히 선시
禪詩가 많아졌다. 개원 9년(721)에 진사가 되어 감찰어사監察御使, 좌보궐左補闕,
문부랑중文部郎中 등을 역임했고 안녹산의 난
이후 벼슬을 버리고 산야에 묻혀 불교에 귀의했
다. 음악과 회화에도 능해 그림 같은 시를 쓰고 시
같은 그림을 그렸으며, 현재 약 400여 수가 전해
지고 있다. 왕유는 화가적인 관찰로 산수를 바라
본 후, 자연스러운 시어로 화면을 재구성하는 독
특한 시각적인 시를 지었다. 산수시는 언제나 아
늑한 고요함을 지녔으며, 그것은 사적死寂이 아
니라 "새 우니 산 더욱 고요해라.(鳥鳴山更幽.)"
라는 것과 같이 동동動動을 통한 정情의 세계이다.
「죽리관竹里館」을 예로 든다.

유마힐

홀로 깊은 대숲 속에 앉아서,

거문고 뜯고 노래부르네.

숲이 깊어 사람은 알 리 없는데,

밝은 달빛만 비추이네.

獨坐幽篁裏, 彈琴復長嘯.

深林人不知, 明月來相照.

(3) 변새시파邊塞詩派

멀리 육조, 수대에 있어서도 변새의 생활은 시인들의 흥미를 끌어 「농서행隴西行」,
「고한행苦寒行」 등과 같은 애상의 시들이 창작되었다. 그리고 초당4걸, 진자앙陳子
昂 등이 변새시의 발전을 촉진시켰지만, 그 때까지는 하나의 시풍으로 형성되지 않았
었다. 하지만 성당에 이르러 전쟁이 더욱 빈번해짐에 따라 사회에 큰 영향을 주는 등
심각한 관심사가 되었다. 또, 벼슬길로 진출하지 못해 실의에 빠져 있던 많은 문인들
이 애국 열정을 가지고 공을 세워 자신들의 이상을 실현하고자 했다. 그들은 붓을 던
져 버리고 분분히 전장으로 나갔고, 때문에 변새시인들은 변방의 풍부한 경험을 얻었
으며, 그 경험을 바탕으로 비분 강개한 낭만주의적인 대량의 변새시를 창작함으로써
새로운 시파를 형성하였다. 그 주요한 시인으로는 고적高適, 잠삼岑參, 왕창령王昌
齡, 왕지환王之渙, 이기李頎, 왕한王翰 등을 들 수 있다.

고적高適(702?~765) : 자가 달부達夫이며 하북 창현滄縣 사람이다. 그도 벼슬길이
여의치 못하여 변새에서 공을 세울 기회를 찾았으나 기회를 얻지 못하였다.

왕창령王昌齡(698~756) : 섬서성 장안 사람으로 벼슬은 개원開元 15년(727)에 진사
가 되었고 비서랑秘書郎에 보임되었으며, 22년 굉사과宏詞科에 합격하여 범수위氾
水尉, 강녕승江寧丞 등을 지냈다. 그 뒤 용표위龍標尉로 좌천되었다가 벼슬을 버리
고 강하江夏에 은거하였다. 안사의 난 이후 고향으로 돌아왔으나 자사 여구효閭丘曉
에게 살해되었다. 왕창령은 7언 절구, 악부가행체樂府歌行體의 시를 잘 썼으며, 병사
의 공훈, 향수 등을 잘 묘사하였다. 그의 「출새出塞」를 예로 든다.

진나라 때의 밝은 달 한나라 때의 관문이었지,

만리 먼 전장에 나간 사람 아직 돌아오지 않다니.

다만 용성에 나는 장수(李廣)가 있었다면,
오랑캐 군마는 음산을 넘지 못했을 것을.

秦時明月漢時關, 萬里長征人未還.
但使龍城飛將在, 不敎胡馬度陰山.

잠삼岑參(715~770) : 하남 남양南陽 사람으로 몰락한 사대부 집안에서 태어났다. 어려서 부친을 잃고 20세 때 장안으로 나왔으나, 30세가 되어서야 진사에 급제하여 병조참군兵曹參軍이 되었다. 천보 8년 그의 나이 35세 때 처음으로 고선지高仙芝 장군 막부 서기로 출새出塞하였다. 그는 향수의 애달픔을 시로 표현하기도 했으나, 고비 사막의 모래 바람, 혹서엄한酷暑嚴寒, 천군만마의 달리는 발굽 소리, 전쟁의 북소리가 끊임없는 전장의 풍운을 겪으며, 생명의 열정을 시로 엮어 내었다. 천보 10년(751) 장안으로 돌아온 그는 천보 13년 40세 때 안서安西 북정北征 절도사 봉상청封常淸의 판관으로 재차 출새하였는데, 변새시 중에 뛰어난 작품은 대부분 이 시기에 창작되었다. 그는 조정으로 돌아온 뒤 두보의 추천으로 우보궐右補闕에 임명되었으며, 55세에 촉蜀에서 죽었다.

왕지환王之渙(688~742) : 자가 계릉季凌이며 병주幷州(현 산서성山西省 태원시太原市) 사람으로 문안현위文安縣尉를 하였다. 그에 대한 자세한 기록들이 남아 있지 않아 사적을 상고할 수 없다. 전하는 바에 의하면 성격이 호쾌하였고, 왕창령, 고적 등과 어울려 음주 작시하였다고 한다.『전당시全唐詩』에 겨우 시 6수만이 수록되어 있을 뿐이다. 「양주사凉州詞」를 소개한다.

황하는 멀리 흰구름 사이로 흐르고,
한 조각 외로운 성은 일만 길 산 위에 있다.
오랑캐 피리는 어찌 「절양류」의 애달픈 곡을 부나?
봄바람은 불어도 옥문관을 넘지 못하는데.

黃河遠上白雲間, 一片孤城萬 仞山.
羌笛何須怨楊柳, 春風不度玉門關.

왕한王翰(687~726) : 자가 자우子羽이며 병주並州 진양晉陽(현 산서山西 태원太原) 사람이다. 진사에 합격, 여주장사汝州長史 등을 지냈으나 뒤에 도주습마道州習馬로 좌천되었다가 죽었다. 남아 있는 시가 많지 않으나 「양주사涼州詞」는 지금까지 사람들에게 애송되고 있다.

> 야광배에 아름다운 포도주,
> 비파를 뜯나니 술을 어서 마시자꾸나.
> 취해 모래벌에 눕는다고 비웃지 마소.
> 고래로 전쟁에서 몇 사람이나 돌아왔소?

> 葡萄美酒夜光杯, 欲飮琵琶馬上催.
> 醉臥沙場君莫笑, 古來征戰幾人回?

(4) 사실시파寫實詩派

안록산의 난은 당대 정치의 전환점이었을 뿐만 아니라 문학 발전에 있어서도 커다란 변화를 가져왔다. 이 시기 문학은 낭만주의가 쇠퇴하고 사실주의가 발전하였다. 안록산의 난 이후 토번吐藩에 의한 장안의 함락으로 민생은 도탄에 빠져 허덕이는 등, 고난의 역사를 통한 삶의 진솔한 경험은 시문학에 그대로 반영되어 새로운 사실주의의 시풍을 열었다.

두보杜甫(712~770) : 자가 자미子美이며 호북湖北 양양襄陽 사람이다. 사실 두보는 하남河南 공현鞏縣의 요만瑤灣에서 태어났으나 선대先代가 두릉杜陵에서 양양으로 옮겨 살았기 때문에 『당서唐書』는 두보를 양양 사람이라고 하였다. 할아버지는 유명한 시인 두심언杜審言이었고, 아버지 두한杜閑은 봉천령奉天令이란 작은 벼슬을 하였으나, 집은 가난하기 이를 데 없었다. 두보는 병도 많았으나 열심히 공부하여 14~15세 때에 유명한 문사文士들과 수창酬唱을 할 수 있을 만큼 학문적인 기초를 닦았다. 20세 되던 해에는 집을 떠

두보

나 3~4년 동안 남으로 오吳·월越을 유람하며 역사 문물, 풍광에 심취하였다. 24세

때에는 낙양洛陽으로 가 과거에 응시했으나 낙방하여 실의에 잠겨 산동山東, 하남河南 일대를 장유壯游하였다. 이 시기 이백李白, 고적高適 등과 같은 일류 시인들과 창화唱和하며 시교를 맺기도 하였다.

두보는 35세 되던 해인 천보天寶 5년(746)에 다시 장안으로 가 10년 가까이 곤궁한 생활을 면할 수 없을 뿐만 아니라 품은 뜻을 펼 수 없어 울적한 나날들을 보내야만 했다. 천보天寶 11년(752) 두보의 나이 42세 되던 해에 성대하게 제전祭典이 베풀어졌을 때 「삼대예부三大禮賦」를 지어 올려 본인의 가세家世, 학문에 관한 의견을 피력하고 등용을 희망하였다. 현종玄宗은 두보의 글을 높이 평가한 나머지 재상에게 그를 집현전으로 불러들여 시험을 치르도록 하였다. 그 뒤 두보에게 하서현위河西縣尉를 제수하였으나 받아들이지 않자 우위솔부주조참군右衛率府冑曹參軍(무기고 관리)으로 임명하였다. 두보는 장안의 10년 동안의 간고한 현실 생활의 체험을 통하여 「여인행麗人行」, 「병거행兵車行」, 「자경부봉선영회오백자自京赴奉先詠懷五百字」 등과 같은 사실주의적 시를 써 나갔다.

그리고 안사安史의 난은 찬란했던 당의 역사에 내리막길을 걷게 하였고, 두보 생활사에 있어서도 가장 고통스러웠던 시기였다. 천보 15년(756) 6월에 동관潼關을 지키지 못하여 장안이 함락되자 두보는 봉선奉先을 떠나 부주鄜州(현 섬서陝西 부현鄜縣)로 향하였다. 섬서陝西, 하남河南, 산서山西 등이 전화에 휘말려들었을 때 숙종肅宗이 감숙甘肅 영무靈武에서 즉위한다는 소식을 듣고 부주에서 영무로 달려가는 도중 적군에게 사로잡혀 장안으로 압송되었다. 그의 「춘망春望」, 「월야月夜」 등은 장안에 감금되었을 때에 지은 시이다. 안록산의 난이 일어난 지 2년째 되던 해에도 두보는 장안에 머물러 있었는데, 「춘망春望」, 「애강두哀江頭」, 「애왕손哀王孫」 등의 시를 통하여 국가, 백성들의 고통을 여실히 묘사하였다. 「춘망春望」을 예로 든다.

나라는 망해도 산하山河는 그냥 있어,
장안長安에 봄이 와서 초목이 우거졌다.
시세時勢를 슬퍼해 꽃에 눈물 뿌리고,
이별이 한스러워 새소리에 놀란다.
봉화烽火가 삼월까지 계속하나니,
집의 편지는 만금萬金만큼 값지다.
흰 머리털 긁을수록 자꾸만 빠지나니,

이제는 비녀도 꽂지 못하겠구나.

國破山河在, 城春草木深.
感時花濺淚, 恨別鳥驚心.
烽火連三月, 家書抵萬金.
白頭搔更短, 渾欲不勝簪.

두보는 지덕 2년(757) 4월에 장안을 탈출하여 봉상鳳翔으로 가 숙종을 배알하였다. 숙종은 두보를 좌습유左拾遺(황제 명령의 타당성을 검토하여 간하는 벼슬)에 임명하였으나 친구 방관房琯의 죄를 옹호하다가 황제의 노여움을 사 처자가 있는 부주 강촌羌村으로 돌아갔다. 돌아오는 길의 비참한 정경이 「강촌羌村」, 「북정北征」, 「삼리三吏」, 「삼별三別」 등에 잘 묘사되어 있다.

건원乾元 원년元年(758)에 사사명史思明의 변란을 피하여 장안을 떠나 산물이 풍부한 사천四川의 성도成都를 찾아갔다. 성도의 생활은 엄무嚴武, 배면裴冕, 고적高適 등의 도움을 받아 비교적 안정적이었다. 성도 서쪽 교외의 완화계浣花溪에 초당草堂을 짓고 야로野老들과 교유하였다. 대종代宗 광덕廣德 2년(764)에는 서천 병마사西川兵馬使 서지도徐知道의 난을 진압한 뒤, 두보는 절도참모節度參謀 겸 검교공부원외랑檢校工部員外郞의 벼슬을 하게 되었는데, 뒤에 '두공부杜工部'라고 불리기도 하였다. 1년 뒤에 엄무가 죽자 벼슬을 버리고 다시 호북湖北, 호남湖南의

두보의 초당(草堂)

방랑 생활을 시작하였다. 이 시기에「초옥위추풍소파가草屋爲秋風所破歌」,「문관군수하남하북聞官軍收河南河北」,「우정오랑又呈吳郎」,「제장諸將」,「추흥秋興」등의 시를 지었다.

그 뒤 두보杜甫는 기주夔州(사천성 봉절현奉節縣)에서 그런 대로 생활을 꾸려갈 수 있었으나 풍토가 거칠고 친구가 적어 적막하기 이를 데 없었다. 그런데 마침 동생 두관杜觀의 권고에 따라 백제성白帝城에서 배를 타고 구당협瞿塘峽, 삼협三峽을 지나 형양衡陽에 도착했으나 반란이 일어나 세상이 어지러웠다. 두보는 형양을 떠나 강릉江陵, 공안公安을 거쳐 악주岳州(호남성 湖南省 악양岳陽)에 이르러 얼마동안 머물렀다. 이 때에「등악양루登岳陽樓」란 시를 지었다.

> 옛날부터 들어온 동정호,
> 이제야 악양루에 올랐다.
> 오나라 초나라 땅은 동남으로 갈라졌고,
> 하늘과 땅이 밤낮으로 물 속에 떠 있다.
> 친구에게서는 편지 한 장 없고,
> 늙고 병든 나에게는 배 한 척 밖에 의지할 곳 없구나.
> 관문 북쪽에서는 아직도 전쟁이 끊임없고,
> 난간에 기대니 눈물만 줄줄 쏟아지는구나.

> 昔聞洞庭水, 今上岳陽樓.
> 吳楚東南坼, 乾坤日夜浮.
> 親朋無一字, 老病有孤舟.
> 戎馬關山北, 憑軒涕泗流.

이와 같이 악양에서도 살 수 없었던 두보는 대력大曆 5년(770)에 뇌양耒陽(호남湖南 형양동남衡陽東南)으로 향하였으나 상강湘江에 큰물이 져 강상을 오락가락하다가 배 안에 병쳐 누워 일어나지 못하고 59세를 일기로 생을 마쳤다.

이백李白을 '시선詩仙', 왕유王維를 '시불詩佛'이라 하듯 두보杜甫를 '시성詩聖'이라 하는데, 혼란했던 역사의 현실적인 경험을 시로 썼기 때문에 '시사詩史'라고 부르기도 했다. 현존하는 두보의 시는 1,400여 수로 이백의 1,000 수보다는 많으나, 백거이의 3,000여 수보다는 적다.

3. 중당中唐

　중당은 안사安史의 난으로 말미암아 이미 쇠락의 길을 걷고 있었으나, 패망의 단계
는 아니었다. 정치, 경제면에 있어서 소생의 희망을 갖고 있었던 나머지 여러 방면의
변혁을 보여 주었던 시기이다. 중당의 시인들은 성당의 시인들과는 달리 민중들의 생
활, 감정을 바탕으로 한 사회 비평적인 시작을 하였으며, 당시의 모든 시인들이 민가
民歌의 영향을 받고 새로운 악부 운동을 펼쳤던 것은 특기할 만한 것이다.

　중당 시기는 대종代宗, 대력大曆 원년元年(766)으로부터 문종文宗, 대화大和 9
년(835)에 이르는 약 50년 동안을 일컫는다. 이 기간의 시작 활동은 성당에 미칠 수
는 없으나, 역시 많은 시인들의 작품이 지어졌는데 대력大曆과 원화元和 두 시기로
나눌 수 있다. 그러나 성당의 왕유王維, 맹호연孟浩然의 산수·전원시를 계승하고 있
는 유장경劉長卿, 위응물韋應物은 중당 초기의 자연 시인들이나 편의상 대력 시기에
포함하여 서술한다.

(1) 대력大曆 시인들

　유장경劉長卿(709~780?) : 자가 문방文房이며, 하북 하간河間사람이다. 개원開元
21년(733)에 진사가 되어 감찰어사가 되었으나, 오중유吳仲孺의 모함으로 목주사마
睦州司馬로 좌천, 결국 수주자사隨州刺使가 되었다. 그래서 세칭 '유수주劉隨州'라
고 하였다. 그의 저작으로는 『유수문집劉隨文集』이 있으며, 『전당시全唐詩』에 그의
시 507수가 남아 있다. 그는 정치상 실의의 심정, 안사의 난 때 사회 현실, 변방의 풍운
을 반영하는 시들을 썼으나, 최대의 성과를 거두고 있는 것은 산수·전원시이다. 그는
자연 경물을 빌려 정감을 표현하는 데 뛰어났으며, 시어가 참으로 맑고 고왔다.

　위응물韋應物(737~792) : 경조京兆 장안長安(현 서안西安) 사람으로, 개원 말 삼위
랑三衛郎이 되어 현종을 보필하였다. 그러나 방종스러운 그의 행위로 말미암아 안사
의 난이 일어나자 파면당했다. 나중에 진사에 급제하여 저주滁州, 강주江州, 소주蘇
州의 자사刺史를 지냈다. 그가 소주에서 죽었기 때문에 '위소주韋蘇州'라고 하기도

한다. 『전당시全唐詩』에 그의 시 536수가 남아 있다. 그는 특히 5언 고시를 잘 지었는데, 도연명의 영향을 받아 '도陶·위韋'라고 불렸다. 백거이가 그의 5언시에 대해 고결, 아담하여 "스스로 일가의 체를 이루었다.(自成一家之體.)"고 평가하고 있는 바와 같이, 그의 시가는 맑고 순박한 자연의 정서가 넘쳐흐른다. 그의 「저주서간滁州西澗」을 예로 든다.

> 홀로 마음 끌려 골짜기 시냇가에 돋은 풀을 보고 있는데,
> 머리 위에 무성한 나무에는 꾀꼬리 운다.
> 봄의 물살은 빗물로 저녁 무렵 더욱 세차지고,
> 나루엔 인적 없이 배만 매어져 있네.

> 獨憐幽草澗邊生, 上有黃鸝深樹鳴.
> 春潮帶雨晚來急, 野渡無人舟自橫.

'대력십재자大曆十才子'란 주로 대력년간(766~779)에 활약했던 노륜盧綸, 길중부吉中孚, 한굉韓翃, 전기錢起, 사공서司空曙, 묘발苗發, 최동崔峒, 경위耿煒, 하후심夏侯審, 이단李端 등을 일컫지만 낭사원郎士元, 이익李益, 이가우李嘉祐 등을 넣기도 한다.

노륜盧綸(748~800?) : 자가 윤언允言이며, 하중河中 포蒲(현 산서山西 영제永濟) 사람으로 하중원사부판관河中元師府判官, 검교호부낭중檢校戶部郎中을 역임하였다. 그의 시는 변방의 정서, 경물의 묘사에 뛰어났다. 「새하곡塞下曲(기삼其三)」을 예로 든다.

> 어둔 밤 기러기는 높이 날고,
> 선우는 밤에 도망을 가는구나.
> 말을 달려 쫓고자 하지만,
> 큰 눈이 내려 칼과 활에 쌓인다.

> 月黑雁飛高, 單于夜遁逃.
> 欲將輕騎逐, 大雪滿弓刀.

한굉韓翃(?~?) : 자가 군평君平이며 남양南陽(현 하남河南 남양南陽) 사람이다. 천보天寶 말년末年에 진사가 된 뒤 절도사節度使 막부幕府에 들어가 황제皇帝 조서詔書를 쓰는 직무를 담당하였다. 한굉은 주로 증별시贈別詩를 지었는데, 상상력이 풍부하고 묘사에 빼어났으며, 『한군평집韓君平集』이 전해지고 있다. 한漢을 빌어 당唐을 풍자한 「한식寒食」을 예로 든다.

> 장안에 봄이 오면 꽃이 날리지 않는 곳이 없고,
> 한식 봄바람에 버들가지 휘날리네.
> 해가 지니 한중에는 촛불이 밝혀지고,
> 피어 오르는 연기는 오후의 집으로 날려든다.

> 春城無處不飛花, 寒食東風御柳斜.
> 日暮漢宮傳蠟燭, 輕煙散入五侯家.

전기錢起(722~780) : 자가 중문仲文이며 오흥吳興(현 절강浙江 호주湖州) 사람으로 고공낭중考功郎中, 한림학사翰林學士 등의 벼슬을 지냈다. 전기는 5언체 시를 잘 지었으며 특히 풍경 묘사에 뛰어났다.

이익李益(748~827) : 자가 군우君虞이며 고장姑臧(현 감숙甘肅 무위武威) 사람으로 현령縣令, 유주절도사幽州節度使의 벼슬을 지냈다. 이익은 대력大曆의 시인이라고는 하지만 성당의 시풍에 크게 벗어나지 않으며, 율시에 뛰어났다.

(2) 원화元和시인들

당 헌종憲宗 원화元和(806~820) 시기를 중심으로 활동한 시인들을 말한다. 보통 한유韓愈, 유종원柳宗元, 맹교孟郊, 가도賈島, 이하李賀, 원진元積, 백거이白居易, 유우석劉禹錫 등을 원화팔대시인元和八代詩人으로 부르고 있으며, 이 밖에 뛰어난 시인으로는 장적張籍, 장계張繼 등을 빼놓을 수 없다. 이들 시인들은 당시 시단에 큰 영향을 끼쳤을 뿐만 아니라 사실적인 풍유諷諭의 새로운 경지를 개척하였다.

한유韓愈(768~824) : 자가 퇴지退之이다. 당대의 뛰어난 산문가이며 고문운동의 창도자로, 그의 시에도 고문 도통道統의 특색이 있다. 따라서 '글로써 시를 삼는다(以文爲詩)'라는 생각으로 산문의 구법을 사용하여 장단이 일정치 않은 시를 많이 지었다. 또 어려운 자(僻字)와 괴팍한 운(怪韻)을 사용하는 등 문인시文人詩의 풍격을 이루었다. 「상수湘水」를 예로 든다.

원숭이 근심스레 울고, 물고기는 뛰어 물결이 출렁이는데,
옛날부터 전해 오기를 멱라라고 하네.
강가에 마름도 많지만 제사 드릴 곳이 없고,
쓸쓸이 어부들의 배따라기만 들려 오는구나.

猿愁魚踊水飜波, 自古流傳是汨羅.
蘋藻滿盤無處薦, 空聞漁父扣舷歌.

유종원柳宗元(773~819) : 자가 자후子厚이다. 특히 당나라의 뛰어난 사상가이며 산문 작가로, 한유와 함께 고문 운동을 제창하였다. 산수 유기시에 뛰어나고, 자연 묘사를 위주로 한 시풍이 매우 청신하였다. 『유하동집柳河東集』이 전해지고 있으며, 시는 161수가 남아 있다. 「강설江雪」을 예로 든다.

첩첩 산중에 새조차 날지 않고,
아득한 길에는 인적도 끊어졌네.
외로운 배의 도롱이 쓴 노인이,
눈 내리는 강가에서 낚시를 하네.

千山鳥飛絶, 萬徑人蹤滅.
孤舟蓑笠翁, 獨釣寒江雪.

맹교孟郊(751~814) : 자가 동야東野이며, 호주湖州 무강武康(현 절강浙江 덕청德淸) 사람으로, 사람됨이 탈속적이어서 한때 숭산嵩山에 은거하였다. 46세에 진사가 되어 율양현위 溧陽縣尉에 임명되었으나, 한평생 가난한 일생을 보낸 연유로 시에 비애감이 가득하다. 특히 예술적 기교를 위해 시운詩韻과 시어 등의 기이함을 추구하였다.

가도賈島(779~843) : 자가 낭선浪仙이며, 범양范陽(현 북경北京 부근) 사람이다.

집이 가난하여 출가하여 법명이 무본無本인 중이 되었다가 한유의 권유로 환속하였다. 몇 차례 과거에 응시하였으나 급제하지 못하였으며, 한유, 맹교, 장적 등과 늘 어울려 시를 화답함으로써 시명이 널리 퍼졌다. "두 구절을 짓는데 3년이 걸리고, 한 번 읊으면 두 눈에 눈물이 흐른다.(二句三年得, 一吟雙淚流.)"라는 그의 시를 보면 얼마나 정성을 들여 다듬었는지 알 수 있다. "조숙지변수鳥宿池邊樹, 승퇴월하문僧推月下門."에서 '퇴推'자, '고敲'자 가운데 어느 글자를 쓸 것인지 고심하였다는 고사에 연유하여, 그를 '퇴고시인推敲詩人'이라고 일컫기도 하는데 그의 시는 항상 쓸쓸하고 고적한 제재가 많으며, 시풍은 질박하고 참신하다. 「심은자불우尋隱者不遇」를 소개한다.

소나무 아래에서 동자에게 물으니,
스승은 약초 캐러 가셨다고.
이 산에 계심은 분명한데,
구름이 깊어 계신 곳을 모른다네.

松下問童子, 言師採藥去.
只在此山中, 雲深不知處.

이하李賀(790~816) : 자가 장길長吉이며, 하남 창곡昌谷(현재 창복현昌福縣) 사람으로, 당 종실 정옥鄭玉의 후예이다. 재능이 출중하였으나 진사시를 보지 못하고 봉례랑奉禮郎을 지냈다. 작품집으로는 『창곡집昌谷集』이 있다. 그는 27세라는 짧은 삶을 살았지만, 시의 귀재鬼才로 불릴 만큼 어렵고, 독특하고, 기괴한 시를 많이 지었다. 시풍은 한·맹과 같지만, 그들과 다른 것은 귀공자의 생활을 제재로 하고 있는 것이 많다는 것이다. 귀족적인 사치와 색정의 표현은 물론 몰락한 왕가의 울분도 시에 반영하였다. 시어들을 살펴보면 홍紅, 자紫, 황黃, 녹綠, 백白 등의 색깔을 통한 내적인 정감을 시각적으로 표현하는가 하면, 귀鬼, 사死, 몽夢, 혈血 등의 기괴한 시어의 사용으로 기특奇特한 시의 경지를 창조하였다.

원진元稹 (779~831) : 자가 미지微之이며 하남 낙양洛陽 사람이다. 정원貞元 때 명경과明經科에 급제하여 교서랑, 감찰어사 등을 지냈다. 원진은 서정시와 애정시에 뛰어났으며, 그의 첫사랑의 이야기가 「회진기會眞記」의 내용이다. 저작으로는 『원씨장

경집元氏長慶集』이 있다.

원진은 백거이와 막역지우로 항상 시를 화답하여, 세상에서는 '원·백'이라고 일컬었으며, 시를 '원화체'라고 하기도 했다. 원진의 문학 사상은 백거이와 같았으며, 특히 두보의 시 정신을 숭상하였다. 그의 「서시기낙천서敍詩寄樂天書」, 「악부고제서樂府古題序」 등은 신악부 운동의 주요한 이론이며, 신악부 운동에도 적극적으로 참여하였다.

백거이白居易 : 자가 낙천樂天이며 자호는 취음선생醉吟先生이다. 섬서 하규下邽(현 위남渭南) 사람으로, 29세 때 진사에 급제하여 벼슬이 비서성교서랑秘書省校書郎, 좌습유左拾遺, 좌찬선대부左贊善大夫에 이르렀으나, 나중에 좌천되어 강주사마江州司馬, 항주와 소주의 자사를 역임하였다.

그는 형식주의를 반대했으며, 작품의 생명력은 생활 속에서 얻어져야 한다고 강조했다. 또 형식과 내용은 조화되어야 하며, 형식은 내용에 의해 결정되어야 한다는 새로운 문학관을 제시하였다. 백거이는 일생 동안 3,688수를 남겼으며 대표작으로는 「장한가長恨歌」와 「비파행琵琶行」 등을 들 수 있다. 특히, 「비파행琵琶行」은 좌천의 고뇌와 아픈 심정을 토로한 작품이다. 「야우夜雨」를 예로 든다.

> 귀뚜라미는 울다가 그치고,
> 등잔불은 꺼질 듯 다시 밝아오는데,
> 창 넘어 밤비소리,
> 파초 잎에 먼저 뿌리네.

> 早蛩啼復歇, 殘燈滅又明,
> 隔窓知夜雨, 芭蕉先有聲.

장적張籍(766?~830?) : 자가 문창文昌이며, 화주和州 오강烏江(현 안휘성安徽省 화현和縣) 사람이다. 일찍이 진사에 급제하여 국자감조교, 수부낭중水部郎中, 국자사업國子司業 등을 역임하였다. 그래서 세칭 '장사업張司業' 또는 '장수부張水部'라고 하였다. 『신당서新唐書』에 그를 "성격이 급하고 곧았으며, …시는 악부시를 잘 지었는데 경구가 많다.(性猵直,……爲詩長于樂府, 多警句.)"라고 하였다. 또, 백거이는 시 「독장적고악부讀張籍古樂府」에서 "장군은 어떤 사람인고 하면, 글을 업으로 한 지 삼십 년이 되었다네. 특히 악부시에 뛰어나니, 오늘날 그와 같은 사람이 적다네.(張君何爲者? 業文三十春. 尤工樂府詩, 舉代少其倫.)"라고 하여 신악부시 운동의 정신에 부합됨을 역설하였다.

유우석劉禹錫(772~842): 자가 몽득夢得이며 낙양 사람으로, 진사에 급제한 뒤 곧 감찰어사에 제수되었다. 그는 왕숙문王叔文의 정치 개혁 주장에 동조하였으나 실패하여 좌천, 연주連州, 화주和州, 소주蘇州 등의 자사로 옮겨 다녔다. 유우석 역시 민간의 생동감 있는 감각을 시로 승화시킨 시인으로, 시풍이 참신하고 민가의 특성이 농후했다. 특히 호방한 시의詩意로 인해 시호詩豪라는 칭호를 얻기도 했다.

장계張繼(?~?): 자가 의손懿孫이며, 양주襄州(현 호북湖北 양양襄陽) 사람이다. 천보 12년(753)년에 진사가 되어 검교사부낭중檢校祠部郞中 등의 벼슬을 지냈다. 일찍이 시명詩名을 얻어 유장경, 고황顧況 등과 친교가 두터웠다. 『장사부시집張祠部詩集』이 전해지고 있다. 「풍교야박楓橋夜泊」을 예로 든다.

달은 지고 까마귀 우는 서릿발 찬 하늘인데,
강풍교의 고기잡이 불은 근심스러운 듯 졸고 있고,
고소성 밖 한산사의,
밤중의 종소리가 객선에 들려오누나.

한산사 종루

月落烏啼霜滿天, 江楓漁火對愁眠.
姑蘇城外寒山寺, 夜半鍾聲到客船.

4. 만당晚唐

안록산의 난을 기점으로 쇠퇴하기 시작한 당의 국력은 만당 때에 이르러 더욱 혼란한 정치 현상을 드러냈다. 중앙의 힘이 차츰 약해지고 지방 세력들이 강성해 가는 사회 현상으로 인해, 학술과 문화는 빛이 바래기 시작했으며, 그리하여 문학 역시 새로이 변모하였다.

만당의 시단은 두 가지 특성을 지니며 발전하였는데, 초당 때의 유미주의적 시풍과 성당 후기의 사실주의적 작풍이 그것이다. 유미주의적 시풍은 성당의 맹교, 가도 등의 예술 기교를 따르고 있으나, 나름대로 청려하면서도 섬세한 풍격을 지녔으며 아주 깊은 정서를 세련된 언어로 표현하였다. 따라서, 후대 시인들은 만당의 시를 은은한 향을 지닌 가을꽃으로 비유하기도 했다. 대표적인 작가들로는 두목杜牧(803~852), 이상은李商隱(813~858), 온정균溫庭筠(812~866) 등을 들 수 있으며, 사실주의적 시풍의 시인들로 피일휴皮日休(834~883), 섭이중聶夷中(837~884), 두순학杜荀鶴(846~904) 등을 꼽을 수 있다.

두목杜牧(803~852) : 만당 시인 중 가장 뛰어난 시인이다. 자가 목지牧之인데, 두보와 비견해 '소두小杜'라고 불렀다. 두목은 관찰사, 중서사인中書舍人 등의 많은 관직을 거쳤는데, 호방하고 낭만적인 성격으로 많은 염문을 만들기도 했다. 생동감 있는 7언의 율시와 절구에 뛰어났으며, 맑고 함축성 있는 시어가 시의 격조를 높이고 있다. 특히 7언 율시는 두보의 만년 시풍과 흡사하다. 「청명清明」을 예로 든다.

청명절에 비가 오락가락하니,
길 가는 사람의 넋을 끊으려 하네.
빌어 묻나니 술집이 어는 곳에 있다더냐?
목동이 멀리 살구꽃 핀 마을을 가리키네.

清明時節雨紛紛, 路上行人欲斷魂.
借問酒家何處有, 牧童遙指杏花村.

이상은李商隱(812~858) : 자가 의산義山, 호는 옥계생玉谿生이며, 회주懷州 하내河內(하남河南 심양沁陽) 사람이다. 어려서 아버지를 잃고 가도家道가 쇠락하여 불행한 날들을 보냈다. 우여곡절한 30년 동안의 막료 생활의 경험은 시의 기초를 이룩하고 있을 뿐만 아니라 독특한 시의 풍격을 형성하였다. 이상은은 괴벽스러운 전고典故를 많이 사용하고 함축적인 표현을 많이 사용하였다. 또 여색을 늘 가까이 하였기 때문에 시어들이 여성적이면서 섬세하다. 그의 여성시는 낭만적이고 신비로운 데가 있으며, 다른 염정시나 궁체시에 비하여 매우 높은 예술적인 가치를 지니고 있다. 또는 화려한 시어와 감춘 듯하면서 섬세한 정서 표현에 뛰어났고 많은 전고를 사용하여 난삽한 시를 지었는데 이것은 대부분 암련暗戀을 감추기 위한 것으로 여겨진다.

온정균溫庭筠(812~866) : 온정균은 사詞에 뛰어났으며 시 또한 잘 지어 이상은과 함께 '온溫·이李'로 불린다.

이 밖에 한악韓偓, 단성식段成式 등의 염시艷詩도 만당 유미주의 시단을 장식했다.

만당 시단에서 현실주의적인 작품을 쓴 피일휴, 섭이중, 두순학 등은 경제, 사회적으로 몰락해 가는 현실을 가식 없이 표현하였다. 이들의 시는 원·백의 사실적 시풍을 계승하여 만당의 유미주의적인 시단에 대립하였다. 상징적인 수법이나 은유적인 시어보다는 현실을 대비적으로 묘사하였다. 시의 소재면에서 특이하고 평이한 구어체로 작품을 쓴 점 또한 주의할 만 하지만, 문학적인 가치는 높지 않다. 섭이중聶夷中의「전가田家」를 소개한다.

아비는 들판에 밭을 갈고 있고,
아들은 산 아래 황무지를 일구고 있네.
유월의 벼는 이삭도 안 팼는데,
관가는 이미 창고를 수리했네.

父耕原上田, 子劚山下荒.
六月禾未秀, 官家已修倉.

만당의 시인은 이 밖에도 위장韋莊, 육구몽陸龜蒙, 사공도司空圖 등이 있으며, 정곡鄭谷, 허혼許渾 등의 7언 절구 중에도 뛰어난 작품이 있다.

제2절 散文

1. 고문운동古文運動의 배경背景

중국의 산문은 당대에 들어오면서 급격한 변화를 맞게 되었다. 당시의 정치 사상과 종교, 사회적인 변화를 바탕으로 한, 이른바 '고문운동古文運動'의 확산이 그것이다. 중국 문학사상 고문 운동은 일찍이 서위西魏 때부터 시작되었는데, 소작蘇綽은 545년에 「대고大誥」를 지어 화려한 변문을 폐지하고 전아한 은상殷商 고문을 쓸 것을 주장하였다. 그 후, 수隋 문제文帝는 허화虛華한 문장 사용을 엄금했으나, 대처할 수 있는 문체와 사상적 토대가 마련되지 않아 모두 실패하고 말았다.

위·진·남북조 이후 문장은 변우駢偶와 성률聲律을 강조했고, 이러한 문풍은 수·당대에 더욱 성행했다. 조정의 공문은 물론 민간 서찰까지도 변려문체를 사용하였다. 이에 당 초기 진자앙은 변려 문풍에 반대하여 문학의 혁신을 주장했으며, 뒤를 이어 소영사蘇穎士, 이화李華, 원결元結, 독고급獨孤及, 유면柳冕, 양숙梁肅 등도 문풍 혁신에 적극 참여하였다. 그들은 문장이란 구세권속救世勸俗의 사명을 지녀야 한다고 주장했지만, 이론의 결핍과 사회적 영향력의 부족 등 여건의 미비로 큰 성과를 거두지 못하였다. 그러나 당대 고문운동의 견실한 기초를 마련하였다.

당대의 고문운동이 본격적으로 영향력을 발휘하기 시작한 때는 중당 시기인데, 여기에는 한유韓愈(768~824)라는 걸출한 인물과 당시의 종교적·정치적 상황 변화라는 주요한 요인이 맞아 떨어졌기 때문이다. 중당 시기는 안사의 난 이후로 중앙 세력이 약화되었고, 군벌들의 할거로 정치는 점차 어지러워져 갔으며 백성들의 생활도 날로 곤궁해져 갔다. 그러자 민간에는 불교와 도교가 더욱 성행하게 되면서 유교를 치국治國의 근본으로 삼던 국가 기강이 흔들리게 되었다. 이에 한유는 불교와 도교의 허무관을 반대하며, 공·맹孔孟의 도통을 잇는 정치 개혁을 주장하였고, 고대 도통의 원류를 진실한 산문으로 표현할 것을 주장하였다.

2. 한韓·유柳의 고문운동古文運動

한유韓愈의 고문운동은 단순한 문체 운동이 아니다. 한유는 유학儒學을 통해 백성을 교화하고자 하였는데 이는 공자 이후 전해져 온 유교의 도통이론道統理論이다. 한유의 문학관에 의하면 문장은 수단일 뿐 목적은 도에 있다고 하였다. 그는 "옛 도를 배움에 있어서 그 문사도 겸해서 통달하고자 함이다. 그 문사를 통달하고자 함의 뜻은 옛 도에 있다.(學古道則欲兼通其辭, 通其辭者, 本志乎古道者也.)"라고 하였다. 당대 고문 운동을 주도한 인물은 한유 외에 유종원柳宗元이 있는데, 당시 이들을 일컬어 '한·유'라고도 했다.

한유韓愈(768~824) : 자가 퇴지退之이다. 하내河內 남하양南河陽(현 하남성河南省 맹현孟縣) 사람으로 부친 중경仲卿, 숙부 운경雲卿 등이 모두 문명文名이 있었다. 한유는 어려서부터 "삼대 양한의 책이 아니면 감히 보지 않으며, 성인의 뜻이 아니면 감히 품지 않는다. (非三代兩漢之書不敢觀, 非聖人之志不敢存.)"라는 포부를 지니고 있었다. 25세에 진사가 된 후 29세부터 벼슬길에 들어섰는데, 사문박사四門博士, 감찰어사監察御使 등을 지냈다. 원화元和 10년(815)에는 「논불골표論佛骨表」를 지어 헌종憲宗의 노여움을 사 조주자사潮州刺史로 좌천되었으나, 후에 목종穆宗의 부름으로 수도로 돌아와 이부시랑吏部侍郎이 되었다. 그 후 57세의 일기로 생을 마쳤다.

한유는 도통론의 중요성을 내세웠다. 옛 도를 배우고자 하면 옛글에 통하지 않으면 안 된다고 하였듯이 한유의 고문운동은 문체 개혁만을 주장하는 것이 아니라, 복고명도復古明道를 하기 위한 것이었다. 그는 고문운동의 이론가일 뿐만 아니라 실천가로 뛰어난 산문들을 남겼는데, 많은 논설문, 서정산문抒情散文을 통해 산문을 한층 높은 예술적 차원으로 끌어올리는데 공헌했다. 한유의 산문은 사상성과 예술성을 겸비한 문장이다. 설리문과 서정 산문 외에 우언寓言 전기傳記, 서사문, 비지碑誌 등의 글이 뛰어나다. 논설문인 「논불골표論佛骨表」, 「원도原道」, 「원훼原毁」, 「사설師說」, 「진학해進學解」 등은 논리가 정연하고 문장이 유려하다. 우언 전기인 「모영전毛穎傳」과 「송궁문送窮文」, 「잡설雜說」 등은 구성이 새롭고 우의寓意 또한 잘 드러나 있다. 서정산문인 「제십이랑문祭十二郎文」, 「제정부인문祭鄭夫人文」 등의 문장은 시어와 같은 어휘와 세밀한 묘사들을 통해 강렬한 감동을 주고 있다. 특히, 「제십이랑문祭十二郎文」의 경우는 후대 사람들에 의해 천고千古의 제문祭文으로 칭송되고 있다. 서사문으로는 「장중승전후서張中丞傳後敍」, 「오자왕승복전圬者王承福傳」 등을 비롯해 「유자후묘지명柳子厚墓誌銘」 등이 있다. 문집으로 『창려선생집昌黎先生集』 40권이 전해진다.

창려선생문집

한유 문장의 특징은 첫째, 한유는 문장을 통하여 고문 이론을 매우 잘 실천하고 있다. 철저하게 육조 이래 변려문騈儷文의 속박으로부터 벗어나, 순수하게 산구散句 형식의 고문체를 따랐다.

둘째, 산문 언어는 간결하고 생동적으로 옛 사람들의 언어에서 새로운 언어를 만들어 냈다. 특히, 당시의 구어를 기초로 해서 새로운 언어를 창출하여 사용함으로써 시어가 생동적이고 활발하였다.

유종원柳宗元(773~819): 자가 자후子厚이며, 하동河東(현 산서山西 영제永濟) 사람이다. 20세에 진사가 되어 벼슬길에 들어섰으나 평탄하지 못했다. 당나라 순종順宗 때에 왕숙문王叔文 등을 좇아 혁신 정치 집단에 참가하였다. 그러나 수구파의 배척으로 영주사마永州司馬로 나갔다가 뒤에 유주사마柳州司馬로 좌천되었다. 유주에서 47세의 젊은 나이로 죽었는데, 현재 『유하동집柳河東集』 45권과 『외집外集』 2권이 전해지고 있다. 그의 산문의 제재는 광범위하고, 형식 또한 다양한데, 대체적으로 다음과 같이 몇 가지로 분류할 수 있다.

1) 정치, 철학에 관한 논저로 「봉건설封建說」, 「천설天說」, 「비국어非國語」, 「육역론六逆論」 등이 있고,

2) 문학 이론에 관한 것으로 「사우잠師友箴」, 「답서중립논사도서答韋中立論師道書」, 「여우인론위문서與友人論爲文書」, 「양평사문집후서楊評事文集後書」 등

이 있고,

3) 전기문학傳記文學으로 「단태위일사정段太尉逸事狀」,「송청전宋淸傳」,「재인전梓人傳」,「종수곽탁타전種樹郭橐駝傳」,「동구기전童區寄傳」 등이 있고

4) 산수유기山水游記로 「유황계기游黃溪記」를 비롯하여 「시득서산연유기始得西山宴游記」,「원가갈기袁家渴記」,「석거기石渠記」,「소석성산기小石城山記」 등의 「영주팔기永州八記」가 있다.

끝으로 우언고사寓言故事로 「검지려黔之驢」,「영모씨지서永某氏之鼠」,「임강지미臨江之麋」,「잡설雜說」 등이 있다.

유종원은 '문이명도文以明道' 를 주장하였다. 문학적인 견해는 한유와 비슷하지만, 한유의 '도道' 는 유가의 윤리적인 관점에 입각한 교화敎化의 도인데 비하여, 유종원의 '도'는 불교, 도교 및 문예 기교의 도를 포함하고 있다. 즉, 문장은 문채文采가 뛰어나야만 사람들을 감동시킬 수 있고, 문학의 효용도 오래 지속될 수 있다는 것이다. 「보최암수재報崔黯秀才」에서는 다음과 같이 말하고 있다.

> 그러나 성인의 말은 도를 밝히는 것을 목표로 삼고 있는데, 학자들은 도를 추구하기에만 힘쓰고, 그 문사는 소홀히 하고 있다. 문사가 세상에 전해지는 것은 반드시 서書로 말미암는 것이고, 도는 문사를 빌려서 밝혀지며, 문사는 서를 빌어 전해지는 것이다.

> 然聖人之言, 期以明道, 學者務求諸道而遺其辭. 辭之傳於世者, 必由於書;
> 道假辭而明, 辭假書以傳.

그는 문장이 도를 밝히는 것이라고 하고 있으나, 그 도는 문사를 빌리지 않고는 밝혀질 수 없다고 했다.

이들 한韓·유柳 외에도 중요한 산문의 대가들이 많았다. 위징魏徵, 낙빈왕駱賓王, 왕발王勃, 이백李白, 이화李華를 비롯해 두목杜牧, 피일휴皮日休 등도 모두 당나라 시대에 산문의 대가였다.

제3절 傳奇

1. 전기傳奇의 발생원인發生原因

전기傳奇란 "기이한 것을 전한다"는 뜻으로, 후에 당나라 사람들의 소설의 통칭이 되었다. 당나라 때의 작가들은 소설을 좋아하였기 때문에 의식적으로 소설을 창작하였다. 당대 전기는 비록 위·진·남북조 시대의 지괴 소설의 뒤를 이어 발전해 갔으나, 작가들의 창작 태도는 작품의 내용을 일신하게끔 하였다. 즉, 사회·인생의 문제를 묘사하는 등 귀신·지괴로 일관하였던 내용에서 탈피, 사실적으로 바뀌게 되었다. 소설은 이 시기에 이르러 근대적인 의미의 소설의 체제를 갖추면서 발전해 갔다. 당 전기의 출현은 소설을 새로운 단계로 들어서게 하였는데, 내용과 형식을 막론하고 이전에는 볼 수 없었던 새로운 면모를 갖추었다. 그렇다면 어떻게 하여 당나라에 이르러 전기 소설이 그만큼 흥성하게 되었는지 원인을 알아보자.

첫째, 고문운동古文運動의 영향이다. 이 시기에 시가를 비롯한 여러 문학이 보편적으로 발전함에 따라 전기 소설에 큰 영향을 주었지만, 무엇보다도 당대 고문운동의 힘입은 바가 크다. 알다시피 고문운동은 육조 이래, 특히 제·양의 지나친 형식주의 문학의 반대로 일어나 당시의 문풍을 바꾸었다. 뿐만 아니라, 사실주의의 산문은 변문騈文을 대신하여 유행하였고 동시에 전기 소설의 흥성을 가져왔다. 왜냐하면, 고문의 질박한 문체는 설리說理, 언정言情, 상물狀物함에 있어서 가장 적합한 산문 형식이며, 백화문白話文으로 소설을 쓰기 이전에는 가장 이상적인 매개체였기 때문이다. 또, 한유韓愈를 비롯한 대부분의 전기 작가들이 현실적인 사회 문제에 큰 관심을 가지고 있었기 때문에, 초현실적인 지괴적 내용은 크게 관심을 얻지 못했다. 다시 말해 작가 의식에 따라 문학의 양식도 바뀌게 된 것이다. 예를 들면, 한유의 「오자왕승복전圬者王丞福傳」, 「모영전毛穎傳」, 유종원柳宗元의 「종수곽탁타전種樹郭橐駝傳」, 「임강지미

臨江之麋」,「검지려黔之驢」,「영모씨지서永某氏之鼠」 등은 풍유의 작품이며, 산문으로 사회 현상을 묘사하고 있다.

둘째, 과거科擧와 온권溫卷의 영향이다. 당나라 때의 사회적인 배경이 전기 소설의 흥성을 촉진시킨 한 원인이었다. 당나라 때는 과거에 '온권'이란 기풍이 있었다. 온권이란, 고생考生과 주고관主考官이 문장을 빌어 수답하는 것으로서, 주고관에게 좋은 인상을 주어 여론을 조성함으로써, 급제할 수 있도록 한 것이다. 그러므로 고생은 과거를 보기 전에 주고관에게 문장을 보냈는데, 바로 이것을 '온권'이라고 일컬었으며, 온권을 보낼 때에는 혼신의 힘을 다하였다. 또, 주고관이 온권을 살펴보는 데에 편리하도록 단편 소설을 삽입하였는데, 비록 짧다고는 하지만, 그 속에 시필詩筆, 사재史才, 의론議論 등 작가의 여러 가지 방면의 재능을 펼쳐 보일 수 있기 때문에, 전기를 창작하는 기풍이 크게 성행하였다. 『유괴록幽怪錄』, 『전기傳奇』 등은 모두 고생의 온권이며, 원진의 「회진기會眞記」는 한 편의 전형적인 온권 작품이다. 이 작품은 원진이 24세 때 과거에 급제하기 전에 지은 애정 전기이다.

셋째, 경제번영經濟繁榮의 영향이다. 경제의 번영과 도시의 발달로 서민 계층의 자각과 함께 이른바 시인소설이 생산되었다. 시인소설市人小說은 경제적 번영으로 인한 도시인들의 오락성 문장의 수요에 따라 생겨났다. 이 소설은 전기 소설의 풍부한 소재를 제공하였다.

넷째, 불교사상佛敎思想의 영향이다. 당시의 불교는 당나라의 문화, 문학에 큰 영향을 주었다. 불경을 대량으로 번역해 냄으로 사회적으로 널리 읽혔고, 사용하는 문장은 변려문보다 자연히 산문을 주로 사용하였다. 그리고 널리 전교를 목적으로 하였기 때문에 쉽고 구체적이고 현실적인 문장을 사용하지 않을 수 없었다. 한편, 사원에서 사용하는 변문變文의 통속적인 문체도 전기 소설에 영향을 주었다.

2. 전기傳奇의 발전發展

(1) 초初·성당盛唐의 전기傳奇

이 시기에는 전기 작품이 많지 않을 뿐만 아니라 사상적인 가치가 높지 않았다. 그들은 육조 지괴소설을 답습하고 있어서, 지괴 색채가 농후하여 새로운 문학의 관념이 결핍되었다. 이 시기의 주요 작품으로는 왕도王度의 「고경기古鏡記」, 무명씨無名氏의 「보강총백원전補江總白猿傳」, 장문성張文成의 「유선굴游仙窟」 등을 들 수 있다.

그 중 「고경기古鏡記」는 당 전기의 길을 열었다. 이 작품은 고경古鏡 한 개를 후생侯生에게서 얻었는데, 이 거울은 마귀를 항복하게 하고 병을 낮게 할 수 있는 요술 거울이었으며, 이를 중심으로 벌어지는 일화를 소재로 한 내용이다. 무명씨의 「보강총백원전補江總白猿傳」은 양나라 장수인 구양흘歐陽紇의 아내가 산중의 백원白猿에게 잡혀가자, 구양흘이 병사를 이끌고 산으로 들어가 그를 처치한 다음 아내를 구해 돌아온다. 그러나 아내는 이미 백원의 아이를 임신하고 있었으며, 1년이 지나 그 아이를 낳았는데, 그 아들의 생김이 마치 원숭이와 같았다. 그가 바로 뒤에 문명을 크게 떨친 구양순歐陽詢이라고 하는 내용이다. 「유선굴游仙窟」은 1만 2천여 자의 장편으로, 사행 길에 선굴仙窟에 투숙하게 되어 두 미녀인 십랑十娘, 오랑五娘을 만나 그들의 환대를 받고 하룻밤을 공숙한 뒤 가 버렸다고 하는 염정적 작품이다.

(2) 중당中唐의 전기傳奇

이 시기에 전기 작가들의 작품이 대량으로 등장하였다. 아직도 지괴 소설의 유풍이 남아 있었으나, 현실 생활을 공통적으로 반영하고 있다. 이 시기의 대표적인 작가와 작품은 이조위李朝威의 「유의전柳毅傳」, 심기제沈旣濟의 「침중기枕中記」, 이경량李景亮의 「이장무전李章武傳」, 「인호전人虎傳」, 이공좌李公佐의 「남가태수전南柯太守傳」, 「여강풍온전廬江馮媼傳」, 「사소아전謝小娥傳」, 백행간白行簡의 「이와전李娃傳」, 심아지沈亞之의 「풍연전馮燕傳」, 「상중원해湘中怨解」, 「이몽록異夢綠」, 진현우陳玄祐의 「이혼기離魂記」, 장방蔣防의 「곽소옥전霍小玉傳」, 진홍陳鴻의 「장한가전長恨歌傳」, 「동성노부전東城老父傳」, 원진의 「회진기會眞記」, 두광정杜光庭의 「규염객전虯髯客傳」 등이며, 이 밖에 참으로 많은 작가들의 작품이 있다. 이 시기의 작품의 내용은 더욱 풍부해져 풍자, 애정, 역사, 의협 등 다양하다.

(3) 만당晩唐의 전기傳奇

이 시기는 전기 소설의 쇠퇴기로 지괴의 색채가 농후하였고, 사상, 예술적인 가치도 앞 시기에 비교하여 훨씬 떨어졌다. 그러나 전기의 전집 출간이 크게 유행하였는데, 아깝게도 거의 전해지지 않고 있다. 현재 전해지고 있는 것은 우승유牛僧儒의 『현괴록玄怪錄』, 배형裵鉶의 『전기傳奇』, 황보매皇甫枚의 『삼수소독三水小牘』뿐이다.

그 밖에 호사협객豪士俠客을 표현한 작품이 특히 많았으며, 신선방술神仙方術의 내용 등 현실과는 동떨어진 이야기들도 많았다.

3. 전기傳奇의 내용內容

당 전기 소설의 내용을 분류하면 대체적으로 신괴적인 것, 염정적인 것, 풍자적인 것, 호협적인 것 등으로 나눌 수가 있다.

첫째, 신괴류神怪類에 속하며 초·성당 시기의 작품이 대부분이다. 이 때에는 육조 지괴 소설의 영향을 받았기 때문에 자연히 신괴 색채가 농후하였다. 왕도王度의 「고경기古鏡記」를 비롯하여 무명씨의 「보강총백원전補江總白猿傳」, 이조위의 「유의전柳毅傳」, 백행간白行簡의 「삼몽기三夢記」, 심아지의 「상중원해湘中怨解」, 「이몽록異夢錄」, 「소몽기素夢記」 등의 작품이 모두 이에 속한다. 「유의전柳毅傳」은 「동정영인전洞庭靈姻傳」이 본래의 제목인 듯하며, 본 편은 인신통혼人神通婚의 이야기이다. 동정의 용녀龍女가 멀리 경천涇川으로 시집을 갔는데, 남편인 경양군涇陽君과 시어머니에게 모진 학대를 받았다. 그러나 다행히 서생 유의를 만나 편지를 동정 용궁으로 전해 주게 되었다. 편지를 받은 그녀의 숙부인 전당군錢塘君은 그녀를 구해 동정으로 돌아와, 유의와 용녀의 결혼을 추진하였으나, 유의는 전당군의 강제적인 결혼에 대한 불만과 본래 마음이 없었으므로 단호히 거절하였다. 용녀는 이미 유의에 대한 애정이 깊어 다른 사람에게는 시집을 안 가기로 스스로 맹세한 후, 마침내 두 사람은 결혼하여 가정을 이루었다는 것이다.

둘째, 염정류艷情類에 속하며 당대 전기 소설 가운데에서는 가장 예술적인 가치가 높다. 당시 젊은 남녀의 자유로운 연애, 결혼은 상상조차 힘들었다. 그러나 당대에 들어와서는 불교 사상의 흥행과 함께 낭만주의적인 기풍이 일기 시작하여, 예교의 속박으로부터 벗어나려는 노력이 있었고 또한 개인 의지를 존중하고자 하였다. 따라서, 염정류의 전기 소설이 많이 등장하였는데, 장작張鷟의 「유선굴游仙窟」, 진현우의 「이혼기離魂記」, 허요좌許堯佐의 「유씨전柳氏傳」, 이경량의 「이장무전李章武傳」, 장방의 「곽소옥전霍小玉傳」, 백행간의 「이와전李娃傳」, 진홍의 「장한가전長恨歌傳」, 원진의 「앵앵전鶯鶯傳」 등이 있다.

「곽소옥전霍小玉傳」은 기녀 곽소옥霍小玉과 진사 이익李益의 애정 비극을 다룬 이야기이다. 이익은 모친이 이미 노씨와 약혼을 해 놓았기 때문에 감히 거절을 못하고, 마침내 소옥과의 관계를 끊을 수밖에 없었다. 소옥은 이익 때문에 병이 나 가산을 모두 팔고, 가장 아끼고 좋아하던 자옥 비녀까지도 저당 잡히고 말았다. 그 뒤 이익을 다시 만났으나, 소옥은 몇 번 통곡을 하다 결국 기절하여 죽었다는 이야기이다. 「앵앵전鶯鶯傳」은 당대에 가장 널리 읽혀졌던 애정 비극의 전기 소설로, 가난한 장생張生이 과거를 보러 가는 도중에 만난 최앵앵과 깊은 애정을 나누었으나, 끝내 두 사람은 결혼을 하지 못하고 각각 다른 사람과 결혼하고 말았다는 비극적인 이야기이다. 「이와전李娃傳」은 상주자사常州刺史의 아들인 정생鄭生과 기생 이와와의 연애 이야기이다. 정생은 과거를 보러 장안에 갔다가 이와를 만나 사랑에 빠지게 되고, 갖고 있던 모든 재물을 탕진한다. 그리하여 이와의 양어머니에게 쫓겨나 거지가 되지만, 뒤에 다시 이와를 만나 그녀의 도움으로 공부를 하여 과거에 급제하게 되고, 마침내 결혼하여 잘 살게 된다는 내용이다.

셋째, 풍자류諷刺類에 속하며 초현실적이고 신괴스러운 이야기이지만, 인간과 사회의 모습을 잘 반영하고 있는 작품들이다. 심기제의 「침중기枕中記」, 이공좌의 「남가태수전南柯太守傳」, 진홍의 「동성노부전東城老父傳」 등을 대표작이라고 할 수 있으며, 이 밖에도 심아지의 「삼몽기三夢記」, 왕수王洙의 「동양야괴록東陽夜怪錄」 등이 있다.

「침중기枕中記」는 노생盧生이라는 청년이 주막에서 도사 여옹呂翁을 만나 어려운 자신의 생활을 한탄하다가 여옹의 베개를 베고 잠이 들어 꿈을 꾸는 이야기이다. 그는 꿈에 훌륭한 집안에 장가들고 출세하여 부귀 영화를 누린 뒤 꿈에서 깨어난다. 깨어나 보니 잠들기 전에 짓기 시작하던 기장밥이 아직도 다 되지 않은 상태였다. 여기서 노생이 인생의 참뜻을 깨달았다는 내용이다. 「남가태수전南柯太守傳」은 순우분淳于棼이라는 사람의 꿈이야기이다. 그는 개미 나라 왕의 사위가 되어, 30년 동안 남가군의 태수로 있으면서 많은 공적을 쌓고 부귀와 영화를 누리며 산다. 슬하에 5남 2녀를 두었으나, 뒤에 외적의 침공을 받아 패전하고 공주마저 잃게 되어, 실의의 나날을 보내다가 국외로 추방된다. 깨어보니 꿈이었다고 하는 인생의 부질없음을 풍자한 작품이다.

넷째, 호협류豪俠類에 속하며 영웅 협객들의 의거를 주제로 하고 있다. 두광정의 「규염객전虬髥客傳」, 이공좌의 「사소아전謝小娥傳」, 심아지의 「풍연전馮燕傳」, 설조薛調의 「유무쌍전劉無雙傳」, 배형의 「섭은랑전聶隱娘傳」 등을 대표작으로 꼽을 수 있다.

「규염객전虯髯客傳」의 이정李靖은 수나라 말에 장안에서 양소楊素를 알현하였는데, 그 때 양소의 가기인 홍불紅拂과 정을 통하여 도망을 하였다. 도중에 장규염張虯髯을 만나 함께 태원에 갔으며 유문정劉文靜을 통하여 이세민李世民을 만났다. 규염은 본디 천하를 쟁탈할 뜻이 있었으나, 이세민의 비범함을 알고 필적할 수 없을 것으로 생각, 가산을 기울여 이정으로 하여금 이세민이 성공할 수 있도록 도왔다는 내용이다. 후일 이것을 주제로 한 희곡으로 「홍불기紅拂記」, 「규염옹虯髯翁」 등의 작품이 있다. 이정, 홍불, 규염 3인을 '풍진삼협風塵三俠' 이라고 일컬었다. 또, 「섭은랑전聶隱娘傳」의 섭은랑은 본디 위박대장군魏博大將軍 섭봉聶鋒의 딸로, 열 살 때 보살을 따라 가출하였다가 무예를 닦은 뒤 돌아와서, 진허절도사陳許節度使를 위해 눈부신 무예 솜씨를 발휘한다는 이야기이다.

제4절 敦煌文學

돈황敦煌은 중국 서북 지역의 사막 가운데에 있는 녹지대로, 한 무제 이후 점차적으로 발전하기 시작, 중서 문화의 교류의 중심지가 되었다. 돈황과 서역과의 무역이

무악(돈황막고굴)

장경동의 펠리오

확대됨에 따라, 상업 경제가 날이 갈수록 번창하였고 문화의 교류도 빈번해져 갔다. 서한 말년 불교가 인도에서 돈황으로 들어온 뒤 전국에 퍼진 이후 돈황은 문화 교류의 중심지인 동시에 불교의 성지로 변해 갔다. 전진前秦 건원建元 2년(서기 366)부터는 이 곳에 석굴을 조영하고 불상을 만들기 시작했는데, 이것이 바로 돈황의 막고굴莫高窟, 속칭 천불동千佛洞이다. 막고굴은 북위 때 번창하여 당대에는 1,000개 이상이나 되었으나, 현재는 북위 22개, 수 90개, 당 206개, 오대 32개, 북송 103개, 서하 3개, 원 8개, 청 5개 등 469개 석굴이 남아 있다.

송 경우景祐 2년(1035) 서하의 이원호李元昊가 돈황을 침략했을 때, 당시 사묘의 승려들은 피난하면서 가져가기 힘든 불상, 경서, 그림, 문서 및 잡다한 것들을 동굴 석실에 넣고 봉하였다. 그리고 석실 밖으로는 담을 쌓고 흙벽으로 도장한 뒤 그 위에 벽화를 그려 은폐, 약간의 외적 손상이 있다고 해도 발견할 수 없도록 했다. 그 후, 전쟁은 끝났으나 승려들이 돌아오지 못해, 희세의 문물들은 어두운 석실에서 약 900년 동안 잠들게 되었다. 청 광서光緒 26년(1900) 이들 장서와 문물들은 수도승 왕도사王道士에 의해 발견되었는데, 이것이 바로 유명한 장경동藏經洞(제17굴)이다. 그러나 돈황의 문물들은 펠리오(Pelliot, Paul), 헝가리의 슈타인(Stein, Aurel : 1862~1943), 일본인 다치바나 미즈오키와 요시카와 고이치로, 그리고 러시아, 미국인 등에 의해 여러 나라로 흩어지게 되었다.

돈황에서 발견된 장서는 모두 3만여 권으로, 그 중 절대다수는 필사본이고, 극히 일부분만 목각본이다. 돈황 장서의 종류는 불경, 도경道經을 비롯하여 경經, 사史, 자子, 집集, 시, 사詞, 곡, 부, 통속 문학, 도경圖經, 방지方志, 의약, 역서曆書 등 다양하다. 돈황 문학은 돈황학 가운데 가장 핵심 부분으로, 대부분이 민간 문학이었다. 이것들은 소박한 필치로 쓰여진 서민 문학 작품들로서, 중국 정통의 귀족 문학과는 다른 서민적 풍모를 지녔는데, 중요한 것은 가사, 변문, 시가, 화본 소설, 속부俗賦 등이다.

왕도사(본명 원록)

1. 돈황가사 敦煌歌辭

　돈황가사를 곡사曲辭라고도 하는데 곡조가 있어, 소리를 내어 노래할 수 있는 사詞를 말한다. 이들 곡자사曲子辭는 대부분이 민간인들의 작품이며, 시인 또는 문인들의 것은 많지 않다. 문학적인 기교는 서투르지만, 민간인들의 현실적인 생활의 반영이라는 측면에서 본다면 참으로 절실하고 생동적이다.

　돈황가사의 연구는 『운요집잡곡자雲謠集雜曲子』(간명簡名 『운요집雲謠集』)의 발견에서 비롯하고 있다. 『운요집雲謠集』은 당나라 말기에 선집된 규모가 비교적 큰 가사집인 『화간집花間集』이나 『존전집尊前集』보다 먼저 된 것으로, 모든 작품 내용은 당시 민간에서 유전되고 있던 가사이다. 『운요집雲謠集』의 발견은 중국 사사詞史에 있어 하나의 커다란 사건으로서, 이는 사詞의 기원 및 형식과 내용을 연구함에 있어서 많은 귀중한 자료를 제공하여 주고 있다.

　『운요집雲謠集』에서 사용되고 있는 13종의 조명調名을 보면, '내가교內家嬌'를 제외한 나머지 12종의 조명은 천보天寶 때 최영흠崔令欽의 『교방기教坊記』에 실려

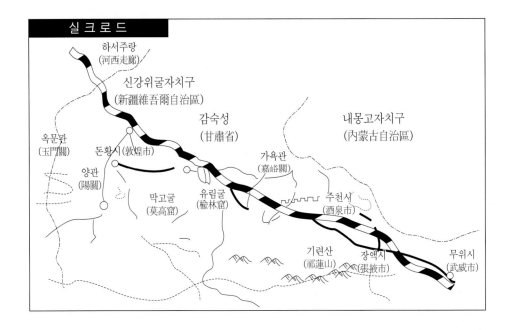

있는 곡명 중에서 찾아볼 수 있다. 따라서 창조創調가 되어진 시대는 당연히 당나라 전성기였거나, 아니면 그 이전이었던 것임을 알 수 있다. 『운요집雲謠集』의 제재와 내용을 당시唐詩와 비교해 보면, 성당 시기의 작품임을 알 수 있다. 작품에 표현되고 있는 정부염전征夫厭戰과 정부규원征婦閨怨의 내용

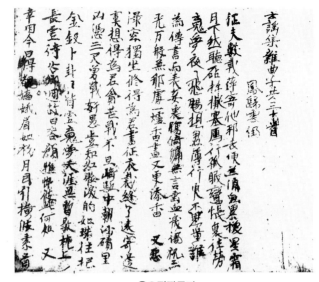

운요집잡곡자

은 성당 때 시인 왕창령王昌齡 등이 묘사한 규원閨怨과 종군從軍 등의 제재와 부합되고 있다. 또, 가사 중에 반영되고 있는 변방 정벌의 제재는 당의 역사와 관련지어 고찰해 본다면, 안사의 난 이전의 작품인 것을 알 수 있다.

『운요집雲謠集』을 제외한 돈황가사는 대부분이 사본으로 정문正文의 배면背面 또는 후면에 들어 있으며, 손으로 베껴 쓴 것들이 책 틈에 끼여 있기도 하였다. 작자의 이름은 전해지지 않으나, 분명히 민간에서 유전된 작품이라고 할 수 있다. 작품의 작자를 고증하기가 대단히 어려운 것은, 몇 수의 작자 성명이 전해지고 있는 것을 제외하면 대다수가 한 사람이 창작한 것이 아니고, 아마도 여러 사람을 통하여 윤색한 것으로서 문인들의 개작과 수정을 거쳤던 결과일 것이다. 그러므로 문인들의 가사와 민간인들의 가사를 엄격하게 구분하기는 쉽지 않다. 어떤 사람들은 돈황곡이 악공樂工 또는 가기歌妓로부터 나왔다고 하지만, 돈황 가사의 내용이 광범위하고 뜻이 심오하여 악공과 가기들이 마음대로 할 수 있는 것이 아니었다.

이 밖에 돈황가사로 「오경전五更轉」, 「십이시十二時」, 「백세편百歲篇」, 「십은덕十恩德」 등이 있다. 대부분의 작품이 불교 사상을 선전하는 작품이기 때문에 불곡佛曲으로 생각하는 사람이 있었다. 또 이를 민간의 가요 범위 내에 포함시켰으나 모두가 편견적이었다.

무도舞蹈의 형태는 없으나 「오경전五更轉」, 「십이시十二時」 등은 곡명이 있고,

정격定格으로 수隋·당唐의 연악에 속한다. 아울러 가장歌場이나 도장道場에서 연출할 수 있으며 이는 민간 가요로 볼 수 없을 뿐만 아니라 가사의 일종인 정격연장체定格聯章體이다. 예를 들어, 「오경전五更轉」은 하룻밤을 다섯 차례의 시간 단위로 나누어서 한 수씩 가사를 지었고 다섯 장으로 짜여졌다. 이와 같이 「십이시十二時」는 하루를 12시로 나누어서 12장의 가사를 지었다. 「십은덕十恩德」은 부모의 양육 은혜를 10개 항목으로 노래하고 있는데, 당시 유행하던 효孝를 권장하는 가사로서 10장으로 짜여 있다. 「백세편百歲篇」은 인생을 10년 단위로 하여 10세로부터 100세에 이르기까지 열 수의 가사로써 읊조리고 있다. 이와 같은 형식은 이전에도 있었는데, 육기陸機(261~303)의 작품 가운데 「백년가百年歌」가 바로 그것이다.

정격연장체의 가사는 당시에 있어서 아마도 창본唱本으로, 가사 내용에 중요한 것은 불교 사상의 선전을 비롯한, 규원閨怨, 상사相思, 권학勸學을 묘사하고 있다는 것이다. 돈황 불곡의 가사 중에 반 이상을 점유하고 있는 주요 내용은, 중생을 교화하고 선을 권하고 효를 장려하는 것이다. 또 윤회 및 인과 응보에 대한 선양과 불교의 고사故事를 부연하고 있는 것들인데 목적은 사람들에게 "영화를 버리고 불도佛道를 닦고 노력하여 미래인未來因을 닦아 얻음"으로 불교 세계에 들어가도록 설득하는 데 있다. 『운요집雲謠集』의 「천선자天仙子」를 예로 든다.

제비 지저귀고 꾀꼬리 우는 소리에,
꿈에서 놀라 깨어났네.
보기가 부끄럽구나,
난대에서 이별한 뒤 소식이 없고,
아무도 묻는 이 없는데,
고을엔 꽃만 난만한 걸,
그만두어야지 생각일랑,
천 번을 되뇌어도 똑같은 마음인데.

안타깝구나, 어디로 갔단 말인가.
바로 꽃이 피었지만 뉘라서 주인인가.
누각에 달빛이 가득한 삼경인데,
아무도 말하는 이 없고.

눈물은 비오듯이,
그대 생각에 애끊나니.

燕語鶯啼驚覺夢.
羞見鸞臺雙舞鳳.
天仙別後信難通.
無人間, 花滿洞.
休把同心千遍弄.

叵耐不知何處去.
正是花開誰是主.
滿樓明月夜三更, 無人語.
淚如雨.
便是思君腸斷處.

2. 돈황시가敦煌詩歌

　　돈황 장서 중에는 적지 않은 당대의 시가집과 문인들의 시들이 수록되어 있다. 위장韋莊의 「진부음秦婦吟」과 왕범지王梵志의 5언 백화시는 유폐된 석실에서 천여 년 동안 매몰되어 있다가, 오늘날에 빛을 보게 되었다. 『전당시全唐詩』에 실려 있지 않으면서 돈황에서 발견된 시가 중에 가장 유명한 작품은 「진부음秦婦吟」으로서, 돈황 장서 가운데 아홉 종류의 사본이 있다. 그 중에서 제기題記가 가장 빠른 사본은 "천복天復 5년 을축년乙丑年 12월 15일 돈황군敦煌郡 금광명사金光明寺 학사學仕 장구사張龜 寫"라고 한 것이다. 이 사본은 작가가 이 시를 쓴 시기, 즉 계묘년 癸卯年(883)과는 22년 차이가 있는데, 원시原詩와 가장 가까우며 비교적 사실과도 가깝다고 할 수 있다.

　　위장韋莊(836~910)은 중국 문학사상 뛰어난 사가詞家이며 또 우수한 시인이다. 하규下邽에서 살았으며, 시인 백거이白居易도 일찍이 이곳 하규下邽에서 살았는데, 위장은 백거이 시의 영향을 받지 않을 수가 없었다. 장편 서사시 「진부음秦婦吟」은 1,660여 자로 이루어진 고전 시가 중 보기 드문 대작으로, 시인이 몸소 경험한 황소의

왕범지시집병서·상

난을 작품화한 것이다. 그는 예리한 관찰력으로 풍운이 돌변하는 사회적 현실을 묘사하여 황소의 난으로 인한 사회적인 충격과 상황을 심각하게 묘사하고 있다. 시의 결구와 격조를 보면 백거이의 「비파행琵琶行」이나 「장한가長恨歌」와 매우 비슷하다.

돈황시가 가운데 왕범지의 시와 5언 백화시의 발견은, 백화시를 연구하고 중국의 고전 시가와 백화시의 관계를 검토함에 있어서 매우 중요한 자료를 제공해 주고 있다. 그 동안 대부분의 중국 문학사는 당唐의 시가 가운데 백화시의 존재를 언급하지 않았을 뿐만 아니라 시인 왕범지에 대해서도 전혀 논술하지 않았다. 어쩌다가 백화시를 언급하고 있으나, 이는 당의 민간 가요 가운데에 들어 있는 것이다. 현재는 영국과 프랑스에 보존되어 있는 왕범지의 시와 관계가 있는 24권의 사본에서 당唐·송宋 필기소설筆記小說에 실려 있는 그의 작품을 근거로 하여 『왕범지시王梵志詩』 6권을 정리하여 출간하였는데, 300여 수가 넘는다. 비록 완전한 것은 아니나 대체적인 왕범지 시의 면모를 대표할 수 있는 것이다.

왕범지의 창작 활동에 있어서 주요한 시기가 당나라 초기였음을 설명하는 자료들을 찾아 볼 수 있다. 돈황 장서 가운데 왕범지의 시에 관한 사본은 대부분이 그 연대가 기재되어 있지 않았으나, 당나라 말기의 오대五代로부터 북송北宋(902~978)에 이르는 필사본이었다. 그 중에서 가장 연대가 빠른 사본은 러시아의 페데르부르크(레닌그라드)에 소장되어 있는 1,456호로서 "대력大曆 6년(771) 5월 □일. 왕범지의 시 110수를 초록함. 사문법인기沙門法忍記."라고 제제하고 있는 것을 볼 때 왕범지의 시는 이미 당나라 전성기에 변방 지역에서 읽혀지고 있었고 대력 6년에 사본이 나왔다는 것을 알 수가 있다. 그렇다면 작시의 시대는 더욱 위로 거슬러 올라가야 할 것이다.

3. 돈황변문 敦煌變文

돈황 장서 가운데 강창講唱 문학 작품을 일컫는다. 처음에는 불곡佛曲으로 알았으나, 뒤에 와서 본래의 사본에 '변變' 자가 있는 것을 발견하게 되었다. 즉, 팔상변八相變, 목련변目蓮變과 같은 것으로, 이들의 작품들을 변문變文이라고 불렀다. 이것은 당대의 속강승俗講僧과 민간의 예인藝人들이 이야기를 강창講唱하던 대본으로서, 불교의 내용을 부연하는 것 이외에 역사적인 이야기와 민간의 전설을 선택하여 제재題材로 삼았다. 언어는 통속적이고 뜻은 얕아서 깊은 환영을 받았던 문학의 양식이다. 당나라 때 출현한 변문은 사승寺僧들이 강창의 형식을 빌려서 청중들에게 불경의 신변神變 이야기를 연술하던 하나의 문체이다. 이것은 그림 가운데에서 불교 신변의 이야기를 그려서 나타내고 있는 '변상變相'과 마찬가지로 가장 먼저 불사佛寺에 출현하였다. 이것들은 모두 종교를 위하여 쓰여진 것으로서, 후에 심오한 불교의 교리를 통속화하고 청중들을 더욱 많이 포섭하기 위하여, 역사적인 이야기와 현실적인 내용들을 점차 첨가하였다. 이와 같은 강창고사講唱故事를 기록한 문체를 변문이라고 하며 돈황 장서에서 발견되었으므로 '돈황변문'이라고 한다.

변문 종류의 강창 문학이 당나라 때 출현한 것은 우연한 현상이 아니었다. 그것은 당나라 때 사회 경제 발전의 산물이며, 도시의 번영과 문화, 사상의 발달에 따르는 필연적인 결과였다. 그러나 먼저 설명되어야 할 것은 변문과 불교의 관계이다. 불교가 중국에 들어와 어느 정도 뿌리를 내린 시기는 위魏·진晉 시대였으며 전독轉讀, 창도唱導 등의 강경講經 형식이 나타나기 시작했다. 이와 같은 통속적인 선강宣講은 직접 불경 속에서 산문의 서술과 게찬偈讚의 가창 방식을 이어받아, 경의經義를 확대화, 민간화, 이야기화하였다.

수隋·당唐 시대에 불교를 제창, 사원에서의 강경이 더욱 성행함으로써 짧은 시간 내에 통속화하여 속강俗講 형식이 나타났고 속강승려俗講僧侶들도 육성되었다. 그들은 문학적 의미가 풍부한 불경 이야기를 채용하여 불교 교리와 경전의 뜻을 통속적으로 연역演繹하고, 불경의 산운문散韻文의 합체合體와 민간의 강창 형식을 이용하여 속강을 진행하였다. 이와 같은 속강의 대본들이 바로 변문이다. 당나라 중기부터 말기까지 장안의 많은 사찰에서는 늘 속강을 하였다. 한유韓愈의 「화산녀華山女」라는 시에서는 이와 같은 당시의 상황을 "거리마다 불경을 강창하고 종소리, 피리 소리로 궁정이 시끄럽다.(街東街西講佛經, 撞鐘螺開宮廷.)"라고 표현하고 있다. 속강 변문은 대중을 접촉하는 과정에서 점차 불도佛道를 이탈, 비종교적이고 현실적인 것을 내용으로 하여 발전해 나갔다. 강창하는 사람들은 속강승에 국한되지 않았고, 직업적인 민간 예인들이 등장하였다. 따라서, 더욱 듣기 좋고 재미있는 민간의 전설, 역사적인 이야기, 현실 생활을 주제로 하고 있는 변문이 등장하였다.

돈항 변문은 런던, 파리, 페데르부르크(레닌그라드), 북경 등에 산장되어 있으나 1957년 왕중민王重民, 향달向達, 주일량周一良, 계공啓功, 왕경숙王慶菽 등이 돈황 변문 사본 190권을 수집하여, 중복된 것은 버리고 나머지 78편을 정리하여 『돈황변문집敦煌變文集』을 출간하였다. 『돈황변문집敦煌變文集』에 실려 있는 78편을 살펴보면, 그 원제原題의 파손과 결손으로 인하여 명칭을 확실하게 알 수 없었지만 내용과 형식에 근거하여 크게 두 종류로 구분하였다. 즉, 불경, 불가고사佛家故事의 강창과 중국의 역사고사의 강창이라고 할 수 있다.

4. 돈황敦煌 화본소설話本小說

소설은 당대의 신흥 문체의 하나였다. 문인들이 전기소설傳奇小說을 창작한 반면 민간에서는 이미 화본 소설이 유전되었는데, 대부분이 민간의 설화, 예인들의 고사故事, 강설講說의 대본으로 역사적인 이야기를 제재로 삼았으며, 당시 서민들의 이상과 바램 또는 요구 사항이 반영되었다. 돈황의 화본소설은 서민들의 사상성을 충족하는 송나라 때의 화본 소설에 선구적 역할을 하였다. 「추호秋胡」 화본을 소개한다.

추호는 뜻밖에 아름다운 여인을 만났다. 한참 동안 그녀를 바라보았다. 자태가 참으로 아름다웠으며, 얼굴은 흰 옥 같고, 뺨은 붉은 연꽃 같았다. 허리는 버들가지 같고, 가는 눈썹은 초승달과 같았다. 그는 잠시 말을 멈추고 앞으로 나아가 자세히 살펴보았다. 하지만 그는 그녀가 아내임을 알아보지 못하였다. 그러므로 한 수의 시를 지어 그녀에게 바쳤다.

> 옥같이 흰 얼굴 붉은 화장 드리우고,
> 쇠갈퀴 뽕나무에 걸어 놓았지.
> 눈썹은 가지 새에 피고,
> 옷깃은 잎새 속에 감추었네.
> 뺨은 봄의 복숭아와 오얏 같고,
> 몸은 흰 눈 같네.

> 玉面映紅㽵, 金鉤弊採桑.
> 眉黛條間發, 羅襦葉裏藏.
> 頰奪春桃李, 身如白雪霜.

추호가 말하기를 "아가씨, 뽕도 따고 임도 보오. 힘들여 일한들 풍년만 못하오. 황금 두 냥을 드리겠소. 비단 한 다발도 드리겠소. 잠시 품에 안기어 보오. 두려워하지 마시오. 안길 수 있겠소, 없겠소?"라고 말하였다. 아가씨는 나무 밑으로 내려가서 몸을 숨겼다. 그녀는 남편을 알아보지 못하였다. 그녀는 남자에게 "저의 남편은 과거를 보러 갔어요. 이미 9년이나 지났어요. 소식도 없고 편지마저도 끊어졌어요. 어머니는 늙어 홀로 집안에 앉아 계셔요. 저는 겨울에는 추위를 견디고 여름에는 더위를 참지요. 누에치고 길쌈두 하여 어머니를 모셔요. 한 마리의 말 위에 두 개의 안장을 얹지 않이요. 한 마리의 소에 어떻게 두 대의 수레를 끌게 할 수 있겠어요. 집이 가난하여 차라리 굶어 죽는다 해도 어찌 황금을 중히 여기겠어요. 갑자기 지아비가 오면 뭐라고 말할까요? 설사 황금이 하늘 끝까지 쌓이고 비단이 산처럼 쌓인다고 해도 어떻게 연심을 가질 수 있겠어요? 가난한대로 죽어감이 마땅해요."라고 말하였다. 추호는 그 말을 듣고 부끄러운 빛을 띠며 수레를 타고 가 버렸다.

추호의 아내는 남편이 돌아왔다는 말을 듣고 기뻐서 어쩔 줄을 몰랐다. 거울을 가져다가 화장을 하고 용모를 가다듬었다. 눈썹을 푸르게 그리고 향수를 뿌렸다. 의복은 시집올 때의 옷을 꺼내 입었다. 비단 부채로 얼굴을 가렸다. 그 모습은 마치 처음 시집 올 때와 같았다. 하지만 벼슬을 하고 돌아온 남편이 뽕나무밭에서 희롱하던 그 남자라 는 것을 알고 눈물을 흘리며 한탄을 하였다. 추호의 어머니는 아들에게 "집에서는 불 효하고 나라에는 불충하는 자"라고 크게 꾸짖었다.

5. 돈황속부敦煌俗賦

돈황 장서 안에는 부賦라고 명명된 작품들이 있으나 한·위·육조의 문인들의 부와 는 서로 다르다. 기본적으로 변려騈儷의 화려한 구법 형식을 벗어났으며, 사용되고 있 는 언어는 통속적으로 대화하는 것 같다. 소설과 비교적 근사하나 민간에 유전되고 있 는 작품이었던 까닭에 속부俗賦라고 일컫는다.「연자부燕子賦」의 일 절을 예로 든다.

> 참새 :
> 이 늙은이 사정이 급했어요. 험한 길을 갈 수가 없었어요. 구멍이 있어서 들어갔
> 지요. 잠시 동안 제비집에서 쉬었소. 그래서 잡히지 않았다오. 실제로 인연이 있
> 어서 난을 피하게 되었소. 일이 너무나 급하였던 것이오. 강제로 빼앗은 것이 아
> 니오. 왕께서는 헤아려 주시기 바라오.……다만, 난을 피하여 갈 생각에 잠시 동
> 안 제비집에서 쉬었을 뿐이라오. 제비가 돌아오자 앞으로 나아가 감사를 하고
> 물러가려고 하였소. 하지만 사유를 불문하고 호되게 꾸짖었소. 뿐만 아니라 부
> 자가 마구 짓밟았소. 그리하여 서로 치고 받게 되었소. 제비가 깃털을 마구 뽑았
> 지요. 할 수 없이 다리를 꺾었어요. 둘 다 상처를 입게 되었어요. 만약에 확실하
> 게 결론이 나면 그 집 값을 갚도록 하겠습니다. 법에 의거한다면 실제로 별 말썽
> 이 없지요. 상주국훈上柱國勛이 있사온데 속죄가로 주십시오.

이 밖에 온전히 음사吟詞 형식으로 나타난 사문詞文과 잡문雜文들이 있는가 하면, 종교 문학에 속하는 압좌문押座文, 강경문講經文, 불찬佛讚, 게송偈頌 등이 있다.

결론적으로, 돈황 문학 가운데에는 민간의 통속 작품이 많으며, 돈후하고 소박한 필

치로 당시의 사회적인 현실과 인정을 심각하고 진실하게 반영하고 있다. 중국 문학의 정통성이 있고 긴밀한 관계를 가지고 있어 모든 문학의 발전과 분리할 수 없는 공통점을 가지고 있다. 이들 작품이 나타남으로써 시가, 사곡詞曲, 소설 등 문학 발전사상에 비교적 중요한 이론적 문제들이 해결되었다. 그러므로 돈황 문학은 문학, 문학사를 연구함에 있어서 중요한 것이며, 또한 사회사를 연구하는 데 있어서도 좋은 자료가 된다고 하겠다.

제5절 詞의 興起

성당과 중당을 지나 만당에 이르자 시가의 발전은 큰 변화를 하였다. 문학 발전의 규율이 그러하듯이 시가 역시 새로운 모습으로의 전환이 자연스럽게 진행되었는데, 이것이 바로 이 시기 민간에서 등장한 사詞였다.

사는 넓은 의미에서 보면 시이다. 그러나 악보에 가사를 써넣기 때문에 문구의 길고 짧음이 같지가 않았다. 특히 시와는 구별되는 평측, 음률의 제한이 있었기 때문에 독특한 체제를 갖춘다. 이러한 특성 때문에 사는 시여詩餘, 악부, 장단구長短句 등의 명칭으로도 불린다. 현종 개원 2년(714)에 지어진 최영흠崔令欽의 『교방기敎坊記』에 의하면, 당시에 유행하던 노래는 300여 종으로, 그 속에는 사조명詞調名과 같은 악곡 이름이 적지 않으며, 이는 성당 때 이미 궁정이나 민간에서 사가 불려졌음을 증명한다. 처음에 사는 민간에서 만들어져 유행한 민간 가곡의 창사로, 초기에는 문인들의 주의를 끌지 못했으나 중당 이후부터 새로운 문학 형태로의 발판을 마련하였다. 이러한 사는 중당, 성당 때 출발하여 만당, 오대의 발전기를 거쳐 송대에 활짝 꽃을 피웠다.

1. 민간사民間詞

경제의 발전과 문화의 성장은 사 발전에 상당히 중요한 작용을 하였고, 문화적인 수

요에 따라 이들 민간에서 유행하던 속곡들은 차츰 도시로 유입되었다. 그리하여 전문적인 연주와 가창을 하는 악사와 가기가 등장하였으며, 차차 대중화되기 시작하였다. 오늘날 볼 수 있는 최고 민간의 사로는 청나라 광서光緒 26년(1900)에 감숙 돈황 막고굴莫高屈에서 발견된 민간의 곡자사曲子詞이다. 이 때 발견된『운요집잡곡자雲謠集雜曲子』는 모두 30수인데, 현재 런던 박물관에 18수, 파리 도서관에 14수가 소장되어 있다. 주조모朱祖謀가 정리하였는데, 중복되어진 2수를 빼면 모두 30수이다. 『운요집雲謠集』에 사용되고 있는 13종의 조명調名을 보면,「내가교內家嬌」를 제외한 나머지 12종의 조명은『교방기敎坊記』에 있는 것들이다. 또,『교방기敎坊記』에 실려 있는 것은 당나라 현종 때에 유행하였던 것들로, 그 창작 연대는 성당 때이거나 그 이전이다. 그 가사의 내용을 검토해 보면, 당나라 때의 역사적 사실과 관련지어 볼 수 있다.「망강남望江南」을 예로 든다.

나를 잡아당기지 말아요,
잡아당기면 너무나 마음이 아프게 되오.
나는 곡강가의 버들인데,
이 사람이 꺾고 저 사람이 잡아당기다니,
사랑은 오직 한때 뿐이라오.

莫攀我,
攀我太心偏.
我是曲江臨池柳,
這人折了那人攀.
恩愛一時間.

위와 같이, 돈황의 민간 곡자사는 예술상에 있어서 민가의 정취와 표현 기법을 잘 계승하고 있다. 통속적인 언어의 자유로운 구사와 꾸밈없는 민간 정서의 표현은 나름대로의 독특한 품격을 이루고 있다.

2. 문인사文人詞

위와 같은 민간의 곡자사는 문인사에 대단히 큰 영향을 끼쳤다. 백거이白居易, 유우석劉禹錫, 위응물韋應物, 이백李白 등을 들 수가 있으며 그들이 쓴 사는 수량이 많지 않으나 모두 민간의 곡자사를 모방하고 있기 때문에 내용과 품격이 비교적 통속적이고 소박하다. 중당唐 때에 이르러서는 사를 시작詩作하는 시인들이 많아졌는데, 사체가 이 시기에 이르러서는 여러 사람들의 노력과 시험의 결과, 하나의 신체시로 정착하게 되었다. 이들 작품들은 음악적인 효과, 시의 예술성이 두드러져 시와는 다른 새로운 운문의 문체로 독립하기 시작하였다. 장지화張志和의 「어가자漁歌子」를 예로 든다.

> 서새산 앞에 백로가 날고,
> 복사꽃 흐르는 물에 살찐 쏘가리 노닌다.
> 푸른 대 잎 삿갓,
> 푸른 도롱이 쓰고,
> 비낀 바람 가는 비에 돌아갈 줄 모른다.

> 西塞山前白鷺飛,
> 桃花流水鱖魚肥.
> 靑箬笠,
> 綠簑衣,
> 斜風細雨不須歸.

이와 같이 자유로이 자연을 사랑하는 사풍에는 왕유王維, 맹호연孟浩然으로 대표되는 자연시파와 같이 작가의 탈속적인 인격이 잘 드러나 있다. 형식적인 면으로 보면 율절律絶의 변화에서 온 것으로 3·4구를 제외하면 한 수에 7절이 된다. 대체적으로 중당 이전의 사는 맑고 꾸밈이 없는 통속적인 민간의 정취가 드러난 것이 특징이다. 그러나 만당晩唐 때에 이르러 역시 시인이 겸하여 사를 창작함으로써, 중당 때의 사풍에 비교하여 애정을 제재로 한 화려하고 부박한 것이 특징으로 나타났다. 이 때의 대표적인 사 작가는 온정균溫庭筠, 황보송皇甫松, 한악韓偓 등을 들 수 있으며, 그 중에도 온정균이 대표적인 작가이다.

온정균溫庭筠(812?~870?) : 자가 비경飛卿이며 태원太原 사람이다. 작품이 가장 많을 뿐만 아니라 영향이 가장 큰 작가였다. 그는 몰락한 귀족의 가문에서 출생하여 벼슬은 방성위方城尉를 지냈으나 종신토록 곤궁한 생활을 하였다. 그는 가루기관歌樓妓館을 드나들며 방탕한 색정의 생활을 일삼았는데, 이러한 그의 삶은 사 창작에 직접적인 영향을 주었다. 그래서 그의 사는 화려하고 농염한 묘사로 특징을 이룬다. 그의 「망강남望江南」을 예로 든다.

온정균

머리를 씻고 빗고 화장한 뒤,
홀로 강루에 기대어 서서 바라본다.
지나가는 배 수없이 많아도 임의 배는 아니네,
석양은 빛나며 강물은 유유히 흐르는데,
애간장 끊어질 듯한 백빈주.

梳洗罷,
獨倚望江樓.
過盡千帆皆不是,
斜暉脈脈水悠悠,
腸斷白蘋洲.

이렇게 온정균의 완곡하고 화려한 사풍을 바탕으로 오대五代에 와서는 더욱 본격적인 사작이 이루어졌다. 오대 때의 '화간파花間派' 사인들에게 직접적인 영향이 컸기 때문에 온정균을 '화간비조花間鼻祖'라고까지 하였다. 오대 후촉後蜀 때의 조숭조趙崇祚는 『화간집花間集』에 만당과 오대의 사인 18명의 작품 500수를 가려 실었는데, 온정균, 황보송皇甫松, 위장韋莊, 설소온薛昭蘊, 우교牛嶠, 우희제牛希濟, 모문석毛文錫, 구양형歐陽炯, 고형顧夐, 위승반魏承班, 녹건의鹿虔扆, 염선閻選, 윤악尹鶚, 손광헌孫光憲, 모희진毛熙震, 이순李珣, 장비張泌 등이었다. 『화간집花間集』에 실린 작품이 500편이나 되지만, 몇 수를 제외하고는 공통적인 내용과 격조를 지니고 있다. 여인들의 아름다운 자태, 애정, 육감을 표현하고 있으며, 따라서 여리고 화려하기가 이를 데가 없다.

위장韋莊(836~910) : 자는 단기端己이며, 경조京兆 두릉杜陵 사람이다. 황소黃巢의 난 때에 남쪽으

황소(黃巢)의 난

당 후기의 정치적 부패로 인해 중앙 정부가 백성을 통제할 능력을 상실하면서, 각지에서 반란이 일어났다. 그 가운데서 가장 컸던 것이 '황소의 난'이었다. 그는 동남의 10여 개 성에서 전투를 벌이면서 세력을 점차 확대하여 그 수가 수십만에 이르렀다.

장안, 낙양을 점령한 후 장안에서 황제로 일컫고 국호를 제(齊)라고 하였다. 당은 번진 세력을 규합하고, 이극용(李克用)의 사타(沙陀)의 병력을 빌어 황소 군을 포위 공격하였다. 그 때 황소의 장군인 주온(朱溫)이 당에 투항함으로써 황소는 패전하고 피살되었다. 그리하여 10여 년 동안 지속되었던 황소의 난은 종말을 고하였다. <만당>

로 피난 가 오랫동안 그 곳에서 살았다. 난을 겪은 뒤 1천 6백 6십 자의 「진부음秦婦吟」이란 시를 지어 당시의 처참한 전란상을 그렸는데, 그래서 '진부음 수재'라고 불렀다. 오대 때에 촉蜀의 왕건王建이 그를 재상으로 등용하였다. 『화간집花間集』에 그의 작품이 47수가 실려 있는데, 애정의 갈등, 실제 생활의 경험을 통한 느낌 등을 농염에서 벗어나 담아한 필치로 묘사하고 있다. 「보살만菩薩蠻」을 예로 든다.

> 사람들마다 모두 강남이 좋다고 하네,
> 나그네는 다만 강남에서 늙어가기 합당하다.
> 봄물은 하늘보다 푸른데,
> 꽃배에서 빗소리를 들으며 잠잔다.
> 선술집 아가씨 달같이 어여쁘고,
> 흰 팔은 흰눈으로 빚은 듯하네.
> 늙기 전엔 고향으로 돌아가지 않으리.
> 고향 가면 강남 생각에 애간장이 끊길 테니.

> 人人盡說江南好,

游人只合江南老.
春水碧於天,
畵船聽雨眠.
壚邊人似月,
皓腕凝雙雪.
未老莫還鄕,
還鄕須斷腸.

　또 오대 사인들 중에는 서촉西蜀의 '화간파'를 제외하고 남당南唐의 금릉金陵(현 남경)에서 활동하던 작가들이 있었는데, '남당사인南唐詞人'이라고 일컬었다. 남당은 서촉과는 달리 사집詞集이 전해 오지 않아 그 면모를 제대로 살펴 볼 수가 없지만, 문학적인 가치는 서촉보다도 훨씬 뛰어나다. 남당은 강남에 위치하고 있기 때문에 전란의 영향을 받지 않았을 뿐만 아니라, 자연적인 환경이 뛰어나고 물산이 풍부하여 비교적 안정되었다. 게다가 정치 지도자들이 문학을 애호 장려하고 음주부시飮酒賦詩함으로써 자연히 문학 활동이 활발하였다. 이 시기의 대표적인 시인으로는 이경李璟, 이욱李煜 부자와 재상이었던 풍연사馮延巳를 꼽을 수 있다.

　풍연사馮延巳(903~960) : 자가 정중正中이며 강소江蘇 광릉廣陵사람이다. 사집에는 『양춘집陽春集』이 있다. 재예才藝가 뛰어났을 뿐만 아니라 달변가로서, 특히 악부사를 잘 하였다. 오대 사가 중에서 송대에 영향을 가장 크게 끼친 작가이며, 작품은 비록 애정, 이별을 주제로 삼고 있다고 해도 맑고 수려하다.

　이경李璟(916~961) : 이승李昇의 장자로 남당 보대保大 원년에 제위에 올라 중주中主라고 하였으나, 정치적인 역량 부족으로 국가 정세가 날로 쇠약해 갔다. 그러나 문예의 수양은 뛰어나, 비록 전해 오는 작품은 4수에 불과하지만 그의 여리고 슬픈 사의 풍격은 잘 나타나 있다. 그 중에서도 「탄파완계사攤破浣溪紗」2수를 걸작으로 꼽고 있다.

　이욱李煜(937~978) : 자는 중광重光이고 중주 이경의 여섯째 아들이었다. 그가 즉위하였을 때에는 남당은 이미 송나라를 받들었다. 후주後主 또는 이후주李後主라고 하였으며, 15년 동안 재위하면서 호화롭고 안일한 생활을 하였다. 975년 송이 남당을 멸망시켰는데, 그는 포로가 되어 3년 동안을 눈물로 얼굴을 씻는(以淚洗面) 고통스러운 생활 끝에 송 태종에 의해 독살되었다. 그의 전·후기 생활의 커다란 변화로 인해 사에 있어서도 독특한 특징이 나타난다. 현재 전해지고 있는 사는 모두 46수로, 전기

사는 궁정의 환락을 묘사하고 있는데, 마치 화간파의 사와 같으나 풍격이 비교적 소박할 따름이다. 그러나 후기의 사는 생활 환경이 전기의 궁정 생활로부터 갑자기 고통스럽고 절박한 포로의 생활을 경험하게 됨에 따라, 당시의 고통과 비극을 비롯한 옛 제왕 생활의 추억을 묘사하고 있다. 「우미인虞美人」을 예로 든다.

봄의 꽃 가을 달 언제였던고,
잊지 못할 옛 일 많고 많아라.
초라한 누각에 간밤에 또 동풍이 불고
밝은 달 바라보며 고향 생각에 못 견디어라.
아리따운 난간 옥돌 층계는 그대로 있겠거늘
오로지 이 몸만 늙었구나.
묻나니 그대 수심 그 얼마인고?
마치 동쪽으로 흐르는 봄의 강물 같구나!

春花秋月何時了,
往事知多少.
小樓昨夜又東風,
故國不堪回首月明中.
雕欄玉砌應猶在,
只是朱顔改.
問君能有幾多愁?
恰似一江春水向東流!

이 사는 고국에 대한 그리움을 설파한 작품으로, 작자는 봄의 꽃과 가을의 달이 아름답지만 지루하고 오히려 두렵게 느끼고 있다. 이것은 지난날 제왕의 생활을 잊을 수가 없기도 하려니와 영어의 생활이 고통스럽기 때문이었다. 송의 태종은 '고국불감회수故國不堪回首' 의 사구를 읽고 크게 노한 나머지 약을 내려 자진하게 하였다.

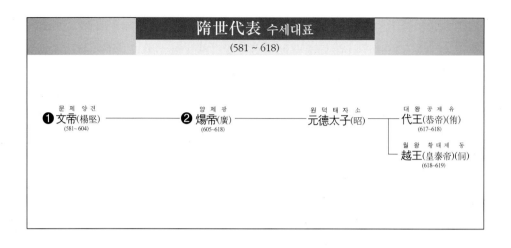

隋世代表 수세대표
(581 ~ 618)

```
    문제 양견                      양제 광              원덕태자소              대왕공제유
❶ 文帝(楊堅) ──────────── ❷ 煬帝(廣) ──────── 元德太子(昭) ──── 代王(恭帝)(侑)
   (581~604)                    (605~618)                              (617~618)
                                                                        월왕창태제동
                                                                     └ 越王(皇泰帝)(侗)
                                                                        (618~619)
```

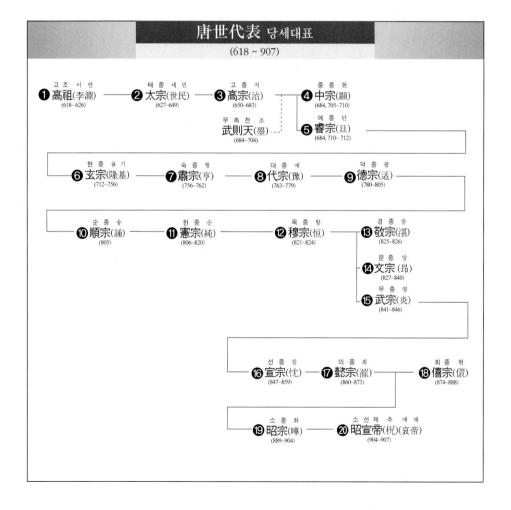

唐世代表 당세대표
(618 ~ 907)

```
   고조 이연            태종 세민            고종 치              중종 현
❶ 高祖(李淵) ──── ❷ 太宗(世民) ──── ❸ 高宗(治) ──────── ❹ 中宗(顯)
  (618~626)           (627~649)           (650~683)            (684, 705~710)
                                          무축천조            예종 단
                                          武則天(曌) ─────── ❺ 睿宗(旦)
                                          (684~704)            (684, 710~712)

   현종 융기            숙종 형              대종 예              덕종 괄
❻ 玄宗(隆基) ──── ❼ 肅宗(亨) ──────── ❽ 代宗(豫) ──────── ❾ 德宗(适)
  (712~756)           (756~762)           (763~779)            (780~805)

   순종 송              헌종 순              목종 항              경종 잠
❿ 順宗(誦) ────── ⓫ 憲宗(純) ──────── ⓬ 穆宗(恒) ──────── ⓭ 敬宗(湛)
  (805)               (806~820)           (821~824)            (825~826)
                                                               문종 앙
                                                             ⓮ 文宗(昂)
                                                               (827~840)
                                                               무종 염
                                                             ⓯ 武宗(炎)
                                                               (841~846)

          선종 침              의종 최              희종 현
       ⓰ 宣宗(忱) ──── ⓱ 懿宗(漼) ──────── ⓲ 僖宗(儇)
         (847~859)           (860~873)            (874~888)

          소종 화              소선제축 애제
       ⓳ 昭宗(曄) ────── ⓴ 昭宣帝(柷)(哀帝)
         (889~904)           (904~907)
```

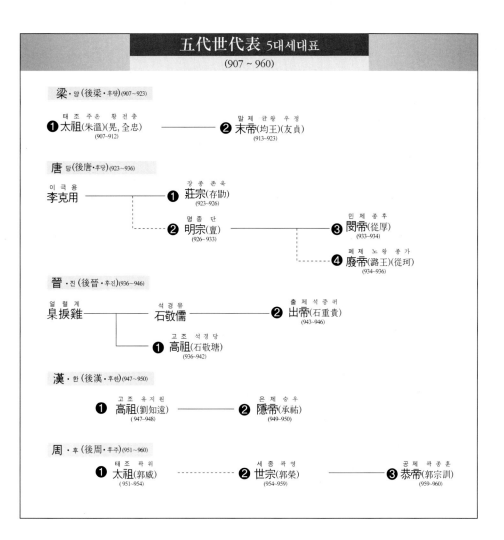

五代世代表 5대세대표
(907 ~ 960)

梁·양(後梁·후량)(907~923)

태 조 주 온   황 전 충
❶ 太祖(朱溫)(晃, 全忠)
(907~912)

말 제 균 왕 우 정
❷ 末帝(均王)(友貞)
(913~923)

唐 당(後唐·후당)(923~936)

이 극 용
李克用

장 종 존 욱
❶ 莊宗(存勖)
(923~926)

명 종 단
❷ 明宗(亶)
(926~933)

민 제 종 후
❸ 閔帝(從厚)
(933~934)

폐 제 노 왕 종 가
❹ 廢帝(潞王)(從珂)
(934~936)

晉·진(後晉·후진)(936~946)

얼 렬 계
臬捩雞

석 경 유
石敬儒

출 제 석 중 귀
❷ 出帝(石重貴)
(943~946)

고 조 석 경 당
❶ 高祖(石敬瑭)
(936~942)

漢·한(後漢·후한)(947~950)

고 조 유 지 원
❶ 高祖(劉知遠)
(947~948)

은 제 승 우
❷ 隱帝(承祐)
(949~950)

周·후(後周·후주)(951~960)

태 조 곽 위
❶ 太祖(郭威)
(951~954)

세 종 곽 영
❷ 世宗(郭榮)
(954~959)

공 제 곽 종 훈
❸ 恭帝(郭宗訓)
(959~960)

6. 宋代文學

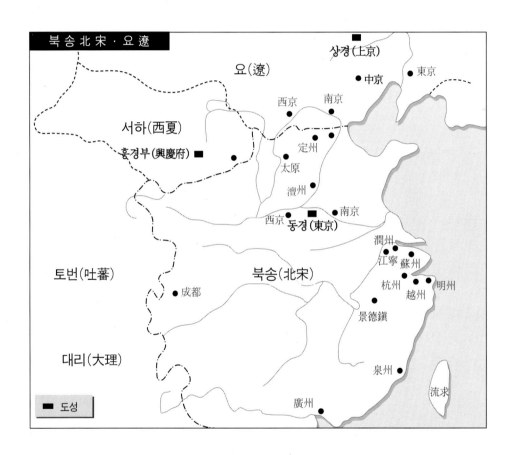

북송北宋·요遼

상경(上京)

요(遼)

東京

中京

西京　南京

서하(西夏)

定州

흥경부(興慶府)

太原

澶州

西京　동경(東京)　南京

潤州

토번(吐蕃)

江寧　蘇州

杭州　越州　明州

成都

북송(北宋)

景德鎭

대리(大理)

泉州

流求

廣州

■ 도성

　당말唐末 오대五代의 혼란한 틈을 타 960년 후주後周의 금군禁軍 조광윤趙匡胤
이 개봉開封으로부터 40여 리 떨어진 진교역陳橋驛에서 '진교병변'을 일으켜 후주
정권을 탈취, 송宋을 건립하였다. 건국 초기의 태조, 태종은 중앙 집권제를 실시하여
기본적으로 중원과 남방의 통일을 이룩하였지만, 서북 지역에는 거란족契丹族이 요

遼를, 당항족黨項族이 서하西夏를 건립하였다. 그런데 1127년 동북 지구의 여진족은 송 왕조 내부의 위기를 틈타 개봉을 침략하여, 휘종徽宗, 흠종欽宗을 포로로 사로잡고, 금金을 건국하였다. 이에 흠종의 아우인 강왕康王 조구趙構가 남쪽으로 장강을 넘어 임안臨安(현 절강성浙江省 항주杭州)에서 황제로 등극하고 국호를 남송南宋이라 하였다. 이로부터 중국은 송·금의 남북으로 대립을 하였다. 뒤이어 몽골의 징기스칸成吉思汗은 서요西遼, 고창高昌, 서하西夏, 금金, 대리大理, 토번吐蕃 등의 소수 민족 정권을 정복하고 남송을 정벌, 마침내 중원을 통일하였다.

송나라 때에는 이학理學이 크게 발전하였는데, 유가 경전에 대한 새로운 해석을 바탕으로 다시 체계화하였다. 송대 이학이 일어나게 된 원인을 몇 가지로 나누어 설명하자면 첫째, 오랜 동안에 걸친 유·불·도의 융합이다. 처음 유·불은 배척적인 관계에 있었으나, 선종禪宗이 주류를 이루게 되면서부터 유가에서는 선종의 성심론性心論에 관심을 가졌다. 둘째, 당시의 정치, 경제, 사회, 과학, 기술의 발전이다. 특히, 인쇄술의 발달로 책을 쉽게 만들어 낼 수 있었기 때문에 자연히 독서 인구가 증가하였고, 서원書院이 날로 증가하였다. 이와 같은 환경 아래 지식 교육은 더욱 확산, 이학의 내용도 확대되어 온 우주, 인생 문제 등 포괄하지 않는 것이 없었다. 이렇게 사상, 과학, 상업의 신속한 발전으로, 사회 구조의 변화가 일어나기 시작하였고 문화적인 양상도 달라졌다. 가장 뚜렷한 것은 시민 문화가 사회의 새로운 힘으로 등장했다는 것인데 이는 송대 학술의 주요한 정신적 기반이 되었다.

송대 사회 문화의 중심 세력이 새로운 지식 계층 및 시민 계층으로 옮겨가면서, 모든 사회 구조가 크게 변화하였다. 따라서, 인생의 의의와 우주 사회의 질서에 대하여 깊은 생각을 하게 되었다. 당시의 학자들은 우주, 인생, 사회, 입세入世, 출세出世 등 자신과 마주하고 있는 모든 것들에 대한 원칙을 추구하였다. 그 원칙을 '이理' 또는 '도道'라고 하였으며, 이와 같은 사상은 당시 문학에 매우 깊은 영향을 끼쳤다.

송대의 문학 사상적인 배경은 크게 두 가지로 나누어 볼 수 있다. 첫째, 이학의 학술 체계가 유가 정통 사상에 근본을 두고 있는 만큼 문학도 유가의 문학관을 바탕으로 하고 있다. 문이재도文以載道, 정치교화正治敎化 등의 실용적인 문학론을 내세웠으며 진리의 추구 방법, 문장의 작법 등은 모두 이 실용론을 따르고 있다. 배움으로써 문학을 하는 것이기 때문에 그 연마가 다름 아닌 문학의 정진을 뜻하며, 문학은 자연적으로 표현된다고 하는 것이다. 때문에 문학의 형식은 가볍게 여기고 내용을 중하게 여길 수 밖에 없었다. 둘째는, 선학禪學 사상의 영향이다. 당나라 때 무종武宗의 멸불滅佛 이후로부터는 모든 종

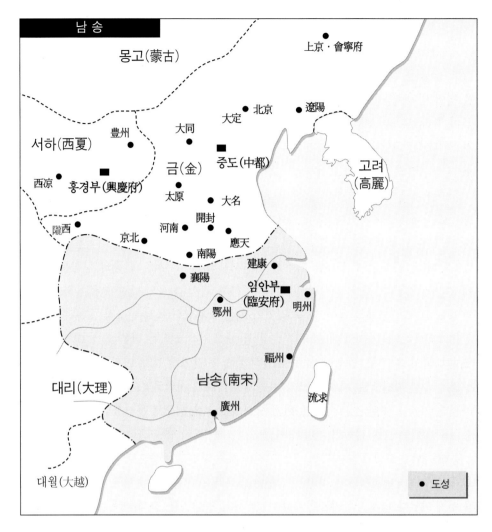

파가 쇠퇴하고 오직 선종만이 활기를 띠었고 그 세력이 두드러졌다. 당시의 사대부들이 직접적으로 받아들이게 된 불교는 선종으로서 학술 사상뿐만 아니라 문학에까지도 큰 영향을 주었다. 즉, "불립문자不立文字, 직지본심直持本心, 견성성불見性成佛"의 심성心性의 깨달음을 갈파하고 있는데, 이에 심취하지 않는 문인 학자들이 거의 없었고 향리向裏적 심성의 수양을 통하여 올바른 문학 활동을 할 수 있다고 생각하였으며, 그것이 문학에 미치는 영향은 대단히 지대하였다.

제1절 詩歌

　당에 이어 송대에도 시가 문학이 크게 흥행하였다. 당시 작품의 수량이 전당시全唐詩의 몇 배를 초월하고 있다. 송나라의 시인들은 시작詩作을 게을리 하지 않아 매우 많은 작품들이 전해지고 있는데 소식蘇軾은 2,700여 수, 양만리楊萬里는 4,000여 수, 육유陸游는 10,000수에 가깝고, 주희朱熹는 1,200여 수가 넘는다. 이 숫자는 당나라의 두보, 이백의 시보다 훨씬 많으며, 미루어 보아 송시의 성황을 짐작하고도 남을 것이다.

　송시는 당시唐詩를 이어받아 새로운 변화를 하였다. 중국 문학사에 있어서 송대의 문학은 사詞라고 특징지을 만큼 사의 전성기였으나, 송시 또한 독특한 특색을 갖추고 있으니 위에서 말한 '새로운 변화'가 그 특색이다. "이를 말하되 정은 말하지 않는다(言理不言情)" 라는 말에서 당시唐詩의 시격과는 전혀 다른 면모를 볼 수 있다. 그럼에도 불구하고 시가 사만큼 각광을 못 받았던 것은 문학 발전 추세에도 그 원인이 있지만, 명대의 전·후칠자前後七子가 "글은 반드시 진·한을 따르고, 시는 반드시 성당을 따라야 한다.(文必秦漢, 詩必盛唐.)"라고 표방하고 나선 데에 그 연유가 있다. 뒤에 공안파公安派의 제창과 노력에도 불구하고 송시는 끝내 부흥하지 못하였다.

1. 북송시北宋詩

(1) 서곤파西崑派

　사회가 비교적 안정되고 경제가 번영함에 따라 문학이 발전하였다. 자주 연회를 베풀어 시가를 창화唱和하였으며 그 속에서 문학이 발전하였다. 이러한 사회 분위기는 작시에 있어 내용보다 아름다운 형식에 치중하게 하였고 마침내 서곤체가 유행하게 되었다. 서곤체의 유행은 진종眞宗으로부터 인종仁宗에 이르기까지 약 40여 년 간

문단에 영향을 끼쳤다. 주요 시인은 양억楊億, 유균劉筠, 전유연錢惟演을 비롯한 10여 명으로, 모두가 궁정 대신이거나 한림학사들이었다. 그 중 양억은 그들이 창화한 시가 248수를 『서곤수창집西崑酬唱集』으로 엮었는데, 나중에 이 서곤체의 시를 본받아 짓는 이가 적지 않았다. 그러나 내용이 허망하고 기교만 중시함으로 해서 감정, 개성이 없고, 단지 유창한 리듬, 화려한 형식으로 그 공허한 내용을 장식할 뿐이었다.

양억楊億(974~1020) : 자가 대년大年이며 건주建州 포성浦城(현 복건성福建省 포성현浦城縣) 사람이다. 일찍이 진사가 되어 한림학사와 사관수찬史館修撰을 겸하였다. 사람됨이 정직하고 기개를 높이 여겼다. 저서로 『무이신집武夷新集』20권과 『포성유서浦城遺書』가 남아 있다. 「금중정수禁中庭樹」를 예로 든다.

> 곧은 가지는 대궐문에 걸치고,
> 짙은 그늘은 문틀을 덮었구나.
> 연이은 구슬은 새벽 이슬을 머금고,
> 퉁소 소리 밤 매미보다 청아하구나.
> 계수나무 빨갛게 물든 언덕길,
> 흰 느릅나무 늘어선 북두와 같은 성곽,
> 날씨는 자못 차가운데,
> 파촉의 버드나무 외로운 정절을 비웃는다.

> 直干依金闥, 繁陰覆綺楹,
> 累珠晨露越, 嗄管夜蟬淸.
> 霜桂丹丘路, 星楡北斗城,
> 歲寒徒自許, 蜀柳笑孤貞.

위에서 본 바와 같이 송초의 유미적인 시의 작풍이 시단을 지배해 왔는데, 서곤파 시체에 반대하여 구양수歐陽修 등은 복고復古를 제창하였다. 이 밖에 매요신梅堯臣, 소순흠蘇舜欽, 왕안석王安石, 소식蘇軾 등이 구양수와 마찬가지로 서곤체의 타파를 주장하였다. 구양수는 실제적으로 북송 시문 혁신 운동의 우두머리였다.

구양수歐陽修(1007~1072) : 자가 영숙永叔, 호는 취옹醉翁이며 만년에는 육일거사六一居士라고 하였다. 길주吉州 영풍永豐(현 강서江西 길안吉安) 사람으로 정치가

이며 문학가였다. 네 살 때 아버지를 잃은 그는 홀어머니의 뒷바라지로 공부, 24세 때에 진사가 되었다. 벼슬은 추밀부사樞密副使, 참지정사參知政事에 이어 형부상서刑部尚書, 병부상서兵部尚書 등의 요직을 거쳤다. 정치적 성향은 개혁을 지지하여 보수파의 배척을 받아서 몇 차례 좌천당하기도 했다. 희녕 4년(1071) 6월에는 관직을 내놓고 영주潁州에 거처를 정하고 지내다가, 다음 해 희녕 5년 66세로 생을 마쳤다. 저서로,『당서唐書』,『오대사기五代史記』외에『구양문충공집歐陽文忠公集』150권,『시본의詩本義』16권,『육일사六一詞』3권,『육일시화六一詩話』1권 등이 있다.

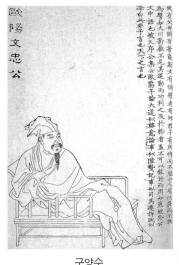
구양수

　"글과 도는 하나로 합쳐져야 한다(文道合一)"고 주장하였다는 것에서 구양수의 시와 산문은 모두 한유韓愈의 고문운동 정신을 이어받았음을 알 수 있다. 즉 내용(道)이 형식(文)을 결정하게 된다고 강조하였다. 구양수는 특히 한유의 "문으로써 시를 삼는다(以文爲詩)"라고 하는 시의 작법을 따랐기 때문에, 의론화議論化·산문화散文化의 특징을 가지게 되었다. 하지만 한유의 어려운 글귀, 기괴한 시어, 험운險韻의 사용을 기피하고, 다만 그의 장점인 웅장한 기격氣格을 본받았기 때문에, 비록 호방하다고 하더라도 난삽하지 않았고, 평이하고 담백하였다. 따라서, 자연히 유미주의적인 서곤체와는 다른 시풍을 낳게 되었고 송시의 새로운 시풍을 열게 되었다. 「희답원진戲答元珍」을 예로 든다.

　　봄바람은 아직 하늘가에 이르지 못한 것 같구나,
　　이월달 산성의 꽃이 보이지 않네.
　　잔설이랑 귤나무 가지에 쌓여 있는데,
　　찬 눈에 놀란 대나무 싹을 돋우고자 해.
　　밤에 돌아가는 기러기 소리를 듣자니 고향 생각이 절로 나고,
　　병든 몸으로 새해를 맞으니 물물마다 헌사롭다.
　　일찍이 낙양에서 꽃놀이를 하였거니,
　　들꽃이 비록 늦게 핀다한들 한탄할 것 있겠나.

春風疑不到天涯, 二月山城未見花.

殘雪壓枝猶有橘, 凍雷驚筍欲抽芽.

夜聞歸雁生鄉思, 病入新年感物華.

曾是洛陽花下客, 野芳雖晚不須嗟.

매요신梅堯臣(1002~1060): 자가 성유聖兪이며 안휘安
徽 선성宣城 사람이다. 선성의 옛 이름을 완릉宛陵이라고
하였기 때문에, 그를 일컬어 매완릉梅宛陵이라고 하기도
하였다. 그는 벼슬길이 잘 열리지 않아 50여 세가 되어서야
진사가 되었고 벼슬은 상서도관원외랑尙書都官員外郎에
이르렀다. 시에 있어서 소순흠蘇舜欽과 이름을 나란히 하
였기 때문에, 세칭 '소蘇·매梅'라고 하였다. 『시경』과 『초
사』, 이백과 두보 등의 현실주의적인 시가의 전통을 이어받
을 것을 강조하여 자연히 서곤파와는 대립적이었고, 시풍
의 담백함을 애써 주장하였다. "작시에는 고금이 없다. 오
직 담백하게 짓기가 어렵다.(作詩無古今, 惟造平淡難.)"
라고 한 바와 같이, 그의 시풍은 질박하고 담백하다. 당시
농촌의 가난한 생활을 주제로 한 「도자陶者」, 「전가어田
家語」, 「안빈岸貧」 등의 시가 있다.

매요신

소순흠蘇舜欽(1008~1048): 자가 자미子美이며 재주梓
州 동산銅山(현 사천성四川省 중강中江) 사람으로 개
봉開封에서 출생하였다. 27세에 진사가 되어 현령, 대리
평사代理評事, 집현전교리集賢殿校理 등 하급 벼슬을
하였으나, 범중엄范仲淹을 우두머리로 하는 정치 개혁에 참가하였다가 보수파의 모

소순흠

함으로 관직을 박탈당하고 난 뒤 소주蘇州에 은거하였다. 그의 시풍은 호방할 뿐만 아
니라 감정을 솔직하게 표현하였다.

왕안석王安石(1021~1086): 자가 개보介甫, 호는 반산半山이다. 임천臨川(현 강서
성江西省 무주撫州) 사람으로 소관료 집안에서 태어났다. 그는 북송 때의 정치가, 사
상가, 문학가로, 시의 혁신 운동을 적극적으로 추진하였다. 인종 경력慶歷 2년(1042)

21살 때에 진사에 올라 희녕 2년(1069)에 참지정사參知政事가 되었고, 다음 해 재상이 되었으며, 특히 신종의 신임을 받아 적극적으로 새로운 변법을 실시하였다. 그러나 반反 변법파의 맹렬한 공격으로 희녕 7년(1074)에 파직되었다. 다음 해 다시 재상에 복귀하였지만 희녕 9년(1076)에 또 사직하고 말았다. 그 후, 강녕江寧에 은거하며, 오로지 학술 연구와 시작에 몰두하다가, 신종 사후 보수당의 사마광司馬光이 집정하면서 변법을 모두 폐지하기에 이르자, 울분을 참지 못하여 병사하였다. 저술로『임천선생문집臨川先生文集』이 전해지고 있다.

왕안석

송시는 구양수, 매요신, 소순흠 등을 거쳐오면서 시풍의 개혁 운동에 그 기초를 마련하였다. 그 뒤를 이어서 3소三蘇, 증공曾鞏, 왕안석 등이 구양수가 제창한 송시 혁신 운동에 적극적으로 참여하여 큰 성과를 거둘 수 있었다.

왕안석의 시가는 1,500여 수가 넘지만, 특색을 두 가지로 나누어 설명할 수 있다. 첫째, 초기에는 두보, 한유의 영향을 많이 받았다. 형식적인 측면에서 살펴보면 한유의 "글로써 시를 삼는다(以文爲詩)"는 작시법을 그대로 배워 왔기 때문에, 산문성이 짙을 뿐만 아니라 어려운 자나 험운險韻을 피하지 않았다. 또 내용적인 측면에서 살펴보면, 정치, 사회적인 것을 소재로 하고 있는 것이 많다. 「하북민河北民」, 「겸병兼幷」, 「감사感事」 등을 예로 들 수 있고 이러한 작품들은 현실적인 문제에 있어서는 비교적 충실한 편이지만, 예술적인 기교에 있어서는 일반적으로 비평성이 강하고 언어가 생경한 결점을 지니고 있다. 둘째, 왕안석의 시풍은 재상을 파직당한 뒤로부터 많은 변화를 가져왔다. 물

왕안석(王安石)의 변법(變法)

송은 부패할 대로 부패하였으나, 신종(神宗)이 즉위하고 왕안석을 기용하여 개혁을 단행하였다. 왕안석은 토지 겸병의 억제, 타협적 대외관계 반대, 균등한 경제를 실시함으로써 사회의 안정을 추구하였으며, 무엇보다도 생산을 강조하였다. 생산이 적으면 백성이 빈곤할 수 밖에 없음은 물론 국가 또한 부강해질 수 없다는 것이었다. 이와 같은 사상을 바탕으로 '재정을 정비하고 군대를 정비함으로써 부국강병을 꾀한다(理財整軍, 富國强兵)'는 강령이 마련되었고, 부강한 국가와 강한 군사에 관한 새로운 법을 도입, 추진하였다. 왕안석은 새로운 법을 추진하는 동안 두 차례나 재상직을 파면당하였으나, 신종 재위시에는 중지되지 않고 실행되었다. 〈宋〉

론, '변법'과 같은 정치적인 회포를 표현하고 있으나, 후기로 접어들면서 비평성이 강한 시보다는 정경情景을 묘사한 시들이 많았으며, 시풍이 참신하고 아름다웠다. 「박선과주泊船瓜洲」를 예로 든다.

> 진강 어구의 과주는 한 줄기 하천 사이,
> 종산은 다만 몇 겹의 산이 떨어져 있을 뿐.
> 봄바람은 불어 또 강남의 언덕이 푸르른데,
> 밝은 달은 어느 때나 내가 돌아옴을 비출건가.

> 京口瓜洲一水間, 鍾山只隔數重山.
> 春風又綠江南岸, 明月何時照我還.

이 시는 희녕 8년(1075) 2월 재상에 재발탁되어 수도로 가는 도중 과주에 정박해 있을 때 지은 시로, 정情을 경景에 담아 표현한 예술적인 격조가 뛰어난 시라고 할 수 있다.

소식蘇軾(1037~1101) : 자가 자첨子瞻, 호는 동파거사東坡居士이다. 사천四川 미산眉山 사람으로, 아버지 순洵, 아우 철轍과 함께 '3소三蘇'라고 불리우며, 모두 당·송 8대가에 속했다. 소식은 시, 사, 문, 음악, 서법 등에 깊은 조예가 있었고, 정치에도 높은 견해를 가지고 있었다. 21세 때 진사가 되어 벼슬길에 들어섰으나, 북송 때의 격렬한 변법운동變法運動 및 신구 당쟁의 소용돌이 속에서 몇 차례 좌천당하는 등 정치적으로는 불운을 겪었다. 혁신 정치 세력에 밀려 항주杭州, 밀주密州(현 산동성山東省 제성諸城), 서주徐州(현 강소江蘇), 호주湖州(현 절강浙江) 등의 지방관을 주로 역임하였다. 휘종徽宗이 왕위를 이은 뒤에 귀양으로부터 풀려나 수도로 돌아가는 도중 상주常州에서 병사하였다. 저작으로는 『동파전집東坡全集』, 『동파악부東坡樂府』, 『동파지림東坡志林』, 『구지필기仇池筆記』, 『애자잡설艾子雜說』 등이 있다.

소식

『소식시집蘇軾詩集』에 모두 2,712수가 실려 있으니 적지 않은 시작이다. 그는 시를 글처럼 썼다. 비록 정치적으로는 좌절당하여 주로 지방관을 역임하였으나, 당시의 여러 가지 경험들은 모두 시의 소재가 되었다. 그렇기 때문에 제재는 넓고 격조가 다채로웠다. 생활을 통하여 얻게 된 인생에 대한 철학적인 이해가 시에 잘 스며들어 있다. 흔히 송시는 '이기심성론理氣心性論' 및 "글로써 시를 삼는다(以文爲詩)"는 작법의 영향으로 서정적인 당시唐詩와는 다른 특징을 갖게 되었다. 그렇지만 지나치게 이理를 강조함으로써 메마르고 맛이 없고 개념화의 결점을 초래하기까지 했다. 왜냐하면, 시가에 있어서 형식적 사유의 특징을 소홀히 하고, 일반적인 문장의 사유 방법으로 시작을 하였기 때문이다. 그러나 사실은 이理가 어떤 사물이나 경물에 이입되어 새로운 시적인 이미지를 만들어 내고 겉으로 취趣가 있게 되면, 독자들에게 미적인 만족감을 주게 되는 것은 물론 생동적인 이취理趣의 훌륭한 작품이 될 것은 말할 나위 없다. 소동파의 시는 철리를 말하고 있으나, 이장理障에 떨어지지 않고 오히려 이취理趣가 넘쳤다. 「제서림벽題西林壁」을 예로 든다

> 옆에서 보면 산령이오, 곁에서 보면 산봉이로세,
> 멀고, 가깝고, 높고, 낮기가 각각 다르구나.
> 여산의 참 모습을 알지 못하는 것은,
> 바로 이 몸이 산 속에 있기 때문이로구나.

> 橫看成嶺側成峰, 遠近高低各不同.
> 不識廬山眞面目, 只緣身在此山中.

이 시는 인생의 철학적인 이치를 말하고 있지만, 시의 표현만으로 보면 여산에 대한 사실적인 느낌만을 서술하고 있는 것 같다. 산중에서 바라보고 있는 여산은 높고, 완만하고, 웅장하고, 수려한 등 하나 하나가 진실이지만, 산을 통틀어 말하면 그것들은 단편적인 것에 불과하며, 그래서 진실이라고 말할 수 없다. 즉, 어떤 구체적인 환경이나 사건 속에 몰입하게 되면, 전체적으로 또는 객관적으로 그것에 대한 참된 모습을 인식할 수 없게 된다. 편파적 또는 주관적으로 모든 것을 이해하려고 하므로 생활의 전체를 파악하지 못하게 되는데, 그것은 시의 끝 구에서처럼 '몸이 산 속에 있기 때문'이다.

소식의 사경寫景, 이취의 시가는 예술적인 가치가 매우 높은 것으로 평가받고 있

다. 특히, 강물을 노래한 시가 대단히 많은데, 예를 들면 「무산巫山」, 「입협入峽」, 「유금산사游金山寺」, 「망해루만경望海樓晚景」 등에서 풍광의 특색을 감동적으로 묘사해 내고 있다.

(2) 강서시파江西詩派

유대걸劉大杰은 『중국문학발전사中國文學發展史』에서 "송시에 있어 형성된 시파는 서곤파와 강서시파라고 할 수 있다. 서곤체는 주로 관각館閣(한림원)에서 유행하였는데, 연회 때의 화답시가로 쉽게 유행하고 쉽게 소멸하였다. 반면에, 강서체는 진정으로 문학을 애호하는 사람들이 배우고 익혔으며, 예술에 대한 그들의 태도가 진지하고 성실하였기 때문에 한 시파로 형성되었고, 오랫동안 전수되어 갔다"라고 평가하였다.

북송의 시가는 소식에 이르러 정점에 이르렀으며, 북송 후기의 시가는 그의 영향을 벗어나지 못하였다. 황정견黃庭堅, 장뢰張耒, 조보지晁補之, 진관秦觀 등을 '소문4학사蘇門四學士' 라고 하였고, 뒤이어 진사도陳師道, 이천李薦 등을 더하여 '6군자六君子' 라고 불렀다. 이것만 보아도, 당시에 소식의 문학적인 영향이 얼마나 컸던가를 짐작할 수 있다. 그래서 그들의 시가에 대한 견해는 소식과는 차이가 있으나, 그 성과는 그를 능가하지 못하였다. 강서시파의 창시자는 황정견인데, 소식 이후의 송 시단은 거의 그들이 장악하였다.

황정견黃庭堅(1045~1105) : 자가 노직魯直, 호는 산곡山谷, 부옹涪翁이며, 분녕分寧(현 강소성江西省 수수修水) 사람이다. 어려서부터 경사백가經史百家, 노장老莊, 불학佛學에 관심을 두었고 소설 등을 읽고 시를 짓기도 했다. 교서랑校書郞으로서 『신종실록神宗實錄』의 검수관이 되었으나, 실록 수찬이 불성실하다는 죄명으로 부주涪州로 좌천당하여 그 곳에서 죽었다. 저술은 『예장선생문집豫章先生文集』30권, 『산곡전집山谷全集』39권, 『산곡금취외편山谷琴趣外篇』 등이 있으며, 강서 사람이었기 때문에 그를 중심으로 한 시파를 이른바 '강서시파江西詩派' 라고 하였다.

황정견

황정견의 가장 유명한 시가 이론은 '환골탈태換骨脫胎'와 '점철성금點鐵成金',

'요체拗體'의 주장이다. '점철성금點鐵成金'의 뜻은 본래 신선이 무쇠에 손을 대어 금을 만든다는 술법을 말하는 것으로, 여기에서는 남의 글을 조금 다듬어서 훌륭한 글이 되도록 한다는 것이다. '요체'는 시를 지음에는 이미 정해진 작시법을 성실하게 준수하지만 정해진 작시법을 그대로 따르지 않았음을 말한다. '요체'는 '요구拗句'와 '요율拗律'의 두 가지 종류로 구분되어진다. 예컨대, '요구'는 5언시에 있어서 일반적으로 '상이하삼上二下三'으로 시구가 지어지는 것이 원칙이지만, 그와는 달리 '상삼하이上三下二' 또는 '상일하사上一下四' 등으로 하는 경우이고, 또 7언시에서는 '상사하삼上四下三'

황정견의 淸平樂

이 일반적인 작시의 조구법造句法이지만, 그와는 달리 '상삼하사上三下四' 또는 '상이하오上二下五' 등으로 시구를 짓는 것과 같다. 그리고 '요율'은 다름 아닌 시 중의 평측平仄을 교환하는 것으로서 음률이 바뀌는 것을 말한다.

'요체'의 방법은 다양하다. 한 가지 예를 들면, 황정견의 「기황기복寄黃幾復」의 제3구, "도리춘풍일배주桃李春風一杯酒"는 '측측평평측평측仄仄平平仄平仄'으로 율격이 짜여 있으나, '측측평평측측仄仄平平仄仄'으로 하는 것이 원칙이다. 즉 앞에서 보면, 제5자가 '평平'성으로 쓰여져야 마땅하나 '측仄'으로 쓰였고, 제6자는 '측仄'성으로 쓰여져야 미땅하나 '평平'성으로 쓰여졌다. 또, 「원명류별元明留別」 시의 첫 구 "광랑순백영옥저光榔笋白映玉箸"는 '평평측측측측측平平仄仄仄仄仄'으로 율격이 짜여 있으나, '평평측측평평측平平仄仄平平仄'이 원칙이다. 위에서 보면 제5자, 제6자가 평성이 원칙임에도 불구하고 모두 측성으로 사용되었다. 이와 같이, 황정견은 '요체'를 활용함으로써 그의 독특한 시격을 이룩하였다. 「기황기복寄黃幾復」을 예로 든다.

나는 북해, 그대는 남해에 살다니,

기러기 편에 편지를 부치려 하나 사절한다오.

봄바람 복사꽃 한창일 때 한 잔 술을 마시지만,

강호에 밤비는 내리고 외로이 등불 대하기 10년이구나.

집이라야 가진 것이 없이 네 벽만이 덜렁 서 있는데,

병을 치료하자니 양의(三折肱)가 아니면 안 될 것을.

그리워라 공부할 때 친구들 이미 백발이 성성한데,

시내 건너 원숭이 울음소리 등나무에 응어리진다.

我居北海君南海, 寄雁傳書謝不能.

桃李春風一杯酒, 江湖夜雨十年燈.

持家但有四立壁, 治病不蘄三折肱.

想見讀書頭已白, 隔溪猿哭瘴溪藤.

장뢰張耒 (1052~1112) : 자가 문잠文潛, 호는 가산柯山이며 초주楚州 회음淮陰 사람이었다. 태상소경太常少卿 등의 벼슬을 지냈으나, 정치적으로 소식을 따랐기 때문에 일찍이 좌천당하였다. 그는 당나라 백거이와 장적張籍의 시풍을 좇았는데, 주로 자연의 경물을 비롯한 현실 생활을 소재로 하고 있다. 그의 시의 특징은 내용이 평이하고 시격이 단조롭다.

2. 남송시南宋詩

(1) 남도4가南渡四家

남송 초기의 주요 시인으로는 진여의陳與義, 증기曾幾, 여본중呂本中 등이 있으며, 그 중에서도 진여의가 가장 뛰어났다.

진여의陳與義(1090~1138) : 자가 거비去非, 호는 간재簡齋이다. 낙양 사람으로 24살 때 진사에 급제한 뒤, 북송 때에 개덕부교수開德符敎授 등을 지냈고, 남송 때에는 중서사인中書舍人, 예부시랑禮部侍郎, 참지정사參知政事 등의 요직을 역임하였다. 그는 남·북송 교체 시기의 중요한 시인이었다. 남도南渡 이전의 시풍은 명쾌하고 발랄하였지만, 남도 이후에는 두보를 배우고 아울러 소식, 황정견을 존중하였다. 초기시의 소재는 일상 생활의 정취, 산수 등을 즐겨 썼으나, 정강靖康의 난 이후에는 스스로 겪었던 어지러운 사회 생활의 비참한 경험 등이 시에 잘 반영되고 있어서, 후기 시풍은 전기의 청아함에서 비장함으로 바뀌었다.

이렇게 진여의 등을 거쳐 남송 중기에 이르러서는, '남송4대가南宋四大家'로 일컫는 육유陸游, 양만리楊萬里, 범성대范成大, 우무尤袤 등이 강서시풍을 바탕으로 한 새로운 격식의 시를 지었다.

육유

육유陸游(1125~1210) : 자가 무관務觀, 호는 방옹放翁이다. 월주越州 산음山陰(현 절강성浙江省 소흥紹興) 사람으로, 태어난 지 2년째 되던 해 금군의 침략으로 수도 변경汴京이 함락당하자, 부친을 따라 피난하였다. 그는 재능이 뛰어나 12세 때 시문을 지었으며, 25세 경에 당시 애국 사상을 지녔던 시인 증기曾幾에게서 시를 배웠다. 벼슬길이 여의치 못하였으나, 정치적으로는 주화파主和派와 대립하는 주전론主戰論을 주장하였으며, 잃어버린 땅을 회복하고 국치國恥의 설욕을 강조하였다. 현존하는 시는 10,000수에 가까우며, 그 가운데 많은 시에 정치적인 포부, 애국 사상이 강렬하게 반영되어 있다. 「추야장효출리문영량유감秋夜將曉出籬門迎涼有感(其二)」을 예로 든다.

삼만 리 황하는 동쪽 바다로 흘러 들어가고,
높고 높은 화산은 위로 하늘을 떠받들고 있네.
나라 잃은 백성 오랑캐들 속에서 눈물이 마르고,
남쪽 왕도를 그리나니 또 1년이네.

三萬里河東入海, 五千仞岳上摩天.
遺民淚盡胡塵裏, 南望王師又一年.

또 송대에는 이학理學이 성행함에 따라, 매화의 고결한 정신을 귀하게 여겨 매화가 시의 소재로 많이 사용되었다. 육유도 "얼음 서리 차면 찰수록 절개 더욱 굳으니, 이 세상에 여윈 신선 있구려.(凌厲冰霜節愈堅, 人間乃有此癯仙.)"라고 한 바와 같이, 매화를 인격화한 그의 시가는 아름다워 사람들의 칭송과 사랑을 많이 받았다.

양만리楊萬里(1124~1206) : 자가 정수廷秀, 호는 성재 誠齋이다. 강서 길수吉水(현 강서성江西省 길안吉安) 사람으로, 27세 때 진사가 되어 비서감秘書監, 보모각직 학사寶謨閣直學士 등을 역임하였다. 금金에 대항하여 싸울 것을 주장하며 몇 차례 상소를 통해 조정의 잘못을 지적하였으나, 여의치 않자 두문불출하고 15년 동안을 칩 거하다가 울분으로 병을 얻어 죽었다. 그는 다산의 작가 로 심덕잠沈德潛의『설시췌어說詩萃語』에 의하면, 20,000여 수를 지었다고 하나 아깝게도 지금 전해지고 있

양만리

는 것은 4,200여 수 뿐이다. 초기에는 강서시파의 시를 배 웠으나, 이 파의 폐단을 자각하고 나중에 "자연을 본받는다(師法自然)"는 나름대로의 작시법을 개척하여 독특한 시풍을 이룩하였는데, 그래서 세칭 '양성재체楊誠齋體'라 고 하였다. 저작으로『성재집誠齋集』이 전해온다.「초입회하初入淮河」를 예로 든다.

중원의 부로들 별다른 말은 하지 않고,
사신(제왕)을 만나 고통(금의 압박) 만을 털어놓네.
돌아가는 해오라비 말을 하지 못하고,
일 년 한 차례씩 강남에 온다네.

中原父老莫空談, 逢着王人訴不堪.
却是歸鷗不能語, 一年一度到江南.

범성대范成大(1126~1193) : 자가 치능致能, 호는 석호거사石湖居士이다. 오군吳郡 (현 강소성江蘇省 소주蘇洲) 사람으로, 일찍이 부모를 여의어 집이 가난하였다. 28 세 때 진사가 되어 두루 지방관을 거쳐 참지정사參知政事 등을 역임하였으나, 나중에 효종과의 정치적인 이상이 맞지 않아 벼슬을 버리고 소주 석호로 돌아와 자연을 벗삼

아 시주詩酒를 즐겼다. 이 때 농촌의 풍광을 주로 시의 소재로 삼았으며, 쉽고 청신함이 시의 특징이라고 할 수 있다.

우무尤袤 (1127~1194) : 자가 연지延之, 호는 수초거사遂初居士이다. 강소江蘇 무석無錫 사람으로, 벼슬은 예부상서禮部尙書에 이르렀다. 남송의 유명한 장서가였으며,『수초당서목遂初堂書目』1권이 있는데 집에 소장하였던 책이 기록되어 있고 지금까지 전해지고 있다. 시는 육유, 양만리, 범성대 등과 비교하여도 손색이 없으나, 작품이 모두 산실되어 안타깝다. 다만, 후손인 우동尤侗이 그의 유시遺詩를 모아 강희 때『양계유고梁溪遺稿』1권을 간행하였는데, 극히 일부분에 불과하다.

(2) 영가4령永嘉四靈

남송 4대가의 시풍을 반대하는 절강 영가永嘉의 조사수趙師秀(호 영수靈秀), 서조徐照(자 영휘靈輝), 옹권翁卷(자 영서靈舒), 서기徐璣(호 영연靈淵) 등 네 명의 시인을 '영가4령永嘉四靈' 또는 '4령파四靈派'라고 한다. 왜냐 하면, 이들이 모두 영가 (현 절강성浙江省 온주溫州) 출신이었고, 옹권의 자에서 '영靈' 자를 취하여 자와 호로 삼았기 때문에 '영가4령永嘉四靈'이라고 불리워졌던 것이다. 이들은 강서시파의 '환골탈태', '점철성금', '요체' 등의 작시법에 대하여 남조의 산수시, 전원시의 시풍을 이어받고, 만당 때의 가도賈島, 요합姚合의 시를 배우려 하였다. 자연의 강물과 산수지간의 한적한 생활을 주로 노래하였으며, 따라서 유미주의적 경향의 시풍이 흘렀다.

(3) 강호시인江湖詩人

영가4령의 뒤를 이어 강호파江湖派라고 일컬어지는 새로운 시의 유파가 시단에 형성되었다. 이들은 나라가 어지러워지고 벼슬길도 여의치 못하여, 산수에 은거하며 시와 술로 애써 세상일을 잊고 살고자 했다. 그 당시 진기陳起는 62명 시인의 시를 모아『강호집江湖集』,『강호전집江湖前集』,『강호속집江湖續集』,『중흥강호집中興江湖集』등을 간행하였다. 그리하여 '강호파'라는 이름을 얻게 되었으며, 유극장劉克莊(1187~1269), 대복고戴復古 등이 그들을 대표한다. 유극장의 시「증강방졸贈江防卒」을 예로 든다.

> 밭두렁 행인이 갑옷을 입었으니,
> 영중의 젊은 부인의 눈물 자국 새롭겠네.

변새의 버들은 푸른 하늘에 이었는데,

하필이면 집 동산에 봄이 오다니.

陌上行人甲在身, 營中少婦淚痕新.

邊城柳色連天碧, 何必家山始有春.

(4) 이학가시理學家詩

이학가의 문학 이론은 이른바 "글은 도로부터 나온다(文從道出)"라고 하는 것으로, 이 관점을 따르면 글은 반드시 사리의 옳고 그름을 변별하여 사람을 교화함에 유익하여야 한다는 것이다. 이학의 학술 체계는 유가 정통 사상에 근본을 두고 새로운 이론을 더한 것으로, 시학 사상도 마찬가지여서 어디까지나 유가의 문학관을 바탕으로 하고 있다. '배움'으로써 '문학'을 하는 것이기 때문에 '배움'의 연마가 다름 아닌 '문학'의 정진을 뜻한다. 따라서, 그들은 묘사의 기법보다는 '명도明道'에 목적이 있었기 때문에 자연히 이학가의 시는 아름답기보다는 질박하고 메말랐다. 이학가 시인으로는 섭적 葉適, 주희朱熹, 유자휘劉子翬 등을 들 수 있으며, 주희를 대표로 꼽을 수 있다.

주희朱熹(1130~1200) : 자가 원회元晦 또는 중회仲晦이며 호는 회암晦庵이다. 휘주 무원婺源 사람으로, 소흥紹興 17년 그가 18세 되던 해 전주 향공시鄕貢試에 합격하였고, 2년 뒤 진사, 3년 뒤에는 동안현주부同安縣主簿에 임명되었다. 부임하는 도중에 연평延平에서 도학자 이동李侗 선생을 만나 학문을 논하게 되었는데, 이동은 주희의 불학佛學에 대한 견해에 대해서 찬성하지 않았다. 주희는 처음에는 그의 견해를 받아들이지 않았으나, 몇 차례 이동 선생을 만

주희 및 논어집주

나 학문을 논하는 중에 불학의 허환함을 깨달아 그를 스승으로 모시고 오로지 유학에만 전념하였다. 그렇다고 하더라도 불로佛老 사상의 융합으로 이학의 공고한 기초를 세웠으며, 이 역시 시에 잘 반영하였다. 서원을 설립하여 교학에 힘쓴 그는 향년 71세로 죽었다. 1,200여 수의 시가 전해지며, 「관서유감觀書有感」을 예로 든다.

반묘의 연못이 거울처럼 맑아,

하늘의 구름이 떠돈다.

묻나니 어찌하여 그렇게 맑단 말인가?

위에서 활수가 흘러 들어오기 때문이네.

半畝方塘一鑑開, 天光雲影共徘徊.

問渠那得淸如許, 爲有源頭活水來.

'반묘방당半畝方塘'의 물이 거울처럼 맑아 하늘의 구름이 물 속에 떠 있는 것만 같다. 만일 물이 얕고 맑지 못하면, 경물은 잘 반영되지 못한다. 이에 주희는 "문거나 득청여허問渠那得淸如許"하고 반문의 수법으로 문제를 제시한다. 못은 본래 물의 근원이 없는 것이지만, 이 작은 못은 영원히 고갈하지 않는 원두源頭가 있어서 끊임없이 활수活水가 흘러 들어오기 때문이다. 즉, 사람의 독서, 수양에 비유하여, 새로운 지식과 학문을 받아들여야 맑은 못물처럼 사상이 맑아진다고 하는 것이다. 앞의 시는 이와 같은 철학적 이치를 내포하고 있으나, 이취理趣가 풍부하여 설리說理의 아무런 흔적을 찾아볼 수 없다. 주희는 누구보다도 설리시를 많이 썼으며, 시를 통하여 철학 사상, 학문적인 논변을 직접적으로 설명하고 있다.

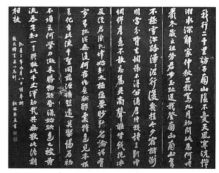

주희의 시비(詩碑)

(5) 유민시遺民詩

남송이 멸망한 뒤에도 거침없이 애국 사상을 표현하거나, 또는 산림에 은둔하며 망국의 침통한 한을 노래한 유민들의 시가가 사람들에게 애송되었다. 문천상文天祥, 정초사鄭肖思, 사고謝翱, 왕원량汪元量, 임경희林景熙 등이 이에 속하는데, 이들의 시는 비장, 처절하며 호매한 시풍을 형성하고 있다.

문천상文天祥(1236~1282): 자가 이선履善, 송서宋瑞이며 호는 문산文山이다. 여릉廬陵(현 강소성江蘇省 길안吉安) 사람으로, 20세에 진사가 되어 우승상右丞相에까지 이르렀다. 원군元軍과의 협상을 위해 파견되었으나 구류를 당하였다. 얼마 뒤 도망쳐 돌아와 복건福建에서 군대를 조직하여 원군에 대항해서 싸웠지만, 전투 중에 포로가 되어 대도에 4년 동안 갇혀 있다가 끝내 굴복하지 않아 피살되었다. 나이 47세 때였다. 사람됨이 정의롭고 의기에 넘쳤으며, 시는 비장하고 기백이 있었다. 그의「정기가正氣歌」는 고금의 명시로 인구에 회자되고 있다.「금릉역金陵驛」을 예로 든다.

문천상

풀이 자라 어우러진 이궁의 저녁 햇살이 기울고,
구름만 외로이 떠도는데 오늘은 어디에서 잠잘까?
산하의 풍경은 원이라고 하여 다를 리 없건만,
성곽의 사람들은 반은 이미 아니로구나.
편만한 갈대꽃은 나와 함께 늙어지고,
옛 집의 제비는 어디로 날아가는가?
지금은 강남을 떠난 나날이지만,
죽은 뒤 피 토해 우는 두견새로 변하여 돌아가리.

草舍離宮轉夕暉, 孤雲飄泊復何依!
山河風景原無異, 城郭人民半已非.
滿地蘆花和我老, 舊家燕子傍誰飛.
從今却別江南路, 化作啼鵑帶血歸.

이 시는 문천상이 포로가 되어 대도(현 북경)로 압송되어 가는 도중에 지은 것이다. 여기서의 금릉은 육조六朝 때의 고도인데, 시인은 이궁離宮에 석양이 비껴 비치는 쇠락한 형상을 바라보며 나라의 장래를 상징적으로 비유하고 있다.

제2절 詞

사는 당나라 때 민간에서 발생하여 경제의 발전과 문화의 성장에 따라 점차 대중화되기 시작하였던 음악 문학으로, 송대에 이르러서 중요한 문학의 장르로 정착하였다. 사는 제왕, 경상, 문인, 승려를 비롯하여 기녀들에 이르기까지 모든 사람들에 의하여 지어졌으며, 그만큼 널리 유행하였다.

송나라 초기에는 구준寇準(961~1023), 범중엄范仲淹(989~1052), 송기宋祁(998~1061), 안수晏殊(991~1055), 구양수歐陽修(1007~1072), 안기도晏幾道(1030~1106) 등 사인들이 등장하였다. 이들을 비롯한 여러 작

범중엄

가들의 노력으로 사의 찬란한 꽃을 피우게 되었다. 그 발전의 배경과 요인을 몇 가지로 나누어 설명하면 다음과 같다.

첫째, 무엇보다도 도시 경제의 발전과 함께 민가의 가무가 성행함으로써 가창 문학을 제공하게 된 것이 그 기초가 되었다. 날이 갈수록 내용이 광범위해지고 그 체제도 차츰 번거로워졌다. 완전히 음악을 벗어난 독립적인 문학 작품도 있었으나, 음악성에는 손상을 주지 않고 그대로 노래를 부를 수 있는 것이었다.

둘째, 군왕들이 사를 제창하였다. 군왕들의 관심에 따라 문학의 발전은 커다란 영향을 받기 마련이니, 당시 진종眞宗, 인종仁宗, 신종神宗은 모두 음률에 밝아 문학에 관심이 많았다. 또한 휘종徽宗, 고종高宗은 사를 잘 하였다. 따라서, 귀족 사인들은 다투어 사를 지어 벼슬길을 구하기도 하였는데 이것은 송사 발전에 큰 도움을 주었다.

셋째, 사체詞體 자체의 발전이다. 당나라 때에 성행하였던 시는 당 말엽에 이르러

차츰 쇠퇴하기 시작했다. 많은 시인들은 앞의 시인들의 작품을 모방, 표절하는 등 독창적인 작품이 나오지 않았다. 따라서, 문인들은 문학의 새로운 모색을 시도하였으며, 사는 송대에 이르러 새로운 체제의 문학으로 발전하게 되었다. 그리하여 300년 동안에 걸쳐 사 문학의 찬란한 업적을 이루게 되었다.

1. 북송사北宋詞

이 시기를 대표할 수 있는 사인들로 안수, 범중엄, 구양수, 안기도 등을 들 수 있다. 송대 초기에 유행하였던 사는 거의 길이가 짧고 간단한 소사小詞이며, 이 때만 해도 만당, 오대 사인들의 영향을 받고 있었다. 더군다나 여인들의 아름다운 자태, 애정, 유감을 표현하였던, 여리고 농염한 화간파의 여풍에서 벗어나지 못하였다.

안수晏殊(991~1055) : 자가 동숙同叔이다. 무주撫州 임천臨川(현 강서성江西省) 사람으로, 경덕景德 초에 신동으로 불리어 과거 시험을 보아 진사로 출사하였다. 집현전대학사集賢殿大學士를 거쳐 인종 때 재상에 올라 수많은 인재를 길러 내고 등용하였는데, 당시의 명사인 범중엄, 구양수가 그의 문하였다. 그는 일생 동안 생활이 넉넉하였고 비범한 데가 있었다. 『주옥사珠玉詞』 1권에 100여 편의 사가 전해 오고 있는데, 부귀한 사람들의 한가로운 정취를 잘 묘사하였다. 사구가 잘 다듬어지고 생활의 순간적인 느낌을 잘 포착하여 생동적으로 표현한 점이 특징이다. 「청평악淸平樂」을 예로 든다.

> 몇 자 안 되는 편지,
> 평생의 뜻을 다 말하였네,
> 기러기는 구름에 고기는 물에서 노니는데,
> 슬프구나 이 정을 부치기가 어렵네.
> 비낀 해 홀로 서루에 의지해 있어,
> 발을 걷어올리니 먼 산이 다가선다.
> 사랑하는 사람아 어느 곳에 있는지 알지 못하나?
> 푸른 물결은 여전히 동쪽으로 흘러가네.

紅箋小字, 說盡平生意,

鴻雁在雲魚在水, 惆悵此情難寄.

斜陽獨倚西樓, 遙山恰對簾鉤,

人面不知何處? 綠波依舊東流.

구양수歐陽修(1007~1072) : 구양수는 송나라 때의 고문운동古文運動의 영도자로서 명도明道의 정통 이론을 주장, 시에 있어서도 여리고 화려한 기풍을 떨치고 담아한 풍격의 시작을 하였다. 그러나 사에 있어서는 시문과의 반대로 여리고 고운 정취를 사용하고 있는데, 오대의 사풍을 그대로 이어받고 있다. 사작은 비교적 많아 『육일사六一詞』와 『취옹금취외편醉翁琴趣外編』에 200여 수가 수록되어 있다. 문인 학사들의 한가로운 정취와 남녀간의 애정, 이별 등의 제재가 대부분이다.

구양수

사의 발전에 대한 구양수의 역할은 두 가지 중요한 가치가 있는데, 첫째가 만사慢詞의 창작과 시험이다. 물론 소령小令에 비교하여 문학 예술적인 가치는 따르지는 못한다고 하더라도 과감한 창조의 정신은 간과하지 말아야 한다. 둘째, 구어口語와 속어俗語의 자유스러운 구사로 사의 표현의 넓은 기초를 마련하였음은 물론, 후세의 사인들에게도 큰 영향을 끼쳤다.

진관

그 뒤를 이어서 만사 전성기의 대표적인 사인으로는 유영柳永, 소식蘇軾, 진관秦觀, 하주賀鑄, 안기도晏幾道, 장선張先 등을 꼽을 수 있다. 이 때의 사를 '장조長調' 또는 '만사' 라고도 하며, 구양수, 장선張先 등이 시험 창작을 하였고 후세 사람들에 이르러 창작이 성행하였다. 이 시기의 사작詞作에 있어서 만사 형식의 유행에 가장 큰 공을 세운 것은 유영이었으나, 내용과 사의 경지를 확대 발전시키는 데 큰 공헌을 한 것은 소식이었다.

유영柳永(987?~1053?) : 자가 기경耆卿이며 복건福建 숭안崇安 사람이다. 과거에 급제하여 진사가 된 뒤 둔전원외랑屯田員外郎이란 낮은 벼슬을 하여 유둔전柳屯田이라고도 불리었으며 더 이상의 벼슬자리와 인연이 없었다. 그는 악기樂伎, 악사들 사이에서 주로 생활을 하여 음률에 정통하고 민간 예술의 장점을 받아들여 새로운 민속적 정취의 세련된 만사를 창작하였다. 즉 음악과 음악을 결합시킴으로써 송사 발전의 새 전기를 마련하였다.

현재 그의 『악장집樂章集』에 200수가 수록되어 전해지고 있다. 웅장하고 미려한 산천, 번화한 도시의 생활에 대하여 매우 잘 묘사하였다. 「소년유少年遊」를 예로 든다.

> 장안 옛길에 말을 타고 천천히 가노라니,
> 높은 버드나무에서 어지러이 매미가 운다.
> 석양이 섬 밖으로 지고, 가을 바람은 벌판에 부는데,
> 바라보니, 끝간데 없어라.
> 구름은 종적 없이 흘러가 버리다니,
> 어느 곳에서 다시 만날 수 있으랴?
> 지금 새로이 흥은 돋아나지 않고,
> 술벗들도 별로 없으니,
> 지난해와 같지 않구나.

> 長安古道馬遲遲, 高柳亂蟬嘶.
> 夕陽島外, 秋風原上, 目斷四天垂.
> 歸雲一去無蹤迹, 何處是前期?
> 狎興生疏, 酒徒蕭索, 不似去年時.

소식蘇軾(1037~1101) : 소식에 이르러서 송사宋詞의 풍격은 크게 변화하였다. 이제까지의 완약한 정서를 떨쳐 버리고 호방하고 사실적인 수법의 사작을 하였다. 그리하여 사단詞壇상의 '호방파' 창시자가 되었다. 소식의 사 특징을 몇 가지로 나누어 설명하면 다음과 같다.

첫째, 음악으로부터 사의 분리를 시도하였다. 사는 본래 악곡에 맞추어 노래말을 쓴 것이었기 때문에 자연히 음악이 주제가 되고 가사는 부속적인 것이었다. 오대五代에서 송초宋初에 이르기까지 가사는 반드시 화음이 되어야 하고 노래를 부를 수 있어야 했는데, 소식에 이르러서는 오히려 음률보다는 가사를 중요시함으로써 음률로 인해 가사를 희생시키려고 하지 않았다. 사의 문학적인 생명을 음악적 생명보다 더 중요하

게 여겼던 것이다.

둘째, 소재의 범위가 대단히 넓어졌다. 즉 오대로부터 송초에 유행하였던 사의 형식은 소령小令이었고, 그 내용은 남녀의 애정, 이별의 슬픔 등이 고작이었다. 하지만 소식에 이르러서는, 그가 박학다식할 뿐 아니라 문재文才가 뛰어났기 때문에 제재가 확대되고, 사의 의경意境이 따라서 높아졌다. 그의 작품에는 설리說理, 영사詠史, 산수전원山水田園, 기유記遊, 사경寫景 등 소재로 쓰여지지 않은 대상이 없다.

셋째, 사의 시화詩化를 들 수 있다. 즉 설리, 영사, 기유, 감구感舊 등은 본래 시인들이 습관적으로 사용하였던 제재였으나, 소식이 모두 사로 표현함으로써 사는 새로운 시체詩體의 하나가 되었다. 사의 시화로 말미암아 제재가 넓어졌을 뿐만 아니라 사의 경계가 높아졌고, 문학의 독창성도 가지게 되었다. 황정견黃庭堅, 진관秦觀, 장뢰張耒, 조보지晁補之 등을 '소문4학사蘇門四學士' 라고 하는데, 이들 가운데 황정견, 조보지 등은 소식의 뒤를 따라 새로운 체의 사를 창작하였고, 이 밖에도 왕안석王安石, 모방毛滂 등이 새로운 풍격의 사작을 하였다.

그러나 북송北宋 후기에 이르러 소령小令과 만사慢詞가 함께 유행하게 되자, 소식 등의 사는 음률에 잘 맞지 않아 사의 본래 성격에 어긋난다고 하는 작가들도 있어서, 서정적이고 음률에 맞는 사작이 다시 고개를 들기 시작했다. 이들은 무엇보다도 격률을 중요시하였기 때문에 '사어를 잘 다듬고 음률에 맞는(語工而入律)' 것을 기본 원칙으로 하였다. 대체적으로 고악부古樂府의 정신을 계승하려고 한 것으로 볼 수 있기 때문에 악부시파樂府詩派라고 불렀다. 더구나 송의 휘종徽宗은 대성부大晟府를 두어 사의 음률을 정비토록 하여 노래 부를 때 화성의 묘를 살리도록 하였다. 이 때의 작가들로는 진관秦觀(1049~1100), 하주賀鑄(1052~1120), 주방언周邦彦(1057~1121) 등이며, 주방언의 성과와 영향이 가장 컸다.

주방언周邦彦(1057~1121) : 자가 미성美成이며 호는 청진거사淸眞居士이다. 전당錢塘(현 절강성浙江省 항주杭州) 사람으로, 박학다재하였을 뿐만 아니라 음률에도 정통하였다. 원풍 때 변경에 나가 태학제생太學諸生이 되어 7,000여 자나 되는「변도부汴都賦」를 써 바쳤는데, 신종이 특히 좋아하였다. 이 일로 태학정太學正으로 영전하였을 뿐만 아니라 이름도 천하에 알려졌다. 저작은『청진거사사淸眞居士詞』가 있으나 전해지지 않고,『청진집淸眞集』(별명別名『편옥사片玉詞』)만 전해진다.

주방언은 대성부에 재임시 많은 새로운 사조詞調를 창작하였으며, 오랫동안 지방관을 역임하면서 항상 가기歌妓, 무녀舞女들과 내왕하였다. 따라서, 사의 내용은 대부분이 남녀 애정, 영물 등이고, 사풍은 유영의 것과 비슷하다. 내용은 좀 빈약하더라도 음률이 정연하고 기교가 뛰어나며, 전아한 풍격을 상실하지 않았다. 「관하령關河令」을 예로 든다.

소슬한 가을 밝은 날은 점차 어두워지고,
정원은 쓸쓸하게 바뀌어 가누나.
발을 멈추고 가만히 벌레 소리를 듣고 있자니,
구름은 깊으나 기러기는 보이지 않네.
밤은 길어 사람들은 돌아가고 고요한데,
다만 벽을 비추이는, 외로운 등불만이 외롭구려.
술은 이미 다 깨었으니, 어떻게 이 긴 밤을 보낼까?

秋陰時晴漸向暝, 變一庭凄冷.
竚聽寒聲, 雲深無雁影.
更深人去寂靜, 但照壁, 孤燈相映.
酒已都醒, 如何消夜永?

2. 남송사南宋詞

정강靖康의 변란變亂은 북송의 멸망을 초래하고 문학도 대단히 큰 영향을 받았다. 금金은 변경汴京을 공격하여 휘종, 흠종을 포로로 끌고 가 노예로 삼았다. 그리하여 송의 문무 관원들은 조구趙構를 옹립하여 남송 왕조를 건립하였다. 이와 같은 민족의 생존을 위협받는 환난 속에서 애국의 울분을 참을 수 없어 금에 대항하는 한편, 투항파投降派와 투쟁을 벌였다. 이와 같은 비장한 시대적인 상황은 자연히 작품에 반영되었다. 강개, 격앙의 애국 열정은 애국 문학의 특색으로 나타나 이청조李淸照, 장원간張元幹, 장효상張孝祥, 육유陸游, 신기질辛棄疾 등의 작품 속에 잘 반영되어 있고, 따라서 호매사豪邁詞의 풍격을 이루게 되었다.

그러나 뒤에 와서 남송은 북벌의 힘이 없었고, 북방의 금나라는 내우외환으로 남쪽을 돌아다볼 겨를이 없음으로 해서, 대치의 소강 국면을 이룬 가운데 일시적으로 사회가 안정되었다. 이에 문인들은 차차 여유를 갖고 잘 다듬어진 사를 지었다. 강기姜夔, 사달조史達祖, 오문영吳文英 등의 사인들을 꼽을 수 있다. 그러나 몽골이 발흥하여 금나라를 멸망시킨 뒤에 남송까지 공략함으로써 그들의 말발굽에 짓밟히게 되었다. 이 때에 사인들은 음률, 형식을 잘 다듬을 여유가 없이 울분의 비가悲歌를 불렀다. 이들은 모두 마음 속의 침통함을 표현하였는데, 이것은 남송 말 사의 특색이다. 이 때의 주요 사인들로는 주밀周密, 장첩蔣捷, 왕기손王沂孫 등이 있다.

육유陸游(1125~1210) : 육유는 신기질과 함께 호매豪邁한 사풍을 대표할 수 있는 사인이다. 소년 때부터 항금구국抗金救國의 확고한 사상을 가지고 있었고, 북벌을 적극 찬성하며 협력하였다. 후일 북벌이 실패하게 되자 벼슬을 버리고 말았다. 육유는 낭만적이고 남에게 구애되지 아니하는 성격으로, 사도 그의 인품과 같았다. 「복산자卜算子」를 예로 든다.

역 밖 단교가에,
주인 없는 매화가 고적하게 피었네.
이미 황혼이 지는데 홀로 수심에 차 있노라니,
더욱 비바람만 치는구려.
홀로 애써 봄을 차지할 생각은 없다네,
다만 많은 꽃들로 하여 다투어 피게 할 뿐.
꽃이 떨어져 진흙이 되고 다시 티끌이 되어도,
오직 그 맑은 향은 변함이 없구려.

驛外斷橋邊, 寂寞開無主.
已是黃昏獨自愁, 更著風和雨.
無意苦爭春, 一任群芳妒.
零落成泥碾作塵, 只有香如故.

신기질辛棄疾(1140~1207) : 자가 유안幼安, 호는 가헌稼軒이다. 역성歷城(현 산동성山東省 제남濟南) 사람으로, 출생했을 때에는 금이 이미 북방을 차지한 상태였다. 그는 누구보다 애국심이 투철하여 성장한 뒤에는 경경耿京이 영도하는 의군義

軍에 참가, 금에 대항하여 싸우기도 하였다. 실패한 뒤에도 호남, 호북, 강서, 복건 등에서 안무사按撫使 등의 관직을 역임하였다. 재임시에 적극적으로 여러 차례 북벌하여 실지 회복을 건의하였으나 주화파主和派의 득세로 그의 건의는 받아들여지지 않았다. 뿐만 아니라 조정에서 중용하지 않아 벽지의 한직에서 20여 년을 보냈다. 사풍은 호방하기로 소식과 이름을 나란히 하였기 때문에 두 사람을 세칭 소蘇·신辛이라고 하였다. 신기질의 사집으로 『가헌장단구稼軒長短句』가 있다.

신기질

이청조李淸照(1084~1155) : 제남濟南(현 산동성山東省)에서 출생하였고, 이안거사易安居士라고 하였다. 여리고 쓸쓸한 사풍의 대표적인 작가인 그녀는 저명한 학자의 집안에서 태어나 어려서부터 시명詩名을 얻었다. 남편 조명성趙明誠은 고고학자로, 두 사람은 금석서화를 수집하여 정리하였다. 생활은 풍요로웠다고 하지만 정강靖康의 난 때에 강남으로 피난을 하였는데, 당시 대부분의 귀중한 소장품을 모두 상실하였고 남편이 죽고 난 뒤부터는 외롭고 고통스러운 만년을 보내야

이청조

했다. 이 때의 사작들은 대부분이 신세를 한탄한 것들로, 사구가 아름다울 뿐만 아니라 음률의 조화가 뛰어나 더욱 아름다운 느낌을 가지게 한다. 「취화음醉花陰」을 예로 든다.

안개 구름 짙고 하루 종일 시름에 겨운데, 구리 향로에 서뇌 향불 스러지네.
어느덧 가절 또 중양절인가, 옥베개 깁방장에, 밤은 깊어 찬 기운 스며드누나.
황혼 무렵 화원에서 술잔을 기울일제, 국화꽃 짙은 향기 옷소매에 스며드네.
말해서 무엇하랴 풀 길 없는 이내 수심, 서풍으로 발 말아 올려질 제, 노란 국화
보다도 파리하구려.

薄霧濃雲愁永晝, 瑞腦消金獸.
佳節又重陽, 玉枕紗廚, 半夜凉初透.

東籬把酒黃昏後, 有暗香盈袖.
莫道不消魂, 簾捲西風, 人比黃花瘦.

이 사는 중양절에 남편에게 부친 것으로, 남편 조명성은 그녀의 사를 읽고 감탄하였다. 그는 스스로 부끄럼을 떨쳐 버리지 못하고 아내를 이겨볼 셈으로 일체 손님을 사절하고 침식을 잊은 채 사흘 동안을 밤샘하여 사 15수를 지었다. 거기에 이청조의 「취화음사醉花陰詞」를 지어 친구인 육덕부陸德夫에게 보여 주었다. 육덕부는 거듭하여 읽어보고 난 뒤 "다만 3구만이 참 좋다(只三句絶佳)"라고 하였다. 조명성이 어떤 구냐고 묻자 대답하기를 "막도불소혼莫道不消魂, 염권서풍簾捲西風, 인비황화수人比黃花瘦"라고 하였다.

셋째, 사의 음률과 형식을 중요시하는 격률파格律派의 대표는 강기姜夔, 사달조史達祖, 오문영吳文英 등을 들 수 있다. 이 시기에는 단기적이나마 사회적인 안정으로, 남송 초기 호방한 사풍은 차츰 감소되고, 격률과 형식을 중요시하는 사풍이 일어났다.

강기姜夔(1155~?) : 파양鄱陽(현 강서성江西省) 사람으로, 자가 요장堯章이고 호가 백석도인白石道人이다. 그는 어려서부터 문명文名을 얻었으나 과거에 낙방하여 평생 동안 벼슬을 하지 않았다. 탈속적인 고매한 인품을 지니고 있었고, 시, 사, 음악, 서법 등에 정통하였으며, 특히 사작에 뛰어났다. 맑고 고운 음률의 사는 주로 풍경을 묘사하여 정회를 표현하였다.

사달조史達祖(1160~1210) : 자가 방경邦卿, 호는 매계梅谿이다. 변경汴京(현 하남성河南省 개봉開封) 사람으로, 한탁주韓侂胄의 장문서掌文書가 되었으며, 한탁주가 금의 토벌에 실패하여 피살됨에 따라 그도 묵형을 받아, 유배지에서 가난으로 병들어 죽었다. 특히 영물사詠物詞에 뛰어났는데, 내용보다 형식에 치중했으며, 강기의 사풍과 흡사했다.「쌍쌍연雙雙燕」을 예로 든다.

춘사(제사)를 지내고 나니,
옛 제비 주렴 사이를 날아들어,
지난 해의 차갑고 해묵은 둥지를 찾아드네.
검은 나래 푸른 꼬리 꼿꼿이 하고,
옛 둥지에 나란히 들어가 앉아 본다.
고개를 들어 천장과 들보를 살피며,

지지배배 의논이 끊임없어라.

꽃다운 길, 길가 미나리는 비에 젖었구나.

땅에 붙을 듯이 다투어 날며,

가벼이 나는 이쁜 모습 자랑하는가.

홍루에서 뒤늦게 돌아왔네, 버들가지, 꽃잎 모두 황혼에 덮였구나.

안정하여 즐거운 생활하다 보니,

하늘가 두고 온 그리운 사람 잊고 있었네.

수심에 겨워 아씨 푸른 아미 찌푸리고,

날마다 난간에 홀로 의지하네.

過春社了, 度簾幕中間, 去年塵冷.

差池欲住, 試入舊巢相幷.

還相雕梁藻井, 又軟語, 商量不定.

飄然快拂花梢, 翠尾分開紅影.

芳徑, 芹泥雨潤.

愛貼地爭飛, 競誇輕俊.

紅樓歸晩, 看足柳魂花暝.

應自棲香正穩, 便忘了天涯芳信.

愁損翠黛雙蛾, 日日畵欄獨凭.

　이 밖에도 남송 말기의 장첩蔣捷, 주밀周密, 왕기손王沂孫, 장염張炎 등이 있다.

　장염張炎(1248~1320?) : 자가 숙하叔夏, 호는 옥전玉田이다. 원적은 감숙성 천수天水 사람인데, 나중에 항주로 옮겨 와 살았다. 그는 생활이 풍요로운 문학적인 환경 속에서 성장을 하였고, 그것이 문학에 반영되어 사풍이 쾌락적이고 화려한 격조를 띠고 있다. 하지만, 나라가 망하고 난 뒤에는 사에 비통한 정감이 서려 있다. 후일 가정이 곤궁해진 뒤부터는 어떤 성과도 거두지 못하였다. 그는 『사원詞源』에서 사의 율격으로 협음합률協音合律, 사의 풍격으로 아정雅正, 사의 경계로 청공淸空을 주장하였다. 사집으로 『산중백운사山中白雲詞』가 있다.

제3절 散 文

1. 송초宋初의 고문운동古文運動

당·송은 산문 발전에 있어서 매
우 중요한 시대였다. 통상 '당·송
8대가'라고 하면 알다시피 당대의
한유, 유종원을 비롯해 송대의 구
양수, 증공, 소순, 소식, 소철, 왕안
석 등을 일컫는다. 당대 한·유의
고문운동은 만당 때에 이르러서는
이상은李商隱, 온정균溫庭筠, 단

소순과 소철

성식段成式 등에 의해 형식적 변려문이 대두하게 되어 문단은 다시 유미주의가 지배
하게 되었다. 당시의 변려문은 '금체今體', '시문時文', '여사麗辭'라고 하였는데,
이상은이 그의 『번남문집樊南文集』에서 비로소 4·6문으로 불렀다. 4·6, 평측平仄
을 사용함으로 문장이 리듬감이 있고 산만하거나 딱딱하지 않도록 하였으며, 이를 창
작의 표본으로 삼았다.

송 초에 이르러서는 변려문을 숭상하였다. 서곤체를 대표하는 양억楊億(974~
1020), 유균劉筠(971~1031), 전유연錢惟演(962~1034) 등은 시가 창작에 있어
서 만당풍晚唐風을 배우기에 힘썼을 뿐만 아니라, 산문 창작에 있어서도 육조, 당초
의 문풍을 계승함으로써 변려문은 또다시 흥행하였다. 그러나 당시의 유개柳開(947
~1000), 목수穆修(979~1032), 왕우칭王禹偁(954~1001), 범중엄范仲淹(989
~1052), 석개石介(1005~1045) 등이 서곤파 문풍에 반대하여, 쉽고 질박한 시문
들을 지어보았으나 큰 효과를 거두지 못하였다. 이 중에서 가장 적극적인 이가 유개였

으며, 그는 한유를 옹호하는 문체 개혁을 주장, 문이재도文以載道의 문장론을 내세웠으나, 당시 문단에 큰 영향을 끼치지 못하였기 때문에 큰 성과를 거둘 수가 없었다.

2. 구양수歐陽修와 고문운동古文運動

구양수歐陽修(1007~1072)에 이르러서 고문운동이 서곤파의 강력한 반대에도 불구하고 성공할 수 있었던 것은 시대적인 추세도 있었거니와 가장 중요한 요인은 작품이 탁월하였기 때문이다. 그는 고문가일 뿐만 아니라 시, 사, 부, 변려문에도 뛰어났기 때문에, 이론, 창작에 있어서 그를 견제하기란 쉽지가 않았다. 게다가 구양수는 과거 시험의 주고관主考官으로서, 과거 시험을 치를 때 문장에서 변려문의 사용을 허락하지 않았기 때문에 당시의 기풍은 고문으로 전환해 갔다. 변려문은 형식에 치우치게 되어 내용이 부실했으며, 구양수는 이러한 공허한 내용의 형식주의를 반대하였다. 이것이 일반적으로 변려문보다는 고문의 중요성을 새로이 인식하게 되었던 이유였다.

그는 '문文'과 '도道'의 관계에 있어서는 한·유 등과 마찬가지로 내용을 중시하고 '유가儒家'의 '도'에 충실해야 한다고 주장하였다. "도가 순수한 즉 속이 채워지고 실하며, 속이 채워지고 실한 즉 글은 빛을 발휘하게 된다.(道純則充于中者實, 中充實則發爲文者輝光.)"(「답조택지서答祖擇之書」)라고 하였다. 그러나 내용만을 강조하지 않고 문장 역할에 대해서도 가벼이 여기지는 않았다.

이렇게 구양수의 산문 창작이 비록 한·유의 문풍을 그대로 이어받고 있다고 하더라도 자신의 독특한 문격文格을 지니고 있었다. 한유와는 달리, 어렵고 기괴한 문자를 사용하지 않아, 일반인들에게 쉽게 받아들일 수 있어서 문학의 효용적인 가치가 컸다. 그는 「추성부秋聲賦」, 「취옹정기醉翁亭記」 등에서 깨끗하고 맑은 언어를 사용하여 가을의 쓸쓸한 정감, 산중의 사계절의 변화, 정회를 잘 묘사하고 있다.

「취옹정기醉翁亭記」는 자신의 취태醉態를 회화적으로 묘사하고 있으나, 사실 자연의 경관을 유감 없이 그려내어 생동감이 넘친다. 한편 자연의 즐거움을 말하고 있는 가운데 유가의 도와 정치 도덕에 대한 것을 잊지 않고 있다. 사민士民과 동락同樂한다는 정치의 근본 사상은 맹자의 정신과 같은 것으로서, 송나라 때 고문가古文家의 공통점인 유가 사상을 골자로 하고 있음은 유의할 대목이다.

증공曾鞏(1019~1083) : 구양수의 문하생으로, 자가 자고子固이다. 건창建昌 남풍南豐(현 강서성江西省 남풍南豐) 사람이다. 그도 역시 한유를 추종하였으며, 구양수와 마찬가지로 '문이명도文以明道'를 주장하였다. 문장의 수식을 반대하였으며, 변우駢偶를 사용하지 않았다. 글은 구양수의 글처럼 평이했으나, 다른 점은 작품이 유창하고 공정함을 들 수 있다.

증공

왕안석王安石(1021~1086) : 왕안석의 문학에 대한 기본적인 정신은 "세상에 도움이 되어야 한다(有補於世)"라는 것으로, 결국은 '예교치정禮敎治政'으로 돌아가야 한다는 것이다. "문장은 세상의 쓰임에 합당해야 한다(文章合用世)"고 그는 말한다. 그의 산문은 한유와 구양수의 고문 형식을 계승하고 있으나, 특히 문장의 사상을 강조하였고, 더욱이 정치에 직접적으로 쓰여져야 한다고 하였다. 문장의 주요한 특징은 정론성의 논설문으로, 당·송 8대가 중에서 가장 뛰어나다. 예를 들면, 그의「상인종황제언사서上仁宗皇帝言事書」,「상시정소上時政疏」,「본조백년무사찰자本朝百年無事札子」,「답사마간의서答司馬諫議書」등은 '변법變法'을 실천하기 위한 것으로, 정치가의 무사 안일주의를 폭로하고 잠재해 있는 사회적 위기를 깊이 분석하였다.

소식蘇軾(1036~1101) : 소식은 전문적인 문장론文章論에 관해 글을 쓴 적이 없으나, 편지, 서발序跋 등에서 문학에 관한 견해를 피력하고 있다. 그는 무엇보다도 문학의 사회적인 역할을 중요시하였고, 당시에 유행하던 서곤체西崑體의 화려하고 경박한 글을 반대하였다. '도道'와 '문文'의 관계에 있어서, 소식은 구양수의 이론에 찬동하였다. 도와 문은 긴밀하게 결합되어 있으면서 종속적인 관계가 아니라고 생각하였다. 도는 오직 유가의 도를 말하는 것이 아니고 모든 생활 속의 도를 말했으며 단순히 재도載道의 도구나 도를 전달하는 수단으로 보지 않았다. "도가 있고 예가 있다(有道有藝)"라고 하는, '도'와 '문'을 함께 중시하는 이론을 제시했다. 그리하여 '중도경문重道輕文'의 문학 이론에 대하여서도 반대하고 잘못을 시정하였다.

소식의 문학 사상은 세 부분으로 나누어 설명할 수 있다.

첫째, 유가의 전통 사상으로, 어려서부터 부모, 사우들의 영향, 가르침을 많이 받았고 유가 사상과 위배되는 법가 사상은 배척하였다.

둘째, 참선오도參禪悟道의 불교 사상이다. 소식은 청년 시기에 가정 환경의 영향으로 인해 불교를 알게 되었고, 게다가 중 오대년五大年으로부터 불교를 배웠는데 이것이 인생관에 미친 영향은 상당히 깊었다. 따라서 불도佛道는 그의 사상 속에 용해되어 문장으로 진솔하게 표현되었다.

셋째, 도가 사상으로, 역시 어려서부터 도가를 배웠으며, 그의 오도悟道의 사상은 문장 곳곳에서 찾아볼 수 있다. 그는 밀주密州 시기에 건강이 매우 좋지 않다가 차츰 좋아졌으며, 그 과정에서 물외物外의 초연함을 깨닫기도 하였다. 청나라 때의 전겸익錢謙益은 「독소장공문讀蘇長公文」 중에서 "그런 즉 자첨의 글은 황주 이전에는 노장에서 얻었고, 황주 이후에는 불교에서 얻었다.(然則子瞻之文, 黃州已前, 得之於老莊, 黃州已後, 得之於釋.)"라고 하며 소식의 문학과 사상의 관계를 언급하였다. 이렇게 소식의 문학 사상은 유가의 전통 사상을 근간으로 도·불사상이 융합되어 있었다. 이와 같은 사상의 기초 위에 '문이관도文以貫道'의 문학을 주장, 한유, 구양수와 달리 유·불·도 3가 사상이 일체가 된 '도'를 내세웠다.

3. 이학가理學家의 산문散文

남송 때의 이학가理學家들은 문예를 경시하고 고문을 중요시하였다. 왜냐 하면, 신유학新儒學이 북송 초부터 유행하기 시작하였는데, 그 사상을 전달하기에는 고문이 적합한 것으로 생각하였기 때문이다. 이 때의 대표적인 산문가로는 주희朱熹, 섭적葉適(1150~1223, 자 정칙正則, 호 수심水心)을 꼽을 수 있다.

주희朱熹(1130~1200) : 알다시피 그는 중국의 대표적인 철학가로서, 철학은 물론이려니와 사학, 문학, 음악 등에 대해서도 조예가 깊었다.

주희 사상의 핵심은 '이기심성론理氣心性論'으로, 이것이 문학의 바탕이 되었다. 문文은 도道에 근원하고 도는 글의 근본이 되어야 한다고 하였다. 이理는 사람, 사물의 근본이며, 모든 존재를 초월하는 실체로 형이상에 속한다. 기氣는 그 이의 형질을 나타내는데, 형이하에 속한다. 기가 모여 현상계의 존재를 형성하며, 이와 기가 비록 형상形上, 형하形下로 나뉜다고 할지라도 이분二分되는 것은 절대로 아니다. 이가 없으면 만물이 없고 기가 없어도 마찬가지로 만물이 없다. 다만 이가 있고 반드시 기가 있어서 운행함에 지나지 않는다.

이와 기 사이는 '떨어질 수 없고 섞일 수 없는(不離不雜)' 관계인 것이다. 이와 같은 이기론의 체계로부터 문학 본원의 도체道體를 이끌어 내고 있다. 그것은 의리義理의 내면적인 본질이며, 창작의 본체로 인식되었다. 그리하여 "도는 글의 근본이며 글은 도의 지엽이다.(道者文之根本, 文者道之枝葉.「論文上」)"라고 하였다. 그렇다고 단지 문文을 도를 전달하는 도구로만 생각하였던 여타 이학가들과는 달리 표현 기교를 경시하지 않았다. 그는 주周, 정程 등이 언급한 도, 문의 분립 관계를 개선하여 '문도합일文道合一'을 주장하였다.

제4절 小說

1. 화본 소설話本小說의 연원淵源

화본 소설은 간단히 말해 설화 예술의 저본底本을 일컫는데, 초기에는 사회 문화 수준 및 인쇄 등 제한된 조건 때문에 설화의 내용이 구전될 수밖에 없었다. 하지만, 그 후 설화의 편수가 많아지고 편폭이 커져 가자, '본本'이 없으면 기억하기가 어려워졌다. 점차 문화 수준의 향상과 함께 인쇄술의 발달로, 당 때에야 각종 화본이 출현하였다. 당의 화본 중 현존하는 것은 「여산원공화廬山遠公話」, 「한금호화본韓擒虎話本」, 「엽정능시葉淨能詩」 등이 있는데, 이것들은 모두 돈황 석실에서 발견된 필사본으로 원본은 영국에 보관되어 있다.

'설화'는 당·송 사람들의 습관적인 용어로, 후대의 '설서說書'에 해당하며, 설서는 바로 고사를 이야기한다는 뜻이다. 설서는 상고 시대부터 있었을 것으로 여겨지며, 주·진·한, 위·진·남북조, 수·당 시대를 거치면서 민간, 궁정, 사원의 설화로 발전하였다. 다만 직업적인 설화의 출현은 당나라 때라고 일반적으로 생각되지만, 진정한 대중의 오락 활동으로 정착하게 된 것은 송 이후의 일이다.

맹원로孟元老의 『동경몽화록東京夢華錄』에 의하면 설화인이 상당히 많았다. 그들은 설화를 잘 할 뿐만 아니라 화본을 쓰기도 하였으며, 때에 따라서는 즉석에서 고사를 꾸며 연출하기도 하였다. 『동경몽화록東京夢華錄』에 실려 있는 북송 변경 와자구란瓦子勾欄의 설화인은 모두 14명인데, 전문 영역별로 보면 강사講史 5명, 小說 6명, 설원화說諢話 1명, 설삼분說三分 1명, 오대사五代史 1명 등이다. 또 『서호노인번승록西湖老人繁勝錄』, 『몽량록夢梁錄』, 『무림구사武林舊事』 등에 실려 있는 남송 임안의 와자구란 및 궁정의 설화인은 모두 110여 명에 이른다. 이들을 전문 영역별로 나누어 보면 소설 58명, 설철기아說鐵騎兒 1명, 설원화 1명, 설경說經 18명, 역경譯經 1명, 강사 26명, 기타 5명 등이다. 이 숫자만 보아도 당시의 설화인이 얼마나 많았던가를 짐작할 수 있다. 이들 설화인들이 고사를 연출할 때에는 앞에서 말한 바와 같이 '화본'이 있어야 하는데, 그 화본은 일반적으로 두 가지의 경우에 의해 창작되어졌다.

첫째, 간단한 역사, 민간의 전설, 당대의 재미있는 기사들을 제재로 하여 설화인 스스로가 하나의 화본으로 재구성하는 것이다. 그것이 설화로서 오랫동안 연출되면서 인물의 성격, 윤식 등을 통해 그야말로 형식과 내용을 갖춘 완전한 하나의 화본으로 탄생된다. 그리고 어떤 작가에 의하여 문자로 기록되어진다.

둘째, 설화 시장의 급격한 증대로 인해 설화인을 위한 전문적인 화본을 쓰는 사람이 출현한 경우이다. 이들은 고사를 편찬하는 서회書會를 조직하였는데, 언제, 어떻게 조직되었는지 확실히 알 수 없으나, 분명한 것은 각종 기예가 발달한 이후이다. 그들이 고사의 대강만 제공해 주면, 설화인 스스로가 생활의 경험을 근거로 한 이야기를 첨가하여 연출한다. 사회의 구성원들은 대부분 과거에 실패한 사람이거나 학문과 사회의 지식이 풍부한 문인, 저급 관리, 의사, 상인 및 비교적 재학을 갖추고 있는 연창의 경험이 있는 예인 등이다. 그리고 문인들이 화본의 체제를 모방하여 지은 소설을 '의화본擬話本'이라고 일컫기도 했는데, 그것은 설화인의 '저본底本'과는 구별된다. 그러나 문제는 현재 우리가 볼 수 있는 화본과 의화본은 어떠한 차이가 있느냐 하는 점이다. 화본이 의화본보다 문장이 좀 거칠다는 것 외에는 내용과 형식에 차이점이 없기 때문이다. 나중에 설서인說書人들 역시 의화본을 고사를 이야기하는 저본으로 삼은 것을 보면, 이 둘은 구태여 구별할 필요는 없다. 나중에 설화는 차차 쇠퇴하고 화본 소설이 계속 발전하여, 명나라 말엽에는 소설이 설화를 초월하였다.

설화의 전통이 원나라에 이르러서 변화를 가져왔는데, 원대의 사람들은 비교적 역사 이야기에 편중하여 '평화平話'라고 일컬었다. 평화라고 한 것은, 역사의 이야기를 하자면 일반적으로 평론이 뒤따르기 때문에 불리게 된 이름이다. 송나라 때에는 평화平話라는 말이 보이지 않으며, 역시 평화는 설화인의 저본이다. 뒤에 화본은 단편의 화본체 소설로, 평화는 역사연의 소설로 바뀌게 되었다.

2. 화본 소설話本小說의 내용內容

송대는 설화의 전성기이지만 송나라 사람에 의하여 간행된 화본 소설은 찾아보기가 쉽지 않다. 현존하는 최초의 화본집은 명나라 가정嘉靖 때의 홍편洪楩이 간행한 『육십가소설六十家小說』이다. 여기에는 60편의 화본 소설이 수록되어 있었는데, 대부분 전해지지 않고 잔권까지 합하여 29편만 전해지고 있을 뿐이다. 홍편이 책을 간행한 당명堂名이 청평산당淸平山堂이어서, 사람들은 『청평산당화본淸平山堂話本』이라고도 한다. 이 화본집에는 송·원·명대의 작품들이 수록되어 있다. 또, 풍몽룡馮夢龍이 간행한 『유세명언喩世明言』, 『경세통언警世通言』, 『성세항언醒世恒言』을 합하여 삼언소설三言小說이라고 하는데, 이 가운데에는 120편의 화본 소설이 수록되어 있다. 작자 풍몽룡이 편집하고 정리하는 것 이외에도, 개작을 하거나 다듬기도 했고, 심지어 자신이 창작을 하기도 했다. 이들에 이어 능몽초凌濛初의 『초각박안경기初刻拍案驚奇』, 『이각박안경기二刻拍案驚奇』가 간행되었는데, 이들을 '이박二拍'이라고 하며, 모두 80편의 화본 소설이 수록된 의화본집擬話本集이다.

지금까지 송나라 사람의 최초의 화본집으로 알려졌던 『경본통속소설京本通俗小說』은, 최근의 연구 결과에 따르면, 명나라 중엽에 편찬한 화본 소설집으로 밝혀졌다. 수록된 작품 중 송의 화본은 「연옥관음碾玉觀音」, 「서산일굴귀西山一窟鬼」, 「요상공拗相公」, 「보살만菩薩蠻」이고, 나머지 「착참최녕錯斬崔寧」, 「풍옥매단원馮玉梅團圓」은 명나라 때의 화본으로 알려졌다. 청대에도 단편 화본집이 있으며, 총집總集으로 『과천홍跨天虹』 1종, 전집專集으로 『청야종淸夜鍾』, 『취성석醉醒石』, 『조세배照世杯』 등 33종, 선집選集으로 『각세아언覺世雅言』, 『경세기관警世奇觀』, 『금고전기今古傳奇』 등 13종이 있다.

「연옥관음碾玉觀音」은 『보문당서목寶文堂書目』에는 제명을 「옥관음玉觀音」이라고 하였고, 『경세통언警世通言』에는 「최대조생사원가崔待詔生死冤家」라 하였으나, 제목 밑에 '송인소설宋人小說, 제작題作「연옥관음碾玉觀音」'이라고 하였다. 이것은 이른바 연분류煙粉類의 송나라 사람의 화본이다. 연분류煙粉類라는 것은 연애의 이야기이면서 일반적으로 여귀女鬼와의 관계가 있는 것을 말한다.

「서산일굴귀西山一窟鬼」는 『경세통언警世通言』에 「일굴귀도인제괴一窟鬼道人除怪」란 제하에 "송인소설구명서산일굴괴宋人小說舊名西山一窟怪"라고 주를 달았다. 이 화본의 내용은 한 낙방한 수재 오홍吳洪이 매파의 중매로 이낙랑李樂娘을 아내로 삼고, 시녀 금아錦兒도 이낙랑을 따라왔다. 뒤에 그들이 모두 귀신인 것을 발견하고 놀랐으나, 다행히도 나賴 도사를 만나 귀신을 물리쳤다는 이야기이다. 이 소설은 내용이 간단하지만 도가 색채가 농후하며, 당시의 사회적인 배경과 관계가 있다. 송 휘종은 도교를 독실하게 믿었기 때문에 자연히 위아래 할 것 없이 도교를 믿었고, 이것이 문학 작품 속에도 반영되었다.

「요상공拗相公」은 『경세통언警世通言』에 「요상공음한반산당拗相公飮恨半山堂」이라고 제명하였다. 이 작품 속의 요상공은 송 신종 때의 재상이었던 왕안석王安石을 말하는 것으로, 그가 재상에서 물러난 뒤 강녕江寧으로 돌아가는 도중에 백성들의 여러 가지 고통의 호소를 친히 듣는다. 이어 부로父老들의 호된 꾸지람을 듣고 강녕에 이르렀으나, 나중에 병이 나 피를 토하고 죽었다는 것이다. 이 작품은 아마도 당시 왕안석의 변법變法에 대한 반대의 이야기를 부연하여 지은 것일 것이다.

「보살만菩薩蠻」은 『경세통언警世通言』에 「진가상단양선화陳可常端陽仙化」라고 하였다. 이 작품의 내용은 온주溫州의 수재 진가상陳可常에 관한 이야기이다. 그는 출가하여 항주 영은사靈恩寺의 중이 되었는데, 우연한 기회에 오칠군왕吳七郡王을 알게 되었다. 군왕은 그의 문재를 높이 사 여러 가지로 우대를 하였다. 어느 해 단오절이었다. 진가상은 군왕의 연회에 참가하였다가 참으로 아름다운 한 시녀를 알게 되었는데, 이름을 신하新荷라고 하였다. 뒤에 그녀가 임신을 하여 군왕은 대단히 놀랐다. 신하는 진가상과 간음하여 아이를 잉태하였다고 아뢰었다. 이에 군왕은 진가상을 임안부로 보내어 문죄를 하도록 하였고, 신하도 징벌을 당하였다. 그러나 뒷날 신하와의 사통은 진가상이 아니라 군왕부郡王府 안의 한 도관都管으로 밝혀졌다. 그러므로 군왕은 사람을 보내 진가상을 찾도록 하였으나, 사람이 도착하기 전에 그가 앉은 채로 입적하였다는 내용이다.

송대의 장편 강사화본講史話本으로는 『대송선화유사大宋宣和遺事』, 『신편오대사평화新編五代史平話』, 『대당삼장취경시화大唐三藏取經詩話』 등만이 전해지고 있다.

『대송선화유사大宋宣和遺事』는 역대 제왕들의 실정, 북송의 정치적 변화를 비롯하여 송 휘종의 혼용, 금金의 침입 등에 대하여 중점적으로 서술하고 있다. 모두 문언문과 백화문을 섞어 썼으며, 문언문은 대부분이 옛 서적을 초록하였고, 백화 부분은 민간 고사를 기록하였다. 그 중에 양산박梁山泊의 이야기는 『수호전水滸傳』의 저본이 되었고, 『수호전水滸傳』의 최초의 면모를 볼 수 있는 귀중한 자료이다. 『신편오대사평화新編五代史平話』는 오대의 흥망과 전란 중의 백성들의 고통을 서술하고 있다. 『대당삼장취경시화大唐三藏取經詩話』라고도 하는데, 설경의 화본이다. 권말에 "중와자장가인中瓦子張家印"이라는 기록이 있는데, 장가張家는 남송 임안의 서점이어서 일반적으로 송나라 때의 간행본으로 여겨지고 있다. 이 책은 당나라 고승인 현장과 후행자猴行者가 수 많은 어려움을 극복하고 천축국으로 가 마침내 불경을 가져온다는 내용이다. 후행자는 한 백의수재白衣秀才로, 지혜와 용기를 겸비하고 신통력이 뛰어나다. 이 이야기는 명나라 때 오승은吳承恩의 『서유기西遊記』의 창작 모티브를 제공해 주었으며, 『서유기西遊記』 연구의 매우 귀중한 자료이다.

이 밖에 원나라 때에 간행된 것으로 추정되는 『전상평화오종全相平話五種』에는 『무왕벌주평화武王伐紂平話』, 『칠국춘추평화七國春秋平話』, 『진병육국평화秦幷六國平話』, 『전한서평화前漢書平話』, 『삼국지평화三國志平話』 등이 수록되어 있다. 이들 작품들은 모두 정사正史에 근거하고 있으나, 그 중에는 민간에 전해지고 있는 적지 않은 이야기들을 수록하고 있다. 『삼국지평화三國志平話』는 이미 『삼국지연의三國志演義』의 기초를 구비하였고, 『무왕벌주평화武王伐紂平話』는 후의 『봉신연의封神演義』의 기틀을 마련해 주었다.

화본 소설은 두 갈래로 발전하였다. 첫째는, 현실적인 인생의 애환을 제재로 한 단편의 백화 소설이며, 둘째는 명·청 이후에 많은 장편의 역사 백화 소설이다. 예컨대, 『삼국연의三國演義』, 『수호지水滸志』, 『금병매金瓶梅』, 『서유기西游記』, 『봉신연의封神演義』, 『열국지전列國志傳』 등이 있다.

3. 화본 소설話本小說의 체재體裁

단편 화본 소설은 한두 차례에 강설이 끝나게 마련이며, 대략 3,000자에서 7,000자이다. 1만 자를 넘는 경우는 극히 드물며, 그 체재를 대체적으로 다음과 같이 나눌 수 있다.

1) **개장시開場詩** : 화본의 첫머리에 한 수의 시나 사로 시작을 한다. 그 중에서 설화 인 스스로가 지은 것도 있고, 옛 사람의 것을 사용하기도 하며, 대부분이 창을 하 지 않고 읽는다. 첫머리의 시, 사의 역할은 그 화본의 주제를 밝히고 전체 대의를 개괄적으로 설명한다.

2) **입화入話** : 첫머리의 시나 사를 읽은 뒤 본문 이야기를 하기 전에 일반적으로 '입 화'와 '두회頭回'가 있는데, 입화는 첫머리의 시, 사가 끝난 뒤에 이어서 특별히 중요한 한 단락을 해석하는 것을 말한다.

3) **두회頭回** : 입화를 이어 인물의 성명, 출신 등을 설명하는데, 이것을 '두회'라고 하지만, 본문을 시작하기 전에 하나의 짧은 이야기를 연출하였던 것 같다. 왜냐 하면, 청중이 다 들어오기를 기다리기 위한 것이다.

4) **정문正文** : 이렇게 하여 청중이 모두 입장하게 되면, 비로소 이야기의 핵심인 정 문을 연출한다.

5) **산장시散場詩** : 화본 소설은 대부분이 시, 사로써 끝을 맺는데, 이것을 일컬어 '산 장시'라고 한다. 이 산장시에서는 일반적으로 전체 내용을 평론한다.

제5절 戲 劇

1. 희극戲劇의 기원起源

희극戲劇의 기원은 원시 시대에까지 거슬러 올라간다. 그러나 기원설에 대해서는 학자마다 각각 주장이 다르다.

첫째, 왕국유王國維는 중국의 희극은 무巫에서 비롯되었다고 하였다. 그는 무는 반드시 신神을 제사함에 있어서 가무歌舞를 한다고 설명하였다. 『설문해자說文解

字』에 "영령, 무야巫也"라고 하였는데, 영령은 일종의 직업으로, 옷을 화려하게 차려 입음(偓寒)으로써 신을 형상하고, 또 빙빙 돌며 춤을 춤(婆姿)으로써 신을 즐겁게 하였다. 이와 같은 과정은 나중에 희극의 싹이 되었고 지금도 남아 있다. 둘째, 유사배劉師培는 희극이 묘당廟堂의 송頌에서 비롯되었다고 하였다. 셋째, 허지형許之衡은 중국의 희극이 악관樂官에서 비롯되었다고 하였다.

이상에서 본 바와 같이 각각 주장은 다르다고 하지만, 가무가 희극의 전신이라는 견해는 같다. 원시 시대에는 물론 희극이 없었으나 가무가 존재하였고 『주례周禮』에 우무羽舞, 황무皇舞, 모무旄舞, 간무干舞, 인무人舞 등이 있는데, 이러한 가무가 후일 희극의 시초가 되었음을 추정할 수 있다.

사회의 발전에 따라 가무도 발달해 갔고, 제왕의 치적이 가무를 통하여 칭송되었는가 하면, 그들의 권위가 표현되기도 하였다. 제왕들은 음악을 통하여 백성들을 올바르게 다스리려 하였다. 이 때의 음악은 이미 악기를 사용하였고, 무도도 체계화되어 리듬에 맞추어 춤을 추었을 것으로 추정된다. 문화적으로 북방에 뒤쳐져 있던 초楚나라는 예의, 풍습 생활 방법 등을 북방으로부터 배웠으나, 전국 시기에 이르러 큰 발전을 하였다. 반면에 가무도 매우 흥성하였는데, 『초사楚辭』의 「구가九歌」중에 잘 나타나 있다. 종鐘, 고鼓, 금琴, 슬瑟, 호篜 등의 다양한 악기를 사용하여 음악을 연주하는가 하면, 무도자舞蹈者는 화려한 복장을 하고 춤을 추었다. 꽃가지를 들고 남녀가 군무를 추기도 하고 홀로 추기도 하였으며, 독창을 하기도 하고 중창을 하기도 하였다.

한나라 때에 이르러서는 무엇보다도 궁정 예술이 크게 발전하였는데, 그 원인의 하나는 민간의 예술을 받아들였기 때문이다. 민간에서 유행하던 각저희角觝戲(일명 각저角觝)가 궁중에 들어와 더욱 희극화하였다. 각저희가 궁중에 들어온 이후에 가무와 결합하여, 여러 가

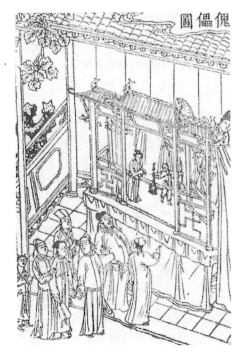

송대목각 괴뢰희도

지 변화를 가져왔다.

 이 밖에도 희극 구성에 많은 영향을 끼쳤을 것으로 여겨지는 괴뢰희傀儡戲는 한나라 때에 이미 존재하였다. 목우희木偶戲의 고대 명칭을 괴뢰희라고 한 것이나, 삼국시대에 마균馬鈞이라는 사람이 목우木偶를 만들어 여러 가지 기예를 연출하였다고 하는 것을 보면 짐작할 수 있다. 괴뢰희의 구성이 희극적이었으며, 때문에 목우를 사람으로 바꾸어 연출하면 그대로 희극으로 손상이 없었을 것으로 여겨진다. 희극은 상술한 바와 같이 가무로부터 비롯하였으며 따라서 중국의 희극이 완성된 뒤에도 가무적인 성격을 벗어나지 못하였다.

 수·당 때에는 위·진·남북조魏晉南北朝 시대의 산악백희散樂百戲가 매우 유행하였다. 주周·진秦 이래 신을 즐겁게 하는 춤은 차차 사람을 즐겁게 하는 춤으로 바뀌어 갔다. 그런데 사람을 즐겁게 하는 가무는, 이 때에 이르러서 제사 때의 순수한 무도와는 달리 노래와 고사故事를 겸하였으므로 '가무' 또는 '가무희'라고 하였다. 당시의 희극과 가장 가까운 가무는 대면代面, 발두撥頭, 답요랑踏搖娘 등 세 가지를 들 수 있다.

 첫째, 대면代面(大面)은 『악부잡록樂府雜錄』「고가부조鼓架部條」에 "대면은 북제에서 비롯되었다. 신무의 아우는 대담하고 용기가 있어, 싸움을 매우 잘하였다. 그 얼굴이 위엄이 없으므로 적진에 들어갈 때에는 항상 가면을 하였는데, 그 뒤로는 백전백승하였다. 가무희를 하는 사람은 자의 요대에 채찍을 들었다.(代面, 始自北齊, 神武弟, 有膽勇, 善戰鬪, 以其顔貌無威, 每入陳卽著面具, 後乃百戰百勝. 戲者衣紫腰金執鞭也.)"라고 기록하고 있다.

 둘째, 발두撥頭(鉢頭)는 『구당서舊唐書』「음악지音樂志」에 "발두는 서역에서 나왔다. 호인이 맹수에게 잡아먹히자, 그 아들이 짐승을 찾아 죽였는데, 이 춤은 그것을 형상화한 것이다.(撥頭者, 出西域, 胡人爲猛獸所噬, 其子求獸殺之, 爲此舞以象之也.)"라고 하였고, 『악부잡록樂府雜錄』에는 "발두는 옛 어떤 사람의 아버지가 호랑이에게 잡아먹히자, 산에 올라가 아버지의 시체를 찾았다. 산은 여덟 굽이었기에 악곡에는 8첩이 있다. 놀이하는 자는 머리를 늘어뜨리고 소복을 하고 우는 얼굴을 하였는데, 상을 당한 모습인 것이다.(鉢頭, 昔有人父, 爲虎所傷, 遂上山尋其父屍, 山有八折, 故曲八疊, 戲者被髮素衣, 面作啼, 蓋遭喪之狀也.)"라고 하였다.

 셋째, 답요랑踏搖娘(소중랑蘇中郎, 소랑중蘇郎中)은 『악부잡록樂府雜錄』에 "소중랑은 후주의 선비 소파인데, 술을 좋아하고 떠돌아다녔으며, 스스로 호를 낭중이라고 하였다. 노래 마당이 있으면 뚫고 들어가 홀로 춤을 추었다. 당일 놀이하는 자는 빨간 비단옷을 입고 모자를 썼다. 얼굴을 빨갛게 하였는데, 마치 술 취한 모습이다. 낭은 답요랑이 있었다.(蘇中郞, 後周士人蘇葩, 嗜酒落魄, 自號中郞, 每有歌場, 輒入獨舞, 今爲戲者, 著緋, 帶帽, 面正赤, 蓋狀其醉也. 郞有踏搖娘.)"라고 하였다. 이렇게 수·당 시대의 산악散樂들은 중국 희극의 원시 형태라고 할 수 있으며, 그 영향으로 고극古劇이 탄생하였고, 당시의 희극에 큰 영향을 끼쳤다.

수나라가 남북을 통일한 이후 궁정 악무 및 외국에서 들어온 악무를 정비하여 9부 악으로 나누었다. 청악淸樂, 구자악龜玆樂, 천축악天竺樂, 강국악康國樂, 소칙악疏勒樂, 안국악安國樂, 고려악高麗樂, 예필악禮畢樂 등이었으며 그 밖에 사방에 흩어진 산악을 수집, 정리하여 낙양에서 연출하였다.

당나라 때의 희극은 가무희歌舞戲와 과백희科白戲로 나눌 수 있으며, 특히 현종玄宗이 가무희를 좋아하여 자연스럽게 발전하였다. 단안절段安節의 『악부잡록樂府雜錄』을 보면, 당시의 가무 활동이 매우 성행하였음을 엿볼 수 있는데 아악부雅樂部, 운소악雲韶樂, 청악부淸樂府, 고취부鼓吹部, 구나驅儺, 웅비부熊羆部, 고가부鼓架部, 구자부龜玆部, 무공舞工 등으로 분류하여 설명하고 있다. 이 중에서도 특히 주목할 가치가 있는 것은 고가부이다. 그것은 당나라 때의 악무樂舞, 백희百戲를 관장하던 기구로 적笛, 박판拍板, 답고答鼓, 양장고兩杖鼓 등을 사용하여 대면代面, 소중랑蘇中郞, 발두鉢頭, 답요랑踏搖娘 등 가무희를 연출하였다. 심동尋橦, 도환跳丸, 토화吐火 등의 잡기를 연출하였는데, 모두 희극의 가무이다.

과백희는 참군희參軍戲와 골계희滑稽戲로 나뉘어지는데 참군희는 삼국 이래 배우들로 하여금 범관犯官을 조롱하던 전통에서 비롯된 것이나, 이 때에는 이미 형식이 비교적 고정되어 있었다. 참군參軍, 창골蒼鶻의 두 역할이 있었으며, 내용의 표현도 비교적 드라마틱하고 구체적인 인물 분장도 하였다. 참군이 성격이 어리석은 역할이라고 하면, 창골은 기지 있는 역할이었다. 서로 희롱과 풍자를 하는데, 골골鶻은 새를 공격할 수 있기 때문에 연출할 때에도 창골은 참군을 공격할 수 있고, 따라서 관중들로부터 흥미와 웃음을 자아내게 하였다. 골계희는 참군희를 이어받은 과백희의 잡극으로, 우습고 풍자적인 내용이 위주였다. 유머, 재치 있는 말로써 완곡히 풍자하여, 풍간의 효과를 거두어들일 수 있는 간단한 놀이였다. 그러나 이 잡극도 남송 때 많은 발전을 하여 4단으로 나누어지는 단계적인 결구로 이루어졌고, 출연의 명칭도 말니末泥(희두戲頭), 인희引戲, 차정次淨(부정副淨), 부말副末, 장단裝但(장고裝孤) 등 여러 문헌에서 찾아볼 수 있는데, 이것은 그만큼 희극으로서 짜임새를 갖추고 있었음을 말해 주는 것이다.

2. 송대宋代의 희극 戲劇

(1) 가무희歌舞戲

송나라 때에 유행하였던 가무희로는 전답轉踏(혹은 전달纏達), 대곡大曲, 곡파曲破, 법곡法曲 등이 있는데, 나누어 간략하게 설명하면 다음과 같다.

첫째, 전답은 몇 절로 나누어 연출하며, 매 수의 시사詩詞마다 한 가지 일(一事)을 노래하고 아울러 춤을 추고 여러 수의 시사를 합영合詠하여, 많은 일(多事)을 노래하고 함께 춤을 추었다. 예를 들면, 『악부아사樂府雅詞』에 실려 있는 조무구晁無咎의 「조소전답調笑轉踏」을 보면, 서시西施, 송옥宋玉, 대제大堤, 해패解佩, 회문回文, 당가아唐歌兒, 춘초春草 등의 일곱 가지 일을 분영分詠하고 있는가 하면, 정근鄭僅의 「조소전답調笑轉踏」은 나부羅敷, 막수莫愁, 탁문군卓文君, 도화원桃花源 등 열두 가지 일을 분영하고 있다. 이 전답을 연출하기 전에 일단一段의 변문騈文의 '구대사勾隊詞'가 있는데, 연출은 이로부터 시작된다. 연출이 끝날 때는 '방대사放隊詞'

잡극인물도

가 있는데, 대부분이 칠절일수七絶一首이다.

둘째, 대곡大曲은 고대의 가무 악곡의 한 형식이다. 한漢·위魏 때의 대곡은 '염艶', '추趨', '난亂'의 삼대단三大段으로 짜여져 있었으나 그 연창의 상황은 확실히 알 수가 없다. 다만 채옹蔡邕의 『여훈女訓』, 『송서宋書』 「악지樂志」 등에 간략하게 기재되어 있을 뿐이다. 당唐·송宋의 대곡은 궁정 연회 때에 상연되었던 대형의 악무로서, 송의 대곡은 당의 대곡과 큰 차이가 없었다. 당의 대곡이 대부분

5·7언 시체인 반면, 송의 대곡은 장단長短이 같지 않은 사체詞體이다. 그 변천의 원인은 송나라에 이르러 시보다도 사가 유행하였기 때문이다. 송 때 심괄沈括의 『몽계필담夢溪筆談』, 진양陳暘의 『악서樂書』, 왕작王灼의 『벽계만지碧鷄漫志』 등에는 대곡의 짜임새에 대하여 논법이 같지 않으나, 일반적으로 3단락으로 나누고 있다. 제1단은 '서주序奏'로 노래와 춤이 없으며, '산서散序'라고 하였다. 제2단은 가창이 위주로 '중서中序' 혹은 '박서拍序'라고 하였다. 제3단은 가창과 무도의 합작이나 춤 위주로 리듬이 급박하며 '파破'라고 일컬었다.

셋째, 곡파曲破는 당·송 시대의 악무로, 즉 대곡의 제3단을 '파'라고 하는데, 이것을 단독으로 연출할 때 '곡파'라고 하였다. 송나라 때에 매우 유행하였으며, 리듬이 급박하고 노래와 함께 춤을 추었다.

넷째, 법곡法曲은 사실상 대곡大曲과 같은 체제이다. 법곡은 수·당 때에 유행하였으며, 원래는 '법악法樂'이라고 하여 불교 법회에 사용되었기 때문에 얻게 된 이름이

정도새

다. 서역의 여러 민족의 음악과 한족의 청상악淸商樂이 결합된 것이지만, 양나라 때에 이르러 늦게 범악이 일어났으며, 수나라 때에 청상악 위주의 법곡으로 발전하였다. 「예상우의곡霓裳羽衣曲」은 본래 법곡이었으나, 대곡에 들어가 있는 것을 보더라도 양자의 체제가 그렇게 차이가 없었음을 알 수 있다.

(2) 강창희講唱戱

강창희로는 고자사鼓子詞, 제궁조諸宮調, 복잠覆賺, 도진陶眞, 설화說話 등을 들 수 있다.

첫째, 가무희에서의 전답轉踏이나 대곡, 곡파曲破 등은 한 가지 이야기를 노래하고 춤을 추어 연출하는 것이지만, 이 고자사는 춤이 없이 오직 이야기만을 사곡詞曲으로 엮어 노래한다. 그 사곡의 사이에는 우연적으로 말을 삽입하는 경우가 있다. 고자사의 초기의 형식은 오직 사를 중첩하여 한 가지 일을 노래한 것이었다. 서호의 아름다운 풍경을 읊은 구양수歐陽修의 「채상자采桑子」 11수가 그것이나, 이 「채상자

설창도용

采桑子」 사이에는 산문의 설백說白이 없다. 이와 같이 짧은 형식은 연희 때에 가창으로 아주 적합한 양식이다. 이에 비하여 조령치趙令時의 「접련화蝶戀花(상사商詞)」는 12수의 사로서 「회진기會眞記」의 이야기를 노래하고 있으며, 상당히 발전된 형식이다. 노래와 노래 사이에 산문을 채용하는 새로운 형식은 변문變文의 영향을 받았을 것으로 여겨지고 있다.

둘째, 제궁조는 송나라 때의 창가이다. 체제는 당나라 때의 변문과 흡사하여 산문과 운문의 합체合體로 되어 있으며, 바로 변문의 영향을 받은 설창문학說唱文學이다. 제궁조는 동일한 궁조宮調의 몇 곡패曲牌를 연용하여 서사敍事 가창의 단투短套를 만드는데, 이 때 수미首尾의 한 가지 운을 사용한다. 만약 이 단투로 어떤 이야기를 가창하기에 부족할 때에는, 동일하지 않은 여러 단투를 연용하여 장편長篇을 만든다. 그 사이 설백이 삽입됨으로써 장편 고사故事를 설창하게 되며, 이것을 곧 '제궁조諸宮調'라고 한다. 송 말에 창시한 제궁조는 남송 때 크게 유행하였다. 현존하는 가장 완전한 제궁조는 金나라 동해원董解元의 「서상기제궁조西廂記諸宮調」이다. 이 밖에도 금 때의 「유지원제궁조劉知遠諸宮調」(작자미상)의 잔권 등이 있으며, 제궁조의 체제가 방대하고 곡조가 풍부하여 원 잡극 형성에 지대한 영향을 끼쳤다.

셋째, 복잠覆賺은 창잠唱賺이라고도 하는데, 오자목吳自牧의 『몽량록夢梁錄』 및 주밀周密의 『무림구사武林舊事』 등에서 남송 때에 항주杭州에는 창잠의 예인藝人들이 수십여 명이 있었다고 한 것을 보면, 이 복잠이 어떤 형태의 설창說唱이었는지 확실히 알 수 없으나, 매우 유행하였음을 알 수 있다. 원元 간본刊本의 『사림광기事林廣記』에 「원리원잠圓里圓賺」이 실려 있는데, 몇 곡조를 모아 하나의 투곡套曲을 만들며, 앞에 인자引子가 있고 뒤에 미성尾聲이 있으며, 그 가운데 '잠賺'이라고 하는 곡조가 있는데, 왕국유王國維는 송나라 사람이 지은 잠사賺詞(복잠의 각본)라고 여기고 있다.

넷째, 도진陶眞, 애사涯詞, 설화說話 등도 모두 한 가지 설창 예술이며, 자세한 설명은 생략한다.

(3) 희문戲文(남희南戲)

지금까지 설명한 가무희歌舞戲, 강창희講唱戲 외에 송대의 희극으로는, 중국 희극사에 있어서 매우 중요한 희문戲文이 있다. 희문은 송의 잡극, 송사 및 민간 가요의 영향으로 이루어진 민간의 소희小戲이다. 남희南戲, 남곡희문南曲戲文, 남희문南戲文 등으로 일컬어지고 있으나, 잔문殘文 만이 전해 내려올 뿐이어서 그 형식을 이해할 수가 없으나 송 광종 때에 비롯하여 유행하였다. 희문은 일반적으로 중국 희극사상 희극으로서의 가장 최초의 성숙된 형식인 것으로 인식되어지고 있다. 비록 원나라 때의 잡극처럼 성행하지는 않았다고 하더라도 남방 민간에는 광범위하게 유행하였다. 전해 오는 각본이 온전한 것이 없어 안타깝기 그지없으나, 「왕환王煥」, 「왕괴부계영王魁負桂英」, 「진순검매령실처陳巡檢梅嶺失妻」, 「조정녀채이랑趙貞女蔡二郞」, 「악창분경樂昌分鏡」 등 몇 편의 잔문이 전해 오고 있다.

제6절 文學評論

당대唐代를 이어 송대宋代로 접어들면서부터 문론文論은 더욱 활발히 전개되었다. 당시의 문론의 저작으로 왕질王銍의 「사육화四六話」, 사인謝伋의 「사육담진四六談塵」이 있는데, 모두 4·6문에 대한 비평이다. 또 진규陳騤의 「문칙文則」은 산문에 대한 비평이다. 이어 유개柳開 등은 다시 고문운동의 길을 열었는데, 스스로 한유의 문도文道를 계승하고 있다고 하였다. 그리고 송기宋祁, 구양수歐陽修에 이르러 고문 운동은 크게 번창하였고, 증공曾鞏, 3소三蘇에 이르러서는 도학가道學家적인 폐단이 없어지고, 그들 나름대로의 새로운 문학 비평 이론이 활발히 전개되었다.

구양수歐陽修(1007~1072) : 이 시기에 나온 시론詩論에 관한 저서로는『육일거사시화六一居士詩話』가 있다. 구양수는 송대의 문학 개혁 운동의 선구자로서, 산문, 시, 사에 뛰어난 작가였다.『육일거사시화六一居士詩話』는 중국 문학사상에 최초의 시화로 "내가 여음에 있을 때 한담의 자료로 모았다.(居士退居汝陰, 而集以資閑談也.)"라고 서두에 밝히고 있듯이, 만담 형식으로 시가를 서술한 것이다. 명·청대에까지 큰 영향을 주었으며 문학에 대한 몇 가지 주장을 내놓았다. 첫째, 사회에 있어서의 시인의 처지를 매우 중요시하였다. 삶의 절실한 경험을 통하여 얻은 진리가 문학으로 표현될 때에 훌륭한 작품이 된다고 하였다. 둘째, 묘사하기 어려운 사물(경물)을 눈앞에 보듯이 생동적으로 묘사하여야 하며, 시 속에는 무궁한 여운이 담겨 있어야 한다고 하였다. 셋째, 창작을 함에 있어서 먼저 작문의 수련이 되어야 한다고 하였다.

주희朱熹(1130~1200) : 자가 원회元晦이며 호는 회암晦庵이다. 휘주徽州 무원婺源(현 강서江西) 사람으로 건양建陽(현 복건성福建省) 숭안崇安에 옮겨 살았다. 주자는 송대 이학가들의 문학 이론을 집대성하였는데, 유가 사상을 이어받아 선진 양한의 문학관을 회복하고자 하였고, '문文'과 '도道'의 관계에 있어서 도를 강조하였다. 그러나 완전히 문을 배척한 것은 아니었다. 다만, 도는 '본本'이 되고 문은 '말末'이기 때문에, '문'은 모두 '도'로부터 나온다고 하였다.

주자는 '성즉리性卽理'를 주장하였는데 '이理'는 바로 태극太極을 의미한다. 바로 태극은 만물의 근원이며, 순수하고 가장 선한 성性이다. 주자는 인성론人性論에 있어서 인성을 천명지성天命之性과 기질지성氣質之性으로 구분하여 설명하고 있다. 예를 들면, 천명지성은 아주 맑고 깨끗한 물에 비유되고 있는 반면, 기질지성은 물을 담는 그릇에 비유되고 있다. 즉 같지 않은 그릇에 물을 담게 되면, 형태 또는 청탁의 구별이 있게 되듯이, 기질지성도 이와 마찬가지로 선善과 악惡의 구별이 있지만 성은 천명지성으로부터 온 것이다.

주자는 우리의 도덕 규범이 천명지성인데, 다만 기氣의 편벽됨으로 말미암아 어떤 사람들은 그 천명의 선을 충분히 표현하지 못할 때가 있다고 한다. 그러나 더러운 물이 깨끗해질 수 있듯이 기질지성도 변화할 수가 있는데, 그 관건이 될 수 있는 것이 바로 궁리窮理로서 '도리를 밝히는 것'이며, 따라서 이 궁리를 통하여 기질도 변화하게 된다고 하였다. 기질이 변화함으로써, 성 가운데의 불선不善한 인소를 극복하고 천명지성의 최고의 선을 회복하여 성현의 경계에 도달할 수 있게 된다.

이상과 같이 주자는 이기심성론理氣心性論을 원칙으로 하여 자신의 문학 예술의 기본적인 태도와 관점을 확립하였으며, '모든 글은 도 가운데에서 나온다', '글은 바로 도이다'라고 생각하였다. 도는 글의 근본일 뿐만 아니라 문학 작품에 있어서 마땅히 표현하여야 할 대상이며, 문학 작품의 예술적인 가치의 표준이라고 하였다. 도를 준수함으로 인하여 문학의 참다운 의미를 기대할 수 있고, 반면 문장에 있어서도 진실성을 찾을 수 있다고 하는 문학 창작 방법론을 제기하였다. 폭넓게 독서함으로써 이理를 깨닫게 되고, 수신하여 양성養性할 때에 개인의 감정은 완전히 도의 표준에 부합하게 되고, 글이 자연적으로 쓰여질 때 바로 훌륭한 작품이 나올 수 있다고 생각한 것이다. 즉, 주희는 천명지성과 기질지성의 관점을 서로 연계하여 문학 작품에 진정을 내포하지 않으면 안 된다고 주장하였다.

이학理學의 진리와 부합하는 감정은 천리이지만, 진리와 부합하지 못하는 정감은 인욕人慾에 지나지 않기 때문에 마땅히 배척 당해야만 한다. 진리 자체에 아름다움을 구비하고 있다고 생각하였기 때문에 문학 작품에 있어서도 그와 같은 아름다움의 추구를 요구하고 있다. 이렇게 하여 이학가의 문학 예술 이론의 정감과 진리 사이의 상충하는 모순을 조화하고자 하였다.

엄우嚴羽(1200전후) : 자가 단구丹丘이며 호는 창랑포객滄浪逋客이다. 복건성福建省 소무邵武 사람으로, 은거하여 벼슬하지 않았다. 그는 남송 이종理宗 때의 비평가로『창랑시화滄浪詩話』에서 비교적 체계적인 시론을 내놓고 있다.『창랑시화滄浪詩話』는 시변詩辨, 시체詩體, 시법詩法, 시평詩評, 시증詩證의 다섯 부분으로 구성되어 있고, 끝에「여오경선론시서與吳景仙論詩書」1편이 첨부되어 있다. 그 가운데「시변詩辨」이 가장 중요하며 시의 풍격, 학습, 창작 방법 등을 피력하고 있다.

그의 주장은 첫째, 그는 성당의 시풍을 모범으로 삼아야 한다고 하였다. 성당시의 장점으로는 '흥취'를 지적하고 있으며 함축, 미묘美妙의 시의 경지를 주장하고 있다.

둘째, 시작의 방법으로 '묘오妙悟'를 제시하였다. "선도는 오직 묘오에 있고, 시도 또한 묘오에 있다.(禪道惟在妙悟, 詩道亦在妙悟.)"라고 하여 인생의 천리를 깨닫고 끊임없이 시도詩道를 터득함을 묘오라고 하였다. 이렇게 묘오의 경지에 이르게 되면 훌륭한 시작을 할 수 있다고 하였다.

北宋·南宋世代表 북송, 남송세대표

(북송 960 ~ 1127)/(남송 1127 ~ 1279)

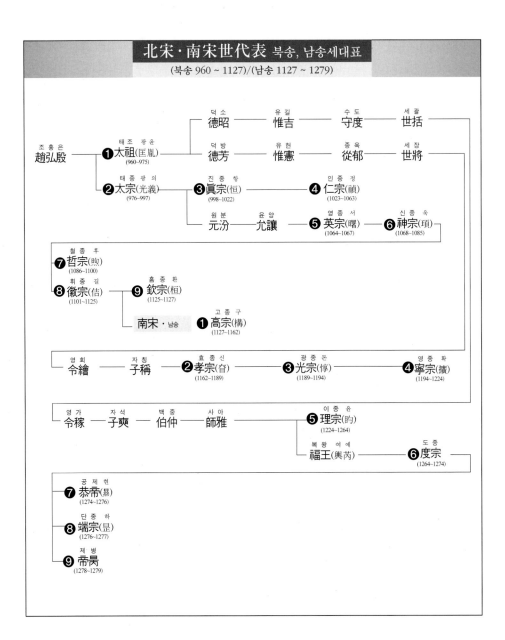

조 홍 은
趙弘殷

태조 광윤
❶太祖(匡胤)
(960~975)

덕 소
德昭 ── 惟吉 ── 守度 ── 世括
유 길   수 도   세 괄

덕 방
德芳 ── 惟憲 ── 從郁 ── 世將
유 헌   종 욱   세 장

태종 광의
❷太宗(光義)
(976~997)

진종 항
❸眞宗(恒)
(998~1022)

인종 정
❹仁宗(禎)
(1023~1063)

원 분   윤 양
元汾 ── 允讓

영종 서
❺英宗(曙)
(1064~1067)

신종 욱
❻神宗(頊)
(1068~1085)

철종 후
❼哲宗(煦)
(1086~1100)

휘종 길
❽徽宗(佶)
(1101~1125)

흠종 환
❾欽宗(桓)
(1125~1127)

南宋·남송

고종 구
❶高宗(構)
(1127~1162)

영 회   자 칭
令繪 ── 子偁

효종 신
❷孝宗(眘)
(1162~1189)

광종 돈
❸光宗(惇)
(1189~1194)

영종 확
❹寧宗(擴)
(1194~1224)

영 가   자 석   백 중   사 아
令稼 ── 子奭 ── 伯仲 ── 師雅

이종 윤
❺理宗(昀)
(1224~1264)

복왕 여예
福王(與芮)

도 종
❻度宗
(1264~1274)

공제 현
❼恭帝(㬎)
(1274~1276)

단종 하
❽端宗(昰)
(1276~1277)

제 병
❾帝昺
(1278~1279)

7. 遼金文學

제1절 遼文學

요遼(916~1125)는 중국 북방의 요하遼河 유역의 거란족契丹族이 건립한 국가이다. 태조太祖 야율아보기耶律阿保機(872~926)가 916년 한성漢城에 건국한 뒤 야율연희耶律延禧(천조제天祚帝)가 1125년 금金에 멸망하기까지 209년 동안 정권을 유지했는데, 앞 43년은 오대五代, 뒤 166년은 북송北宋과 대치하였다.

송은 태조太祖, 태종太宗 때에 요에게 빼앗긴 '연운燕雲 16주州'를 수복하려고 3차례 걸쳐 원정에 나섰으나 모두 실패하였을 뿐만 아니라 군사의 허약성만을 드러내 보였다. 결국 서기 1004년(경덕육년景德六年) 요가 20만 대군을 동원, 남진하여 전주澶州(현 하남河南 복양濮陽)를 공략함으로 수도인 변경汴京(개봉開封)이 위협 받게 되었다. 조정의 내부에서는 주화파와 주전파로 나뉘어 갈등을 빚었다. 요군은 지구전에 불리하다고 판단하여 송군과의 강화를 제의하였다. 이에 진종은 주화파의 뜻에 따라서 요와의 굴욕적인 조약을 체결하였는데, 송은 매년 은 10만 냥, 비단 20만 필을 바친다는 것이었다. 역사에서는 이것을 '전연澶淵의 맹약盟約'이라고 일컫는다. 그후 송·요 두 나라는 오랫동안 평화적인 관계를 유지하였다.

이와 같은 역사적인 관계를 통하여 상호 문화적인 교류가 이루어졌는데, 특히 송은 변경에 '호시互市'를 설치하여 요와 상품 교환을 하기도 하였다. 요는 본래 한漢족과의 교류가 없었는데, 중원에 들어온 이후 어떻게 하면 사회 문화적인 차이를 극복하고 통치력을 확대할 수 있느냐 하는 것이 큰 과제였다. 그래서 우선적으로 한족의 문화와 농경사회의 생활 방식을 터득하고자 하였다. 야율아보기耶律阿保機(872~926)는 건국 초기에 공자묘孔子廟를 짓도록 하고 친히 석존제釋尊祭를 지냈는가 하면, 『시경』, 『논어』, 『사기史記』 등을 역주譯註하여 간행하였으며, 여타 제왕들도 중원의 문화를 적극적으로 수용하였다. 문학을 제창하여 성종聖宗 이후에는 당나라의 과거제도를 본받아 인재를 등용, 시詩를 정식 과목으로 채택하였다. 뿐만 아니라 일상 생활에 있어서도 서로 창

전연(澶淵)의 맹약

서기 1004년(慶德元年)에 요가 대거 남침하였다. 송의 대부분의 신료들은 남하를 주장하였으나 재상 구준(寇準) 등은 요에 대항을 주장, 진종(眞宗)에게 극간, 진종은 전주(澶州)로 친정에 나섰다. 요군이 전주를 공격할 때 주장이 피살되었으므로, 송군의 사기는 드높았다. 요군은 지구전이 불리하다고 판단, 송군에게 강화를 제의하였다. 이것은 주화파의 뜻과도 같고 진종이 요군의 빠른 철수를 바랬기 때문에 요와 강화를 하도록 하였다. 강화의 내용은 요, 송은 형제국이므로 송은 요에게 매년 은 10만 냥, 비단 20만 필을 바친다는 것이다. 이것을 일컬어 '전연의 맹약'이라고 한다.

화唱和하였으니 문학은 자연적으로 흥행하였다.

요나라 때에는 거란 문자와 한자를 함께 사용하여 시문을 지었음에도 불구하고 현존하는 작품은 거의 없다. 이것은 당시의 시인, 문인들이 많지 않았으며 또한 작품의 수량도 적었기 때문이다. 요대에 민간에 유행하는 문서들을 중국에 가져오는 것을 엄격하게 금지하였던 것도 그 이유 가운데 하나이다.

송宋 심괄沈括『몽계필담夢溪筆談』에 "요서는 엄격하게 금하여 중국으로 가지고 들어오는 자는 모두 죽였다.(遼書禁甚嚴, 傳入中國者法皆死.)"라고 하였다. 특히 요가 망한 뒤에 작품은 대부분 없어지고 말았으며, 작자에 대해서도 전해진 바가 없었다. 명말청초明末淸初에 이르러서 비로소 그 잔편을 간행했을 뿐인데 현재 전해지고 있는 것은 『용감수감龍龕手鑑』, 『분초록焚椒錄』, 『성명총괄星命總括』 등이며, 시문詩文에 관한 것으로는 청淸 주춘周春의 『요시화遼詩話』, 무전손繆筌孫의 『요문존遼文存』, 왕인준王仁俊의 『요문화遼文華』, 근대近代 진연陳衍의 『요시기사遼詩紀事』 등이 있다.

거란契丹은 본래 한자漢字가 통용되었으나 건국한 뒤 거란 문자를 만들어 한자와 함께 사용하였기 때문에 한문 문학과 거란 문학이 동시에 존재하였다. 거란문으로 쓰여진 사공대사寺公大師의 「취의가醉義歌」는 원문이 전해지고 있지 않으나 원元의 야율초재耶律楚才의 역문譯文이 전해지고 있다. 야율초재耶律楚材의 역서譯書에

"가시에 뛰어나며 그 의취가 매우 높아 세간의 말과 같지 않았으나 소蘇·황黃과 함께 앞을 다투었다.(長于歌詩, 其旨趣高遠, 不類世間語, 可與蘇黃幷驅爭先耳.)"라고 한 것을 보면, 한문학과 거란문학과의 밀접한 관계를 보여 주고 있으며 거란의 시가가 상당히 발전하였음을 알 수 있다. 사실 요나라의 문학은 야율륭서耶律隆緖(970~1031)가 "낙천의 시집은 나의 스승(樂天詩集是吾師)"이라고 할만큼 당·송 문학의 영향을 받고 있었기 때문에 두 문학 사이의 문풍은 그렇게 차이가 없다. 그러나 야율륭서耶律隆緖, 야율종진耶律宗眞, 야율홍기耶律洪基 등 제왕을 비롯한 조정의 중신들은 시를 짓고 노래하기를 좋아하였으나 위에서 서술한 대로 현존하는 작품이 많지 않아 그 면모를 제대로 파악할 수 없다.

1. 시가詩歌

야율배耶律倍(899~936) : 요의 태조인 야율아보기耶律阿保機의 큰아들로 어려서부터 배우기를 좋아하였으며 뒤에 황태자가 되었다. 야율배耶律倍는 아버지 야율아보기耶律阿保機와 함께 사방四方을 공략하였으며 천현원년天顯元年(926)에는 발해渤海를 정벌하였다. 동쪽의 거란이라는 뜻으로 나라 이름을 동단東丹이라고 하였고, 야율배로 하여금 직접 통치하도록 하였다. 야율배는 박학하고 재능이 있어 문예뿐만 아니라 음악, 그림 등에도 뛰어났다. 한편 한문漢文문장이 뛰어나「음부경陰符經」을 번역하였는가 하면, 인물화人物畵로「사기도射騎圖」,「천록도千鹿圖」 등이 전해지고 있다.「해상시海上詩」를 소개한다.

> 작은 산이 큰 산을 누르니,
> 큰 산은 아무 힘이 없구나.
> 고향 사람들 보기가 부끄러워,
> 아예 나라 밖으로 가버리련다.

> 小山壓大山, 大山全無力.
> 羞見故鄕人, 從此投外國.

이 시는 천현天顯5년(930) 겨울에 지은 것으로, 시 가운데의 '소산小山'은 아우인 야율광덕耶律光德을, '대산大山'은 자신을 비유한 것이다. 아보기阿保機는 발해를 정벌하고 남진에 힘을 기울이던 차에 부여扶餘(현 길림吉林 농안農安)에서 죽었다. 이에 태후太后는 동생인 야율광덕耶律光德을 옹립하고자 하였다. 형 야율배耶律倍는 태후의 뜻을 알고 양위를 하였는데 이와 같은 사실에 대한 감회를 시로 옮겨 놓은 것이다. 황진화黃振華의 「거란문 '산' 契丹文 '山', '산' 고 '山' 考」(「사회과학전선社會科學戰線」제2기, 1981)에 의하면 '소산小山', '대산大山'은 형제를 의미하고, 「해상시海上詩」의 '해상海上'은 '즉주卽主'를 의미하는 만큼 '즉주시卽主詩'의 뜻이다.

야율륭서耶律隆緖(971~1031): 요의 성종聖宗으로 재위 49년 동안의 치적이 뛰어났다. 특히 성종은 친히 20만 대군을 거느리고 곧바로 남진하여 전주澶州를 공략하고 송의 수도인 변경汴京을 위협하였다. 따라서 송은 주화파主和派의 뜻대로 '전연澶淵의 맹약盟約'을 체결하였다. 내용은 형제의 나라로서, 송은 매년 요에게 은 10만냥, 비단 20만필 등을 바친다는 것이었다. 이렇게 하여 요는 국가의 번영을 이룩하였던 것이다.

야율륭서耶律隆緖는 어려서부터 책 읽기를 좋아하여 10세 때에 시를 지을 수 있었다. 활쏘기, 음악, 회화에도 능통하였다. 거란어契丹語로 백거이白居易의 「풍간집諷諫集」을 번역하여 관료들로 하여금 읽도록 하였을 뿐만 아니라 악곡, 시, 문 등을 많이 지었으나 전해져 오는 것이 거의 없다. 시 「부국새傳國璽」를 읽어보도록 한다.

> 한때 아름다운 보배를 만들어,
> 천년 동안 왕업의 번영을 도왔네.
> 중원은 이미 지켜내지 못한 바,
> 이 보배는 북방으로 돌아가야 하리.
> 모든 자손은 마땅히 이를 지켜,
> 대를 이어 영원히 번성하게 하리라.

> 一時製美寶, 千載助興王.
> 中原旣失守, 此寶歸北方.
> 子孫皆宜守, 世業當永昌.

'부국새傳國璽'는 황제의 인장으로 '진새秦璽' 또는 '부국새傳國璽', '수명보受命寶'라고 한다. 전하는 바에 의하면 진시황이 옥에 새겨 인장으로 삼았는데, 사각四角에 용을, 정면에 이사李斯의 전서篆書로 "수명우천受命于天, 기수영창旣壽永昌"이란 8자를 새겼다 한다. 후에 '진새秦璽'를 잃어버린 뒤 모조하여 각인하였는데 진위를 가리기가 어려웠다고 한다. 『구오대사舊五代史』에 의하면, '부국새傳國璽'는 당唐의 마지막 황제인 이종가李從珂가 '전국보'를 몸에 지니고 함께 분서焚書하였다고 한다. 진고조晉高祖는 명을 받아 특별히 황제수명보皇帝受命寶를 만들었는데, "수천명명受天明命, 유덕윤창惟德允昌"이란 글을 새겼다. 『요사遼史』에 의하면 요나라가 망하자 이 '부국새傳國璽'를 상건하桑乾河에 버렸다고 한다.

야율홍기耶律洪基(1032~1101) : 요의 도종道宗으로 자字가 열린涅都이며 1055년에 즉위하였다. 성격이 근엄하고 과묵하였으며 박학다식하고 음악, 서화에 뛰어났다. 재위 45년 동안 종종 훌륭한 일에 대하여 시詩를 내려 찬미讚美하였던 사실을 역사에서 흔히 찾아볼 수 있다. 「제이엄황국부題李儼黃菊賦」를 예로 든다.

어제 경의 황국부를 얻었거니,
국화를 뜯어 시구를 지은 듯 하구나.
소매에 그 여향이 남아 있음을 알겠거니,
차가운 서녘 바람에도 불려가지 않는구나.

昨日得卿黃菊賦, 碎剪金英塡作句.
袖中猶覺有餘香, 冷落西風吹不去.

제목 가운데 이엄李儼은 자字가 약사若思이다. 벼슬은 지추밀원사知樞密院事에 이르렀고, 『황조실록皇朝實錄』 70권을 수찬하였다. 학문을 좋아하고 시작에도 뛰어나 시명詩名을 날렸다. 야율홍기耶律洪基는 이엄李儼의 「황국부黃菊賦」를 받고 이에 답하여 위의 시를 지었다. 특히 요 문학에 있어서 무엇보다도 주목을 끌었던 것은 거란의 여류 작가인 소관음蕭觀音, 소슬슬蕭瑟瑟, 야율상가耶律常哥 등인데, 소관음의 시사 14수, 소슬슬의 2수, 야율상가의 글 1편이 전해지고 있다.

소관음蕭觀音(1040~1075) : 도종道宗의 황후인 선의황후宣懿皇后로 시문에 능통하였다. 한편 음악, 비파는 그녀를 능가할 사람이 없을 정도로 뛰어났다. 소관음은 태자 준濬을 낳았는데, 태자가 장성하자 도종은 그로 하여금 모든 정사를 처리하도록 하였으나 간신 야율을신耶律乙辛의 모함으로 자진하였다. 「복호림응제伏虎林應制」를 예로 든다.

위풍은 만리에 떨쳐 남방을 제압하고,
동쪽으로 가 압록강을 뒤엎을 수 있으리.
영괴 대천 세계, 모든 간담을 서늘케 하거늘,
어찌 맹호인들 투항하지 않으리요.

威風萬里壓南邦, 東去能翻鴨綠江.
靈怪大千俱破膽, 那教猛虎不投降.

청녕淸寧 2년 8월 도종道宗이 엽추산獵秋山으로 행차를 하자 황후 소관음은 비빈을 거느리고 복호림伏虎林에 이르렀다. 도종은 소관음에게 시를 짓도록 하였다. 도종은 이 시를 읽어 보고 크게 기뻐하여 신하들에게 읽어 보도록 하고 "황후야말로 여인 가운데 재자라고 할 수 있다.(皇后可謂女中才子.)"고 하였다. 다음날 황제는 사냥을 나갔는데 마침 숲 속 호랑이가 출현하자 황제는 "짐이 저 호랑이를 쏘아 잡겠오. 황후의 시를 부끄럽지 않게 하겠오.(朕射得此虎, 可謂不愧后詩.)"라고 말하고 한발에 쓰러뜨림으로 모든 신하들이 만세를 불렀다고 한다.『회심원回心院』10수 가운데 2수를 예로 든다.

향침을 바꾸노라, 반쪽에 운금이 안 깔렸나니,
가을이 오니 잠을 못 이루겠고, 눈물이 더욱 주르륵 흘러 스며드네.
향침을 바꾸고, 잠자리 모시고 싶시옵네.

換香枕, 一半無雲錦. 爲是秋來轉展多,
更有雙雙淚痕滲. 換香枕, 待君寢.

요석을 깔아 놓으니, 꽃은 고려의 푸르름 비웃네.
첩은 새로이 옥침상을 놓나니,

종래 지애미의 기쁨일랑 저녁내내.

요석을 깔아 놓으니, 평안히 쉬시옵소서.

展瑤席, 花笑三韓碧. 笑妾新鋪玉一床,

從來婦歡不終夕. 展瑤席, 待君息.

　그 뒤 지나친 사냥 행차를 삼가라는 소관음의 간언諫言을 도종道宗은 가상히 여겨 받아들이기는 하였으나 그로부터 점차 그녀를 멀리하게 되었다. 그리하여 도종의 행차를 바래「회심원回心院」십 수를 지었는데 당시 궁정 생활이 잘 반영된 애절한 사이다. 「회고懷古」를 예로 든다.

궁중에서 조비연의 아름다움만 꼽더니,

흩어지는 비구름 한漢왕을 망쳤구나.

오직 뜻을 아는 한 조각 달이 있을 뿐이어서,

비연을 엿보는가 소양궁을 비추어드네.

宮中只數趙家妝, 敗雨殘雲誤漢王.

惟有知情一片月, 曾窺飛燕入昭陽.

　위 시는 조비연의 부덕함과 여색으로 인한 한漢 왕실의 패망을 지적하고 있다. 그러나 야율을신耶律乙辛, 장효걸 張孝杰 등의 간신들은 이 시를 황후의 모함의 증거물로 삼았다. 그들은 「십향사十香詞」란 외설적인 시를 지어 송황후宋皇后가 지은 것이라고 속여 소관음에게 친필로 써 달라고 부탁하였다. 소관음은 그 글을 비판하는 뜻으로 말미에 「회고懷古」를 적었다. 이에 야율을신耶律乙辛 등은 황후 소관음이 광대 조유일趙惟一과 사통하였다고 황제에게 몰래 아뢰고 그 증거물로 「십향사十香詞」를 제시했다. 황제가 "황후의 「회고懷古」는 조비연을 꾸짖는 것인데 어떻게 「십향사十香詞」를 지었겠느냐?"고 묻자, 장효걸張孝杰은 "바로 황후가 유일惟一을 사랑하기 때문"이라고 답하였다. 그는 '궁중지수조가장宮中只數趙家妝', '유유지정일편월惟有知情一片月'의 두 구 가운데 '조趙, 유惟, 일一' 3자는 바로 그를 지칭하는 것이라고 하였다. 이에 황제는 크게 노하여 소관음을 자결하게 하였다.

소슬슬蕭瑟瑟(1101?~1125?) : 천조황제天祚皇帝(야율연희耶律延禧)의 문비文妃 인데『거란국지契丹國志』에 의하면 발해왕渤海王의 후예라고 한다. 소슬슬蕭瑟瑟 은 천성이 과묵하고 시문에 뛰어났다. 금金(여진女眞)의 세력이 점차 커져 요를 압박 해옴에 따라 위협을 느낀 소슬슬은, 천조天祚가 매일같이 사냥에 탐닉하고 충신들의 간언을 받아들이지 않자 시를 지어 풍간諷諫하였다.「영사詠史」를 예로 든다.

> 승상이 내조하니 검패가 울고,
> 문무백관은 입을 열지 못하고, 바로 바라보지도 못하네.
> 외환을 양성하나니 어떻게 될 것인가!
> 충신은 모두 화를 입다니 벌이 분명하지 않네.
> 친척이 함께 살며 보위를 보전하고,
> 스스로 날카로운 군사를 속으로 키운다.
> 가련하구나 지난날의 진 황제(胡亥)여,
> 궁중의 태평함을 바라는구나.

> 丞相來朝兮劍佩鳴, 千官側目兮寂無聲.
> 養成外患兮嗟何及! 禍盡忠良兮罰不明.
> 親戚並居兮藩屛位, 私門潛畜兮爪牙兵.
> 可憐往代兮秦天子, 猶向宮中兮望太平.

사공대사寺公大師(?~?) : 사공대사寺公大師에 관한 기록이 남아 있지 않아 생몰 연 대를 알 수 없다. 다만 야율초재耶律楚材의「담연거사집湛然居士集」8권「취의가서 醉義歌序」에 "요의 사공대사는 당시 호걸이었다. 어질고 글에 능통하였고 시가에 뛰 어났다. 그 뜻이 고매하여 세간의 언어와 같지 않았으며, 소·황과 앞을 다투었다.「취 의가醉義歌」는 공의 절창이다.(遼朝寺公大師者, 一時豪俊也, 賢而散文, 尤長于詩 歌, 其旨趣高遠不類世間語, 可與蘇黃幷驅爭先耳. 有「醉義歌」, 乃寺公之絶唱 也.)"라고 하였다.

2. 산문散文

산문散文의 작가로는 야율광덕耶律光德, 야율종耶律琮, 야율소耶律昭, 야율륭서耶律隆緖, 지광智光, 소한가노蕭韓家奴, 야율종진耶律宗眞, 야율홍기耶律洪基, 야율상가耶律常哥, 소관음蕭觀音, 우중문虞仲文 등을 들 수 있다. 특히 이들 가운데 지광智光, 소한가노蕭韓家奴, 소관음蕭觀音, 우중문虞仲文 등의 산문이 뛰어나다.

지광智光(?～?) : 지광智光은 요나라 성종聖宗 때의 연태민충사燕台憫忠寺의 중으로, 자가 법거法炬이다. 「용감수감서龍龕手鑑序」를 비롯하여 「중수운거사비기重修雲居寺碑記」 등이 전해지고 있다.

> 성명은 인도의 큰 벼리인데, 금수의 족적을 보고 글자를 만든 것은 실로 중국의 아름다운 발자취이다. 인도는 처음에 범어로 표시하고 이를 범문이라고 불렀는데, 게송을 적어서 다라수 잎사귀로 묶고, 자연과 자계로 이를 열고 남자 소리와 여자 소리로 이를 나누었다. 중국은 헌원씨로부터 시작되어 저송이 문자를 창제하여 이미 오래 전에 결승을 대체하고 목간으로 만들어져 전해져 내려오고 있으며, 회의·상형으로 변별하고, 지사·전주로 살폈다. 사주에 이르러 고문이 대전으로 변하고, 정막이 소전을 예서로 바꾸었으며, 채옹이 석경을 교정하고, 속석이 죽간을 망라하였다. 구류(9대 학술 유파)가 다투어 달리는 것이 마치 백곡의 조종과 같고, 칠략이 구분된 것은 마치 뭇별이 북극성을 받들고 있는 것과 같다. 근원을 찾고 근본을 따져보면 비창과 광창에 갖추어 수록되어 있고, 음악과 조화로운 것은 모두 운영과 운보에서 구명해 놓았다. 독립적으로 문호를 세운 것은 자통과 설문해자이고, 창문을 연 것은 방언과 국어인데, 자학은 여기에서 밝혀졌다.
>
> 더구나 다시 석가모니의 가르침이 인도에서 흘러 나와 번역되어 중국에 퍼졌다. 범어가 바뀌어 당나라 말을 따라서 비록 성상과 어긋나지 않지만, 가르침을 펴고 이치를 깨달으려면 반드시 명칭과 말을 바로잡아야 한다. 명칭과 말이 바르지 않으면 성상의 뜻이 어긋나게 되고, 성상의 뜻이 어긋나면 수단의 길이 막힐

것이다. 그러므로 지원 고사는 바다의 큰 근원을 탐구하고 배웠는데 선대의 유학자들을 준칙으로 삼고 후진들을 지도하였으며 보촉을 휘둘러서 수함을 열었다. 곽훈은 다만 사람 이름으로 알려졌고, 향엄은 오직 사찰 이름으로 기록되었을 뿐이다. 세월이 오래 흐르면서 잘못 베껴 쓴 것들이 있는데, 들은 것이 적은 자는 시비에 밝을 수 없고, 옛것에 박식한 자는 한갓 슬퍼하며 탄식할 뿐이라 민첩하고 정통한 사람을 만나지 못한다면 누가 편수를 할 것인가?

행균상인이라는 사람이 있는데 자는 광제이고 성은 우씨이다. 청·제와 연·진일대를 유력하였다. 음운에 밝고 자서에 환하였다. 궁·상·각·치·우의 오성을 모두 변별하고 아·설·순·치·후의 오음을 자세하게 나누었다. 표제자는 2만 6천 4백 30여 자이고, 주석은 16만 3천 1백 70여 자로서 총 18만 9천 6백10여 자이다. 자리 피하는 것을 수고롭게 여기지 않고 앉아서 스승을 받들거나 아니면 일부러 우산을 쓰고 서서 의심나고 막힌 것을 제거하였다. 승려 지광은 이익을 따지지 않고 두터운 우의를 더하여, 욕되게도 책이 완성되었음을 고하고 서문을 써 달라는 부탁을 받았다. 추대하고 사양하며 차라리 붓을 내던지고, 굽어보고 우러러 보면서 억지로 터럭이나마 뽑았다. 더구나 새 음을 가지고 용감에 두루 미치게 한 것이 마치 손으로 난경(거울)을 잡고 아름답고 추한 것이 나누어지는 것과 같기 때문에 그래서 이 책을 용감수감으로 이름지었다. 모두 4권인데 평·상·거·입으로 순서를 삼았으며 운부에 따라서 다시 사성으로 분류해서 글자를 열거하였다. 또 「오음도식」을 지어서 뒤에 붙였는데, 수고는 줄이고 효과는 배로 되어 효용가치가 후세에 영원히 이어지기를 바란다. 통화 15년 7월 1일 계해일에 서문을 쓰다.

夫聲明著論, 乃印度之宏綱; 觀迹成書, 實支那之令躅. 印度則始標天語, 厥號梵文, 載彼貫線之花, 綴以多羅之葉, 開之以字緣字界, 分之以男聲女聲. 支那則創自軒轅, 制於沮誦, 代結繩於旣往, 成進牘以相沿, 辯之以會意象形, 審之以指事轉注. 洎乎史籀, 變古文爲大篆, 程邈變小篆爲隷書, 蔡邕刊定於石經, 東晳网羅於竹簡. 九流競鶩, 若百穀之朝宗; 七略遐分, 比衆星之拱極. 尋源討本, 備載於坤蒼廣蒼; 葉律諧鐘, 咸究於韻英韻譜. 專門則字統說文, 開牖則方言國語, 字學於是乎昭矣.

矧復釋氏之敎, 演於印度, 譯布支那. 轉梵從唐, 雖匪差於性相; 披敎悟理,

而必正於名言. 名言不正, 則性相之義差; 性相之義差, 則修斷之路阻矣. 故
祇園高士探學海洪源, 準的先儒, 導引後進, 揮以寶燭, 啟以隨函. 郭迻但顯
於人名, 香嚴惟標於寺號. 流傳歲久, 鈔寫時訛, 寡聞則莫曉是非, 博古則徒
懷悵歎, 不逢敏達, 孰爲編修?

有行均上人, 字廣濟, 俗姓于氏. 派演青齊, 雲飛燕晉. 普於音韻, 閑於字書.
睹香嚴之不精, 寫金河面載緝. 九仞功績, 五變炎涼. 具辯宮商, 細分喉齒. 計
二萬六千四百三十餘字, 注一十六萬三千一百七十餘字, 幷注惣有一十八萬
九千六百一十餘字. 無勞避席, 坐奉師資; 詎假擔簦, 立祛疑滯. 沙門智光,
利非切玉, 分忝斷金, 辱彼告成, 見命序引. 推讓而寧容閣筆, 俛仰而強爲抽
毫. 矧以新音, 徧於龍龕, 猶手持於鸞鏡, 形容斯鑑, 妍丑是分, 故目之曰龍龕
手鑑. 惣四卷, 以平上去入爲次, 隨部復用四聲列之. 又撰五音圖式附於後,
庶力省功倍, 垂益於無窮者矣. 時統和十五年七月一日癸亥序.

소한가노蕭韓家奴(? ~ ?): 자가 휴견休堅이다. 어려서부터 글읽기를 좋아하여 약관
에 입산하여 독서, 경·사는 물론 요, 한漢 문자에 능통하였다. 벼슬은 우통진右通進
을 시작으로 천성군절도사天成軍節度使 등을 맡았고, 72세로 타계하였다. 『문의집
文義集』이 있었으나 현재는 전해지지 않는다. 「대책對策」의 일단을 인용한다.

제가 보건대, 근자에 이르러 고려가 따르지 않고 달단이 오히려 강성하여 전쟁
에 대한 방비가 정말 쉽지 않습니다. 이전에는 부유한 백성을 뽑아서 변방을 지
키게 하였더니 그들 스스로 식량을 준비하였습니다. 도로가 길게 험준해서 자칫
하면 시일이 오래 걸리고, 주둔하는 곳에 도착하면 이미 절반 이상을 허비하며,
소 한 마리 수레 한 대 돌아오는 것이 드뭅니다. 장정이 없는 집에서는 품삯을
배로 주고 사람을 고용하지만 고용된 사람들은 그것이 수고롭다고 꺼려서 중도
에 도망치기 때문에 수졸들의 음식이 많이 공급될 수가 없는 실정입니다. 남에
게 빌리면 이자가 10배나 되어 자식을 팔고 밭을 떼어 주는 지경에 이르러 갚을
수가 없습니다. 혹 부역에서 달아나서 돌아오지 않거나 군중에서 사망하면 다시
젊은 사람으로 보충합니다. 압록강의 동쪽의 국경 수비 상황은 대체로 이와 같
습니다. 더구나 발해 여진 고려가 합종연횡을 거듭하며 불시에 전쟁을 일으킵니
다. 부자는 종군을 하고 가난한 자는 정찰을 합니다. 여기에다 홍수와 가뭄이 빈

번하고 곡식이 잘 자라지 못해 백성들은 나날이 곤궁합니다. 대체로 상황이 이렇게 만든 것입니다. (중략) 제가 또 듣건대, 예로부터 국가에는 도적이 없을 수 없다고 합니다. 근자에 이르러 많은 백성들이 영락하고 피폐해져 약탈과 도적질을 이롭게 여기며 양민들이 흔히 흉포한 무리로 변합니다. 심지어는 거리낌 없이 살인을 하고 산택으로 달아나서는 난의 원인이 되고 화의 첫머리가 됩니다. 이른바 백성들이 곤궁해져서 모두 도적이 된다는 것은 진실로 폐하께서 심려하는 바와 같습니다. 이제 그 뿌리를 제거하려면 폐하께서 요역을 줄여서 백성들이 농사에 힘쓰게 해 주십시오. 의식이 풍족해지고 편안히 교화를 익히게 하고 범법자를 중히 다스리시면 백성들이 예의에 힘쓰게 되어서 형벌이 훨씬 줄어들 것입니다. 제가 듣건대, 당 태종이 여러 신하들에게 도적을 근절시키는 방법을 하문하자 신하들이 이구동성으로 이렇게 대답하였습니다. "형벌과 법률을 엄격하게 해야 합니다." 태종이 웃으면서 말했습니다. "도적이 늘어나는 것은 부역과 세금이 지나쳐서 백성들이 살 수가 없기 때문이오. 이제 내가 안으로 좋아하는 것을 줄이고, 밖으로 순행을 중지하여 전국을 안정시키면 도적질이 저절로 그칠 것이오." 이로 볼 때 도적의 많고 적음은 모두 의식이 풍요한가 검소한가, 요역이 중한가 경한가에 기인할 뿐입니다.

臣伏見比年以來, 高麗未賓, 阻卜猶强, 戰守之備, 誠不容已. 乃者, 選富民防邊, 自備粮糗. 道路修阻, 動淹歲月; 比至屯所, 費已過半; 只牛單轂, 鮮有還者. 其無丁之家, 倍直傭僦, 人憚其勞, 半途亡竄, 故戍卒之食多不能給. 求假於人, 則十倍其息, 至有鬻割田, 不能償者. 或逋役不歸, 在軍物故, 則復補以少壯. 其鴨綠江之東, 戍役大率如此. 況渤海, 女眞, 高麗合縱連衡, 不時征討. 富者從軍, 貧者偵候. 加之水旱, 菽粟不登, 民以日困. 蓋勢使之然也. (中略) 臣又聞, 自昔有國家者, 不能無盜. 比年以來, 群黍凋弊, 利於剽竊, 良民往往化爲凶暴. 甚者殺人無忌, 至有亡命山澤, 基亂首禍. 所謂民以困窮, 皆爲盜賊者, 誠如聖慮. 今欲芟夷本根, 願陛下輕徭省役, 使民務農. 衣食旣足, 安習教化, 而重犯法, 則民趨禮義, 刑罰罕用矣. 臣聞唐太宗問群臣治盜之方, 皆曰: "嚴刑峻法." 太宗笑曰: "寇盜所以滋者, 由賊斂無度, 民不聊生. 今朕內省嗜欲, 外罷游幸, 使海內安靜, 則寇盜自止." 由此觀之, 寇盜多寡, 皆由衣食豐儉, 徭役重輕耳.

제2절 金文學

　여진女眞은 본래 숙신肅愼 민족으로 북위北魏 때에는 물길勿吉이라고 했고, 수당隋唐 때에는 말갈靺鞨이라고 부르다가 요 때에는 여진女眞이라고 불리었다. 당시 남쪽으로 이주하여 정착, 농경 생활을 하던 거란에 편입된 여진을 숙여진熟女眞이라고 한 반면, 본래의 송화강松花江, 흑룡강黑龍江 일대에서 거란에 편입되지 않고 유목 생활을 하던 여진을 생여진生女眞이라고 하였다.

　생여진生女眞은 장백산, 흑룡강 일대에 주로 분포하여 부락을 구성하며 살았는데 이 가운데에 완안부完顔部가 비교적 세력이 컸다. 여진 황실의 시조는 고려의 함보函普인데 바로 완안부完顔部의 창시자로 사방으로 세력을 넓혀갔다. 11세기초에 수가

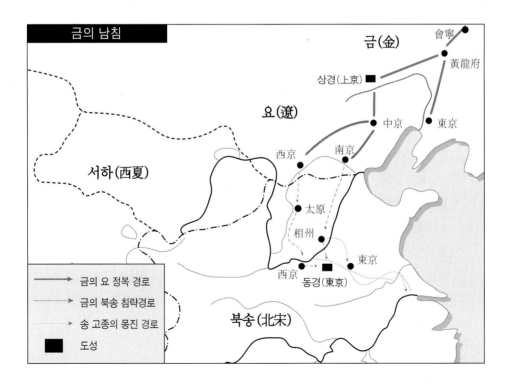

綏可가 완안부의 추장이 되었을 때에는 호수虎水(흑룡강성 아집하阿什河) 일대에서 정착 농경 생활을 하고 있었다. 비로소 집을 짓고 살았는가 하면 석탄으로 불을 지펴 철을 생산하였다. 뒤 조고내烏古迺에 이르러 부족의 세력은 더욱 강성해졌으며, 철의 생산으로 농구, 병기가 보급되어 경제적 군사적으로 한층 강력해졌다. 조고내烏古迺의 뒤를 이어 1113년 아골타阿骨打(Akuta)가 완안부의 추장이 되었는데 그때 나이 45세였다. 그는 여진족을 통일하고 국력을 양성함으로써 민족의 영웅으로 추앙을 받았다. 그리고 거란족의 착취, 압박으로부터 벗어나기 위해 양곡을 비축하고 군사를 훈련하고 말을 양육했다.

1114년 아골타阿骨打는 드디어 영주寧州(길림성 부여扶餘)에서 요를 공격하였다. 비록 군사는 일만 명에 불과하였으나 연전 연승하는 전과를 올렸다. 그는 2차례에 걸친 종실 및 공신들의 결의에 따라서 1115년 5월(송 휘종徽宗 정화5년政和五年)에 금金을 건국하였다. 상경上京 회녕부會寧部(흑룡강성 아성현阿城縣)에 도읍을 정한 뒤 금金은 사회제도, 군사조직을 정비하고 송과의 동맹 관계를 맺었다. 1123년 아골타阿骨打가 병사하고 뒤를 이은 동생 오걸매吳乞買는 서하西夏와 연합하여 요를 정벌하고 다시 송을 공격하였는데, 송은 금군을 막아내지 못하고 남쪽으로 옮겨갔다. 정강靖康 2년 조구趙構가 남경南京에서 즉위하여 남송南宋을 건립하였으며 1백여 년간을 금과 대치하였다. 하지만 문화에 있어서 여진은 상무적尚武的 풍속이 사회적 기반을 이루고 있었으나 중원에 들어온 이후부터는 상문尚文의 정신이 일어나 점차적으로 문학을 애호하게 되었다. 따라서 송의 관제, 학제 등을 모방하여 과거를 거쳐 관리를 선발하였다. 또 여진의 '대자大字' 및 '소자小字'를 만들어 유가의 경전을 번역하였다. 특히 여진의 귀족들은 대부분이 한문을 잘하였으므로 한적漢籍을 즐겨 읽었고 시사를 짓기를 좋아하였다. 그리하여 많은 시인, 작가들이 배출되었다.

1. 시가詩歌

원호문元好問이 편집한 『중주집中州集』에 수록된 시인은 모두 246인으로 작품은 1,982수가 수록되어 있다. 이 가운데 비교적 훌륭한 시인으로는 우문허중宇文虛中(1079~1146), 오격吳激(?~1142), 채송년蔡松年(1107~1159), 채규蔡珪(?~

1174), 왕정균王庭筠(1156~1202), 당회영黨懷英(1134~1211), 조병문趙秉文(1159~1233), 양운익楊雲翼(1170~1228), 완안숙完顔璹(1172~1232), 조원趙元(?~?), 단극기段克己(1196~1254), 단성기段成己(1199~1279) 등을 들 수 있다.

우문허중字文虛中(1079~1146) : 자字가 숙통叔通이다. 사천四川 성도成都 사람으로 처음 송에서 벼슬을 시작, 자정전대학사資政殿大學士에 이르렀다. 하지만 남송南宋 건염建炎 2년(1128) '기청사祈請使'로 금金에 파견되었으나 억류되어 돌아오지 못하였다. 한림학사승지를 역임하기도 했지만 황통皇統 6년 '모복송죄謀復宋罪'로 완안종필完顔宗弼(올술兀述)에게 살해당하였다. 『중주집中州集』에 그의 시 50수가 실려있다. 「중추멱주中秋覓酒」를 예로 든다.

> 오늘밤은 집집마다 달이 솟아오르고,
> 잔치에 임하니 아름다운 누각에 비추인다.
> 어찌 외로운 객사의 길손이,
> 홀로 향수에 젖어 있음을 알리.
> 어려운 때를 만나니 통분하노라,
> 시를 노래하나 뜻일랑 아름답지 않구나.
> 통쾌히 술을 나누어 마심으로,
> 백년의 걱정을 씻어 보자구나.

> 今夜家家月, 臨筵照綺樓.
> 那知孤館客, 獨抱故鄉愁.
> 感激時難遇, 謳吟意未休.
> 應分千斛酒, 來洗百年愁.

오격吳激(?~1142) : 자가 언고彦高이다. 건주建州(현 복건福建 건구建甌) 사람으로 북송의 유명한 서화가인 미불米芾의 사위이며 시, 사, 문에 뛰어났다. 사신으로 금金에 갔다가 억류되어 돌아오지 못하였다. 벼슬은 한림원시제翰林院侍制를 지냈다. 천회天會 14년(1136)에는 생일사生日使로서 고려에 출사出使하기도 하였으나 황통皇統 2년에 타계하였다.

채송년蔡松年(1107~1159) : 자가 백견伯堅이며, 진정眞定(현 하북河北 정정正定)

사람으로 호는 소한노인蕭閑老人이다. 송宋 선화말宣和末에 아버지 채정蔡靖을 따라서 금金에 투항하였다. 진정부판관眞定府判官에 제수된 뒤 벼슬이 우승상右丞相에까지 이르렀고, 위국공衛國公에 봉해지는 등 관운이 형통하였으나, 작품 가운데는 귀은歸隱의 정감이 잘 나타나 있다. 채송년은 오격吳激과 마찬가지로 사詞에도 능통하였다.「도혼동강渡混同江」을 예로 든다.

> 10년에 여덟 번을 불려 이 강을 건너자니,
> 강물 강꽃이 나의 수고로움을 비웃는다.
> 늙어서 돌아가고자 하는 마음 외로운 달이 알리.
> 피곤하여라 옛 자취 파도가 이네.
> 두 도읍 사이를 끊임없이 내왕하였는데,
> 천하를 평화롭게 다스리니 북두성이 참으로 높이 떴구나.
> 호해 신하들 임무를 제대로 못해도 녹이 두터운데,
> 꿈을 꾼다 강촌에 배 띄우고 고기를 낚는.

> 十年八喚淸江渡, 江水江花笑我勞.
> 老境歸心質孤月, 倦游陳迹付驚濤.
> 兩都絡繹波神肅, 六合淸明斗極高.
> 湖海小臣尸厚祿, 夢尋烟雨一漁舠.

혼동강混同江은 지금의 송화강松花江을 말한다. 연경燕京으로 천도하기 이전에 상경上京을 도읍으로 삼았는데 상경을 가기 위해서는 반드시 혼동강을 건너야만 하였다. 그리하여 시 가운데에 '양도락역파신숙兩都絡繹波神肅'이라고 하였는가 하면 '육합청명六合淸明'(천하의 태평을 비유함)의 때임에도 벼슬살이에 대한 싫증으로 강호에 돌아가 고기를 낚고자하는 귀은歸隱의 뜻이 잘 되어 있다.

채규蔡珪(?~1174) : 자가 정보正甫이다. 진정眞定(현 하북河北 정정正定) 사람으로 채송년蔡松年의 아들이다. 7세 때에 국화시를 지어 사람들을 놀라게 한 그는 천덕天德 3년(1151) 진사가 되었으며, 벼슬은 태상승太常丞에 이르렀다. 채규는 문장으로 세상에 이름을 날렸으나 시 또한 문장에 못지 않았다. 문집 55권,『진양지晋陽志』12권,『보정수경補正水經』3권 등이 있다.「습천도중霅川道中」을 예로 든다.

부채를 부치니 더위는 물러가고,

서녘 바람의 저녁 노을이 아름답구나.

구름 덮인 산은 나그네의 가는 길을 감추고,

안개 서린 나무는 인가를 기억한다.

강물을 건너는 노젓는 소리,

노을은 지고 갈가마귀 우짖는다.

시를 말 위에서 짓나니,

하늘가에 있음을 깨닫지 못하겠네.

扇底無殘暑, 西風日夕佳.

雲山藏客路, 煙樹記人家.

小渡一聲櫓, 斷霞千點鴉.

詩成鞍馬上, 不覺在天涯.

시의 습천霫川은 현 내몽고 자치구 영성현寧城縣 대각성大各城을 흐르는 강으로, 이 일대의 아름다운 자연 풍광을 평화로운 마음으로 노래하고 있다.

당회영黨懷英(1134~1211) : 자가 세걸世杰, 호는 죽계竹溪이다. 풍익馮翊(현 섬서陝西 대려大荔) 사람으로 송초宋初의 명장이었던 당진黨進의 후손이었으며, 남송 때 사인詞人 신기질辛棄疾과 함께 공부하였다. 대정大定 10년(1170)에 진사가 된 뒤, 국자좨주國子祭酒, 시강학사侍講學士, 한림학사승지翰林學士承旨 등의 벼슬을 지냈다. 당회영黨懷英은 금대 중엽의 중요한 작가로 후기 문학 발전에 큰 영향을 끼쳤다. 저서로 『죽계집竹溪集』이 있다. 「효운차자단운曉雲次子端韻」을 예로 든다.

난계에 비 지나가니 물보라 일고,

새벽이 걷히고 햇빛이 나니 새벽놀 소용돌이친다.

시내의 물안개 피어오르니,

시인의 새로운 생각 떠오른다.

灤溪經雨浪生花, 曉碧翻光漾曉霞.

川上風烟無定態, 盡供新意與詩家.

왕정균王庭筠(1151?~1202) : 자가 자단子端, 호는 황화黄華이다. 요동遼東 개주웅악蓋州熊岳(현 요녕遼寧 개현蓋縣) 사람이다. 원호문元好問의 「왕황화묘비王黃華墓碑」에 의하면 7세에 시를 배우고 지었다고 한다. 대정大定 16년에 진사가 되었고, 벼슬은 한림수찬翰林修撰에 이르렀다. 문집文集 40권, 『총변叢辨』 10권이 있다. 「하음도중河陰道中」(기일其一)을 소개한다.

배 잎이 무성해 그늘이 짙고 살구는 푸른데,
석류꽃과 어우러지니 더욱 아름답네.
숲이 우거져 사람이 사는지 알지 못하겠는데,
길에 나서니 보리 타작 소리가 은근히 들려오네.

梨葉成陰杏子靑, 榴花相映可憐生.
林深不見人家住, 道上唯聞打麥聲.

조병문趙秉文(1159~1232) : 자가 주신周臣, 호는 한한閑閑이다. 자주磁州 부양滏陽(현 하북河北 자현磁縣) 사람으로 대정大定 25년 진사가 된 뒤 한림시독학사翰林侍讀學士, 예부상서禮部尚書 등의 벼슬을 하였다. 조병문은 금대에 가장 뛰어난 작가 중의 한 사람으로 시詩, 문文, 서書, 화畵에 능하였고, 당회영黨懷英이 죽은 뒤부터 조병문이 문단을 장악하였다. 저서로는 『부수집滏水集』, 『중용설中庸說』, 『역총설易叢說』 등이 있다. 「음마장성굴행飮馬長城窟行」을 소개한다.

장성굴 말에게 물을 먹이자니,
비린내 나는 샘물 마시지 않네.
장성 아래 많은 샘물,
얼마 동안 한기는 병사의 뼈에 사무쳤는가.
선우는 관산의 달을 불어 떨어뜨리니,
아득한 사막의 모래 마치 눈과 같고,
병사 열 가운데 아홉은 돌아오지 못하니,
바라보니 아득한 사막 마음은 끊어지네.

북녘 사람들 살륙을 농사로 여기니,
황하는 끊임없이 사람의 피로 흐른다.
목파 마을은 반쯤 퇴락하고,
강의 부인네들 변방의 첩이 되었네.
성황은 진노하여 천병을 보내어,
천궁으로 앙숙을 쏘아 떨어뜨렸네.
구주는 다시 우의 강역을 회복하고,
만리에 걸쳐 뽕나무를 경작하누나.
다만 용감한 병사 사방을 지킬 것을 원해,
다시 만리 장성을 쌓는다.

飲馬長城窟, 泉腥馬不食.
長城城下多亂泉, 多年冷浸征人骨.
單于吹落關山月, 茫茫原上沙如雪, 十去征夫九不回, 一望沙長心斷絶.
北人以殺戮爲耕作, 黃河不盡生人血.
木波部落半蕭條, 羌婦麤爲邊地妾.
聖皇震怒下天兵, 天弧夜射旄頭滅.
九州復禹迹, 萬里還耕桑.
但願猛士守四方, 更築長城萬里長.

「음마장성굴행飮馬長城窟行」은 본래 악부의 제명이다. 전쟁에 나간 병사가 장성에 이르러 말에게 물을 먹이고, 부인은 그의 고통을 안타까워하며 노래한 것이다. 그러나 위의 시는 전장의 고통을 노래한 것이 아니고 몽골의 침략으로 인한 참상과 평화를 갈망하는 마음을 묘사하고 있다. 장성 남쪽에 계판溪坂이 있고, 그 위에 토굴이 있는데 굴 안에서 샘물이 솟아 한나라 때의 장병들은 이곳에서 말의 물을 먹였다고 한다.

원호문元好問(1190~1257) : 자가 유지裕之, 호는 유산遺山이다. 태원太原 수용秀容 (현 산서山西 흔현忻縣) 사람이다. 7세 때에 시를 지을 수 있을 만큼 총명하였으나, 32세 때에 비로소 진사에 합격한 것으로 보아 과거에 큰 관심이 없었던 것 같다. 상서성尙書省 좌사원외랑左司員外郞 등을 지냈으며, 금金이 망하자 벼슬을 하지 않았다.

시, 문에 뛰어나 당시 문단의 영수로서 큰 역할을 발휘하였다. 묘지명에 "변량이 망하고 고로들(당회영, 조병문, 양운익, 왕약허 등)이 모두 죽고, 선생께서 올연히 한 세대의 마루가 되어 30년 동안 문장이 독보적이었다.(汴梁亡, 故老(如黨懷英, 趙秉文, 楊雲翼, 王若虛輩)皆盡, 先生慰爲一代宗匠, 以文章獨步三十年.)"라고 한 것만 보더라도 그의 문장력을 짐작할 수 있다.『유산선생문집遺山先生文集』(40권),『유산악부遺山樂府』(5권),『중주집中州集』(10권) 등 많은 저작著作들이 전해지고 있다.「산거잡시山居雜詩」를 소개한다.

파리한 대나무 비스듬히 등나무 걸려 있고,
그윽한 꽃 풀이 어우러졌구나.
바람은 불어 나무를 쓸어가고,
이끼 끼어 물 흐르는 소리 들리지 않네.

瘦竹藤斜掛, 幽花草亂生.
林高風有態, 苔滑水無聲.

왕약허王若虛(1174~1243): 자가 종지從之, 호는 용부慵夫이다. 진정고성眞定藁城(현 하북河北 고성藁城)인으로 승안承安 2년(1197)에 진사가 되었고 벼슬은 한림직학사翰林直學士에 이르렀다. 금金이 멸망하자 변복을 하고 북쪽 고향으로 돌아갔다. 그는 시詩, 문文에 뛰어났을 뿐만 아니라 경經, 사史, 고증학考證學에도 밝았다.『호남유노집滹南遺老集』가운데「문변文辨」(4권),「시화詩話」(3권) 등에서는 주로 시詩, 문文에 관한 평론評論으로 '진眞'을 제창하고 '위僞'를 반대하였으며, 문학을 창작함에 있어서 순수한 정감을 표현하지 않으면 안 된다고 주장하였다. 그는 시문 창작에도 자신의 문학 이론을 적용하고자 하였다.「재지고원술회在至故園述懷」(기일其一)를 소개한다.

날마다 타향에서 돌아가지 못함을 한탄하였거니,
돌아와 늙어지고 눈물은 옷깃을 적신다.
어찌 요동학을 걱정하랴?
사람이 아닐 뿐만 아니라 물건도 아니리니.

日日他鄕恨不歸, 歸來老淚更沾衣.
傷心何啻遼東鶴, 不但人非物亦非.

2. 사詞

오격吳激(?~1142) : 일찍이 문명文名을 날렸으며 벼슬은 한림원시제翰林院侍制에
이르렀고 조선朝鮮에 사신으로 오기도 하였다. 저술로『동산집東山集』,『동산악부
東山樂府』등이 있었으나 전해오지 않는다. 시 20여 수는『중주집中州集』에 수록되
어 있고, 사詞는『전금원사全金元詞』에 실려 있다. 오격吳激은 금초金初에 사단詞
壇을 이끌었으며「소애정訴哀情」,「만정방滿庭芳」등의 작품이 있다. 가장 인구人口
에 회자膾炙되는 것은「인월원人月圓」(연장시어가유감宴張侍御家有感)이다.

남조 오랜 세월 슬퍼할 일, 오히려 뒤뜰의 꽃을 노래하네.
옛 왕사(왕도와 사안), 집 앞의 제비,
누구네 집으로 날아드는가. 마치 꿈만 같구나,
아름다운 피부 눈보다 희고, 궐 안 사람들 머리 쪽은 새깃처럼,
강주사마, 푸른 옷소매는 눈물에 젖고, 함께 하늘가에 떠도는가.

南朝千古傷心事, 猶唱后庭花.
舊時王謝, 堂前燕子,
飛向誰家. 恍然一夢,
仙肌勝雪, 宮髻堆鴉.
江州司馬, 靑衫淚濕, 同是天涯.

채송년蔡松年 : 채송년의 사는 시보다 더욱 유명하여 오격吳激과 이름을 나란히 하
였다. 이들의 사를 일컬어 '오몯 채체蔡體'라고 하였다.「석주만石州慢」(고려사환
일작高麗使還日作)을 소개한다.

외롭구나. 새벽 베갯머리 남은 향이 풍겨오고,

술병이니 꽃을 기대어 낳기를 바라네,

술잔에 술이 넘치고, 밀려오는 걱정일랑 거두어둔 채 다시 술을 따르네.

조각배 구름이 비치는데, 가없는 관산을 싣나니, 버들꽃 때문에 꿈을 깨었구려.

매실은 푸르른데 비는 소록소록,

강 가득히 많은 누각들.

離索. 曉來一枕餘香, 酒病賴花醫却.

灩灩金尊, 收拾新愁重酌.

片帆雲影, 載將無際關山, 夢魂應被楊花覺.

梅子雨絲絲, 滿江千樓閣.

이 사는 고려高麗의 사신으로 갔다가 돌아와 지은 것으로 원元의 도종의陶宗儀는 유영柳永, 소식蘇軾, 신기질辛棄疾 등과 이름을 나란히 할 수 있는 가작이라고 칭찬하였다. 이 밖에도「수조가두水調歌頭」,「염노교念奴嬌」,「자고천鷓鴣天」 등의 가작이 있다.

조가趙可(?~?) : 자가 헌지獻之, 호는 옥봉산인玉峰散人이다. 택주澤州 고평高平 (현 산서山西 고평高平) 사람으로 어려서 과거를 보았다. 과거시에서 희필戲筆로 소사小詞를 썼는데 완안량完顔亮이 보고 마음에 들어했다고 한다. 정원貞元 2년 (1154)에 진사가 되었고 벼슬은 한림직학사翰林直學士에 이르렀다. 그의 사詞는 「중주악부中州樂府」에 실려 있다. 조가의 사는 호방하고 아름다움을 겸비하고 있으며 대표작으로「우중화만雨中花慢」(대주남루代州南樓),「망해조望海潮」,「발고려작發高麗作」 등을 꼽을 수 있다.

완안숙完顔璹(1172~1232) : 자가 자유字瑜, 호는 저헌거사樗軒居士이다. 세종世宗 의 손자이자 월왕越王 영공永功의 아들로 굴국공窟國公에 봉해졌다. 그러나 금金이 남쪽으로 밀려난 뒤 조정에 참여하지 않고 매일같이 시를 짓고 읊는 일로 소일하였다. 조병문趙秉文, 양운익楊雲翼, 원호문元好問 등과 깊이 사귀었으며, 특히 한문화漢 文化에 조예가 깊었다. 시·문이 많을 뿐만 아니라 사詞 또한 100首가 넘는다.『중주 악부中州樂府』에 실려 있다.

단극기段克己(1196~1254)·단성기段成己(1199~1279) : 형 극기克己는 자를 복지復

之, 아우 성기成己는 자를 성지誠之라고 하였다. 『고금시화古今詩話』에 "두 단은 어려서 재명을 날렸다. 조상서병문이 그들을 어릴 때부터 알았는데, 가리켜 말하길 '이묘二妙'라고 하고 크게 '쌍비雙飛' 두 글자를 써서 마을을 이름하였다. 형제 모두 진사가 되었으나 원元이 들어온 이후 벼슬하지 않았다.(二段幼有才名, 趙尙書秉文 識諸童時, 目之曰 '二妙', 大書 '雙飛' 二字名其居里. 兄弟俱第進士, 入元后不 仕.)"라고 하였다. 이들의 사에는 잃어버린 고국에 대한 그리움이 잘 표현되고 있다. 단극기段克己의 「만강홍滿江紅」(과변량고궁성過汴梁故宮城)을 예로 든다.

변방 말이 남쪽으로 내려오니, 오릉의 초목이 빛깔을 잃었구나.

구름이 덮여 어두운데 북소리 진동하니, 하늘이 뚫리고 땅이 깨지네.

굳건하던 산하 모두 효험을 잃고, 장군들 속수무책이네.

전진은, 점차 깊은 성으로 날아들어, 궁궐을 덮는구나.

창은 힘이 없고, 나는 새도 없구나.

원래 고기를 싫어하나, 냇물은 피가 되어 흐르네.

사람살이 이러니 한탄 안 할 수 있으리. 오랫동안 이별을 할 수 밖에 없으니.

옥진(정원 이름)의 봄빛이 감돌고, 아름다운 난간에 달이 걸려 있네.

다시 서쪽으로 오니, 변하汴河는 성을 둘러 흐르나, 그저 오열하는 것 같구나.

塞馬南來, 五陵草樹無顔色.

雲飛黯, 鼓鼙聲震, 天穿地裂.

百二河山俱失驗, 將軍束手無籌策.

漸烟塵, 飛渡九重城, 蒙金闕.

長戈裊, 飛鳥絶.

原厭肉, 川流血.

嘆人生此際, 動成長別.

回首玉津春色早, 雕欄猶掛當時月.

更西來, 汴河繞城根, 空鳴咽.

3. 산문散文

산문의 작가로는 왕적王寂, 조병문趙秉文, 양운익楊雲翼, 왕약허王若虛, 원호문元好問, 마혁麻革 등을 꼽을 수 있다.

왕적王寂(1128~1194) : 자가 원로元老이며, 소주蘇州 옥전玉田(현 하북河北 옥전玉田) 사람이다. 해릉양왕海陵煬王 천덕天德 3년(1151)에 진사가 되었고 태원기현령太原祁縣令, 통주자사通州刺史, 중도부유수中都副留守 등의 벼슬을 지냈다. 금金의 번성기에 살았던 왕적은 시·문에 뛰어난 중요한 작가 가운데 한 사람으로, 금 문단에 적지 않은 영향을 끼쳤다. 저서로『졸헌집拙軒集』,『압강행부지鴨江行部志』,『요동행부지遼東行部志』 등이 있다. 「삼우헌기三友軒記」는 대정大定 26년(1187)에 재난의 구조를 소홀히 하여 좌천되어, 채주방어사蔡州防禦使로 임명되고 나서 이듬해 지은 것이다. 이 글은 작자의 당시의 고독하고 우울한 심경을 토로한 글이다. 「삼우헌기三友軒記」의 일단을 예로 든다.

대정 병오년 호부시랑戶部侍郎이 되어 여남汝南(즉 채주蔡州)으로 출수出守하였다. 부임한 다음해 여남 북쪽에 다 허물어져 가는 집 두어 칸을 얻었더니 구멍이 뚫려 비가 새고, 바람을 막을 수가 없었다. 이에 나뭇가지를 엮어 새는 구멍을 막게 하니 여전히 그대로이나 새로워졌다. 벼슬을 물러나 휴식처가 되었다. 두 처마 밖의 왼쪽에는 대나무는 붓처럼 곧게 솟아 있고, 오른쪽에는 느릅나무가 차의 차양처럼 늘어져 덮여 있다. 항상 저녁이 낮보다도 아름다워 복건을 쓰고 지팡이를 끌고 천천히 그 사이를 배회한다. 푸른 벽에 의지하여 날아가는 기러기를 배웅함에 이르러서는 맑은 그늘을 빌어 꿈속에 노니는데 자못 그 말뜻을 잊어 표현한다. 마음은 굳은 돌과 같고, 보습은 마른 나무와 같으나 기뻐 흐뭇함이 이러하니 누가 나를 위함인지 알지 못하겠다. 그 즐거움은 형용할 수가 없구나! 나는 이로부터 나무, 돌과 나이를 잊고 막역한 기쁨을 갖게 되어 집(軒)을 '삼우三友'라고 하였다.

大定歲丙午, 予繇侍從出守汝南. 既視事之明年, 郡州之北得敗屋數楹, 旁穿
上漏, 不庇風雨, 乃命枝傾補罅, 仍其舊而新之. 公余吏退, 以爲燕息之所. 兩
檻之外, 左有筍石屹然而筆卓, 右有仙楡蔚然而盖偃. 每佳夕勝日, 予幅巾杖
屨, 徜徉乎其間. 至于倚蒼壁而送飛鴻, 藉淸蔭而游夢蝶, 方其自得于言意之
表也. 心如堅石, 形如槁木, 陶陶然不知何者爲我, 何者爲物, 其爲樂可勝計
耶! 予自是與木石有忘年莫逆之歡, 因榜其軒曰'三友'.

원호문元好問(1190~1257) : 원호문은 시 외에 사·문에도 뛰어난 작가이다.「시은재
기市隱齋記」,「흥정경진태원공사남경상원루연집제명인興定庚辰太原貢士南京狀
元樓宴集題名引」,「송진중제인인送秦中諸人引」,「제남행기濟南行記」등의 훌륭한
문장이 전해 오고 있다.「제남행기濟南行記」는 천흥天興 2년(1233) 수도 변경汴京
이 함락된 뒤 몽고군에 의해 산동山東 요성聊城으로 납치되어 간 지 2년 뒤에 쓴 것
으로 제남의 인심, 풍경을 생동감 있게 묘사하고 있다. 일단을 예로 든다.

처음 제남에 이르러 시인 두중량杜仲梁과 함께 즐기기로 약속하였다. 산에
다가가자 남쪽으로 태산泰山과 접하였고, 날이 저물고 어두워 만날 수가 없
었다. 제남에 이르러 이보지李輔之와 벼슬아치 권국기權國器는 역하정歷下
亭 옛터에 술자리를 마련하였다. 이 정자는 집의 뒤에 있었는데 주周·제齊
이래로 있어 온 것이다. 옆에 정자가 있어 환파環波, 작산鵲山, 북저北渚, 강
의崗漪, 수서水西, 응파凝波, 압구狎鷗라고 이름하였다. 태台와 교를 함께
백화부용百花芙蓉이라고 하였고, 당堂을 정화靜化, 헌軒을 명사名士라고 일
컬었다. 수서정水西亭 아래의 호수를 대명大明이라고 하였는데, 순천舜泉
(역산歷山)에서 발원하였고, 크기가 성의 3분의 1을 점유한다. 가을의 연꽃
이 무성하면 홍록색이 비단과 같아서 아련히 강남의 풍정을 연상하게 한다.

初至齊河, 約杜仲梁俱樂. 幷道諸山, 南與太山接, 是日以陰晦不克見. 至濟
南, 輔之與同官權國器置酒歷下亭故基. 此亭在府宅之後, 自周齊以來有之.
旁近有亭, 曰環波, 鵲山, 北渚, 崗漪, 水西, 凝波, 狎鷗; 台與橋同曰百花芙蓉,
堂曰靜化, 軒曰名士. 水西亭之下, 湖曰大明, 其源出于舜泉, 其大占城府三
之一. 秋荷方盛, 紅綠如綉, 令人渺然有吳兒洲渚之想.

이 밖에 조병문趙秉文의 「적안당기適安堂記」, 양운익楊雲翼의 「간벌송리해소諫伐宋利害疏」, 왕약허王若虛의 「분려지焚驢志」, 마혁麻革의 「유용산기游龍山記」 등은 뛰어난 문장으로 널리 읽혀지고 있다.

4. 제궁조 諸宮調

희곡戲曲에 있어서 가장 뛰어난 작가는 동해원董解元으로서 「서상기제궁조西廂記諸宮調」는 가장 잘 알려진 작품이다. 그러나 작가 동해원董解元의 생애에 대해서는 잘 알려지지 않고 있다. 다만 원元의 종사성鍾嗣成의 『녹귀부錄鬼簿』에서 "대금 장종(1190~1208 재위) 때 사람(大金章宗時人)"이라고 만 기록되어 있는가 하면, 명 주권朱權의 『태화정음보太和正音譜』에 "금에서 벼슬하였으며 비로소 북곡을 지었다.(仕于金, 始制北曲.)"라고 기록하고 있을 뿐이다. 다만 작품 내용을 보면 어디에도 구애됨이 없는 자유자재한 가난한 문인이었음을 알 수 있다.

「서상기제궁조西廂記諸宮調」는 습관적으로 「동서상董西廂」, 「현색서상弦索西廂」, 「서상추탄사西廂搊彈詞」 등으로 불려지고 있으며, 당唐 나라 원진元稹의 연애 이야기인 「앵앵전鶯鶯傳」을 저본으로 하여 재구성한 것이다. 또 이 작품은 원元 왕실보王實甫의 「서상기西廂記」의 저본이 되기도 하였다.

서상기

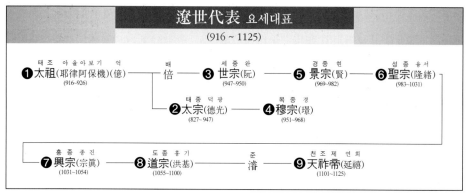

遼世代表 요세대표
(916 ~ 1125)

태조 야율아보기 억
❶太祖(耶律阿保機)(億)
(916~926)

배
倍

세종완
❸世宗(阮)
(947~950)

경종현
❺景宗(賢)
(969~982)

성종융서
❻聖宗(隆緖)
(983~1031)

태종 덕광
❷太宗(德光)
(827~947)

목종 경
❹穆宗(璟)
(951~968)

흥종 종진
❼興宗(宗眞)
(1031~1054)

도종 홍기
❽道宗(洪基)
(1055~1100)

준
濬

천조제 연희
❾天祚帝(延禧)
(1101~1125)

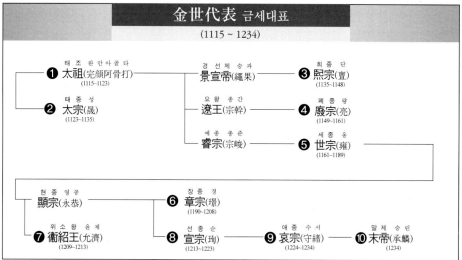

金世代表 금세대표
(1115 ~ 1234)

태조 완안아골타
❶太祖(完顔阿骨打)
(1115~1123)

경선제 승과
景宣帝(繩果)

희종 단
❸熙宗(亶)
(1135~1148)

태종 성
❷太宗(晟)
(1123~1135)

요왕 종간
遼王(宗幹)

폐종 량
❹廢宗(亮)
(1149~1161)

예종 종준
睿宗(宗峻)

세종 옹
❺世宗(雍)
(1161~1189)

현종 영공
顯宗(永恭)

장종 경
❻章宗(璟)
(1190~1208)

위소왕 윤제
❼衞紹王(允濟)
(1209~1213)

선종 순
❽宣宗(珣)
(1213~1223)

애종 수서
❾哀宗(守緒)
(1224~1234)

말제 승린
❿末帝(承麟)
(1234)

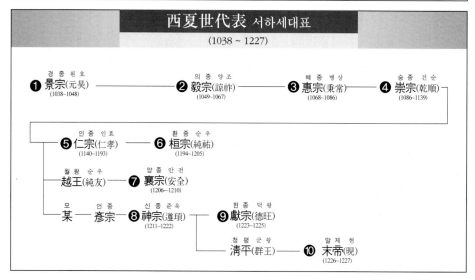

西夏世代表 서하세대표
(1038 ~ 1227)

경종 원호
❶景宗(元昊)
(1038~1048)

의종 양조
❷毅宗(諒祚)
(1049~1067)

혜종 병상
❸惠宗(秉常)
(1068~1086)

숭종 건순
❹崇宗(乾順)
(1086~1139)

인종 인효
❺仁宗(仁孝)
(1140~1193)

환종 순우
❻桓宗(純祐)
(1194~1205)

월왕 순우
越王(純友)

양종 안전
❼襄宗(安全)
(1206~1210)

모
某

언종
彦宗

신종 준욱
❽神宗(遵頊)
(1211~1222)

헌종 덕왕
❾獻宗(德旺)
(1223~1225)

청평 군왕
淸平(群王)

말제 현
❿末帝(睍)
(1226~1227)

8. 元代文學

송宋 영종寧宗 개희開禧 2년(1206), 테무친은 알난하에서 마을 영수 회의를 소집
하여 오랜 동안의 몽골 내부 분열의 종지부를 찍고 몽골 제국을 건립하고 그를 징기스
칸으로 높여 불렀다. 그는 곧 정치·군사적인 내부의 정비로 국가 기반을 튼튼히 하고,
서하西夏, 금金을 정벌하는가 하면, 러시아, 헝가리, 폴란드 등까지 정복하였다.

송宋 도종度宗 함순咸淳 7년(1271), 징기스칸의 손자 쿠빌라이가 『역경易經』의
'건원乾元'에서 뜻을 따, 국호를 '원元'으로 정하였다. 그리고 정치적으로 전국민을

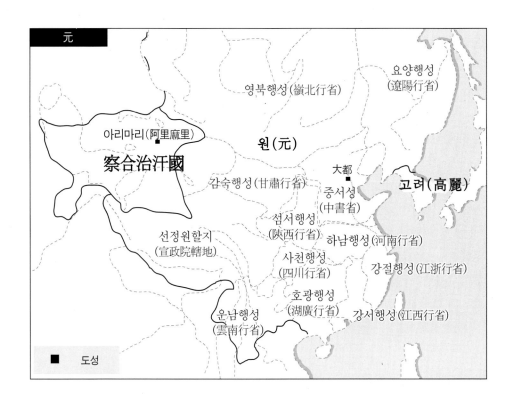

몽골인, 색목인色目人, 한인漢人, 남인南人 등 네 등급으로 분류하였다. 한인, 남인은 송·금·강역의 평정의 선후로 판단되며, 군사상의 고위직은 모두 몽골인이 차지하였다. 색목인(서역, 유럽 등), 한인, 남인의 순서 규정에 의하여 지방의 행정 장관도 몽골인 아니면 색목인이 담당하였고, 한인은 오직 부직副職만을 담당할 수밖에 없었다. 이 밖에, '이갑里甲' 제도를 두어 백성들의 활동을 감시하였으며, 한인들은 무기를 소지할 수 없을 뿐만 아니라 수렵이나 훈련 등도 할 수 없었다. 심지어는 사람들을 10등분 하였다.

사방득謝枋得의「송방백재귀삼산서送方伯載歸三山序」에 "골계의 으뜸은 유가를 희롱하는 것이다. '우리 원의 제도 장전에 사람을 10등분한다. 1. 관, 2. 리로, 먼저인 것이 귀한 것이다. 귀한 자는 나라에 이익됨을 말한다. 7. 장, 8. 창, 9. 유, 10. 거지인데, 뒤의 것은 천한 것이다. 천한 것은 나라에 이익됨이 없음을 말한다' 라고 하였다. 아 슬프도다. 낮다니! 창녀의 아래, 거지의 위에 끼어 있는 것이 오늘의 유가이다.(滑稽之雄, 以儒爲戲者曰, '我大元制典, 人有十等, 一官, 二吏, 先之者, 貴之也. 貴之者, 謂有益於國也, 七匠, 八娼, 九儒, 十丐, 後之者, 賤之也. 賤之者, 謂無益於國也.' 嗟呼卑哉! 介乎唱之下, 丐之上者, 今之儒也.)" 라고 하였다.

중국 역사상 외족의 한족에 대한 지배는 늘 있었던 것이지만, 한족은 그래도 문화, 사상적으로 영도적인 지위를 차지해 왔다. 그러나 몽골이 금·송을 멸망시킨 뒤로부터는 사정이 완전히 바뀌어, 중국의 온 국토가 몽골의 손아래 들어갔을 뿐만 아니라 중국의 전통적인 문화, 제도 역시 완전히 파괴되었다. 따라서 한유漢儒들은 어쩔 수 없이 승, 도가, 음양가 등에 의지하여 살아가기에 급급하였다. 그리하여 중국의 학술 사상은 멸절의 위기를 맞게 되었다.

하지만, 문학사의 입장에서 보면 아주 중요한 시기였음을 인식하게 된다. 그것은 이와 같은 정치·사회적인 큰 변화 속에 새로운 문학 환경과 자유를 얻게 되었기 때문이다. 옛 전통적인 문학 사상의 속박으로부터 벗어나 종전의 문학 예술로서의 가치를 인정받지 못하였던 민간 문학이 크게 각광을 받았다. 당·송의 시풍을 본받아 시작을 하던 시, 사보다 산곡散曲, 잡극雜劇이 새로운 문학의 장르로서 문단을 주도하였으며, 이것이 원대 문학의 주요 특징을 이루었다.

제1절 詩歌

1. 초기初期의 시詩

원대 초기의 시는 북방과 남방의 본래의 특색을 그대로 지녔다. 북방의 시인으로는 이준민李俊民, 단극기段克己, 야율초재耶律楚材, 유병충劉秉忠, 요수姚燧, 유인劉因, 왕운王惲 등을, 남방의 시인으로는 정거부程鉅夫, 유진옹劉辰翁, 조맹부趙孟頫, 대표원戴表元, 방회方回, 구원仇遠, 정사초鄭思肖 등을 들 수 있다. 북방의 시인들은 모두 송·금의 유민들이며, 금말의 대표적인 시인 원호문元好問의 호방 자연의 시풍을 따랐다. 더욱이 북방은 높은 산, 큰 강 등이 많고 험준하여 시가의 내용, 리듬이 호방하고 거칠은 반면, 남방은 산수의 수려함으로 인하여 시가가 자연히 아름답고 여렸다. 이와 같이 당시의 남북 시가는 각자 나름대로의 특색을 지녔던 것이다. 그렇다고 하더라도 이들의 시를 살펴보면, 첫째, 나라를 잃어버린 슬픔과 고국에 대한 그리움, 둘째, 두 임금을 섬길 수 없다고 하여 산림에 은둔, 자연을 벗삼아 '포의종신布衣終身' 하겠다는 다짐, 셋째, 그 시대의 현실을 반영하는 것 등의 세 분류로 종합할 수 있다.

유인

유인劉因(1249~1293) : 자가 몽길夢吉, 호는 정수靜修이며, 보정保定 용성容城 사람이다. 어려서부터 시문에 뛰어났고 이학에 밝았다. 우찬선대부右贊善大夫가 된 지 얼마 되지 않아 모친의 병으로 사직, 나중에 조정의 부름을 받았으나 병을 핑계로 끝내 사양하였다. 『정수문집靜修文集』 22권이 전해지고 있다. 「무산도巫山圖」를 예로 든다.

삭풍이 우뢰 같은 소리로 땅을 휘감을 듯 부니,

서남쪽 무산이 무너지지 않을까!

강남의 지적도와 호적부가 2백 년인데,

횃불은 강릉을 모두 잿더미로 만들었구나.

이 그림을 어떻게 얻은 것인지 알지 못하거니,

눈에는 오직 높고 높은 열두 봉뿐이네.

원숭이 울음소리로 산이 슬픔에 젖어 있고,

가는 구름 가려다가 다시 돌아오네.

신궁은 아득히 바라보아도 미치지 못하고,

바람을 타고 하늘로 나니 구천의 위가 없구나.

구구하다 운몽은 말굽 자국에 고인 물이려니,

게다가 양운대가 있을 줄 어찌 알았으랴?

朔風卷地聲如雷, 西南想見巫山摧.

江南圖籍二百年, 一炬盡作江陵灰.

不知此圖何所得, 眼中十二猶崔嵬.

猿聲髣髴餘山哀, 行雲欲行行復回.

神宮縹緲望不及, 乘風御氣無九垓.

區區雲夢蹄涔爾, 豈知更有陽雲臺.

왕운王惲(1236~1304) : 자가 중모仲謀, 호는 추간秋澗이며, 위주衛州 급현汲縣 사람이다. 하남, 하북, 산동, 복건 등의 지방관을 역임하였다. 뒤에 수도로 돌아와 한림학사翰林學士, 지제고知制誥 등을 지냈으며, 벼슬자리에 있는 동안 여러 차례에 걸쳐 정치에 관한 상소를 함으로써 대신들의 미움을 사기도 했다. 시재가 뛰어났으나, 원호문, 방회 등의 시풍을 이어받아 시가 난삽하다. 『추간대전집秋澗大全集』 100권이 전해지고 있다.

조맹부趙孟頫(1254~1322) : 자가 자앙子昻, 호는 송설도인松雪道人이다. 송 태조의 아들 진왕秦王 덕방德芳의 후예로, 호주湖州(현 절강성浙江省 오흥현吳興縣)

조맹부

사람이다. 세조 지원 23년 병부랑중兵部郎中에 천거되어 한림학사승지翰林學士承旨에까지 이르렀다. 시는 풍격이 고고하고 청아해야 한다고 주장하였던 것처럼 실제로 그의 시는 맑고 고울 뿐만 아니라 애수哀愁의 정감이 잘 나타나 있다. 저서로 『송설재문집松雪齋文集』이 있다. 「제소화매죽증석민첨題所畵梅竹贈石民瞻」을 예로 든다.

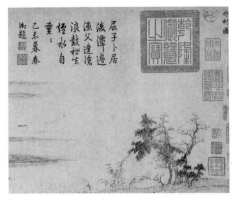

조맹부의 수촌도(水村圖)

벗이 있어 강남 시구를 보내왔더니,
매화 모두 날아 떨어져도 돌아가지 못하네.
그리워 편지를 부치려하나 할 말이 없고,
한 가지 찬 매화에 봄빛이 맑기만 하여라.

故人贈我江南句, 飛盡梅花義未歸.
欲寄相思無別語, 一枝寒玉澹春暉.

풍자진馮子振(1257∼1328) : 자가 해속海粟, 호는 괴괴도인怪怪道人이다. 유주攸州 (현 호남성湖南省 유현攸縣) 사람으로 경사經史에 박학하였다. 「소매疎梅」를 예로 든다.

몇 송이 맑은 꽃이 피어 있는 가지들,
봄의 화신은 특히 아름답게 장식하였네라.
황혼의 비친 그림자 맑은 물에 넘실대나니,
임포의 시 한 구를 써내는구나.

數箇冰花三五枝, 東君點綴特稀奇.
黃昏照影臨淸淺, 寫出林逋一句詩.

2. 중기中期의 시詩

성종成宗 대덕大德 이후로부터 민란이 평정되어 강남은 차차 안정되어 갔다. 인종이 즉위한 뒤 명유 이맹李孟이 중서평장정사中書平章政事가 되어, 특히 문교文敎를 중히 여겼다. 또, 이 당시 강남의 오징吳澄이 국학國學에 들어와 문교에 힘썼으며, 연우延祐 때에는 과거를 치러 인재를 등용하였다. 따라서, 종전과는 달리 학술적인 기풍이 활기를 띠었고, 작시도 활발하여 문풍이 비로소 바뀌었다. 그래서 이 시기를 흥성의 시기라 할 수 있다. 이 때의 주요 시인으로는 북방의 조백계曹伯啓, 원명선元明善, 요수姚燧, 마조상馬祖常, 살도랄薩都剌 등과 남방의 공규貢奎, 호병문胡炳文, 우집虞集, 양재楊載, 범형范梈, 게혜사揭傒斯, 구양현歐陽玄, 오사도吳師道 등을 들 수 있다. 이 가운데에서도 우집, 양재, 게혜사 등은 당시의 대표적인 시인들이다.

원대 중기의 시의 내용은 첫째, 몽골인들의 습속, 변방의 풍광, 둘째, 아름다운 산수, 셋째, 비록 몽골이 중국을 통일하여 지배하고 있다고 하더라도 한민족의 정기를 이어 간다고 하는 자긍심, 전원 생활에 관한 것들이다.

우집虞集(1272~1348): 자가 백생伯生, 호는 소암邵庵이다. 촉군蜀郡 사람으로 아버지 급汲은 송나라 때 황강위黃岡尉를 지냈는데, 송이 망하게 되자 임천臨川 숭인崇仁으로 옮겨 살았다. 전란 중에 책이 없어 어머니의 구전으로 논어, 맹자와 구양수, 소식의 글들을 배우고 외웠다. 나중에 한림직학翰林直學 겸 국자제주國子祭酒 등의 벼슬을 지냈다. 시는 맑고 우아하며 함축적인 것이 특징이다.「해당海棠」을 예로 든다.

일어나 앉으니 그리움 더하옵고,
어슴푸레 태진太眞이 나타나네.
한가지 붉은 눈물로 젖은 것은,
고향의 봄을 생각하는 것 같사옵네.

睡起多情思, 依稀見太眞.
一枝紅淚濕, 似憶故國春.

양재楊載(1271~1323): 자가 중홍仲弘이다. 포성浦城(현 복건성福建省 포성현浦

城縣) 사람이었으나, 뒤에 항주로 옮겨 항주 사람이 되었다. 인종 연우延祐에 진사가 되어 영국로총관부추관寧國路總管府推官에 이르렀으며, 문집으로는『중굉집仲宏集』,『시법가서詩法家書』가 전해지고 있다. 그는 시를 지음에 있어서 나름대로의 법도가 있었는데, "시는 마땅히 한·위에서 취재하며, 음절은 곧 당을 종으로 삼는다.(詩當取材於漢魏, 而音節則以唐爲宗.)"(『원사元史』)라고 하였다. 그의 시는 웅장하고 힘차며, 또 유창하고 아름답다.

범형范梈(1272~1330) : 자가 형보亨甫 또는 덕기德機이다. 청강淸江(현 강서성江西省 청강현淸江縣) 사람으로, 집이 가난하여 어머니로부터 시, 서를 배웠다. 천력天曆 2년 영북 호남 염방사에 제수되었으나, 어머니를 보양하기 위해 사직을 하였다. 그러나 그 해 어머니가 세상을 떠나자 너무 슬퍼한 나머지 병졸하고 말았다.『범덕기시집范德機詩集』이 전해지고 있다.

게혜사揭傒斯(1274~1344) : 자가 만석曼碩이며, 용흥龍興 부주富州(현 강서성江西省 풍성豊城) 사람이다. 한림국사원편수翰林國史院編修로 송, 금, 요의 역사 편찬에 참여하였고, 벼슬은 한림시강학사翰林侍講學士에 이르렀다. 저서로『게문안공전집揭文安公全集』이 전해지고 있다. 우집(虞集)은 그의 시를 "미녀의 잠화 같다(美女簪花)"고 하였고, 호응린胡應麟은 "만석의 시는 아름답고 또 참신하다(曼碩麗而新)"라고 하였다. 이렇듯이 그의 시는 원 시단에서 참신하고 아름다운 것으로 알려졌다.

3. 후기後期의 시詩

순제順帝가 즉위한 이후, 내부 부패가 더욱 심해지고 호남, 산동, 광동, 사천 등지에서 원에 항거하는 의군義軍이 일어났다. 뒤따라 방국진方國珍이 군사를 일으키자 사방에서 이에 호응하여 유복통劉福通, 서수휘徐壽輝, 장사성張士誠, 곽자흥郭子興, 주원장朱元璋 등이 기회를 틈타 거병하니, 군웅 할거의 불안한 정치적인 국면이 형성되었다. 이렇게 국가 위기에 직면했어도 원나라 조정의 내부 싸움은 끊이지 않았고, 원군의 힘도 약화되어 주원장이 기회를 틈타 중원을 평정하였다.

따라서, 이 시기의 문인들은 정치적인 태도에 따라 몽골군에 의지하거나, 또는 기의군起義軍에 의지하였다. 이 밖에도 전답을 버리고 중이 되거나 약을 팔며 유랑하는가

하면, 아예 은둔하기도 하였다. 시인들은 거의 남방의 시인들로 양유정楊維楨, 고영顧瑛, 예찬倪瓚, 곽익郭翼, 담소郯韶, 대량戴良, 왕면王冕, 오징吳澄 등을 들 수 있는데, 대표적인 시인으로는 양유정, 예찬, 대량을 꼽고 있다. 시의 풍격은 담백, 우수, 의기가 충만하다.

왕면王冕(1287~1359) : 자가 원장元章, 호는 자석산농煮石山農이다. 제기諸暨(현 절강성浙江省 제기현諸暨縣) 사람으로 농부의 아들이었으나 어려서부터 글읽기를 좋아하였다. 어머니의 권고로 승사僧寺에서 독서했으나 뒤에 한성韓性에게서 배웠다. '통유通儒'라고 일컬어졌으나 과거에 실패한 뒤 전국을 유람하며 울분을 달래었다. 만년에는 병란을 피하여 구리산九里山에 숨어들어 농사를 지었다. 모옥茅屋 3칸을 지어 매화梅花를 둘러 심고 매화옥주梅花屋主라고 하였으나, 병으로 누운 지 얼마 되지 않아 타계하였다. 시문, 그림, 전각은 유명하였고 저서로 『죽재집竹齋集』이 있다. 「흑매黑梅」를 예로 든다.

우리집 벼루 씻는 연못가의 나무들,
모두 꽃이 피어 담묵의 흔적이로세.
사람들이어 좋은 색깔을 자랑 마라,
다만 맑은 향기 하늘, 땅에 가득 남았다네.

我家洗硯池頭樹, 個個花開澹墨痕.
不要人誇好顏色, 只留淸氣滿乾坤.

양유정楊維楨(1296~1370) : 자가 염부廉夫, 호는 철애鐵崖이다. 회계會稽(현 절강성浙江省 소흥紹興) 사람으로 일찍이 진사가 되었으나 벼슬살이는 안 했으며, 철애산 깊은 산중의 누각에 수만 권의 책을 쌓아 놓고, 주위에 매화 일백 그루를 심어 놓은 뒤 사닥다리를 치워 버렸다. 그리고 그 곳에서 5년 동안 책을 읽었다. 이 때문에 호를 '철애'라고 하였다 한다. 저작으로 『철애고악부집鐵崖古樂府集』이 있으며, 시가는 기궤웅건奇詭雄健한 특징을 지녔다. 「서호죽지가西湖竹枝歌」를 예로 든다.

소식의 작은 문 앞은 꽃나무로 채워져 있고,
소공제 위에는 여인이 술을 팔고 있네.

남의 관리 북의 사신 반드시 이 곳에 오나니,
강남의 서호는 천하에 없노라.

蘇小門前花滿株, 蘇公堤上女當壚.
南官北使須到此, 江南西湖天下無.

제2절 雜 劇

1. 잡극雜劇의 기원起源

13세기 말엽에 북방의 몽골은 남송을 멸망시키고 중국을 통일, 원元을 건국하였다. 원이 중국을 통일한 이후 점차 경제의 번영을 이룩하게 되고 도시의 문화 생활 역시 풍부하고 다양해졌다. 이에 자연히 새로운 문학 양식의 잡극이 발흥하게 되었다. 잡극은 전 시대의 사詞, 가歌, 무舞와 강창문학講唱文學의 예술적인 요소들을 융합한 하나의 종합 예술이라고 할 수 있다.

원대 잡극 도용

이렇게 새로이 나타난 문학은 내용이 충실하고 형식이 신선하여 대중들로부터 환영을 받았다. 잡극은 원대 문학의 대표로 가장 유행하게 되었던 하나의 새로운 문학으로서, 이에 종사하는 많은 사람들을 배출하였다. 사료에 의하면, 사대부, 일반 문인, 민간 예인들에 이르기까지 모두 잡극 창작에 종사하였다. 원은 100년이 채 못 되는 짧은 사직에도 불구하고 이름 있는 작가만도 100여 명이 넘고, 현존하는 원 희극 가운데에 무명의 대본이 수십 본이 넘는 것을 보면, 당시의 희극 작가들은 이보다 훨씬 많았을 것이다. 종사성鍾嗣成의 『녹귀부錄

鬼簿』에 보면, 목록에 원극元劇 458본이 수록되었고, 명明 함허자涵虛子의 『태화정음보太和正音譜』에는 535본의 목록이 수록되었다. 그러나 최근의 연구에 의하면, 각종 책에 기재된 잡극 명목이 700종에 이르고, 현재 전해지고 있는 완전한 극본이 162종이나 되는 것으로 보아, 잡극이 대단히 유행하였고, 대중에 널리 보급이 되어 일반인들까지도 잡극을 창작했음을 알 수 있다.

이와 같이 잡극이 유행하게 된 데는 여러 가지 원인이 있다. 전술한 바와 같이 중국의 희극은 오랜 동안의 발전 과정을 거쳤다. 원시 사회로부터 위·진·남북조에 이르는 시기의 가무희歌舞戲, 골계희滑稽戲, 백희百戲 등을 비롯하여 남북조 시대에 나타난 대면代面, 발두撥頭, 답요랑踏搖娘, 참군희參軍戲 등의 연희 양식은 다분히 희극적인 요소를 갖추고 있었다. 더욱이 당·송·금 시대에는 앞대의 참군희를 직접적으로 계승, 발전시켜 한층 형식을 갖추어 발전하였다. 또, 남송 때의 남희南戲는 북송 잡극보다 대단히 성숙되어진 희극 형식을 갖추게 되었고, 원극에 직접적인 영향을 주었다. 희극의 음악, 인물, 극본 등은 완전한 체제를 갖추었다. 개성적 인물을 그려내는가 하면, 이야기의 연출도 거의 완전하였다.

이렇게 잡극이 내용은 물론 형식을 갖추고 발전, 유행하게 된 원인은 다음과 같다. 첫째, 문학 발전에 있어 형식은 내용과 시대에 의해 결정되는 것으로서, 원대에는 희극 발전에 대단히 좋은 환경이 마련되었다.

둘째, 경제 번영으로 인한 사회 환경은 희극 발전에 무엇보다도 유리한 작용을 하였다. 당시의 대도大都(현 북경北京)는 세계에서 가장 번화한 국제 도시로, 기관妓館, 희장戲場을 비롯한 각종 오락 시설이 즐비하였다. 시민, 이민족, 상인, 관리, 병사 등 오락장을 찾는 고객의 증가로 경영이 잘 되어, 잡극에 종사하는 사람이 많아졌다. 이와 같이 무대에 상연될 극본의 수요 요인이 증가하게 됨에 따라 질·양에 있어서도 큰 진보를 하지 않을 수 없었다.

셋째, 당시의 정신적인 환경도 빼놓을 수 없다. 그들은 사서오경은 물론 문인들도 중요시하지 않았다. 유가 사상이 쇠퇴해지고, 당·송 때에 일어났던 유가의 문학 이론이 종적을 감추게 되고 따라서 문학 사상과 활동 역시 비교적 자유로웠다. 게다가 왕을 비롯한 관료들도 기녀, 배우들의 가무 희극을 좋아하여 장려함으로써 희극 발전에 큰 힘이 되었기 때문이다.

잡극은 북방에서 일어나고, 대도가 중심이 되었기 때문에 북방 문학의 특성이 잘 나타났다. 문장이 소박, 진솔할 뿐만 아니라 실제 사회 생활의 색채가 농후하고, 사용된 언어는 북방 언어 이외에 이민족의 언어를 섞어 썼다. 그러나 후기에 이르러서는 잡극의 중심이 남쪽으로 옮겨가면서 이러한 색채는 차츰 퇴색하기 시작하였다.

2. 잡극雜劇의 조직組織

(1) 결구結構

잡극의 조직은 통상 4절折로 구성된다는 것이 가장 두드러진 특징이다. 한 궁조宮調 속에 일투곡一套曲을 1절로 하는데, 잡극의 규정은 4절로 하고 있다. 그러나 이야기를 전개함에 있어서 부족하면 설자楔子를 더 보태는 경우도 있다. 이 설자는 극의 첫머리에 놓여 본 내용에 들어가기 전에 극정을 설명하는 것이 보통이다. 하지만, 절과 절 사이에 놓여 앞뒤로 연결시켜 주는 작용을 하기도 한다. 현존하는 원의 잡극은 3분의 2 정도가 설자가 있고, 극 중에 있어서의 설자의 지위는 절과 거의 같다. 또, 4절로도 부족할 때에 다시 4절을 첨가하여 한 작품을 만드는데, 그렇게 많지는 않다. 예를 들면, 기군상紀君祥의 「조씨고아趙氏孤兒」는 5절이며, 특히 왕실보王實

기군상의 조씨고아

甫의 「서상기西廂記」는 21절로 장편이지만 이와 같은 예는 거의 없다.

(2) 악곡樂曲

원 잡극은 음악적으로 볼 때 전대의 음악을 이어받아 당대에 크게 발휘하였다. 잡극의 1절은 한 궁조 속의 여러 소곡小曲으로 조직된 하나의 투곡套曲으로 이루어지며, 다른 1절은 다른 궁조에 운을 바꿀 수도 있다. 악곡의 창법은 주로 주인공 한 사람이 독창하며, 기타 역할은 빈백賓白으로 호응할 뿐이다. 정말正末이 주창한 대본은 말본末本이라 하고, 정단正旦이 주창한 대본은 단본旦本이라고 한다. 원 잡극에 있어서 악곡의 용도는 서사, 서경, 서정 등의 작용을 하는 것이 큰 특징이다.

(3) 과백科白

과백은 과범科汎이라고 하며, 남희南戲에서는 개개라고 일컫는다. 과는 잡극에 있어서 동작을 말하고, 백은 곧 빈백을 지칭하는 것으로서, 대화와 독백을 총칭한다. 등장할 때에 정장백定場白이 있는데, 대사臺辭를 하며, 이어서 신분과 성명을 밝히고, 그런 뒤에 대화를 하거나 서술을 한다. 그리고 제4절에 이르러서는 통속적인 사로써 수장백收場白(막 거둠의 말)을 하는 것이 보통이다. 하지만, 원곡에 있어서는 어디까지나 창창唱이 위주가 되고 빈백은 중요시하지 않는다.

(4) 제목정명題目正名

잡극의 끝머리에 2구, 4구, 또는 8구로 수장收場(막 거둠)을 하는데, 이른바 이것을 '제목정명'이라 하였으며, 광고 선전용이었다. 예를 들면, 다음과 같다.

> 題目 : 曹丕相發馬用兵,
>   夏侯敦進退無門.
> 正名 : 關雲長白河放水,
>   諸葛亮博望燒屯.

> 조비는 기마병으로 진군하니,
> 하후돈은 나가고 들어갈 문이 없다.
> 관운장은 백하 물을 방류하고,
> 제갈량은 불타는 진지를 바라본다.

(5) 각색脚色(배역)

잡극에서는 등장 인물의 성격에 따라 배역 이름을 다음과 같이 쓴다. 남자 주인공 정말正末 이외에 남자 조연자로서 부말副末, 외말外末, 충말沖末, 이말二末, 소말小末, 말니末泥 등이 있으며, 정단正旦은 여자 주인공이고, 여자 조연자로서 부단副旦, 노단老旦, 대단大旦, 소단小旦, 단래旦倈, 색단色旦, 차단搽旦, 외단外旦, 첩단貼旦 등이 있다. 또, 정淨은 부정副淨과 이정二淨이 있는데, 정은 극 가운데에 우스꽝스러운 언어와 동작의 해학적인 역할을 담당한다. 그리고 축丑은 원 잡극 중의 각색으로 콧등에 하얀 분을 바르기 때문에 속칭 소화검小花臉이라고 하였다. 또, 같은 정

가운데의 대화검大花臉, 이화검二花臉과 함께 삼화검三花臉이라고 하였다. 전통 극 가운데 축의 특징은 마음이 선량하고 유머가 있으며, 행동이 골계적인 인물로 분장한다는 점이다. 이 밖에도 고孤(관원), 세산細酸(서생), 패로孛老(늙은이), 복아卜兒(늙은 부인), 방노邦老(도적) 등의 잡역雜役이 있으며, 말末, 단旦, 정淨, 축丑을 이른바 '4대 각색'이라고 한다.

희곡연출벽화

3. 전기前期의 잡극雜劇

이 시기에는 잡극 작가가 많이 배출되었다. 작품도 풍부하였는데, 현재 작품이 전해지고 있는 작가만도 30여 명이 넘는다. 관한경關漢卿, 왕실보王實甫, 백박白樸, 마치원馬致遠, 양현지楊顯之, 석군보石君寶, 정정옥鄭廷玉, 무한신武漢臣, 고문수高文秀, 강진지康進之, 상중현尙仲賢, 기군상紀君祥, 오창령吳昌齡, 대선보戴善甫, 이문울李文蔚, 이행도李行道, 이직부李直父, 이호고李好古, 이수경李壽卿, 장국빈張國賓 등의 잡극 작가들이 비교적 활발한 활동을 하였으나, 이 가운데에서도 관한경, 왕실보, 마치원, 백박 등이 가장 대표적인 작가이다.

관한경關漢卿(1220~1300) : 그의 생애에 대해서는 잘 알 수가 없다. 호는 기재己齋 혹은 일재一齋이며, 또 스스로 기재수己齋叟라고도 하였다. 대도 사람으로, 금 말에 태의원윤太醫院尹을 지냈으나, 원나라가 망하자 벼슬을 하지 않았다. 그는 60여 종 이상의 잡극을 썼으며,『태화정음보太和正音譜』에서 잡극의 시조로 떠받들고 있는 바와 같이 업적 또한 대단히 높다. 그가 자신의「불복로不

관한경

伏老」에서 양원梁園에서 달을 구경하고, 동경東京에서 술을 마시고, 낙양洛陽에서 꽃을 감상한다고 했던 것처럼 평생을 희원戲院, 기관妓館에서 보냈다. 가무와 시주에 능했고, 일반 문인들과는 문학하는 태도가 달랐다. 아마도 가장 왕래가 친밀하였던 사람은 기녀 아니면 배우들이었을 것이다. 관한경이 직접 작품을 썼을 뿐만 아니라 편극, 연출도 하고, 심지어는 배역을 맡기까지 하였던 것을 보면, 그의 활동이 잡극 발전에 큰 역할을 담당하였음을 알 수 있다. 부인도 시를 짓고 노래를 지었으며, 양현지, 양진지梁進之 등과 같이 유명한 잡극 작가들과 친분이 깊었다.

그가 지은 66편의 극본 가운데 현존하는 작품은 불과 14편에 지나지 않는다. 그러나 누구보다도 가장 많은 작품을 썼으며, 제재가 대단히 광범위하다. 첫째, 남녀 관계를 제재로 한 것 중 기녀 생활을 주제로 한 것은 「구풍진救風塵」, 「금선지金線池」, 「사천향謝天香」이 있고, 기타 여성 생활을 주제로 한 것은 「사니자詐妮子」, 「배월정拜月亭」, 「옥경대玉鏡臺」, 「절회단切鱠旦」 등이 있다. 둘째, 관가官街의 공안公案을 주제로 한 것으로 「호접몽蝴蝶夢」, 「비의몽緋衣夢」 등이 있다. 셋째, 역사를 주제로 한 것으로는 「단도회單刀會」, 「서촉몽西蜀夢」, 「곡존효哭存孝」 등이 있다. 작품의 예술적 가치는, 첫째, 작품 중의 여러 인물들의 형상은 전형적으로 개성을 매우 선명하게 묘사하고, 현실적인 생활을 리얼하게 반영하고 있다. 둘째, 작품은 대부분이 희극성이 강하다. 극정劇情의 우여곡절, 변화가 다양하여 뜻밖의 사건이 전개되지만,

극 내용에 동떨어진 것이 아니고 더욱 유기적인 관계여서 관객으로 하여금 감동을 불러일으키게 한다. 셋째, 구어口語를 아주 자유롭게 구사하였다. 잡극의 언어들은 질박하고 신선할 뿐만 아니라 통속적이어서 이해하기에 쉬웠다. 앞의 여러 작품 중에서도 가장 대표적인 것은 「두아원竇娥冤」과 「구풍진救風塵」을 꼽을 수 있으며, 모두 단본旦本으로 되어 있는데, 「두아원竇娥冤」은 가정 비극이 내용인 반면, 「구풍진救風塵」은 기생과 선비 사이의 사랑 이야기이다.

「두아원竇娥冤」의 제재는 『한서漢書』「정국전鄭國傳」, 『간보干寶』「수신기搜神記」 가운데의 '동해효부東海孝婦'의 이야기에서 비롯

두아원

하고 있다. 동해군東海郡에 주청周青이란 과부가 있었는데 시집갈 생각도 갖지 않고 정성껏 시어머니를 받들었다. 그러나 시어머니는 스스로 목을 매어 자살하였다. 그런데 시누이가 주청이 시어머니를 죽였다고 관아에 고발하였다. 관아에서는 조사도 제대로 하지 않고 사형을 선고하였다. 주청은 사형직전에 옆의 대나무를 가리키며 "만약 내가 무죄라면 피는 대나무를 타고 거꾸로 흘러올라 갈 것"이라고 하였는데 과연 그대로였다. 또 동해군에 3년 동안 가뭄이 들었는데 새로 부임한 군수가 그의 원한을 갚아주자 곧 비가 쏟아졌다는 것이다.

「두아원竇娥冤」의 내용은 다음과 같다. 초주楚州의 가난한 선비 두천장竇天章은 채蔡노파에게 20냥의 은자를 빌렸으나, 본전과 이자 40냥을 갚을 방법이 없어 할 수 없이 딸 두아를 노파의 민며느리로 팔아 넘겼다. 두아가 자라서 노파의 아들과 결혼하였으나, 오래 가지 않아 남편이 병들어 죽었다. 두아는 청상과부로 채노파를 의지하고 살았다. 그 때 새노의賽盧醫가 채노파에게 20냥 은자를 빌려 쓰고 갚지 못하자, 두아는 갚을 것을 독촉하였다. 이에 새노의는 그녀를 교외로 유인하여 죽이려고 했지만, 뜻밖에 장려아張驢兒 부자를 만나 생명을 구하였다. 장려아 부자는 시어머니와 며느리가 모두 과부인 것을 알고 함께 살 것을 강요, 그들의 집으로 데리고 돌아왔다. 장려아는 채노파를 아버지의 부인으로, 자신은 두아를 아내로 삼으려고 했지만, 두아는 결사적으로 거절하였다. 어느 날 채노파가 몸이 불편하였다. 두아는 양 내장탕을 끓여 드리고자 하였는데 장려아가 그것을 알고 몰래 탕 속에 독약을 넣어 채노파를 독살, 두아와 결혼하려고 하였다. 그러나 뜻밖에 그의 아버지가 먹어서 죽고 말았다. 그러자 장려아는 두아가 자기 아버지를 독살했다고 관아에 고발, 관아에서는 그녀들을 참혹하게 고문하였다. 두아는 시어머니를 구하기 위하여 자기가 독살하였다고 거짓 자인하여 참형을 당하였다. 그녀는 처형에 임박하여 하늘을 가리키며 혈천백련血濺白練, 유월강설六月降雪, 대한삼년大旱三年이 올 것이라고 하였는데, 과연 모두 그대로 나타났다. 뒤에 두아의 아버지 두천장이 염방사廉訪史로 초주에 와 다시 그 죄안을 심리하여 두아의 원한을 갚았다. 본 극본은 설자楔子, 제1절, 제2절, 제3절, 제4절로 구성되어 있다.

그리고 「구풍진救風塵」은 「두아원竇娥冤」과는 반대로 희극적이며, 골계성이 농후하다. 기녀인 송인장宋引章은 수재秀才 안수실安秀實에게 시집가고자 했으나, 뒤에 돈 많은 건달 주사周舍에게 걸려들어, 그의 재부가 탐이 나서 그에게 시집을 갔다. 송인장의 의자매인 조반아趙盼兒가 그에게 시집가는 것을 극구 반대했는데도 불구하

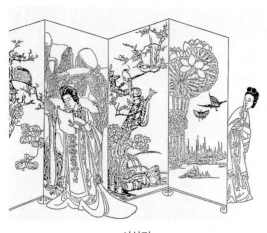
서상기

고 말을 듣지 않았다. 송인장은 결혼한 지 얼마 되지 않아 남편의 학대로 조반아에게 구해 줄 것을 요청하는 편지를 썼다. 그녀는 사랑하는 척 주사를 유인하였다. 그녀의 유혹으로 미련에 빠지게 되었고, 송인장과 이혼하였다. 조반아는 이혼장을 송인장에게 넘겨주고 함께 도망하였다. 그 뒤 관아의 판결을 거쳐 송인장은 수재 안수실과 결혼하였다. 그리고 애정 희극喜劇으로는 「배월정拜月亭」, 「조풍월調風月」이 있다. 「배월정」은 금金의 역사를 배경으로 한 소녀의 애정을 묘사하였고, 「조풍월」은 하녀의 애정을 서술하고 있다. 또 기녀의 애정 생활의 갈등을 묘사한 것으로 「금선지金線池」와 「사천향謝天香」이 있다. 이밖에 공안극公案劇으로는 「두아원」을 비롯한 「노재랑魯齋郎」, 「호접몽蝴蝶夢」, 「사춘도四春圖」 등이 있고, 역사극으로는 「단도회單刀會」, 「서촉몽西蜀夢」, 「곡존효哭存孝」 등이 있다.

왕실보王實甫: 자가 덕신德信이며, 대도 사람이었으나 생애에 대해서는 알려진 것이 없다. 그의 잡극은 모두 14본이었는데, 현존하는 것은 「사승상가무려춘당四丞相歌舞麗春堂」, 「최앵앵대월서상기崔鶯鶯待月西廂記」, 「여몽정풍설파요기呂蒙正風雪破窰記」 등 3종이며, 그밖에 「한채운사죽부용정韓彩雲絲竹芙蓉亭」, 「소소경월야판다선蘇小卿月夜販茶船」 등의 잔권이 전해진다. 대표적인 작품은 「서상기西廂記」로 모두 5본本 21절折로 된 방대한 극본이다. 이 「서상기西廂記」의 이야기는 원진의 「앵앵전鶯鶯傳」(일명 「회진기會眞記」)에서 연원하는 것으로 문인들에 의해 많은 시문으로 쓰여졌기 때문에 익히 알려진 장생張生과 앵앵鶯鶯의 사랑의 이야기이다.

백박白樸(1226~1306?): 백박은 원나라 잡극 작가 중에 고전 문학에 대한 수양이 풍부한 사람 가운데 하나이며, 소년때부터 과거 준비로 시, 사를 공부하였다. 자가 인보仁甫, 호는 난곡蘭谷이다. 하북 진정眞定 사람으로 어려서 금金의 추밀원판樞密院判을 하는 아버지를 따라 금나라의 수도인 남경에서 거주하였다. 그러나 몽골에 의하여 남경이 함락되고 어머니가 몽골군에게 잡혀가게 되자, 원호문을 따라 산동으로 가

양귀비 상마도

서 시詩, 사詞, 고문古文을 배웠으며, 스승의 애국 사상의 지조, 훈도로 원에서 벼슬을 하지 않았고 작품에는 고국에 대한 애정이 잘 반영되어 있다. 백박은 16편의 극본을 창작하였는데, 대부분이 남녀의 애정을 주제로 삼고 있으며, 현존하는 것으로 「당명황추야오동우唐明皇秋夜梧桐雨」와 「배소준장두마상裵小俊墻頭馬上」 등의 2편뿐이지만, 잔권으로 「한취빈어수류홍엽韓翠顰御水流紅葉」, 「이극용전사쌍조李克用箭射雙調」 등이 남아 있다.

당명황추야오동우

「장두마상墻頭馬上」은 관한경의 「배월정拜月亭」, 왕실보의 「서상기西廂記」, 정광조鄭光祖의 「천녀이혼倩女離魂」과 함께 4대 애정극 가운데 하나이다. 이 이야기는 '지제분야止滥奔也'라고 하였는데 당시 청년 남녀의 음분을 경계한 것으로 한 여자의 입을 통하여 불행한 애정 생활을 말하고 있다. 「오동우梧桐雨」는 진홍陳鴻의 「장한가전長恨歌傳」과 『자치통감資治通鑑』 등에서 제재를 택하였고, 제목은 백거이의 「장한가長恨歌」 중의 "추우오동낙엽시秋雨梧桐落葉時"에서 가져왔다. 극본은 당 현종 이륭기李隆基와 양귀비楊貴妃의 이야기이다. 현종은 양귀비를 몹시 사랑하여 매일같이 가무 향락을 일삼았다. 그러나 안록산의 반란으로 현종은 황급히 장안을 빠져 나와 촉蜀으로 향하던 도중 마외역馬嵬驛에서 군사들이 행군을 멈추었다. 용무장군龍武將軍은 양국충楊國忠과 귀비를 주살할 것을 간청하였다. 현종은 부득이 고력사高力士에게 명하여, 귀비를 불당으로 인도하여 목매 자진토록 하자 육군六軍은 다시 행군을 시작하였다. 후에 이륭기가 장안으로 돌아온 뒤 서궁西宮에 양귀비의 상을 걸어 놓고 아침저녁으로 마주하였다. 어느 날 저녁 꿈속에서 양귀비를 만나고 있는데, 오동잎에 떨어지는 빗소리에 꿈을 깼다. 그리움은 더욱 사무치고 슬픔은 더욱 컸다.

마치원馬致遠(1250~1321?) : 마치원은 호가 동리東籬이며, 대도 사람으로 강절무관江浙務官을 역임하였다. 또 서회書會에 가입하여 재인才人들과 함께 잡극을 합편合編하기도 하였는데 현존하는 것은 「파유몽고안한궁추破幽夢孤雁漢宮秋」, 「강주사마청삼루江州司馬靑衫樓」, 「반야뢰굉천복비半夜雷轟薦福碑」, 「서화산진박고와西華山陳搏高臥」, 「여동빈삼취악양루呂洞賓三醉岳陽樓」, 「마단양삼도임풍자馬丹陽三度任風子」 6편뿐이고, 이시중李時中과의 합작인 「황량몽黃粱夢」 등이 있다. 이들 작품 중에서도 불후의 명작은 「한궁추漢宮秋」이다.

「한궁추漢宮秋」는 한나라 원제元帝 때 황제의 사랑을 한 몸에 받으면서도 흉노匈奴 선우單于에게 어쩔 수 없이 시집가게 되었다는 왕소군王昭君의 이야기를 극화한 것이다. 원제는 모연수毛延壽에게 양가의 여인들을 선발하여 입궁하도록 하는 임무를 주었다. 황제는 모연수가 그린 여인들의 그림을 보고 마음에 들면 그 여인에게로 행차하였다. 그런데 모연수는 뇌물을 매우 좋아하여 뇌물을 준 사람만 예쁘게 그려 주었다. 왕장王嬙은 뛰어난 용모를 지녔음에도 황제의 사랑을 전혀 받지 못했다. 왜냐하면, 왕장이 뇌물을 주지 않자 그녀의 모습을 추하게 그렸기 때문이었다. 한번은 왕장이 궁중에서 비파를 탔는데, 비파 타는 소리가 얼마나 구슬프고 아름답던지 황제가 그녀를 불렀다. 과연 천하의 일색이었으나 추한 얼굴로 그린 것이 모연수의 짓임을 알고 그를 죽이고자 하였으나, 모연수는 흉노로 도망쳤다.

당시 선우는 한의 공주와 결혼하고자 하였다. 모연수가 왕장을 그에게 바칠 것을 고하였으나, 황제가 불허하였다. 하지만, 조정의 대신들이 사직을 염려하여 허락하도록 간청하였다. 따라서, 왕장은 이신보국以身報國의 충정으로 출새出塞하여 흉노로 가다가 흑수黑水에 투신하였다. 오히려 선우는 그녀의 절의에 감탄한 나머지 장례를 후히 치러 주고, 모연수를 속박하여 한으로 되돌려 보냈다. 원제는 궁중의 깊어가는 가을밤에, 꿈에서 그녀를 만났으나 깨어나 보니 기러기 울음소리만 들릴 뿐이었다. 슬픈 심정을 가눌 길 없었다. 그런데 마침 선우가 모연수를 되돌려 주어, 그를 참형에 처하고 왕장의 제사를 지냈다는 내용이다.

이 밖에 마치원의 잡극 가운데에 「악양루岳陽樓」, 「황량몽黃粱夢」, 「임풍자任風子」, 「진박고와陳摶高臥」 등은 신선神仙, 도사道士의 생활을 주제로 하고 있다.

4. 후기後期의 잡극雜劇

원대 전기의 잡극 작가들은 대부분이 대도(북경)를 중심으로 한 북방 사람들이었다. 그런데 원나라가 중국을 통일하고 몽골의 세력이 차차 남쪽으로 확대됨에 따라, 잡극 역시 북쪽에서 남쪽으로 옮겨갔다. 그리하여 항주杭州를 중심으로 절강浙江 일대의 잡극이 발전하였다. 이 시기는 비록 작가가 끊임없이 등장하고 적지 않은 작품이 창작되었다고는 하지만, 전기에 비하여 그렇게 활발하지 못하였다. 그 이유는 다음과 같다. 첫째, 대덕大德 이후의 원의 통치자들이 사상적인 통제를 강화함으로 전기에 비하여 자유롭지 못하였다. 둘째, 인종仁宗, 황경皇慶 2년(1313)에 과거가 회복 실시됨으로 지식인들이 과거시험에 열중하였다. 셋째, 잡극의

궁천정의 범장계서

형식적인 한계, 변화 없는 단조로움으로 인한 싫증을 가져왔다. 넷째, 잡극은 원대 북방에서 유행하였던 것인데 남쪽으로 옮겨감으로 감정, 음악, 언어 등이 걸맞지 않았기 때문이다. 이 시기의 작가들은 거의 남방 사람들로 정광조鄭光祖, 교길喬吉, 궁천정宮天挺, 양재楊梓, 범강范康, 김인걸金仁傑, 진간부秦簡夫 등이며, 이 가운데 대표

적인 작가로는 정광조, 진간부 등을 꼽을 수 있다.

정광조鄭光祖 : 자가 덕휘德輝이며, 평양平陽 양릉襄陵 사람이다. 그의 잡극은 모두 18종으로, 현재 전해지고 있는 것으로는 「미청쇄천녀이혼迷靑瑣倩女離魂」, 「추매향편한림풍월㑩梅香騙翰林風月」, 「취사향왕찬등루醉思鄉王粲登樓」, 「보성왕주공섭정輔成王周公攝政」, 「호뢰관삼전려포虎牢關三戰呂布」, 「정교금부벽노군당程咬金斧劈老君堂」, 「방태갑이윤부탕放太甲伊尹扶湯」, 「종리춘지용정제鍾離春智勇定齊」 등 8종뿐이다. 그러나 이 가운데에서도 「방태갑이윤부탕放太甲伊尹扶湯」, 「호뢰관삼전려포虎牢關三戰呂布」, 「정교금부벽노군당程咬金斧劈老君堂」, 「종리춘지용정제鍾離春智勇定齊」 등은 그가 지은 작품이 아닌 것 같다. 왜냐 하면 그의 작품은 왕실보의 기풍에 가깝고, 청춘 남녀의 연애를 제재로 하고 있기 때문이다.

정광조의 작품 중의 대표작인 「천녀이혼倩女離魂」은 연애의 희비극인데, 당나라 때의 진현우陳玄祐의 전기 소설 「이혼기離魂記」에서 제재를 차용한 것이다. 작품의 주요 내용은 다음과 같다.

장천녀張倩女와 왕문거王文擧는 태내胎內 결혼을 하였다. 왕문거가 커서 과거를 보러 가기 위하여 장모를 찾아뵈었다. 그러나 장모는 그의 가난함이 싫어 천녀를 다만 형매兄妹의 예를 갖추어 만나보도록 하였다. 천녀는 마음이 울적하여 견딜 수 없었다. 문거를 떠나 보내고 난 천녀는 곧 병이나 일어나지 못하였고, 그녀의 혼령이 문거를 따라 함께 상경하였다. 문거는 마침내 장원 급제하여 장모에게 편지를 써서 천녀와 함께 돌아가겠다고 하였다. 그런데 문거의 편지를 집에 있는 천녀가 보게 되었고, 문거가 다시 장가를 든 것으로 오해하였다. 나중에 문거는 돌아와 몰래 천녀와 함께 상경한 것을 사죄하였으나 믿지 않았다. 왜냐 하면, 자기의 딸은 병으로 누워 집을 떠난 적이 없었기 때문이다. 그녀는 천녀의 혼령을 보고 귀신으로 여겼다. 이 때 천녀의 혼령은 곧바로 내실로 들어가 병상의 천녀와 합체하여 하나가 되었다. 그러자 병도 완전히 나았다. 장모는 비로소 진상을 이해하고 두 사람이 정식으

천녀이혼

로 결혼을 하도록 허락하였다. 이 작품은 비록
내용이 황당하지만 합리적인 내용 전개는 비교
적 성공적이었다. 이 밖에 또 다른 풍격의 실제
인물을 주제로 한 작품으로 「왕찬등루王粲登
樓」가 있다.

왕찬王粲은 건안칠자建安七子 가운데 한 사
람으로 시문에 뛰어났으며, 그의 「등루부登樓
賦」를 근거로 한 허정虛情적인 작품이다. 왕찬
은 벼슬이 주어지지 않자 항상 누각에 올라 술
에 취해 고향을 생각하며 시를 읊었다. 그러다
가 장문의 책策을 지어 황제에게 올렸다. 황제
는 크게 기뻐한 나머지 천하병마대원수天下兵
馬大元帥로 임명하였으며, 또한 채옹蔡邕의
딸과도 결혼하게 하였다.

동당노권파가자제

진간부秦簡夫 : 그의 생애에 대해서는 잘 알려지지 않았다. 다만, 종사성鍾嗣成의
『녹귀부錄鬼簿』에서 "도하에 이름을 날렸는데, 최근 항주로 왔다.(見在都下擅名, 近
歲來杭.)"라고 한 것을 보면 먼저 북방에서 잡극 작가로서 이름을 얻은 뒤에 항주에
옮겨 살았음을 알 수 있다. 그의 잡극은 모두 5종으로, 현존하는 것은 「동당노권파가
자제東堂老勸破家子弟」, 「효의사조례양비孝義士趙禮讓肥」, 「진도모전발대빈晋陶
母剪髮待賓」 등이며, 「천수태자형태기天壽太子邢台記」와 「옥계관玉溪館」은 전하
지 않는다.

그의 작품 중 대표작은 「동당노권파가자제東堂老勸破家子弟」인데, 원나라 때의 시
민 계층의 생활을 반영하고 있다. 양주揚州의 부상富商인 조국기趙國器의 아들 양주
노揚州奴는 방탕하기 이를 데가 없었다. 아버지 조국기는 걱정 끝에 병으로 죽게 되어,
임종 무렵에 친구 동당로東堂老 이실李實에게 자신의 아들을 돌보아 줄 것을 간곡히
부탁하였다. 그러나 아버지 국기가 죽은 다음, 그는 더욱 방탕하여 결국 가산을 탕진하
고 거지가 되었다. 나중에 동당로는 양주노에 대하여 열성껏 훈도하고 도와줌으로써,
그로 하여금 이전의 잘못을 깨닫고 크게 뉘우치게 하여 다시 가업을 일으키도록 했다
는 내용이다.

제3절 散曲

1. 원곡元曲

　원곡元曲은 잡극雜劇과 산곡散曲을 포괄한 말이다. 금말金末 원초元初에 송나라의 잡극과 금나라의 원본院本이 기초가 되어, 하나의 완전한 희극 형식으로 발전한 것이 원의 잡극이다. 잡극이 원의 가극歌劇이라고 하면 산곡은 원의 신체시로서, 각각 다른 문학의 체제임에도 불구하고 구별 없이 원곡이라고 하였다.

　산곡은 원나라에 들어와 유행하였던 민간 가곡의 총칭으로, 사詞를 이어서 발전한 노래할 수 있는 신체시이다. 사는 본디 민간에 유전하여 온 통속 문학이었으나, 당·송 이래에 문인들의 사작이 지나치게 형식주의에 치우치게 되었다. 이에 대한 반동으로 민간 가곡의 정서를 받아들인 새로운 격조의 사를 대신한 산곡이 발전하였다. 이리하여 산곡은 원나라 운문사상의 주류를 형성하고 있으며, 이렇게 발전하게 된 원인을 몇 가지로 나누어 설명하면 다음과 같다.

　첫째, 사운詞運의 쇠락이다. 사는 본래 일종의 가창의 통속 문학으로, 민간에게 기원하여 가녀歌女, 배우들에 의하여 불려졌다. 사는 정회를 표현하기에 편리하고, 노래로 부르기에 적당하였다. 그러나 오대, 양송 때부터 문인들의 사작이 성행하게 되어 체제가 점차 엄격해지고 음률에 있어서도 정교함을 추구함으로써, 나중에는 문인들의 전유물이 되다시피 하였다. 따라서, 일반 대중들은 사를 쓸 수 없음은 물론 보아도 이해할 수 없었다. 더욱이 노래를 할 수도 없었으니 자연히 일반인으로부터 멀어지게 되었다. 이에 따라 새로운 것을 요구하게 되었으며, 그들의 감정을 표현하기 쉬운 새로운 체제의 변화를 하게 된 것이 산곡이다.

　둘째, 외래 음악의 영향이다. 외래 음악의 수입은 산곡의 발전과 대단히 밀접한 관계가 있다. 북송 말년에는 금나라가 중원을 차지하였고, 뒤이어서 몽골의 남침 등 오랜 동안의 국란으로 인해 이민족의 음악이 대량으로 따라 들어왔다. 이른바 '호악번곡胡樂番曲'은 가사 리듬이 판이하게 다를 뿐만 아니라 악기의 체제가 다르기 때문에 기존의 음악을 고수할 수가 없었다. 따라서, 가사도 차차 바뀌어 가는 등 당시의 음악계에 큰 변동을 가져왔다. 이와 같은 새로운 환경에 적응하기 위한 새로운 노래와 새로운 가사가 필요하였는데, 이것이 바로 산곡인 것이다.

셋째, 사구詞句의 구어체화口語體化이다. 예를 들면, '시정소창소곡市井所唱小曲'이라고 한 것과 같이, 속어, 이어俚語 등을 사용하여 시작을 하였다. 남송 때에 신기질辛棄疾, 유과劉過, 여위로呂渭老, 장효상張孝祥 등이 속어를 사용하여 즐겨 사작을 하기 시작하였는데, 작자의 감정을 매우 생동적으로 표현하였고, 사회 생활의 모습을 사실적으로 반영하였다.

넷째, 사조詞調의 변화이다. 사는 본래 악부樂府 소령小令에 기원하고 있는 것으로, 대부분이 단조소령單調小令이다. 그러나 북송 때에 만사慢詞가 흥행하여 삼첩三疊, 사첩四疊으로 나누어지기까지 하였고, 더구나 남송 이후에는 이보다 더욱 발전하여 장편의 만사가 지어졌다. 내용 등도 어려워져 전문적인 학문으로 바뀌고 민중 가요의 성격을 벗어나게 되었다. 그에 대한 반동으로 단조 소령이 부활하게 되어 새로이 산곡이 탄생하게 되었다.

다섯째, 제궁조諸宮調와의 밀접한 관계이다. 궁조宮調는 옛 악곡의 리듬의 총칭이다. 당·송의 연악, 금·원의 곡자曲子 모두 궁조가 있는 것처럼 사도 마찬가지이다. 궁宮, 상商, 각角, 치徵, 우羽, 변궁變宮, 변치變徵에 12율을 곱하면 84음을 얻게 되는데, 이 84음을 음이라고 하지 않고 궁조라고 한다. 그리고 '궁宮'을 다시 세분하여 12율을 곱하여 얻게 되는 음을 '궁'이라고 하고, 상, 각, 치, 우, 변궁, 변치에 12율을 곱하여 얻게 되는 음을 '조調'라고 하였으나, 이 84궁조를 옛 사람들은 다 사용하지 않았다. 12율의 율은 음양으로 나누며, 양을 율이라고 하고 음을 여呂라고 한다. 육률六律은 양성陽聲으로 황종黃鐘, 대주太蔟, 고선姑洗, 유빈蕤賓, 이칙夷則, 무역無射을 말하며, 육려六呂는 음성陰聲으로 대려大呂, 협종夾鐘, 중려仲呂, 임종林鐘, 남려南呂, 응종應鐘을 말한다. 황종은 12율의 근본으로 대나무를 잘라서 관管을 만들어 사용하였는데, 그 길이가 9촌이 된다. 그런데 황종 이외에 나머지 11율은 그 관의 척촌尺寸의 가감으로 정해진다.

제궁조는 송宋·원元·금金 때의 설창說唱 예술로, 산곡의 산생은 이 제궁조와 밀접한 관계가 있다. 제궁조는 같은 궁조의 곡패曲牌를 이어서 단투短套를 만들고, 다시 서로 다른 궁조의 여러 단투를 이어서 장편을 만든다. 그 사이에 설백說白을 사용하여 장편의 이야기를 설창한다. 이와 같이 제궁조는 여러 궁조를 합하여 한 가지 사건을 노래하였는데, 곡곡曲의 사용이 빈번해져 점차 元曲과 가깝게 되었다. 제궁조는 사조詞調의 채용을 위주로 하였고, 보통 츤자襯字를 더 하였는데, 남북곡南北曲의 츤자 사용의 연원이 되었다. 제궁조는 운운韻을 사용하고 사성四聲을 통압通押하였는데, 남북곡은 이의 영향을 받았다. 이렇게 남북곡은 곡조, 구조, 기교에 있어서 모두 제궁조의 영향을 받아 새로이 탄생되었음을 알 수 있다.

2. 산곡散曲의 발전發展

원나라 때의 산곡 연구는 근래에 매우 활발하게 진행되었다. 당시 산곡의 선집들이 계속하여 발견되고 있는데, 『양춘백설陽春白雪』, 『태평악부太平樂府』, 『이원악부梨園樂府』, 『악부군옥樂府群玉』, 『자연집自然集』, 『성세신성盛世新聲』, 『남구궁보南九宮譜』, 『남북사광운선南北詞廣韻選』, 『북궁사기北宮詞紀』, 『태화정음보太和正音譜』, 『북사광정보北詞廣正譜』 등이 있다. 연구 결과에 의하면, 당시의 산곡 작가는 대략 227명으로, 작품 수는 450수를 넘고 있다. 물론 아직 발견되지 않은 작품들도 상당수 있을 것이지만, 상당히 풍부한 작품이라고 할 수 있다. 작가들의 활동 시기를 그들 작품의 성격과 사상적인 특성에 따라 전기와 후기로 나눌 수 있다. 전기는 금金으로부터 원나라 대덕大德(1234~1300) 사이의 60년 간을 일컫는다. 후기는 원나라 대덕으로부터 원말(1300~1367)까지의 60년 간을 일컫는데, 바로 『녹귀부錄鬼簿』의 작자인 종사성이 활동하던 시대에 해당된다. 전기는 청려파淸麗派와 호방파豪放派로 나눌 수 있는데, 이들을 중심으로 살펴보면 다음과 같다.

(1) 전기前期
1) **청려파淸麗派** : 전기 청려파의 주요한 작가들로는 관한경關漢卿, 왕실보王實甫, 상정商挺, 왕화경王和卿, 백박白樸, 호지휼胡祇遹, 우지虞摯, 요수姚燧, 원호문元好問, 왕덕신王德信, 양과楊果, 유병충劉秉忠 등을 들 수 있으며, 이들 가운데에서도 관한경, 왕실보, 백박, 원호문 등이 유명하다. 청려파의 작품은 송이 망한 뒤에 남방

문학의 영향을 받아 아름다운 수사와 남녀의 애정을 주로 노래했다. 다만 관한경 등은 대중적인 작품을 쓴 데 비하여, 왕실보, 백박, 원호문 등의 작품은 훨씬 청아한 작품의 경향을 보여 주고 있다.

관한경關漢卿 : 원나라 때 잡극의 대가로, 그의 산곡은 많지 않다고 하더라도 전기의 산곡사상 매우 중요한 위치를 차지하고 있다. 일반적으로 원의 대도大都(현재의 북경) 사람으로 알려져 있다. 오랫동안 대도에 살았으나 만년에 항주杭州에 온 적이 있었을 뿐이다. 1220~1230년 사이에 출생하여 1260~1294년 사이에 사망한 것으로 추정하고 있다. 그의 창작활동 시기는 원元 세조世祖 쿠빌라이(1260~1294)의 통치 시기였다. 그는 오랜 동안의 방랑 생활을 통하여 배우, 기녀들과 어울려 거문고를 타고 곡을 노래하고 춤을 추고 시를 읊는 등 화려한 풍류 생활을 하였다. 이 생활의 경험을 통하여 산곡의 본질을 터득할 수 있었기 때문에, 작품에는 산곡의 특징과 사상이 잘 나타나고 있다. 현재 전해지고 있는 산곡은 소령小令 57수와 투수套數 14투套이다. 「사괴옥四塊玉(별정別情)」을 예로 든다.

이별한 뒤로부터,
마음 둘 곳 몰라,
그리움일랑 어느 때나 끊으려나.
난간에 의지하니 소매가 날리고 버들꽃은 눈처럼 날리네,
시내는 또 가로놓이고,
산은 또 가리고,
임은 가 버렸네.

自送別, 心難舍, 一點相思幾時絕.
憑欄袖拂楊花雪.
溪又斜, 山又遮, 人去也.

이 곡은 여인의 이별의 아쉬움을 노래하고 있다. 즉, 이별 뒤의 안타까움을 말하고 있는데, 말투는 평범하나 마음의 평정을 찾을 수 없음을 호소하고 있다.

백박白樸(1126~1285?) : 백박은 자가 처음 인보仁甫였다가 뒤에 태소太素로 바꾸었으며, 호는 난곡蘭谷이며 하북 진정 진정眞定 사람이다. 어려서 금金의 추밀원판

樞密院判을 하는 아버지를 따라 금나라의 수도인 남경(현 하남성河南省 개봉開封)에 거주하였다. 그러나 몽골에 의하여 남경이 함락되고 어머니가 몽골군에게 잡혀가게 되자, 그는 시인 원호문을 따라 산동으로 가 그의 가르침을 받았다. 엄격한 생활 규범과 고전 문학을 깊이 익혔고 그 기초 위에 곡을 지었기 때문에, 비록 청려파의 산곡 작가에 속한다고 하지만 호방성을 겸하고 있으며, 탈속적인 청아함이 있다. 『중원음운中原音韻』, 『태평악부太平樂府』, 『양춘백설陽春白雪』,

백박

『악부군주樂府群珠』, 『이원악부梨園樂府』 등 선집에 산곡이 산견되고 있는데, 소령 36수와 투수套數 4투가 있다. 「천정사天淨沙(춘春)」를 예로 든다.

봄 산에 햇빛이 따스하고 바람이 훈훈하며,

난간 둘린 누각에는 발이 쳐져 있고,

뜰 안 버들가지엔 그네가 매어 있다.

꾀꼬리 울고 제비들 춤추는데,

작은 다리 아래 흐르는 물엔 붉은 꽃잎 날아 떨어지는구료.

春山暖日和風,

欄杆樓閣簾櫳,

楊柳秋千院中.

啼鶯舞燕,

小橋流水飛紅.

   2) 호방파豪放派：호방파의 작가로는 마치원馬致遠, 풍자진馮子振, 백분白賁, 장양호張養浩, 선우필인鮮于必仁, 마앙부馬昻夫, 등옥빈登玉賓, 관운석貫雲石, 유치劉致 등으로, 그 중에서도 마치원을 대표적인 작가로 꼽을 수 있다. 이 호방파는 이민족의 통치와 여의치 못한 사회에 대한 비탄과 울분으로 호방하고 분방한 작품을 낳았다.

마치원馬致遠(1250~1321?) : 자가 천리千里, 호는 동리東籬이며, 대도大都 사람이다. 『녹귀부錄鬼簿』에 의하면 절강성浙江省 무제거務提擧에 등용되었으나, 뒤에 물러나 은거하며 잡극 창작에 전념하였다. 현재 『동리악부東籬樂府』 1권이 전해지고 있으며, 소령 104수와 투수 17투가 있다. 전기 작가 중에 가장 많은 작품이 전해지고 있으며, 제재가 다양하고 자유 분방한 풍격의 문사도 세련되었다. 대표작은 「천정사天淨沙(추사秋思)」인데 높이 평가되고 있다.

> 마른 등나무 감긴 고목에는 까마귀가 깃들여 있고,
> 작은 다리 놓인 흐르는 물가에는 인가들이 있네.
> 길은 옛 길 서풍이 불고 여윈 말을 몰고 가노라니,
> 저녁 해 서산에 지는데,
> 그리운 임 저 하늘가에 있네.

> 枯藤老樹昏鴉,
> 小橋流水人家.
> 古道西風瘦馬,
> 夕陽西下,
> 斷腸人在天涯.

앞 3구는 등藤, 수樹, 아鴉, 교橋, 수水, 가家, 도道, 풍風, 마馬 등 9가지 사물을 쓰고 있으며 모두 고枯, 노老, 혼昏, 소小, 유流 등의 특성을 살려 가을의 정경을 묘사하고 있다. 뒤 3구는 쓸쓸한 사람들의 활동을 통한 외로움을 애잔하게 그리고 있다. 한 폭의 절묘한 가을 경치이다. 단순한 가을 경치가 아니라 그 속에도 고향을 떠나 어느 하늘 아래인가 떠돌아다니는 작자의 쓸쓸한 심정을 매우 잘 나타내었다.

풍자진馮子振(1257~1315) : 스스로 호를 괴괴도인怪怪道人이라고 하였으며, 유주攸州(현 호남성湖南省 유현攸縣) 사람이다. 그의 작품은 『태평악부太平樂府』와 『양춘백설陽春白雪』 속에 산곡 소령 40여 수가 전해지고 있다. 그에게 「앵무곡鸚鵡曲」이 여러 수 있는데, 당시 대단히 유명하였다.

(2) 후기後期

1) 청려파淸麗派 : 원나라 후기의 청려파 작가로는 장가구張可久, 교길喬吉, 정광조鄭光祖, 증서曾瑞, 휴경신睢景臣, 서재사徐再思, 오인경吳仁卿, 왕중원王仲元, 주덕청周德淸, 임욱任昱, 이치원李致遠 등을 들 수 있는데, 그 중에서도 장가구, 교길, 서재상, 주덕청, 왕엽王曄 등이 대표적이다. 원나라 후기의 산곡 작가들은 대부분이 청려파에 속하며, 이들은 수식과 격률을 중요시하여 화사한 작품의 사작을 하였다.

장가구張可久(?~1317) : 호가 소산小山이며, 경원慶元(현 절강성浙江省) 사람이었으나 그의 생애에 대해서는 자세히 알 수가 없다. 벼슬길이 여의치 못하자 강남의 명승 고적을 두루 유람하였으며, 관리, 승, 도사, 악공, 기녀 등과 폭넓게 교유하였는데 그의 산곡 속에는 그 사실이 제재로 자주 등장한다. 그는 일생 동안을 산곡 창작에 전념하였기 때문에 어느 작가들보다도 작품이 많으며, 산곡집으로는『소산북곡련악부小山北曲聯樂府』3권과『외집外集』1권이 있다. 임눌任訥의『산곡총간본소산악부散曲叢刊本小山樂府』6권에 그의 작품이 모두 망라되어 있는데, 소령이 750여 수, 투수套數 7투가 전해지고 있다. 그의 산곡에 대한 많은 평가가 있으나, 주권朱權의『태화정음보太和正音譜』에는 "맑으나 곱고, 화사하나 요염하지 않고, 탈속적이다.(淸而且麗, 華而不艷, 有不食烟火氣.)"라고 하였는데, 매우 적절한 평가이다.「청강인淸江引(산거춘추山居春秋)」을 예로 든다.

> 문 앞의 산에는 구름이 둘렀는데,
> 날이 다하도록 사람이 오지 않네.
> 솔바람은 불어 푸른 파도 일고,
> 갈잎은 불에 타는 듯한데,
> 선생은 취해 잠을 자니 봄은 절로 가는구나.

> 門前好山雲占了,
> 盡日無人到.
> 松風響翠濤,
> 楜葉燒丹竈,
> 先生醉眼春自老.

교길喬吉(1280~1354) : 자가 몽부夢符, 호는 생학옹笙鶴翁 또는 성성도인惺惺道人이며, 태원太原(현 산서성山西省 태원현太原縣) 사람이나, 항주杭州로 옮겨 와 살았다. 그는 낙백落魄의 문인文人으로 심령이 활달하였고, 장가구와 함께 원 후기의 산곡을 대표하는 작가이며, 작품집에는 『몽부산곡夢符散曲』 3권이 있다. 시와 술로 우수憂愁를 달래고, 강호를 두루 소요하면서 몸소 체험하며 얻은 진리를 작품에 반영하였다. 작품 속에는 유유자적의 정취가 잘 나타나고 있다. 「빙란인凭欄人(금릉도중金陵道中)」을 예로 든다.

> 야윈 말을 타고 시인은 어느 하늘가를 달리고,
> 지친 새가 근심스레 지저귀는 고적한 마을,
> 머리에는 버들 꽃이 날아 떨어지니,
> 더욱 귀밑머리만 희어지네.

> 瘦馬駄詩天一涯,
> 倦鳥呼愁村數家.
> 撲頭飛柳花,
> 與人添鬢華.

이 작품은 교길이 강남을 유람하다가 금릉金陵을 지나며 지은 것으로, 외로운 시인의 모습을 형상화함으로써 고향을 그리워하는 외롭고 우수에 찬 심사를 잘 나타내고 있다.

2) 호방파豪放派 : 원나라 전기 호방파에 이어 후기 호방파의 대표적인 산곡 작가로는 양조영楊朝英, 종사성鍾嗣成, 유정신劉庭信 등을 꼽을 수 있다.

양조영楊朝英 : 호가 담제澹齊이다. 산동山東 청성靑城 사람이나, 그의 생애에 대해서 잘 알려진 것은 없다. 산곡은 소령 20여 수가 전해지고 있는데, 풍격이 호방하고 맑은 데가 있다.

종사성鍾嗣成 : 호가 추재醜齋이며 대량大梁(현 하남성河南省 개봉開封) 사람으로, 나중에 항주杭州에 살았다. 잡극雜劇 7종과 산곡散曲 소령小令 500여 수와 투수套數 1투가 있는데, 『태평악부太平樂府』, 『악부군옥樂府群玉』, 『악부군주樂府群珠』, 『중원음운中原音韻』 및 『녹귀부錄鬼簿』 등에 실려 있다. 작품은 호방한 편이나 해학적인 특성을 가지고 있다. 「능파선凌波仙」을 예로 든다.

> 등불 앞에서 칼을 어루만지며 어려운 일을 듣는데,
> 달빛 아래 부는 통소 봉황의 울음 울게 하고,
> 공명의 두 글자는 원래 명에 없는 것,
> 신선을 배우나 또 이루지 못해,
> 탄식하노라 어느 곳으로 돌아가 밭을 갈까.
> 세월은 한가로이 지나가고,
> 풍파 꿈속에 놀래네,
> 神은 무정도 하여라.

> 燈前撫劍聽難事,
> 月下吹簫引鳳鳴,
> 功名兩字原無命,
> 學神仙又不成,
> 嘆吳儂何處歸耕,
> 日月閑中過,
> 風波夢裏驚,
> 造物無情.

　　원나라 때의 산곡 작가들은 200여 명이 넘지만, 지금까지 언급한 것은 불과 몇 십 명에 지나지 않는다. 그들의 작품은 민가의 색채가 매우 농후하고, 애정을 묘사한 것도 있으며, 전원 생활의 즐거움을 노래한 것도 있고, 또 산수의 아름다운 경치를 묘사한 것도 있다.

제4절 散文

원나라의 산문은 당·송의 고문을 이어받아 발전하였다. 그러나 당·송에 비해 뛰어난 작가도 없고 훌륭한 작품도 없었지만, 산문 작가들은 적지 않았다. 이와 같이 많은 작가들이 창작 활동을 하였음에도 불구하고 뛰어난 작품이 나오지 않았다. 그 원인은 문장의 실용적인 가치를 지나치게 강조하였기 때문이다. 원대 산문의 작가들은 대부분이 정통적인 유학자로 정程·주朱의 이학을 중시하였는데, "글은 모두 도 가운데에서 흘러나온다.(文皆是從道中流出.)"라고 하는 이학가의 중도경문重道輕文의 영향을 깊이 받았다.

원의 통치 기간은 100년이 채 못 되는데, 일반적으로 산문의 발전은 연우延祐를 경계로 전·후기로 나눌 수 있다. 전기의 작가들로는 학경郝經, 대표원戴表元, 원각袁桷, 요수姚燧, 조맹부趙孟頫, 왕운王惲 등을 들 수 있다. 이들은 대부분이 금·송의 유민들로, 문장이 옛스럽고 질박하며, 고국에 대한 그리움의 정을 표현하고 있다. 후기의 작가들로는 오징吳澄, 등문원鄧文原, 마조상馬祖常, 우집虞集, 오래吳萊, 황진黃溍, 유관柳貫, 소천작蘇天爵, 진기陳基, 이효광李孝光, 양유정楊維楨 등을 꼽을 수 있다. 이 시기는 원의 번영으로부터 쇠퇴기의 사회적 갈등, 고통을 반영하고 있으며, 특히 충효 등 도덕적인 색채가 농후한 문장들이 많았다.

1. 전기前期

요수姚燧(1238~1313): 자가 단보端甫, 호는 목암牧庵이다. 그의 선조는 유성柳城(현 열하熱河 조양현朝陽縣)에 살았으나 뒤에 낙양으로 옮겨 살았다. 3세 때 아버지를 잃고 큰아버지를 따라 13세 때 소문蘇門에서 공부하였으며, 18세 때에야

장안에 오게 되었다. 뒤에 진왕부문학秦王府
文學에 천거되었고, 벼슬은 한림학사승지翰
林學士承旨에 이르렀다.『목암문집牧庵文
集』36권이 전해진다.『목암문집牧庵文集』
속에는 사, 곡 2권이 들어 있으나, 무엇보다도
산문이 뛰어났다. 송렴宋濂은『원사元史』에
서 그의 글에 대해 "서한풍이 있다(有西漢
風)"고 하였고, 황종희黃宗羲는「명문안서
明文案序」에서 "당의 한·유, 송의 구·증, 금
의 원호문, 원의 우집과 요수의 글은 명대의
작가들이 미칠 바가 아니다.(唐之韓柳, 宋之
歐曾, 金之元好問, 元之虞集, 姚燧, 其文皆

조맹부의 준마도

非有明一代作者所能及.)"라고 하였다. 이와 같이 한, 유, 구, 증 등과 이름을 나란
히 할만큼의 그의 글은 뛰어났음을 알 수 있다. 그는 산문을 비교적 잘 썼는데, 시,
사곡 등에도 능하였다. 특히, 그의 산문 가운데에는 비명碑銘, 조책詔策, 기서記序
등의 실용문이 많으며, 이런 글들은 문학적인 재미는 별로 없으나 문장의 짜임이 치
밀하고 서술이 간략, 명료하며, 기세가 유창하고 격조가 높다.

2. 후기後期

황진黃溍(1277~1357): 자가 진경晋卿이다. 무주婺州 의오義烏(현 절강성浙江省
의오현義烏縣) 사람으로, 벼슬은 시강학사侍講學士 등을 지냈으며, 만년에는 벼슬을
내놓고 고향으로 돌아와 전원생활을 하였다. 저작으로는『일손재집日損齋集』33권,
『의오집義烏集』1권 등이 남아 있다. 황진, 우집, 게혜사揭溪斯, 유관을 '유림4걸儒林
四傑'이라고 일컬었다. 그 가운데에서도 그의 사람됨은 더욱 고고하고 결백하였다. 그
는 산문에서 사대부들의 정신적인 가식과 위선적 행위를 비판하고 있다.「유립부전柳
立夫傳」에서는 어떤 대가를 바라지 않고 온 힘을 기울여 죽음을 구하는 의사에 대한
이야기를 그리고 있고,「고론賈論」에서는 시장 상인들의 현실적인 생활의 참된 모습

등을 통하여 사대부들의 허위적인 면 등을 지적하고 있다. 그의 산문의 문체는 솔직하고 치밀한 것이 특징이다.

오징吳澄(1249~1333) : 자가 유청幼淸이며, 무주撫州 숭인崇仁(현 강서성江西省 숭인현崇仁縣) 사람으로 한림학사를 지냈다. 저작으로는 『초로집草盧集』이 남아 있다. 오징은 당시 대가로 알려졌다. 북의 허형許衡과 함께 남의 오징은 유림들의 영수로, 문학적인 업적에서 보면 허형보다 앞섰다. 문장이 우아하고 아름다우며, 사실 산문에 있어 정통파로서 손색이 없다. 「원학사문집서元學士文集序」에서 그는 산문 창작의 관점에 대하여 학學, 성誠, 재才, 기氣가 있어야 된다고 하였다. 이 네 가지를 갖추어야 근본이 두터워지고, 이용에 부족하지 않다고 하였다.

오징

> 혹 잃은 즉 평이하고, 혹 잃은 즉 어렵고, 혹 잃은 즉 천박하고, 혹 잃은 즉 분명하지 않고, 혹 잃은 즉 미친 듯하고, 혹 잃은 즉 위축되고, 혹 잃은 즉 속되고, 혹 잃은 즉 부미하고, 그러므로 쉬이 할 수 있는 것이 아니다.

> 或失則易, 或失則艱, 或失則淺, 或失則晦, 惑失則狂, 惑失則萎, 惑失則俚, 惑失則靡, 故曰不易能也.

이 말은 곧 좋은 문장을 창작한다는 것은 쉬운 일이 아니며, 반드시 학식이 기초가 되어야 하고, 제기가 있어서 그 쓰임이 이로워야 하며, 그래야만 문장이 순수하고 어느 한쪽에 치우치지 않는다고 하는 것이다.

마조상馬祖常(1279~1338) : 자가 백용伯庸이다. 선세先世는 옹고특부雍古特部 천산天山(현 내몽골자치구 사자왕기四子王旗 서북西北)에 살았다. 고조인 석리길사錫里吉思가 금말에 봉상鳳翔 병마사 판관이 되었기 때문에 마馬를 성으로 삼았다. 증조인 월합내月合乃는 원 세조 쿠빌라이를 따라 변汴에 왔고, 아버지 윤潤은 장주동지漳州同知로 임명되었다. 마조상은 연우延祐 초에 향공회시鄕貢會試 1등, 정시廷試 2등으로 합격하여 예부상서, 어사중승御史中丞, 추밀부사樞密副使 등 벼슬을 지냈다. 『석전문집石田文集』15권이 남아 있다. 문장은 간결하고 새로울 뿐만 아니라 사물, 사건에 대한 해석이 명확하다. 「기하외사記河外事」는 전문이 문답체로 되어 있는데, 당시 마정馬政의 폐해를 지적하고 있는 등 현실 문제에 대해 깊은 인식을 하고 있기도 하다. 반면에 「소석산기小石山記」는 기행문으로서 보고 느낀 바를 잘 묘사하고 있다. 그런가 하면, 「식안전食眼傳」은 며느리 중매의 일로 매파로부터 사기당하는 내용으로, 전기 소설과 같은 특이한 산문을 통하여 농민의 생활을 반영하고 있다.

蒙古·元世代表 몽고, 원세대표

(1206 ~ 1368)

蒙古汗國 · 몽고한국
태조 철목진 성길사한
❶ 太祖(鐵木眞)(成吉思汗)
(1206~1227)
출적
朮赤
발도 흠찰한
拔都(欽察汗)
태종 와활태
❷ 太宗(窩闊台)
(1229~1241)
정종 귀유
❸ 定宗(貴由)
(1246~1250)
찰합태
察合台
타뢰
拖雷
(1228)
헌종 몽가
❹ 憲宗(蒙哥)
(1251~1259)
元 · 원
세조 홀필렬
❺ 世祖(忽必烈)
(1260~1294)
진금
眞金
진왕 감마자
晉王(甘麻剌)
욱렬왕 이아한
旭烈兀(伊兒汗)
성종 철목이
❻ 成宗(鐵木耳)
(1295~1307)
답라마팔자
答拉麻八剌
무종 해산
❼ 武宗(海山)
(1308~1311)
명종 화세
⓬ 明宗(和琜)
(1329)
순제 타환철목이
⓯ 順帝(妥懽鐵木耳)
(1333~1370)
문종 도철목이
⓭ 文宗(圖鐵木耳)
(1328~1333)
영종 의린질반
⓮ 寧宗(懿璘質班)
(1333)
인종 애육여발력팔달
❽ 仁宗(愛育黎拔力八達)
(1312~1320)
영종 석덕팔랍
❾ 英宗(碩德八拉)
(1321~1323)
태정제 야선철목이
❿ 泰定帝(也先鐵木耳)
천순제 아속길팔
⓫ 天順帝(阿速吉八)

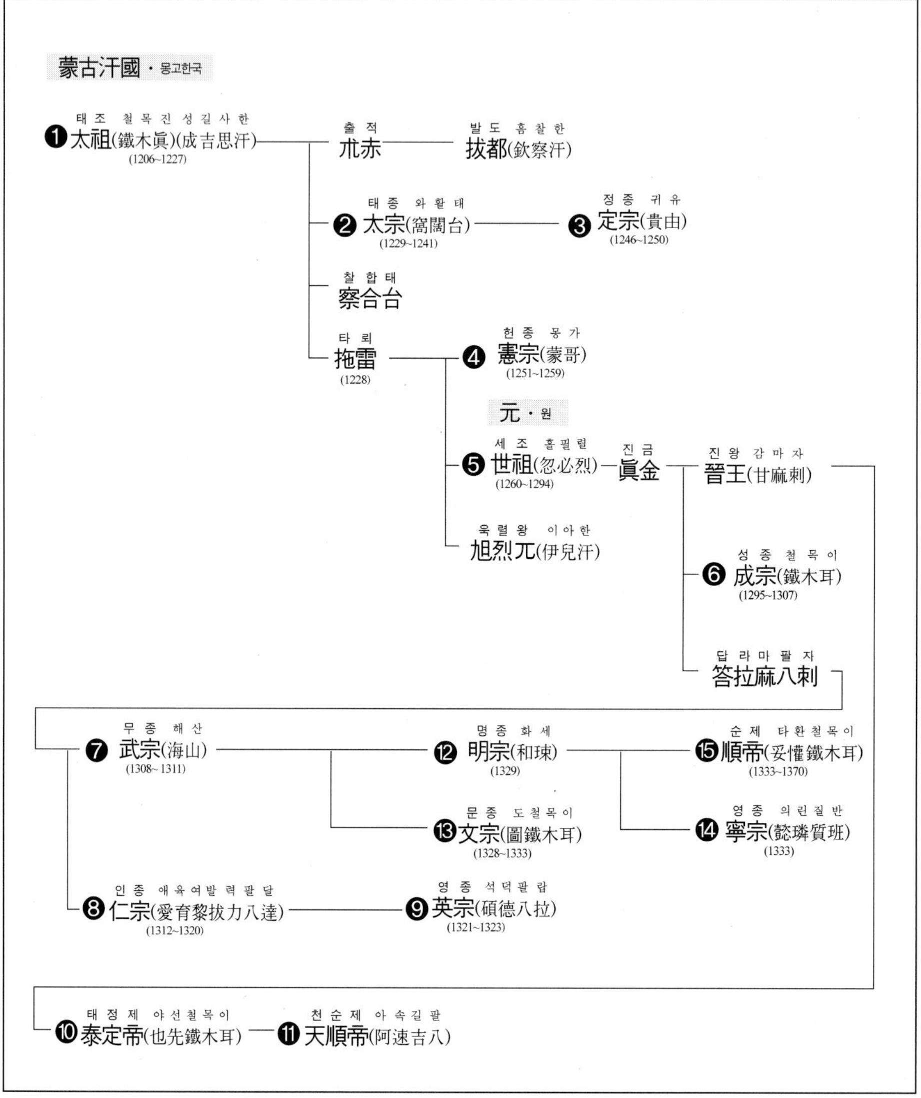

9. 明代文學

명明을 건립한 주원장朱元璋은 일찍이 부모 형제를 잃고 고아가 되었다. 어디에 의지할 곳이 없이 떠돌아다니다가 황각사皇覺寺에서 중이 되었고, 원말에 곽자흥郭子興의 반원군反元軍에 참가하였으며 뒤에 영수가 되었다. 주원장은 진우량陳友諒, 장사성張士誠, 방국진方國珍 등의 세력을 꺾고 장강長江 중·하류의 모든 지역을 점령한 뒤, 1368년 국호를 명明이라 하고, 응천부應天府(현 남경南京)에 도읍을 정하고 황제에 즉위하였다. 즉위한 즉시 대도(북경), 산동 등지에 대한 북벌을 단행하여 마침내 중국을 통일하였다.

태조 주원장은 평민 출신이었기 때문에 백성들의 어려움을 잘 이해하고 있었고 원말의 경제 악화로 인한 사회적 피폐함을 중시하여, 민생, 경제 재건에 힘을 기울였다. 따라서, 경제 생활이 안정되고 사회도 번영하였다. 그러나 태조는 의심 많고 권력욕이 강하여 군주 독재 정치를 실시하였는데, 검교檢校, 금의위錦衣衛를 설립하여 민심을 정탐하는 등 공신들을 주살하기도 하였다.

더욱이 명 중엽 이후에는 황실의 호화로운 생활과 환관들의 권력 농락, 당쟁 등으로 국가는 중대한 위기에 처하였다. 상공업 발전으로 인한 빈부의 격차, 토지 겸병 등으로 토지를 잃은 농민 유민들이 거리를 누비게 되었고, 마침내는 곳곳에서 폭동이 일어났다. 계속된 재해로 기민은 늘어만 갔으나 조정의 재해 대책은 막연하였다. 이에 불만을 품은 섬서의 기민들이 고영상高迎祥을 틈왕闖王으로 옹위하였고, 부하 이자성李自成이 틈장闖將이 되었는데, 장헌충張獻忠도 그와 합세하였다. 하지만, 고영상이 명군에 피살되자 이자성이 틈왕이 되어, 동관潼關, 낙양, 서안을 차례로 함락시켰다. 다음 해 북경이 함락당하자 숭정이 매산煤山에서 목매어 자살함으로써 결국 명은 멸망하였다. 그러나 산해관의 수장守將 오삼계吳三桂가 청병清兵을 끌어들여 이자성, 장헌충을 살해하고 난을 평정함으로써, 명의 역사는 청清으로 넘어가게 되었다.

한편, 90여 년 동안의 몽골의 지배를 받아 온 한인漢人들은 문화적으로 혹독한 박해를 받아 왔다. 심지어 성을 바꾸고, 원제 의복을 입고, 언어를 배웠다. 이에 주원장은 황제가 된 뒤 곧바로 한의 문화 제도를 회복·실시하고, 적극적으로 문교 정책을 장려하였다. 주원장 스스로 문화당文華堂을 개설하여 인재를 양성하였으며, 호광胡廣 등에게 명하여 오경五經, 사서四書, 성리대전性理大全 200여 권을 편찬하였다. 또 성조成祖는 문인 3,000여 명을 소집하여 『영

이자성(李自成)의 난

반명(反明)의 구호를 내건 봉기 가운데서 이자성과 장헌충의 세력이 가장 막강하였다. 이자성은 틈왕(闖王)을 자칭하며 몇십만의 봉기군을 거느렸다. 그는 균전(均田), 면부(免賦)를 선포함으로써 백성들의 옹호를 받아, 1644년 서안에서 대순왕(大順王)으로 봉해져 정권을 수립하였다. 이어 거용관(居庸關)에서 북경으로 진격하여 수도를 포위하였고, 명 숭정황제는 자금성 북쪽의 경산(景山)에 올라 스스로 목매어 자살함으로써 276년에 걸친 명왕조는 멸망하였다. 그런데 이자성이 북경을 점령한 뒤, 산해관의 명장인 오삼계(吳三桂)가 청에 투항하여 청병을 이끌고 입관, 북경을 포위하였다. 이자성은 청군을 막을 길이 없어 북경에서 철군, 호북으로 도망하였으나 피살당하였다. <명>

락대전永樂大全』22,877권을 편찬하였는데, 역대 문헌 총집으로 중국 문화사상 큰 사업이었다.

이와 같이 문화 부흥에 힘써 큰 성과를 거두었다. 당시의 군왕, 귀족들이 시문, 가곡 등을 좋아하여, 때로는 창작을 하는 등 문학을 장려하였고 황족 가운데에 글을 할 줄 아는 문사들이 대단히 많았다. 이것만 보더라도 당시의 문학적인 환경이 좋았던 것을 알 수 있다.

> ### 영락대전(永樂大典)
>
> 이는 1403년 영락제가 해진(解縉) 등에게 명하여 편찬한 것으로 「문헌대성(文獻大成)」이라고 하였다가 이를 다시 보완하여 1407년 「영락대전」을 완성하였다. 이 사업에 종사한 인원은 2000여 명이 넘었으며, 경經, 사史, 자子, 집集을 비롯한 불교, 도교, 의학, 천문 등을 총망라한 것이다. 정, 부 두 벌을 만들어 남경에 원본을 보관하고 북경에 부본을 보관하였는데, 정본은 명이 망할 때 소실되었고, 부본은 의화단 사건때 연합군에 의해 약탈, 소실되어 현재 영국, 프랑스 등지에 산재해 있으며, 겨우 797권이 남아있을 뿐이다. <명>

명대에는 옛 시문이 상당히 쇠락하였고, 대신에 산문, 소설, 희곡 등이 발전하였다. 상업 경제의 발전, 도시의 번영, 시민 계층의 성장과 함께 문화적인 욕구도 늘어나 고문, 시, 사 등 옛 체제의 문학을 대신하여 새로운 형식의 민중 문학이 발전하여, 명대 문학사상의 주요한 위치를 차지하였다. 하지만, 구문학도 오랜 역사적인 전통의 아름다움을 가지고 있고, 또 많은 뛰어난 문인들의 창작 노력으로 명나라 때에는 의고주의 문학의 기풍이 성행하였다.

이 밖에도 명나라 때의 산문은 진秦·한漢을 숭상하고, 시의 5언 고시는 한漢·위魏·육조六朝를, 7언 고시와 근체시는 당唐을 따랐다. 그러나 만명晩明에 이르러서는 의고주의擬古主義 문학에 반대하여 반의고주의 문학 운동이 일어나 새로운 문학의 기풍이 형성되었다.

제1절 詩 歌

1. 명초明初의 시가詩歌

300년 동안의 시가는 상당히 번창하여 시인 또는 시작의 수량은 어느 시기보다 결코 뒤떨어지지 않았다. 원말의 정치 사회적인 큰 변란을 몸소 체험하였던 명초의 시인으로는 유기劉基, 고계高啓를 꼽을 수 있다.

유기劉基(1311~1375) : 절강성 청전靑田 사람으로, 늘 깊이 생각하는 과묵한 성격이었다. 산문에 뛰어났으나 시 또한 그에 못지 않았다. 대체적으로, 그의 시풍은 소박, 호방하였으나, 한편 슬픈 명상의 경향이 있다. 「강상곡江上曲(기이其二)」을 예로 든다.

유기

> 붉고 붉은 단풍 온통 가을빛이로되,
> 초의 구름 오의 물이 함께 유유하도다.
> 인간의 모든 일이 서풍에 불려가고,
> 오직 창강의 물만 주야로 흐르는구나.

> 紅蓼丹楓一色秋,
> 楚雲吳水共悠悠.
> 人間萬事西風過,
> 惟有滄江日夜流.

고계高啓(1336~1374) : 강소江蘇 장주長洲 사람으로 호가 사헌槎軒이라고 하였다. 원말元末에 오송청구吳淞青丘에 은거하며 청혈자青血子라고 부르기도 하였다. 명초 시단의 가장 뛰어난 한 시인 중의 한 사람으로, 유기의 호방한 시풍에 비하여 그의 시는 맑고 청초하다. 지부知府인 위관魏觀의 「부치상량문府治上梁文」을 지었는데, 태조가 그 글을 읽고 대노하였다. 그리하여 수도로 잡혀가 비참하게 처형당하였다고 하나, 후세 사람들은 처형의 화근을 그의 시에 두고 있다. 그의 「제화견題畵犬」은 태조의 호색을 풍자하고 있다.

고계

개새끼 새로이 자라난 꼬리 살랑대고,
풀섶을 다니는 방울소리 딸랑딸랑.
옥섬돌의 사람의 그림자를 짖지 말라,
양차, 깊은 밤에 궁을 빠져나가니.

猧兒初長尾茸茸,
行響金鈴細草中.
莫向瑤階吠人影,
羊車半夜出深宮.

'오중4걸吳中四傑'로 불려 온 시인으로는 고계高啓를 비롯하여 양기楊基, 장우張羽, 서분徐賁이 있는데, 고계를 제외하면 양기의 시가 가장 뛰어났다. 또 '북곽십우北郭十友'는 4걸 가운데 양기를 제외한 나머지 3명과 왕행王行, 고손지高遜志, 당숙唐肅, 송극宋克, 여요신余堯臣, 여민呂敏, 진칙陳則 등 10명의 시인을 지칭하는 것인데, 그들이 모두 오성吳城 북곽의 제문齊門 지역에 거주하였을 뿐만 아니라 교유가 매우 두터웠기 때문이었다.

2. 대각체臺閣體

영락永樂으로부터 성화成化 사이(1403~1487)의 정치적인 안정과 경제적인 번영으로 인해, 이른바 '대각체臺閣體'의 시가가 출현하였다. 양사기楊士奇, 양영楊榮, 양부楊溥를 세상 사람들은 '삼양三楊'이라고 일컬었는데, '대각체'라는 말은 이들이 모두가 조정의 총애를 받는 높은 벼슬아치들이었기 때문에 얻은 이름이었다. 이들의 시가는 성조聖祖의 덕을 노래하거나 아니면 교유 화답의 것이었기 때문에, 전아하고 화려한 반면 내용은 공허하였다. 대각체의 영향을 가장 많이 받았던 것은 양사기로, 이와 같은 당시의 시풍이 거의 100년 간 주류를 이루었다. 하지만, 사회, 정치, 경제적인 안정과는 반대로 독창적인 시의 창작이 없었기 때문에 날로 쇠퇴해 갔다. 반면 대각체의 천편일률적인 시체에 반대하는 새로운 시운동도 일어났다.

3. 다릉시파 茶陵詩派

다릉시파茶陵詩派는 이동양李東陽을 비롯한 석요石瑤, 소보邵寶, 고청顧淸, 나기羅玘, 노탁魯鐸, 하맹춘何孟春 등으로, 이동양이 호남 다릉 사람이었기 때문에 얻어진 이름이다.

이동양李東陽(1447~1516) : 자가 빈지賓之, 호는 서애西涯이다. 18세에 진사가 되었으며 예부시랑, 이부상서, 문연각대학사文淵閣大學士 등 요직을 담당하였다. 이렇게 조정에 중신重臣으로 활약하였을 뿐만 아니라 문단에 지도자로 활동하였다. 이동양은 대각체 시에 대한 불만으로 이백, 두보를 숭상하였고, 심오하고 기백이 있는 시를 지을 것을 제창하였다. 그는 악부시를 잘 짓기도 하였다. 「유악록사游岳麓寺」를 예로 든다.

높은 산봉우리에 올라 천리나 긴 초강을 바라보니,
길은 구불구불 몇 바퀴나 돌렸나?

낙락 장송은 두 길에서 어우러지고,

온 산에 비바람 부는데 스님이 추위에 떨고 있네.

모래밭에 파릇한 풀 하늘 멀리 이어지고,

해지는 외로운 성이 물 건너 보이는구나.

계(나라 이름) 북쪽 상강 남쪽이 모두 눈에 들어오고,

자고새 울음소리 쓸쓸한데 홀로 난간을 의지해 있네.

危峰高瞰楚江千, 路在羊腸第幾盤?

高樹松杉雙徑合, 四山風雨一僧寒.

平沙淺草連天遠, 落日孤城隔水看.

薊北湘南俱入眼, 鷓鴣聲裡獨憑欄.

4. 전·후칠자前後七子

다릉시파의 뒤를 이어서 전·후칠자前後七子가 문단을 주도하였다. 다릉시파의 과도기를 거쳐 '문文은 반드시 진·한, 시詩는 반드시 성당(文必秦漢, 詩必盛唐)'이라는 목표를 정해 놓은 의고주의 시문학 운동이 '전칠자前七子'에 의해 활발히 전개되었다. 이몽양李夢陽, 하경명何景明, 서정경徐禎卿, 변공邊貢, 왕정상王廷相, 강해康海, 왕구사王九思가 이른바 '전칠자'로, 이몽양과 하경명을 대표로 꼽을 수 있다. 이들의 이백, 두보를 비롯한 성당시, 한·위 고체시의 의고주의 시문학 운동은 즉시 큰 반응을 불러 일으켜 전국적으로 파급되었고, 100년 동안 지속되었다.

이몽양李夢陽(1473~1530) : 호가 공동자空同子이다. 경양慶陽(현 감숙甘肅) 사람으로 저작에『공동집空同集』66권이 있다.「추망秋望」을 예로 든다.

황하는 장성을 돌아나가고,

물위에 가을바람이 부는데 기러기는 무리지어 난다.

객은 도랑을 지나 야생말을 쫓고,

장군은 화살을 재어 이리를 쏜다.

황진의 옛 나루 나는 듯 달리는 수레 아득하고,

밝은 달이 하늘에 걸린 찬 전쟁터.

북방의 그 많은 용맹과 지략이 있다고 들었거니,

다만 지금에 누가 곽분양임을 알랴?

黃河水繞漢邊墻, 河上秋風雁幾行.

客子過濠追野馬, 將軍韜箭射天狼.

黃塵古渡迷飛輦, 白月橫空冷戰場.

聞道朔方多勇略, 只今誰是郭汾陽.

　　그러나 전칠자의 의고주의 시문학 운동은 복고의 경향이 너무나 지나쳤기 때문에 불만이 차츰 고조되었다. 당시 양신楊愼, 고숙사高叔嗣, 설혜薛惠, 왕정진王廷陳 등은 독창적인 시 창작을 하였지만 한, 위, 성당의 시를 모방하려고 하지 않았다고 하더라도, 옛것을 모범으로 삼았기 때문에 작시 이론의 새로운 무엇을 내세우지 못하였다. 그 뒤를 이어 후칠자가 등단하여 또다시 문학의 의고주의 운동을 전개하였다. 전칠자와 마찬가지로 시는 반드시 한, 위, 성당의 시풍을 따라야 한다는 것으로 이반룡李攀龍, 왕세정王世貞, 사진謝榛, 종신宗臣, 오국륜吳國倫, 양유예梁有譽, 서중행徐中行 등인데 이 중에 이반룡, 왕세정을 대표로 꼽을 수 있다.

　　이반룡李攀龍(1514~1570)：산동 역성歷城(현 제남濟南) 사람으로『창명집滄溟集』30권이 있다. 그의 시는 모방이 비교적 심하지만, 현실 문제를 제재로 한 독창적인 시 또한 없지 않다. 「어군성송명경지강서於郡城送明卿之江西」를 예로 든다.

푸른 잎은 살랑살랑 소슬하게 비가 내리는데,

아, 가을인가 멀리 바라보니 아득하구나.

누가 외로운 배의 축객을 가련히 여기겠나,

흰 구름에 밀려 강서로 간다네.

靑楓颯颯雨凄凄, 秋色遙看入楚迷.

誰向孤舟憐逐客, 白雲相送大江西.

왕세정王世貞(1526~1590) : 자가 원미元美, 호는 봉주
鳳洲, 엄주산인弇州山人이다. 강소 태창太倉 사람으로
이반룡과 함께 후칠자 중 영향력이 가장 컸던 시인이다.
문학의 지론은 이반룡과 크게 다르지 않으며 "글은 반드
시 서한, 시는 반드시 성당이고, 대력 이후의 책은 읽지 말
라.(文必西漢, 詩必盛唐, 大歷以後書勿讀.)"라고 주장
하였다. 저작도 풍부하여 『엄주산인사부고弇州山人四部
稿』 174권, 『엄주산인속고弇州山人續稿』 207권, 『세설
신어보世說新語補』, 『전당시설全唐詩說』 등이 있으며,

왕세정

시론은 주로 「예원치언藝苑巵言」에서 언급되고 있는데, 복고 이론을 내세우고는 있
으나 시는 '격조格調'가 위주가 되어야 하며 '격조'는 '재사才思'와 밀접한 관계가
있다고 생각하였다. 어쨌든 그의 시는 담백하고 자연스러운 특징을 지니고 있다.

5. 공안파公安派와 경릉파竟陵派

만력萬曆, 천계天啓 사이에는 복고모의復古摸擬에 반대하는 서위徐渭, 탕현조湯
顯祖, 이지李贄 등의 시인들이 출현하여 새로운 시 창작을 하였으며, 특히 이지의 '동
심설童心說(진인眞人의 진심眞心)'은 '공안파'와 '경릉파'의 문학적 이론의 바탕
이 되었다. 공안파의 '삼원三袁'은 이지의 동심설에 깊은 영향을 받아, "오직 성령을
표현한다(獨抒性靈)", "격식에 구애받지 않는다(不拘格套)"는 시가 이론을 확립하
였다. "오직 성령을 표현한다"는 작시 이론은 "성령으로부터 나오는 것이 참다운 시가
된다(出自性靈者爲眞詩)"라고 하였듯이, 문학이 곧 모방이 아니라 창조임을 의미하
고 있다. 그들은 '성령'을 중시하므로 해박한 지식, 사상 등을 소홀히 여겼고, 오히려
천진, 자연을 강조하였다. 그래서 공안파의 시가는 지나치게 경솔하고, '심오하고 고
고(幽深孤峭)'하지 못한 폐단이 있었다. 그리하여 공안파의 작시 이론에는 반대하지
않지만, 옛 사람, 옛 정신을 배워야 한다는 경릉파가 등장하였다. 종성鍾惺, 담원춘譚
元春 등으로, 이들은 모방을 벗어나 개성적이고 창의적인 작품을 창작하였다.

종성鍾惺(1574~1624) : 자가 백경伯敬, 호는 퇴곡退谷이다. 벼슬은 복건제학첨사福

建提學僉事를 지냈으며『은수헌집隱秀軒集』이 있다.

담원춘譚元春(1586~1631) : 자가 우하友夏이다. 삼원三袁의 공안公安과 가까운 경릉竟陵(호북천문湖北天門) 출신으로 당시 '종담鍾譚'이라고 일컬었으며 시체詩體를 '경릉체竟陵體' 또는 '종담체鍾譚體' 라고도 하였다.

공안파와 경릉파의 이와 같은 문학적 성과는 문학사적으로 높은 평가를 받아도 마땅하다고 하겠다. 원굉도의 시「감사感事」를 예로 든다.

호수와 산의 밝은 빛이 아득하고,
하루 종일 강변에서 술 취해 돌아간다.
양관의 알려옴을 보지 못하고,
삼전에 옷을 드리우지 못했음을 들었네.
변방을 방어함에 자고로 중하가 없고,
조정 의론은 지금에 옳고 그름이 있네.
해 저문 모랫벌 가을 풀이 어지럽고,
한 쌍의 백조는 사람을 피하여 날아가는구나.

湖山晴色遠微微, 盡日江邊取醉歸.
不見兩關傳露布, 尙聞三殿未垂衣.
邊防自古無中下, 朝論于今有是非.
日暮平沙秋草亂, 一雙白鳥避人飛.

한편, 명말에 공안파와 경릉파의 시가에 반대하여 당·송시의 격률을 중요시하는 새로운 시인들이 출현하였는데, 조학전曹學佺, 황순요黃淳耀, 유공화劉孔和, 풍반馮班, 장황언張皇言, 하완순夏完淳 등이다. 그리고 전·후칠자 이후 문인들의 결사結社의 기풍이 유행하였다. 예를 들면, 복사復社, 기사幾社, 예장사豫章社, 독서사讀書社 등인데, 이들 문인 단체들은 정치적인 색채가 농후하였다. 당시의 유명하였던 시인으로 진자룡陳子龍과 하완순을 꼽을 수 있으며, 이들의 시가 특징은 무엇보다도 정치 현실 비판의 반영이라는 데에 있다. 따라서, 이들 시는 어렵고 비참한 사회 생활을 제재로 하고 있어 무거운 비분의 정감이 넘친다. 진자룡(1608~1647)의「삼연가三淵歌」를 예로 든다.

파릉 어구에서 송별하나니,

눈물을 머금고 배에 오른다.

삼강수를 알지 못하노라,

어떤 일로 나뉘어 흐르는가.

相送巴陵口, 含淚上行舟.

不知三江水, 何事亦分流.

제2절 散 文

1. 전기前期 산문散文

명대 초기의 산문은 당·송 고문에서 그대로 모방하여 지었으므로 독창적인 창작품이 없었다. 왜냐하면, 오랜 동안 몽골의 지배를 받아 온 한족은 한족 출신 주원장이 몽골을 정복하고 태조로 등극하자마자 문화의 복구 운동을 전개하였고 따라서 문학 창작의 복고를 제창하였기 때문이다. 이 시기의 산문 작가로 후세에까지 영향을 끼친 작가로는 유기劉基, 송렴宋濂, 방효유方孝孺 등이 있다.

유기劉基(1311~1375) : 유기는 산문보다는 시에 뛰어났다. 유기의 산문체제는 우언, 설리, 사경 등 다양하지만 우언체의 산문이 뛰어났다. 원나라 말 향리에 은거할 때 창작한 우언체의 산문집『욱리자郁離子』는 비교적 훌륭한 작품으로 평가받고 있다. 모두 18장 195절로 되었으며 우언의 형식을 빌어서 철학, 정치, 윤리, 도덕 등의 견해를 전개하고 있을 뿐만 아니라 날카롭게 사회를 풍자하고 있다. "욱郁, 문야文也, 리離, 명야明也"라고 한 그 제목에서 뜻을 짐작할 수 있는데, 우언, 신화의 형식을 빌려 쓴 소품문小品文이다. 비록 주제는 정치를 풍자하는 것이라고 하지만, 필치는 간결하고 선명한 가치 있는 작품이다.

　송렴宋濂(1310~1381) : 송렴은 원말의 유명한 문학가 인 오래吳萊 등에게서 공부를 하였으며, 원대에는 벼슬 을 하지 않고 명대에 벼슬을 하였다. 송렴은 '종경宗經' 을 글의 바탕으로 한다고 역설하는 한편 옛 문학가의 글 지음의 견해를 수용했다. 그는 태평성세, 가공송덕의 많 은 글을 지음으로써 후일 대각체臺閣體에 영향을 끼쳤 다. 그는, 특히 전기문, 기서문記敍文에 뛰어나 「진사록 秦士錄」, 「왕면전王冕傳」, 「이의전李疑傳」 등의 훌륭 한 글을 남겼다.

송렴

　방효유方孝孺(1359~1402) : 방효유는 명초의 유명한 산 문가로, 송렴의 제자이다. 청렴 강직하여 당시의 사람들 은 그를 '방정학方正學'이라고 일컫기도 했다. 문장이 스승 송렴의 문장처럼 순수하지 못하였던 것은 문예를 경시하고 교화敎化를 중시하였기 때문이기도 했는데, 필치가 비교적 호방하여 뜻을 거침없이 서술하였다. 저 작으로는 『손지재집遜志齋集』, 『방정학선생집方正學 先生集』 등이 있다.

방효유

2. 중기中期 산문散文

　중기는 영락永樂(1403~1424)으로부터 성화成化(1465~1487)에 이르기까지 정세가 비교적 안정되고 경제적으로도 번영하였던 시기를 일컫는다. 문학적으로 보 면, 당시의 산문은 가공 송덕의 형식주의 작품이 유행하여 이른바 '대각체臺閣體'의 산문이 창작되었다. 대각체란, 태평 성세를 송양하고 군왕의 공덕을 칭송하는 것으로, 대표적인 작가로는 '삼양三楊'이라고 불리는 양사기楊士奇, 양영楊榮, 양부楊溥 등이 있다. 그들이 모두 높은 벼슬을 하였고 글이 모두 전아하였으므로, 이른바 '대각 체'라고 지칭하였던 것이다. 이 밖에 해진解縉, 양잠梁潛, 우겸于謙, 곽등郭登, 유적

삼양〔양사기(좌), 양영(중), 양부(우)〕

劉績 등과 같이 대각체 내용과는 달리 독창적 창작의 글을 쓰는 작가들도 없지 않았다.

　대각체의 문장이 가면 갈수록 더욱 폐해가 심하고 낡은 것만을 답습하는 등 아무런 변화와 발전이 없자, 이동양이 이에 반기를 들고 일어나 깊고 기백이 있는 문장을 썼다. 이동양이 호남 다릉茶陵 사람이었기 때문에 이들을 일컬어 '다릉시파'라고 하였는데, 결국은 이들도 대각체 문체의 테두리를 벗어나지는 못하였다.

(1) 전 · 후칠자前後七子

　이와 같은 산문 창작의 경향이 오랫동안 지속되자 자연히 이에 반대하는 작가들이 등장하였다. 명나라 홍치弘治, 정덕正德, 가정嘉靖 시기에 비현실적인 '대각체' 문장에 반대하여 "문장은 반드시 진·한, 시는 반드시 성당이다(文必秦漢, 詩必盛唐)"라는 목표를 세우고 의고주의 문학 운동을 전개하였다. 물론, 당시 문단에는 충격적으로 받아들여졌으며, 이로써 의고 문풍이 유행하게 되었다. 이른바 '전칠자前七子'라 불리는 사람은 이몽양李夢陽, 하경명何景明, 서정경徐禎卿, 변공邊貢, 강해康海, 왕구

서정경

사王九思, 왕정상王廷相 등이다. 그 가운데 이몽양, 하경명이 대표적이다. 하지만, 옛 것만을 존중하고 모방과 답습만을 능사로 하였기 때문에 그들 문장은 독창성이 결여될 수 밖에 없었다.

전칠자가 활동하였던 때가 홍치, 정덕, 가정 등 평화로운 시기였으나, 뒤에 외환과 사회적인 갈등이 한층 첨예화됨으로써 전칠자의 문학 활동 역시 활기를 잃었다. 이에 뒤이어 이반룡李攀龍, 왕세정王世貞, 사진謝榛, 서중행徐中行, 종신宗臣, 양유예梁有譽, 오국륜吳國倫 등 '후칠자後七子'가 등장하였으나 전칠자의 복고주의를 그대로 계승하였다. 복고를 제창하고 의고를 주장하지 않았으나, 사실상 큰 차이점이 없다.

귀유광

전·후칠자가 주도하던 의고 문학 운동에 대하여 강렬하게 반대를 하였던 왕수인王守仁, 양신楊愼을 비롯한 이른바 '당송파唐宋派'의 왕신중王愼中, 당순지唐順之, 모곤茅坤, 귀유광歸有光 등이 있었으나, 그들도 의고 문풍의 기세를 꺾지 못하였다.

(2) 공안파公安派와 경릉파竟陵派

공안파公安派의 선구자로는 서위徐渭, 이지李贄, 초횡焦竑, 탕현조湯顯祖 등이 있는데, 서위는 스스로의 진리를, 이지는 '동심설童心說'을 제창하였다. 특히 이지는 "만일 동심을 잃으면 곧 진심을 잃어버림과 같다. 진심을 잃어버리면 참된 인간을 잃어버린다.(若失却童心, 便失却眞心, 失却眞心, 便失却眞人.)"라고 한 것과 같이, 참되고 개성적인 문학을 주장하였다. 탕현조는 '성령性靈'과 '성기性氣'의 창작론을 주장하였는데, 모두 공안파 문학에 큰 영향을 끼쳤다. 만력 때 전·후칠자의 복고주의 문학을 반대하는 공안파가 등장하였다.

서위

원종도袁宗道, 원굉도袁宏道, 원중도袁中道가 대표이며, 그들 삼형제를 일컬어 '삼원三袁'이라 하였다. 호북 공안公安 사람이기에 '공안파'라고도 일컬었다. 공안파는 문학이란 그 시대와 밀접한 관계가 있다고 생각하였고 시대마다 문학의 특징이 있어야 한다고 하였다. 옛것은 귀하고 현재의 것은 천하다고 할 수 없으며, 따라서 옛 사람들의 것을 그대로 모방하는 것을 비난하였다. 그들은 "오직 성령을 표현하고, 격식에 얽매이지 않는다.(獨抒性靈, 不拘格套.)"고 하는 창작론을 전개하였다. 문학의 생명력은 창조에 있기 때문에 모방해서는 안 된다고 하는 것이다. 그들은 '성령'을 중시했기 때문에 해박한 지식, 사상 등을 강조하지 않고, 오히려 천

서위의 죽도(竹圖)

진, 자연을 강조하였다. 그들은 또 '문文'과 '질質'의 문제를 언급하였다. 질이 문장의 기초가 되어야 한다는 것이다. 문과 질이 서로 결합되어야만 작품은 독자들로부터 공명을 얻게 된다고 생각하였다. 공안파의 문학 창작의 성과는 주로 산문에 있으며, 형식의 속박을 탈피하고, 지나치게 수식을 하지 않았다. 그들이 통속 민간 문학을 중시한 나머지 사용한 언어는 백화에 가까웠고, 정감을 매우 자연스럽게 표현하였다.

원종도袁宗道(1560~1600) : 자가 백수伯修이다. 26세 때 진사가 되었고, 관직은 우서자右庶子에 이르렀다. 그는 공안파 문학 사상의 창시자이기는 하나 문학적인 성과는 크게 거두지 못했다.

원굉도袁宏道(1568~1610) : 자가 중랑中郎이다. 24세 때 진사가 되었으며, 순천부교수順天府敎授, 국자감조교國子監助敎, 예부이부주사禮部吏部主事 등을 역임하였다. 그의 저작집으로는『원중랑전집袁中郞全集』이 전해져 오고 있다.

원중도袁中道(1570~1623) : 자가 소수小修이다. 벼슬은 남경南京 예부낭중禮部郎中에 올랐으며,『가설재문집珂雪齋文集』24권이 남아 있다.

경릉파는 사실 공안파에서 비롯된 문학의 한 유파이다. 그 대표적인 인물은 종성鍾惺(1574~1624)과 담원춘譚元春(1586~1637)으로, 두 사람 모두 경릉竟陵(현 호북성湖北省 천문天門) 사람이었기 때문에 '경릉파'라고 하였다. 그들은 공안파의 의고에 반대하고, '독서성령獨抒性靈, 불구격투不具格套'의 주장에 대해서는 반대하지 않았다. 다만, 옛사람의 시에서 '성령性靈'을 구하며, 그렇게 함으로써 유심幽

深하고 고초孤峭한 풍격의 문학을 할 수 있다고 주장하였다. 이렇게 명말의 공안파, 경릉파를 중심으로 한 복고주의 문학 운동은 중국 문학사상 특기할 만한 일이다. 특히 모방의 틀을 벗어나 자유로운 입장에서 개성적이고 창의적인 작품을 창작하였다고 하는 것은 높이 평가할 만하다.

3. 후기後期 산문散文

만명 때에는 소품문이 대단히 유행하였는데, 작가들 또한 적지 않았다. 서위徐渭, 탕현조湯顯祖, 도륭屠隆, 전예형田藝蘅, 도망령陶望齡, 강영과江盈科, 이일화李日華, 왕사임王思任, 담원춘譚元春, 장부張溥, 유동劉侗, 기표가祁彪佳 등이 있지만, 가장 뛰어난 작가로는 장대張岱를 꼽지 않을 수가 없다.

장대張岱(1597~1676): 호가 도암陶庵이다. 산음山陰(현 절강성浙江省 소흥紹興) 사람으로 소품문의 대표적인 작가이다. 벼슬을 하지 않았으며, 산수를 좋아하고, 음악, 희극에도 조예가 깊은 인물이었다. 명나라가 멸망하자 입산하여 저술에만 전념하였는데, 『도암몽억陶庵夢憶』, 『서호심몽西湖尋夢』, 『낭현문집瑯嬛文集』 등이 전해지고 있다.

'소품小品'이라는 말은 본래 간결한 불경을 가리키는 말이었다. 300자로부터 1,000자 이내의 매우 짧은 글을 소품이라고 하였다. 내용적으로 보면 그들은 개인의 현실적인 문제를 중요시하였다. 때문에 자유스럽게 주관적인 생각을 표현하는 경향이 짙었다. 그들은 정情은 개성을, 취趣는 정취를 나타내야 하며, 운韻은 인공적으로 다듬은 흔적이 있어서는 안 된다고 하였다. 하지만, 이와 같은 문학 사조는 명의 멸망으로 큰 타격을 받게 되어, 문학의 독특한 장르로서 큰 예술적 가치를 가지고 있었음에도 불구하고 더 이상 발전을 못하였다. 그리고 한 가지 특기할 만한 것은 문인들의 시사詩社의 설립이 성행하였다는 것이다. 애남영艾南英(?~1647)의 예장사豫章社, 진자룡陳子龍(1608~1647)의 기사幾社, 장부張溥(1602~1641)의 복사復社 등이다. 시사에 모인 사람들은 애국심이 강하여 명 말기에 반청反淸 운동을 활발히 전개하였는데 그들의 애국시는 큰 환영을 받았다. 문학의 주장은 전·후칠자를 반대하였으며 당·송파의 귀유광歸有光을 따랐다.

제3절 小 說

    명나라 때부터 소설은 전에 없었던 번영을 하였다. 이렇게 소설과 전기傳奇가 명대 문학을 대표할 수 있을 만큼 발전하게 된 데에는 몇 가지 원인이 있다.

    첫째, 백화 문학의 발전이다. 중국 소설은 송·원을 거쳐서 명대에 크게 발전하였다. 명대의 문인들은 송·원 때의 설화 소설을 기초로 백화 단편 소설을 창작하였다. 이를 '의화본擬話本'이라고 하였으며, 송·원 화본을 직접 모방하여 지은 것이다. 장편 소설『삼국지연의三國志演義』,『수호지水滸志』,『서유기西遊記』등도 송·원 화본 중의 강사講史, 설경說經 등이 변화, 발전해 온 것이다.『금병매金瓶梅』도 현실이 반영된 독창적인 작품이나 마찬가지로 강창문학講唱文學 창작 경험에서 얻어진 것이다. 이것들은 모두 의식적으로 백화문을 사용하여 지은 것으로 문학사적인 의의가 깊다.

    둘째, 소설에 대한 사회적인 인식이 크게 변화하였다. 역대로 유가의 재도載道 사상의 영향을 받아 모든 속문학이 소도小道로 취급, 경시당해 왔으나, 송·원 이래 통속 소설의 사회적인 역할 증대로 소홀히 할 수 없게 되었다. 뿐만 아니라, 중엽 이후부터는 진보적인 문인들, 즉 이지, 원굉도, 풍몽룡, 능몽초凌濛初 등의 출현으로 그 가치가 새롭게 평가됨으로써 문학적인 지위를 확고히 하였다.

    셋째, 명대에는 인쇄술의 발달로 소설을 간행하는 일이 매우 쉬워졌기 때문에 독자들을 광범위하게 확보할 수 있게 되었고 따라서, 소설 창작은 활발할 수밖에 없었다.

    넷째, 경제의 발달로 인한 시민 계층의 사회적인 지위의 향상이다. 그들의 사회적인 지위의 향상과 함께 뒤따르는 문학적인 욕구에 부응하여 소설도 큰 발전을 하였다.

1. 백화白話 단편소설短篇小說

　　명대의 단편 소설은 문언 소설
과 백화 소설로 분류할 수 있다.
명나라 때의 문언 단편 소설은
당·송 전기 소설과 맥락을 같이
하는 것으로서 그 가운데 유명한
소설로는 구우瞿佑(1341~
1427)의 『전등신화剪燈新話』,
이창기李昌祺(1376~1452)의
『전등여화剪燈餘話』, 소경첨邵

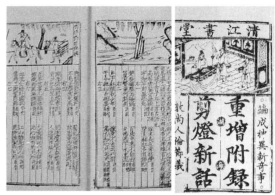

전등신화

景瞻의 『멱등인화覓燈因話』 등을 들 수 있다. 명대 문인들은 송·원 화본話本을 모방
하여 많은 소설을 지음으로써 사회적으로 큰 반응을 불러 일으켰는데, 최초의 화본집
으로는 가정 때 홍편洪楩의 『청평산당화본淸平山堂話本』이 있다. 이 화본은 「우창雨
窓」, 「장등長燈」, 「수항隨航」, 「의침欹枕」, 「해한解閒」, 「성몽醒夢」의 6집으로 나뉘
어져 있고, 매 집은 10권으로 되어 있다. 매 권마다 한 편의 화본이 실려 있어 모두 60
편이다. 그래서 '육십가소설六十家小說' 이라고 불리며, 현존하는 것은 불과 29편뿐
이다. 또, 만력 때 복건의 서점 주인 웅룡봉熊龍峰이 화본 4종을 엮어 『웅룡봉사종소
설熊龍峰四種小說』을 발행하였다. 「풍백옥풍월상사소설馮伯玉風月相思小說」, 「공
숙방쌍어선추전孔淑芳雙魚扇墜傳」, 「소장공장대류전蘇長公章臺柳傳」, 「장생채란
등전張生彩鸞燈傳」 등이 실려 있는데 일본 내각문고內閣文庫에 소장되어 있다.

(1) 삼언三言

　　후세에 가장 큰 영향을 끼쳤던 것은 천계
天啓 때 풍몽룡馮夢龍이 간행한 『유세명
언喩世明言』(일명 고금소설古今小說),
『경세통언驚世通言』, 『성세항언醒世恒
言』으로, 이것을 '삼언三言' 이라고 말한
다. 매 본마다 40편의 화본이 수록되어 있

유세명언

는데, 송 '화본'과 명 '의화본'으로 나뉘어 있다. 명대 작품은 『유세명언喩世明言』에 14편, 『경세통언驚世通言』에 22편, 『성세항언醒世恒言』에 32편이 수록되어 있고, 나머지는 모두 송의 화본이다.

경세통언

풍몽룡馮夢龍(1574~1646) : 강소 오현吳縣 사람으로, 천성이 호탕하고 재주가 뛰어나 시문을 잘 하였다. 일찍부터 청루주관靑樓酒館을 출입하여 가기와 열애를 하였으나, 그녀가 끝내 다른 곳으로 출가하자 상심한 나머지 청루에 드나들지 않고 방탕한 생활도 그만두었다. 저작은 참으로 풍부하여 경사류經史類 9종, 단편 화본류 3종, 장편 연의류 3종, 필기 소설류 6종, 필기류 19종, 산곡 등 5종, 민가류 4종, 기타 6종이 있는데, 분량이 많을 뿐만 아니라 내용도 다양한 것으로 보아 만능 작가라고 할 수 있다.

삼언은 매본 40편씩 모두 120편으로 되어 있으며, 소재가 다양하고 당시 사회 각계 각층의 생활을 반영하고 있다. 내용별로 보면, 애정류, 의협류, 사회류, 공안(사건)류, 신괴류 등으로 크게 구분할 수 있다.

성세항언

첫째, 애정류는 삼언의 작품 가운데에 가장 많은 분량을 차지하고 있으며, 주로 남녀 애정의 희·비극으로 당시 여인들의 운명을 잘 반영하고 있다.

둘째, 의협류는 우정과 의리를 제재로 하고 있으며, 배신, 견책, 신의의 칭송이 주류를 이루고 있다.

셋째, 사회류는 정치 사회의 부패, 지방 호족의 악행, 과거 제도에 대한 부조리 등을 폭로하는 등 사회의 현실을 고발하고 있다.

넷째, 공안류는 어떤 사건의 재판에 관한 것인데, 청렴한 법의 집행, 또는 불공정한 법의 집행으로 인해 무고한 백성들이 겪는 고통을 다룬 것이다.

다섯째, 신괴류는 당시 불·도 두 종교의 쟁점에 대하여 서술하고 있다.

그리고 삼언의 예술적인 특색으로서는 운문과 산문의 형식적인 구성, 인물의 개성적인 묘사 등을 들 수 있으나, 특히 우리의 주목을 끄는 것은 전통적인 구어를 잘 구사하고 있는 것이다. 민간의 성어成語, 은어, 이어俚語 등을 자유롭게 활용하여 작품의 생동감을 더해 주고 있다.

(2) 이박二拍

삼언이 출간된 이후 공관주인空觀主人 능몽초凌濛初는 『초각박안경기初刻拍案驚奇』, 『이각박안경기二刻拍案驚奇』 각각 40편을 간행하였는데, 이것을 '이박二拍'이라고 한다.

능몽초凌濛初 (1580?~1644) : 절강 오정烏程 (현 吳興) 사람으로, 호를 초성初成 또는 공관주인空觀主人이라고 하였다. 벼슬은 상해현승上海縣丞, 서주통판徐州通判 등을 역임했다. 저작으로는 '이박' 외에 편찬서 『남음삼뢰南音三籟』와 창작 희곡으로 『규염옹虯髯翁』, 『북홍불北紅拂』, 『전도인연顚倒因緣』, 『교합삼금기喬合衫襟記』, 『몽홀인연夢忽姻緣』 등이 있다.

『초각박안경기初刻拍案驚奇』는 천계 7년(1627)에 나온 것으로, 그 다음 해인 숭정 원년에 간행되었다. 내용이 매우 광범위하여 역사, 연애, 추리, 신괴 소설 등 다양하며, 여기에 등장하는 인물들도 학자, 문인, 효자, 열녀, 상인, 창기, 도적 등 다양하기 이를 데 없다. 그리고 『이각박안경기二刻拍案驚奇』는 숭정 5년(1632)에 간행되었는데, 초각이 간행된 지 4년 뒤였다. 왜냐 하면, 초각이 간행되자마자 독자들의 반응이 좋아 다시 이각을 간행하였기 때문이다. 이 시기는 명조 말엽으로, 사회 기풍이 문란하고 사치가 심하였다. 장편보다는 단편을 좋아하였다. 내용에 있어서도 '이박'이 중요한 지위를 차지하고 있는 것은 남녀의 자유로운 결혼, 연애 등 당시 시민 계층의 애정 관념을 잘 반영하고 있기 때문이다. 물론, 이 밖에도 봉건 관료의 정치적인 부패의 폭로, 공업 상인들의 생활 등을 생동적으로 반영하고 있으며, 이것은 명대 '의화본'의 특색이라고도 할 수 있다.

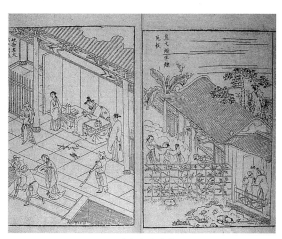

이각박안경기

『금고기관今古奇觀』은 '삼

언'과 '이박'의 선집選輯으로 4백 년 동안 유행하였다. 포옹노인抱甕老人이란 사람이 '삼언'과 '이박' 중에서 대표적인 통속 소설 40편을 골라 편집하여 간행하였다. '삼언'과 '이박' 이외에 명대 창작 단편 화본 소설집으로는 『석점두石點頭』, 『서호이집西湖二集』, 『취성석醉醒石』 등 10여 종이 있다.

2. 장편소설長篇小說

명나라 때에 이르러 장편 장회소설章回小說이 크게 발전하게 된 것은 특히 중국의 문학 발전사상에 있어서 필연적인 결과였다. 송·원의 오랜 기간을 거쳐 원말 명초에 이르러, 대량의 문인 작가들이 출현하여 화본을 근거로 한 재창작의 장회소설이 등장하였다. 본래 이 소설들은 장기간 민간에 전해져 왔던 것이며, 설화인 등을 거치면서 내용이 보완되었고, 마지막으로 작가들의 손에 의해 오늘날 볼 수 있는 소설로 개작되었다.

(1) 『수호전水滸傳』

『수호전水滸傳』은 중국 최초의 백화문白話文으로 쓰여진 장회소설이며, 오랜 세월을 거치면서 형성, 발전하였다. 남송 때 양산박梁山泊의 영웅호걸들의 이야기가 널리 유행하였는데, 당시 사람들이 모두 즐겨 들었기 때문에 설화인들은 이 이야기를 소재로 연출하였고, 또 문자로 기재하였다. 화본 『대송선화유사大宋宣和遺事』 중에는 오늘날 『수호전水滸傳』의 대략적인 줄거리, 인물의 윤곽이 갖추어졌다. 『수호전水滸傳』의 중심 인물인 송강宋江 등 36인에 대한 사적들이 『송

수호전

사宋史』에도 간략하게 기재되어 있는데 "송강宋江은 36인과 함께 제·위를 횡행하였다. 관군 수만이 감히 대항하지 못했으며, 그 재주는 대단히 뛰어났다.(宋江以三十六人橫行齊魏, 官軍數萬, 無敢抗者, 其才必過人.)"라고 하였다. 실제로 이들의 이야기가 민간에 널리 유포되었고, 송말에 이르러서는 더욱 영웅적인 전설로 전해졌다. 그리고 원대에는 희극이 성행하게 되어 많은 작가들이 양산박의 이야기를 제재로 극본을 창작하였다. 당시 양산박의 영웅들을 제재로 한 극본만도 33종이었으나, 지금은 극본의 이름만 남아 있을 뿐이다. 그 이야기를 바탕으로『수호전水滸傳』이 문인들의 손에 의해 창작되었다. 많은 문인들이『수호전水滸傳』을 썼을 것으로 생각되지만, 그 중에 시내암施耐庵과 나관중羅貫中 두 사람의 손을 거쳐 완성된 것으로 알려져 있다.

시내암施耐庵(1296~1370?) : 이름은 이耳이고, 자는 내암耐庵이다. 34세 때 진사에 합격하여 전당에서 2년간 관직 생활을 하다가 그만 두고 고소姑蘇에 살았다는 것 외에 그의 생애에 대해서는 잘 알 수가 없다.

『수호전水滸傳』의 판본은 여러 종류가 있다. 115회의『충의수호전忠義水滸傳』, 『삼국연의三國演義』와 합각한 '영웅보英雄譜'로 일컫는 110회의『충의수호전忠義水滸傳』은 115회본과 내용이 대체적으로 같다. "전당시내암본錢塘施耐庵本, 나관중편차羅貫中編次"라고 쓴 100회『충의수호전忠義水滸傳』은 일반적으로『수호전水滸傳』의 조본祖本으로 알려지고 있다. 그러나 명나라 가정 때에 무정후武定侯 곽훈郭勳의 집에서 전해 온 100회본『수호전水滸傳』은 편폭이 시내암의 것에 비하여 대단히 방대하나 곽본郭本이 시내암본과 다른 점은 방랍方臘을 정벌하기 전에 요遼를 정벌하는 내용이 첨가되었다는 것이다.

이 밖에 120회의『이탁오평충의수호전李卓吾評忠義水滸傳』, 양정견楊定見의 120회의『충의수호전忠義水滸傳』 등이 있다. 명말 청초의 김성탄金聖嘆이 앞의 120회본을 송강 등이 조정에 불려 들어간 이후의 이야기를 빼버리고 70회본을 만들었다. 후에『수호전水滸傳』의 내용은 판본에 따라 좀 다르나, 70회의 김성탄金聖嘆 화본評本을

시내암

호적胡適은 『중국장회소설고증中國章回小說考證』에서 10단락으로 나누어 설명하고 있다.

제1단은 제1회부터 11회까지인데, 『선화유사宣和遺事』에 근거한 양지楊志의 역사를 쓰고, 나머지는 모두 창작으로 되어 있다. 이 일단은 『수호전水滸傳』의 '서두에 요지를 밝히는(開宗明義)' 부분이다. 제2단은 제12회부터 21회까지로, '생진강生辰綱'의 시말로, 전체 『수호전水滸傳』의 일대 관건이다. 제3단은 제22회부터 제31회까지로, 무송武松의 전기라고 할 수 있다. 제4단계는 제31회부터 제34회까지로 청풍산淸風山 청풍채淸風寨의 이야기를 서술, 화영花榮과 진명秦明 등을 양산박으로 보내고 있는 내용이다. 제5단은 제35회부터 제41회까지이다. 송강이 아버지가 병으로 돌아가셨다는 편지를 받고(사실은 병사하지 않았음) 집으로 돌아와 강주江州로 귀양 가는 것으로부터 시작한다. 강주에서 이규李逵를 만나고, 심양루潯陽樓에서 송강이 반시反詩(모반의 시)를 읊조린다. 송강이 조개晁蓋의 만류를 뿌리치고 집으로 돌아가 늙은 아버지를 모셔 오려다가 군에게 쫓겨 현녀묘玄女廟에 숨었는데, 여기서 세 권의 천서天書를 얻게 되는 내용이다. 제6단은 제42회부터 제45회 까지이다. 공손승公孫勝이 하산하여 어머니를 모셔 오게 되는 것으로부터 시작하며, 이규가 하산하여 모친을 모셔오고, 대종戴宗이 하산하여 공손승을 찾아 나서며, 길에서 양웅석수揚雄石秀를 끌어내는 이야기이다. 제7단은 제46회부터 제49회까지이다. 송강이 세 번에 걸쳐 축가장祝家莊을 공격하는 내용이다. 제8단은 제50회부터 제53회까지이다. 뇌횡雷橫, 주동朱仝, 시진柴進 세 사람의 이야기이다. 제9단은 제54회부터 59회까지로 4단과 비슷하다. 호연작呼延灼이 양산박을 토벌하다가 패배하여 청주靑州로 도망을 갔는데, 모용지부慕容知府가 그를 청해 도화산桃花山, 이룡산二龍山, 백호산白虎山을 수복하는 내용과, 또 소화산小華山, 망탕산芒碭山의 이야기를 쓰고 있으나, 마침내 이 오산五山의 호한들이 함께 양산박으로 간다는 내용이다. 제10단은 제59회부터 제70회까지 마지막 부분이다. 먼저 조개가 증두시曾頭市를 공격하였으나, 화살을 맞아 죽게 된 내용을 서술하고 있다. 그리고 노준의盧俊義, 관승關勝 등을 비롯하여 대명부大名府의 격파, 증두시의 보복, 마지막에는 석갈천서石碣天書의 결말을 짓는 내용이다.

(2) 『삼국지연의三國志演義』

『삼국지연의三國志演義』는 중국 역사 소설 가운데 가장 널리 읽혀지고 있는 작품

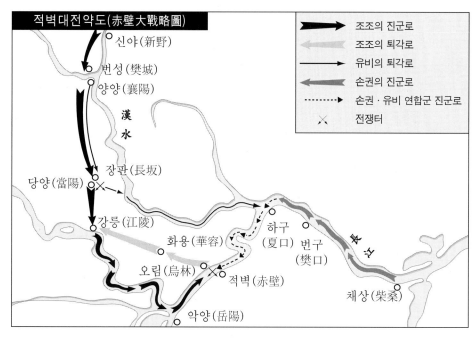

적벽대전약도(赤壁大戰略圖)

신야(新野)
번성(樊城)
양양(襄陽)
漢水
장판(長坂)
당양(當陽)
강릉(江陵)
화용(華容)
하구(夏口)
번구(樊口)
오림(烏林)
적벽(赤壁)
채상(柴桑)
악양(岳陽)

조조의 진군로
조조의 퇴각로
유비의 퇴각로
손권의 진군로
손권·유비 연합군 진군로
전쟁터

이다. 이 소설이 나오기까지는 오랜 역사적인 관계를 거쳤다. 당나라 때 이미 삼국의 이야기가 유행하였고 송나라 때에는 설화 예술이 발달하여, 이들을 통해 더욱 널리 유포되었다. 『동경몽화록東京夢華錄』에 근거하면, 이미 북송 때 설삼분說三分의 강사講史 전문가인 곽사구霍四究가 있어서 삼국의 이야기를 전문적으로 연출하였다. 소식의 『동파지림東坡志林』에 "유현덕의 패함을 듣고는 미간을 찡그리고 눈물을 흘리는 사람이 있었고, 조조의 패함을 듣고는 기뻐하고 쾌재를 불렀다.(至說三國事, 聞劉玄德敗, 輒蹙眉, 有出涕者, 聞曹操敗, 卽喜, 唱快.)"라고 하였다. 이것만 보아도 송나라 때 삼국의 이야기는 대량으로 무대에 연출되었음을 알 수 있다. 특히 원나라 때의 『녹귀부錄鬼簿』와 『함허자涵虛子』에 기록된 잡극의 명목 중에는 「단도회單刀會」, 「주유알노숙周瑜謁魯肅」, 「참여포斬呂布」, 「곡주유哭周瑜」, 「삼전여포三戰呂布」 등 이에 관한 기록이 풍부하다. 이처럼 오랜 동안 이야기가 전해 내려오다가, 평화소설의

삼국지연의

제재가 되었다. 현존하는 것 가운데 가장 빠른 것이 원 지치至治(1321~1323) 사이에 건안建安 우씨虞氏가 간행한『전상삼국지평화全相三國志平話』이다. 이 평화의 내용과 플롯을 보면 이미『삼국지연의三國志演義』의 대략적인 규모를 갖추고 있고, 이것을 기초로 나관중羅貫中은『삼국지三國志』의 정사正史의 자료들을 활용하여『삼국지연의三國志演義』를 창작하였다.

나관중羅貫中(1330~1400?) : 이름은 본本, 자는 관중貫中이다. 가중명賈仲明의『녹귀부속편錄鬼簿續編』에 그의 본적은 태원太原(현 산서성山西省)이며, "악부은어가 매우 청신하다.(樂府隱語, 極爲淸新.)"라고 하였다. 지정갑진至正甲辰(1364)에 가중명과 재회하였으나, 그 후 60여 년 소식이 없고 어디서 죽었는지 모른다고 기록하였다. 그의 저작으로는『삼국지통속연의三國志通俗演義』이외에

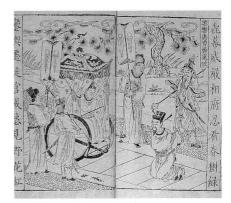

삼국지통속연의

『수당지전隋唐志傳』,『잔당오대사연의殘唐五代史演義』,『삼수평요전三遂平妖傳』등이 있고『십칠사통속연의十七史通俗演義』및『수호전水滸傳』은 시내암과 공동으로 창작한 것으로 전해진다.

『삼국지통속연의三國志通俗演義』가 가장 오래 된 것은 홍치갑인본弘治甲寅本(1494)으로 알려졌으나, 실제는 가정嘉靖 때의 간행본(모두 24권)으로 여겨진다. 모두 "진평양후진수사전晋平陽侯陳壽史傳, 후학나본관중편차後學羅本貫中編次"라고 썼다. 그는 송·원 때의 강사화본講史話本 및『삼국지평화三國志平話』를 대폭으로 개작하고, 많은 역사적 사실을 첨가하여 편폭을 확충하였다. 권두에 등장인물의 인명표(三國志宗僚)를 실은 것을 보아도, 그가 역사에 충실했을 뿐만 아니라 역사에 대한 해박한 지식을 가지고 있었던 것을 알 수 있다. 어쨌든 홍치본『삼국지연의三國志演義』가 출간된 이후에 문인들의 손을 거쳐 여러 가지 속본俗本이 나오긴 하였으나, 모두 가정본을 위주로 한 것이었다.

청 강희 때 모종강毛宗崗은 가정본『삼국지통속연의三國志通俗演義』을 개작하였는데, 역사 사실을 바로 고치고, 문장을 다듬고, 매회의 제목을 대우對偶로 하였다. 시문을 늘리거나 줄이고, 논찬論贊을 삭제하며 문사文詞를 가다듬었다. 하지만, 내용은 그렇게 큰 변동이 없었다. 이것은 60권 120회로 모본毛本이라고 하는데, 이 책이

나온 뒤에는 나관중본은 다시 유행하지 않았다. 모종강은 소주 사람으로 김성탄金聖嘆의 문도였다. 그의 부친 모성산毛聲山이 중년 전후에 두 눈을 실명하여, 그가 대의를 구술하면 아들 모종강이 자신의 의견을 첨가하여 『삼국지연의三國志演義』를 집필하였다.

『삼국지연의三國志演義』는 위, 촉, 오의 3국으로 분열되어 패권을 다투던 시기의 사건을 토대로 한 장편 역사 소설이다. 문언체와 백화체를 섞어 쓴 이 작품의 내용은 대략 전·후반으로 나눌 수 있다. 전반은 유비, 관우, 장비 세 사람이 결의 형제를 맺는다. 나중에 제갈공명이 가담하게 되고 이들을 중심으로 사건은 전개된다. 절정은 유비, 손권의 연합군이 조조의 대군을 화공법으로 격퇴하는 적벽대전이다. 후반에는 관우, 유비, 장비가 잇따라 죽은 뒤에 제갈공명의 천하가 되고, 그의 여섯 차례에 걸친 북정 끝에 병사하는 내용이다.

『삼국지연의三國志演義』와 정사正史와의 관계에 대하여 청의 장학성章學誠은 "사실이 70%이고, 허구가 30%이다.(七分事實, 三分虛構.)"라고 하였는데, 기본적으로 작품의 내용과 부합된다.

(3) 『서유기西遊記』

『서유기西遊記』는 초당 때의 승려 현장玄奘(600∼664)의 서천취경西天取經(천축에서 불경을 가져옴)의 역사적 사실을 제재로 한 장편 소설이다. 이 작품도 『수호전水滸傳』, 『삼국지연의三國志演義』와 마찬가지로 오랜 동안 민간에 유전되어 오다가 작가에 의해 창작되었다. 현장은 당 태종 정관貞觀 1년(627) 8월, 그의 나이 28세 때 장안을 출발하여 정관 19년(645) 1월 귀환하기까지, 17년 동안 1백여 나라를 온갖 고난을 겪으며 경유하고, 마침내는 불교 경전 600여 부를 가지고 돌아왔다. 현장은 귀국 후에 현종의 융숭한 예우를 받았으며, 따라서 이 이야기는 더욱 널리 퍼지게 되었다. 이 때에 보고 들은 서역, 인도의 기후, 풍토, 언어, 습관, 미술, 전설 등의 구술을 그의 제자인 변기辯機가 기록하여 『대당서역기大唐西域記』로 펴냈다.

그처럼 역경을 극복하고 불경을 가져온 것은 중국 불교사상 위대한 사건으로, 사건 자체가 신기한 색채가 농후하며 널리 전파됨으로써 차츰 신화화되었다. 그래서 송나라 때 '설경說經' 하는 사람 중에는 이 취경의 이야기를 전문적으로 하는 사람이 나타나게 되었다. 현존하는 『대당삼장취경시화大唐三藏取經詩話』가 바로 그 설화인의 화본이었다. 이 화본이 비록 구성이나 문장면에서 거칠고, 상상력이 풍부하지 못하지

만 후행자猴行者, 즉 '화과산花果山 수렴동水帘
洞 팔만사천八萬四千 동두철액銅頭鐵額 미후왕
獼猴王'이 백의수사白衣秀士로 변신하여 현장의
서천 취경을 보호하는 내용과 취경길의 항요복괴
降妖伏怪의 이야기들은 원나라 때에 더욱 발전하
여 무대 희극으로 연출되었다. 금원본金院本인
무명씨의『당삼장唐三藏』, 원의 잡극인 오창령吳
昌齡의『당삼장서천취경唐三藏西天取經』등이
그것이다. 현존하는 것 가운데 가장 오래 된 극본
은 원말 명초 때의 사람인 양경현楊景賢의『서유
기잡극西遊記雜劇』으로 모두 6본 24절로 되어
있다.

이와 동시에 현장의 서천 취경의 이야기는 민간
설화인의 화본 소설로 발전하여, 원말에는『서유
기평화西遊記平話』가 출현하였으나 이 화본은
전해 오지 않으며, 다만『영락대전永樂大典』에
"위정몽참경하룡魏征夢斬涇河龍"이라고 쓴 약

「불경」을 갖고 오는 현장

1,200여 자의 문장이 남아 있다. 조선朝鮮 시대의 한어교과서漢語敎科書인『박통사
언해朴通事諺解』에도『당삼장서유기唐三藏西遊記』의 이야기를 여러 차례 인용하
고 있다. 오승은吳承恩은 이와 같이 몇백 년 간 민간에 유전되어 오던 당 승의 '서천
취경' 전설, 화본을 기초로 하여 오늘날의 100회본의『서유기西遊記』를 창작하였다.

오승은吳承恩(1500~1582?) : 자가 여충汝忠, 호는 사양산인射陽山人이다. 회안부
淮安府 산양山陽(현 강소성 회안현) 사람으로, 매우 가난한 소상인의 가정에서 태어
났다. 그는 어려서부터 시문을 잘 하였지만 벼슬과는 인연이 없어, 그의 나이 43세 때
에야 비로소 세공생歲貢生이 되었다. 그래도 생활의 곤란은 더해져 남경으로 가 매문
賣文으로 생계를 유지하였다. 그는 60여 세에 장흥현승長興縣丞이 되었으나, 2년도
안 되어 뿌리치고 돌아와 시를 짓고 술을 마시며 방랑의 생활을 하였다.『서유기西遊
記』는 그가 중년 이후에 쓰기 시작하여 만년에 탈고한 것이다. 이 밖에도 많은 저작들
이 있으나, 모두 산실되고 말았다. 후세 문인들이 그의 유고를 모아『사양선생존고射
陽先生存稿』4권을 내었는데, 뒤에『오승은시문집吳承恩詩文集』으로 이름을 바꿔

출간하였다.

『서유기西遊記』의 판본은 매우 복잡한데, 현존하는 것은 명나라 가정, 만력, 숭정 때에 간행된 4종이 있다. 만력 20년(1592)에 여상 두余象斗가 편각한 『서유기西遊記』 중의 양치화楊致和의 40회 본인 『서유기전西遊記

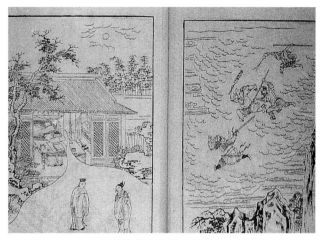
이탁오선생비평서유기

傳』, 만력 때 주정신朱鼎臣의 10권본 『당삼장서유석액전唐三藏西遊釋厄傳』, 만력 20년의 세덕당본 『서유기西遊記』(100회), 숭정 때의 『이탁오선생비평서유기李卓吾 先生批評西遊記』(100회) 등이 있다. 이 4종의 명대 판본은 두 계통으로 나눌 수 있다. 양본楊本과 주본朱本은 초기의 간본簡本이며, 세덕당본과 이탁오 선생 비평본은 후기의 번본繁本 계통이다. 청나라 때의 주요한 각본은 거의 100회본의 번본을 따르고 있다.

『서유기西遊記』는 모두 100회로, 그 내용을 간단히 살펴보면 다음과 같다. 제1회부터 제7회까지는 손오공의 탄생과 천궁天宮에서의 난동이며 제8회부터 제12회까지는 당승 현장의 취경取經의 연기緣起이다. 그리고 제13회부터 제100회까지는 현장의 '서천 취경'으로, 주요한 것은 여행 중에 요괴들과 싸우는 81난이다.

(4) 『금병매金甁梅』

『금병매金甁梅』는 만력(1573~1620)연간에 책으로 이루어진 것으로 생각되며, 처음에는 사본으로 작은 마을에 전해 오다가, 문인들이 이것을 읽어보고 놀랍고 신기하게 여겨 편찬 간행하게 된 것으로 추측된다. 책이 출간된 지 400년이 지났으나, 작자가 누구인지 확실하게 알 수가 없다. 작자 난릉蘭陵 소소생笑笑生의 난릉은 현재의 산동성 봉현峰縣으로, 작품이 대부분 산동말로 쓰여진 것으로 보아 산동 사람임이 틀림없을 것 같다. 왕세정王世貞 또는 이개선李開先 등으로 작자를 추정하기도 하지만 모두 확실하지가 않다.

『금병매金瓶梅』는 총 100회로 최초의 필사본이 유전되어 오다가 각인된 것이며, 이는 대략 두 가지 계통으로 나누어 생각할 수 있다. 첫째, 초각본은 만력 45년(1617)에 간행된『금병매사화金瓶梅詞話』계통이지만, 현재 그 본은 전해지지 않는다. 둘째, 숭정 때 간행한『원본금병매原本金瓶梅』계통으로, 두 판본이 다른 것은『금병매사화金瓶梅詞話』제1회는「경양강무송타호景陽岡武松打虎」로 되어 있으나,『원본금병매原本金瓶梅』는「서문경열결십형제西門慶熱結十兄弟」로 고쳤고,『금병매사화金瓶梅詞話』제84회의「송공명의석청풍채宋公明義釋清風寨」는『원본금병

금병매

매原本金瓶梅』에서는 모두 삭제하였다. 또『금병매사화金瓶梅詞話』는 회목回目의 아래 윗구의 글자수가 맞지 않고 대우가 불공정하며, 대량의 산동 방언이 쓰였지만,『원본금병매原本金瓶梅』는 회목의 대우가 가지런하고 산동 방언이 없다. 청대에도 여러 종류의 인본이 나와 '고본古本', '진본眞本'을 표방하고 있으나,『금병매金瓶梅』본래의 면모를 잃고 있다.

『금병매金瓶梅』라고 하는 이름은 반금련潘金蓮의 '금金', 이병아李瓶兒의 '병瓶', 춘매春梅의 '매梅' 자를 추출하여 조합한 것이다. 이 작품의 소재는『수호전水滸傳』에서 가져온 것으로『수호전水滸傳』제23회부터 제27회에 걸친 무송武松, 반금련, 서문경西門慶의 갈등을 부연하여 100회로 장편 소설화하였다. 무송의 형인 무대武大가 처인 반금련, 서문경에 의해 살해당하자 동생 무송은 즉시 형의 원수를 갚았다.『금병매金瓶梅』는 이것을 소재로 작품을 전개해 갔는데,『수호전水滸傳』에서는 무대를 독살한 반금련이 서문경의 첩이 되어 음탕한 생활을 계속하다가 무송에게 살해된다.

서문경은 본래 파락호破落戶로 생약재상을 경영하는 소상인이었으나, 관리들과 결

탁하여 공사公事를 관장하고, 고리대금업을 하여 차츰 돈을 벌게 됨에 따라 첩을 두게 되었다. 뿐만 아니라 돈으로 벼슬도 샀다. 벼슬을 얻게 되던 날, 제6방第六房의 첩인 이병아가 아들 관가官哥를 낳게 되어 기쁨을 더하였다. 그래서 그는 첩妾, 재財, 자子, 녹祿의 영광이 극치에 이르게 되었으나, 그것은 한순간 뿐이었다. 제5방의 첩 반금련이 이병아를 질투한 나머지 관가의 살해를 기도하게 되고, 이병아는 억울하게 죽게 된다. 서문경도 음탕한 생활을 지나치게 즐기다가 병사한다. 그렇게 서문경이 죽자마자 그의 첩들은 재물을 도둑질하여 다시 기원으로 돌아가거나, 다른 사람의 첩이 되는 등 뿔뿔이 흩어지고, 오직 그의 정처인 오월랑吳月娘만 그의 영위를 지켰다. 그러다가 금나라가 침략하자 그녀는 유복자인 효가孝哥를 데리고 피난 가는 도중 중을 만나게 되는데, 효가가 인과因果를 깨닫고 출가하는 것으로 이야기가 끝난다.

『금병매金甁梅』는 중국 문학사상 문인의 독창적인 장편 소설이라는 데에도 큰 뜻이 있지만, 이 소설의 보다 큰 특징은 사회 현실에 대한 사실적이고 적나라한 표현이다. 『금병매金甁梅』는 서문경 일가를 위주로 쓰고 있지만, 그를 둘러싸고 있는 관리, 시정의 잡배, 매파, 기녀 등의 생생한 묘사를 통한 사회 현상에 대하여 사실적인 필법을 통하여 잘 반영하고 있다. 그리고 이제까지의 중국의 소설들이 전쟁의 영웅 호걸, 신기하고 환상적인 내용으로 실제 생활과는 거리가 먼 것들이었으나, 외설 문학이라는 다소 부정적인 평가를 하는 것과는 상관없이 현실적인 사회 생활을 제재로 다루고 있는 것은 중국 소설사에서 획기적 사건이라고 하겠다. 그리고 『금병매』의 영향으로 염정소설이 유행하였는데, 장균張勻의 『옥교리玉嬌梨』, 적안산인荻岸山人의 『평산냉연平山冷燕』, 명교중인名敎中人의 『호구전好逑傳』, 운봉산인雲封山人의 『철화선사鐵花仙史』, 이어李漁의 『육포단肉蒲團』 등이 있다.

제4절 戲曲

1. 전기傳奇

명明나라 때의 전기傳奇는 송宋·원元 잡극과 남희南戲를 계승하여 그 기초 위에 발전하여 온 것이다. 명나라 초기에는 여전히 잡극이 유행하였으나, 전기가 희극의 형식으로 굳어지면서 명대의 희극을 전기라고 하였다. 전기라는 말은 당나라 때에는 소설의 한 명칭으로 불렸고, 명나라 때에 이르러 전기는 희극의 전문적인 명칭으로 사용되었다. 그리하여 잡극과 구별하였다.

원말의 잡극이 남쪽으로 옮겨오면서 남희와 경쟁이 치열해지고, 남희는 잡극의 좋은 점을 채택, 발전하였다. 희극인은 물론 문인 학사들까지도 남희 창작에 종사하였다. 『녹귀부錄鬼簿』에 실려 있는 심화深和, 소덕상蕭德祥, 범거중范居中 등과 같은 경우이다. 그런데 원말 명초의 고명高明(1307~1371)의 『비파기琵琶記』는 잡극의 영향을 받아 발전해 온 희극 토착화에 공헌을 한 최초의 걸작이다.

이 당시에는 『비파기琵琶記』를 비롯한 『형차기荊釵記』, 『백토기白兎記』, 『배월정拜月亭』, 『살구기殺狗記』 등의 새로운 극본이 나왔는데, 이를 5대 전기로 총칭한다. 이 새로운 형태의 극본이 등장하자 이것을 모방하여 쓰는 작가들이 나타났으며, 전기는 오히려 잡극을 압도하고 전국으로 유행하였다.

(1) 『비파기琵琶記』

『비파기琵琶記』는 「조정녀채이랑趙貞女蔡二郎」의 민간 전설에서 제재를 택한 것으로, 채·조의 이합離合의 희비를 그린 것이다. 채백개蔡伯喈는 아버지의 강권으로 늙은 부모와 처를 고향에 둔 채 과거를 보러 상경한다. 그러나 장원 급제한 뒤 우승상牛丞相이 강제로 그를 데릴사위로 삼아 고향에 돌아가지 못하였다. 그의 아내 조오랑

趙五娘은 온갖 고난을 겪으며, 늙은 시부모를 정성스럽게 모셨다. 그녀는 구제의 쌀을 얻어다가 시부모를 공양하고, 자신은 쌀겨를 먹고 살았다. 그럼에도 불구하고 시부모는 늙고 굶주려 차례로 돌아가시고 말았는데, 막상 장례비용이 없었다. 그래서 머리카락을 잘라 팔아 장례비를 마련하여 겨우 장례를 치렀다. 그런 다음, 조오랑은 시부모의 초상화를 등에 걸고 비파를 타며 구걸하면서 남편 채백개를 찾아 수

비파기

도로 갔다. 조오랑이 불전에 서서 시부모의 초상을 걸고 명복을 빌려고 할 때 고관이 된 남편의 행차를 만나 상봉하게 되었다는 것이다.

(2) 『형차기荊釵記』

『형차기荊釵記』는 작가가 불분명하다. 왕국유王國維는 『송원희곡사宋元戲曲史』에서 명明 태조太祖의 17째 아들인 영헌왕寧獻王 주권朱權의 작품이라고 하였으나 확실하지가 않다. 이것은 모두 48착이며, 왕시붕王十朋과 전옥련錢玉蓮의 사랑 이야기이다. 왕시붕은 집이 가난하여 전옥련을 아내로 맞이할 때 홀어머니의 형차(가시나무 비녀)를 예물로 하여 혼례를 치렀다. 후에 그는 상경하여 장원 급제를

형차기

하였는데, 승상인 방후설方侯卨이 그를 사위로 삼고자 하였으나 따르지 않았다. 왕시붕은 장원 소식을 편지로 알렸는데, 전옥련의 미모에 반한 손여권孫汝權이 가서家書의 내용을 고쳐 옥련을 뺏으려고 하였다. 그러자 전옥련은 강에 투신하였지만, 그 곳을 지나던 전안무錢按撫에게 구출되었다. 왕시붕은 옥련이 죽었다는 소식을 듣고 몹

시 비통해 하였다. 게다가 승상은 그가 결혼에 응하지 않자, 그를 광동廣東의 조양검
판潮陽劍判으로 좌천시켰다. 뒤에 왕시붕은 길안吉安으로 올라오게 되고, 전안무 역
시 옥련과 결혼하고자 하였으나 실패했다. 시붕과 옥련은 그 뒤로도 많은 우여곡절 끝
에 다시 만나 행복한 가정을 이루었다.

왕시붕은 남송 초기의 유명한 시인이었는데, 『형차기荊釵記』의 제재는 그에게서
비롯되었다. 이에 대해 두 가지의 전설이 있으나, 그 중 『유남속필柳南續筆』에 의하
면 왕시붕은 온주溫州의 강심사江心寺에서 독서를 하였다. 그 때 기녀인 옥련과 결
혼을 약속하였는데, 나중에 시붕이 장원 급제를 하였음에도 3년 동안을 귀향하지 않
자 주위 사람들이 옥련의 결혼을 권유하였으나 듣지 않고 강에 투신하였다는 것이다.

(3) 『백토기白兎記』

『백토기白兎記』는 작가를
알 수 없으나, 원·명 사이의
민간의 작품이다. 『백토기白
兎記』의 유래는 대단히 오래
되어 금·송으로 거슬러 올라
간다. 금 때에 『유지원제궁조
劉知遠諸宮調』, 송·원의
『오대사평화五代史平話』 속
에도 유지원劉知遠에 관한
이야기가 실려 있다. 전극이
33착으로 내용은 다음과 같
다. 유지원은 가난을 견디지
못하고 집을 떠나 종군한다.
한편, 처 이삼랑李三娘은 집

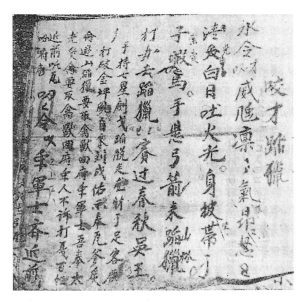

백토기의 연출본

에서 갖은 고생을 다하며 아들을 낳아 사람에게 부탁하여 남편 유지원에게 보내 양육
하도록 하였다. 10여 년 뒤 아들은 사냥을 나갔다가 흰토끼를 쫓던 중에 어머니를 만나
게 되고 한가족이 모여 살게 되었다. 그후 높은 벼슬에 오른 남편과 함께 행복한 삶을
살게 된다는 것이다.

(4)『배월정拜月亭』

『배월정拜月亭』은 일명『유규기幽閨記』라고 하며, 작자는 시혜施惠로 알려져 있다. 모두 40착으로, 관한경의 잡극『규원가인배월정閨怨佳人拜月亭』의 내용과 같다. 이『배월정拜月亭』은 어지러운 세상 속의 남녀의 애정을 그린 것으로, 내용은 다음과 같다. 장세륭藏世隆과 왕서란王瑞蘭은 난리 중에 서로 만나 결혼하여 부부가 되었으나, 서란이 아버지에게 끌려간 뒤 소식이 끊겼다. 한편, 서란의 어머니는 수양딸을 맞아들였는데, 바로 장세륭의 누이로 이름은 서련瑞蓮이라고 하였다. 그 후 장세륭은 장원 급제를 해서 서란과 다시 만나 함께 살게 되었고, 또 서련은 무과에 급제한 타만흥복陀滿興福의 아내가 되었다

배월정

는 이야기로, 어지러운 세상을 하나의 희극으로 엮어 일반 백성들의 고통을 잘 반영하였다.

(5)『살구기殺狗記』

『살구기殺狗記』는 명나라 때의 서진徐畇의 작품이다. 모두 35착으로 원나라 소덕상蕭德祥의 잡극「양씨녀살구권부楊氏女殺狗勸夫」를 개편한 것이며, 내용은 다음과 같다. 손화孫華는 유용경柳龍卿, 호자전胡子傳과 의형제를 맺고 매일같이 주색에 탐닉하였다. 이에 손화의 아우인 손영孫榮은 유용경, 호자전과 어울리지 말고 열심히 공부할 것을 타일렀다. 하지만, 여전히 그들과 어울려 방탕한 나날을 보낼 뿐만 아니라 손영을 문 밖으로 내쫓았다. 손화의 처 양씨楊氏는 개 한 마리를 잡아 머리와 꼬리를 잘라 내고 사람의 옷으로 싼 다음 대문 앞에 갔다 놓았다. 손화는 크게 놀라 두 사람을 불러 매장하게 하였으나, 오히려 관아에 고발하였다. 이에 손영

양씨녀살구권부

은 형을 구하고자 하여 자신이 살인을 저질렀다고 하였다. 그러나 양씨는 관아에 나아가 자초지종을 이야기해 사실이 확인되고, 이로써 형제간에 우의가 돈독해졌으며, 손영과 양씨는 표창을 받았다는 이야기이다.

상술한 5대 전기 외에 소복지蘇復之의『금인기金印記』, 심수선沈受先의『삼원기三元記』를 비롯한 무명씨의『조씨고아기趙氏孤兒記』,『목양기牧羊記』,『황효자심친기黃孝子尋親記』등이 있으나, 5대 전기에 비해서 문학적 가치가 떨어지는 것들이다.

2. 곤곡崑曲의 흥기興起와 전기傳奇

명나라 초기의 잡극은 비록 쇠퇴해 갔으나, 그래도 상당히 유행하였다. 더욱이 황실의 주권朱權(?~1448), 주유돈朱有燉(1379~1439) 등이 잡극을 더욱 좋아하였기 때문에, 잡극 작가는 전기 작가에 비하여 훨씬 많았다. 그러나 명나라 중엽 이후 잡극은 쇠퇴하여 작가가 배출되지 않았으며, 반대로 전기 작가들이 많이 배출되었다. 곤곡崑曲이 일어나기 전의 작가는 구준邱濬(1420~1495), 소찬邵璨(1436~?), 요무량姚茂良(1475 전후), 심채沈采 등이 있고, 구준은『오륜전비기五倫全備記』,『투필기投筆記』,『거정기擧鼎記』,『나낭기羅囊記』등의 작품이 있다. 그리고 소찬의『향낭기香囊記』, 요무량의『금환계金丸計』,『쌍충기雙忠記』,『정충기精忠記』를 비롯하여 심채의『천금기千金記』,『사절기四節記』,『환대기還帶記』등의 전기가 있다. 작품의 제목만 보아도 알 수 있듯이 충효, 절의, 악비岳飛, 항우項羽와 같은 역사의 내용을 유교 윤리에 입각하여 창작한 작품들이다. 때문에 이들 극본은 일반 대중의 생활 정서와 떨어진 사대부 풍으로 발전해 갔다.

그러나 가정嘉靖(1522~1566), 만력萬曆(1573~1619) 사이에 이르러 전기는 매우 흥성하였다. 음악적으로 말해 원나라 때의 잡극은 북곡에 속하고 전기는 남곡에 속하는데, 명초에는 북곡이 우세하다가 성화成化 이후부터는 전기 작가가 많이 배출되어 작품 창작이 활발해짐으로 남곡이 차차 우세하였으나, 가정을 전후하여 남·북곡의 장점들을 융합하여 새로운 곤곡을 창출하였다. 곤곡을 곤산강崑山腔 또는 곤강崑腔이라고 하며, 당시 지방의 성강聲腔으로 가장 유명하였던 것으로는 '익양강弋陽腔', '여요강餘姚腔', '해염강海鹽腔'의 3종인데, 이 강조腔調를 근거로 하여 새로이 만들어 낸 것이 곤곡이다.

'익양강'은 익강弋腔이라고도 하며, 원나라 때 강서江西 익양弋陽 일대에서 유행하던 것이다. 그 특징은 한 사람이 독창을 하고 여러 사람이 독창자를 도와 화음하는데, 다만 타악기만으로 반주를 할 뿐이다. '여요강'은 원말 명초에 소흥紹興의 여요餘姚(현 절강浙江) 일대에 유행하였던 음악으로 가정 때에는 상주常州, 윤주潤州(현 강소성江蘇省 진강鎭江), 지주池州(현 안휘성安徽省 귀지貴池), 태평太平(현 안휘성安徽省 당도當涂), 양주揚州, 서주徐州 등에서 널리 유행하였다. 이것의 특징은 반주를 하지 않고 다만 후장後場에서 화음할 뿐이었다. 해염강은 가정 때 가흥嘉興, 호주湖州, 온주溫州, 태주台州 등에서 유행하였으며, 특히 '익양강'과 '곤곡'에 큰 영향을 주었다. 은쟁銀箏, 상판象板, 월면月面, 비파琵琶 등으로 반주하며, 북곡의 특징이 살아 있다.

위의 3종의 음악은 각 지방을 순회 공연함에 따라 그 지방의 토속 민가와 합류를 하게 되고, 그래서 자연히 듣기 좋고 신선한 새 음악이 만들어졌다. 곤곡은 본디 오중吳中 일대에서만 유행하였는데, 가정 때 곤산崑山(강소江蘇)의 위량보魏良輔가 나와 몇몇 강조腔調의 장점을 받아들여 곤산강을 개량하였다. 이 곤곡은 대단히 감미로워 다른 지방의 음악을 압도, 유행하였다. 이렇게 곤곡이 유행한 뒤부터 전기도 크게 유행을 하였는데, 당시 곤산파라고 불리는 전기 작가로서는 이개선李開先, 정약용鄭若庸, 도륭屠隆, 육채陸采, 왕세정王世貞, 장봉익張鳳翼, 양진어梁辰魚 등을 들 수 있으며, 이 중에서도 양진어를 가장 대표적인 작가로 꼽는다.

이개선李開先(1501~1568) : 자가 백화伯華이며, 호가 중록中麓이다. 산동山東 장구章邱 사람으로, 가정 8년에 진사가 되어 벼슬이 태상시소경太常侍小卿에 이르렀으나, 40세 때 파직하고 향리로 돌아왔다. 그는 장서가 많고 시문을 잘 하여 왕신중王愼中, 당순지唐順之, 진속陳束, 조시춘趙時春, 웅과熊過, 임한任翰, 여고呂高 등과 함께 이른바 '가정8재자嘉靖八才子'라고 일컬었다. 그가 지은 전기는 『보검기寶劍記』, 『단발기斷髮記』, 『등단기登壇記』 등이 있는데, 이 중 『보검기寶劍記』는 그의 전기 중에서 가치 있는 것이다. 『보검기寶劍記』는 『수호전水滸傳』의 임충林沖을 극화한 것인데, 모두 52착으로 되어 있다. 『단발기斷髮記』는 당나라 때의 이덕무李德武 부부가 서로 이별한 지 10년 뒤 만나게 된 사실을 그리고 있고, 『등단기登壇記』는 그 내용이 전해지지 않는다.

정약용鄭若庸 : 호가 허주虛舟이다. 강소江蘇 곤산崑山 사람으로 일찍이 벼슬에 뜻

이 없었으며, 시문詩文으로 이름을 오吳에 떨쳤다. 그의 전기는 『옥결기玉玦記』,『대
절기大節記』,『옥복기屋福記』 등의 3종이 있으나, 오직 『옥결기玉玦記』만이 전해지
고 있을 뿐이다.

『옥결기玉玦記』의 내용은 다음과 같다. 남송 때 산동의 왕상王商이 과거 보러 상경
하였는데, 처 진경낭秦慶娘은 옥팔찌를 남편에게 주었다. 왕상은 과거에 떨어진 뒤
임안臨安에 거류하며 기녀 이연노李娟奴와 사귀었다. 금진金盡에게 추방당하여 잠
시 묘우에 머물렀는데, 장안국張安國의 반란으로 산동이 함락되고, 그 때 진경낭은
포로가 되었다. 그녀는 장안국의 요구를 거절한 끝에 얼굴을 훼손당하고 머리카락을
잘렸다. 몇 년 뒤에 왕상은 장원 급제하여 공을 세워 경조윤京兆尹에 제수되었다. 그
리고 왕상은 포로들 가운데에 진경낭을 찾아 부부가 함께 살게 되었다는 이야기이다.

도륭屠隆 : 그의 생애에 대해서는 잘 알 수가 없다. 자가 장경長卿, 호는 적수赤水이
다. 절강성 은현鄞縣 사람으로 어려서부터 재주가 매우 뛰어났다. 전기 작품으로는
『채호기彩毫記』,『담화기曇花記』,『수문기修文記』가 있으며,『채호기彩毫記』가 대
표작으로 꼽힌다.

육채陸采 : 호가 천지天池이다. 강소江蘇 장주長洲 사람으로 생졸에 대해서는 잘
알려지지 않았다. 그의 창작 전기는 5종으로,『명주기明珠記』,『회향기懷香記』,『남
서기南西記』,『초상기椒觴記』,『분혜기分鞋記』 등인데,『명주기明珠記』를 대표작
으로 꼽는다.

장봉익張鳳翼(1527~1613) : 장봉익은 육채와 마찬가지로 강소 장주 사람으로, 그의
전기는 『홍불기紅拂記』,『축발기祝髮記』,『절부기竊符記』,『관원기灌園記』,『염이
기㺜廌記』,『호부기虎符記』 등이 있다. 그 가운데 『홍불기紅拂記』가 가장 유행하였
다. 이것은 당나라 두광정杜光庭의 전기 소설 『규염객전虯髥客傳』가운데 낙창공주
樂唱公主의 파경의 이야기를 더해 만든 것이다.

양진어梁辰魚(1521?~1594?) : 호가 소백少伯, 또는 구지외사仇池外史이며, 곤산崑
山 사람이다. 명대 중엽의 가장 대표적인 전기 작가이며, 성격이 호방하고 희곡을 좋
아하였는데, 곤곡의 창시자인 위량보의 전통을 이어받아 노래를 잘 하였다. 그는 잡곡
「홍선녀紅線女」,「홍초紅綃」를 지었으나, 가장 대표적인 것은 전기 『완사기浣紗記』
이다.『완사기浣紗記』는 모두 45착으로, 내용은 오吳·월越의 역사인 서시西施의 이
야기이다. 그러므로 원래 제목을 『오월춘추吳越春秋』라고 하였으나 뒤에 『완사기浣
紗記』로 바꾸었다.『완사기浣紗記』는 중국 희극 발전사상 최초로 곤곡을 사용하여

창작한 것이라는 데에 큰 의의를 찾을 수가 있다.

춘추春秋 때 오·월은 서로 공벌攻伐을 하였는데, 월나라가 오나라에게 패배하였다. 월나라의 왕 구천勾踐은 와신상담臥薪嘗膽하며 빼앗긴 나라를 되찾으려고 하였다. 한편, 범려范蠡의 계교로 오왕 부차夫差에게 완사녀浣紗女 서시西施를 진헌하였다. 그리고 오의 군신君臣 사이를 이간시켜, 마침내 오를 멸망시켰다. 범려는 공을 이룬 뒤 벼슬을 버리고 서시와 함께 배를 타고 가 버렸다는 이야기이다. 양진어는 위량보에 의하여 개량된 곤강崑腔을 사용하여 전기를 창작하였다. 그리고 그 작품이 사람들에게 회자됨으로써 자연히 곤강은 퍼져 나갔다. 그리하여 『완사기浣紗記』는 곤강 흥기 이후에 표본적인 전기 작품이 되었다.

3. 만명晚明의 전기傳奇

명대의 전기는 만력 이후 전성기를 맞이하였는데, 심경沈璟, 탕현조湯顯祖가 이 시기의 대표적인 전기 작가이다. 만력 이후의 희극은 격률을 중요시하는 작가와 문사를 중요시하는 작가들로 나뉜다.

(1) 격률파格律派

고대전顧大典, 섭헌조葉憲祖, 복세신卜世臣, 여천성呂天成, 왕기덕王驥德, 풍몽룡馮夢龍, 범문약范文若, 원우령袁于令, 심자진沈自晉 등은 심경의 음률, 궁조, 창법 이론의 영향을 받아 창작 활동을 하였던 격률파에 속하는 작가들이다. 이 일파를 오강파吳江派라고도 하는데, 심경이 강소江蘇 오강吳江(현 소주蘇州) 사람이었기 때문이다.

심경沈璟(1553~1610) : 자가 백영伯英, 호는 영암寧庵이다. 그는 만력 2년(1574)에 진사로 벼슬길에 들어와서, 광록시승光祿寺丞에까지 올랐다가 낙향하였다. 당시 그의 나이 38세였다. 저작은 대단히 많은데, 『속옥당시문고屬玉堂詩文稿』 외에 곡학曲學과 관계가 있는 것으로 『남구궁십삼조곡보南九宮十三調曲譜』, 『고금사보古今詞譜』, 『북사운선北詞韻選』, 『남사운선南詞韻選』, 『창곡당지唱曲當知』, 『정오편正吳編』 등이 있고, 창작으로는 『속옥당전기屬玉堂傳奇』가 있다. 모두 17종이었으나 현존하는 것은 『홍거기紅渠記』, 『매검기埋劍記』, 『쌍어기雙魚記』, 『의협기義俠記』, 『도부기桃符記』, 『추차기墜釵記』, 『박소기博笑記』뿐이다. 그는 격률을 중시하여, 『남구궁보南九宮譜』에서 희극 격률의 틀을 정하고 반드시 전기를 창작함에 있어서는 운율을 엄수할 것을 요구한 반면, 사상, 내용을 그렇게 중시하지 않았다. 많은 작품 중 무대 위에서 가장 유행하였던 것으로 『의협기義俠記』가 있는데, 이 작품은 『수호전水滸傳』속의 무송武松의 이야기를 소재로 한 것이다.

또 오강파 작가들의 작품으로는, 고대전의 『청삼기靑衫記』, 『갈의기葛衣記』, 섭헌조의 『난비기鸞鎞記』, 복세신의 『동청기冬靑記』, 왕기덕의 『제홍기題紅記』, 『남후기男后記』, 풍몽룡의 『쌍웅기雙雄記』 등이 전해지고 있다. 그리고 여천성呂天成의 작품 『연환각전기烟鬟閣傳奇』 10종이 있으나 하나도 전해지지 않는다. 어쨌든 이들은 모두 격률을 중요시하고 내용을 등한시했기 때문에, 작품이 형식주의로 흘러 가치 있고 볼 만한 것이 없다.

(2) 문사파文辭派

만명의 희극단에 있어 격률파와 대립하는 한파는 탕현조를 우두머리로 하는 '문사파'이다. 그가 임천臨川 사람이었기 때문에 임천파(혹은 옥명당파玉茗堂派)라고도 했다. 주요 작가로는 완대성阮大鋮, 오병吳炳, 이옥李玉, 맹칭순孟稱舜 등을 들 수 있다.

탕현조

탕현조湯顯祖(1550~1616) : 호는 청원도인淸遠道人이며, 일찍이 진사가 되어 남경태상박사南京太常博士에 제수되었으나, 「논보신과신소論輔臣科臣疎」라는 글로 죄를 얻어 광동으로 귀양 갔다가, 뒤에 절강 수창현遂昌縣의 지현이 되었다. 나중에 그는 벼슬에 뜻이 없어 고향으로 돌아와 희극 창작에만 전념하였다. 전기 작품으로는 『남가기南柯記』, 『자차기紫釵記』, 『환혼기還魂記』, 『한단기邯鄲記』 등이 있다. 뒤의 네 작품을 옥명당사몽玉茗堂四夢이라고 했는데, 이 중에서 『환혼기還魂記』가 가장 유명하다. 『자차기紫釵記』는 당唐 장방蔣防의 『곽소옥전霍小玉傳』을, 『한단기邯鄲記』는 심기제沈旣濟의 『침중기枕中記』를, 『남가기南柯記』는 당나라 이공좌李公佐의 『남가태수전南柯太守傳』을 개

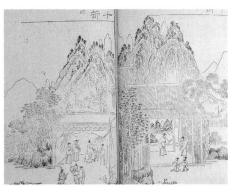

자차기   한단기

편한 것이다. 대표작인『환혼기還魂記』는『모단정牡丹亭』이라고 하는데, 55착으로 되어 있다. 창작 의욕이 가장 왕성한 40여 세 때 지은 것으로, 작품의 내용은 다음과 같다.

　남송의 복건福建 남안군南安郡 태수인 두보杜寶에게는 여낭麗娘이라는 딸이 있었다. 그 시녀의 이름은 춘향春香이었다. 두보는 딸 여낭을 위하여 늙은 생원 진최량陳最良을 초빙하여 경서를 가르쳤다. 하루는 여낭과 춘향이 화원을 거닐었다. 가는 봄을 아쉬워하며 잠깐 동안 모란정에서 잠을 잤는데, 꿈속에서 한 서생을 만났다. 꿈에서 깨어난 여낭은 꿈에서 맺은 사랑을 잊지 못해 마침내 상사병을 앓게 되고 이내 죽고 말았다. 그리하여 매화나무 밑에 고이 묻었다. 한편, 남자 주인공인 유몽매柳夢梅는 과거를 보러 가는 도중에 공교롭게도 태수 집에 머물게 되었다. 여낭이 죽은 지 3년째 되던 해였는데, 그 날 밤 여낭의 혼백이 찾아와 지난날의 꿈속에서와 같은 사랑을 한다. 이들의 사랑에 화신花神도 감동하였던지, 화신의 도움으로 저승의 허락을 얻어 무덤에서 여낭은 다시 살아나고, 유몽매와 결혼하여 부부가 되었다는 이야기이다. 탕현조는 이 작품에서 생사를 초월하는 애정의 고귀함을 강조하고 있고, 예교의 형식적인 허위성을 폭로하고 있다. 그런데 이 작품 중에 사람들을 감동하게 하는 것은 남녀의 애정을 낭만적인 수법으로 아름답게 묘사한 서정시와 같은 가무극이다. 그 중 인구에 가장 회자되는 「요지유遶地遊」를 예로 든다.

　　「단」 꿈 깨어나니 꾀꼬리 우짖고,
　　　　어지럽게 봄 빛 가득하며,
　　　　한 사람 작은 정자 깊은 뜰 안에 서 있네.
　　「첩」 침향沈香의 향불 사그라지고,

남은 수실을 집어던지니,

어찌 금년 봄의 심정은 작년과도 같은가?

「旦」夢回鶯囀, 亂煞年光遍, 人立小亭深院.

「貼」炷盡沈煙, 抛殘繡線, 恁今春關情似去年.

이밖에 명말에 활약하였던 작가들로는 진여교陳與郊, 매정조梅鼎祚(1549~1615), 왕정눌汪廷訥, 서복조徐復祚(1560~1630), 허자창許自昌, 고렴高濂 등이 있다.

제5절 散曲과 小曲

1. 산곡散曲

임눌任訥의 『산곡개론散曲槪論』에 실려 있는 명의 산곡 작가는 모두 330명이나 되는데, 아깝게도 그들의 작품은 거의 전해지지 않는다. 그러나 다행히도 몇 권의 중요한 산곡집이 남아 있어서, 명대의 산곡 발전의 추세를 알아볼 수가 있다.

원말 명초에 이르러 산곡은 큰 성황을 이룩하지만, 형식적인 유미주의로 흐르기 시작하여 수사의 기교와 격률을 중시하게 되었다. 따라서, 화려하고 아름답고 잘 다듬어진 글귀, 가지런한 대우對偶, 격식에 맞는 성운聲韻의 사용 등 문인 전용의 전아한 산곡으로 발전하였기 때문에 원대 초기의 질박한 작품은 찾아볼 수 없게 되었다. 이 과도기의 주요한 작가로는 왕원형汪元亨, 당복唐復, 탕식湯式, 유태劉兌, 고명高明 등으로, 사실상 이들이 원대 산곡의 대미를 장식하고 있다고 하면, 뒤이어 주권朱權, 주유돈朱有燉 등은 명대 산곡의 실마리를 풀었다고 할 것이다.

임눌이 "명나라 말 곤곡이 있기 전에는 북곡이 성행하였다.(明代末有崑曲以前, 北曲爲盛.)"라고 한 바와 같이, 명나라 때의 산곡은 곤곡崑曲의 흥행을 경계로 전후前

後 2기로 나눌 수 있다.

명말의 곤곡은 당시 각지에 유행하던 남곡南曲의 장점을 종합한 것으로 그 유행에 따라 북곡이 차츰 자취를 감추게 되었다. 전기는 주유돈 이후로부터 홍치弘治, 정덕正德의 곤곡이 일어나기 전까지이며, 이 시기는, 북곡의 작가들이 크게 활약하였다. 또, 이 시기의 산곡 작품은 마치원馬致遠의 호방함을 이어받은 호방파와 장가구張可久의 청려함을 이어받은 청려파로 나뉘어 발전하였다. 하지만, 후기 곤곡이 일어난 이후 남곡이 크게 성행함으로써 북곡은 결국 자취를 감추었다. 그리고 남곡의 작가들은 전아 화려한 것을 좋아하였고 수사 기교를 중요시하였기 때문에, 하나의 전문적인 학문으로 바뀌어 갔다. 그리하여 원래의 질박한 통속성이나, 진지한 민간 생활의 정서는 찾아볼 수 없게 되었다.

(1) 전기前期

1) **호방파豪放派** : 명나라 때 호방파의 산곡 작가들은 대부분 북방 출신이다. 그들은 기질이 거칠고 호탕하기 때문에 작품 또한 호방하고 활달하였다. 이 당시의 주요한 작가로는 강해康海, 왕구사王九思, 이개선李開先, 상륜常倫, 유효조劉效祖, 왕월王越, 한방정韓邦靖, 양순길楊循吉, 풍유민馮惟敏, 설론도薛論道 등이 있다. 그 중에서 강해, 왕구사를 대표적인 산곡 작가로 꼽는다.

강해康海(1475~1540) : 자가 덕함德涵, 호는 대산對山이며, 섬서 무공武功 사람이다. 그의 저작은 산곡집『반동악부沜東樂府』2권,『보유補遺』1권이 있으며, 또 명 가정 때 간행된『산곡총간散曲叢刊』등에는 소령 200여 수, 투수 30여 투가 전해지고 있어서, 그의 작품 특색을 살펴볼 수 있다. 그는 벼슬길이 여의치 못하여 방랑 생활을 하였는데, 현실에 대한 불만이 작품 속에 잘 반영되어 있다.

왕구사王九思(1468~1551) : 호가 미파渼波이다. 섬서 호현鄠縣(무공武功) 사람이며, 강해와 동리동관同里同官으로 동유同遊하였다. 그는 시사詩詞로 유명하였으며, 산곡으로는『벽산악부碧山樂府』1권,『벽산습유碧山拾遺』1권,『벽산속고碧山續稿』1권 등이 있는데, 소령 100여 수와 투수 10여 투가 있다.「기생초잡영寄生草雜詠」을 예로 든다.

　　　미파물에 낚싯배를 타고,
　　　자각산 초정에 산다.

산골 아내 어린애들 서로 좋아해,

맑은 바람 밝은 달 누가 다투랴?

청산녹수 스스로 노래하여 흐르네.

취할 때 태평가를 부르니,

늙어 가며 더욱 거칠 것이 없도다.

渼波水乘箇釣艇,

紫閣山住箇草亭.

山妻稚子咱歡慶,

淸風皓月誰爭競,

靑山綠水咱遊詠,

醉時便唱太平歌,

老來還是疎狂性.

2) 청려파淸麗派 : 청려파의 산곡 작가들은 대부분이 남방 출신으로, 남부의 환경적인 요인으로 말미암아 그들의 작품은 청아하고 부드럽다. 주요 작가로는 왕반王磐, 양정화楊廷和, 양신楊愼, 황아黃娥, 당인唐寅, 축윤명祝允明, 진탁陳鐸, 금란金鑾, 심사沈仕 등이며, 이 중에서 왕반, 금란을 대표적인 작가로 꼽을 수 있다.

왕반王磐 : 왕반은 자가 홍점鴻漸, 호는 서루西樓이다. 강소 고우高郵 사람이나, 생몰 연대는 알려진 것이 없다. 저작은 『서루악부西樓樂府』 1권이 있으며, 소령 65수와 투수 9투가 전해지고 있다. 그가 쓴 작품 수량은 비록 많다고 할 수는 없지만, 명나라 산곡사상 매우 중요한 위치를 차지하고 있다. 그는 명나라 때 남곡의 대표적인 작가였으며, 곡의 제재가 다양하고

당인의 산로송성도(山路松聲圖)

제재가 어떤 것이든지 매우 잘 처리하였다.

　금란金鑾(1506?~1595?) : 자가 재형在衡 호는 백서白嶼이다. 그는 감숙 농서隴西 사람으로, 성격이 호탕하고 친구 사귀기를 좋아하였다. 『음홍이총서본飮虹簃叢書本』의 산곡집이 있으며, 소령 130여 수와 투수 24투가 전해지고 있다. 그의 산곡의 작품은 그야말로 청려할 뿐만 아니라 해학적이다. 「수선자水仙子(광릉야박廣陵夜泊)」를 예로 든다.

> 성 주변 몇 술집에 등불이 켜 있는데,
> 강 위 바람 일고 한 척의 배 떠 있다.
> 삼경이 지난 달 밝은 밤 퉁소를 부니,
> 누구네 집 술 부르는 소리 들린다.
> 2월의 양주 아름답기 그지없는데,
> 사람들은 이미 방으로 돌아가고,
> 오직 푸른 창포, 가는 버들만 하늘거리니,
> 원을 달랠 수 없어 소리 높여 노래하고 춤춘다.

> 城邊燈火幾家樓,
> 江上風波一葉舟.
> 月中簫鼓三更後,
> 聽誰家猶喚酒.
> 正煙花二月揚州,
> 人已去錦窓鴛衾,
> 物猶存靑蒲細柳,
> 怨難平舞態歌喉.

(2) 후기後期

1) 사조파詞藻派 : 잡극은 북곡과 전기인 남곡의 장점을 융합한 곤곡崑曲을 '곤산강崑山腔' 또는 '곤강崑腔'이라고 하는데, 명대의 산곡은 이 곤곡의 흥기를 경계로 전·후기로 나눈다. 일반적으로, 명대 곤곡은 가정嘉靖 때 위량보魏良輔가 해염강海鹽腔과 익양강弋陽腔의 음악을 받아들여 새로이 창강唱腔을 창제함으로써, 그 영향

이 차츰 확대되어 갔다. 위량보는 전기작가傳奇作家인 양진어梁辰魚의『완사기浣紗記』와 배합하여 곤강 음률에 부합하는 각본을 만들고, 또 곤강 유행의 계기를 마련하였는데, 이 음악의 영향을 받아 남곡이 크게 일어났다.

이 시기 사조파의 주요 작가는 양진어, 정약용鄭若庸, 장봉익張鳳翼, 주응진朱應辰, 도륭屠隆, 풍몽룡馮夢龍, 원진袁晉 등이며, 이들은 모두 화려하고 아름다운 것을 좋아하여 수식에 힘썼다. 이 중에서 가장 대표적인 산곡 작가로는 양진어를 꼽을 수 있다.

양진어梁辰魚 : 산곡으로 이름이 알려져, 장욱초張旭初는『오소합편吳騷合編』속에서 곡중지성曲中之聖으로 추대하였다. 산곡 작품집으로는『강동백저江東白苧』및『속강동백저續江東白苧』2권이 있으며, 소령 30여 수, 투수 30여 투가 전해지고 있다.「야행선夜行船」을 예로 든다.

만리에서 파도가 몰아쳐 오니,
도도함이 끊임없고,
예나 지금이나 흐르는 물,
천 년의 한 모두 영웅의 피눈물이 되었네.
방랑하노라,
고국 땅의 1년 여를,
먼 데 나무는 구름에 가리고,
하늘가로 배는 돌아가네.
산은 힘차게 내달리나,
여전히 베갯머리에 찬 눈물 흘리나니,
얼마나 많은 흥망성쇠를 다 보아 왔나.

萬里濤回, 看滔滔不斷, 古今流水, 千年恨都化英雄血淚.
徙倚, 故國秋餘, 遠樹雲中, 歸舟天際.
山勢, 還依舊枕寒流, 閱盡幾多興廢.

2) 격률파格律派 : 격률파는 일명 오강파吳江派라고도 한다. 이 격률파의 산곡 작가들은, 한편으로 문사文詞의 전아함을 요구하고, 한편으로는 격률을 엄격하게 지킬 것을 요구하였다. 이와 같이 격률을 준수함으로써 내용과 표현의 제약을 받게 되고, 산

곡의 새롭고 활달한 맛을 잃어버리는 결점을 초래하였다. 격률파의 주요 작가로는 심경沈璟, 왕기덕王驥德, 사반史槃, 복세신卜世臣, 심자진沈自晉 등이 있으며, 이 중에서도 심경을 대표적인 작가로 꼽고 있다.

　심경沈璟(1553~1610) : 자가 백영伯英, 호는 영암寧庵이며, 강소 오강吳江 사람이다. 만력 연중(1574) 진사에 급제하고, 그 후 광록시승光祿侍丞까지 지냈다. 그는 『남구궁보南九宮譜』 및 『남사운선南詞韻選』을 편찬하였는데, 곡을 짓는 이들에게는 금과옥조金科玉條였다. 『남구궁보南九宮譜』는 남곡의 조율調律을 엄격하게 정리하고 남곡의 창법唱法을 설명하고 있으며, 『남사운선南詞韻選』에 선별 된 작품은 예술성을 기준으로 하지 않고, 다만 합운을 기준으로 삼고 있다. 그는 음률에 정통하고, 특히 남곡을 잘 하였다. 현재 전해지고 있는 산곡은 소령 10여 수와 투수 30여 투뿐이다. 「집현빈集賢賓(상춘傷春)」을 예로 든다.

　　두견새 우는 저녁 노을,
　　또 적막히 봄은 간다.
　　버들발을 드리우고 하루 종일 문을 잠그니,
　　마침 배꽃이 뜨락에 처음 떨어진다.
　　아침에 바람이 불고 저녁 비가 내리더니,
　　길에는 꽃잎이 수북히 쌓였구나.
　　화판을 세워 놓고,
　　또 첫 모란이 피는 것을 살펴본다.

　　一聲杜字落照間,
　　又寂寞春殘.
　　楊柳簾櫳長日關,
　　正梨花院落初間.
　　風朝雨晚,
　　芳徑裏落紅千萬.
　　停畫板,
　　又早見牡丹初綻.

2.소곡小曲

이미 앞에서 살펴본 바와 같이 사조파는 전아한 형식을 중요시하였고, 격률파는 음률을 중요시하였기 때문에, 자연히 작품의 생명력을 잃게 되었고, 차츰 쇠퇴의 길을 걷지 않을 수 없었다. 그러나 이러한 상황에서도 가정 이후의 산곡은 모두 양진어와 심경으로 대표되는 두 파의 영향으로부터 벗어나지 못하였다. 다만, 시소신施紹莘이 그 형식적인 작품 틀을 깨고 원대의 '호방'함과 '청려'함을 융합하여 새로운 풍격의 산곡을 창작했다. 이것이 소령처럼 짧고 간단하였기 때문에 소곡이라고 하였으며, 민간 유행과 문인의 작품으로 나누어 설명할 수 있다. 소곡이 가장 먼저 민간에 유행되었던 것은 성화成化 7년(1471)에 금대노씨金臺魯氏가 각간刻刊한 4종의 곡집에 수록된 작품 때문이다. 『신편과부열녀시곡新編寡婦烈女詩曲』, 『신편태평시새새주운비新編太平時賽賽駐雲飛』, 『신편제서상기영십이월새주운비新編題西廂記詠十二月賽駐雲飛』, 『사계오경주운비四季五更駐雲飛』 등인데, 모두 소곡으로 된 초기의 민가들이며, 이것들은 민간의 특징이 매우 농후하다.

시소신施紹莘(1581~1640) : 호가 봉묘랑선峯泖浪仙이며, 화정華亭(현 강소성江蘇省 송강松江) 사람이다. 과거에 누차 응시하였으나, 번번이 낙방하여 벼슬은 하지 못했다. 그러나 그는 산수에 노니는 것을 좋아하였으며, 특히 주색을 즐겼다. 음악에도 정통하여, 작곡을 해서 가기歌妓로 하여금 노래를 부르게 하고 자신은 술을 마셨다고 하였으니, 과연 풍류 명사라고 아니할 수 없다. 산곡으로는 『화영집花影集』 4권이 있고, 소령 72수와 투수 86투가 전해지고 있는데, 명대의 산곡은 그에 의해 집대성되었다고 해도 과언이 아니다. 하지만 그를 잇는 후계자가 없어 맥이 끊어짐으로써, 산곡은 쇠퇴해 가는 문학적 추세를 막지 못하고 사라져 갔다. 「보보교步步嬌(묘상신거泖上新居)」를 예로 든다.

> 물가에 그윽한 집 물 위에 뜬 섬처럼,
> 참으로 정교하게 짜였구나.
> 버들은 아름다운 다리에 드리우고,
> 물굽이를 돌아서니,
> 대나무 집의 꽃을 바람이 쓸고 있네.

문을 두드리는 사람 누구일까?
생선 장수 비를 몰고 왔구나.

水際幽居疑淨島, 結構多精巧.
垂楊隱畫橋, 轉過灣兒, 竹屋風花掃.
門僻是誰敲? 賣魚人帶雨提到.

그리고 만력 때에는 진소문陳所聞의 『남궁사기南宮詞紀』, 『옥곡조황玉谷調簧』, 『사림일지詞林一枝』 등이 간행되었는데, 순수한 감정과 토속적 언어로 민가풍의 소곡이 많이 실려 있어, 당시 소곡의 면모를 이해하는 데 큰 도움을 주고 있다. 이렇게 소곡이 일찍부터 민간에 유행을 하고 일반 대중의 사랑을 받게 되자 문인들도 이를 모방하여 창작을 하였다. 강해康海, 풍유민馮惟敏, 진탁陳鐸, 심사沈仕, 양진어梁辰魚, 왕기덕王驥德, 시소신施紹莘 등은 모두 소곡을 창작하였는데 유명한 작가로는 금란金鑾, 유효조劉効祖, 조남성趙南星, 풍몽룡馮夢龍을 꼽는다. 이들은 그 엄격한 음률에서 벗어나 새롭고 자유로운 형식의 작품을 썼다. 풍몽룡의 「설몽說夢」을 예로 든다.

내 꿈은 또한 우스갯짓을 하게 하였지,
꿈속에서 네가 딴 사람과 놀아나는 꿈을 꾸었는데,
깨어보니 여전히 내 품에 안겨 있었네.
그래도 내 마음 놓이지 않아,
너를 더 꼭 껴안고 자는 것은,
깨어 있을 적에는 내 곁에 있지만,
꿈속에서는 또 떠나버릴까 두렵기 때문일세.

我做的夢兒到也做的好笑,
夢兒中夢見你與別人調,
醒來時依舊在我懷中抱.
也是我心兒裏丟不下,
待與你抱緊了睡一睡一覺.
只莫要醒時在我身邊也,

夢見裏又去了.

이들 소곡은 완전히 민가의 숨결이 농후할 뿐 문인의 다듬어진 흔적을 찾아볼 수 없으며, 민간의 진솔한 감정이 잘 드러난 통속적인 문학의 특색을 살펴볼 수 있다.

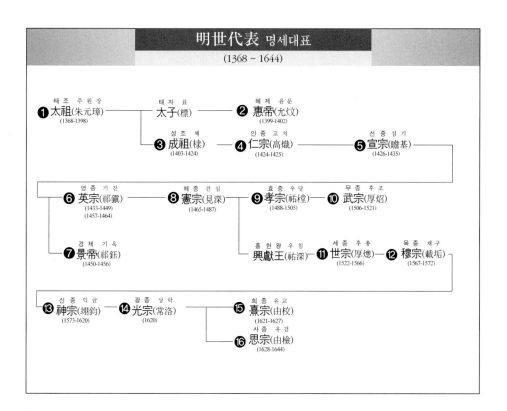

明世代表 명세대표
(1368 ~ 1644)

태조 주원장
❶ 太祖(朱元璋)
(1368-1398)

태자 표
太子(標)

혜제 윤문
❷ 惠帝(允炆)
(1399-1402)

성조 체
❸ 成祖(棣)
(1403-1424)

인종 고치
❹ 仁宗(高熾)
(1424-1425)

선종 섬기
❺ 宣宗(瞻基)
(1426-1435)

영종 기진
❻ 英宗(祁鎭)
(1433-1449)
(1457-1464)

혜종 건심
❽ 憲宗(見深)
(1465-1487)

효종 우당
❾ 孝宗(祐樘)
(1488-1505)

무종 후조
❿ 武宗(厚炤)
(1506-1521)

경제 기옥
❼ 景帝(祁鈺)
(1450-1456)

흥헌왕 우침
興獻王(祐深)

세종 후총
⓫ 世宗(厚熜)
(1522-1566)

목종 재구
⓬ 穆宗(載垢)
(1567-1572)

신종 익균
⓭ 神宗(翊鈞)
(1573-1620)

광종 상락
⓮ 光宗(常洛)
(1620)

희종 유교
⓯ 熹宗(由校)
(1621-1627)

사종 유검
⓰ 思宗(由檢)
(1628-1644)

10. 清代文學

명나라 때에는 만주족을 여진인女眞人이라고 했다. 누루칸도사奴兒干都司의 관할 하에 있었는데 당시의 이 지역은 해서海西, 야인野人, 건주建州 등 3부로 나뉘어져 있었으며, 그 중 건주부의 누루하치努爾哈赤가 각 부의 여진을 통일하여 금金을 건국하였다. 이를 역사상 후금後金이라고 한다.

후금을 건국한 누루하치는 세력이 커지자 명의 동북 지방을 침략하기 시작, 팔기병

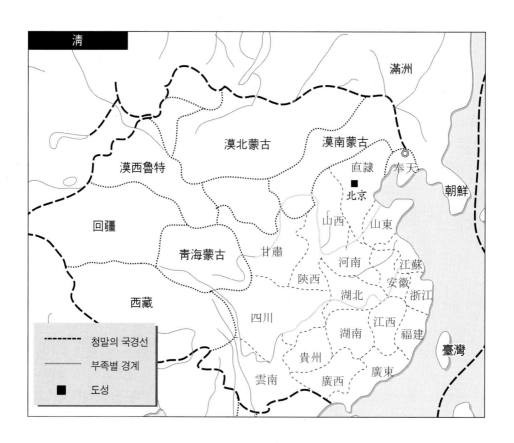

八旗兵은 사르호薩爾滸에서 명의 주력군을 격퇴시키고 요동 평원을 점령하였다. 사르호 전투는 불과 5일 동안 이었지만, 명의 9만 대군이 6만 팔기병에게 참패함으로써 명군의 허약성을 드러냈다. 따라서 후금은 더욱 적극적인 진공 정책을 폈다.

천계天啓 6년(1626) 누루하치는 친히 대군을 이끌고 영원寧遠을 포위공격하였으나, 명장 원숭정袁崇禎의 결연한 저항으로 큰 타격

> ## 8기제도(八旗制度)
>
> 8기제는 누루하치가 만든 병제(兵制)의 한 가지이며 호적제이기도 하였다. 니루는 족당(族黨) 10인으로 구성되어 있었으나 사회 변화에 따라 족당을 유지할 수 없게 되면서, 지역주의를 채택하여 10명에서 100명으로 늘어났다. 300명 마다 1명의 '니루어전'을 두고, 다섯 니루마다 1명의 '갑나어전'을 두고, 갑나어전마다 1명의 '쿠산어전'을 두었다. 어전이란 두령을, 쿠산은 기(旗)를 뜻하는 말로써, 1601년 홍, 황, 남, 백의 4기를 설치하고, 1615년에는 상홍(鑲紅), 상황(鑲黃), 상남(鑲南), 상백(鑲白)의 4기를 더 설치하였다. 누루하치는 이 8기의 총지도자로 군사적, 정치적으로 지위가 높아지고, 통제하는 병사의 수가 더욱 많아져 만주 귀족의 계급 구조가 정해지게 되었다. <淸>

을 입었을 뿐만 아니라 누루하치 또한 전사하였다. 아들 홍타이지皇太極가 뒤를 이어 금주錦州를 공격하였으나 역시 함락시키지 못하고, 병력을 이동하여 영원을 공격하였으나 명의 대포 공격으로 오히려 큰 타격을 입었다. 명은 이 전투의 승리로 수도 함락의 위협에서 벗어났지만, 후금의 이간책에 빠져 숭정은 원숭환袁崇煥을 투옥, 처형하였다. 이리하여 지략이 뛰어나고 용맹한 장군을 잃고, 그 후 갈수록 전세가 불리해져 만리장성 이북의 광대한 땅이 후금의 통치권 안으로 들어가, 결국 명군은 산해관으로 퇴각하였다.

홍타이지는 1636년에 왕위에 올라 국호를 청淸이라고 하였다. 그가 곧 청淸 태종太宗이며 종족의 명칭을 만주滿洲로 바꾸었다. 그러나 1643년 태종이 죽고 아들 복임福臨(순치제順治帝)이 제위를 이었는데, 바로 청 세조이며, 도르곤多爾袞이 섭정하였다. 그러나 다음 해 이자성李自成이 북경을 함락시키자 숭정 황제는 목매어 자살을 하고, 산해관의 수장守將 오삼계吳三桂가 청에 투항, 청병을 이끌고 입관入關하자 이자성은 북경을 버리고 섬서로 철수하였다. 청은 이 기회를 틈타 북경을 점령하고 심양에서 북경으로 천도하였다.

한편 북경이 함락되자 강남의 대관료들은 복왕福王 주유숭朱由崧을 황제로 받들고 나라를 세웠다. 남경을 수도로, 연호를 홍광弘光이라고 정하였다. 그러나 홍광 정

권은 무능, 부패가 심하여 기강이 무너짐으로써 순치 2년 (1645) 초에 대거 남하하는 청병을 막아내지 못해 남경이 함락, 복왕 정권은 멸망하였다.

그 후, 소흥紹興의 노왕魯王, 복건福建의 당왕唐王, 서남西南의 계왕桂王이 청에 항쟁을 하였으나 모두 실패하고, 다만 계왕이 미얀마(緬甸)로 이동하여 18년간 정권을 유지하였으니, 이를 남명南明이라고 한다. 이 밖에 정지룡鄭芝龍의 아들 정성공鄭成功이 청에의 투항을 거절하고 동남 연해 지역에서 항청 활동을 하였다. 정성공은 1661년 군사를 이끌고 당시 네덜란드의 식민지였던 대만을 점령, 이를 근거지로 40여 년 간의 항청 활동을 하였으나, 강희 22년(1683) 청의 대거 공격으로 함락당하고 말았다.

고염무

이와 같이 중원을 장악한 청은 고도의 전제 봉건 정치를 실시하여 국권을 강화하였으나, 원元과는 다르게 한족에 대하여 가혹하게 다스리지는 않았다. 물론, 강온 양면 정책을 사용함으로써 한족의 저항을 무마하려고 하였다. 그래서 유구한 한漢의 전통적인 문화의 가치를 인정하고 사회 풍속을 그대로 보존해 갈 수 있도록 하였다. 이렇게 문화적인 가치의 인정과 함께 당시의 군왕들이 문풍을 크게 일으켰기 때문에 한족의 지식층들도 이 정책에 힘입어 문화적으로 동화하여 갔다.

황종희

청 초의 학술적인 사상의 배경을 보면, '명심견성明心見性'과 같은 공담空談을 반박하고 '경세치용經世治用'의 학

왕부지

문을 내세웠다. 당시의 대표적인 학자들로는 고염무顧炎武, 황종희黃宗羲, 왕부지王夫之 등을 꼽을 수 있다. 그들은 구국 활동에 실패한 끝에 재야에 묻혀 오로지 학문 활동에 전념, 학풍의 큰 변화를 가져왔는데, 만명 때의 공리 공론적인 이학을 반대하고 경학을 학술 중심으로 삼았다. 황종희의『명이대방록明夷待訪錄』은 정치, 경제에 관한 진보적 사상을, 고염무의『일지록日知錄』은 명도구세明道求世의 사상을,『천하군국리병서天下郡國利病書』는 경세치용을 제창하였다. 왕부지는 사학과 사상 방면에 뛰어났는데, 대표적인 저작으로는『장자정몽주張子正蒙注』와『독통감론讀通鑑論』이 있고, 장재張載의 사상을 발전시켜 이理, 기氣 이론을 정립하였다.

그러다가 강희, 건륭 때에 정권을 더욱 공고히 한다는 명분 하에 문자옥文字獄을 크게 일으켜 사상 통제를 강화하고 반청 언론을 탄압하였다. 장정룡蔣廷龍은 『명사明史』, 대명세戴名世는 『남산집南山集』으로 인하여 처형당하였으며, 사사정査嗣庭, 여유량呂留良, 증정曾靜 등을 비롯한 100여 명이 대역의 죄로 처형, 수백 명이 유배당하였다. 이로 인해 모든 사람들이 글을 쓰는 것을 경계하게 되었다. 그러나 차츰 사회의 안정, 공업의 발달로 인한 경제 번영과 함께 지식인들의 학구열이 살아나기 시작하고 조정에서도 중문 정책을 실시하였다. 하지만, 이들은 앞의 경세치용의 기본 정신을 떠나 '학문을 위한 학문(爲學問而學問)'의 구학 태도를 가졌다. 그리하여 훈고訓詁를 연구하고, 문의文義를 주석하고, 명물名物의 유래를 탐구하는 고증학이 형성되었는데, 이는 중국 학술 사상에 있어서 큰 성과였다.

이와 같은 정치·사상적인 배경과 환경 속에 문학도 마찬가지로 새로운 문체, 새로운 형식의 발전을 기대할 수 없었으며, 오직 옛 문학 형식을 그대로 답습할 뿐이었다. 시, 문, 사, 곡, 잡극, 전기 등은 모두 모방에서 탈피하지 못했고, 아울러 독창적인 생명력도 있을 수 없었다. 다만, 당시의 장편 백화소설은 옛 문학과는 상반하는 생명력을 가지고 발전하였다.

제1절 詩歌

청대는 중국 고전 시가를 직접적으로 계승하여 발전시킨 시대로, 시인이 원·명 때보다는 훨씬 많고 작품의 창작도 풍부하였다. 확실하지는 않지만 시인이 6천여 명이 넘었고 시집도 4천여 종이 넘었다고 하니, 당시 시단이 얼마나 풍성하였는지 알 수 있다. 청대의 시가는 대체적으로 청초淸初의 시가, 강희康熙 옹정雍正 시기의 시가, 건륭乾隆·가경嘉慶 시기의 시가 등 세 가지로 구분할 수 있다.

1. 청초清初

청초 시단의 주류는 유민시遺民詩라고 해도 과언이 아니다. 황종희, 왕부지, 고염무, 굴대균屈大鈞, 여유량, 진공윤陳恭尹 등으로, 망국의 비분, 민족의 정기를 반영하는 시들을 창작하였다. 그리고 전겸익錢謙益, 오위업吳偉業, 공정자龔鼎孳 등 유명한 3명의 시인이 출현하였는데, 이들을 '강좌3대가江左三大家'라고 하였다. 이 세 사람 가운데 공정자의 시는 비교적 새로운 특징이 없고 영향력이 가장 적었으나, 전겸익과 오위업은 유로遺老 시인들의 뒤를 이어서 실제적으로 당시의 문단을 주도하였다.

오위업吳偉業(1609~1671) : 호가 매촌梅村이며 강소江蘇 태창太倉 사람이다. 명나라 숭정 때 진사가 되고 벼슬은 국자 감사업國子監司業에 이르렀으나 명이 멸망하자 고향에 은 거, 나중에 청의 압력을 이겨내지 못하고 국자감좨주國子監 祭酒를 지내다가 1년만에 어머니의 상을 핑계로 사직하였다. 그는 존당파의 창시자로 당시唐詩를 높이 받들었으며, 만명晩明의 역사적인 사실, 체험 등을 제재로 창작하였다.

오위업

공정자龔鼎孳(1615~1673) : 자가 효승孝升, 호는 지록芝麓이다. 안휘安徽 합비合肥 사람으로 숭정 7년(1634)에 진사가 된 뒤 호북 점수령蘄水令 및 전과급사중典科給事中을, 청나라 때에는 형刑 전典 예禮 삼부상서三部尙書를 지내었다. 그는 시가의 창작을 많이 하였으나, 전겸익, 오위업을 뛰어넘지 못하였다.

전겸익錢謙益(1582~1662) : 호가 목재牧齋이며, 강소江蘇 상숙常熟 사람이다. 만력 때 진사가 되어 벼슬은 예부상서를 지냈으나, 청이 강남을 평정하자 투항하여 청조의 예부시랑禮部侍郎이 되었다. 그는 지조를 저버렸지만 박학 다재하며 시문에 뛰어났고, 오위업과 달리 송시를 높이 떠받들며, 전·후칠자와 경릉파의 시의 폐단을 일소하는 데 주력하였다. 그의 시는 송·금·원시의 장점을 기초로 시의 신경지를 개척하였다. 「옥중잡시獄中雜詩」를 예로 든다.

> 좋은 친구 먼저 세상을 떠나 무덤을 한탄하는데,
> 홀로 된 부인의 어린 자식이 편지를 보내 왔구나.

평생 무엇 때문에 벼슬의 뜻을 품어,

죽은 뒤 공허한 나머지 칼을 차고 슬퍼하는가.

천 년의 역사 마칠 날이 있으나,

십 년의 푸른 피는 재가 되지 않았네.

흰머리에 눈물 흐르는 서녘 창 아래,

쓸쓸히 답장을 쓰는데 외기러기 돌아가네.

良友冥冥恨夜臺, 寡妻稚子尺書來.

平生何恨彈冠意, 死後空餘挂劍哀.

千載汗靑終有日, 十年血碧未成灰.

白頭老淚西窗下, 寂寞封題一雁回.

2. 강康·옹雍 시기

청조 시인들은 서로 작시 이론에 대한 견해가 달라 존당파尊唐派와 종송파宗宋派로 나뉘어졌으며, 비교적 유명한 존당파의 시인으로는 왕사정王士禎, 시윤장施閏章, 송완宋琬, 조집신趙執信, 심덕잠沈德潛, 옹방강翁方綱 등을 들 수 있고, 이 중에 왕사정이 가장 뛰어났다. 또, 종송파의 시인으로는 송락宋犖, 사신행查愼行, 조익趙翼 등을 꼽을 수 있다.

청 초의 유민시의 뒤를 이어 유명한 시인으로는 '남시북송南施北宋'의 두 사람을 꼽을 수 있다. 남시의 '시施'는 시윤장을, 북송의 '송宋'은 송완을 일컫는데, 당대 왕유, 맹호연, 위응물, 유종원 등의 온유돈후한 시풍을 익혔고, 특히 그들은 자연 묘사에 뛰어났을 뿐만 아니라 당시 사회의 현실을 잘 반영하였다.

시윤장施閏章(1624~1689): 자가 상백尙白, 호는 우산愚山이다. 안휘 선성宣城 사람으로, 벼슬은 한림원시강翰林院侍講에 이르렀다. 저작으로는 『우산시집愚山詩集』, 『별집別

시윤장

集』,『유집遺集』 등이 있다.

송완宋琬(1614~1674) : 자가 옥숙玉叔, 호는 여상荔裳이다. 산동 내양萊陽 사람으로, 벼슬은 절동안찰사浙東按察使에 이르렀다. 저작으로는 『아안당집雅安堂集』이 있다. 그는 송대의 육유陸游를 비롯하여 당나라 때의 두보, 한유의 기백이 있는 시풍을 높이 받들었다.

그러나 '남시북송南施北宋'이라 불리는 이 두 사람은 실제 당시 시단의 주류를 형성하지 못하였다. 오히려 '남주북왕南朱北王'이라 불리는 두 사람을 대표적인 시인으로 꼽는다. 여기에서 남주의 '주朱'는 주이존朱彝尊을, 북왕의 '왕王'은 왕사정王士禎을 일컫는다.

주이존朱彝尊(1629~1709) : 호가 죽타竹垞이며, 절강 수수秀水(현 가흥嘉興) 사람이다. 강희 때 한림원검토翰林院檢討에 제수되었고, 『명사明史』 편찬에 참여하였다. 시는 종송파의 시풍과 같아 심후 담백하고, 역사와 사회 생활을 소재로 한 시가 대부분이다. 저작으로는 『폭서정집曝書亭集』이 있다. 「촌야村夜」를 예로 든다.

산은 어둡고 달은 아직 뜨지 않았는데,
나뭇잎이 떨어지고 첫서리가 내렸구나.
이 밤에 어디로 돌아가는 사람인가?
고요한 마을 개가 짖는구나.

山昏月未明, 木落霜初降.
何處夜歸人? 一犬吠深巷.

왕사정王士禎(1634~1711) : 자가 자진子眞, 호는 완정阮亭이다. 산동 신성新城사람으로, 순치 때 벼슬이 형부상서刑部尚書에 이르렀다. 저작에 『어양산인정화록漁洋山人精華錄』이 있다. 그는 주이존보다 약간 후대 사람이었으나, 시격은 훨씬 높아 당시 시단의 영수가 되었다. 송나라 때 엄우嚴羽의 『창랑시화滄浪詩話』의 시론을 계승하여 '신운설神韻說'을 주장하였으며, "한 자 짓지 않아도 풍류를 다할 수 있다.(不著一字, 盡得風流.)"라는 그의 말과 같이, 자연스럽고 맑고 고운 시의 선禪의 경지를 추구하였다.

사신행查愼行(1650~1727) : 자가 회여悔余, 호는 초백初白이다. 황종희에게 경사經

史를 배웠고, 육유陸游, 소식蘇軾으로부터 깊은 영향을 받았다. 『경업당시집敬業堂詩集』 48권, 『속집續集』 6권 등이 있다. 그는 자연 경물을 잘 묘사하였으며, 민간의 고통을 적나라하게 반영하였다. 「주중서소견舟中書所見」을 예로 든다.

> 달은 지고 어두운데 고기잡이 등불만 보이고,
> 외로운 반딧불이 반짝반짝 나는구려,
> 산들산들 바람이 일렁이고,
> 은하의 별들 뿌려 놓은 듯하네.
>
> 月黑見漁燈, 孤光一點螢.
> 微微風簇浪, 散作滿河星.

이 밖에 이 시기의 시인들로는 우동尤侗, 팽손휼彭孫遹, 양패란梁佩蘭, 진유숭陳維崧, 오조건吳兆騫, 전문田雯, 장독경張篤慶, 풍정괴馮廷櫆 등이 있는데, 왕사정의 조카사위인 조집신趙執信(1662~1744)은 『담룡록談龍錄』, 『성조보聲調譜』란 저서를 통하여 오히려 왕사정의 신운설을 반대하였다. 그는 만당 시풍을 좋아하고, '성조설聲調說'을 제창하였지만, 고시의 성조, 자구의 모방에 지나지 않는 것이어서 큰 영향을 끼치지는 못하였다.

3. 건乾·가嘉 시기

건乾·가嘉 시기는 사회의 안정, 경제의 번영으로 문화 예술이 발전하였고, 시의 창작도 대단히 활발하였다. 이 시기에 비교적 뛰어난 시인으로는 심덕잠沈德潛, 원매袁枚, 장사전蔣士銓, 조익趙翼, 황경인黃景仁, 정섭鄭燮, 장문도張問陶 등을 꼽을 수 있다.

심덕잠沈德潛(1673~1769): 자가 확사確士, 호는 귀우歸愚이다. 강소 장주長洲 사람으로, 벼슬은 내부시랑內部

심덕잠

侍郎에 이르렀다. 그는 한·위, 성당시를 모범으로 삼았고 특히 두보를 숭배하였다. 그리고 왕사정의 신운설에 반대하여 '격조설'을 주장하였다. 격률의 구속을 주장하지 않았으나, 의경意境을 소홀히 하는 경향이 있었다. 어쨌든 그는 당시 격조파의 영수로서 시가 이론, 작시에 큰 영향을 끼쳤고, 당·명·청대의 시를 모아 『별재別裁』라는 시집을 엮었으며, 이것은 폭넓게 읽혀졌다.

원매袁枚(1716~1797): 호가 수원隨園이며, 심덕잠의 '격조설'에 상반하는 '성령론性靈論'을 주장하였다. 저작으로는 『소창산방집小倉山房集』, 『수원수필隨園隨筆』, 『수원시화隨園詩話』가 있으며, 시론은 주로 『수원시화隨園詩話』에 수록되어 있다. 그는 여기에서 "시는 뜻을 말하는 것이며, 시를 말함에는 반드시 성정에 근본한다.(詩言志, 言詩之必本乎性情也.)"라고 하였다. 『소창산방집小倉山房集』에서는 "시는 사람의 성정이며, 성정밖에 시는 없다.(詩者, 人之性情也, 性情之外無詩.)"라고 하였다. 즉, 성정이 발로하면 어떤 격률에 구애되지 않고 저절로 글로 표현되고, 자신의 격률이 자연적으로 갖추어지게 된다고 하였다. 그러므로 시를 지음의 가장 중요한 것은 성정의 자연스러운 발로인 것이다.

원매

원매는 이와 같은 성령론을 바탕으로 하여 독특한 자신의 작시론을 전개하였다. 첫째, 개시改詩를 말하였다. 그는 시를 지을 때마다 사흘 또는 나흘을 두고 고쳤다고 한다. 둘째, 옛것을 배울 것을 주장하였다. 비록 복고, 의고를 반대한다고 하더라도, 옛사람들의 문학의 정화精華를 배워야 자신의 문학도 발전이 있다고 하였다. 셋째, 용전用典을 반대하지도 장려하지도 않았다. 다만, 고전을 사용하여 시를 지을 때 더욱 성정의 자연스러운 표현을 할 수 있다고 하면 가하다고 하였다. 넷째, 성운聲韻을 중요시하였다. 다섯째, 아름다움을 좋아하는 것은 천성인 것처럼 문자의 수식을 반대하지 않았다.

조익趙翼(1727~1814): 호가 구북甌北이며, 양호陽湖 사람으로, 재기가 발랄하고 시풍이 호방하였다. 특히, 그의 5언 고시는 현실에 대한 비관적인 반영, 진보적인 견해를 지니고 있는 것이 특징이다.

장사전蔣士銓(1725~1785): 호가 청용青容이며, 강서 연산鉛山 사람으로, 시인 겸 희곡 작가였다. 그의 시격은 원매, 조익에 비하여 견실하였으나, 독창성이 부족하였다.

그는 특히 서사시에 뛰어났다.

원매, 조익, 장사전 등 세 사람이 청대 '성령파'의 대표적인 시인으로 건륭삼대가乾隆三大家 또는 강우삼대가江右三大家라고 일컬어졌으며, 정섭鄭燮도 유명했다.

정섭鄭燮(1693~1765): 자가 극유克柔, 호는 판교板橋이다. 강소 흥화興化 사람이며, 시, 서, 화에 뛰어났다. 그는 잠시 벼슬살이를 하다가 그만두고, 양주揚州에서 그림을 팔아 생활하였다. 사람들은 그를 '양주팔괴揚州八怪'의 한 사람으로 일컬었다. 시는 자유 분방한 그의 성격처럼 자유롭고 낭만적인 특색을 지녔다. 원매袁枚보다 23살이나 위였으나 그를 좋아하였고 당의 두보를 존중하였다. 그는 형식주의 시풍을 반대하였다. 「낙탁落拓」을 예로 든다.

정섭

산승의 암자에서 밥을 빌어먹고,
가기의 집에서 옷을 깁네.
해마다 강상의 객이 됨은,
오로지 꽃을 보기 위함이라네.

乞食山僧廟, 縫衣歌妓家.
年年江上客, 只是爲看花.

황경인黃景仁(1749~1783): 자가 중칙仲則, 호는 녹비자鹿菲子이다. 강소 무진武進 사람으로 황정견黃庭堅의 후예이나 일생을 불우하게 보냈다. 가난과 병을 이겨내지 못하고 죽은 단명의 재기있는 시인이었다. 그래서 항상 사회의 불행한 일에 대한 동정심을 맑고 새로운 필치로 묘사하였다.

장문도張問陶(1764~1814): 호가 선산船山이며, 사천 수녕遂寧 사람으로, 작시의 모방을 반대하고 성정의 표현을 주장하였다.

옹방강翁方綱(1733~1818): 자가 정삼正三, 호는 담계覃溪이다. 순천 대흥大興 사람으로, 이른바 '기리설肌理說'을 제창하였다. 그는 당시 시인으로서의 주요한 지위를 차지하고 있었음은 물론 금석학金石學으로 더욱 유명하였다. '기리肌理'는 피부라는 뜻으로, 두보杜甫의 시 「여인행麗人行」에 "기리
세니골육균肌理細膩骨肉勻"이라고 하였는데, 여기서
'기리'는 물론 미인의 피부이며, 옹방강은 그 감각적인
형상에서 뜻을 차용하였던 것 같다. 뼈, 살 등의 조직으
로 아름다운 한 인체를 구성하듯, 시도 그와 같은 원리
인 것으로 생각하였던 것 같다. 그렇기 때문에 그는 "구
법이 기리이다.(句法, 肌理.)"라고 하였다. 그렇게 완전
한 결구를 통하여 아름다운 시는 이룩된다고 하는 것이
다. 기리설은 다름 아닌 바로 문리文理와 의리義理의
융합과 조직으로, 그 언어를 통해 '미인 피부'와 같은 무
궁한 감각적 효과를 얻게 된다는 것이며, 이것이 바로

옹방강

시미詩味의 원천이라고 여겼던 것이다. 「용담관매龍潭觀梅」를 예로 든다.

> 내 공을 보지 못했으나 우연히 그림을 보노매라,
> 그림은 내 처음 낳았을 때에 그려졌구나.
> 유관은 홀연히 매화 꿈을 기억하노라니,
> 달 밝은 산봉우리를 물이 흘러가는구나.

> 我不見公空見畵, 畵成尙在我生初.
> 庾關忽記梅花夢, 淡月千峰水一渠.

　　도함道咸 이후 청 시단의 대표적인 시인들로는 정진鄭珍, 김화金和, 증국번曾國
藩, 왕개운王闓運, 하소기何紹基, 진삼립陳三立, 황준헌黃遵憲, 정효서鄭孝胥 등
을 들 수 있다.

제2절 詞

청대淸代에는 문학은 물론 학술 전반에 걸쳐 복고의 기풍이 성행하였던 시대로, 사 또한 이 시기에 탁월한 성과를 거두었다. 왜냐하면, 사는 청에 이르러 완전히 의성倚 聲의 특징이 사라지고, 장단구 형식의 시가로만 남아 있었는데, 사인들이 수사, 음률 에 있어서 매우 진실한 태도로 사작에 임하였고, 또 앞사람들이 남긴 사를 출간하여 수집하는 한편, 연구를 하였기 때문이다. 그리하여 이 때의 많은 사인들은 사에 온 정 성을 기울여 훌륭한 작품을 창작하였고 마지막으로 사의 찬란한 꽃을 피웠다.

청대 사단의 특징으로는, 첫째, 사인이 많았다. 섭공작葉恭綽의 『전청사초全淸詞 抄』에 실려 있는 사인만도 3,196명으로, 어느 앞 시대의 사인들보다도 많았다. 그러 나 그 많은 사인들의 작품 중에 뛰어난 작품은 많지 않았다. 둘째, 사론이 앞 시대에 비 하여 크게 발전하였다. 청대의 사론과 사화詞話의 작사 이론은 사의 창작에 직접적인 영향을 끼쳤다. 셋째, 청대의 사인들은 작사 기교에 뛰어났다. 이전의 사에 대한 모방 을 하였을 뿐만 아니라 새로운 변화와 창조를 하는 데 노력하였기 때문이다.

1. 청초淸初 사인詞人

청조의 시인들은 대부분이 사詞를 지을 줄 알았다. 그러나 당시 뛰어났던 사인으로, 오위 업, 왕사정, 송완宋琬, 모제가毛際可, 진유숭 陳維崧, 납란성덕納蘭性德, 조정길曹貞吉, 왕 부지王夫之, 우동尤侗 등을 들 수 있는데, 이 들 사인들을 '호방파豪放派'와 '완약파婉約

진유숭

派'로 나눌 수 있다.

(1) 호방파豪放派

진유숭陳維崧(1625~1682) : 자가 기년其年, 호는 가릉迦陵이며, 강소 의흥宜興 사람으로, 어려서부터 문사에 뛰어나 문명을 얻었다. 그의 사풍은 송의 소식, 신기질과 같았으나, 청대의 사회적인 여건 등으로 신기질처럼 자유로이 애국 사상과 감정, 시대의 현실을 반영할 수 없었다. 그는 수염이 발에 밟힐 정도로 길어 '진염陳髥'이라고 하였다. 그의 사집인 『가릉집迦陵集』에는 416종의 사조詞調, 1,600여 수의 사가 수록되어 있으니, 양이 많음은 물론이려니와 제재 또한 참으로 다양하다.

조정길曹貞吉(1634~1689) : 호가 실암實庵, 산동 안구安邱 사람이다. 강희 때 진사가 되어 벼슬은 예부낭중禮部郎中에 이르렀다. 저작은 『가설시사집珂雪詩詞集』이 있으며, 사를 지음에 있어서 무엇보다도 영물 묘사를 잘 하였고, 장조에 뛰어났으며, 사풍이 비장하고 여린 데가 있는 당대의 뛰어난 사인이다.

(2) 완약파婉約派

납란성덕納蘭性德(1655~1685) : 본래 이름이 성덕成德이나, 피휘避諱하여 성덕性德으로 바꾸었다. 31세의 나이로 요절한 만주의 귀족으로, 성품이 고고하고, 의리를 중하게 여겼다. 그는 북송 이전의 사를 좋아하였을 뿐, 남도南渡 이후의 작품은 좋아하지 않았다. 사집으로 『측모집側帽集』이 있는데, 나중에 『음수집飲水集』으로 개명하였다.

납란성덕

고정관顧貞觀(1637~1714) : 호가 양분梁汾이며, 강소 무석無錫 사람이다. 납란성덕과 교분이 두터웠고, 저작으로는 『적산암집積山岩集』, 『탄지사彈指詞』가 있다. 고정관은 고향 친구인 오조건吳兆騫이 과거의 일로 모함을 당하여 영고탑寧古塔으로 유배를 당했을 때 편지를 대신하여 「금루곡金縷曲」 2수를 썼는데, 이는 이별의 정을 노래한 절창이다.

막내아들은 평안한지요?
곧 돌아오리니, 평생 만사, 어떻게 돌이켜 볼 수 있겠나?

가는 길 고적하나 누가 있어 마음을 위로하리.

어머니는 늙고, 집은 가난하고, 아들은 어리고 어린데.

예전의 한 잔 술 기억하지 못한다네.

도깨비가 사람을 해치는 것은 늘 볼 수 있는 것이니,

결국 그 조화에 지고 만다네,

얼음과 눈, 회오리친 지 오래 되었네.

季子平安否?

便歸來, 平生萬事, 那堪回首?

行路悠悠誰慰藉, 母老家貧子幼.

記不起從前杯酒.

魑魅搏人應見慣, 總輸他覆雨翻雲手.

冰與雪, 周旋久.

2. 절서사파浙西詞派

절서사파浙西詞派의 사인으로는 주이존朱彝尊, 여악厲鶚, 항홍조項鴻祚, 이양년李良年, 이부李符, 공상린龔翔麟, 심안등沈岸登 등을 들 수 있다.

주이존朱彝尊(1629~1709)：절강浙江 수수秀水 사람으로 호는 죽타竹垞이다. 주이존은 시, 사의 창작에 매우 뛰어났다. 그는 고향의 선배인 조용曹溶에게서 사의 영향을 크게 받는데, 저작으로 『정장당사靜場堂詞』가 있고, 송대의 사집을 매우 많이 소장하고 있었다. 주이존의 『사종詞綜』은 모두 그의 장서에서 참고한 것으로 알려졌다. 주이존은 장염張炎, 강기姜夔의 사풍을 따랐으며, 문구를 가다듬고 가다듬었다. 그런데 그의 사풍을 좇는 사인들이 차

주이존

츰 많아지고, 강희·건륭 이래의 수십 년 동안 '절서사파'의 사풍이 주류를 이루었다. 주이존의 뒤를 이어서 사단에 가장 영향력이 컸던 절서사파의 사인은 여악이었다.

여악厲鶚(1730~1802) : 호가 번사樊榭이며, 절강 전당錢塘(현 항주杭州) 사람이다. 벼슬길은 여의치 못하였으나 시, 사에 매우 뛰어났고, 그가 나옴으로써 청의 사단은 더욱 활발하였다. 저작으로는 『송시기사宋詩紀事』, 『번사산방집樊榭山房集』이 있다. 그의 사의 내용에 대해 사의 의경이 활발하지 못하고, 시어의 구사가 유창하지 못하다는 결점을 지적하고 있지만, 후세 사람들은 그의 사의 예술성을 높이 평가하고 있다.「알금문謁金門」을 예로 든다.

> 아름다운 난간에 기대어 밖을 보니,
> 비가 개이고 가을은 깊어 가는데 사람은 드물다.
> 물 건너 엷은 노을은 잔잔히 흐르고,
> 조그만 산은 아기자기하네.
> 배는 어느 때나 함께 띄우나?
> 연꽃을 꺾어 맑은 호수의 뱃놀이를 기다린다.
> 날마다 푸르름은 더해 가고 요염한데,
> 서풍은 간 데 없이 잔잔하네.

> 凭畫檻, 雨洗秋濃人淡.
> 隔水殘霞明冉冉, 小山三四點.
> 艇子幾時同泛? 待折荷花臨鑑.
> 日日綠盤疏粉艷, 西風無處感.

항홍조項鴻祚(1798~1835) : 절강 전당錢塘 사람이며, 여악과 함께 절서파 사인의 쌍벽을 이루었다. 그의 사는 깊은 우수를 지닌 아름다운 특징을 지니고 있다.

3. 상주사파常州詞派

상주사파常州詞派는 장혜언張惠言, 주제周濟를 대표적인 사인으로 꼽는다. 절서사파는 건륭 말기에 이르러 차츰 쇠퇴해지기 시작하였는데, 그 뒤를 이어 훌륭한 사인과 작품이 나오지 않았고, 또 남송의 사풍을 쫓는 나머지 지나치게 수사만 중시하고 내용을 소홀히 하였기 때문이었다. 장혜언, 장기張琦형제는 이와 같은 폐단을 바로잡기 위하여 절서사파의 사풍을 반대, 온유돈후한 사풍을 주장하였다. 당·송 사인의 작품만을 골라『사선詞選』을 편찬, 이것을 모범으로 삼았으며, 그 서문에서처럼 절서파의 가볍고 유약한 사풍으로부터 '깊고 아름답고 호방하고 완약(深美閎約)' 한 사풍의 사작을 제창하였다. 그러므로 당시의 사인들이 모두 그들의 사풍을 따르게 되어 상주사파가 형성되었고, 또 주제에 이르러서 더욱 그 사풍이 유행, 사인도 많아졌다.

장혜언張惠言(1761~1802) : 본명은 일명一鳴, 호는 명가茗柯라고 하였다. 강소 무진 武進 사람으로 동생인 장기와 함께『사선詞選』2권을 편찬하였다. 장혜언은 사를 지음에 있어서 성정性情, 내용을 중요시하였다. 이와 같은 관점은 종래 사의 제재, 내용의 자유롭지 못한 폐단을 깨는데 적극적인 영향을 끼쳤다.「수조가두水調歌頭」를 예로 든다.

봄바람 불고 아무 일도 없는데.
수많은 꽃들 곱게 곱게 피었네.
한가로이 꽃 그림자 구경하는 건,
오직 기울어진 초생달뿐이라네.
내겐 강남의 쇠피리 있으니.
향설에 의지하여,
옥성하를 불고자 하네.
맑은 그림자 아득하고,
꽃잎은 하늘 가득히 난다.
둥실둥실, 너와 나, 구름 배를 띄웠네.
동황은 미소지으며 이야기 나누는데,
꽃다운 뜻 뉘 집에 있나?
설마 봄꽃이 피었다 떨어지고,
더구나 봄바람이 불어 왔다 간다고,
아름다운 꽃철이 다함은 아니겠지.
꽃밖에 봄이 오는 길을,
꽃다운 풀은 막지 않으리.

東風無一事, 妝出萬重花.

閑來閱遍花影, 惟有月鉤斜.

我有江南鐵笛, 要倚一枝香雪, 吹徹玉城霞.

清影渺難卽, 飛絮滿天涯.

飄然去, 吾與汝, 泛雲槎.

東皇一笑相語, 芳意在誰家?

難道春花開落, 更是春風來去, 便了卻韶華,

花外春來路, 芳草不會遮.

주제周濟(1781~1839) : 호가 미재未齋, 지암止庵이며, 강소 형계荊溪 사람이다. 본래 무인이었으나 뒤에 금릉에 은거하여 저작에 전념하였으며, 저서로『진략晉略』80권,『사변詞辨』,『송사가사선宋四家詞選』 등이 있다.

장혜언, 주제 외에도 장기, 동사석董士錫, 주지기周之琦, 김식옥金式玉, 이조락李兆洛 등이 상주파에 속한다.

4. 만청晩淸 사인詞人

청나라 말엽의 사인으로는 장춘림蔣春霖, 왕국유王國維가 대표되며, 특히 왕국유의 사론이 뛰어났다. 청말 사인들의 사풍은 전술한 상주사파의 여풍을 그대로 이어받았다. 황섭청黃燮淸, 장역莊棫, 황준헌黃遵憲, 역순정易順鼎, 정문작鄭文焯 등을 비롯한, 많은 여류 시인들의 사작 활동이 활발하였다.

장춘림蔣春霖(1818~1868) : 자가 녹담鹿潭이다. 강소 강음江陰 사람으로 일찍이 작시에 전념하였으나, 중년에 이르러 원고를 모두 불태워 버리고 작사에 전념하였다. 그의 사는 침울하고 애상적이어서 사람들을 감동하게 한다. 사집으로『수운루사水雲樓詞』 2권이 있다.「복산자卜算子」를 예로 든다.

제비는 돌아오지 않고, 정원에 음산하게 내리는 비.

모서리 난간에 떨어진 꽃잎이 쌓이나니,

이는 봄이 돌아가는 곳이로세.

눈물을 뿌리나니 봄바람은 불지 마라,

술잔을 잡으니 버들꽃 흩날리네,

부평으로 화한들 또한 근심이라.

하늘가 떠돌지 말게나.

燕子不曾來, 小院陰陰雨.

一角闌干聚落華, 此是春歸處.

彈淚別東風, 把酒澆飛絮,

化了浮萍也是愁, 莫句天涯去.

왕국유王國維(1877~1927) : 절강 해녕海寧 사람으로, 호가 정안靜安이며, 일찍이 일본에 유학하였다. 그는 주로 사학 연구에 몰두하였으며, 일찍이 서양 철학, 미학 이론 및 방법을 받아들여 문학을 연구하였다. 그리하여 문학의 경계설, 특질 창작론 연구에 큰 공헌을 하였다. 젊어서 사곡 연구에 열중하여『송원희곡사宋元戲曲史』를 저술하기도 하였다. 1927년, 북경의 만수산 곤명호에 투신 자살하였는데, 그의 나이 50세였다. 그가 사론집『인간사화人間詞話』에서

왕국유

언급한 사의 '경계론境界論'은 이전의 모든 사론가들의 이론 체계를 뛰어넘는 것으로, 사의 경계 여하에 따라 작품의 우열을 결정하였다. 이렇게 청나라 때에는 사의 창작 활동보다는 사의 연구와 업적을 남긴 시대라고 할 수 있다.

제3절 散文

청대의 산문은 고문과 변문騈文을 포괄하고 있으며, 진·한·당·송의 문풍을 이어받아 그 시대적 성격의 독창성을 가지고 발전, 산문사에 있어서 주요한 자리를 차지하고 있다. 청대 학술계의 고염무, 황종희, 왕부지 등은 강렬한 민족 사상을 가진 선구자로서, 그들은 모두 '명경치용明經致用'의 문학관을 주장하였다. 이러한 내용이 담긴 문장이 아니면 모두 공론에 지나지 않은 것이라고 하여 반대하였는데, 그들의 주장은 당시 문단에 큰 영향을 끼쳤다. 그들은 구체적인 내용이 없고 진실이 없는 의고적인 공허한 담론에 대해 맹렬히 반대하였다. 이러한 사상적 배경 아래에서의 통속적인 문학의 발전은 제한을 받지 않을 수 없었다. 산문도 도를 밝히고, 도를 담아야 하는 복고의 길을 걸어야만 하였다.

1. 변문騈文

청대는 문학의 복고주의가 주류를 이루었기 때문에 변문을 쓰는 기풍이 크게 유행하였다. 종묘 제사로부터 혼상례에 이르기까지의 모든 실용문은 주로 변문을 사용하였다. 많은 문인들은 육조·당·송의 4·6체를 위주로 변문을 썼는데, 청대의 변문은 대체적으로 청초 시기, 건乾·가嘉 시기, 도道·함咸 시기로 나눌 수 있다.

청초의 대표적인 작가들로는 육기陸機, 오기吳綺, 진유숭陳維崧 등이 있다. 그들의 필치는 기세가 호방할 뿐만 아니라 매우 맑고 깨끗하였다. 그 뒤를 이어 포송령蒲松齡, 오조새吳兆賽 등의 변문이 비교적 뛰어났다. 건·가 시기의 변문 작가로는 호천유胡天游, 소제도邵齊燾, 원매袁枚, 왕중汪中, 홍량길洪亮吉 등을 들 수 있다. 이들 중에 대표적인 작가로는 원매, 왕중, 홍량길을 꼽는데, 원매의 「중수우충숙묘비重修

于忠肅廟碑」, 왕중의 「애선문哀船文」, 「한상금대명漢上琴臺銘」, 「황학루기黃鶴樓記」, 홍량길의 「여손계술서與孫季述書」, 「재여손계구서再與孫季述書」 등은 모두 변문의 불후의 명작이다. 도·함 시기의 작가로는 공자진, 증국번을 비롯한 이자명李慈銘, 왕개운王闓運 등이 있다. 청대의 변문 전집으로는 『팔가사육문초八家四六文抄』, 『국조병체정종國朝騈體正宗』이 있다.

2. 산문散文

(1) 청초淸初 산문散文

청초의 산문 작가로는 황종희, 고염무, 왕부지 등인데, 이들은 당대의 최고 학자들로 나름대로 문장의 특징이 있다. 황종희는 경세치용 사상을 바탕으로 한 정감을 직접적으로 묘사하고 있어서 질박하고, 고염무는 학문의 논리적인 전개가 탁월할 뿐만 아니라 문장이 간결하고 견실하며, 왕부지는 저작이 풍부하고 문장에 정감이 넘쳐흘러 종횡무진한 특징을 가지고 있다. 그 뒤를 이어서 청초 3대 산문 작가로 부르는 후방역侯方域, 위희魏禧, 왕완汪琬의 창작 활동이 뛰어났다.

후방역侯方域(1618~1654) : 자가 조종朝宗, 호는 설원雪苑이다. 하남 상구商邱 사람으로, 성격이 호방하고 대범하였다. 그는 방이지方以智, 모양冒襄, 진정혜陳貞慧 등과의 교유가 깊었는데, 모두 재주가 뛰어났으며, 당시 사람들은 이들을 일컬어 '사공자四公子'라고 하였다. 후방역과 명기 이향군李香君의 연애 이야기를 주축으로 공상임孔尙任은 전기 『도화선桃花扇』을 편찬하였다. 나중에 후방역은 젊었을 때의 방탕한 생활을 후회한 나머지 집 이름을 '장회당壯悔堂'이라고 하고 시문에 전념하였다. 그는 글이란 고법古法에 너무 얽매이지 말고 사상을 자유분방하게 나타낼 수 있어야 한다고 주장하였다.

위희魏禧(1624~1680) : 자가 빙숙冰叔, 호는 유재裕齋 또는 작정勺庭이다. 강서 영도寧都 사람으로 평생을 문장에 전념하였다. 그의 형 상祥, 아우 예禮도 모두 문명을 날렸는데, 이들을 '영도삼위寧都三魏'라고 일컬었다. 이들과 팽사망彭士望, 구유병邱維屛 등을 합하여 '역당구자易堂九子'라고 하였으나, 이들 중에 위희의 문장이 가장 뛰어났다. 그는 특히 소순蘇洵의 문장을 좋아하였는데, 문장의 기세가 기백이 있고 건장하였다.

왕완汪琬(1624~1690) : 자가 초문苕文, 호는 둔옹鈍翁으로 강소 장주長州 사람이다. 저작으로는 『둔옹류고鈍翁類稿』와 『요봉시문초堯峰詩文鈔』가 있다. 『사고제요四庫提要』에서 후·위의 고문을 "순수로 돌아가지 못했다(未歸于純粹.)", "문체가 화려함을 겸했다.(體兼華藻.)"라고 평가를 하고 있는 반면, 왕의 글에 대해서는 학문이 깊을 뿐만 아니라 "본래의 옳은 것으로 되돌아갔다.(軌轍復正.)"라고 후·위에 비해 높은 평가를 하고 있다. 그의 문장은 법도를 중요시하여 글의 뜻이 명확하였고, 경經의 내용에 부합되었으며, 문체가 간결하고 실용적이었다.

(2) 동성파桐城派

앞의 후방역, 위희, 왕완 등은 비록 계통적인 문학 이론을 세우지 못하였다고 하더라도 산문 창작이 활발하였고, 또 당시 문단에 큰 영향을 주었을 뿐만 아니라, 그들의 이러한 노력으로 다시 고문 부흥 운동의 길을 열어 놓았다. 청초에는 대체적으로 당·송 고문의 문풍이 주류를 이루었다고 할 수 있으나, 청의 중엽으로 접어들면서 사회적으로 더욱 안정되고, 차츰 화려한 변문의 문풍이 고문의 추세를 압도해 갔다. 그러나 당시의 사회 사조는 정·주 이학의 현실적인 사상과 고증학의 실증적 사고가 학술 사상의 주류를 형성하였고, 따라서 부박한 문풍은 자연히 경시되고 맑고 질박한 문풍이 유행하게 되었다. 즉 방포方苞, 유대괴劉大櫆, 요내姚鼐의 동성파桐城派 문인들이 등장하였는데, 청대의 산문은 사실 이들의 천하였다고 해도 과언이 아니다. 그들이 모두 안휘 동성桐城 사람들이었기 때문에 '동성파'라고 하였다. "말은 사물이 있어야 한다.(言有物.)", "말은 차례가 있어야 한다.(言有序.)"라는 등의 '의법義法'을 주장하였다. 문장의 내용은 '통경명도通經明道' 해야 한다고 생각하였고, 또 문장을 창작함에 있어서는 의리義理, 고거考據, 사장詞章에 치우쳐서는 안된다고 강조하였다.

방포方苞(1668~1749) : 호가 영고靈皋이며 강희 때 진사가 되었고, 벼슬은 예부시랑에 이르렀다. 그는 경학 연구와 고문 창작에 전념하였는데, 저작에 『주관집주周官集註』, 『예기석의禮記析疑』, 『망계문집望溪文集』이 있다. 그의 문장론의 내용은 첫째, 창작의 가장 중요한 목적은 '통경명도通經明道' 함에 있다. 물론, 당·송 8대가의 문장이 훌륭하지만, 육경六經에 대한 바탕이 두텁지 못하기 때문에 '명도'가 부족하며, 따라서 그들의 고문은 최고의 경지에 이르지 못하였으므로 문장을 창작함에 있어서는 반드시 '의법義法'을 좇고 그 근원을 찾지 않으면 안 된다. 둘째, 그의 문장은 육경六經, 『논어』, 『맹자』를 비롯한 『좌전』, 『사기』, 당·송 8대가, 명대의 귀유광歸有光에 근원을 두고 있다. 셋째, 그는 소설, 희곡을 매우 경시하였다. 이상의 논한 것이 방포 문학 사상의 중심 내용일 뿐만 아니라 동성파의 문학 이론이다.

유대괴劉大櫆(1698~1779) : 자는 재보才甫, 호는 해봉海峯이며 안휘 동성桐城 사람이다. 평생 동안 벼슬길이 여의치 못하여 공명을 얻지 못하였고 가난도 면하지 못하였다. 그는 방포의 문하생이며 요내의 스승으로 고문에 뛰어났다. 문집으로 『해봉집海峰集』이 있다. 그는 독특한 산문 이론이 있는 것이 아니라 스승인 방포의 문학 이론을 그대로 계승, 발전시켰으며, 방포에 비하여 '의법'에 그렇게 구속을 받지 않았고, '신기神氣', '억양抑揚'을 강조하였다.

요내姚鼐(1732~1815) : 자가 희전姬傳, 당호堂號는 석포헌惜抱軒이며, 세칭 석포 선생이라고 하였다. 안휘 동성 사람으로 건륭 때에 진사가 되었고, 벼슬은 형부낭중刑部郎中, 기명어사記名御史에 이르렀다. 그는 유대괴의 제자로, 방·유의 문학 이론을 계승하였으며, 그가 편찬한 『고문사류찬古文辭類纂』은 동성파 문학 이론을 널리 선전하게 되었음은 물론 후세에 고문을 공부하는 사람들에게 깊은 영향을 끼쳤다. 그의 산문은 짜임

요내

새 있고 언어가 다듬어졌으며, 자연에 대한 묘사에 있어서 색채가 맑고 고와 생동감이 넘쳤다. 요내는 만년에 주로 종산서원鍾山書院에서 많은 제자들을 가르쳤는데, 그리하여 그의 작문 이론은 전국으로 퍼져 나갔고, '동성파'는 당시 문단의 주류를 이루게 되었다. 제자들 중에 관동管同, 매증량梅曾亮, 방동수方東樹, 요형姚瑩 등이 있는데 요내 이후 매증량의 문장이 유명하였다.

(3) 양호파陽湖派

양호파陽湖派는 건륭·가경 때의 산문 유파로 동성파의 직접적인 영향을 받아 나타났다. 유대괴의 문하생 중 요내 외에 왕회생王悔生과 전노사錢魯斯도 있었는데, 그들이 바로 장혜언張惠言(1761~1802)의 스승이었다. 또, 장혜언과 그의 친구인 운경惲敬이 문명을 날렸으며, 그들이 양호 사람이었기 때문에 '양호파'로 불렸다. 장혜언은 본디 한부와 변려문을 잘 지었고, 운경은 선진 법가의 작품과 송대 소순의 문장

을 좋아하였으나, 동성파의 영향으로 진·한·육조문을 본받고 변·산문체의 장점을 받아들여, 윤택한 글을 지으려고 하였다. 이들은 동성파의 무미건조한 문체와는 달리 건장한 양호파의 문체를 확립하였다.

운경惲敬(1757~1817) : 자가 자거子居, 호는 간당簡堂이다. 그는 강소 양호陽湖 (현 강소성江蘇省 상주常州) 사람으로, 주로 산문 창작에 힘썼다. 양호파 동성파의 범주를 벗어나기 위하여 '수문예지문修文藝之文, 관구가지언觀九家之言'을 따라 문학을 진작시키고자 생각했으나, 문예文藝, 구가九家는 본디 고문가의 조종으로, 결과적으로는 마찬가지였다. 본디 장·운은 동성파 문하에서 깊은 영향을 받았고, 비록 양호파라고는 하지만 그들의 문장 풍격은 동성파와 별로 다른 것이 없었다. 이 밖에도 『변체문초騈體文鈔』를 편찬한 이조락李兆洛, 육계로陸繼輅, 황사석黃士錫이 그 뒤를 이었다.

(4) 상향파湘鄉派

동성파, 양호파의 고문이 쇠퇴해 가고, 산문은 활력을 잃어 갔으나, 아편전쟁을 전후로 한 유명한 산문 작가 주기朱琦, 용계서龍啓瑞, 오민수吳敏樹, 증국번曾國藩 등이 등장함으로써 다시 한 번 고문의 창작은 활기를 띠었다.

증국번曾國藩(1811~1872) : 자는 척생滌生, 호는 백함伯涵이며 호남 상향湘鄉 사람이다. 그는 동성파의 고문을 대단히 좋아하였지만 그 유파는 아니었기 때문에, 증국번을 비롯한 고문 일파를 '상향파'라고 하였다.

청말의 고문가로는 설복성薛福成, 임서林紓, 엄복嚴復 등을 들 수 있다.

제4절 戱 曲

청은 중국 소수 민족이 건립한 왕조로, 모두 268년 동안 통치하였다. 만족滿族이 처음 입관하였을 때는 잔혹한 강압 정책을 실시함으로써 한족의 강경한 저항을 받았으나, 강희제康熙帝가 즉위하면서부터 완화 정책을 펴 적극적으로 문인 학사들을 끌어들여 무마하였다. 따라서, 차차 사회가 안정되어 가고 한인漢人들의 호감을 사기에 이르렀다. 그리고 귀순한 문인들 가운데 희극 작가들은 창작 활동을 계속하여 점차 희극 활동은 활기를 찾기 시작하였다. 청대의 희극은 일반적으로 '아부雅部'와 '화부花部'로 크게 분류한다. '아부'는 곤곡崑曲으로 명대 전기와 같은 것인데, 청대에도 매우 유행하였다. 그러나 강희 옹정 이후로부터는 귀족들의 가령家伶이 날로 줄어들고 고관들이 성악을 좋아하지 않게 되자, 곤곡은 차차 쇠퇴하였다. 하지만, 뒤를 이어서 '화부'가 대두하여 큰 발전을 하였다. 화부는 '난탄亂彈'이라고 하며, 곤곡 이외에 경희京戱, 한조漢調, 휘조徽調, 익양강弋陽腔, 고양강高陽腔, 피황皮黃 등을 말한다.

1. 아부雅部

(1) 청초淸初 시기

이 시기는 명의 망국으로 인한 청에 대한 반항, 울분을 그리고 변절자에 대한 풍자의 희극을 창작하는 작가들이 적지 않았다. 특히, 당시에 곤산강이 유행하였기 때문에 곤곡을 쓰는 유민遺民 작가들이 많았다. 당시의 유명한 작가들로는 유민작가 이옥李玉, 오위업吳偉業, 이어李漁, 우동尤侗, 혜영인嵇永仁, 주학朱鶴, 주좌조朱左朝, 섭시장葉時章, 필위畢魏 등을 들 수 있다.

오위업吳偉業(1609~1671) : 명나라가 망하자 두문불출, 세상과 인연을 끊고, 10년을 지내는 동안 청으로부터 몇 차례 관의 부름을 받았지만 응하지 않았다. 그러나 부모의 강권으로 다시 벼슬길에 나아가 국자감좨주國子監祭酒까지 역임하다가 병을 핑계로 고향으로 돌아왔다. 그 후, 그는 지조를 굽히고 청에 벼슬하였던 것을 몹시 후회하였다. 오위업은 시가에도 뛰어나 그의 시체를 매촌체梅村體라 일컬었다. 그는 늘 불안해하였는데, 불안한 심정이 작품 속에 잘 반영되어 있다. 작품으로 전기『말릉춘秣陵春』, 잡극『통천대通天臺』,『임춘각臨春閣』등이 있다.

이어李漁(1611~1679) : 자가 입옹笠翁, 호는 호상입옹湖上笠翁이며 절강浙江 난계蘭溪 사람이다. 이어는 첩妾들로 구성된 가정극단이 있었는데, 남북 각지의 귀족들의 요청에 따라 순회 연출하였다. 그는 극작이 대단히 많은데, 입옹십종곡笠翁十種曲이 가장 유명하다. 십종곡은 모두 전기로,『내하천奈何天』,『비목어比目魚』,『신중

루슬中樓』,『연향반憐香伴』,『풍쟁오風箏誤』,『신란교愼鸞交』,『황구봉凰求鳳』,『교단원巧團圓』,『옥소두玉搔頭』,『의중연意中緣』 등인데, 그 중에『풍쟁오風箏誤』가 대표작이다.

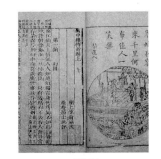
신중루

우동尤侗 (1618~1704) : 호가 회암悔庵 또는 간재艮齋이며, 강소 장주長洲 사람이다. 희극 6종이 있는데, 전기 『균천락鈞天樂』, 잡극 『독이소讀離騷』,『조비파弔琵琶』,『도화원桃花源』,『흑백위黑白衛』,『청평조淸平調』 등이 있으며『독이소讀離騷』가 대표적인 작품이다.

혜영인嵇永仁(1637~1676) : 호가 포독산농抱犢山農이다. 강소 무석無錫 사람으로 강희 초에 복건 총독의 막료가 되었으나, 모반에 연루되어 3년 동안 옥살이를 하였다. 잡극「속이소續離騷」는 옥중에서 쓴 것이다. 붓이 없었기 때문에 종이, 담 벽에 쓴 것을 후세 사람들이 초록하였다. 이 밖에 전기로『양주몽揚州夢』과『쌍보은雙報恩』이 있다.『양주몽揚州夢』은 당나라 시인 두목杜牧의 풍류를,『쌍보은雙報

우동

恩』은 생원인 전가귀錢可貴의 처 주씨周氏가 몸을 팔아 남편을 구해내는 이야기를 소재로 하고 있다.

주학朱鶴, 주좌조朱佐朝 : 이들의 생애에 대해서는 밝혀지지 않았다. 주학은 주좌조의 형으로 주학은 이옥과의 교유가 깊었다. 그들은『청충보淸忠譜』를 공동으로 창작하였는데, 위충현魏忠賢의 통치에 대한 불만을 품고 있던 소주 사람들의 반항과 투쟁을 소재로 삼고 있다. 그의 저작은 18종으로 알려져 있으나, 가장 유행하였던 것은 『십오관十五貫』(또는 쌍웅몽雙熊夢)이었다. 동생 주좌조는 30여 종의 작품이 있었으며, 지금도 유행하고 있는『길경도吉慶圖』,『염운정艶雲亭』,『어가락漁家樂』,『구련등九蓮燈』 등이 있는데, 이 중에 가장 뛰어난 것은『어가락漁家樂』이다.

(2) 강희康熙 시기

청대 희극사에 있어서 강희 때는 매우 중요한 시기이다. 왜냐 하면, 청대의 희극 작가 중에 대표라 할 수 있는 홍승洪昇과 공상임孔尙任이 나타났기 때문이다. 그래서 이들을 '남홍북공南洪北孔' 이라고 하였다.

홍승洪昇(1645~1704) : 자가 방사昉思, 호는 패휴稗畦이며, 절강 전당錢塘 사람이다. 그는 25세 때 국자감생國子監生이 되었으나, 그 후의 벼슬길은 여의치 못하였다. 강희 27년(1688)에 전기인『장생전長生殿』을 완성하여 상연하였는데, 큰 물의를 일으켜 '국자감생'의 공명까지 박탈당하였다. 그는 희극 외에도 시, 사집으로『패휴집稗畦集』등이 전해지고 있다. 희극 작품이 매우 많아『장생전長生殿』외에『회문금廻文錦』,『요고당鬧高唐』,『회룡원迴龍院』,『절효방節孝坊』,『침향정沉香亭』,『무예상舞霓裳』등 6종의 전기를 비롯하여「사선연四嬋娟」,「천애루天涯淚」,「청삼습青衫濕」등 3종의 잡극이 있다. 그러나 현존하는 것은「천애루天涯淚」,『장생전長生殿』밖에 없다. 이『장생전長生殿』은 당 현종과 양귀비의 애달픈 사랑 이야기를 쓴 것인데, 모두 50착齣으로 되어 있다.

당 천보天寶 이후의 문인들은 현종과 양귀비의 이야기를 시와 글로 쓰고, 희곡으로도 엮은 것이 대단히 많아 원나라 관한경의「당명황계예곡향낭唐明皇啓瘞哭香囊」, 백박의「당명황추야오동우唐明皇秋夜梧桐雨」,「당명황유월궁唐明皇遊月宮」등이 있고 명대의 전기로는 오세미吳世美의『경홍기驚鴻記』, 도륭屠隆의『채호기彩毫記』, 왕도곤汪道昆의『당명황칠석장생전唐明皇七夕長生殿』, 서복조徐復祚의『오동우梧桐雨』등이 있다. 따라서 홍승은『장생전長生殿』을 창작함에 있어서 선배 작가들의 작품으로부터 많은 영향을 받았다. 그는 이 작품을 10년 동안 세 번 고쳐 썼는데, 주로 백거이의「장한가長恨歌」와 백박의「오동우梧桐雨」를 기초로 창작하였다.

『장생전長生殿』은 상·하 양권으로, 상권은 주로 역사적인 현실을 바탕으로 현종과 양귀비의 애정 생활을 썼고, 하권은 주로 현종과 양귀비의 비극을 동정적으로 썼다. 극 중에 많은 인물이 등장하는데, 현종, 양귀비, 안록산, 양국충을 비롯한 곽자의郭子儀, 뇌해청雷海靑 등의 성격 특징을 매우 생동적으로 묘사하고 있다.

공상임孔尚任(1648~1718) : 자가 계중季重, 호는 동당東塘 또는 운정산인雲亭山人이며, 산동山東 곡부曲阜 사람으로 공자의 64대 손이다. 소년 시절부터 음률에 관한 깊은 연구를 했으며, 특히 국자박사國子博士가 된 뒤 얼마 되지 않아 회안淮安, 양주揚州의 치수治水 사업에 참가하였다. 이 3년 동안에 양주, 남경 일대를 편력하면서 모벽강冒辟疆, 허수설許漱雪, 정효위鄭孝威, 증석도曾石濤 등 명나라 때의 유로遺老들과 교유하였다. 이것이 그의 대표작인『도화선桃花扇』을 쓰게 된 계기가 되었다. 그는 시문으로『안당집岸堂集』,『호해집湖海集』,『석문집石門集』,『장류집長留集』등이 있었으나, 오직『도화선桃花扇』만이 세상에 전해지고 있다.

『도화선桃花扇』은 작자가 몸소 역사의 현장을 탐사하고 이야기들을 채집하였기 때문에 작품으로서 반은 성공한 셈이었다. 이것은 명나라 흥망의 역사를 배경으로 하고 있는데, 명말 복사復社의 문인 후방역侯方域이 남경에 피난할 때 진회秦淮의 명기名妓인 이향군李香君과의 사랑을 다룬 파란만장한 서사시로 모두 44착이다.

도화선

위충현魏忠賢의 잔당인 완대성阮大鋮이 징역을 살았는데, 출옥 후 후방역과 사귀어 죄명을 씻고자 하였다. 완대성은 후방역이 이향군을 사랑하는 것을 알고 아무도 모르게 돈을 내어 두 사람이 결혼하게 하였다. 그러나 이향군이 완대성의 음모를 알고 이를 거절하였을 뿐만 아니라 내왕을 못하도록 하였다. 그런데 갑신甲申 삼월三月에 이자성李自成이 입경入京하자 숭정崇禎이 자진하고 간신 마사영馬士英, 완대성은 남경에서 복왕福王을 옹립 남명南明을 건립하였다. 따라서 마사영, 완대성 등은 사실상의 정권을 장악하고 권력을 행세, 복사의 문인들을 모해하고자 하였다. 이에 후방역은 도망을 하였다. 권신 전앙田仰은 이향군을 강제로 첩으로 맞이하고자 하였으나 그녀는 죽음을 무릅쓰고 따르지 않았다. 머리가 땅에 부딪히는 바람에 이마에서 피가 터졌다. 후방역이 결혼을 약속하고 써 준 시선詩扇이 피로 물들었다. 그 때 후방역의 친구인 양용우楊龍友가 달려가 이향군을 구하였다. 그리고 시선詩扇에 복숭아꽃을 그렸다. 이에 '도화선'이라고 하였다. 얼마 뒤에 청군淸軍이 남하하여 남경은 함락되고, 이향군은 도관道觀으로 피난하였다. 후에 후방역이 백운암白雲庵으로 찾아와 서로 만나게 되었으며, 그들은 도화선을 내놓고 옛 이야기를 나누었다. 그리고 서로 출가하여 수도할 것을 약속하였다.

이 밖에 강희 시기의 작가로는 만수萬樹, 주치렴周稺廉, 구련裘璉, 장도張韜 등이 있다.

(3) 건乾 · 가嘉 시기

건륭 시기에는 정국의 안정과 상공업의 발달로 인한 민간의 문화적인 욕구, 위정자들의 애호로 말미암아 희극이 크게 발달하였다. 북경을 비롯한 양주에 이르기까지 그 영향을 받아 극단은 날로 많아졌을 뿐만 아니라 작가도 적지 않게 출현하였다. 하지만, 가경 이후로부터는 화부花部의 흥기로 인해 300년 동안 누려 왔던 곤곡은 자리를 빼앗겼다. 건륭 때의 희극 작가로는 장조張照, 양조관楊潮觀, 장사전蔣士銓, 하륜夏綸, 장견張堅, 당영唐英, 동유董裕, 계복桂馥, 심기봉沈起鳳, 조석보曹錫黼, 서립舒立, 주락청周樂淸, 엄정중嚴廷中, 황섭청黃燮淸, 이문한李文瀚, 양은수楊恩壽 등을 들 수 있다.

장조張照(1691~1745) : 호가 경남涇南이며 강소 화정華亭 사람이다. 음률, 시문, 서법을 잘 하였고, 불교 경전의 이해가 깊었기 때문에, 고종高宗은 그와 함께 글, 희곡 등에 대해 담론하기를 좋아했다. 건륭 초에 황제의 뜻을 받들어 희곡 7종을 지어 올렸는데, 이것을 '내정칠종內廷七種'이라고 한다.「월령승月令承」은 월령 이야기,「법궁아法宮雅」는 경사스럽고 상서로운 일,「구구대경九九大慶」은 신선이 복을 내려 주는 일,「환선보벌歡善寶筏」은 당 현장이 인도에서의 불경을 구해 온 일,「정치춘추鼎峙春秋」는 삼국 시대의 이야기,「충의선도忠義璇圖」는 수호전의 양산박 영웅들의 이야기들을 내용으로 하고 있다.

양조관楊潮觀(1710~1788) : 호가 입호笠湖이며, 강소 무석無錫 사람이다. 시재에 뛰어나 어려서부터 시를 잘 지었다. 그는 16차례의 현령을 두루 거쳤는데, 사천四川 공도邛都에서 탁문군의 구지舊址를 발견하고 그 자리에 냉풍각冷風閣을 건립한 뒤 널리 문인을 불러모아 시문을 읊는가 하면, 배우들로 하여금 잡극을 공연하도록 하여 그것을 기념하였다. 나중에 그가 지은 잡극을 모아 『냉풍각잡극冷風閣雜劇』이라고 하였다. 모두 32절折로, 매극은 1절로 극마다 짧은 서序가 있어서 창극의 취지를 밝히고 있다.

장사전蔣士銓(1725~1785) : 자가 심여心餘, 호는 장원藏園 또는 청용거사淸容居士이다. 강서 연산鉛山 사람으로 시, 사에 매우 뛰어났지만, 희곡 작가로서도 업적을 남겼다. 극작이 참으로 많았으나, 현재 알 수 있는 것은 약 16종뿐이고 유명한 것은 『장원구종곡藏園九種曲』이다. 잡극「일편석一片石」,「제이비第二碑」,「사현추四絃秋」 등 3종과 전기 『공곡음空谷音』,『계림상桂林霜』,『설중인雪中人』,『향조루香祖樓』,『임천몽臨川夢』,『동청수冬靑樹』 등이다. 이 가운데에서도 『사현추四絃秋』,『임천몽臨川夢』이 높은 평가를 받고 있다. 『사현추四絃秋』는 『비파기琵琶記』를 보충하여 극화한 것이며, 『임천몽臨川夢』은 장사전이 늘 존경하던 고향 사람 탕현조의 생애를 낭만적으로 극화한 대표적인 작품이다.

서위舒位(1765~1815) : 호가 철운鐵雲이다. 직예直隸 대흥大興 사람으로 관운이 없었고, 빈한하기 그지없었다. 그러나 시문을 잘하고 음률에 밝았을 뿐만 아니라 피리와 거문고를 잘 탔다. 때문에, 희곡을 완성하면 박자에 맞추어 노래를 하였다. 그는 『병생관수소보瓶笙館修簫譜』를 지었는데, 그의 잡극 「탁녀당허卓女當壚」, 「박망방성博望訪星」, 「번희옹계樊姬擁髻」, 「유양수월酉陽修月」 등이 실려 있다. 「탁녀당허卓女當壚」는 탁문군과 사마상여의 이야기, 「박망방성博望訪星」은 한漢의 장건張騫이 황하를 따라 올라가다가 마침내 하늘에 이른다는 이야기에 견우 직녀의 전설을 첨가하여 극화한 것이다. 「번희옹계樊姬擁髻」는 후한 때의 영원伶元과 애첩 번희와의 연애 이야기, 「유양수월酉陽修月」은 오강吳剛이 항아嫦娥의 명을 받들어 달을 보수한다는 이야기를 극화한 것이다.

황섭청黃燮淸(1805~1864) : 자가 운산韻珊이며, 절강 해염海鹽 사람으로, 시, 사, 곡에 능숙하였다. 호북의 지현知縣을 지냈으나 병으로 사임하고, 산수가 아름다운 곳에 의청루倚晴樓를 짓고 날마다 동호인들과 함께 시, 사를 노래하며 소일하였다. 『의청루칠종곡倚晴樓七種曲』이 있는데, 「무릉현茂陵絃」, 「제녀화帝女花」, 「척령원脊令原」, 「원앙경鴛鴦鏡」, 「도계설桃溪雪」, 「거관감居官鑑」, 「능파영凌波影」 등이 실려 있다. 「무릉현茂陵絃」은 사마상여司馬相如와 탁문군의 이야기, 「제녀화帝女花」는 명나라 사종思宗의 딸 곤여坤輿 공주가 주세현周世顯에게 시집가는 이야기, 「척령원脊令原」은 『요재지이聊齋誌異』 속의 증우우曾友于의 일, 「원앙경鴛鴦鏡」은 『지북우담池北偶談』의 「원앙경鴛鴦鏡」을 부연하였고, 「능파영凌波影」은 조식曹植의 『낙신부洛神賦』를 부연하여 극화하였다.

2. 화부花部

난탄亂彈이라고 하는 '화부'가 건륭 때 흥행하기 시작하여 크게 발전을 하였던 이유는, 청대에 들어와서 곤곡이 너무나 아화雅化하여 민중들의 현실적인 정서와 맞지 않았고, 완전히 귀족, 문인들의 전유물이 되다시피 하여 전문 지식이 없는 민중들은 이해하지 못하였기 때문이다. 그렇게 되자 곤곡을 대신하여 민중이 쉽게 이해할 수 있는 토속적인 새로운 희극이 생겨났는데, 그것이 바로 '화부'이다. 화부희花部戲의 발전 원인으로는 무엇보다도 이해하기 쉬웠기 때문에 쉽게 받아들일 수 있었고, 창강唱

腔(음조)이 다양하였고 두드러진 토속적인 색채와 극의 내용에 우여곡절이 많았기 때문에 대중들의 환영을 받았다.

(1) 익양강 弋陽腔

익양강 弋陽腔은 익양 弋陽이라고도 하며, 원나라 때 강서 익양 일대에서 시작된 것이다. 익양강의 본래 특징은 한 사람이 독창을 하고, 타악기로 반주하는 것이었다. 그런데 이 익양강은 곤산강에 비하여 통속적이고 창법이 다양하다. 특히 토속악과 결합하여 새롭게 발전하여 대단히 빠른 속도로 퍼져 나갔다. 명나라 가정 때 이미 남경, 북경, 호남, 광동, 복건, 안휘, 운남, 귀주 등지에 유행하였고, 당시의 언어와 민간 음악이 결합하여 직접, 간접적인 영향으로 새로운 희곡이 탄생하였다.

그런데 청조에 이르러 익양강은 곤곡을 대신하여 거의 중국 전역에 유행하였으며, 특히 북방 일대에서 더욱 성행, 당시 북경의 토속악과 결합하여 '경강京腔'이라고 하였다. 청 초기 희극의 성강聲腔(곡조)은 이른바 "남은 곤곡, 북은 익양강, 동은 유자강柳子腔, 서는 방자강 梆子腔이다.(南崑北弋, 東柳西梆.)"라는 대체적인 형세를 이루었다.

'곤崑'은 곤산강을, '익弋'은 익양강을, '유柳'는 산동의 유자강(산동 지역에 유행하던 민가 소곡과 결합하여 형성된 일종의 희극으로 유자희柳子戲라고 함)을, '방梆'은 섬서의 방자강(방자강은 진강秦腔이라고도 하며, 감숙, 섬서 일대의 토속악과 결합하여 발전한 대형 희극임)을 뜻하고 있는데, 이와 같은 형세를 이룩하게 된 데는 상술한 바와 같으나, 청병淸兵이 중원에 들어온 이후 그들은 곤산강을 이해하지 못하고, 다만 익양강을 쉽게 알아들을 수 있었기 때문이기도 했다.

(2) 고강高腔

고강高腔은 모든 희곡의 곡조로서 익양강에서 파생된 것이다. 익양강과 같이 현악기를 사용하지 않고, 타악기만을 사용하여 반주하며, 한 사람이 독창하면 무대 뒤에서 여러 사람이 독창자의 곡조를 돕는데, 음조가 높고 낭랑하여 낭송적이다. 어쨌든 고강의 예술적인 수법은 익양강의 기초 위에서 발전해 온 것으로, 더욱 복잡하고 세련되고 심화되었다. 예를 들면, 고강은 사람의 소리를 모방하여 '방강幫腔'을 하고, 악기의 음색으로 남녀의 목소리를 구별하는 효과를 내었다. 특히, '곤조滾調'의 '고강'에의 응용은 희곡 형식에 큰 변화를 가져왔다. '곤조'는 '곤'이라고 하며, 전기傳奇, 극본

劇本, 곡사曲詞의 통속화의 한 수법이다. 대체적으로 곡사의 앞, 뒤, 중간에 구어체의 낭송하기 쉬운 짧은 글귀를 끼워 넣음으로써 쉽게 외우고 이해할 수 있도록 하였으며, 읽는 것을 '곤백', 노래하는 것을 '곤창'이라고 하였다. 이로써 사람의 사상이나 정감을 쉽게 표현할 수 있었다. 장사長沙 '고강'을 예로 들면, 한 곡패曲牌를 시작할 때 먼저 산판식散板式(박자의 형식)의 '인자引子'를 하게 되는데, 이것을 '보전報前'이라고 한다. 보전을 바로 이어 이른바 '곤창'을 하고, 이어서 '방강'을 한다. 이와 같은 3단계식 형식적인 구조는 큰 변화를 가져왔다. 이것은 익양강의 기초 위에서 이루어진 것이며, 민간 희곡으로서 새롭고 깊은 발전을 하여 청 중엽 이후에는 다른 성강 계통과 마찬가지로 매우 성행하였다.

(3) 피황皮黃

피황은 '서피西皮'와 '이황二黃'의 두 가지 강조腔調(가락)를 함께 지칭하는 것으로, 현재 중국 전통극의 경극京劇은 서피와 이황 위주의 가락인데, 본래 '피황'이라고 하였으나 청의 수도가 북경이었기 때문에 '경극'이라고 하였다. 피황의 성행은 서피보다 빠른데, 이황은 본래 명의 4평강四平腔에서 비롯한 것으로 휘조徽調의 가락이다. 이황이라는 말의 연원에 대해서 구구한 학설이 있으나 '황피', '황강' 지역의 가락이라는 뜻으로 사용하였다.

'서피'는 '이황'과 그 연원을 달리하고 있다. 가락의 맛이 이황은 애상적이라고 하

경극

면, 서피는 유쾌하고 활발하다. 장정보張亭甫는 『금대잔루기金臺殘淚記』(권3)에서 "난탄이 바로 익양강이다. 남방에서는 하강조라고 하며, 감숙강을 서피조라고 한다.(亂彈卽弋陽腔, 南方又謂下江調, 謂甘肅腔曰西皮調.)"라고 하였다. 감숙강을 서피조라고 하였던 까닭은, 감숙강이 섬서 지방으로 옮겨오면서 서진강西秦腔이라고 하였고, 섬서에서 전래되어온 가락을 '서피'라고 하였기 때문이다. 『삼국지연의三國志演義』의 적벽대전을 내용으로 하고 있는 초곡楚曲(漢調의 전신)「제봉황祭鳳凰」의 일단을 든다.

축(장간으로 분장)	(대사)	황개가 군량선을 헌납……투항하여 왔습니다.
정(조조로 분장)	(대사)	기다려라. ―배가 가볍게 뜨는 것을 보니 생각컨대 틀림없는 거짓말이렷다. 진영으로 들어오지 못하도록 하렸다.
축	(대사)	제기랄! 황개는 들어라, 승상의 분부이다. 군량선은 진영에 들어올 수 없다.
정단(주유로 분장)	(대사)	모두들 불을 질러라!
병사들		와―아(불을 지르고, 폭죽을 터뜨린다.)

(생은 잡을 죽이고, 생은 패하여 거꾸러진다. 잡은 위아래로 추격한다)

(축은 말과 겨루는데, 축은 패하여 거꾸러진다. 말은 위아래로 추격한다)……

丑(扮蔣干)	(白)	黃蓋獻糧船……前來投降!
淨(扮曹操)	(白)	待我看來. ―船內輕淨, 想必有詐, 不許入寨!
丑	(白)	吠! 黃蓋聽着, 丞相吩咐, 糧船不許入寨!
正旦(扮周瑜)	(白)	衆將放火!
衆!		(煙火, 爆竹)

(生同雜殺, 生敗下 ; 雜追上又下)

(丑同末殺, 丑敗下 ; 末追上又下)……

제5절 小 說

청나라 때에는 고문, 시, 사 등과 같은 고문체의 문학은 차츰 쇠퇴의 길로 접어들어 문학으로서의 생명력을 잃어가고 있었으나, 소설만은 찬란한 빛을 발휘하였다. 중국의 문언 단편소설은 당·송을 거쳐 명대에 이르러 비교적 좋은 작품들이 창작되었지만, 조정에서의 금지로 그 기풍이 쇠퇴해 갔다. 그러나 명대 후기에 들어와서 소설이 다시 성행하였는데, 그 여풍은 청나라로 이어졌다. 지괴 소설, 필기체 소설이 비교적 많이 나오기는 하였으나, 그 중에서 대표적인 작품은 포송령蒲松齡의『요재지이聊齋志異』를 들 수 있다. 그리고 장편소설은 명나라 때의 장회소설을 이어받아 발전하였는데, 이학과 고증학이 성행하던 당시의 경직된 사상적인 기풍 아래에서도 큰 성과를 거두었다. 가장 대표적인 작품으로 오경재吳敬梓의『유림외사儒林外史』와 조설근曹雪芹의『홍루몽紅樓夢』을 들 수 있다. 이밖에 포송령의『성세인연醒世姻緣』, 이여진李汝珍의『경화연鏡花緣』, 연북한인燕北閒人의『아녀영웅전兒女英雄傳』등도 당시의 훌륭한 작품이다.

1. 단편소설 短篇小說

(1)『요재지이聊齋志異』

청대의 포송령蒲松齡의 작품집이다. 가장 뛰어난 문언체 단편소설집으로 400여 편이 실려 있으며 강희 18년(1679)에 지은『요재지이』에 의하면 40세 전후에 거의 완성되었으나 계속하여 개작하였다고 설명하고 있다. 이 밖의 단편소설집으로『열미초당필기閱微草堂筆記』,『우초신지虞初新志』,『신제해新齊諧』등이 있다.

　　포송령蒲松齡(1640~1715) : 자가 유선留仙, 호는 유천柳泉이다. 산동 치천淄川 사람으로 총명하고 학문이 깊었으나 관운이 없어 불우한 일생을 보냈다. 하지만, 그의 저작은 적지 않아 문집 4권, 시집 6권, 희곡 3종, 통속이곡通俗俚曲 14종, 잡저 5책 등 다양하다.

『요재지이聊齋志異』는 모두 16권으로 총 431편이며, 내용의 대부분은 민간에서 수집한 것이다. 그는 다방면으로 수집한 자료를 정리, 가공하고, 자신의 사상을 반영하여 상상을 통해 재구성함으로써 완전히 창작품화하였다.

이 책의 제재를 보면 '귀鬼', '호狐', '신神', '선仙', '환술幻術', '요妖' 등으로 분류할 수 있으며, '요'는 동물이 사람으로, 사람이 동물로, 사람이 사물로, 사물이 다른 사물로 변화하는 등 다양하기 그지없다. 작자는 이러한 내용을 통하여 청 초의 사회적인 현실을 광범위하게 반영하고 있다.

첫째, 그는 세정世情을 널리 이해하고 있어 자연 재해, 시대 사조, 시속의 변화 등을 반영하는 데 더해 정치 사회 제도의 잘못, 탐관 오리의 죄행을 폭로하고 날카롭게 비판하고 있다. 「석방평席方平」이 청대의 관리와 사법 제도의 부패를 생동감 있게 묘사하고 있는 것을 비롯하여, 「택요宅妖」, 「야구野狗」, 「귀곡鬼哭」, 「황구랑黃九郎」, 「흑수黑獸」, 「와곡蛙曲」, 「석청허石淸虛」, 「상삼관商三官」, 「왕자王者」, 「협녀俠女」, 「소매小梅」 등의 작품은 직접 또는 간접적으로 탐관 오리, 지방의 악덕 호신豪紳의 민중에 대한 죄행을 폭로하고 있다.

둘째, 당시 과거 제도에 대하여 날카롭게 풍자하고 있다. 『요재지이聊齋志異』 작품 속에는 특히 과거 제도를 주제로 하고 있는 것이 많은데, 「사문랑司文郎」, 「삼생三生」, 「고폐사考弊司」, 「우거악于去惡」, 「섭생葉生」, 「가봉치價奉雉」, 「왕자안王子安」 등 과거 제도의 병폐를 폭로하고 있다. 평민도 자유롭게 경쟁을 통하여 정치에 참여할 수 있도록 과거가 제도적으로 공정성이 보장되어 있었으나, 청 초의 그와 같은 정치적인 혼란 속에서

포송령

는 한족에 대한 하나의 회유 수단일 뿐 공정성을 기대할 수 없었다. 주사主司(고시관)의 무능, 연납捐納, 위선적인 유생儒生 등을 풍자하고 있다.

셋째, 남녀 애정의 이야기를 주제로 삼고 있는 작품이 많은데 「홍옥紅玉」, 「연향蓮香」, 「교나嬌娜」, 「청봉靑鳳」, 「신십사낭辛十四娘」, 「아두鴉頭」, 「소선蘇仙」, 「백우옥白于玉」, 「아보阿寶」 등 순결무구한 여성의 애정을 높이 찬양하고 있다.

넷째, 호색한의 황음한 생활에 대한 경계를 하고 있다. 「해공자海公子」, 「호첩狐妾」, 「모호毛狐」, 「두옹杜翁」, 「호징음狐懲淫」 등이다.

다섯째, 윤리 도덕을 주제로 하고 있는 작품이 적지 않다. 효행을 포상하고, 형제간의 우애를 선양하고, 친구지간의 의리를 존중하는 내용으로, 「상삼관商三官」, 「증우우曾友于」, 「이상二商」, 「삼조원로三朝元老」, 「고장군庫將軍」, 「진회秦檜」 등이다.

이 밖에도 불교 윤회, 도사의 도술, 단순 괴담 등 참으로 다양하다.

이 작품이 당시 문단에 끼친 영향이

요재지이

매우 컸기 때문에, 성격이 유사한 작품들이 쏟아졌다. 즉, 그 뒤를 이어 원매의 『신재해新齋諧(일명 자불어子不語)』, 심기봉沈起鳳의 『해탁諧鐸』, 화방액和邦額의 『야담수록夜譚隨錄』, 호가자浩歌子의 『형창이초螢窓異草』, 관세호管世灝의 『영담影談』, 풍기봉馮起鳳의 『석류척담昔柳摭談』 등이 『요재지이聊齋志異』의 영향을 많이 받고, 또 성격이 비슷한 기윤紀昀의 『열미초당필기閱微草堂筆記』 5종(「난양소하록灤陽消夏錄」, 「난양속록灤陽續錄」, 「여시아문如是我聞」, 「괴서잡지槐西雜志」, 「고망청지姑妄聽之」) 등이 영향을 받았다.

2. 장회소설章回小說

(1) 『유림외사儒林外史』

오경재吳敬梓(1701~1754) : 자가 문목文木, 호는 입민粒民이다. 안휘 전초全椒 사람으로, 강희, 옹정, 건륭 등 3대에 걸쳐 생존하였다. 그가 살던 시대는 이른바 청나라의 전성기였다. 오경재는 13세 때에 어머니를 잃고 23세 때 아버지를 여의었다. 당시의 형식적인 과거 제도와 허세에 찬 사회가 염증이 나 호탕한 생활을 즐겼다. 선대로부터 물려받은 가산은 모두 탕진하였고, 노비는 모두 달아나 버렸다. 이에 할 수 없이 전초를 떠나 남경南京에 가 매문賣文으로 생계를 유지하였지만, 밥을 굶는 적이 많았다. 40~50세 사이에 그의 생활이 비교적 안정되어, 이 기간에『유림외사』를 창작하였다. 건륭 13년(1748) 겨울,『유림외사』를 완성한 5~6년 뒤인 건륭 19년 겨울 양주에서 54세로 타계하였다.

『유림외사』속에는 160여 명의 각각 다른 유형의 인물들이 등장하고 있다. 첫째, 그 시대와 결탁해 살아가는 절대 다수의 사인, 관리, 둘째, 탈속적인 어진 선비, 군자, 농민 등 두 부류로 나눌 수 있다. 오경재는『유림외사』에서 당시 사회, 특히 상류 사회의 정신적 상태를 매우 상세하게 묘사하고 있다. 그리고 모순적인 사회 제도 하에서 영화를 누리고 사는 지식인들을 집중적으로 공격하고 있는데, 그 내용은 다음과 같다.

① 과거 제도의 공격 : 과장科場의 부정 행위, 팔고문八股文의 형식적인 폐해, 허위 조작 등에 대하여 신랄하게 공격하고 있다.

② 예교禮敎의 반대 : 예교의 위선, 인성의 속박 등에 대하여 공격한다. 당시의 전도된 사회적 가치로 받게 되는 인성의 속박에 대하여 통렬히 풍자하고 있다.

③ 빈부차의 폭로 : 빈부의 현격한 차이에 대해서 비꼬고 있다. 예컨대, 제2회에서 범진范進은 20세 때부터 과거를 보기 시작하였으나, 54세 때에야 비로소 수재秀才에 합격하였다. 이 30년 동안 그는 의식 문제를 전혀 해결하지 못했다. 이를 보다 못한 장인은 그에게 딸이 시집 온 지 몇십 년 동안에 돼지고기 한번 먹는 것을 못 보았노라고 꾸짖을 정도였다. 그러나 범진이 과거에 합격하자 불과 한두 달 사이에 전지, 집, 노비가 있게 되었다.

④ 탐관 오리의 부패에 대한 비평 : 탐관 오리의 악랄한 부패 행위에 대하여 날카롭게 비판하고 있다.

『유림외사』는 내용도 풍부하지만 소설의 묘사 수법 또한 매우 뛰어났다. 특히, 인물의 묘사는 다른 장회소설의 소개하는 식의 묘사 방법에서 벗어나고 있다. 인물의 직접적 묘사 외에도 상징적인 수법의 인물에 대한 묘사 또한 뛰어났다. 문학이 문자의 예술이라고 할 때, 그는 이에 대한 훌륭한 성과를 거두었다. 그의 언어 특색은 첫째, 구어화이다. 작품 중의 문언, 고어 외의 일반적 서술이나 대화 중에 쓰이고 있는 언어는 모두 구어로, 생동적이고 질박하여 실제 생활의 숨결을 느끼게 한다. 둘째, 형상화이다. 구체적이고 명확한 언어를 사용함으로써 생활의 현상, 인물의 태도를 진실하게 표현해 내고 있다. 셋째, 성어成語, 이어俚語의 적절한 사용으로 글의 뜻을 더욱 활기 있게 하고 있다.

『유림외사』는 플롯 면에 있어서 다른 장회소설처럼 어떤 인물을 중심으로 이야기가 전체를 통하여 일맥상통하지 않고, 장회마다 인물과 이야기가 다르다. 어떻게 보면, 이 소설은 단편소설집같이 보이지만, 한 가지 주제의 서술이라는 점에서 단편소설은 아니며, 통합적 구조의 독특한 소설 양식이라고 할 수 있다.

(2) 『홍루몽紅樓夢』

조점曹霑(1715~1763) : 자가 몽완夢玩, 호는 설근雪芹 또는 근포芹圃, 근계芹溪이다. 조설근의 선조는 원래 한족漢族이었으나, 뒤에 만족滿族이 되었다. 일찍이 조설근의 증조부, 조부, 백부, 부친 등은 청나라 황실의 관직을 맡아보았으며, 증조모는 한때 강희 황제의 유모로 있었다. 조부는 강희 황제의 글동무를 하며, 그의 시중을 들었다. 그러나 강희 말, 옹정 초는 황실 내부의 알력으로 옹정 5년에 조씨 일족은 '직조서의 자

조설근

금을 탕진하였다'라는 죄명으로 가산을 몰수당하였다. 재산을 몰수당한 조씨 일가는 북경 서쪽 교외로 옮겼다. 이 당시 그의 생활은 "온 식구들이 죽으로 주린 배를 달래지 않으면 안 될 정도로" 참으로 어려웠다. 그럼에도 불구하고 그는 『홍루몽紅樓夢』을 집필하는데, 건륭 27년(1762) 어린 아들을 잃고 극도로 상심한 나머지 병이 들어, 아들이 죽은 지 1년 뒤인 건륭 28년 겨울에 『홍루몽』을 다 쓰지 못한 채 죽었다.

『홍루몽』의 판본은 두 가지 계통으로 분류할 수 있다. 첫째, 80회본 계통인데, 원명이 『석두기石頭記』이며 모두 지연재脂硯齋의 평어評語가 첨가되어 있다. 지연재가 누구인지는 이름조차 알 수 없으나, 다만 조설근과는 대단히 친밀한 사람이었음은 평어에서 쉽게 찾아볼 수가 있다. 지연재의 평어가 있는 『홍루몽』의 초본을 '지비본脂批本' 또는 '지본脂本'이라고 하며, 그 지비본은 대략 12종류인데, 조설근이 죽기 전의 초본은 3종이다. 즉, 지연재갑술본脂硯齋甲戌本(1754), 기묘본己卯本(1759), 경진본庚辰本(1760) 등으로, 이 가운데 경진본이 비교적 완전하다. 이들 수초본들은 조설근의 저작 연대와 가깝기 때문에 원고와 가장 일치한 것으로 여겨진다. 둘째, 120

회본 계통이다. 조설근이 80회를 쓴 다음에도 계속하여 썼으나 모두 산실되고 말았다. 이 120회본 『홍루몽』은 조설근보다 후대 사람인 고악高鶚이 마지막 40회를 썼는데, 이것을 합하여 정위원程偉元이 간행하였으며, 이것을 '정갑본程甲本'이라고 한다. 다음 해 정위원은 다시 정갑본을 가다듬어 다시 간행하였는데, 이것을 '정을본程乙本'이라고 하며,

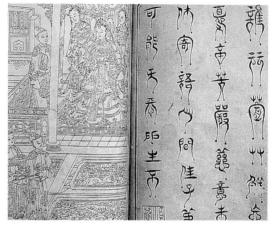

홍루몽(程甲本)

이 둘을 합하여 '정고본程高本'이라고 한다.

　조설근의 80회의 뒤를 이어 고악이 40회를 더 썼으나, 앞 80회의 내용과 작가의 의도를 잘 파악하여 아무런 이음의 흔적이 없이 내용을 전개하였다. 소설의 주인공인 가보옥賈寶玉과 임대옥林黛玉의 연애가 비극적으로 끝나는 것은 원작자의 의도와 잘 부합되고, 또 소설 전개 방법과 기교의 차이도 없다. 이렇게 고악에 의하여 소설이 완성됨으로써 수초본 『석두기』(80회)는 사라지고, 120회본 『홍루몽』이 건륭 때 출간되어 널리 유행하였다.

　『홍루몽』은 가보옥과 임대옥의 애정 비극과 가보옥과 설보차薛寶釵의 결혼 비극이 중심 내용이다. 이 소설의 무대는 금릉의 가씨賈氏의 저택이며, 등장 인물은 무려 400여 명이 넘지만, 주인공은 가보옥, 임대옥, 설보차이다. 청 왕조가 쇠퇴와 붕괴의 길을 걷기 시작하면서 가씨네도 사치스러운 생활과 대관원大觀園 등의 건축으로 가세가 차차 기울어 갔다. 그런 가운데 가보옥은 병약한 임대옥을 사랑하지만, 집안의 실권을 쥐고 있는 할머니 사태군史太君은, 임대옥이 병약하다는 이유로 임대옥과의 결혼을 적극적으로 반대하고, 설보차와의 결혼을 강력하게 추진한다. 이에 할 수 없이 가보옥이 설보차와 결혼하게 되는 날 임대옥은 쓸쓸하게 숨을 거두는데, 인생의 무상함을 느낀 가보옥은 출가하여 중이 된다. 어느 날 그는 아버지와 비릉毘陵 나루에서 우연히 만나지만, 목례만을 남기고 승려들과 함께 눈 속으로 사라진다는 것이 대략적인 내용이다.

(3) 『경화연鏡花緣』

이여진李汝珍(1763~1830) : 자가 송석松石이다. 직예 대흥大興 사람으로 성운학에도 조예가 깊어 『이씨음감李氏音鑑』, 『자모오성도字母五聲圖』 등을 써낸 다재다능한 작가로, 경, 사, 의학 등 섭렵하지 않은 것이 없었고, 관로에 득의하지 못하여 '수재秀才'에 머물렀다. 『경화연鏡花緣』은 이여진의 만년의 작품으로, 대략 1820년을 전후하여 쓰여진 것이다. 모두 20권 100회로 무측천武則天 때가 소설의 배경이다. 100회 중에 앞의 50회는 당오唐敖, 임지양林之洋, 다구공多九公이 배를 타고 여러 나라를 유람하고, 당소산唐小山이 아버지를 찾는 이야기가 주축이다. 뒤에 50회는 여자들의 재주를 표현하는 것이 주된 내용이다. 이 이야기는 하늘의 백화선자百花仙子가 곤륜산에 내려와 서왕모西王母의 성수聖壽를 축하하는 것으로부터 시작된다. 한 자리에 있던 상아嫦娥, 풍이風姨(바람의 신)는 백화선자로 하여금 백화百花를 동시에 피우게 함으로써 성수를 축하하고자 하였으나, 그는 이를 거절하였다. 그러나 어느 겨울날 무측천이 술에 취하여 꽃을 구경하고 싶은 나머지 백화제방百花齊放을 명령하였다. 그런데 때마침 백화선자가 나들이하고 없었기 때문에, 여러 화신花神들은 명령을 거절하지 못하고 때를 맞추어 꽃을 피울 수밖에 없었다. 그로 인해 백화선자는 아흔아홉 화신과 함께 모두 벌을 받아 인간 세계로 환생하였다. 백화선자는 수재 당오의 딸 당소산으로 환생하였지만, 당오는 벼슬길이 여의치 않자 은둔 생활을 할 생각으로 처자와 이별한 뒤 처제 임지양의 상선을 타고 해외 유람을 떠났다. 그는 수십 개국을 경유하며 기이한 풍속, 이상한 사람들, 선화괴수仙花怪獸 등을 구경하였다. 나중에 다행히 선초仙草를 먹고 탈속하여 소봉래산小蓬萊山으로 들어가 신선이 되어 돌아오지 않았다. 딸 당소산은 아버지 당오를 찾아 나섰으나, 온갖 곤경만 겪었을 뿐 끝내 만나지 못하였다. 후에 당소산은 소봉래산에서 한 나무꾼으로부터 아버지의 편지를 받았다. 편지에는 이름을 '규신閨臣'으로 바꿀 것과 '재녀才女'가 된 뒤에 만날 것을 약속하는 것이었다. 무측천은 시험을 보아 재녀 100명을 뽑았는데, 그들이 바로 인간 세계로 쫓겨난 100명의 화

경화연

신들이었다. 재녀들은 여러 차례의 축하연을 베풀어 연회석상에서 재능과 특기를 연출하였다. 글, 그림, 거문고, 작시, 의술, 점복, 역산歷算을 비롯한 백희百戱 등의 재능을 발휘하며 마음껏 즐기다가 연회를 파하였다. 규신은 아버지를 찾아 소봉래산으로 입산한 뒤 돌아오지 않았다. 마지막에 신선들의 도움을 받아 무측천의 군대를 격퇴시키고 이어서 당 중종을 복위시켰다.

이 소설은 위와 같은 내용을 통하여, 첫째, 당시 부녀 문제에 대한 비판을 하고 있다. 부녀의 정절, 교육, 참정, 전족, 남녀평등 문제에 이르기까지 진보적인 사상의 부녀 문제를 주장하고 있다. 둘째, 사회 습속의 불합리한 현상, 사상적인 모순을 지적하고 있다. 사치, 혼인, 장례, 송사訟事, 미신 등의 여러 가지 세태, 사상을 통렬하게 비판하고 있다. 셋째, 종교 사상에 관한 견해로, 유가의 '도道' 와 불로佛老의 '도' 중 어느 한 쪽에 비중을 두지 않았다. 덕성을 수련함에 있어서 똑같이 필요한 가치를 인정하였다. 한마디로 말해 여러 가지 고통스럽고 어려운 일들을 참고 마음을 다하여 수양하면, 마침내 현실 세계를 초월하여 영원히 선경仙境으로 되돌아올 수 있다고 하는 것이다. 넷째, 서학西學(천주교)의 영향으로 유럽의 과학 문명이 중국으로 활발히 유입되었다. 이 시기 역사, 물리, 의학, 지리, 수리 등이 모두 수입되었는데, 특히 역산, 기계 공정의 이용에 큰 관심을 두었던 것을 알 수 있다.

(4) 『아녀영웅전兒女英雄傳』

연북한인燕北閒人: 만주 팔기족으로 성이 비막費莫, 이름은 문강文康이나, 생애는 잘 알려지지 않았다. 『아녀영웅전兒女英雄傳』은 『금옥연金玉緣』, 『일하신서日下新書』, 『정법안장오십삼正法眼藏五十三』 등의 또 다른 이름이 있으며, '오십삼五十三' 은 그 책의 회수를 말하는 것이나 지금 전해지는 것은 40회뿐이다.

『아녀영웅전』은 여자이지만 의협적인 하옥봉何玉鳳을 둘러싸고 일어나는 이야기이다. 하옥봉의 부친은 벼슬길에 오르지 못하였고 가업은 몰락하였다. 그러다가 벼슬아치 기헌당紀獻唐의

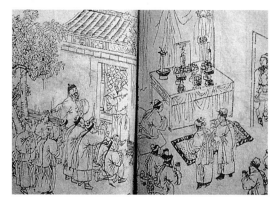

아녀영웅전

음해로 늙은 어머니를 모시고 산 속으로 피해 다녔다. 딸 하옥봉은 '십삼매十三妹'로 이름을 바꾸고, 피해 다니며 복수의 기회를 노렸다. 한편 상사의 모함으로 위험에 처한 안학해安學海를 구출하기 위하여 찾아다니던 아들 안기安驥는 능인사能仁寺에서 잠을 자다가 어려움을 당하였는데, 다행히도 '십삼매'의 도움으로 어려움에서 벗어났다. 그녀는 주지승, 세

사고전서(四庫全書)

이는 중국 최대의 총서로 청 건륭년간에 편찬되었다. 이 총서를 만드는 데는 [영락대전]을 참고하기도 하였다. 편찬 책임자는 기윤(紀昀)이었고, 참가한 학자만 해도 160여 명이었다. 전서의 체재는 경, 사, 자, 집으로 나뉘며 수록한 책은 3,458종 7만9천여 권에 이른다. 책은 모두 7벌로 제작되었는데 그 중 3벌은 민간 열람용이었다. 4벌은 열하(熱河)의 문명각(文明閣), 북경 원명원(圓明園)의 문원각(文源閣), 자금성(紫禁城)의 문연각(文淵閣), 봉천(奉天)의 문조각(文潮閣)에 소장되었다.
문연각본은 현재 타이베이 고궁박물원에 소장되어 있다. <淸>

아이, 검술을 잘 하는 파리한 중, 대머리 중 등을 번개처럼 물리치는 한편 위험에 처한 장금봉張金鳳을 구출하여 안기와 인연을 맺어 주었다. 뒤에 안기의 아버지도 구출되고 기헌당은 조정에서 주살당하였다. 이에 여러 사람들의 권유에 따라 안기에게 시집가 장금봉과 함께 시기 질투하지 않고 한 남편을 섬겼으며, 가재를 잘 다스렸다. 뿐만 아니라 둘이서 힘을 모아 남편으로 하여금 학문을 닦게 하여 진사에 급제하였다. 나중에 안기는 관운이 형통하였고 정사를 잘 다스려 이름을 날렸다.

이 소설의 내용은 비록 천박하고 사상이 고루하지만, 이와 같은 평화식評話式의 장회소설은 당시 독자들의 환영을 받았다. 토속적인 북경어의 자유로운 구사와 박진감 있는 구성으로 지금도 애독되고 있다. 이 소설의 뒤를 이어 이와 비슷한『칠협오의七俠五義』,『시공안施公案』,『팽공안彭公案』,『영경승평永慶昇平』,『만년청萬年靑』,『영웅팔대의英雄八大義』등의 수많은 의협소설들이 나왔다.

3. 견책소설 譴責小說

청말에 이르러 많은 소설들이 쏟아져 나왔는데, 견책소설은 1900년 이후 흥행한 한

소설 유파이다. '견책소설'에 대해 노신魯迅은 그의 『중국소설사략中國小說史略』에서 "광서 경자(1900) 이후 견책소설이 특히 많이 나왔다.……그 소설에서 은폐를 폭로하고 악폐를 파헤치며, 또 정사에 대하여 엄중히 규탄하고 더욱 확충하여 풍속에 영향을 끼쳤다.(光緒庚子後, 譴責小說之出特盛, ……其在小說, 則揭發伏藏, 顯其弊惡, 而於時政, 嚴加糾彈, 或更擴充, 並及風俗.)"라고 하였다. 이 말로 미루어 보아 만청의 견책소설은 대부분이 당시의 관계의 부패를 폭로하거나 비판한 내용이라는 것을 알 수 있다. 대표적인 작품으로는 『관장현형기官場現形記』, 『이십년목도지괴현상二十年目睹之怪現狀』, 『노잔유기老殘遊記』, 『얼해화孽海花』 등을 들 수 있다.

(1) 『관장현형기官場現形記』

이보가李寶嘉(1867~1906) : 자가 백원伯元, 호는 남정정장南亭亭長이다. 강소 무진武進 사람으로 몇 차례 과거에 실패하자 상해로 나와 『지남보指南報』, 『유희보游戲報』 등을 만들며 글을 팔아 생활을 하였다. 이밖에 그의 저작은 『문명소사文明小史』, 『활지옥活地獄』, 『해천홍설기海天鴻雪記』, 『경자국변탄사庚子國變彈詞』, 『번화몽繁華夢』, 『성세연탄사醒世緣彈詞』 등 매우 많다.

『관장현형기官場現形記』는 이보가가 처음에는 『유희보游戲報』에 발표하였으며, 뒤에 『세계번화보世界繁華報』를 창간, 이에 연재한 60회본 소설로, 관리들의 온갖 추태를 『유림외사』의 풍자 수법으로 폭로, 비판하고 있다. 너무나 냉정한 필치로 관료 사회의 추태를 폭로하고 있어서, 이 소설을 읽고 난 뒤의 청대 관리들에 대한 인상은 잡귀신을 연상하리 만큼 독자들에게 큰 영향을 주었다.

(2) 『이십년목도지괴현상二十年目睹之怪現狀』

오옥요吳沃堯(1867~1910) : 자가 소윤小允이며, 광동 남해南海 사람이다. 한때 불산佛山에 거주하였기 때문에 호가 아불산인我佛山人이다. 17세 때 아버지를 잃은 그는 가정이 날로 기울어가자, 생계를 걱정하지 않을 수 없어 19세 때 상해로 나와 역시 글을 써서 생활하였다. 저작이 풍부하여 『최근사회악착사最近社會齷齪史』, 『겁여회劫餘灰』, 『발재비결發財祕訣』, 『양진연의兩晉演義』, 『구명기원九命奇寃』 등이 있다. 그는 45회본 소설 『이십년목도지괴현상二十年目睹之怪現狀』을 양계초의 『신소설』에 연재하였는데, 뒤에 8책 108회로 간행하였다. 이 소설은 사회 윤리 관념의 붕괴, 부패한 사회의 종말적인 현상들을 폭로, 서술하고 있는 한편, 서양 숭배 사상을 비판하고 있으며, 반만反滿 정신이 깔려 있어 현대 중국 역사 발전에 적지 않은 영향을 주었다.

(3)『노잔유기老殘游記』

유악劉鶚(1857~1909) : 자가 철운鐵雲, 필명은 홍도백련생洪都百鍊生이다. 강소 단도 丹徒 사람으로 천재적 기인이다. 그의 저작으로는 『구고천원초勾股天元草』, 『고각삼술孤角三術』, 『역대황하변천도고歷代黃河變遷圖考』, 『치하칠설治河七說』 등이 있다.

『노잔유기老殘游記』는 『수상소설繡像小說』및 『천진일일신문天津日日新聞』에 연재되었던 20회의 소설로, '노잔老殘'이라고 불리는 시골의 사인 철영鐵英의 유람 의 견문이 그 내용이다. 작자 유악은 주인공 노잔을 통하여 청말의 종말적인 사회의 부조리한 현상, 사람들이 겪는 고통을 목격하고 울지 않을 수 없었다. 울음은 이 소설 의 주요 내용이다. 주인공 노잔의 행적을 따라가며, 청말 산동 일대 사회 생활의 면면 을 그림처럼 서술하고 있다. 관리들을 잡귀만도 못하다고 매도하고 있다. 또, "당신 알 지 못해. 우리와 같이 이렇게 출가한 사람들을 가장 천하게 여겨, 창녀가 우리보다 천 하다는 것을 알아? 주현 나리들이 창녀에 비하여 더욱 천하다는 것을 알까?(你不知道 像我們這種出家人, 要算下賤到極處的, 可知那娼妓比我們還要下賤? 可知縣老爺 們比娼妓還要下賤?)"(2편 2회)라고 하였다. 이와 같이 당시 관리들을 창기보다도 천하게 여겼다.

(4)『얼해화孽海花』

증박曾樸(1871~1936) : 자가 맹박孟樸, 필명은 동아병부東亞病夫이다. 강소 상숙常 熟 사람으로 일찍이 개화의 눈을 떠 프랑스어를 배워 프랑스 문학 작품을 즐겨 읽었을 뿐만 아니라 강유위, 양계초 등의 유신운동維新運動에 참여하고 신식 교육을 제창하 였다. 저작으로는 『미리집未理集』, 『맹박단편소설집孟樸短篇小說集』, 『노남자魯男 子』, 『설현유몽원본雪縣幼夢院本』등이 있다.

『얼해화孽海花』는 서문에서 밝힌 것처럼 김송잠金松岑(이름 핵翮)이 6회까지 쓴 것을 1~2회는 『강소江蘇』에 발표하고, 나머지는 증박이 경영하는 소설림서사小說 林書社로 우송하였는데, 증박이 좋은 제재라고 생각하여 김송잠과 공동으로 60회본 소설을 쓰기로 하였다. 회목回目까지 모두 확정하였으나 끝내 30회로 마무리하고 말

앉다.

『얼해화』는 인물들은 대부분이 사대부 관료 계층으로 이들의 구태의연한 생활, 사상을 비판하고 있다. "전국 국민은 별다른 좋아하는 것이 없다. 그저 미신처럼 믿고 있는 '과명科名' 두 자를, 마치 제2의 생명과 같이 여긴다.(全國國民別無嗜好, 就是迷信著「科名」兩字, 看得似第二個生命一般.)"라고 한 것처럼 새로운 시대의 개혁을 모르는 사대부들에 대해 신랄하게 비판하고 있는 한편, 새로운 시대의 정신을 받아들일 것을 주장하고 있

의화단(義和團)의 난

1900년에 일어난 배외(排外) 농민의 난이다. 백련교(白蓮敎)의 한 분파인 의화단은 열강의 침략으로 파산한 농민들과 손을 잡고 급속도로 발전하였다. 당시 지배층은 수구파(서태후)와 양무파(이홍장)로 갈렸고, 수구파는 의화단을 이용하여 양무파에 대항하는 한편 배외 투쟁을 하였다. 그러나 양무파의 원세개가 산동 순무(巡務)에 취임하여 의화단을 탄압하기 시작하면서, 의화단은 각지로 흩어져 외국인, 교회를 습격하고 외국 제품을 불태우는 등의 활동을 벌여나갔다. 이와 함께 수구파는 1900년 6월 열강에 선전포고를 하고 공사관을 습격하였다. 영국, 러시아, 독일, 프랑스, 미국, 이탈리아, 오스트리아, 일본 등 8개국은 연합군을 형성하여 의화단을 격파하였다. 서태후와 광서제는 서안으로 피신하고, 양무파는 연합군의 협력으로 의화단의 잔당을 학살하였다. 이에 1901년 '신축조약(辛丑條約)'이 맺어지면서 중국의 식민지화는 가속화되기 시작했다.

다. 이 소설은 '소설계 혁명'을 제창해 온 이래 큰 성과를 거두고 있는 작품으로 평가받고 있다.

清世代表 청세대표
(1636~1911, 1644-1911)

청 태 종 애 신 각 라 홍 타 이 지
❶ 清太宗(愛新覺羅·皇太極)
(1627~1643)

세 조 복 임
❷ 世祖(福臨)
(1644~1661)

성 조 현 엽
❸ 聖祖(玄燁)
(1662~1722)

세 종 윤 진
❹ 世宗(胤禛)
(1723~1735)

고 종 홍 력
❺ 高宗(弘曆)
(1736 ~1795)

인 종 옹 염
❻ 仁宗(顒琰)
(1796~1820)

선 종 민 녕
❼ 宣宗(旻寧)
(1821~1850)

문 종 혁 저
❽ 文宗(奕詝)
(1851~1861)

목 종 재 순
❾ 穆宗(載淳)
(1862~1874)

덕 종 재 첨
❿ 德宗(載湉)
(1875~1908)

부 의
⓫ 溥儀
(1909~1911)

본서의 역사 지도 및 세대표는 『中国历史』(홍콩, 중국 교육 도서 공사 출판)를 참고

색 인

ㅅ

ㅇ

ㅈ

ㅊ

중국고전산문 選讀

중국문학 5000년 속의 명문장

중국
고전산문
選讀

440페이지 / 4·6배판
가격: 15,000원

▶ 중국고전산문 중 명문장 500여 편을 선정하여 소개

"제갈공명의 《출사표》를 읽고 눈물을 흘리지 않으면 충신이 아니요, 이밀의 《진정표》를 읽고 눈물을 흘리지 않으면 효자가 아니다."라는 말이 있다고 한다. 《출사표》는 대부분의 사람들이 들어봤겠지만, 이렇게 중요하게 평가받는 《진정표》를 아는 사람은 얼마나 될까? 이 책은 공자, 맹자, 사마천, 반고, 제갈량, 왕희지, 도연명, 한유, 유종원, 구양수, 소식 등 우리가 익히 들어 알고 있는 당대 최고의 산문가들의 명문장을 모아 소개하고 있다. 이 책을 통해 중국문학 속에 내재된 중국인의 사고를 엿볼 수 있을 것이다.

▶ 전문 해석과 상세한 주석, 저자 소개 등으로 관심있는 사람이면 누구나 학습이 가능

중국의 고전산문에 관심이 있는 사람이면 누구나 학습할 수 있도록, 각 문장 하나하나에 대한 해석을 싣고 각 단어의 중국식 발음과 주석을 담았다. 또한 각 문장의 저자에 대한 상세한 소개와 본문 요지설명이 실려 있어, 학습자들이 단순히 문장을 익히는 데 그치지 않고 그 문장에 담긴 중국인들의 사상과 문화를 이해할 수 있는 길잡이가 되도록 했다.

🔲다락원

MEMO

역사 따라 배우는 **중국문학사**

지은이 이수웅
펴낸이 정규도
펴낸곳 (주)다락원

초판 1쇄 발행 2001년 8월 27일
초판 6쇄 발행 2019년 3월 6일

책임편집 최준희, 이상윤
디자인 정현석, 김희정, 노언주, 이혜준

다락원 경기도 파주시 문발로 211
내용문의: (02)736-2031 내선 430~439
구입문의: (02)736-2031 내선 250~252
Fax: (02)732-2037
출판등록 1977년 9월 16일 제406-2008-000007호

값 15,000원
ISBN 978-89-7255-667-1 03820

http://www.darakwon.co.kr

• 다락원 홈페이지를 방문하시면 상세한 출판정보와 함께
  동영상강좌, MP3자료 등 다양한 어학 정보를 얻으실 수
  있습니다.